CHARLES DICKENS

Ausgewählte Werke

nymphenburger

CHARLES DICKENS

Bleakhaus I

März – Dezember
1852

nymphenburger

Herausgegeben von
Stephan Castell

Ins Deutsche übertragen vom österreichischen Dichter
Gustav Meyrink.
Die Orthographie wurde der heutigen Schreibweise
behutsam angeglichen.

Einbandgestaltung: Wolfgang Heinzel
unter Verwendung des Gemäldes »Awaiting Admission
to the Casual Ward« von Sir Luke Fields, 1874
(Archiv für Kunst und Geschichte, Berlin)
Satz: Fotosatz Völkl, Puchheim
Gesetzt aus: 9/10 Punkt Garamond, Linotronik 300
Druck und Bindung: Wiener Verlag, Himberg
Printed in Austria
ISBN 3-485-00644-0

Inhalt

Vorrede

Vor einigen Monaten war ein Kanzleigerichtsbesitzer so liebenswürdig, bei einer öffentlichen Feier und in einer Gesellschaft von hundertfünfzig Damen und Herren, von denen man nicht gut annehmen kann, daß sie verrückt sind, die Behauptung aufzustellen, das Kanzleigericht sei eine fast fehlerlose Institution, wenn es auch das Lieblingsthema gewisser, in Vorurteilen befangener Leute bilde – bei welcher Äußerung besagter Richter mir einen Seitenblick zuzuwerfen geruhte –, sie herabzusetzen. Es habe vielleicht, gab er zu, kleine unbedeutende Mängel hinsichtlich Schnelligkeit, was Erledigungen beträfe, aber alles andere sei übertrieben und lediglich eine Folge der »Engherzigkeit und Knauserei des Publikums«. In Wirklichkeit hat nun aber das gerügte Publikum noch bis vor kurzem die allerentschiedenste Neigung an den Tag gelegt, die Zahl der Kanzleirichter zu vermehren, die anfänglich, wenn ich nicht irre, Richard II. – es kann geradesogut ein anderer gewesen sein – festgesetzt hat. Dieser Witz schien mir zu gut, um ihn in dieses Buch aufzunehmen, sonst hätte ich ihn Konversations-Kenge oder Mr. Vholes in den Mund gelegt. Ich hätte ihn recht passend mit einem Zitat aus Shakespeares Sonetten verbinden können:

– – – – – – Ich werde
dem Stoffe gleich, in dem ich arbeite,
wie eines Färbers Hand,
Beklag mich denn, und wünsche anders mich!

Da es immerhin von Belang ist, wenn das »engherzige und knauserige« Publikum erfährt, wie in dieser Hinsicht die Dinge standen und noch stehen, so stelle ich hier fest, daß alles, was in diesem Buch vom Kanzleigericht handelt, seinem Wesen nach wahr und keineswegs übertrieben ist. Der »Fall Grindley« unterscheidet sich in keinem wesentlichen Punkte von einem tatsächlichen Begebnis, das ein Unbeteiligter, der als Advokat das ganze unerhörte Unrecht von Anfang bis zu Ende kennenlernte, veröffentlicht hat.

Gegenwärtig liegt dem Gerichtshof ein Prozeß vor, der vor fast zwanzig Jahren angefangen hat, in dem einmal dreißig bis vierzig Advokaten bei einer Tagfahrt erschienen und dessen Kosten sich jetzt auf siebzigtausend Pfund belaufen. Er ist ein »Proformaprozeß« und, wie man mir versichert, seinem Schlusse nicht näher als zu Anfang. Noch ein anderer wohlbekannter Kanzleigerichtsprozeß, der vor Beginn des vorigen Jahrhunderts anfing und in dem die Kosten mehr als doppelt soviel verschlungen haben, ist heute noch in Schwebe. Wenn ich noch mehr Belege für »Jarndyce kontra Jarndyce« und »die Knauserei des Publikums« brauchte, so könnte ich Bände damit füllen.

Noch über einen andern Punkt möchte ich mir hier eine Bemerkung gestatten. Man hat seit dem Tode Mr. Krooks die Möglichkeit der sogenannten Selbstverbrennung geleugnet, und mein guter Freund Mr. Lewes (der irrtümlicherweise, wie er bald darauf entdeckte, in dem Glauben lebte, daß alle Autoritäten von Ruf die Sache hätten fallenlassen) schrieb seinerzeit einige geistreiche Briefe an mich, in denen er beweisen wollte, daß Selbstverbrennung ein Unding sei. Ich glaube nicht erst bemerken zu müssen, daß ich meine Leser nicht böswilliger- oder nachlässigerweise irreführe und, ehe ich jenen Todesfall beschrieb, Sorge trug, diesen Dingen nachzugehen. Man kennt ungefähr dreißig Fälle, deren berühmtesten, den der Gräfin Cornelia de Baudi, der Schriftsteller und Stiftsgeistliche in Verona, Signor Cesenate Giuseppe Bianchini, genau untersucht und beschrieben hat. Er veröffentlichte darüber im Jahr 1731 in Verona einen Bericht, den er später in Rom nochmals drucken ließ. Alle bei diesem Fall beobachteten Erscheinungen, die sich vernünftigerweise nicht bezweifeln lassen, sind dieselben wie die bei Mr. Krook geschilderten. Der nächstbekannteste Fall ereignete sich in Reims sechs Jahre früher und wurde von Le Cat, einem der berühmtesten Chirurgen Frankreichs, beschrieben. Es handelte sich dabei um eine Frau, deren Mann wegen angeblichen Mordes angeklagt und verurteilt wurde. Die nächsthöhere Instanz sprach ihn jedoch frei, da aus den Zeugenaussagen hervorging, daß die Frau an Selbstverbrennung gestorben war.

Ich halte es nicht für notwendig, diesen wohlbekannten Tatsachen und den Berichten der betreffenden Autoritäten noch die in verschiedenen Werken niedergelegten Ansichten und Berichte ausgezeichneter französischer, englischer und schottischer Gelehrter aus neuerer Zeit hinzuzufügen, und begnüge mich mit der Bemerkung, daß ich an der Richtigkeit der Tatsachen nicht eher zweifeln werde, als bis nicht auch hinsichtlich aller der Beweise, die Vorfälle im menschlichen Leben als glaubwürdig registrieren, eine umfassende Selbstverbrennung stattgefunden hat.

In Bleakhaus habe ich absichtlich die romantische Seite des alltäglichen Lebens hervorgehoben. Ich glaube, ich habe noch niemals so viele Leser wie bei diesem Buche gehabt. Auf Wiedersehen.

London, im August 1853

1. Kapitel

Im Kanzleigericht

London. Der Michaelitermin ist vorüber, und der Lordkanzler sitzt in der Lincoln's-Inn-Hall. Abscheuliches Novemberwetter. So viel Schmutz in den Straßen, als ob die Wasser des Himmels sich eben erst von der neugeschaffenen Erde verlaufen hätten und es gar nichts Wunderbares wäre, wenn man einem vierzig Fuß langen Megalosaurus begegnete, wie er gerade – ein Elefant unter den Eidechsen – Holborn Hill hinaufwatschelt.

Der Rauch senkt sich von den Schornsteinen nieder, ein dichter schwarzer Regen von Rußbatzen, so groß wie ausgewachsene Schneeflocken, die in schwarzen Kleidern den Tod der Sonne betrauern wollen. Hunde, unkenntlich vor Schmutz, Pferde, nicht viel besser dran, bis an die Scheuklappen mit Kot bespritzt. Fußgänger drängen sich, von der allgemeinen Seuche übler Laune angesteckt, mit Regenschirmen aneinander vorbei und glitschen an den Straßenecken aus, wo bereits Zehntausende vor ihnen den trüben Tag über ausgerutscht sind und neue Schichten zu den Schmutzkrusten hinzugefügt haben, die an diesen Stellen zäh am Pflaster kleben und sich anhäufen mit Zinseszinsen.

Nebel überall, Nebel stromauf, wo der Fluß zwischen Buschwerk und Wiesen dahinfließt; Nebel stromab, wo er sich schmutzig zwischen Reihen von Schiffen und dem Uferunrat der großen, unsauberen Stadt durchwälzt. Nebel auf den Sümpfen von Essex und Nebel auf den Höhen von Kent. Nebel kriecht in die Kabusen der Kohlenschiffe; Nebel liegt draußen auf den Rahen und klimmt durch das Tauwerk; Nebel senkt sich auf die Deckverkleidung der Barken und Boote. Nebel dringt in die Augen und Kehlen der alten Greenwich-Invaliden, die am Kamin in ihren Kämmerchen husten und keuchen, dringt in das

Rohr und den Kopf der Shagpfeife des grimmigen Schiffseigners unten in seiner engen Kajüte und beißt grausam in Zehen und Finger des fröstelnden kleinen Schiffsjungen auf Deck. Passanten schauen von den Brücken herab über die Geländer in einen Nebelhimmel und sind rings von Nebel umgeben, als ob sie in einem Luftballon mitten in grauen Wolken hingen.

Gaslampen stieren in den Straßen trübäugig durch den Nebel wie draußen die Sonne wohl auf den durchweichten Feldern. Die meisten Läden haben zwei Stunden vor der Zeit angezündet, und das Gaslicht scheint es zu wissen, denn es sieht schmal und mürrisch aus.

Am rauhesten ist der Nachmittag; da ist der Nebel am dicksten, die Straße am schmutzigsten in der Nähe jenes dickschädligen steinernen Hindernisses, das so recht eine passende Zier für die Schwelle der dickschädligen alten Korporation – des »Tempels« – ist. Und dicht beim »Tempel« in der Lincoln's-Inn-Hall, mitten im Herzen des Nebels sitzt der Lord-Oberkanzler in seinem hohen Kanzleigerichtshof.

Nie kann der Nebel zu dick, nie der Schmutz und Kot zu tief sein, um dem versumpften und verschlammten Zustand zu entsprechen, in dem sich dieser hohe Kanzleigerichtshof, dieser schlimmste aller ergrauten Sünder, an einem solchen Tage dem Himmel und der Erde präsentiert.

An einem solchen Nachmittag sitzt der Lord-Oberkanzler da mit einer Nebelglorie um das Haupt, eingehüllt und umgeben von Scharlachtuch und Vorhängen und vor sich einen dicken Advokaten mit starkem Backenbart, einer dünnen Stimme und endlosen Prozeßakten, der seine Blicke auf die Laterne an der Decke richtet, wo er nichts als Nebel sieht.

An einem solchen Nachmittag sitzen ein paar Dutzend Mitglieder des Barreaus, des hohen Kanzleigerichts, hier, beschäftigt mit einem der zehntausend Stadien eines endlosen Prozesses. Sie legen einander Schlingen mit schlüpfrigen Präzedenzien; knietief in technischen Ausdrücken watend, rennen sie ihre mit Ziegen- und Pferdehaar geschützten Köpfe gegen Wälle von Worten und führen ein Schauspiel von Gerechtigkeit auf; Komödianten mit ernsthaften Gesichtern.

An einem solchen Nachmittag müssen die verschiedenen Solizitoren in einer Rechtssache, die zwei oder drei von ihren dabei reich gewordenen Vätern geerbt haben, in einer Reihe sitzen in einem mit Strohmatten ausgelegten Brunnen, auf dessen Grund man vergebens nach der Wahrheit suchen würde – zwischen dem roten Tisch des Registrators und den seidenen Talaren –, Repliken, Dupliken, Schlußworte, Dekrete, Eingaben, Informationen und Berge geldverschlingenden Unsinns vor sich aufgehäuft. Kein Wunder, daß der Saal trübe ist, nur hie und da von schmelzenden Kerzen spärlich erhellt, wenn Nebel schwer darin hängt, die bunten Glasfenster die Farbe verloren haben und kein Tageslicht hereinlassen; kein Wunder, wenn die Uneingeweihten auf der Straße, die durch die Glasscheiben in den Türen hereinblicken, sich von dem Eintritt abschrecken lassen durch den lichtscheuen, eulenhaften Anblick und das schläfrige Gesumm, das matt zur Decke hinauftönt von dem gepolsterten Baldachin, von wo der Lord-Oberkanzler zu der Laterne aufblickt, in der kein Licht ist, und wo die Perücken der beisitzenden Richter in Nebeldunst verschwimmen.

Das ist das Kanzleigericht, das Häuser hat verfallen machen und Äcker verwüstet in jeder Grafschaft, seine lebensmüden Wahnsinnigen hat in jedem Irrenhaus und seine Toten auf jedem Kirchhof, das seine Prozessierenden aussaugt, bis sie mit niedergetretenen Absätzen und abgeschabtem Rock bei allen, deren Bekanntschaft sie machen, reihum borgen und betteln gehen; das Kanzleigericht, das dem Reichen Mittel an die Hand gibt, das Recht müde zu hetzen. Das Geld, Geduld, Mut, Hoffnung so erschöpft, Köpfe verwirrt und Herzen bricht, daß kein Advokat, so er ehrenwert ist, anstehen wird zu warnen: »Lieber jedes Unrecht leiden als hierherkommen.«

Wer ist zufällig an diesem trüben Nachmittag in des Lordkanzlers Gericht außer dem Lordkanzler selbst, dem Advokaten in der zu verhandelnden Sache, zwei oder drei Rechtsanwälten, die niemals etwas zu tun haben, und dem eben erwähnten Brunnen voll Solizitoren? Der Registrator, im Range unter dem Richter, in Perücke und Talar, und die Pedelle und Säckelmeister in ihrer Amtstracht. Sie gähnen alle, denn kein Tropfen Witz ist von dem Rechtsfall Jarndyce kontra Jarndyce, der schon seit vielen, vielen Jahren trocken ausgequetscht ist, zu erwarten. Die Stenographen, die Gerichtsschreiber und Zeitungsberichterstatter entfliehen regelmäßig mit dem übrigen Personal, wenn »Jarndyce kontra Jarndyce« an die Reihe kommt. Ihre Plätze sind leer.

Auf einer Bank an der Seitenwand steht, um besser in das mit Vorhängen umschlossene Heiligtum blicken zu können, eine kleine verrückte alte Frau in einem zerdrückten Hut, die jeder Verhandlung von Anfang bis Ende beiwohnt und beständig irgendein unbegreifliches Urteil zu ihren Gunsten erwartet.

Einige sagen, sie sei wirklich Partei in einer Rechtssache oder sei es gewesen; aber niemand weiß es genau, weil sich niemand darum kümmert. Sie trägt in ihrem Strickbeutel ein kleines Paket mit sich herum, das sie ihre Dokumente nennt und das größtenteils aus Papierfidibussen und getrocknetem Lavendel besteht.

Ein blasser Gefangener unter Obhut eines Gerichtsdieners erscheint zum halbdutzendsten Male vor den Schranken, um sich persönlich gegen die Anschuldigung der Unterschlagung zu verteidigen, was ihm schwerlich jemals gelingen wird, da er als letztüberlebender Testamentsvollstrecker mit Rechnungen in Verwicklung geraten ist, von denen er wahrscheinlich nie etwas gewußt oder verstanden hat.

Unterdessen sind seine Aussichten im Leben vernichtet worden.

Ein anderer zugrunde gerichteter Prozessierender trifft

periodisch von Shropshire ein und macht am Ende jeder Verhandlung krampfhafte Anstrengungen, den Kanzler anzureden; man kann ihn in keiner Weise überzeugen, daß der Kanzler, obgleich er ihm seit einem Vierteljahrhundert das Leben schwergemacht hat, gerichtlich nichts von seiner Existenz weiß. Er hat sich einen guten Platz ausgesucht und wendet kein Auge von dem Richter, bereit, jeden Augenblick, wenn sich die Gelegenheit ergeben sollte, in klagendem Baß: »Mylord!« zu rufen. Ein paar Advokatenschreiber und andere, die den Mann von Ansehen kennen, bleiben da in der Hoffnung, er werde vielleicht Anlaß zu einem Spaß geben und die Trübseligkeit des abscheulichen Wetters ein wenig unterbrechen.

»Jarndyce kontra Jarndyce« geht seinen schleppenden Gang. Dieses Ungeheuer von Prozeß ist im Verlauf der Zeit so verwickelt geworden, daß sich kein Mensch auf Erden mehr darin zurechtfinden kann. Die Parteien verstehen ihn am wenigsten, und nicht einmal zwei Kanzleigerichtsadvokaten können fünf Minuten davon sprechen, ohne nicht schon über die Vorfragen gänzlich uneinig zu werden. Zahllose Kinder sind in den Prozeß hineingeboren worden, zahllose junge Paare haben hineingeheiratet, zahllose alte Leute sind herausgestorben. Dutzende von Personen sind zu ihrem Schrecken auf einmal Partei in Sachen »Jarndyce kontra Jarndyce« geworden, ohne zu wissen, wie und warum; ganze Familien haben sagenhafte Stammesfeindschaft mit dem Prozeß geerbt.

Der kleine Kläger oder Beklagte, dem man ein neues Schaukelpferd versprochen, wenn »Jarndyce kontra Jarndyce« geschlichtet sein würde, ist darüber groß geworden, hat sich ein lebendes Pferd gekauft und ist in die andere Welt getrabt. Jugendfrische Mündel sind zu Müttern und Großmüttern verwelkt; eine lange Prozession von Kanzlern ist gekommen und gegangen; das Verzeichnis der Parteien in dem Prozeß ist zu einem langen Leichenzettel geworden; vielleicht leben nicht mehr drei Jarndyce auf der Erde, seitdem sich der alte Tom Jarndyce in einem

Kaffeehaus in der Kanzleigerichtsgasse aus Verzweiflung eine Kugel durch den Kopf geschossen – aber »Jarndyce kontra Jarndyce« schleppt sich immer noch in unabsehbarer Länge vor dem Gerichtshof hin, und auf ein Ende ist nicht zu hoffen.

»Jarndyce kontra Jarndyce« ist zu einem Witzwort geworden. Das ist das einzig Gute, was jemals dabei herausgekommen ist. Der Fall hat vielen den Tod gebracht, aber den Juristen ist er ein Jux. Jeder Beisitzer des Kanzleigerichts hat darüber zu berichten gehabt. Jeder Kanzler hat, als er noch Anwalt war, darin plädiert. Blaunasige alte Advokaten mit plumpen dicksohligen Schuhen haben in auserlesenen Portweinsitzungen nach dem Essen in der Halle ihre Witze darüber gerissen. Anfänger auf der Juristenlaufbahn haben ihren Scharfsinn daran geübt. Als Mr. Blowers, der ausgezeichnete Advokat, einmal sagte: »Das oder jenes kann nur geschehen, wenn es Kartoffeln vom Himmel regnet«, hatte der letzte Lordkanzler verbessernd bemerkt: »Oder wenn wir mit ›Jarndyce kontra Jarndyce‹ fertig werden, Mr. Blowers!« – ein Scherz, über den besonders die Pedelle und Gerichtsdiener lachten.

Wie viele mag nicht schon die ansteckende Berührung des Falles Jarndyce kontra Jarndyce korrumpiert haben! Von dem Beisitzer, auf dessen Aktenschrank ganze Stöße von Erlassen in Sachen Jarndyce kontra Jarndyce in formlosen Haufen verstauben, bis hinab zu dem Abschreiber in dem Bureau der »Sechsschreiber«, der Zehntausende von Kanzleifolioseiten mit dieser ewigen Überschrift kopiert hat, ist keines Menschen Herz dadurch besser geworden. Aus Überlistung, Ausflüchten, Verschleppung, Ausbeutung und Verwirrung aller Art entspringen Einflüsse, die nie zu irgend etwas Gutem führen können.

Selbst die Laufburschen der Solizitoren, die den unglücklichen Prozessanten seit unvordenklichen Zeiten den Trost vorspiegelten, daß Mr. Chizzle, Mizzle oder sonstwer vormittags dringend beschäftigt wären, haben viel-

leicht durch den Fall Jarndyce kontra Jarndyce einen krummen Weg mehr gehen gelernt.
Der Sequestrator in der Sache hat ein schönes Stück Geld dabei verdient, aber seiner eignen Mutter mißtrauen und das ganze Menschengeschlecht verachten gelernt. Chizzle, Mizzle und wer sonst noch haben sich allmählich angewöhnt, ihr Gewissen mit dem unbestimmten Vorsatz einzulullen, diese oder jene Kleinigkeit zu regeln oder dies oder das für Drizzle, der unverantwortlich vernachlässigt worden, nachzuholen, bis die Sache »Jarndyce kontra Jarndyce« erledigt sei. Hinausschieben und Vertuschen in ihren mannigfaltig wechselnden Gestalten hat der unglückselige Rechtsstreit in zahllosen Fällen auf dem Gewissen, und selbst diejenigen, die unberührt von diesem Übel seine Geschichte verfolgt haben, sind unmerklich in Versuchung geraten, nie einzugreifen, das Schlechte seinen schlechten Weg gehen zu lassen und zu der Ansicht zu neigen, alles müsse in der Welt schiefgehen, weil sie wahrscheinlich schlampigerweise dazu bestimmt sei.
So tagt inmitten dieser Verrottung und im Herzen des Nebels der Lord-Oberkanzler in seinem hohen Kanzleigerichtshof.
»Mr. Tangle«, sagt der Lord-Oberkanzler. – Der Redeschwall dieses gelehrten Herrn hat ihn ein wenig unruhig gemacht.
»Mlord!« sagt Mr. Tangle.
Er weiß mehr von »Jarndyce kontra Jarndyce« als irgend jemand sonst. Er ist deshalb berühmt, und es heißt, er habe nichts anderes gelesen, seitdem er aus der Schule ist.
»Sind Sie mit Ihrem Argument bald fertig?«
»Mlord, nein, – noch massenhaft Punkte –, halte es jedoch für meine Pflicht, mich Ew. Lordschaft Spruch zu unterwerfen«, flüstert Mr. Tangle ehrerbietig.
»Mehrere der Herren Rechtsanwälte wollen heute noch plädieren, glaube ich?« sagt der Kanzler mit einem kaum merklichen Lächeln.

Achtzehn von Mr. Tangles gelehrten Freunden, jeder mit einem kleinen Aktenauszug von achtzehnhundert Bogen bewaffnet, tauchen wie achtzehn Hämmer in einem Pianoforte empor, machen achtzehn Verbeugungen und tauchen wieder in die Dunkelheit auf ihren achtzehn Plätzen unter.
»Wir wollen die Sache Mittwoch über vierzehn Tage weiter hören«, sagt der Kanzler.
Es handelt sich nämlich heute nur um einen Kostenpunkt. Um eine bloße Knospe an dem zu einem ganzen Wald gewordenen Baum des ursprünglichen Prozesses.
Der Kanzler erhebt sich; das Barreau erhebt sich; der Gefangene wird eilig an die Schranken gebracht; der Mann aus Shropshire ruft: »Mylord!« Pedelle und Gerichtsdiener rufen entrüstet: »Still!« und messen den Mann aus Shropshire mit erzürnten Blicken.
»Was das junge Mädchen –« fährt der Kanzler, immer noch in Sachen Jarndyce kontra Jarndyce, fort, »betrifft –«
»Bitte Ew. Lordschaft um Verzeihung – den Knaben«, unterbricht Mr. Tangle voreilig.
»Was das Mädchen«, beginnt der Kanzler mit größerm Nachdruck von neuem, »und den Knaben – die beiden jungen Leute – betrifft –«
Mr. Tangle ist vernichtet.
»– die ich heute vorgeladen habe und die sich jetzt in meinem Privatzimmer befinden, so werde ich selbst mit ihnen sprechen und mich überzeugen, ob es angemessen erscheint, ihnen die Erlaubnis, bei ihrem Onkel zu wohnen, zu erteilen.«
Mr. Tangle erhebt sich wieder.
»Bitte Ew. Lordschaft – Verzeihung – ist tot.«
»Mit ihrem –«, der Kanzler buchstabiert mit seinem zusammengelegten Augenglas in den Papieren auf seinem Pult – »Großvater.«
»Bitte Ew. Lordschaft – Verzeihung – Opfer einer übereilten Tat. Kopf geschossen.«
Plötzlich erhebt sich ein ganz kleiner Advokat mit einer

furchtbaren Baßstimme in den rückwärtigen Regionen des Nebels mit großer Wichtigkeit und sagt:
»Will Ew. Lordschaft mir gestatten? Ich vertrete den Mann. Er ist ein Vetter entfernten Grades. Ich bin in diesem Augenblick nicht vorbereitet, dem Gerichtshof Auskunft zu geben, in welchem Verwandtschaftsgrad er steht, aber er ist ein Vetter.«
Der sehr kleine Advokat läßt diese mit Grabesstimme gesprochene Anrede an dem Gebälk der Decke verklingen, taucht unter im Nebel, und weg ist er. Alle suchen ihn mit den Augen. Niemand kann ihn mehr entdecken.
»Ich will mit den beiden jungen Leuten sprechen«, sagt der Lordkanzler abermals, »und mich informieren, wie sich das mit dem Wohnen bei ihrem Vetter verhält. Ich werde die Sache morgen früh bei Eröffnung der Sitzung wieder zur Sprache bringen.«
Der Kanzler will sich gegen das Barreau verneigen, da wird der Gefangene vorgeführt.
Die Sache mit dem Angeklagten kann natürlich keine andere Folge haben, als daß der Mann wieder ins Gefängnis zurückgeschickt wird, was auch sehr rasch geschieht. Der Prozessierende aus Shropshire wagt noch ein bittendes: »Mylord!«, aber der Kanzler hat die Gefahr erspäht und ist geschickt verschwunden. Alle übrigen Anwesenden verschwinden ebenfalls rasch. Eine Batterie von blauen Aktenbeuteln wird mit Papier geladen und von Schreibern fortgeschleppt. Die verrückte Alte trippelt mit ihren Dokumenten hinaus, und das Gerichtslokal wird zugeschlossen.
Wenn alle Ungerechtigkeit, die schon hier begangen wurde, und alles dadurch verursachte Elend mit hineingeschlossen und zu Asche verbrannt werden könnten, um so besser wäre es für alle Parteien, nicht nur für die im Falle Jarndyce kontra Jarndyce.

2. Kapitel

In der vornehmen Welt

Nur ein flüchtiger Blick in die feine Welt an diesem schmutzigen Nachmittag.

Sie ist dem Kanzleigerichtshof nicht so unähnlich, wie es vielleicht scheinen mag. Die vornehme Welt und das Kanzleigericht sind beide Kinder des Hergebrachten und eines heilig gewordenen Brauchs, verschlafene Rip van Winkles, die seltsame Spiele während langer Gewitterzeit gespielt haben, schlummernde Dornröschen, die der Ritter eines Tages erwecken wird, wenn alle stillstehenden Bratspieße in der Küche sich mit wunderbarer Emsigkeit zu drehen anfangen werden.

Die vornehme Welt ist keine große Welt. Selbst im Verhältnis zu unserer, die auch ihre Grenzen hat, wie selbst Seine Lordschaft finden würden, wenn sie rund um dieselbe herumzureisen und an dem Rande, wo sie zu Ende geht, stehen zu bleiben geruhten, ist sie nur ein kleines Stückchen. Es ist viel Gutes darin; es leben brave und ehrliche Leute in ihr; sie füllt ihren bestimmten Platz aus, aber das Schlimme an ihr ist, daß sie zu sehr in feine Baumwolle eingewickelt ist und die brausenden Wogen der größeren Welt nicht hören kann und nicht sehen, wie sie um die Sonne kreist. Es ist eine verdorrende Welt, und ihr Wachstum ist zuweilen behindert durch den Mangel an Luft.

Lady Dedlock ist auf einige Tage in ihre Stadtwohnung zurückgekehrt, ehe sie nach Paris reist, wo sie sich einige Wochen aufhalten wird. Wohin sie sich später zu begeben gedenkt, ist noch ungewiß. Die »fashionablen Nachrichten« verkünden es zum Troste der Pariser, und sie wissen alles, was in der vornehmen Welt geschieht. Etwas anderes zu wissen wäre unchic.

Mylady Dedlock kommt von ihrem Landsitz in Lincoln-

shire. Die Wasser sind über die Ufer getreten in Lincolnshire. Ein Brückenbogen im Park ist unterwaschen und eingesunken. Die nahe Niederung, eine halbe englische Meile breit, ist ein Sumpf geworden. Mit melancholischen Bäumen als Inseln darin und einer Oberfläche, die den ganzen Tag lang bei dem fallenden Regen wie punktiert aussieht.
Lady Dedlocks Landsitz ist sehr ungemütlich geworden. Das Wetter ist seit vielen Tagen und Nächten so naß gewesen, daß die Bäume bis unter die Rinde durchweicht sind und die feuchten Späne, wenn sie der Holzfäller abhaut, sich geräuschlos vom Stamme trennen und ohne Laut zu Boden fallen. Das Wild trieft und läßt Pfützen zurück, wohin es tritt. Der Schuß aus der Büchse verliert seinen scharfen Knall in der feuchten Luft, und der Rauch schwebt langsam in einer kleinen Wolke der grünen, buschgekrönten Höhe zu, die einen Hintergrund für den fallenden Regen bildet. Die Aussicht aus den Fenstern Lady Dedlocks ist eine Landschaft, abwechselnd in Bleizeichnung und in Tusche. Die Vasen auf der Terrassenmauer im Vordergrund fangen den Regen auf den ganzen Tag, und die schweren Tropfen fallen trip, trip, trip auf die breiten Sandsteinplatten des Ganges, der schon seit alter Zeit der »Geisterweg« heißt. Sonntags riecht die kleine Kirche im Park modrig; die Eichenkanzel bricht in kalten Schweiß aus, und ein Geruch und Geschmack liegt in der Luft, der an die Gräber der alten Dedlocks erinnert.
Lady Dedlock, die kinderlos ist, hat im frühen Zwielicht aus ihrem Boudoir einen Blick auf das Häuschen des Parkwächters geworfen; der Schein eines Feuers schimmerte durch die Jalousien, Rauch stieg aus dem Schornstein, und ein Kind, verfolgt von einer Frau, lief hinaus in den Regen, einem in eine Kapuze gehüllten Mann beim Parktor entgegen. Der Anblick hat die Gnädige in üble Laune versetzt. Sie sagt, sie habe sich tödlich gelangweilt.
Deshalb hat Lady Dedlock von ihrem Landsitz in Lincolnshire Abschied genommen und überläßt ihn dem

Regen, den Krähen, den Kaninchen, dem Rotwild, den Rebhühnern und Fasanen. Die Bilder der Dedlocks entschwundener Zeiten sind aus purer Niedergeschlagenheit in den feuchten Wänden verschwunden, als der Kastellan durch die alten Gemächer ging und die Läden zumachte. Wann sie wieder erscheinen werden, kann der Berichterstatter der fashionabeln Nachrichten, der gleich dem bösen Feind die Vergangenheit wohl weiß und die Gegenwart, aber die Zukunft nicht, jetzt noch nicht sagen.

Sir Leicester Dedlock ist nur Baronet, aber es gibt keinen mächtigeren Baronet als ihn. Seine Familie ist so alt wie die Hügel von Lincolnshire, nur unendlich vornehmer. Er ist der Überzeugung, daß die Welt ganz gut ohne Hügel und Berge bestehen könnte, ohne Dedlocks jedoch zugrunde gehen müßte. Er gibt im allgemeinen zu, daß die Natur eine gute Einrichtung ist – ein wenig ruppig zwar, wenn sie nicht von einem Parkzaun umschlossen wird –, aber eine Einrichtung, die in ihrer Gestaltung ganz von den großen Familien der Grafschaft abhängt. Er ist ein Gentleman von strengster Gewissenhaftigkeit, verachtet alle Kleinlichkeit und Niedrigkeit und ist bereit, bei der geringsten Veranlassung eher jeden beliebigen Tod zu sterben, als den kleinsten Flecken auf seinem Ruf zu dulden. Er ist ein ehrenwerter, halsstarriger, wahrheitsliebender, stolzer Mann voll krasser Vorurteile und vollkommen unvernünftig.

Sir Leicester ist volle zwanzig Jahre älter als Mylady. Fünfundsechzig erlebt er nicht noch einmal, vielleicht auch nicht sechs- oder siebenundsechzig. Er hat von Zeit zu Zeit einen Gichtanfall, und sein Gang ist ein wenig steif. Er ist eine vornehme Erscheinung mit seinem grauen Haar und Backenbart, dem feinen Spitzenhemd, der tadellos weißen Weste und dem hochgeschlossenen blauen Frack mit den glänzenden Knöpfen. Er ist sehr förmlich, zu allen Zeiten gegen Mylady ausnehmend höflich und zollt ihren persönlichen Reizen die höchste Anerkennung. Seine Galanterie gegen die Gnädige ist sich seit dem

Brautstande unverändert gleichgeblieben und bildet die einzige kleine Stelle Romantik und Poesie in ihm.
Er hat sie aus Liebe geheiratet. Man flüstert sich sogar zu, daß sie nicht einmal von »Familie« sei, aber Sir Leicester hatte für beide »Familie« genug, und sie besaß Schönheit, Stolz, Ehrgeiz, Arroganz und Verstand genug, um es mit einer ganzen Legion vornehmer Damen aufzunehmen. Reichtum und Rang, mit diesen Gaben vereint, setzten sie bald an die Spitze, und seit Jahren hat Lady Dedlock den Mittelpunkt der vornehmen Welt gebildet und in der Mode die Führung an sich gerissen.
Daß Alexander der Große Tränen vergoß, als er keine Welten mehr zu erobern hatte, weiß jedermann oder sollte es wenigstens wissen, denn der Umstand wird häufig genug erwähnt. Als Lady Dedlock ihre Welt eroberte, verriet ihre Temperatur mehr den Gefrier- als den Schmelzpunkt. Eine erschöpfte Gelassenheit, eine müde Ruhe, ein gelangweilter Gleichmut, die sich weder durch Interesse noch durch Befriedigung stören ließen, waren ihre Siegestrophäen. Sie ist durch und durch vornehm. Wenn sie morgen in den Himmel versetzt werden sollte, würde sie fraglos ohne die mindeste Verzückung emporschweben.
Sie ist immer noch schön, und wenn auch nicht mehr in der Blüte, so doch nicht in ihrem Herbst. Sie hat ein feines Gesicht; der Naturanlage nach sind ihre Züge eher sehr hübsch als schön zu nennen, aber der angelernte Ausdruck der vornehmen Weltdame verleiht ihnen etwas Klassisches. Ihre Figur ist elegant und macht den Eindruck von Schlankheit. Nicht, daß sie wirklich so ist, aber alle ihre Vorzüge sind gut herausgearbeitet, wie Bob Stables hochwohlgeboren wiederholt auf Eid versichert hat. Derselbe Gewährsmann bemerkt, daß sie tadellos aufgezäumt sei, und sagt lobend von ihrem Haar, sie sei die bestgestriegelte Frau im ganzen Gestüt.
Mit allen ihren Reizen ist Lady Dedlock von ihrem Landsitz in Lincolnshire, Schritt für Schritt von den Fashion-

abeln der Modezeitung verfolgt, eingetroffen, um einige Tage in ihrer Stadtwohnung zu verweilen, bevor sie nach Paris reist, wo sie einige Wochen zu bleiben gedenkt.

In ihrer Stadtwohnung stellt sich an diesem trüben Nachmittag ein altmodischer alter Gentleman ein, Attorney und Solizitor beim hohen Kanzleigericht, der die Ehre hat, Rechtsanwalt der Dedlocks zu sein, und viele eiserne Kästen mit diesem Namen darauf in seiner Kanzlei aufzuweisen hat. Durch die Vorhalle die Treppen hinauf, die Korridore entlang und durch die Zimmer, die in der Saison sehr glänzen und außer der Zeit sehr unwirtlich sind – ein Feenland für den Besucher und eine Wüste für den Bewohner –, führt den alten Herrn ein Merkur mit gepudertem Kopf zu der Gnädigen.

Der alte Herr sieht ein wenig verrostet aus, steht aber in dem Rufe, durch Heiratsverträge und Testamente für den Adel viel Geld erworben zu haben und sehr reich zu sein. Ein undurchdringlicher Nebel von Familiengeheimnissen, als deren stummen Bewahrer man ihn kennt, umgibt ihn. Es gibt adlige Mausoleen, die seit Jahrhunderten in abgelegenen Parkalleen unter uralten Bäumen und wucherndem Farnkraut stehen und vielleicht weniger Familiengeheimnisse bewahren, als in Mr. Tulkinghorns unter Menschen wandelnder Brust verborgen sind.

Er gehört der alten Schule an, das heißt der Schule, die niemals jung gewesen ist, und trägt kurze Hosen, die an den Knien mit Bändern befestigt sind, und Gamaschen oder Strümpfe. Die Eigentümlichkeit seiner schwarzen Kleider und Strümpfe, mögen sie von Seide oder Wolle sein, ist, daß sie nie glänzen. Stumm, verschlossen, ohne Antwort für ein neugieriges Licht, ist sein Anzug wie er selbst. Er unterhält sich nie, wenn man ihn nicht in Berufssachen zu Rate zieht. Man findet ihn zuweilen stumm, aber zwanglos und ganz zu Hause am Eck der Gasttafeln in vornehmen Landschlössern oder nicht weit von Salons sitzen, von denen die Modezeitung so viel zu reden hat. Jedermann kennt ihn dort, und der halbe Hochadel bleibt mit

den Worten stehen: »Wie geht's Ihnen, Mr. Tulkinghorn?« Er nimmt die Begrüßung mit Ernst entgegen und begräbt sie neben all dem übrigen, was er weiß.
Sir Leicester Dedlock ist in Gesellschaft der Gnädigen und schätzt sich glücklich, Mr. Tulkinghorn zu empfangen. Es liegt etwas Vorschriftsmäßiges in Mr. Tulkinghorns Benehmen, das Sir Leicester immer sehr angenehm berührt und ihn wie eine Art Tribut anmutet. Er findet auch an Mr. Tulkinghorns Anzug Gefallen und sieht auch darin eine Art Huldigung. Er ist ungemein respektabel geschnitten und hat etwas Sachwalterhaftes. Er ist fast wie die Livree eines Aufsehers der Rechtsmysterien oder eines juristischen Kellermeisters.
Ist sich Mr. Tulkinghorn selbst darüber klar? Es kann sein, kann aber auch nicht sein. Und doch ist diese Frage bei allem, was mit Lady Dedlock als der Führerin und dem Glanzstern der vornehmen Welt in Berührung kommt, von großer Bedeutung. Sie hält sich für ein unerforschliches Wesen, das weit über der Beurteilungssphäre gewöhnlicher Sterblicher steht. So kommt sie sich im Spiegel vor, in dem sie auch wirklich so aussieht. Dennoch kennt jeder kleine Stern, der sich um sie dreht, von der Kammerzofe an bis zum Direktor der italienischen Oper, ihre Schwächen und Vorurteile, ihren Hochmut, ihre Torheiten und Launen und richtet sich in seinem Verkehr mit ihr nach ihren Charakterzügen wie die Putzmacherin nach ihren Körperproportionen. Je nachdem es gilt, eine neue Mode, einen neuen Kleidungsschnitt, eine neue Sitte, einen neuen Sänger, eine neue Tänzerin, einen neuen Schmuck, einen Zwerg, einen Riesen, eine Kapelle oder sonst etwas in Mode zu bringen.
Es gibt ehrerbietige Leute in Dutzenden von Berufen, von denen allen Lady Dedlock glaubt, sie lägen beständig auf den Knien vor ihr, und die dabei genau wissen, daß sie wie ein Kind zu leiten ist – Leute, die ein ganzes Leben lang an nichts denken, als wie man ihr schmeicheln kann, und die sich stellen, als seien sie demütig und unbedingt gehorsam,

dabei aber sie und ihr ganzes Gefolge im Schlepptau haben, mit ihr wie mit einem Köder angeln und sie führen, wohin sie wollen, wie Lemuel Gulliver die stattliche Flotte des Reichs Liliput nach Belieben dirigierte.

»Wenn man bei dieser Sorte reüssieren will«, sagen Blaze & Sparkle, die Juweliere – und sie verstehen unter »dieser Sorte« Lady Dedlock und ihren Anhang –, »so darf man nicht vergessen, daß man es nicht mit dem großen Publikum zu tun hat; man muß ›diese Sorte‹ an ihrer schwächsten Seite fassen, und ihre schwächste Seite ist diese und diese.«

»Um Ihre Artikel abzusetzen, meine Herren«, raten Sheen & Gloß, die Tuchhändler, ihren Freunden, den Fabrikanten, »so müssen Sie zu uns kommen, weil wir die Leute der feinen Gesellschaft zu behandeln wissen und dadurch die Mode bestimmen können.«

»Wenn Sie diesen Kupferstich bei meiner hochgestellten Kundschaft anbringen wollen, Sir«, sagt Mr. Sladdery, der Kunsthändler, »oder wenn Sie diesen Zwerg oder Riesen zu deichseln wünschen oder für diese Unternehmung der Unterstützung meiner hohen Kunden bedürfen, so müssen Sie mir das überlassen, denn ich kenne die führenden Personen in diesen Kreisen, Sir, und kann Ihnen, ohne zu übertreiben, sagen, daß ich sie um den Finger wickeln kann« – worin Mr. Sladdery, der ein ehrenwerter Mann ist, durchaus nicht übertreibt.

Wenn daher Mr. Tulkinghorn wirklich nicht wissen sollte, was gegenwärtig in der Seele der Gnädigen vorgeht, so ist doch auch das Gegenteil sehr leicht möglich.

»Myladys Angelegenheit ist also wieder vor dem Kanzler verhandelt worden, Mr. Tulkinghorn?« fragt Sir Leicester und reicht dem Anwalt die Hand.

»Ja, sie kam heute zur Verhandlung«, entgegnet Mr. Tulkinghorn und macht der Gnädigen, die auf einem Sofa am Kamin sitzt und das Gesicht mit einem Handschirm schützt, eine seiner stummen Verbeugungen.

»Es ist wohl nutzlos zu fragen, ob irgend etwas geschehen

ist«, sagt Mylady, noch immer von der trüben Stimmung, die ihr der Landsitz in Lincolnshire verursacht hat, bedrückt.
»Es ist nichts geschehen, was Gnädigste erwähnenswert nennen würden.«
»Es wird nie etwas geschehen«, meint Mylady.
Sir Leicester hat gegen den endlosen Gang der Kanzleigerichtsprozesse nichts einzuwenden. Es ist eine langsame, kostspielige, echt britische, konstitutionelle Sache. Allerdings handelt es sich für ihn in dem fraglichen Prozeß nicht um Sein oder Nichtsein, sondern bloß um die geringfügige Mitgift, die ihm Mylady zubrachte, und er hat eine dunkle Ahnung, daß es ein höchst lächerlicher Zufall ist, wenn der Name Dedlock in einem Prozeß als Partei vorkommt. Er sieht in dem Kanzleigericht etwas, das im Verein mit andern Institutionen von der vollendetsten menschlichen Weisheit ersonnen wurde und in Beziehungen zur ewigen gesetzmäßigen Ordnung steht, wenn auch hie und da die Gerechtigkeit ein wenig nachhinkt und zuweilen Verwirrung zur Folge hat. Beschwerden darüber beizustimmen, hieße vielleicht irgend jemand der niedereren Klassen ermutigen, sich aufzulehnen – wie etwa Wat Tyler bösen Angedenkens.
»Da einige neue Zeugenaussagen zu den Akten gekommen«, sagt Mr. Tulkinghorn, »und überdies kurz gefaßt sind und ich nach dem etwas weitschweifigen Prinzip verfahre, meine Klienten um Erlaubnis zu bitten, ihnen alle neuen Schritte in Prozessen vorlegen zu dürfen« – Mr. Tulkinghorn ist ein vorsichtiger Mann und übernimmt nie mehr Verantwortlichkeit, als unbedingt nötig ist –, »und da die Herrschaften außerdem nach Paris reisen, so habe ich alles mitgebracht.«
Sir Leicester geht nämlich ebenfalls nach Paris, wenn auch der Glanzpunkt der Fashionablen die Gnädige ist.
Mr. Tulkinghorn zieht seine Akten aus der Tasche, bittet um Erlaubnis, sie auf ein goldenes Spielzeug von Tischchen neben der Gnädigen legen zu dürfen, setzt die Brille auf und fängt an, bei dem Schimmer einer Schirmlampe vorzulesen:

»Kanzleigerichtshof. In Sachen John Jarndyce kontra –« Die Gnädige unterbricht ihn mit der Bitte, soviel wie möglich von dem technischen Formwuste wegzulassen.

Mr. Tulkinghorn blickt über die Brille und fängt tiefer unten von neuem an. Mylady findet es nicht der Mühe wert, ihm ihre Aufmerksamkeit zu schenken. Sir Leicester in seinem Lehnstuhl blickt ins Feuer und scheint ein stolzes Wohlgefallen an den juristischen Wiederholungen und Weitschweifigkeiten, die ihm wie nationale Bollwerke erscheinen, zu finden. Die Hitze ist zufällig groß, wo Mylady sitzt, und der Handschirm ist weniger nützlich als schön; er ist unschätzbar, aber klein. Mylady setzt sich anders und erblickt dabei die Papiere auf dem Tisch, – besieht sie näher, besieht sie noch näher und fragt impulsiv:

»Wer hat denn das geschrieben?«

Mr. Tulkinghorn hält, verwundert über die Lebhaftigkeit und den ungewohnten Ton der Gnädigen, inne.

»Es ist das, was Sie eine Kanzlistenhandschrift nennen?« fragt sie, blickt ihn wieder in ihrer teilnahmslosen Weise an und spielt mit dem Schirm.

»Nicht so ganz. Wahrscheinlich hat sie den Kanzleicharakter erst angenommen, als sie schon ausgebildet war. Warum fragen Gnädigste?«

»Um eine Abwechslung in diese abscheuliche Einförmigkeit zu bringen. Bitte, fahren Sie fort.«

Mr. Tulkinghorn liest weiter.

Die Hitze wird größer. Die Gnädige bedeckt das Gesicht mit dem Schirm. Sir Leicester nickt ein, fährt plötzlich auf und ruft:

»He? Was sagten Sie?«

»Ich fürchte«, flüstert Mr. Tulkinghorn, der hastig aufgestanden ist, »Lady Dedlock befindet sich nicht wohl.«

»Ich fühle mich nur schwach«, lispelt Mylady mit weißen Lippen. »Weiter nichts; aber es ist wie die Schwäche des Todes. Sprechen Sie nicht mit mir. Klingeln Sie und lassen Sie mich in mein Zimmer bringen!«

Mr. Tulkinghorn zieht sich in ein anderes Zimmer zurück. Klingeln schellen, Schritte kommen und gehen, und Stille tritt wieder ein. Endlich bittet der gepuderte Merkur Mr. Tulkinghorn, wieder hereinzukommen.

»Es geht Mylady jetzt bereits besser«, sagt Sir Leicester und winkt dem Advokaten, Platz zu nehmen, um sich allein vorlesen zu lassen. »Ich bin sehr erschrocken. Ich kann mich nicht erinnern, daß Mylady jemals ohnmächtig geworden wäre. Aber das Wetter ist abscheulich, und sie hat sich auf unserm Gut in Lincolnshire wirklich tödlich gelangweilt.«

3. Kapitel

Die Geschichte einer Jugend

Es wird mir sehr schwer, den Anfang zu finden, um meinen Teil der Geschichte niederzuschreiben, denn ich weiß, daß ich nicht besonders gescheit bin. Ich wußte das immer. Schon als ganz kleines Mädchen pflegte ich zu meiner Puppe zu sagen, wenn wir allein beisammen waren: Liebe Puppe, ich bin nicht klug, du weißt es selbst und mußt mit mir Geduld haben, Herzchen. Und dann saß sie in einen großen Armstuhl gelehnt mit dem rot und weißen Gesicht und den rosigen Lippen da und starrte mich an – oder vielmehr ins Leere –, während ich emsig nähte und ihr alle meine Geheimnisse erzählte.

Meine liebe alte Puppe!

Ich war als Kind so in mich gekehrt und scheu, daß ich selten den Mund auftat und niemandem mein Herz auszuschütten wagte. Ich muß fast weinen, wenn ich daran denke, welcher Trost es für mich war, wenn ich aus der Schule nach Hause kam, hinauf in mein Kämmerchen laufen und sagen konnte: »O du gute treue Puppe, ich wußte, daß du mich erwartest.« Und dann setzte ich mich auf den

Boden, stützte den Ellbogen auf ihren großen Lehnstuhl und erzählte ihr alles, was ich erlebt hatte, seit wir uns nicht gesehen.

Von jeher besaß ich einen Hang zu beobachten, aber ich faßte nicht rasch auf. Durchaus nicht. Ich beobachtete still, was vorging, und wünschte nur, ich könnte es besser verstehen. Ich war keineswegs scharfsinnig. Wenn ich jemanden gern habe, scheint mein Verstand klarer zu werden. Aber vielleicht ist das nur Eitelkeit und Einbildung von mir.

Meine Patin erzog mich, soweit ich mich zurückerinnern kann, wie eine der Prinzessinnen in den Feenmärchen; nur daß ich nicht so schön war. Ich wußte bloß, daß sie meine Patin war und eine gute, gute Frau. Sie ging dreimal am Sonntag in die Kirche und mittwochs und freitags zur Frühmesse und in die Betstunden, sooft welche gehalten wurden. Sie hatte ein schönes Gesicht, und wenn sie nur einmal gelächelt haben würde, so hätte sie wie ein Engel aussehen müssen – aber sie lächelte nie. Sie war immer ernst und streng, aber immer so außerordentlich gütig, daß wohl nur die Schlechtigkeit anderer Menschen die Schuld trug, daß sie ihr ganzes Leben so finster war.

Ich kam mir so ganz anders geartet vor als sie, selbst wenn ich den Unterschied zwischen Kind und Erwachsener in Abzug brachte, kam mir so unbedeutend und armselig und ihr so fernstehend vor, daß ich niemals rechtes Vertrauen zu ihr fassen, ja, sie nicht einmal so lieben konnte, wie ich gewünscht hätte. Mir machte der Gedanke viel Schmerz, wie gut sie und wie unwürdig ich ihrer sei; und ich nährte in meinem Innern eine inbrünstige Hoffnung, mein Herz möge mit der Zeit besser werden. Und ich sprach darüber sehr oft mit meiner lieben Puppe. Aber ich liebte meine Patin eben doch nie so, wie ich hätte sollen und müssen, wenn ich ein besseres Kind gewesen wäre.

Da ich mir dies beständig vorhielt, wurde ich noch schüchterner und stiller, als ohnehin schon in meiner Natur lag; und meine einzige Freundin war die Puppe, bei der allein ich mich wohl fühlte. Aber als ich noch ein ganz kleines Ding war, geschah außerdem noch etwas, was mich darin noch bestärkte.

Ich hatte nie von meiner Mutter sprechen hören. Ebensowenig von meinem Vater; aber meine Mutter interessierte mich sehr. Ich konnte mich nicht entsinnen, je ein Trauerkleid getragen zu haben. Man hatte mir niemals meiner Mutter Grab gezeigt und mir nie gesagt, wo es sei, mich auch nie für eine andere Verwandte als für meine Patin beten gelehrt. Mehr als einmal erwähnte ich diesen Gegenstand meines beständigen Grübelns gegen Mrs. Rachael, die immer mein Licht fortnahm, wenn ich zu Bette gegangen, und unsere einzige Dienerin war. Aber sie sagte jedesmal nur: »Esther, gute Nacht!« und ging fort und ließ mich allein.

Obgleich sich sieben Mädchen in der nahen Schule befanden, wo ich Unterricht erhielt, und sie mich die kleine Esther Summerson nannten, so war ich doch bei keinem von ihnen je zu Besuch gewesen. Alle waren weitaus älter als ich, aber es schien noch eine andere Scheidewand zwischen uns zu bestehen außer dem Umstande, daß sie, älter und klüger als ich, mehr wußten. Eine von ihnen lud mich in der ersten Woche meiner Schulzeit, wie ich mich noch genau erinnere, zu meiner großen Freude zu einem kleinen Fest ein. Aber meine Patin schrieb einen steifen Absagebrief, und ich durfte nicht hingehen. Ich kam nie auf Besuch in andere Häuser.

Mein Geburtstag war wieder gekommen. Den andern bedeuteten Geburtstage Feiertage – mir niemals; die andern hatten bei solchen Gelegenheiten Festlichkeiten zu Hause, wie ich sie einander erzählen hörte – ich niemals. Mein Geburtstag war die langen Jahre hindurch der trübste Tag meines Lebens.

Wenn mich meine Eitelkeit nicht täuscht, was wohl der Fall sein kann, denn so etwas weiß man nicht selber, so wird meine Fassungskraft mit meiner Zuneigung geweckt. Ich habe ein liebebedürftiges und weiches Gemüt, und vielleicht würde ich noch heute eine solche Wunde, wie ich sie damals an meinem Geburtstag empfing, wenn man sie mehr als einmal überhaupt erleiden kann, ebenso tief fühlen wie zu jener Zeit.

Das Mittagessen war vorüber, und meine Patin und ich saßen am Tisch vor dem Feuer. Die Uhr tickte, das Feuer knisterte, und kein anderer Ton war hörbar im Zimmer und im Hause – ich weiß nicht, wie lange Zeit schon. Ich erhob zufällig die Augen schüchtern von meiner Näharbeit und sah, wie mich meine Patin über den Tisch hinweg trübe anblickte, als wollte sie sagen: Es wäre viel besser, kleine Esther, wenn du niemals einen Geburtstag gehabt hättest und niemals geboren worden wärest.

Ich fing an zu schluchzen und zu weinen: »Ach liebe Patin, sage mir, bitte, sage mir, starb Mama an meinem Geburtstag?«

»Nein«, war die Antwort. »Frage mich nicht weiter, Kind.«

»Bitte, sage mir etwas von ihr! Nur ein Wort! Ich bitte dich, liebe Patin! Was hab ich ihr getan? Wie hab ich sie verloren? Warum bin ich so verschieden von andern Kindern, und was kann ich dafür, liebe Patin? Nein, nein, nein, geh nicht fort! O sag es mir!«

Eine Angst, die größer war als mein Schmerz, hatte mich befallen, und ich hielt meine Patin am Kleide fest und kniete vor ihr nieder.

Bis jetzt hatte sie fortwährend gesagt: »Laß mich gehen«, aber plötzlich blieb sie stehen.

Der finstere Ausdruck ihres Gesichtes übte eine solche Gewalt auf mich aus, daß ich mitten in meiner Verzweiflung innehielt. Ich wollte mit meiner zitternden Hand die ihre fassen und von ganzer Seele um Verzeihung bitten, zog sie aber bei ihrem Blick schnell wieder zurück, und das Herz klopfte mir. Sie hob mich auf, setzte sich in ihren Stuhl und sprach in kaltem gedämpftem Ton zu mir – ich sehe sie mit gerunzelter Stirn und strafend erhobenem Finger noch heute vor mir –:

»Deine Mutter, Esther, ist deine Schande, und du warst ihre. Die Zeit wird früh genug kommen, wo du das besser verstehen und auch fühlen wirst, wie es nur ein Weib kann. Ich habe ihr verziehen« – das Gesicht meiner Patin zeigte nicht den geringsten Zug von Versöhnlichkeit –, »ich habe ihr verziehen, was sie mir Böses getan hat, und spreche nicht mehr davon, obgleich ihr Unrecht größer war, als du jemals erfahren wirst oder irgend jemand außer mir, die ich davon betroffen wurde, ahnen kann. Was dich betrifft, unglückliches Kind, warst du verwaist und beschimpft vom ersten unseligen Geburtstag an; bete du täglich, daß die Sünden anderer nicht auf dein Haupt kommen mögen, wie es geschrieben steht. Vergiß deine Mutter und hindere nicht, daß die Menschen es tun; deinetwegen. Jetzt geh.« Sie hielt mich, als ich wortlos gehen wollte – so bis ins Innere erstarrt war ich – noch einmal fest und setzte hinzu: »Unterwürfigkeit, Selbstverleugnung, Fleiß sind die Wegzeichen für ein Leben, das mit einem solchen Flecken begonnen hat. Du bist anders als die andern Kinder, Esther, weil du nicht wie sie in gemeinsamer Sündhaftigkeit und im Zorne geboren bist. Du bist gezeichnet.«

Ich schlich in mein Kämmerchen hinauf und kroch ins Bett und legte das Gesicht meiner Puppe an meine tränennasse Wange, und mit dieser einzigen Freundin an der Brust weinte ich mich in Schlaf. Sowenig ich mir auch über meinen Schmerz klarwerden konnte, so wußte ich doch, daß ich zu keiner Zeit jemand eine Freude gewesen und niemand auf Erden mich so liebhatte wie ich meine Puppe. Ach Gott, ach Gott, wie oft und lange wir später allein miteinander verbrachten und ich der Puppe die Geschichte meines Geburtstages erzählte und ihr anvertraute, wie sehr ich mich bemühen wollte, den Fehler, der mir mit meiner Geburt anhaftete, wiedergutzumachen und mich zu bestreben, mit den Jahren fleißig, zufrieden und freundlichen Herzens zu werden und mir eines Menschen Liebe zu gewinnen, wenn es mir gelingen sollte, und ihm alles nur mögliche Gute zu tun! Vielleicht ist es selbst-

gefällig, wenn ich bei dem Gedanken daran jetzt noch Tränen vergießen muß. Ich denke mit großer Dankbarkeit zurück und bin fröhlich, aber doch kann ich nicht verhindern, daß sie mir in die Augen treten.
– So! Jetzt hab ich sie weggewischt und kann wieder fortfahren.
Ich war mir der großen Kluft zwischen meiner Patin und mir seit jenem Geburtstag nur noch mehr bewußt und empfand so sehr, in ihrem Hause einen Platz einzunehmen, der leer hätte sein sollen, daß es mir schwerer wurde, mich ihr zu nähern, als je, so innig verpflichtet ich mich ihr im Herzen auch fühlte.
Genauso empfand ich gegen meine Mitschülerinnen und gegen Mrs. Rachael, die Witwe war, und gegen ihre Tochter, auf die sie sehr stolz war und die sie einmal alle vierzehn Tage besuchte. Ich blieb sehr schüchtern und still und bemühte mich nach Kräften, fleißig zu sein.
An einem sonnigen Nachmittag, als ich eben mit meiner Mappe aus der Schule gekommen war und den langen Schatten neben mir beobachtete und wie gewöhnlich die Treppe hinauf in mein Kämmerchen eilen wollte, öffnete meine Patin die Wohnzimmertür und rief mich hinein. Bei ihr saß ein Fremder, was etwas sehr Ungewöhnliches war: ein behäbiger, wichtig aussehender Herr, ganz schwarz gekleidet, mit einer weißen Halsbinde, großen goldnen Petschaften an der Uhrkette, einer goldnen Brille und einem großen Siegelring am kleinen Finger.
»Das ist das Kind«, sagte meine Patin mit verhaltener Stimme zu ihm. Dann setzte sie mit ihrem gewöhnlichen ernsten Ton hinzu:
»Das ist Esther, Sir.«
Der Herr setzte seine Brille auf, sah mich an und sagte:
»Komm zu mir, liebes Kind!«
Er reichte mir die Hand und hieß mich den Hut abnehmen und betrachtete mich unablässig dabei. Als ich seinen Wunsch erfüllt hatte, sagte er: »Ah! Ja!«, nahm seine Brille ab, steckte sie in ein rotes Futteral, lehnte sich in den Arm-

stuhl zurück und nickte meiner Patin zu und spielte mit dem Etui. Darauf fing meine Patin wieder an:
»Du kannst hinaufgehen, Esther.« Ich machte dem Herrn meinen Knicks und ging.
Es muß zwei Jahre später gewesen sein und ich war fast vierzehn Jahre alt, als ich an einem Abend, an den ich voll Entsetzen zurückdenken muß, mit meiner Patin vor dem Kamine saß. Ich las ihr vor. Ich war, wie immer, um neun Uhr heruntergekommen, um ihr aus der Bibel vorzulesen, und hielt gerade bei der Stelle im Evangelium Johannis, wo es heißt, daß unser Erlöser sich niederbückte und mit dem Finger auf die Erde schrieb, als sie die Ehebrecherin vor ihn brachten: *Als sie nun anhielten, ihn zu fragen, richtete er sich auf und sprach zu ihnen: Wer unter euch ohne Sünde ist, der werfe den ersten Stein auf sie.*
Ich hielt inne, denn meine Patin stand auf, legte ihre Hand an die Stirn und rief mit schrecklicher Stimme den Satz aus der Bibel: *So wachet nun, auf daß er nicht schnell komme und finde euch schlafend. Was ich aber euch sage, das sage ich euch allen: wachet.*
Sie stand vor mir und wiederholte diese Worte. Dann brach sie plötzlich zusammen. Ich brauchte nicht um Hilfe zu rufen; ihre Stimme war durch das ganze Haus gedrungen und bis auf die Straße gehört worden.
Man legte sie auf ihr Bett. Länger als eine Woche lag sie dort, äußerlich nur wenig verändert. Das alte schöne entschlossene Stirnrunzeln, das ich so gut kannte, war auf ihrem Gesicht erstarrt. Viele, viele Male bei Tag und bei Nacht legte ich meinen Kopf auf das Kissen neben sie, damit sie mein Flüstern besser verstünde, und küßte sie und dankte ihr, betete für sie, bat sie um ihren Segen und ihre Verzeihung und flehte sie an, mir nur ein einziges Zeichen zu geben, daß sie mich erkenne oder höre. Nichts, nichts, nichts! Ihr Gesicht blieb unbeweglich. Bis zuletzt. Und selbst dann wich der finstere Ausdruck nicht von ihrer Stirn.
Am Tag nach dem Begräbnis meiner guten Patin stellte

sich der schwarze Herr mit dem weißen Halstuch wieder ein. Mrs. Rachael schickte nach mir, und ich fand ihn auf derselben Stelle, als wäre er niemals weggegangen.
»Ich heiße Kenge«, sagte er. »Merk dir den Namen, liebes Kind; Kenge & Carboy, Lincoln's Inn.«
Ich gab zur Antwort, daß ich mich erinnerte, den Herrn schon früher einmal gesehen zu haben.
»Bitte, setz dich – hier neben mich. Weine nicht, es nützt nichts. Mrs. Rachael! Ich brauche Ihnen, die Sie mit der seligen Miß Barbary Angelegenheiten bekannt waren, nicht erst zu sagen, daß ihr Einkommen mit ihrem Leben zu Ende ging und daß diese junge Dame jetzt nach dem Tode ihrer Tante –«
»Meiner Tante, Sir?«
»Es hat ja doch keinen Zweck, eine Täuschung aufrechtzuerhalten, die keinen Sinn mehr hat«, sagte Mr. Kenge besänftigend. »Tatsächlich war sie deine Tante, wenn auch nicht vor dem Gesetze. Aber weine doch nicht. Weine nicht! Beruhige dich! – Mrs. Rachael, unsere junge Freundin hat zweifellos gehört – von – der – hm – Sache Jarndyce kontra Jarndyce?«
»Nie«, sagte Mrs. Rachael.
»Ist es denn möglich«, fuhr Mr. Kenge fort und setzte seine Brille auf, »daß unsere junge Freundin – aber geh, weine doch nicht – niemals von ›Jarndyce kontra Jarndyce‹ gehört hat?«
Ich schüttelte den Kopf und hatte nicht die leiseste Ahnung, worum es sich handelte.
»Nichts von ›Jarndyce kontra Jarndyce‹?« wiederholte Mr. Kenge, blickte mich über die Brille hinweg an und liebkoste das Futteral mit den Händen. »Nichts von einem der größten aller bekannten Kanzleigerichtsprozesse, nichts von dem Fall ›Jarndyce kontra Jarndyce‹ – der für sich schon – hm – ganz für sich allein ein Denkmal in der Kanzleigerichtspraxis bedeutet? – In dem, möchte ich sagen, jede Schwierigkeit, jede Möglichkeit, jede Rechtsfiktion, jede Prozeßform, die bei diesem Gerichtshof be-

kannt ist, sich immer und immer wieder verkörpert? Es ist ein Rechtsfall, der nirgends als in unserm großen und freien Lande existieren könnte! Ich möchte behaupten, daß die Gesamtkosten in Sachen Jarndyce kontra Jarndyce – – Mrs. Rachael – ich fürchte – –«, er wendete sich von mir ab, weil ich mich unaufmerksam zeigte – »sich gegenwärtig auf sechzig- bis siebzigtausend Pfund belaufen«, ergänzte Mr. Kenge, in seinen Stuhl zurückgelehnt.
Der Gegenstand war mir so gänzlich unbekannt, daß ich damals auch nicht das allergeringste davon verstand.
»Und sie hat wirklich nie etwas von der Sache gehört? Höchst erstaunlich!«
»Miß Barbary, Sir«, erklärte Mrs. Rachael, »die jetzt unter den Seraphim weilt –«
»Das hoffe ich zuversichtlich«, unterbrach Mr. Kenge höflich.
»– wünschte, daß Esther nur lerne, was ihr von Nutzen sein könne. Und sie ist hier auch weiter nichts gelehrt worden.«
»Hm«, sagte Mr. Kenge. »Das ist im großen ganzen sehr richtig. Aber jetzt zur Sache!« fuhr er zu mir gewendet fort. »Miß Barbary, deine einzige Verwandte – tatsächlich nämlich – denn ich muß dir bemerken, daß du von Gesetzes wegen keine Verwandten hast –, ist jetzt tot, und da man natürlich von Mrs. Rachael nicht erwarten kann –«
»O Gott nein«, fiel Mrs. Rachael schnell ein.
»Sehr richtig! – daß sie die Sorge für deinen Lebensunterhalt auf sich nimmt, so sehe ich mich veranlaßt, ein Anerbieten zu erneuern, das ich schon vor ungefähr zwei Jahren Miß Barbary zu machen beauftragt war und das damals abgelehnt wurde. Wir hatten uns jedoch dahin geeinigt, daß es für den Fall des Todes deiner Tante wiederholt werden sollte. Ich glaube nun, nicht im geringsten gegen die in meinem Berufe übliche Reserve zu verstoßen, wenn ich verrate, daß ich in Sachen Jarndyce kontra Jarndyce und auch in anderer Hinsicht einen sehr menschenfreundlichen, wenn auch zugleich sehr eigentümlichen Mann

vertrete.« Mr. Kenge lehnte sich wieder in seinen Stuhl zurück und sah uns beide ruhig an.
Der Klang seiner eigenen Stimme schien ihn über die Maßen zu freuen. Ich sah darin nichts Wunderbares, denn sie war weich und wohlklingend und verlieh jedem Worte, das er aussprach, den Anschein großer Wichtigkeit. Er hörte sich mit sichtlicher Befriedigung zu und schlug manchmal zu seiner eigenen Musik mit dem Kopfe den Takt oder rundete einen Satz mit einer gefälligen Handbewegung ab. Selbst damals schon, als ich noch gar nicht wußte, daß er sich nach dem Muster des hohen Lords, der sein Klient war, herangebildet hatte und allgemein »Konversationskenge« genannt wurde, machte er einen großen Eindruck auf mich.
»Da Mr. Jarndyce«, fuhr er fort, »von der – ich möchte sagen, verzweifelten – Lage unserer jungen Freundin unterrichtet ist, so bietet er ihr an, sie in einer Anstalt ersten Ranges unterbringen zu wollen, wo ihre Erziehung vollendet, ihr gutes Auskommen gesichert, für alle ihre Bedürfnisse, soweit sie vernünftig und nötig sind, gesorgt und sie selbst endlich befähigt werden soll, ihre Pflicht in der Lebensstellung zu erfüllen, die ihr anzuweisen – darf ich wohl sagen – der Vorsehung gefallen hat.«
Mein Herz war so tief ergriffen von dem, was er sagte, wie auch von der liebreichen Weise, in der er es tat, daß ich beim besten Willen kein Wort sprechen konnte.
»Mr. Jarndyce stellt keinerlei Bedingungen und spricht nur die Erwartung aus, daß unsere junge Freundin die fragliche Anstalt ohne sein Wissen und Zutun nicht verlassen und sich mit Fleiß der Erwerbung der Kenntnisse und Fertigkeiten widmen werde, durch deren Anwendung und Ausübung sie sich später soll erhalten können – und daß sie auf dem Pfade der Tugend und Ehre bleiben möge und – daß – hm – und so weiter.«
Ich konnte noch weniger sprechen als vorher.
»Nun, was sagt unsere junge Freundin?« fuhr Mr. Kenge

fort. »Laß dir Zeit, laß dir Zeit. Ich warte auf deine Antwort. Laß dir nur Zeit.«
Was ich zu diesem Anerbieten zu sagen versuchte, brauche ich nicht zu wiederholen. Was ich wirklich sagte, ist kaum des Erzählens wert. Und was ich fühlte und bis zu meiner letzten Stunde fühlen werde, das könnte ich nicht in Worte bringen.
Diese Unterredung fand in Windsor statt, wo ich mein ganzes Leben zugebracht hatte, soweit ich zurückdenken konnte. Acht Tage später verließ ich, reichlich mit allem Notwendigen versehen, den Ort, um mit der Landkutsche nach Reading zu fahren.
Mrs. Rachael war zu gut, um beim Abschied bewegt zu sein. Aber ich war nicht so gut und weinte bitterlich. Ich dachte, daß ich sie nach so vielen Jahren eigentlich besser kennen und mich bei ihr so in Gunst gesetzt haben sollte, daß ihr der Abschied weh tun müsse.
Als sie mir einen so kalten Abschiedskuß auf die Stirne drückte, als ob ein großer Tropfen von dem Eise oben an dem steinernen Torgewölbe niedertaute, fühlte ich mich so elend und schuldbewußt, daß ich sie umarmte und ihr sagte, ich wisse wohl, es sei meine Schuld, daß ihr der Abschied von mir so leicht werde.
»Nein, Esther«, entgegnete sie. »Dein Unglück ist schuld daran.«
Die Kutsche stand vor der kleinen Gartenpforte – wir waren erst aus dem Hause getreten, als wir sie hatten kommen hören –, und so verließ ich Mrs. Rachael mit bekümmertem Herzen. Sie ging hinein, ehe noch mein Koffer auf die Kutsche gehoben worden, und machte die Türe zu.
Solange ich das Haus sehen konnte, blickte ich mit Tränen in den Augen aus dem Fenster zurück. Meine Patin hatte Mrs. Rachael ihr ganzes kleines Vermögen vermacht, und es sollte Auktion sein; ein alter Kaminteppich mit Rosen darauf, der mir immer als das Schönste auf Erden vorgekommen war, hing draußen in Frost und Schnee. Ein oder zwei Tage vorher hatte ich meine liebe Puppe in ihren

Schal gewickelt und sie – fast schäme ich mich, es zu erzählen – im Garten unter dem Baum begraben, der das Fenster meines Kämmerchens beschattete. Ich hatte keinen Freund als einen Vogel, und den trug ich in seinem Käfig bei mir.
Als ich das Haus aus dem Gesicht verlor, setzte ich mich, den Käfig vor mir im Stroh, auf den niedrigen Vordersitz, um durch das Fenster hinauszuschauen auf die bereiften Bäume, die wie schöne Stücke Kalkspat aussahen. Die Felder hatte der Schnee in der Nacht glatt und weiß gemacht. Rot und kalt stand die Sonne am Himmel, und das Eis lag schwarz wie poliertes Eisen da, von den Schlittschuhläufern und Schlittenfahrern reingefegt.
Mir gegenüber saß ein Herr, der in einer Menge Umhüllungen sehr umfangreich aussah; aber er blickte zum andern Fenster hinaus und nahm keine Notiz von mir.
Ich dachte an meine tote Patin – an den Abend, wo ich ihr vorgelesen, an das erstarrte, zürnende Gesicht, mit dem sie auf dem Bette gelegen, an den fremden Ort, dem ich entgegenfuhr, an die Leute, die ich dort finden sollte, und wie sie wohl aussehen und zu mir sein würden, da machte mich eine Stimme in der Kutsche vor Schrecken auffahren.
»Warum, zum Teufel, weinst du denn!«
Ich erschrak so sehr, daß mir die Stimme versagte, und ich nur flüsternd fragen konnte:
»Ich, Sir?«
Natürlich konnte nur der Herr in den vielen Umhüllungen gesprochen haben, obgleich er immer noch zum Fenster hinaussah.
»Ja, du«, sagte er und drehte sich um.
»Ich wußte nicht, daß ich weinte, Sir«, stammelte ich.
»Aber du weinst. Sieh selbst.«
Er rutschte aus der andern Ecke des Wagens auf den Platz mir gegenüber, fuhr mir mit einem seiner großen Pelzaufschläge sanft über die Augen und zeigte mir dann, daß er naß war.
»Da! Jetzt weißt du's. Nicht wahr?«

»Ja, Sir.«
»Und warum weinst du? Gehst du nicht gern dorthin?«
»Wohin, Sir?«
»Wohin? Nun dahin, wohin du eben gehst.«
»Ich gehe sehr gern hin, Sir.«
»Nun also! Mach doch ein freundliches Gesicht!«
Der Herr kam mir höchst sonderbar vor; wenigstens was ich von ihm sehen konnte, war sehr merkwürdig. Bis ans Kinn eingehüllt, verschwand sein Gesicht fast unter einer Pelzmütze mit breiten Pelzohrklappen. Ich hatte mich wieder gefaßt und fürchtete mich nicht mehr vor ihm. Ich sagte ihm, ich hätte wegen des Todes meiner Patin geweint und weil Mrs. Rachael der Abschied von mir so leicht geworden sei.
»Der Kuckuck soll Mrs. Rachael holen!« brummte der Herr. »Soll sie beim nächsten Sturmwind auf einem Besenstiel wegfliegen!«
Ich fing jetzt an, mich doch wieder vor ihm zu fürchten, und betrachtete ihn mit größter Verwunderung. Aber er hatte freundliche Augen, wenn er auch fortfuhr, ärgerlich vor sich hin zu brummen und auf Mrs. Rachael zu schimpfen.
Nach einer kleinen Weile öffnete er seine oberste Hülle, die groß genug zu sein schien, um die ganze Kutsche damit zu bedecken, und fuhr mit dem Arm tief in seine Seitentasche.
»Da schau einmal!« sagte er. »In diesem Papier ist ein Stück von der besten Pflaumentorte, die für Geld zu haben ist – mit einem Zuckerüberguß, zolldick wie Fett auf einer Hammelkeule. Hier ist ein Pastetchen, ein Juwel an Größe und Beschaffenheit, aus Frankreich. Und woraus glaubst du wohl, ist es gemacht? Aus Leber von fetten Gänsen! Das ist eine Pastete! Wollen mal sehen, wie sie dir schmeckt.«
»Ich danke Ihnen bestens, Sir«, gab ich zur Antwort. »Ich bin Ihnen außerordentlich verbunden, aber – ich hoffe, Sie nehmen es nicht übel – es ist zu schwer für mich.«

»Wieder einmal abgefahren!« sagte der Gentleman – ich verstand nicht, was er damit meinte – und warf beides zum Fenster hinaus.

Er sprach kein Wort mehr mit mir, bis er kurz vor Reading die Kutsche verließ und mir sagte, ich solle ein gutes Mädchen sein und recht fleißig lernen. Dann schüttelte er mir die Hand. Ich muß gestehen, ich fühlte mich erleichtert, als er ausstieg. Wir ließen ihn an einem Meilenstein zurück. Oft später ging ich an dieser Stelle vorüber und mußte dabei noch lange Zeit an ihn denken, und immer erwartete ich so halb und halb, ihn wieder dort zu treffen. Aber er erschien nie, und so verschwand er allmählich aus meiner Erinnerung.

Als der Wagen anhielt, blickte eine sehr nette Dame zum Fenster herein und sagte:

»Miß Donny.«

»Nein, Maam. Esther Summerson.«

»Ja, ja, schon richtig«, sagte die Dame, »Miß Donny.«

Ich erriet jetzt, daß sie sich unter diesem Namen vorstellte, und entschuldigte mich wegen meines Irrtums. Auf ihren Wunsch zeigte ich ihr mein Gepäck. Unter der Leitung eines sehr saubern Dienstmädchens wurden meine Koffer auf eine winzige grüne Kutsche gepackt, und dann stiegen Miß Donny, das Mädchen und ich hinein und fuhren fort.

»Alles ist für Sie bereit, Esther«, wandte sich Miß Donny an mich, »und Ihr Stundenplan ist genau nach den Wünschen Ihres Vormunds Mr. Jarndyce festgesetzt.

»Meines – wie sagten Sie, Maam?«

»Ihres Vormunds Mr. Jarndyce.«

Ich war so verwirrt, daß Miß Donny wahrscheinlich glaubte, die Kälte sei für mich zu groß gewesen, und mir ihr Riechfläschchen anbot.

»Kennen Sie Mr. Jarndyce, meinen – Vormund, Maam?« fragte ich nach ziemlich langem Zögern.

»Nicht persönlich, Esther, nur durch seine Rechtsanwälte, die Herren Kenge & Carboy in London. Ein wirklich ausgezeichneter Gentleman, der Mr. Kenge. Diese Beredsamkeit! Sein Satzbau ist wahrhaft majestätisch.«

Ich wußte vollkommen die Wahrheit dieser Bemerkung zu würdigen, war aber zu verwirrt, um zu antworten. Unsere schnelle Ankunft an unserm Bestimmungsort, ehe ich Zeit hatte, mich zu fassen, vermehrte noch meine Verwirrung, und nie werde ich vergessen, welch unwirklichen und traumhaften Eindruck an jenem Nachmittage alles in Greenleaf – Miß Donnys Haus – auf mich machte.

Aber bald lebte ich mich ein und war in Greenleafs Stundenplan bald so zu Hause, als ob ich schon lange dort gewesen wäre. Mein altes Leben bei meiner Patin kam mir wie ein Traum vor. Alles ging hier nach dem Glockenschlag. Um das ganze Zifferblatt herum hatte alles seine festgesetzte Zeit und wurde genau in dem festgesetzten Augenblick verrichtet.

Wir waren zwölf Schülerinnen, und zwei Misses Donny – Zwillinge – standen uns vor. Man setzte voraus, daß ich später von meinen Kenntnissen als Gouvernante werde leben müssen, und ich wurde nicht nur in allem unterrichtet, was man in Greenleaf lehrte, sondern mußte auch sehr bald selbst Unterricht erteilen.

Obgleich man mich in jeder andern Hinsicht wie die übrigen Schülerinnen behandelte, so machte man diesen einzigen Unterschied doch von allem Anfang an. Je mehr ich selbst lernte, desto mehr gab ich Unterricht und bekam dadurch im Lauf der Zeit sehr viel zu tun. Das machte mir große Freude, und die Mädchen gewannen mich lieb. Sooft eine neue Schülerin niedergeschlagen ankam und sich unglücklich fühlte, erwählte sie mich so sicher – die Ursache weiß ich nicht – zu ihrer Freundin, daß schließlich alle neuen Ankömmlinge mir anvertraut wurden. Sie sagten, ich sei so gut gegen sie, aber eigentlich waren *sie* gut gegen mich. Ich dachte oft an den an meinem Geburtstag gefaßten Entschluß, fleißig, zufrieden und freundlichen Herzens zu sein, Gutes zu tun und mir Liebe zu erwerben, wo ich könnte; und wahrhaftig, ich schämte mich fast, so wenig getan und so viel gewonnen zu haben.

Ich verlebte in Greenleaf sechs glückliche stille Jahre. Dort las ich, Gott sei Dank, an meinem Geburtstag in keinem Gesicht, daß es besser gewesen, wenn ich nie geboren worden wäre. Sooft der Tag erschien, brachte er mir so viel Zeichen liebreicher Aufmerksamkeit, daß mein Zimmer geschmückt war vom Neujahrstag bis zu Weihnachten.

In diesen sechs Jahren war ich nie vom Hause weg gewesen außer auf Besuchen in der Nachbarschaft während der Feiertage.

Nach dem Schluß des ersten halben Jahres hatte ich Miß Donny um Rat gefragt, ob es schicklich sei, an Mr. Kenge zu schreiben, daß ich glücklich und voll Dankes wäre, und verfaßte dann mit ihrer Billigung einen solchen Brief. Ich erhielt eine formelle Antwort, die mit den Worten schloß: »Wir notierten den Inhalt Ihres Geschätzten, den wir seinerzeit unserm Klienten mitzuteilen nicht verabsäumen werden.«

Hie und da hörte ich Miß Donny und ihre Schwester davon sprechen, wie regelmäßig meine Rechnungen bezahlt würden, und ungefähr zweimal des Jahres wagte ich einen ähnlichen Brief zu schreiben. Ich empfing stets umgehend genau dieselbe Antwort mit derselben Kanzlistenschrift, unterschrieben »Kenge & Carboy« von einer andern Hand, von der ich annahm, sie müßte Mr. Kenges Handschrift sein.

Es kommt mir so seltsam vor, daß ich alles dieses von mir erzähle, als ob diese Geschichte die Geschichte *meines* Lebens wäre! Aber mein unbedeutendes Ich wird jetzt bald in den Hintergrund treten.

Sechs stille Jahre verlebte ich in Greenleaf, wie ich schon sagte, und wuchs mit meinen Freundinnen auf, als ich an einem Novembermorgen folgenden Brief empfing:

»Old Square Lincoln's Inn.

In Sachen Jarndyce kontra Jarndyce.

Madam!

Unser Klient, Mr. Jarndyce, der im Begriff steht, in Verfolg eines Dekretes des Kanzleigerichtshofs ein Mündel dieses Gerichts in schwebender Sache in sein Haus aufzunehmen, für das er eine passende Gesellschafterin wünscht, beauftragt uns, Sie zu benachrichtigen, daß er sich freuen würde, von Ihren Diensten in der gedachten Eigenschaft Gebrauch machen zu können.

Wir haben beordert, daß Sie franko Reisespesen nächsten Montag morgens mit der Achtuhrkutsche von Reading nach dem »Weißen Roß«, Piccadilly, London, befördert werden, wo einer unserer Schreiber Sie erwarten wird, um Sie nach unserer oben bezeichneten Kanzlei zu begleiten.

Wir empfehlen uns, Madam,

als Ihre gehorsamsten

Diener

Kenge & Carboy

An Miß Esther Summerson.«

O nie, nie, nie werde ich vergessen, welche Aufregung dieser Brief im Hause verursachte! Es war so gut von ihnen, daß sie sich soviel mit mir befaßten – so liebevoll von der Hand des Schicksals, meinen verwaisten Lebensweg so zu ebnen und mir so viele junge Herzen zugeneigt zu machen, daß ich es kaum ertragen konnte. Nicht, daß ich gewünscht hätte, es möchte ihnen weniger leid getan haben – das fürchte ich, war nicht der Fall –, aber Wonne und Schmerz, Stolz und Freude darüber und das Leid zugleich waren so miteinander verwoben, daß es mir fast das Herz brach, während es voller Entzücken überfloß.

Der Brief ließ mir nur fünf Tage Frist. Jede Minute in diesen fünf Tagen häufte neue Beweise von Liebe und Zuneigung auf mein Haupt, und als endlich der Morgen des Abschieds kam, da begleiteten mich meine Freundinnen durch alle Zimmer, der Erinnerung wegen.

»Liebste Esther, sage mir Lebewohl hier an diesem Bett,

wo du mir zum erstenmal so freundlich zusprachst!« bat mich eine Freundin, und einer andern mußte ich auf ein Blatt Papier ihren Namen schreiben und darunter: »In Liebe, Deine Esther.«

Und alle umringten mich mit ihren Abschiedsgeschenken, hingen weinend an mir und jammerten: »Was sollen wir nur anfangen, wenn unsere liebe, liebe Esther fort ist?«, und ich versuchte, ihnen zu sagen, wie dankbar ich ihnen sei für ihre Güte und Nachsicht gegen mich und wie ich sie alle segnete.

Wie ergriff es mich, als ich sah, wie bekümmert die beiden Miß Donnys mich scheiden ließen und die Dienstmädchen sagten: »Gott behüte Sie, Miß, wohin Sie auch immer gehen mögen.«

Und der häßliche lahme Gärtner, von dem ich gar nicht glaubte, daß er mich überhaupt kenne oder mich jemals gesehen habe, kam hinter der Kutsche nachgekeucht, um mir ein Geraniumsträußchen zu geben und zu sagen, ich sei das Licht seiner Augen gewesen. – Wirklich und wahrhaftig, der alte Mann sagte das.

Ich war in meiner Kutsche förmlich erdrückt vor Glück von alledem, und als ich an der Kinderschule vorbeikam und die Kleinen ihre Hüte schwenkten und ein grauköpfiger Herr und eine Dame, deren Tochter ich hatte unterrichten helfen und in deren Hause ich auf Besuch gewesen – sie galten für die stolzesten Leute in der ganzen Gegend –, immer und immer wieder riefen: »Leben Sie wohl, Esther, mögen Sie immer glücklich sein!«, da mußte ich viele, viele Male sagen: »Oh, ich bin so dankbar, so von Herzen dankbar.«

Aber bald sah ich ein, daß ich nach allem, was man für mich getan, an den Ort, wohin ich gehen sollte, keine Tränen mitbringen dürfe. Deshalb bezwang ich mich und redete mir selbst zu: Esther, du mußt dich fassen, das geht so nicht! Ich kühlte mir die Augen mit Lavendelwasser, und es war höchste Zeit, wie ich dachte, denn wir mußten meiner Ansicht nach jede Minute in London sein.

Ich war vollständig überzeugt, wir seien bereits dort, als wir noch zehn Meilen Weges vor uns hatten, und daß wir niemals hinkommen würden, als wir bereits mittendrin waren. Als wir über das Steinpflaster holperten und, wie ich immerwährend fürchtete, alle Augenblicke mit andern Wagen zusammenstoßen mußten, fing ich endlich an zu glauben, wir näherten uns dem Ende unserer Reise. Bald darauf hielten wir.

Ein tintenbespritzter junger Mann redete mich auf dem Trottoir mit den Worten an:

»Ich bin von Kenge & Carboy, Miß, von Lincoln's Inn.«

»Sie erwarten mich wohl, Sir?«

Der junge Mann war sehr höflich, und als er mir in einen Fiaker half und die Besorgung meines Gepäcks veranlaßt hatte, fragte ich ihn, ob in der Nähe ein großes Feuer sei, denn die Straßen waren so voll von dickem braunem Qualm, daß man kaum etwas erkennen konnte.

»O nein, Miß. Das ist Londoner ›Echter‹.«

Ich hatte diesen Ausdruck noch nie gehört.

»Nebel, Miß.«

Wir fuhren langsam durch die schmutzigsten und dunkelsten Straßen, die es meiner Meinung nach in der Welt geben konnte, und durch ein so lärmendes Gewühl, daß ich mich wunderte, wie die Leute ihre fünf Sinne beisammenhalten konnten, bis wir durch einen alten Torweg über einen stillen Platz in eine sonderbare Ecke kamen, wo breite steile Stufen zu einem Tor führten wie zu einer Kirchentür. Und wirklich war auch daneben ein Friedhof hinter Klostergebäuden; ich konnte die Grabsteine durch das Treppenfenster sehen.

Hier war Kenge & Carboys Kanzlei. Der junge Mann führte mich durch die Schreibstube in Mr. Kenges Privatzimmer – es war niemand drin – und rückte mir höflich einen Lehnstuhl an den Kamin. Dann machte er mich auf einen kleinen Wandspiegel aufmerksam.

»Im Falle Sie nach der Reise einmal hineinzuschauen wünschten, Miß, ehe Sie vor dem Kanzler erscheinen.

Nicht daß es im geringsten nötig wäre«, setzte er höflich hinzu.
»Vor dem Kanzler erscheinen?« sagte ich, einen Augenblick ganz erschrocken.
»Eine bloße Formsache, Miß! Mr. Kenge ist jetzt bei Gericht. Er läßt sich Ihnen empfehlen, und wenn Sie vielleicht etwas genießen wollen: – Backwerk und eine Karaffe mit Wein stehen dort auf dem kleinen Tischchen, und hier ist die Zeitung« – der junge Mann überreichte sie mir. Dann schürte er das Feuer und ließ mich allein.
Alles war so seltsam – um so seltsamer, da bei Tag die Lichter brannten mit weißer Flamme und trotz des Feuers eine fröstelnde Temperatur herrschte –, daß ich die Worte in der Zeitung las, ohne sie zu erfassen, und mich dabei ertappte, daß ich dieselben Sätze immer wieder von vorn anfing.
Ich legte die Zeitung hin, sah in den Spiegel, ob mein Hut noch in Ordnung sei, betrachtete das nur halb erhellte Zimmer, die schlechten staubigen Tische und die Aktenstöße und einen Bücherschrank voll von so ausdruckslos aussehenden Büchern, als ob gar nichts in ihnen stünde. Und dann dachte ich weiter und weiter und weiter, und das Feuer brannte und brannte, und die Lichter qualmten und flackerten – und es war keine Lichtschere da –, bis der junge Mann endlich eine sehr schmutzige brachte, wohl zwei volle Stunden lang.
Endlich erschien Mr. Kenge. Er sah ganz aus wie früher, aber er wunderte sich, mich so verändert zu finden, und schien sich darüber zu freuen.
»Da Sie die Gesellschafterin der jungen Dame werden sollen, die sich jetzt im Privatzimmer des Kanzlers befindet, Miß Summerson«, sagte er, »so glaubten wir, es sei gut, wenn Sie ebenfalls da wären. Sie werden sich doch vor dem Lordkanzler nicht fürchten, hoffe ich?«
»Nein, Sir«, sagte ich. »Ich glaube nicht.«
Bei einiger Überlegung sah ich auch wirklich nicht ein, warum ich mich hätte fürchten sollen.
Mr. Kenge reichte mir seinen Arm, und wir gingen um die

Ecke herum unter einer Kolonnade zu einer Seitentür hinein. Durch einen Korridor kamen wir in ein behagliches Zimmer, wo eine junge Dame und ein junger Herr an einem großen Kamin standen, in dem das Feuer laut prasselte. Ein Schirm stand zwischen ihnen und dem Kamin, und sie lehnten sich daran und plauderten miteinander.

Sie sahen beide auf, als ich eintrat. Die junge Dame war ein sehr schönes Mädchen mit reichem goldblondem Haar, sanften blauen Augen und einem heitern, unschuldigen, vertrauensvollen Gesicht.

»Miß Ada«, stellte mich Mr. Kenge vor, »hier ist Miß Summerson!«

Die junge Dame streckte mir mit freundlichem Lächeln die Hand entgegen, schien aber im Augenblick andern Sinnes zu werden, kam auf mich zu und küßte mich; kurz, sie hatte ein so natürliches und gewinnendes Wesen, daß wir nach wenigen Minuten im Schein des Feuers zusammen am Fenster saßen und so ungeniert und heiter wie nur möglich miteinander plauderten.

Eine Last war von meinem Herzen genommen. Ich fühlte mich so glücklich, daß sie Vertrauen zu mir fassen und Gefallen an mir finden konnte.

Es war so gut von ihr und so ermutigend für mich.

Der junge Herr, ein entfernter Vetter von ihr, wie sie mir sagte, hieß Richard Carstone. Er war ein hübscher junger Mann mit einem intelligenten Gesicht und einem sehr gewinnenden Lachen; und nachdem sie ihn zu uns ans Feuer gerufen hatte, plauderte er so lustig wie ein leichtherziger Knabe. Er mußte sehr jung sein, höchstens neunzehn, war aber fast zwei Jahre älter als sie. Beide waren sonderbarerweise Waisen und hatten sich vorher nie gesehen. Daß wir uns alle drei zum erstenmal an diesem ungewöhnlichen Orte trafen, war allein schon wert, daß man davon redete, und wir unterhielten uns darüber. Das Feuer hatte aufgehört, so laut zu prasseln, und zwinkerte uns mit seinen roten Augen zu – wie sich Richard ausdrückte – wie ein schläfriger alter Gerichtslöwe.

Wir unterhielten uns ziemlich leise, weil ein Herr in Kniehosen und Schuhen und einer Zopfperücke häufig ins Zimmer kam, wobei wir beim Aufgehen der Tür stets ein schläfriges Summen in der Ferne hörten. Es stammte, wie er uns sagte, von einem Advokaten, der gerade in unserer Sache vor dem Lordkanzler plädierte.

Fast gleich darauf öffnete er wieder die Tür und ließ Mr. Kenge eintreten. Sodann begaben wir uns alle in das nächste Zimmer: voran Mr. Kenge mit – meinem Liebling; der Ausdruck ist mir so natürlich geworden, daß er mir von selbst in die Feder kommt.

Dort saß, einfach in Schwarz gekleidet, in einem Lehnstuhl vor einem Tisch am Kamin Seine Lordschaft. Sein Gerichtstalar, mit schönen Goldtressen besetzt, lag auf einem Stuhl daneben. Er warf einen forschenden Blick auf uns, als wir eintraten, aber sein Benehmen war höflich und gütig.

Der Herr mit der Perücke legte Akten auf den Tisch, und Seine Lordschaft suchte schweigend ein Heft heraus und blätterte darin.

»Miß Clare«, begann der Lordkanzler, »Miß Ada Clare?«

Mr. Kenge stellte sie vor, und Seine Lordschaft bat sie, neben ihm Platz zu nehmen. Daß er sie bewunderte und großes Interesse an ihr nahm, konnte sogar ich auf den ersten Blick sehen.

Es tat mir weh, daß eine kahle trockene Beamtenstube das Vaterhaus eines so schönen und jungen Geschöpfes sein sollte. Der Lord-Oberkanzler erschien mir trotz seines guten Willens ein armseliger Ersatz für liebende Eltern zu sein.

»Der in Frage kommende Jarndyce«, fragte der Lordkanzler, immer noch in dem Hefte blätternd, »ist Jarndyce von Bleakhaus?«

»Jarndyce von Bleakhaus, Mylord«, bestätigte Mr. Kenge.

»Ein trauriger Name, Mr. Kenge.«

»Aber jetzt kein trauriger Ort mehr, Mylord.«

»Und Bleakhaus«, sagte Seine Lordschaft, »liegt in –?«

»Hertfordshire, Mylord.«
»Mr. Jarndyce von Bleakhaus ist unverheiratet?«
»Ja, Mylord.«
Eine Pause.
»Der junge Mr. Richard Carstone ist anwesend?« warf der Lordkanzler einen Blick auf den jungen Mann.
Richard verbeugte sich und trat vor.
»Hm«, sagte der Lordkanzler und blätterte weiter.
»Mr. Jarndyce von Bleakhaus, Mylord«, erklärte Mr. Kenge mit leiser Stimme, »sucht, wenn ich mir erlauben darf, Ew. Lordschaft daran zu erinnern, eine geeignete Gesellschafterin für –«
»Für Mr. Richard Carstone?« glaubte ich den Lordkanzler mit einem Lächeln sagen zu hören.
»Für Miß Ada Clare! Hier ist die junge Dame! Miß Summerson!«
Seine Lordschaft schenkte mir einen freundlich herablassenden Blick und erwiderte meine Verbeugung sehr gnädig.
»Miß Summerson ist, glaube ich, mit keiner der Parteien in dieser Sache verwandt?«
»Nein, Mylord.«
»Mr. Kenge beugte sich, ehe er dies sagte, ein wenig vor und flüsterte etwas. Der Kanzler hörte zu, die Augen auf seine Akten geheftet, nickte zwei- oder dreimal, blätterte um und blickte mich nicht wieder an, bis wir uns verabschiedeten.
Mr. Kenge trat jetzt mit Richard wieder zurück zu mir in die Nähe der Tür und ließ Ada neben dem Lordkanzler sitzen. Seine Lordschaft sprach mit ihr eine Weile allein, fragte sie, wie sie mir später erzählte, ob sie den Schritt, den sie zu tun im Begriffe stehe, sich auch wohl überlegt habe und glaube, sie werde sich bei Mr. Jarndyce von Bleakhaus glücklich fühlen, und weshalb sie das denke. Gleich darauf erhob er sich höflich grüßend und sprach ein paar Minuten lang mit Richard Carstone im Stehen und mit viel mehr Ungeniertheit und weniger Förmlich-

keit, als ob er trotz seines Ranges als Lordkanzler immer noch wüßte, wie man den geraden Weg zu dem Herzen eines jungen Mannes findet.

»Sehr gut«, sagte er dann laut. »Ich werde das Dekret ausfertigen lassen. Mr. Jarndyce von Bleakhaus hat, soweit ich beurteilen kann« – er sah mich dabei an –, »eine sehr gute Gesellschafterin für die junge Dame gefunden, und das erscheint mir als das Beste, was unter den gegebenen Umständen geschehen kann.«

Er entließ uns freundlich, und wir alle waren ihm für seine Leutseligkeit und Höflichkeit, durch die er gewiß nichts an Würde verloren, sondern nur gewonnen hatte, sehr verbunden.

Als wir in den Säulengang kamen, erinnerte sich Mr. Kenge, daß er noch einmal zurück müsse, um sich nach etwas zu erkundigen, und ließ uns in dem Nebel stehen, wo des Lordkanzlers Wagen und Bediente warteten.

»Nun, das wäre überstanden«, sagte Richard Carstone. »Und wo gehen wir jetzt hin, Miß Summerson?«

»Wissen Sie es nicht?«

»Nicht im mindesten.«

»Und Sie auch nicht, liebe Ada?« fragte ich.

»Nein, wenn Sie es nicht wissen, Miß Summerson.«

»Ich durchaus nicht.«

Wir sahen einander an und lachten, daß wir dastanden wie Kinder, die sich im Walde verirrt haben, als eine seltsame kleine Alte mit einem zerdrückten Hut und einem großen Strickbeutel knicksend und lächelnd sich uns mit höchst feierlicher Miene näherte.

»Oh«, sagte sie. »Die Mündel in Sachen Jarndyce! Schätze mich sehr glücklich, die Ehre zu haben. Ein gutes Omen für Jugend, Hoffnung und Schönheit, an diesem Ort zusammenzukommen und nicht zu wissen, was daraus werden soll.«

»Verrückt!« flüsterte uns Richard zu, in dem Glauben, sie könne es nicht hören.

»Sehr richtig! Verrückt, junger Herr!« antwortete die Alte

so rasch, daß Richard wie begossen dastand. »Ich war selbst einst ein Mündel. Damals war ich nicht verrückt«, setzte sie mit einer tiefen Verbeugung und einem Lächeln nach jedem kleinen Satz hinzu. »Ich war jung und voll Hoffnung. Ich glaube, ich war auch schön. Darauf kommt es jetzt aber sehr wenig an. Weder Jugend noch Hoffnung noch Schönheit halfen mir etwas. Ich habe die Ehre, den Gerichtssitzungen regelmäßig beizuwohnen. Mit meinen Dokumenten. Ich erwarte ein Urteil. Binnen kurzem. Am Tage des Jüngsten Gerichts. Ich habe entdeckt, daß das sechste Siegel in der Offenbarung das Große Siegel ist. Es ist schon seit langer Zeit geöffnet. Erlauben Sie mir, daß ich Ihnen Glück wünsche.«
Da Ada etwas erschrocken war, sagte ich, um der armen Alten nicht weh zu tun, daß wir ihr sehr verbunden wären.
»Ja-a!« antwortete sie geziert. »Das glaube ich. Und hier kommt ›Konversationskenge‹. Mit *seinen* Dokumenten. Wie geht es Ew. Würden?«
»Danke, danke. Aber bitte, belästigen Sie uns nicht, gute Frau«, sagte Mr. Kenge, indem er uns zurückgeleitete.
»O gewiß nicht«, entschuldigte sich die arme Alte, neben Ada und mir hergehend. »Will durchaus nicht belästigen. Ich werde beiden Güter schenken; was doch gewiß keine Belästigung ist. Ich erwarte ein Urteil. Am Tage des Jüngsten Gerichts. Ein gutes Omen für Sie. Nehmen Sie meinen Glückwunsch entgegen.«
Sie blieb unten an der steilen, breiten Treppe stehen, und als wir uns beim Hinaufgehen umsahen, stand sie immer noch da und sagte immer noch mit einem Knicks und einem Lächeln bei jedem kleinen Satz:
»Jugend! Und Hoffnung! Und Schönheit! Und Kanzleigericht! Und Konversationskenge! Ha! Bitte, nehmen Sie meinen Glückwunsch entgegen!«

4. Kapitel

Menschenliebe mit dem Fernrohr vor den Augen

Wir sollten die Nacht bei Mrs. Jellyby zubringen, sagte uns Mr. Kenge, als wir wieder in seinem Zimmer angekommen waren; und dann wendete er sich zu mir: »Ich setze voraus, daß Sie wissen, wer Mrs. Jellyby ist?«

»Nein, ich weiß es wirklich nicht, Sir«, gab ich zur Antwort. »Vielleicht weiß es Mr. Carstone – oder Miß Clare –«

Aber nein, auch sie wußten nichts von Mrs. Jellyby.

»Wirklich? – Mrs. Jellyby«, erklärte Mr. Kenge, mit dem Rücken zum Kamin gekehrt und die Augen auf den staubigen Fußteppich geheftet, als ob dort Mrs. Jellybys Biographie geschrieben stünde, »ist eine Dame von höchst bemerkenswerter Charakterstärke, die sich ganz den öffentlichen Angelegenheiten widmet. Sie hat sich schon zu verschiedenen Zeiten einer großen Anzahl öffentlicher Fragen zugewendet und ist augenblicklich mit Afrika beschäftigt, in der Absicht, die allgemeine Pflege des Kaffeestrauchs und der Eingebornen und die glückliche Ansiedlung des Überschusses unserer vaterländischen Bevölkerung an den Ufern der afrikanischen Flüsse zu fördern. Mr. Jarndyce, der immer bereit ist, ein Werk, das mit der Zeit Gutes zu schaffen verspricht, zu unterstützen, und Philanthropen sehr hochschätzt, hat, glaube ich, eine sehr hohe Meinung von Mrs. Jellyby.«

Mr. Kenge zupfte seine Halsbinde zurecht und sah uns an.

»Und Mr. Jellyby, Sir?« fragte Richard.

»Oh! Mr. Jellyby ist – hm – ich kann ihn nicht besser beschreiben, als wenn ich sage, er ist der Gatte der Mrs. Jellyby.«

»Eine Null, Sir?« fragte Richard mit einem komischen Blick.

»Das will ich nicht behaupten«, entgegnete Mr. Kenge ernst, »denn ich weiß gar nichts von Mr. Jellyby. Soviel ich mich erinnern kann, habe ich niemals das Vergnügen gehabt. Er mag ein sehr ausgezeichneter Mann sein, aber er ist sozusagen in den glänzenden Eigenschaften seiner Gattin – verschwunden, rein verschwunden.«
Mr. Kenge erklärte uns dann, daß eine Fahrt nach Bleakhaus an einem solchen Abend sehr langweilig und unangenehm sein würde und Mr. Jarndyce, da wir ohnedies heute schon eine Reise hinter uns hätten, selbst dieses Arrangement vorgeschlagen habe. Zeitig am nächsten Morgen sollte uns ein Wagen bei Mrs. Jellyby abholen. Er schellte sodann, und der junge Mann, Guppy hieß er, trat ein. Gefragt, ob mein Gepäck bereits besorgt worden wäre, bejahte er und fügte hinzu, ein Wagen stünde unten für uns bereit.
»So bleibt mir nichts weiter übrig«, sagte Mr. Kenge und schüttelte uns die Hände, »als meine lebhafte Befriedigung – guten Tag, Miß Clare – über die heute getroffene Anordnung auszusprechen sowie meine lebhafte – leben Sie wohl, Miß Summerson! – Hoffnung, daß sie zum Glück, zur Wohlfahrt – sehr erfreut gewesen, Mr. Carstone! – und zum Vorteil für alle Beteiligten in jeder Hinsicht ausschlagen möge. Guppy, Sie fahren mit hin.«
»Wo ist ›hin‹, Mr. Guppy?« fragte Richard, als wir die Treppe hinabgingen.
»Es ist ein Katzensprung«, erklärte Mr. Guppy. »Nach Thavies Inn, Sie wissen.«
»Ich könnte nicht sagen, daß ich es wüßte, denn ich komme von Winchester und bin fremd in London.«
»Gleich um die Ecke! Wir schneiden die Chancery Lane in Holborn durch und sind in vier Minuten auf die Sekunde dort. Das ist ein Londoner Echter jetzt, was, Miß?«
Mr. Guppy schien sich meinetwegen darüber sehr zu freuen.
»Der Nebel ist wirklich furchtbar«, gab ich zu.
»Aber er scheint Ihnen nicht zu schaden«, sagte Mr.

Guppy und ließ den Wagentritt herunter. »Er scheint Ihnen im Gegenteil gutzutun, Miß. Nach Ihrem Aussehen zu urteilen.«
Ich wußte, es war ein harmloses Kompliment, und lachte mich selbst aus, daß ich darüber rot geworden war. Er warf dann den Wagenschlag zu und setzte sich auf den Bock, und wir lachten alle und scherzten über unsere Unerfahrenheit und die Seltsamkeit Londons, bis wir endlich durch einen Torweg einfuhren und an unserm Bestimmungsort landeten, einer engen Straße mit hohen Häusern, die wie eine längliche Zisterne für den Nebel aussah.
Vor dem Hause, an dem wir hielten und an dessen Tür sich eine blind gewordene Messingplatte mit der Inschrift: »Jellyby« befand, stand eine kleine Gruppe Menschen, meistens Kinder.
»Erschrecken Sie nicht«, rief Mr. Guppy zum Kutschenfenster herein. »Einer der kleinen Jellybys ist mit dem Kopf im Hausflurgitter steckengeblieben.«
»Das arme Kind«, sagte ich. »Bitte, lassen Sie mich hinaus.«
»Nehmen Sie sich in acht, Miß! Die kleinen Jellybys sind ein bißchen merkwürdig!« warnte Mr. Guppy.
Ich drängte mich zu dem armen Kind, das, über die Maßen schmutzig und ganz erhitzt und vor Angst laut schreiend, mit dem Kopf zwischen zwei Gitterstäben stak, während ein Milchmann und ein Kirchspieldiener in der besten Absicht sich bemühten, es bei den Beinen wieder herauszuziehen, wahrscheinlich in der Meinung, daß der Kopf sich von selbst der Weite der Öffnung anbequemen würde.
Ich beruhigte das Kind, und als ich fand, daß es sehr klein war und nur einen sehr großen Kopf hatte, dachte ich mir, wo der Kopf durchgekommen ist, muß auch der Körper durchgehen, und äußerte, der beste Weg, das Kind herauszubringen, sei, es vorwärts zu schieben. Der Milchmann und der Kirchspieldiener führten mit solchem Eifer meinen Vorschlag aus, daß sie den Kleinen auf der Stelle in das Kellergeschoß geschoben haben würden, wenn ich ihn

nicht noch beim Röckchen erwischt hätte. Richard und Mr. Guppy liefen in die Küche hinab, um ihn drinnen in Empfang zu nehmen. Wir erlösten ihn glücklich aus der Klemme, und sein erstes war, daß er mit einem Reifen wie besessen auf Mr. Guppy losschlug.

Von den Hausbewohnern hatte sich niemand gezeigt mit Ausnahme einer Person in Pantoffeln, die von unten mit einem Besen nach dem Kinde gestoßen hatte – zu welchem Zwecke, weiß ich nicht und sie wahrscheinlich ebensowenig. Ich vermutete daher, Mrs. Jellyby sei nicht zu Hause, und war ganz überrascht, als uns die Person in dem Gange ohne Holzschuhe empfing, vor Ada und mir her nach dem rückwärtigen Zimmer des Erdgeschosses ging und anmeldete:

»Die beiden jungen Damen sind hier, Missis Jellyby.«

Wir kamen unterwegs an mehreren Kindern vorbei, über die man im Finstern zu stolpern kaum vermeiden konnte, und als wir vor Mrs. Jellyby erschienen, fiel eins der armen Kleinen gerade mit großem Lärm die Treppe hinab; eine ganze Stiege, wie es mir klang.

Mrs. Jellyby, deren Gesicht nichts von der Unruhe zeigte, die wir nicht verbergen konnten, als wir den Kopf des armen Kindes bei jeder Stufe hohl aufschlagen hörten – Richard sagte uns später, er habe sieben gezählt, den Treppenabsatz nicht mit eingerechnet –, empfing uns mit vollkommenem Gleichmut. Sie war eine hübsche, sehr kleine und wohlbeleibte Frau zwischen vierzig und fünfzig Jahren mit schönen Augen, die immer in weite Ferne zu blikken schienen, als ob sie – mit Richards Worten zu reden – nichts Näheres als Afrika sehen könnten.

»Es freut mich außerordentlich«, sagte Mrs. Jellyby mit einer angenehmen Stimme, »das Vergnügen zu haben, Sie bei mir zu sehen. Ich schätze Mr. Jarndyce ungemein, und niemand, an dem er Anteil nimmt, kann mir gleichgültig sein.«

Wir drückten unsern Dank aus und setzten uns hinter die Tür auf einen lahmen Invaliden von einem Sofa. Mrs. Jellyby hatte sehr hübsches Haar, war aber von ihren afrikanischen Pflichten zu sehr in Anspruch genommen, um es haben kämmen zu können. Der Schal, der sie lose umhüllte, fiel auf den Stuhl, als sie uns entgegenkam; und als sie sich umdrehte, um ihren Platz wieder einzunehmen, konnte es uns nicht entgehen, daß ihr Kleid hinten offenstand und in der Mitte einen Zwischenraum mit einem Gitterwerk von Korsettschnüren sehen ließ – gleich einer Sommerlaube. Das Zimmer, von einem großen, mit einem Wust von Schriften bedeckten Schreibtisch fast ausgefüllt, sah im höchsten Grade schmutzig aus, und der Fußboden war mit Papier belegt. Während alles dies unsern Gesichtssinn angenehm in Anspruch nahm, erquickte unser Ohr wiederum das Geräusch eines draußen die Treppe hinunterkollernden Kindes, dessen Geschrei dann jemand unten in der Küche zu ersticken schien.

Was mir am meisten auffiel, war ein abgearbeitet und ungesund aussehendes, wenn auch keineswegs häßliches Mädchen, das am Schreibtisch saß, am Ende seiner Feder kaute und uns anstarrte.

So mit Tinte imprägniert ist, glaube ich, noch nie ein Mensch gewesen. Von ihrem wirren Haar angefangen bis zu ihren zierlichen Füßen herunter, die ausgefranste, zerschlissene und hinten niedergetretene Atlasschuhe entstellten, schien sie, von der kleinsten Nadel an, kein Kleidungsstück an sich zu haben, das in gehöriger Ordnung gewesen wäre oder am richtigen Fleck gesessen hätte.

»Sie sehen mich wie gewöhnlich sehr beschäftigt«, sagte Mrs. Jellyby und schneuzte die beiden großen, in zinnernen Leuchtern steckenden Kerzen, die einen starken Geruch von warmem Unschlitt im Zimmer verbreiteten. Das Feuer war ausgegangen und im Kamin nichts als Asche, ein Bündel Holz und ein Schüreisen.

»Sie finden mich wie gewöhnlich sehr beschäftigt, aber Sie werden das entschuldigen. Das afrikanische Projekt nimmt gegenwärtig meine ganze Zeit in Anspruch. Es hat mich in Briefverkehr mit vielen für das Allgemeinwohl begeisterten öffentlichen Körperschaften und Privatpersonen im ganzen Lande gebracht. Es freut mich, sagen zu können, daß es einen bedeutenden Aufschwung nimmt. Wir hoffen, nächstes Jahr um diese Zeit hundertfünfzig bis zweihundert rüstige Familien mit Kaffeeanbau und der Erziehung der Eingeborenen von Borriobula-Gha am linken Nigerufer beschäftigen zu können.«

Da Ada nichts sagte und mich nur hilfesuchend ansah, bemerkte ich, daß das außerordentliche Befriedigung gewähren müsse.

»Es gewährt große Befriedigung«, bestätigte Mrs. Jellyby. »Freilich erfordert es die Anspannung aller meiner Kräfte, aber das hat nichts zu sagen; wenn es nur gelingt. Und ich glaube von Tag zu Tag mehr an den Erfolg. Wissen Sie, Miß Summerson, ich wundere mich eigentlich, daß Sie niemals Ihre Blicke auf Afrika gerichtet haben?«

Diese Wendung des Gesprächs kam mir so unerwartet, daß ich nicht recht wußte, was darauf antworten. Ich machte die Einwendung, das Klima sei –

»Das schönste Klima der Welt«, unterbrach Mrs. Jellyby.

»Wirklich, Maam?«

»Gewiß! Bei der nötigen Vorsicht. Sie können nach Holborn gehen und überfahren werden, wenn Sie die nötigen Vorsichtsmaßregeln außer acht lassen. Dagegen können Sie nach Holborn gehen und brauchen durchaus nicht, wenn Sie acht geben, überfahren zu werden. Genauso verhält es sich mit Afrika.«

Ich sagte: »Natürlich« – ich dachte dabei an Holborn.

»Wenn Sie vielleicht über diesen Punkt« – Mrs. Jellyby schob uns einen Stoß Papiere hin – »und über das Thema im allgemeinen nachlesen wollen, während ich einen Brief zu Ende diktiere – hier meiner ältesten Tochter, die mir als Amanuensis dient« – das Mädchen am Tisch hörte auf, an der Feder zu kauen, und erwiderte unsere Begrüßung mit einer Verbeugung, die halb verschämt, halb trotzig war –, »so werde ich vorderhand fertig sein«, fuhr Mrs. Jellyby mit süßem Lächeln fort, »obgleich meine Arbeit nie zu Ende geht. Wo sind wir stehengeblieben, Caddy?«

»– entbietet Mr. Swallow ihre Empfehlungen und bittet –«
»– und bittet um Erlaubnis«, diktierte Mrs. Jellyby, »ihn in Beantwortung seiner Anfrage, das afrikanische Projekt betreffend, informieren zu dürfen. – Nein, Peepy! unter keinen Umständen!«
Peepy war das unglückliche Kind, das die Treppe hinuntergefallen war und jetzt das Diktat durch sein Erscheinen unterbrach, ein Pflaster auf der Stirn kleben hatte und auf seine verwundeten Knie zeigte, an denen Ada und ich nicht wußten, was wir am meisten bedauern sollten – die Beulen oder den Schmutz. Mrs. Jellyby sagte mit der ihr in allen Lagen eigenen ruhigen Fassung: »Geh hinaus, du Nichtsnutz!« und wendete ihre schönen Augen wieder Afrika zu.
Da sie mit ihrem Diktat sogleich fortfuhr und ich sie dadurch nicht störte, wagte ich in aller Stille, den armen Jungen, als er hinausgehen wollte, aufzuhalten und ihn auf den Schoß zu nehmen. Er machte darüber und daß Ada ihn küßte, ein ganz verwundertes Gesicht, schlief aber bald in meinen Armen ein, in immer längeren Zwischenräumen schluchzend, bis er endlich ganz still wurde.
Ich war zu sehr mit Peepy beschäftigt, als daß ich auf die Einzelheiten des Briefes hätte acht geben können. Ich empfing nur einen allgemeinen Eindruck von der hohen Wichtigkeit Afrikas im Gegensatz zur Nichtigkeit aller andern Länder und Dinge, daß ich mich wirklich schämte, bisher so wenig darüber nachgedacht zu haben.
»Sechs Uhr«, sagte Mrs. Jellyby endlich. »Unsere Speisestunde ist nominell, denn wir speisen zu allen Stunden. Eigentlich um fünf Uhr! Caddy, zeige Miß Clare und Miß Summerson ihre Zimmer. Sie wollen sich vielleicht ein wenig umkleiden? Sie werden mich gewiß entschuldigen, aber ich bin sehr beschäftigt. O das garstige Kind! Bitte, setzen Sie es doch hin, Miß Summerson.«
Ich bat um Erlaubnis, den Kleinen bei mir behalten zu dürfen, da er mir gar nicht lästig falle, trug ihn hinauf und legte ihn auf mein Bett.

Ada und ich hatten zwei Zimmer im ersten Stock, die durch eine Tür verbunden waren. Sie sahen ungemein kahl und unordentlich aus, und als Gardinenhalter an meinem Fenster diente eine Gabel.
»Sie hätten vielleicht gern warmes Wasser?« fragte Miß Jellyby und sah sich vergeblich nach einem Henkelkrug um.
»Wenn es keine Umstände macht.«
»Ach, daran läge nichts«, entgegnete Miß Jellyby. »Die Frage ist nur, ob welches da ist.«
Der Abend war so kalt und die Zimmer rochen so dumpfig, daß es uns wirklich recht unbehaglich wurde und Ada fast geweint hätte. Wir lachten jedoch bald wieder und waren eifrig mit Auspacken beschäftigt, als Miß Jellyby mit der Nachricht zurückkehrte, sie bedauere sehr, aber warmes Wasser sei nicht zu haben; sie könne den Teekessel nicht finden und der Waschkessel in der Küche sei zerbrochen.
Wir baten sie, sich doch nicht weiter zu inkommodieren, und beeilten uns soviel wie möglich, um wieder hinunter in die geheizte Stube zu kommen.
Aber alle kleinen Kinder standen draußen an der Treppe vor der Tür, um das seltene Schauspiel des auf meinem Bette schlafenden Peepy zu genießen, und in einem fort störte uns das beständige Erscheinen von Nasen und Fingern in höchst gefährlichen Lagen zwischen Tür und Angel. Es war unmöglich, auch nur eines der beiden Zimmer zu verschließen, denn mein Türschloß, an dem die Klinke fehlte, sah aus, als wenn es erst mit einem großen Uhrschlüssel aufgezogen werden müßte; und obgleich Ada den Griff an ihrem Schloß mit der größten Leichtigkeit um und um drehen konnte, so übte das doch nicht die geringste Wirkung auf die Tür selbst aus.
Deshalb schlug ich den Kindern vor, hereinzukommen und an meinem Tisch recht brav zu sein, und versprach, ihnen die Geschichte vom kleinen Rotkäppchen zu erzählen, während ich mich anzöge. Das taten sie auch und

waren so still wie die Mäuschen, mit Einschluß Peepys, der noch zur rechten Zeit erwachte, ehe der Wolf auftrat. Als wir hinuntergingen, sahen wir eine aus einem Trinkbecher mit der Aufschrift »Andenken an den Tunbridge-Brunnen« improvisierte Lampe auf dem Treppenabsatz blaken, und ein Mädchen, das geschwollene Gesicht mit Flanell verbunden, blies das Feuer im »Salon«, der mit Mrs. Jellybys Zimmer durch eine jetzt offene Tür in Verbindung stand, an und erstickte fast dabei. Der Kamin rauchte dermaßen, daß wir eine halbe Stunde lang hustend und tränenden Auges am offenen Fenster sitzen mußten, während Mrs. Jellyby mit unerschütterlich freundlichem Gleichmut Briefe über Afrika diktierte.

Es war ganz gut, daß sie so beschäftigt war, denn Richard erzählte uns unterdessen, daß er sich die Hände in einer Pastetenschüssel habe waschen müssen und daß sie den so emsig gesuchten Teekessel endlich auf seinem Toilettentisch gefunden hätten; und darüber mußte Ada so lachen, daß auch ich mich nicht mehr zurückhalten konnte.

Kurz nach sieben Uhr gingen wir hinunter zum Essen, vorsichtig auf Miß Jellybys Rat, denn die Treppenteppiche saßen nicht fest und waren so zerrissen, daß sie die reinsten Fußangeln bildeten.

Wir hatten einen schönen Schellfisch, Roastbeef, Koteletts und einen Pudding; ein vortreffliches Diner, wenn nicht alles fast roh gewesen wäre. Das Mädchen mit dem verbundenen Gesicht bediente und ließ alles auf den Tisch fallen, wo es gerade hinfiel, und rührte es nicht eher wieder an, bis sie es am Schluß auf die Treppe setzte. Die Person mit den Pantoffeln – wahrscheinlich die Köchin – erschien ebenfalls häufig und focht mit dem Mädchen an der Tür Scharmützel aus; und es schien ein großer Haß zwischen beiden zu herrschen.

Während des ganzen Mahles, das sehr lange dauerte, weil sich unvorhergesehene Zwischenfälle ereigneten, wie zum Beispiel, daß die Schüssel mit den Kartoffeln irrtümlich im Kohlenkasten abgesetzt und vergessen worden war und der Griff des Korkziehers abging und dem Dienstmädchen an das Kinn flog, behielt Mrs. Jellyby ihren Gleichmut unbeirrbar bei. Sie erzählte uns viel Interessantes von Borriobula-Gha und den Eingeborenen und nahm selbst bei Tisch so viele Briefe in Empfang, daß Richard, der neben ihr saß, vier Kuverts auf einmal in der Bratensauce schwimmen gesehen haben wollte.

Einige der Briefe enthielten Berichte von Damenkomitees oder Beschlüsse von Frauenversammlungen, die sie uns vorlas – andere Anfragen von Leuten, deren Leidenschaften über gewisse, die Pflege des Kaffeestrauchs und der Eingebornen betreffende Fragen heftig erregt waren; wieder andere verlangten umgehend Antwort, und um diese auf der Stelle geben zu können, schickte Mrs. Jellyby ihre älteste Tochter drei- oder viermal vom Essen weg zum Schreibtisch. Sie hatte unendlich viel zu tun und ging ohne Zweifel, wie sie uns gesagt hatte, in der Sache ganz auf.

Ich hätte gerne gewußt, wer der sanfte bebrillte Herr mit einer Glatze sein könnte, der sich auf einen freien Stuhl setzte, als der Fisch weggenommen war, ruhig und widerstandslos Borriobula-Gha über sich ergehen ließ, aber selbst nicht Farbe bekannte. Da er nicht ein Sterbenswörtchen sprach, hätte man ihn für einen Eingeborenen halten können, aber dem stand seine Gesichtsfarbe im Wege.

Erst als wir vom Tisch aufstanden und er allein mit Richard zurückblieb, fiel mir die Möglichkeit ein, es könne Mr. Jellyby sein.

Es war wirklich Mr. Jellyby.

Ein geschwätziger junger Mann namens Mr. Quale, mit großen, glänzenden Beulen anstatt Schläfen und zurückgebürstetem Haar, der abends zu Besuch kam, erklärte Ada, er sei Philanthrop, und nannte das Ehebündnis zwischen Mrs. und Mr. Jellyby die Vereinigung von Geist und Stoff.

Dieser junge Mann wußte viel von Afrika und seinem Plane, die Kaffeeansiedler zu lehren, die Eingebornen im Drechseln von Pianofortebeinen zu unterrichten und damit einen Exporthandel zu treiben, zu erzählen. Es bereitete ihm ein besonderes Vergnügen, Mrs. Jellyby von sich sprechen zu machen, indem er sie z. B. fragte: »Ich glaube wirklich, Mrs. Jellyby, Sie haben schon an einem Tage hundertfünfzig bis zweihundert Briefe über Afrika empfangen, nicht wahr?« Oder: »Wenn mich mein Gedächtnis nicht trügt, Mrs. Jellyby, so erwähnten Sie einmal, Sie hätten einmal fünftausend Zirkulare auf einen Sitz abgeschickt.« Mrs. Jellybys Antwort wiederholte er dann wie ein Dolmetscher stets noch einmal.

Den ganzen Abend saß Mr. Jellyby in einer Ecke, den Kopf gegen die Wand gelehnt, als ob er sehr niedergeschlagen wäre. Er habe mehrere Male den Mund geöffnet, erzählte uns Richard, als er nach dem Essen mit ihm allein gewesen, als hätte er etwas auf dem Herzen, aber jedesmal habe er ihn zu Richards großer Verwirrung wortlos wieder zugemacht.

Mrs. Jellyby, in einem wahren Nest umhergestreuter Papiere sitzend, trank den ganzen Abend Kaffee und diktierte zwischendurch ihrer ältesten Tochter. Sie hatte auch eine Disputation mit Mr. Quale, die sich, soweit ich verstehen konnte, um die allgemeine Verbrüderung der Menschheit drehte, und gab einige wunderschöne Sentenzen zum besten.

Ich war keine so aufmerksame Zuhörerin, wie ich hätte wünschen mögen, denn Peepy und die andern Kinder drängten sich in einer Ecke des Zimmers um Ada und mich und baten, wir möchten ihnen noch eine Geschichte erzählen. So setzten wir uns denn unter sie und erzählten ihnen flüsternd das Märchen vom gestiefelten Kater und ich weiß nicht, was sonst noch, bis sich Mrs. Jellyby ihrer zufällig erinnerte und sie zu Bett schickte. Da Peepy zu weinen anfing und nur von mir zu Bett gebracht werden wollte, so trug ich ihn hinauf, wo das Dienstmädchen mit dem verbundenen Gesicht wie ein Drache unter die kleine Schar fuhr und sie in ihre Krippen jagte.

Nachher bemühte ich mich, unser Zimmer ein bißchen

hübsch zu machen und ein recht eigensinniges Feuer, das man im Kamin angezündet hatte, zum Brennen zu überreden, bis es schließlich wirklich hell aufloderte.
Als ich wieder herunterkam, bemerkte ich, daß Mrs. Jellyby mich etwas geringschätzig ansah, offenbar, weil ich so unbedeutend war.
Es war fast Mitternacht, ehe wir Gelegenheit fanden, zu Bett zu gehen, und selbst da blieb Mrs. Jellyby noch unter ihren Papieren und trank Kaffee, und ihre Tochter kaute an der Feder.
»Ein merkwürdiges Haus«, meinte Ada, als wir oben waren. »Wie seltsam von meinem Vetter Jarndyce, uns hierher zu schicken.«
»Liebe Ada«, sagte ich, »ich bin auch ganz verwirrt. Ich möchte gern daraus klug werden, aber es will mir nicht gelingen.«
»Woraus?« fragte Ada mit ihrem reizenden Lächeln.
»Aus all dem, was wir hier sehen. Es ist gewiß sehr verdienstlich von Mrs. Jellyby, sich so viel Mühe zum Besten der Eingebornen zu geben – und doch – Peepy und überhaupt der Haushalt!«
Ada lachte und schlang ihren Arm um meinen Nacken, als ich vor dem Feuer stand und hineinblickte, sagte mir, ich sei ein stilles, gutes Wesen und hätte ihr Herz gewonnen.
»Sie denken an alles, Esther«, sagte sie, »und sind doch so heiter. Und Sie legen überall Hand an, und so anspruchslos! Sie würden selbst dieses Haus wohnlich und gemütlich machen.«
Das einfache liebe Geschöpf! Sie war sich so gar nicht bewußt, daß sie nur sich selbst pries und vor lauter Herzensgüte so viel aus mir machte.
»Darf ich Sie etwas fragen, Ada?« sagte ich, als wir eine kleine Weile vor dem Feuer gesessen hatten.
»Aber soviel Sie wollen!«
»Wegen Ihres Vetters Mr. Jarndyce. Ich verdanke ihm so viel! Möchten Sie ihn mir nicht beschreiben.«
Ada schüttelte ihr blondes Haar aus dem Gesicht und sah

mich so verwundert lachend an, daß ich selbst ganz erstaunt war – zum Teil über ihre Schönheit, zum Teil über ihre Überraschung.
»Esther!« rief sie.
»Liebe Ada?«
»Ich soll Ihnen meinen Vetter Jarndyce beschreiben?«
»Nun ja, ich habe ihn niemals gesehen.«
»Aber ich doch auch nicht«, lachte Ada.
»Das ist aber merkwürdig!«
Nein, sie hatte ihn wirklich niemals gesehen. So jung sie gewesen war, als sie eine Waise wurde, erinnerte sie sich doch, daß ihrer Mutter jedesmal die Tränen in die Augen traten, wenn sie von ihm und der Hochherzigkeit seines Charakters sprach, auf die man mehr als auf alles andre in der Welt vertrauen könne. Deshalb hielt Ada auf ihren Vetter Jarndyce große Stücke. Er hätte ihr vor einigen Monaten geschrieben, erzählte sie, einen einfachen, ehrlichen Brief, in dem er ihr das jetzt zustande gekommene Arrangement vorschlug und ihr sagte, »daß sie mit der Zeit einige der Wunden heilen könnte, die der unselige Kanzleigerichtsprozeß geschlagen habe«.
Sie hatte den Vorschlag dankbar angenommen, ebenso wie Richard, der einen ähnlichen Brief erhalten. Richard hatte Mr. Jarndyce einmal gesehen. Aber nur ein einziges Mal vor fünf Jahren in Winchester in der Schule. Er erinnere sich seiner als eines »derben, blühenden Gesellen«, mehr konnte er Ada nicht sagen.
Ich machte mir darüber so viel Gedanken, daß ich noch vor dem Feuer sitzen blieb, als Ada schlafen gegangen war, und mir allerlei seltsame Vorstellungen von Bleakhaus machte. Wie weit alles seit gestern morgen in der Vergangenheit zurückzuliegen schien! Ich weiß nicht, wohin meine Gedanken noch abgeschweift wären, hätte mich nicht ein Klopfen an der Tür geweckt.
Ich öffnete leise und sah Miß Jellyby fröstelnd draußen stehen, eine geknickte Kerze in einem zerbrochnen Leuchter in der einen Hand und einen Eierbecher in der andern.

»Gute Nacht«, sagte sie höchst mißgelaunt.
»Gute Nacht!«
»Darf ich hereinkommen?« fragte sie kurz und unvermittelt in demselben übelgelaunten Ton.
»Gewiß. Wecken Sie nur Miß Clare nicht auf!«
Sie wollte nicht Platz nehmen, sondern blieb am Feuer stehen, tauchte ihren tintenbekleckseten Mittelfinger in den Eierbecher, in dem sich Essig befand, und bestrich sich damit die Tintenflecke in ihrem Gesicht. Sie runzelte dabei die Stirn und sah sehr böse drein.
»Ich wollte, Afrika wäre tot«, sagte sie auf einmal.
Ich wollte einige Einwendungen machen.
»Ja, das ist mein Wunsch«, sagte sie. »Reden Sie nichts, Miß Summerson. Ich hasse und verabscheue es. Es ist eine Viecherei.«
Ich tröstete, sie sei müde, und bedauerte sie. Ich legte die Hand auf ihre Stirn und sagte, sie sei jetzt heiß, werde aber morgen gewiß wieder kühler geworden sein.
Sie stand immer noch grollend und stirnrunzelnd vor mir, dann setzte sie den Eierbecher hin und wendete sich leise nach dem Bett, wo Ada schlummerte.
»Sie ist sehr hübsch«, sagte sie mit demselben bösen Gesicht und in ihrer barschen Weise.
Ich nickte lächelnd.
»Eine Waise, nicht wahr?«
»Ja.«
»Weiß aber wahrscheinlich sehr viel? Kann tanzen, Klavier spielen und singen? Französisch und Geographie und den Globus und nähen und alles mögliche?«
»Jedenfalls.«
»Ich kann es nicht. Ich kann kaum etwas anderes als schreiben. Ich schreibe in einem fort für Mama. Mich wundert nur, daß ihr euch beide nicht geschämt habt, heute nachmittag hereinzukommen, wo ihr gesehen habt, daß ich weiter nichts kann. Das sieht eurer Bosheit ähnlich. Ihr haltet euch natürlich für sehr feine Damen!«
Ich konnte sehen, daß das arme Mädchen das Weinen

ankam, und setzte mich, ohne ein Wort zu entgegnen, wieder auf meinen Stuhl und sah sie so sanft ich konnte an.

»Es ist eine Schmach«, fuhr sie fort. »Sie wissen es ganz gut. Das ganze Haus ist eine Schmach. Die Kinder sind eine Schmach. Papa ist unglücklich, und es ist kein Wunder. Priscilla trinkt – trinkt unaufhörlich. Es ist eine wahre Schande und eine Erfindung, wenn Sie sagen würden, Sie hätten es heute nicht gerochen. Als sie heute bei Tisch bediente, roch es wie in einer Schenke; Sie wissen das ganz gut.«

»Mein liebes Kind, ich weiß es nicht.«

»Sie wissen es!« wies sie mich kurz ab. »Sie sollen nicht sagen, Sie wüßten es nicht. Sie wissen es ja doch.«

»Aber liebes Kind, wenn Sie mich nicht sprechen lassen wollen –«

»Aber Sie sprechen doch jetzt. Oder nicht? Erzählen Sie mir keine Geschichten, Miß Summerson!«

»Liebes Kind, wenn Sie mich nicht anhören wollen –«

»Ich brauche Sie nicht anzuhören.«

»O doch! Sie sollten es wenigstens tun! Ich kann doch das nicht wissen, was Sie vorhin von dem Mädchen sagten, denn es kam bei Tisch gar nicht in meine Nähe; übrigens bezweifle ich gar nicht, was Sie mir sagen, und es tut mir leid, es zu hören.«

»Sie brauchen sich kein Verdienst daraus zu machen.«

»Gewiß nicht, liebes Kind«, sagte ich. »Das wäre sehr töricht von mir.«

Das Mädchen stand immer noch neben dem Bett und beugte sich jetzt nieder, immer noch mit demselben unzufriedenen Gesicht, und küßte Ada. Dann kam sie leise wieder zurück und stellte sich neben meinen Stuhl. Ihre Brust hob sich krampfhaft; ich bemitleidete sie sehr, hielt es aber für besser, zu schweigen.

»Ich wollte, ich wäre tot«, brach sie endlich los. »Ich wollte, wir wären alle tot. Es wäre viel besser für uns.«

Im nächsten Augenblick kniete sie vor mir auf dem Fußboden, verbarg ihr Gesicht in meinem Kleid, bat mich leidenschaftlich um Verzeihung und weinte. Ich tröstete sie und wollte sie aufheben. Aber sie rief: »Nein, nein!« und duldete es nicht.

»Sie haben Mädchen unterrichtet«, schluchzte sie. »Wenn Sie mir hätten Unterricht geben können, hätte ich von Ihnen lernen können! Ich bin so unglücklich und liebe Sie so sehr!«

Ich konnte sie nicht überreden, sich neben mich zu setzen. Das einzige war, daß sie sich einen Schemel nahm und sich darauf kniete, immer noch dabei mein Kleid festhaltend. Allmählich schlief das arme, müde Mädchen ein, und ich hob leise ihren Kopf in die Höhe, daß er auf meinem Schoße zu ruhen kam, und deckte uns beide mit Schals zu. Das Feuer ging aus, und die ganze Nacht schlummerte sie so vor dem erkaltenden Kamin.

Anfangs konnte ich nicht einschlafen und versuchte vergeblich, mich mit geschlossenen Augen in den Szenen des Tages zu verlieren. Langsam, sehr langsam wurden sie undeutlich und verwirrt. Ich fing an, über die Identität der auf meinem Schoße Schlummernden unklare Vorstellungen zu bekommen. Jetzt war es Ada, dann wieder eine meiner alten Freundinnen aus Reading, und es kam mir unglaubhaft vor, daß sie vor so kurzer Zeit erst Abschied von mir genommen hätten. Dann war es die kleine verrückte Alte, müde vom Knicksen und Lächeln; dann wieder eine Autoritätsperson in Bleakhaus. Zuletzt war es niemand, und auch ich war niemand.

Der stockblinde Tag kämpfte mühsam mit dem Nebel, als ich die Augen öffnete und dem starr auf mich gehefteten Blick eines schmutzigen kleinen Gespenstes begegnete. Peepy war aus seinem Bettchen gestiegen und in seinem Nachtjäckchen und Mützchen zu mir gekrochen und fror so sehr, daß ihm die Zähne klapperten.

5. Kapitel

Ein Morgenabenteuer

Obgleich der Morgen rauh war und der Nebel immer noch dicht zu sein schien – ich sage ›schien‹ – denn die Fensterscheiben waren so mit Schmutz überzogen, daß der hellste Sonnenschein durch sie trübe ausgesehen hätte –, konnte ich mir doch das Unbehagliche eines Morgens in diesem Hause zu deutlich vorstellen und war zu neugierig auf London, um den Vorschlag Miß Jellybys, einen Spaziergang zu machen, nicht für einen guten Gedanken zu halten.

»Mama wird so bald nicht herunterkommen«, sagte sie, »und dann wird möglicherweise das Frühstück eine Stunde später fertig. Sie trödeln so. Pa nimmt, was er kriegen kann, und geht dann ins Bureau. Ein ordentliches Frühstück hat er in seinem Leben noch nicht gehabt. Priscilla läßt ihm am Abend vorher Brot und Milch draußen, wenn welche da ist. Manchmal ist keine da, und manchmal säuft sie die Katze. Aber ich fürchte, Sie werden müde sein, Miß Summerson, und möchten sich vielleicht lieber ins Bett legen.«

»Ich bin durchaus nicht müde, liebes Kind, und würde viel lieber ausgehen.«

»Wenn Sie wirklich Lust haben«, sagte Miß Jellyby, »will ich mich anziehen.«

Ada erklärte sich ebenfalls bereit mitzugehen und war bald fertig. Peepy machte ich den Vorschlag, ich wolle ihn waschen – da ich nichts Besseres für ihn tun konnte – und ihn dann wieder in mein Bett legen. Er ließ sich das mit der besten Miene, die man von ihm erwarten konnte, gefallen und glotzte mich während der ganzen Prozedur an, als wäre er in seinem ganzen Leben noch nie so erstaunt gewesen. Er sah dabei recht weinerlich aus, war aber ganz still und fiel sogleich in tiefen Schlaf, als alles vorbei war.

Anfangs hatte ich so meine Bedenken, ob ich mir solche Freiheiten herausnehmen dürfe, aber dann fiel mir ein, daß niemand im Hause es bemerken würde.
Das Kind zu waschen, mich anzuziehen und Ada zu helfen, machte mich bald ziemlich warm. Miß Jellyby fanden wir am Kamin im Schreibzimmer stehen, wo Priscilla mit einem rußigen Talglicht ein Feuer anzuzünden bemüht war. Damit es besser brenne, warf sie schließlich die Kerze hinein. Alles lag noch so da, wie wir es am Abend verlassen hatten, und sollte offenbar immer so bleiben. Unten war das Tischtuch nicht weggenommen, sondern für das Frühstück liegengeblieben. Krumen, Staub und zerknülltes Papier lagen überall im Hause herum. Ein paar blecherne Bierkrüge und eine Milchkanne hingen auf dem Hofgitter. Die Türe stand offen, und wir begegneten der Köchin an der nächsten Ecke, als sie gerade aus einer Schenke kam und sich den Mund wischte. Sie sagte uns im Vorbeigehen, sie habe nachgesehen, wie spät es sei. Vorher trafen wir noch Richard, der Thavies Inn auf und ab tanzte, um sich die Füße zu wärmen. Unser frühzeitiges Erscheinen überraschte ihn höchst angenehm, und er schloß sich mit großer Freude unserm Spaziergang an.
So nahm er Ada unter seine Obhut, und Miß Jellyby und ich gingen voraus. Miß Jellyby hatte wieder ihr mißgelauntes Wesen angenommen, und ich würde ihr nicht geglaubt haben, daß sie mich so gerne habe, wenn sie es mir nicht wiederholt gesagt hätte.
»Wohin wollen wir gehen?« fragte sie.
»Irgendwohin, liebes Kind.«
»Irgendwohin heißt nirgendshin«, sagte sie und machte störrisch halt.
»Nun, so machen Sie selbst einen Vorschlag!«
Sie fing darauf an, sehr rasch zu gehen.
»Mir ist alles gleich«, rief sie aus. »Sie haben es gehört, Miß Summerson, ich sage, mir ist alles gleich – aber wenn er auch mit seiner glänzenden buckligen Stirn jeden Abend zu uns käme, bis er so alt wäre wie Methusalem, würde ich

kein Wort mit ihm sprechen. Zu was für Eseln er und Mama sich machen!«
»Aber Kind«, mußte ich sagen, »Ihre Pflicht als Tochter –«
»Ach, sprechen Sie mir nicht von Kindespflicht, Miß Summerson; erfüllt Mama vielleicht ihre Mutterpflicht? Immerfort Afrika und Öffentlichkeit! Sollen Afrika und die Öffentlichkeit Kindespflicht an den Tag legen; sie haben mehr damit zu tun als ich! Das empört Sie wahrscheinlich! Nun, mich empört's auch; so empört uns die Sache beide, und damit Schluß.«
Sie führte mich noch schneller die Straße entlang.
»Aber trotz alledem, ich sage noch einmal, mag er kommen und kommen und wieder kommen, ich habe mit ihm nichts zu schaffen. Ich kann ihn nicht ausstehen. Wenn ich etwas auf der Welt hasse und verabscheue, so ist es das Zeug, was er und Mama miteinander schwatzen. Ich wundere mich nur, daß die Pflastersteine vor unserm Haus Geduld haben, dort zu bleiben und Zeuge zu sein von solchen Widersprüchen und all dem hohltönenden Unsinn und von Mamas Wirtschaft.«
Sie konnte natürlich nur Mr. Quale meinen, den jungen Herrn, der gestern nach dem Essen erschienen war.
Aus der unangenehmen Lage, mehr über dieses Thema hören zu müssen, retteten mich Richard und Ada, indem sie uns jetzt in scharfem Schritt nachkamen und lachend fragten, ob wir einen Wettlauf veranstalten wollten. So unterbrochen, wurde Miß Jellyby still und ging mürrisch neben mir her, während ich den häufigen Szenenwechsel und die Verschiedenartigkeit der Straßen bewunderte und die vielen schon so früh umhereilenden Leute, die Menge Wagen, die Geschäftigkeit beim Auskehren der Läden und beim Arrangieren der Auslagen und die seltsamen zerlumpten Gestalten, die verstohlen im Kehricht nach Nadeln und anderm Abfall wühlten, anstaunte.
»Schauen Sie nur, Kusine«, sagte hinter mir Richards heitere Stimme zu Ada, »es scheint, als sollten wir gar nicht aus dem Kanzleigericht herauskommen! Wir sind auf

einem andern Weg wieder zu dem Ort unseres gestrigen Zusammentreffens gekommen, und – beim Großen Siegel – da steht schon wieder die alte Frau!«
Und wirklich, da stand sie, unmittelbar vor uns, knicksend und lächelnd, und sagte mit ihrer gestrigen Gönnermiene:
»Die Mündel in Sachen Jarndyce! Schätze mich unendlich glücklich!«
»Sie stehen zeitig auf, Maam«, sagte ich, als sie mir ihren Knicks machte.
»Ja-a! Ich gehe gewöhnlich hier früh spazieren! Ehe die Sitzung anfängt. Es ist so still hier. Ich sammle hier meine Gedanken für die Geschäfte des Tages«, schwätzte die Alte geziert. »Das Geschäft verlangt sehr viel Überlegung. Dem Kanzleigerichtshof zu folgen ist unendlich schwer.«
»Wer ist das, Miß Summerson?« fragte mich flüsternd Miß Jellyby und drückte meinen Arm fester an sich.
Das Gehör der kleinen Alten war merkwürdig scharf. Sie antwortete auf der Stelle selbst.
»Eine Prozessierende, mein Kind. Zu dienen. Ich habe die Ehre, den Gerichtssitzungen regelmäßig beizuwohnen. Mit meinen Dokumenten. Habe ich die Ehre, mit noch einer der jungen Parteien in Sachen Jarndyce zu sprechen?« fragte sie und richtete sich, den Kopf auf die Seite geneigt, von einem sehr tiefen Knicks wieder auf.
Richard, der seinen gestrigen Verstoß wiedergutmachen wollte, setzte mit großer Gutmütigkeit auseinander, daß Miß Jellyby mit dem Prozeß nichts zu tun habe.
»So, so! Sie erwartet also kein Urteil? Sie wird aber doch alt werden. Aber nicht so alt. O Gott nein. Das ist der Garten von Lincoln's Inn. Ich nenne ihn meinen Garten. Er ist ein wahres Paradies im Sommer. Wo die Vögel melodisch singen. Ich verbringe die größte Zeit der langen Gerichtsferien hier. In Betrachtung. Die großen Ferien kommen Ihnen wohl auch außerordentlich lang vor?«
– Wir sagten ja, da sie es zu erwarten schien. –
»Wenn die Blätter von den Bäumen fallen und keine Blu-

men mehr blühen, um zu Sträußen für den Gerichtshof des Lordkanzlers gebunden zu werden, dann sind die Ferien um, und das sechste Siegel, von dem in der Offenbarung die Rede ist, kommt wieder hervor. Bitte, kommen Sie mit und sehen Sie sich meine Wohnung an. Es wäre ein gutes Omen für mich! Jugend und Hoffnung und Schönheit kommen sehr selten hin. Seit langer, langer Zeit haben sie mich nicht besucht.«

Sie hielt mich bei der Hand gefaßt und zog mich und Miß Jellyby vorwärts, während sie Richard und Ada winkte, nachzukommen.

Ich fand keine Ausflucht und blickte hilfesuchend auf Richard. Da ihm die Sache Spaß machte und seine Neugierde erregte und ihm ebenfalls nichts einfiel, wie er die Alte loswerden könnte, ohne sie zu beleidigen, so führte sie uns unbehindert weiter, und er und Ada folgten uns. Ununterbrochen versicherte uns diese seltsame Führerin mit lächelnder Herablassung, daß sie ganz in der Nähe wohne. Das stimmte. Sie wohnte in so unmittelbarer Nähe, daß wir gar keine Zeit gehabt hätten, uns zu sträuben, und schon in wenigen Augenblicken vor ihrer Wohnung standen. Sie führte uns durch ein kleines Seitenpförtchen in eine schmale Nebengasse, die zu Lincoln's Inn gehörte, blieb plötzlich stehen und sagte: »Hier wohne ich. Bitte, treten Sie ein.«

Wir hielten vor einem Laden, über dem geschrieben stand:

Krook: Hadern- und Flaschenlager

darunter in langen dünnen Buchstaben:

Krook: Lager von Kram aller Art

In einem Fenster hing das Bild einer roten Papiermühle, vor der aus einem Wagen Säcke mit Hadern abgeladen wurden.

Auf einer andern Scheibe stand:

Ankauf von Knochen

auf einer dritten:

Ankauf von Küchenabfall

auf einer vierten:

Ankauf von altem Eisen

auf einer fünften:

Ankauf von altem Papier

auf einer sechsten:

Ankauf von Herren- und Damenkleidern

Alles schien hier gekauft und nichts verkauft zu werden. Die Auslage war voll von schmutzigen Flaschen aller Art: Wichsflaschen, Medizin-, Ingwerbier- und Sodawasserflaschen, Einmachgläsern, Wein- und Tintenkrügen. Besonders letztere verliehen dem Laden das Aussehen, zumal er in der Nachbarschaft eines Gerichts sich befand, als ob er gewissermaßen ein schmieriger Schmarotzer oder verstoßener Verwandter des Gesetzes sei. Ihre Zahl war sehr groß. Vor der Tür stand eine kleine, wacklige Bank mit modrigen alten Bänden darauf und einem Zettel:

Juristische Bücher, 9 d das Stück

Von den erwähnten Inschriften waren mehrere mit einer Kanzlistenhand geschrieben, ähnlich den Akten, die ich in der Kanzlei von Kenge & Carboy gesehen, und den Briefen, die ich während so langer Zeit empfangen hatte. Mitten unter ihnen prangte ein Zettel von der gleichen Handschrift, der aber nichts mit dem Geschäfte zu tun hatte, sondern meldete, daß ein anständiger Mann von fünfundvierzig Jahren sich zum reinlichen und pünktlichen Abschreiben juristischer und anderer Schriften empfehle: *Adresse: Nemo, abzugeben bei Mr. Krook, hierselbst.* Auch einige alte Advokatentaschen, blaue und rote, hingen herum. Nicht weit von der Tür lagen im Laden auf dem Fußboden Haufen von alten zerknitterten Pergamentrollen und vergilbten Akten mit großen Eselsohren. Die rostigen Schlüssel, die als altes Eisen zu Hunderten übereinander gehäuft waren, mochten wohl früher dazu bestimmt gewesen sein, die Zimmer oder die Akten- und Geldschränke von Kanzleien abzuschließen. Dicke Lumpenbündel, halb aus einer einbeinigen hölzernen Waag-

schale, die ohne Gegengewicht von einem Balken herabbaumelte, heraushängend, schienen aus zerrissenen Talaren von Anwälten zu bestehen, man brauchte sich nur noch einzubilden, wie Richard Ada und mir zuflüsterte, als wir in der Türe standen, daß der Haufen abgenagter Knochen in der Ecke aus Klientengebeinen bestünde, und das Bild wäre vollständig gewesen.
Da es immer noch neblig und dunkel war und außerdem die nur wenige Schritte entfernte Mauer von Lincoln's Inn das Licht absperrte, würden wir wenig gesehen haben, wenn sich nicht ein alter Mann mit Brille und Pelzmütze im Laden mit einer brennenden Laterne herumbewegt hätte. Er wendete sich zufällig nach der Tür und erblickte uns.
Er war klein, leichenhaft und verwittert; der Kopf stak ihm schief zwischen den Schultern, und wie der Atem als sichtbarer Dampf aus seinem Munde kam, sah der Mann aus, als ob er inwendig brenne. Hals, Kinn und Augenbrauen waren so bereift mit weißen Haaren und so runzlig von Adern und Hautfalten, daß er aussah wie eine alte überschneite Wurzel.
»Hihi«, sagte der Alte und trat in die Tür. »Haben Sie etwas zu verkaufen?«
Wir wichen natürlich einen Schritt zurück und sahen unsere Führerin an, die sich bemühte, das Haustor mit einem Schlüssel zu öffnen, nach dem sie lange in der Tasche herumgesucht hatte. Richard sagte zu ihr, wir wollten uns, zumal wir nicht viel Zeit hätten, verabschieden, da wir ihre Wohnung jetzt wüßten. Aber so leichten Kaufes war von ihr nicht loszukommen. Sie benahm sich so phantastisch und bat so ernst und dringend, mit ihr hinaufzukommen und nur einen Augenblick ihre Behausung anzusehen, beharrte in ihrer harmlosen Weise so hartnäckig darauf, besonders mich als gutes Omen hineinzuführen, daß ich ihr gewähren mußte, ohne erst die andern fragen zu können.
Wahrscheinlich waren wir alle mehr oder weniger neugie-

rig – jedenfalls wurden wir es, als der alte Mann sie mit seinen Überredungskünsten unterstützte und uns zuredete: »Ja, ja! Tun Sie ihr doch den Gefallen! Kostet höchstens eine Minute! Nur herein, nur herein! Kommen Sie durch den Laden, wenn die andere Tür nicht aufzuschließen geht.«

Wir traten daher alle, ermutigt durch Richards fröhliche Laune und auf seinen Schutz vertrauend, ein.

»Mein Hauswirt Krook«, stellte die kleine Alte mit großer Herablassung den Ladeninhaber vor. »Seine Nachbarn nennen ihn den Lordkanzler. Sein Laden heißt: Der Kanzleigerichtshof. Ein sehr exzentrischer Mann. Kurioser Kauz. Ich versichere Ihnen, er ist sehr sonderbar.«

Sie nickte wiederholt und deutete mit dem Finger auf die Stirn, um auszudrücken, daß wir ihm etwas zugute halten müßten.

»Er ist ein klein wenig – Sie wissen schon – ver-«, sagte sie mit gnädiger Herablassung. Der Alte überhörte es scheinbar und lachte.

»Es ist schon wahr«, sagte er, als er uns mit der Laterne vorausleuchtete, »daß sie mich den ›Lordkanzler‹ und meinen Laden ›Das Kanzleigericht‹ nennen. Aber warum glauben Sie wohl, nennen sie mich den ›Lordkanzler‹ und meinen Laden ›Das Kanzleigericht‹?«

»Ich weiß nicht«, erwiderte Richard ziemlich gleichgültig.

»Sie müssen wissen«, der Alte blieb stehen und drehte sich um, »daß sie ... Hi! Ist das aber ein schönes Haar! Ich habe drei Säcke voll Frauenhaar unten im Keller, aber keins ist so schön und weich wie dieses. Was für eine Farbe, und die Geschmeidigkeit!«

»Ich dächte, lieber Freund«, sagte Richard, es höchlichst mißbilligend, daß der Alte eine von Adas Locken durch seine gelbe Hand gleiten ließ, »Sie könnten es bewundern wie wir andern, ohne sich diese Freiheit zu nehmen.«

Mr. Krook schoß einen so scharfen Blick auf ihn, daß es sogar meine Aufmerksamkeit von Ada ablenkte, die erschrocken und errötend so merkwürdig schön aussah, daß sie selbst die ruhelosen Augen der kleinen Alten zu fesseln schien – aber da Ada sich einmischte und lachend sagte, sie könne auf eine so ungeschminkte Bewunderung nur stolz sein, beruhigte sich Mr. Krook schnell wieder.

»Sie sehen, ich habe so viel Sachen hier«, fuhr er fort und leuchtete mit der Laterne herum, »so vielerlei – und alles, wie die Nachbarn, die es nicht verstehen, meinen, nur zum Vermodern, daß man mich und meinen Laden deshalb so getauft hat. Ich habe viele alte Pergamente und Papiere in meinem Lager und eine Vorliebe für Rost und Moder und Spinnweben. Alles, was Fisch ist, geht mir ins Netz. Und es ist mir ganz unmöglich, etwas wieder herauszugeben, was ich einmal habe – so denken wenigstens meine Nachbarn, aber was verstehen die davon –, oder etwas zu ändern, rein machen oder fegen oder ausbessern zu lassen. Dadurch habe ich den Spitznamen ›Kanzleigericht‹ bekommen. Mir ist das einerlei. Ich besuche meinen vornehmen und gelehrten Kollegen so ziemlich jeden Tag, wenn er im Gericht Sitzung hat. Er beachtet mich nicht, aber ich beachte ihn. Der Unterschied zwischen uns ist nicht groß. Wir wühlen beide in altem Plunder. Hi, Lady Jane!«

Eine große, graue Katze sprang von einem nahen Brett auf seine Achsel und erschreckte uns alle.

»Hi! Zeig ihnen, wie du kratzen kannst. Hi! Kratz, Lady Jane!« Die Katze sprang auf den Boden und hakte ihre tigerartigen Krallen in ein Bündel Hadern. Es gab einen Ton, der mir durch Mark und Bein ging.

»So macht sie es mit jedem Lebendigen auch, auf den ich sie hetze«, sagte der Alte. »Ich handle unter anderm auch mit Katzenfellen, und ihres wurde mir ebenfalls angeboten. Es ist ein sehr schönes Fell, wie Sie sehen, aber ich habe es ihr nicht über die Ohren gezogen! Das war nicht Kanzleigerichtsbrauch, werden Sie sagen.«

Wir waren jetzt durch den Laden gegangen, und er öffnete eine Hintertür, die auf den Hausflur führte. Während er, die Hand auf das Türschloß gelegt, dastand und uns hinausgehen ließ, bemerkte die kleine Alte gnädig zu ihm:

»Schon gut, Krook. Sie meinen es gut, sprechen aber zuviel. Meine jungen Freunde haben Eile. Ich habe selbst auch keine Zeit übrig und muß bald in die Sitzung. Meine jungen Freunde sind die Mündel in Sachen Jarndyce.«
»Jarndyce!« fuhr der Alte auf.
»In Sachen Jarndyce kontra Jarndyce. In dem großen Prozeß, Krook!«
»Hi!« rief der Alte in einem Ton gedankenvollen Staunens und starrte uns mit noch größeren Augen an als vorher. »Da denke einer!«
Er schien auf einmal so in Gedanken versunken zu sein und sah uns so sonderbar an, daß Richard zu ihm sagte: »Sie scheinen sich sehr um die Prozesse vor Ihrem vornehmen und gelehrten Kollegen, dem andern Kanzler, zu bekümmern?«
»Ja«, erwiderte der Alte grüblerisch. »Gewiß! *Ihr* Name muß sein –«
»Richard Carstone.«
»Carstone«, wiederholte er und zählte langsam seine Finger ab. »Ja. Dann ist da der Name Barbary, der Name Clare und der Name Dedlock, glaube ich.«
»Er weiß wahrhaftig von dem Prozeß soviel wie der wirkliche bezahlte Kanzler«, sagte Richard ganz erstaunt zu Ada und mir.
Langsam erwachte der Alte aus seinen Träumen. »Ja! Tom Jarndyce – Sie werden entschuldigen, daß ich so sage, aber man kannte ihn hier unter keinem andern Namen und kannte ihn so gut wie – diese hier.« – Er deutete mit einem leichten Nicken auf seine Mieterin; »Tom Jarndyce war oft hier im Laden. Er hatte sich ein ruheloses Herumlaufen angewöhnt, während sein Prozeß verhandelt wurde, und ließ sich in Gespräche ein mit den kleinen Ladeninhabern und riet ihnen, sich um jeden Preis von dem Kanzleigericht fernzuhalten; denn, sagte er, im Kanzleigericht sein heißt, Stück für Stück von einer langsamen Mühle gemahlen, von einem langsamen Feuer gebraten, von einzelnen Bienen zu Tode gestochen, tropfenweise ertränkt

werden, schrittweise den Verstand verlieren. Er war so nahe daran, mit sich ein Ende zu machen, wie man nur sein kann, auf derselben Stelle hier, wo jetzt die junge Dame steht.«

Wir hörten mit Grausen zu.

»Er kam zur Türe herein«, fuhr der Alte fort und bezeichnete mit dem Finger langsam und gespenstisch einen Pfad durch den Laden. »Er kam an dem Tage, wo er es tat, zu der Türe dort herein – die ganze Nachbarschaft hatte schon seit Monaten gesagt, er werde es ganz gewiß tun, früher oder später – und setzte sich auf eine Bank, die damals dort in der Ecke stand, und bat mich, ihm eine halbe Flasche Wein zu holen. ›Denn‹, sagte er, ›Krook, ich bin sehr niedergedrückt; meine Sache wird wieder verhandelt, und ich glaube, ich bin dem Richterspruch näher als je.‹ Ich wollte ihn nicht allein lassen und überredete ihn, in die Taverne drüben auf der andern Seite der Kanzleigerichtsgasse zu gehen; und ich ging ihm nach und blickte zum Fenster hinein und sah ihn ganz gemütlich, wie ich glaubte, in einem Lehnstuhl am Feuer sitzen, und Gesellschaft bei ihm. Aber kaum war ich wieder in meinem Laden, hörte ich einen Schuß drüben. Ich lief auf die Straße – die Nachbarn liefen auf die Straße – und zwanzig von uns schrien auf einmal: Tom Jarndyce!«

– Der alte Mann hielt inne, sah uns scharf an, sah die Laterne an, blies das Licht aus und machte sie dann zu. –

»Wir hatten es erraten, das brauche ich Ihnen nicht zu sagen. Hi! Wie die Nachbarschaft in den Gerichtssaal strömte, als noch am selben Nachmittag der Prozeß zur Verhandlung kam! Wie mein vornehmer und gelehrter Kollege und all die andern übrigen wie gewöhnlich das alte Lied herunterleierten und sich Mühe gaben, ein Gesicht zu machen, als ob sie kein Wort von dem letzten Vorfall gehört hätten und es sie gar nichts anginge, falls zufällig die Rede darauf kommen sollte.«

Adas Gesicht hatte vollständig seine Farbe verloren, und auch Richard war kaum weniger blaß. Wenn auch mich der

Prozeß selbst nichts anging, so konnte ich mich doch nicht wundern, daß für ungeprüfte und jugendliche Herzen die Aussicht etwas Erschütterndes hatte, die Erbschaft eines jahrzehntelang hingeschleppten Elends, das für so manchen mit so schrecklichen Erinnerungen verknüpft war, dereinst antreten zu müssen. Ich dachte, die peinliche Erzählung würde auch auf die arme halbverrückte Alte einen tiefen Eindruck gemacht haben, aber zu meiner Verwunderung blieb sie vollkommen gleichgültig und führte uns ruhig die Treppen hinauf. Dabei gab sie uns, nachsichtig wie ein höheres Wesen gegenüber den Schwächen eines gewöhnlichen Sterblichen, zu verstehen, ihr Hauswirt sei »ein klein wenig – ver-, Sie verstehen schon!«

Sie wohnte im obersten Stock in einem ziemlich großen Zimmer, von dem sie eine Aussicht auf das Dach der Lincoln's-Inn-Hall hatte. Dies schien sie ursprünglich hauptsächlich veranlaßt zu haben, ihre Wohnung hier aufzuschlagen.

Sie könne des Nachts hinsehen, sagte sie, besonders im Mondschein.

Das Zimmer war reinlich, aber sehr, sehr kahl. Von Möbeln konnte ich nur das Allernotwendigste bemerken; ein paar alte, aus Büchern gerissene Kupferstiche, Kanzler und Advokaten darstellend, waren mit Oblaten an die Wand geklebt, und ein halbes Dutzend Strickbeutel »mit Dokumenten«, wie sie sagte, hingen herum. Im Roste lagen weder Kohlen noch Asche, und Kleidungsstücke oder Lebensmittel waren nirgends zu bemerken. Auf einem Brett in einem offenen Küchenschrank standen ein paar Teller, eine Tasse und ähnlicher Hausrat; aber alles war bestaubt und leer. Das kümmerliche, spitze Aussehen der Alten kam mir jetzt, wo ich mich umgesehen, ergreifender vor als zuvor.

»Ich fühle mich außerordentlich geehrt«, sagte sie unendlich süßlich, »durch diesen Besuch der Mündel in Sachen Jarndyce. Und ich bin Ihnen außerordentlich für dieses gute Vorzeichen verbunden. Es ist eine stille Lage. Verhältnismäßig. Ich bin in der Wahl meiner Wohnung beschränkt wegen der Notwendigkeit, den Gerichtssitzungen beiwohnen zu müssen. Ich lebe seit vielen Jahren hier. Meine Tage bringe ich im Gerichtssaal zu. Meine Abende und meine Nächte hier. Die Nächte werden mir lang, denn ich schlafe wenig und denke viel. Das ist natürlich unvermeidlich. Denn es gehört zum Kanzleigericht. Ich kann Ihnen leider keine Schokolade anbieten. Ich erwarte binnen kurzem ein Urteil und werde dann meine Wirtschaft auf größerem Fuße einrichten. Für jetzt gestehe ich den Mündeln in Sachen Jarndyce ohne Beschämung, aber in tiefstem Vertrauen, daß es mir manchmal schwerfällt, den äußern Schein der Wohlanständigkeit zu wahren. Ich habe hier gefühlt, was Kälte heißt. Ich habe noch Schlimmeres gefühlt als Kälte. Doch das tut nichts. Bitte entschuldigen Sie, daß ich von so banalen Dingen rede.«

Sie zog den Vorhang des langen niedrigen Dachfensters etwas zurück und machte uns auf eine Anzahl dort hängender Käfige aufmerksam. Es waren Lerchen, Hänflinge und Gimpel darin; mindestens zwanzig.

»Ich fing an, die Tierchen in einer Absicht zu halten, die die Mündel leicht verstehen werden. In der Absicht, ihnen die Freiheit zu geben. Sowie das Urteil erfließen würde. Ja-a! Und dennoch sterben sie im Käfig. Das Leben der armen Dinger ist so kurz im Vergleich mit Kanzleigerichtsprozessen, daß die ganze Sammlung schon mehr als einmal ausgestorben ist. Wissen Sie, daß ich sehr zweifle, ob ein einziges von ihnen, so sehr jung sie noch sind, jemals den Tag seiner Freilassung erleben wird? Unendlich traurig, nicht wahr?«

– Wenn sie eine Frage stellte, schien sie selten eine Antwort zu erwarten, sondern schwatzte immer fort, als ob sie sich das so bei ihrem Alleinsein angewöhnt hätte. –

»Wahrhaftig, ich kann Ihnen versichern, manchmal fange ich an zu glauben, daß man mich, während die Sache immer noch nicht abgemacht und das sechste oder Große Siegel immer noch geschlossen ist, auch eines Tages hier

tot und starr finden wird, wie ich schon so manchen Vogel im Käfig gefunden habe.«
Richard, Adas mitleidigen Blick verstehend, benützte die Gelegenheit, um leise und unbemerkt etwas Geld auf den Kaminsims zu legen. Wir traten alle näher an die Käfige und stellten uns, als betrachteten wir die Vögel.
»Ich darf sie nicht oft singen lassen«, erklärte die kleine Alte. »Sie werden es seltsam finden, der Gedanke macht mich verwirrt, daß sie singen, während ich der Beweisführung im Gerichtshof folge, und ich muß mir den Kopf so außerordentlich klar erhalten, Sie verstehen! Ein andermal will ich Ihnen ihre Namen sagen. Jetzt nicht. An einem Tag von so guten Vorzeichen sollen sie singen, soviel sie wollen. Zum Preis und Lob der Jugend« – sie lächelte und knickste –, »der Hoffnung« – sie lächelte und knickste. »So! Wir wollen volles Licht hereinlassen.«
Die Vögel fingen an zu flattern und zu zirpen.
»Ich kann nicht frische Luft hereinlassen«, begann die kleine Alte wieder – das Zimmer war dumpfig und hätte einer Lüftung dringend bedurft –, »weil die Katze unten – Lady Jane – ihnen nach dem Leben trachtet. Sie lauert am Fenstersims stundenlang. Und ich habe entdeckt«, flüsterte sie uns geheimnisvoll zu, »daß ihre natürliche Grausamkeit geschärft wird durch die Furcht, sie könnten eines Tages in Freiheit gesetzt werden. Infolge des bevorstehenden Urteils. Sie ist schlau und voll Tücke. Manchmal glaube ich so halb und halb, sie ist gar keine Katze, sondern so etwas wie der Wolf aus dem alten Märchen. Es ist so schwierig, sie vom Zimmer fernzuhalten.«
Die Schläge der benachbarten Turmuhr, die die Arme daran erinnerten, daß es halb zehn sei, trug mehr zur Beendigung unseres Besuchs bei, als wir selbst hätten tun können. Sie nahm hastig ihren kleinen Dokumentenbeutel, den sie beim Hereintreten auf den Tisch gelegt hatte, und fragte uns, ob wir auch mit in den Gerichtssaal gingen. Als wir verneinten und sie um keinen Preis aufhalten wollten, öffnete sie die Tür, um uns zur Treppe zu geleiten.

»Bei einem so guten Omen ist es sogar notwendiger als gewöhnlich, daß ich dort bin, ehe der Kanzler kommt«, sagte sie, »falls er meine Sache gleich vornehmen sollte. Ich habe eine Ahnung, daß sie wirklich heute morgen zuerst drankommt.«

Auf der Treppe blieb sie stehen und verriet uns flüsternd, das ganze Haus sei mit allerlei Gerümpel angefüllt, das ihr Wirt stückweise gekauft habe und um keinen Preis mehr hergeben würde – weil er ein wenig – ver – – – sei.

Das war auf dem ersten Treppenabsatz. Im zweiten Stock war sie schon einmal stehengeblieben und hatte bloß schweigend auf eine dunkle Tür gedeutet.

»Der einzige andre Mieter außer mir!« flüsterte sie erklärend. »Ein Advokatenschreiber. Die Kinder auf der Gasse sagen, er hätte sich dem Teufel verkauft. Ich möchte nur wissen, wo er das Geld hingetan haben sollte. Sst!« –

Sie schien sogar hier zu fürchten, daß der Mietsmann oben sie hören könnte, sagte immerwährend: »Sst!« und ging auf den Zehen vor uns her, als ob der Schall der Tritte ihm schon verraten könnte, was sie gesagt hatte.

Als wir durch den Laden das Haus verlassen wollten, fanden wir den Alten beschäftigt, eine Anzahl Pakete Makulatur in eine Art Brunnen im Fußboden zu packen. Es schien ihn sehr anzustrengen, denn der Schweiß stand ihm auf der Stirn. Mit einem Stück Kreide malte er jedesmal einen Haken auf das Wandgetäfel, wenn er einen Pack Papier verstaut hatte.

Richard, Ada, Miß Jellyby und die kleine Alte waren an ihm vorbeigegangen, und ich wollte ihnen gerade folgen, als er meinen Arm berührte, damit ich bleiben sollte, und den Buchstaben J an die Wand malte – auf eine sehr seltsame Weise, indem er mit dem untern Ende des Buchstabens anfing und ihn nach rückwärts schrieb. Es war ein Anfangsbuchstabe, nicht von der Form eines gedruckten, sondern von der Art, wie ihn ein Schreiber aus der Kanzlei Kenge & Carboy gemacht haben würde.

»Können Sie ihn lesen?« fragte er mich mit einem stechenden Blick.
»Natürlich. Er ist sehr deutlich.«
»Wie heißt er?«
»Jot.«
Er sah mich wieder an und dann die Tür, wischte den Buchstaben weg und schrieb statt dessen ein kleines a hin und fragte: »Was ist das?«
Ich sagte es ihm.
Er wischte dann das a weg und schrieb ein r hin und stellte dieselbe Frage. So malte er rasch weiter, bis er auf diese seltsame Weise, immer an dem verkehrten Ende der Buchstaben anfangend, das Wort Jarndyce zusammenbrachte, ohne ein einziges Mal zwei Buchstaben zu gleicher Zeit an der Wand stehenzulassen.
»Wie liest man das?« fragte er mich.
Als ich es ihm sagte, kicherte er.
In derselben seltsamen Weise, aber ebenso schnell, schrieb er dann einzeln die Buchstaben des Wortes: *»Bleakhaus«* hin und wischte sie einzeln wieder weg.
Auch das las ich mit einigem Erstaunen, und wieder lachte er.
»Hi!« sagte er dann und legte die Kreide weg. »Ich habe so meine Art, aus dem Gedächtnis Buchstaben nachzumalen, Miß, obgleich ich weder lesen noch schreiben kann.«
Er sah dabei so häßlich aus und seine Katze starrte mich so boshaft an, als ob ich eine Blutsverwandte der Vögel oben wäre, daß ich mich ordentlich erleichtert fühlte, als Richard an der Tür erschien und sagte:
»Miß Summerson, ich hoffe, Sie verkaufen doch nicht am Ende Ihr Haar hier. Lassen Sie sich nicht verleiten! Drei Säcke im Keller sind gerade genug für Mr. Krook.«
Ich säumte nicht länger und wünschte Mr. Krook guten Morgen, schloß mich dann meinen Freunden auf der Straße an, und wir nahmen von der kleinen Alten Abschied. Sie gab uns mit großer Feierlichkeit ihren Segen und erneuerte ihre Versicherung von gestern, sie wolle Ada und mich zu Erben ihrer Güter einsetzen.

Ehe wir aus der Gasse bogen, drehten wir uns noch einmal um und sahen Mr. Krook in seiner Ladentür stehen und uns durch die Brille nachblicken, während die Katze auf seiner Schulter saß und ihr Schwanz sich an seiner Pelzmütze wie eine große Feder in die Höhe bog.

»Wirklich ein Abenteuer für einen Londoner Morgen«, sagte Richard mit einem Seufzer. »Ach Kusine, Kusine, es ist ein trauriges Wort, dieses Kanzleigericht.«

»Das ist es für mich seit der Zeit, da ich denken kann«, entgegnete Ada. »Es macht mir Kummer, daß ich die Feindin einer großen Anzahl von Verwandten und andren Menschen sein muß und sie meine Feinde sein müssen und wir uns alle miteinander zugrunde richten, ohne zu wissen, wieso oder warum, und unser ganzes Leben in beständiger Spannung und Zwietracht verbringen. Da doch auf einer Seite das Recht sein muß, finde ich es wirklich seltsam, daß ein ehrlicher Richter mit rechtem Ernst in diesen vielen Jahren nicht hat herausfinden können, wo es liegt.«

»Ja, Kusine«, sagte Richard, »wirklich seltsam! Dieses zeitverschwenderische, ziellose Schachspielen ist sehr sonderbar. Wie der ganze Gerichtshof gestern so unbekümmert im alten Geleise forttrabte und dabei an den Jammer und das Elend der Steine auf dem Brett denken zu müssen, hat mir Kopfweh und Herzeleid gemacht. Der Kopf glühte mir vor Nachgrübeln, wie so etwas nur möglich sei unter Menschen, die doch weder Narren noch Gauner sind. Das Herz tat mir weh, als ich dachte, ob sie nicht doch vielleicht eins von beiden sind. Aber jedenfalls, Ada, – darf ich Sie Ada nennen?«

»Natürlich, Vetter Richard.«

»– jedenfalls, Ada, soll das Kanzleigericht seine bösen Einflüsse nicht auf uns ausüben. Unserm guten Verwandten sei Dank, daß er uns so glücklich zusammengebracht hat; das Kanzleigericht kann uns jetzt nicht trennen.«

»Niemals, hoffe ich, Vetter Richard«, sagte Ada freundlich.

Miß Jellyby drückte meinen Arm und warf mir einen bedeutsamen Blick zu. Ich antwortete mit einem Lächeln, und wir legten den Rest des Weges recht vergnügt zurück. Eine halbe Stunde nach unsrer Ankunft erschien Mrs. Jellyby, und innerhalb einer Stunde verirrten sich die verschiedenen, zum Frühstück notwendigen Dinge einzeln in das Speisezimmer.

Ich bezweifle durchaus nicht, daß Mrs. Jellyby wie jeder andere Mensch zu Bett gegangen und wieder aufgestanden war, aber man merkte durchaus nicht, daß sie die Kleider gewechselt hatte. Sie war während des Frühstücks außerordentlich beschäftigt, denn die Morgenpost brachte ein schweres Paket Briefe über Borriobula-Gha, das, wie sie sagte, den ganzen Tag in Anspruch nehmen werde. Die Kinder purzelten herum und kerbten neue Merkzeichen ihrer Unfälle auf ihre Schienbeine, die sowieso schon vollständige kleine Unglückskalender darstellten, und Peepy war anderthalb Stunden lang nicht zu finden, bis ihn ein Polizeidiener von Newgate Market nach Hause brachte. Der Gleichmut, mit dem Mrs. Jellyby sowohl seine Abwesenheit wie seine Wiederkehr in den Familienkreis hinnahm, setzte uns alle in Erstaunen.

Sie diktierte dann mit nimmer ermüdender Ausdauer ihrer Tochter Caddy, und diese versank wieder ziemlich schnell in den tintenbekleckststen Zustand, in dem wir sie gestern gefunden hatten.

Um ein Uhr fuhr ein offener Wagen für uns vor und ein Karren für unser Gepäck. Mrs. Jellyby trug uns viele Grüße an ihren lieben Freund Mr. Jarndyce auf; Caddy verließ ihr Pult, um uns abreisen zu sehen, küßte mich im Hausflur und stand, an der Feder kauend, schluchzend auf der untersten Stufe der Treppe; Peepy schlief zu meiner Freude, so daß ihm der Schmerz des Abschieds erspart blieb, und die andern Kinder kletterten hinten auf die Barutsche und fielen wieder herunter, und wir sahen sie zu unserm großen Schrecken über das Pflaster von Thavies Inn hingestreut, als wir zum Tore hinausrollten.

6. Kapitel

Ganz zu Hause

Das Wetter hatte sich aufgehellt und wurde immer schöner, je weiter wir westwärts kamen. Wir fuhren durch den Sonnenschein und die frische Luft und kamen nicht aus dem Staunen über die Länge der Straßen, den Glanz der Läden, den lebhaften Verkehr und das Gedränge der Menschen, die das angenehme Wetter wie bunte Blumen hervorgelockt zu haben schien, heraus.

Allmählich ließen wir die wunderbare Metropole hinter uns und fuhren durch die Vorstädte, von denen nach meiner Ansicht jede einzelne schon eine recht ansehnliche Stadt für sich hätte bilden können, und endlich kamen wir auf die Landstraße mit ihren Windmühlen, Getreideschobern, Meilensteinen, Bauernwagen, dem Geruch von altem Heu, baumelnden Wirtshauszeichen und Pferdekrippen, Bäumen, Feldern und Hecken. Die grüne Landschaft und hinter uns die unermeßliche Hauptstadt boten einen herrlichen Anblick; und als ein Frachtwagen, mit schönen Pferden bespannt, die mit rotem Geschirr und hellklingenden Schellen geschmückt waren, sich uns mit seiner Musik näherte, hätten wir alle drei am liebsten in den Gesang der Leute eingestimmt, so heiter wirkte die ganze Umgebung auf uns.

»Der ganze Weg hat mich an meinen Namensvetter Whittington erinnert«, sagte Richard, »und dieser Wagen macht das Bild fertig. – Hallo! Was gibt's?«

Wir hielten still und der Frachtwagen ebenfalls. Seine Musik wurde, als die Pferde stehenblieben, zu einem leisen Klingeln, außer wenn eins den Kopf in die Höhe warf oder sich schüttelte und einen kleinen Regen von Schellengeläute um sich warf.

»Unser Postillon sieht sich nach dem Fuhrmann um«, erklärte uns Richard, »er kommt jetzt auf uns zu. Guten

Tag!« – Der Fuhrmann stand jetzt an unserm Kutschenschlag.
»Das ist aber seltsam«, sagte Richard und betrachtete sich den Mann genauer. »Er hat Ihren Namen auf dem Hut, Ada!«
– Er hatte alle unsere Namen auf dem Hut. In dem Bande staken nämlich drei Briefchen; eins an Ada, eins an Richard, eins an mich. Auf die Frage, von wem sie kämen, antwortete er kurz: »Von der Herrschaft, Sir«, setzte den Hut wieder auf, knallte mit der Peitsche, weckte die Musik von neuem und fuhr klingelnd seines Weges.
»Ist das Mr. Jarndyces Wagen?« fragte Richard unsern Postillon.
»Ja, Sir. Fährt nach London.«
Wir brachen die Briefe auf. Einer lautete wie der andere, und sie enthielten in einer festen schlichten Handschrift folgendes:

> »Ich möchte, meine Lieben, daß wir ohne große Umstände und gesellschaftlichen Zwang miteinander zusammenkommen. Ich schlage daher vor, daß wir uns wie alte Freunde begrüßen und ganz von der Vergangenheit schweigen. Für Euch wird es möglicherweise, für mich aber gewiß, eine Erleichterung sein. Also herzlichen Gruß
>
> John Jarndyce.«

Ich hatte vielleicht weniger Grund, überrascht zu sein, als meine beiden Gefährten, da ich noch niemals Gelegenheit gefunden hatte, dem Manne zu danken, der mein Wohltäter und so viele Jahre lang meine einzige Stütze auf Erden gewesen war. Ich hatte mir gar nicht überlegt, wie ich ihm danken könnte, da meine Dankbarkeit dazu zu tief in meinem Herzen lag, aber jetzt, wo ich mit ihm zusammentreffen sollte, ohne es tun zu dürfen, fühlte ich, wie schwer das war.
Die Briefe frischten bei Richard und Ada eine Erinnerung

wieder auf, die sie beide hatten, ohne zu wissen, wie sie dazu gekommen waren, nämlich, daß ihr Vetter Jarndyce durchaus keinen Dank für Wohltaten, die er erwiesen, vertragen könnte.
Um dergleichen aus dem Wege zu gehen, griffe er zu den seltsamsten Auskunftsmitteln und Ausflüchten und laufe unter Umständen sogar davon. Ada erinnerte sich noch dunkel, schon als ganz kleines Kind von ihrer Mutter gehört zu haben, daß er sich gegen sie ungewöhnlich hochherzig benommen habe; wie sie ihn aber, um ihm zu danken, besuchen gegangen sei und er sie zufällig durch das Fenster habe kommen sehen, sei er sofort durch die Hintertür ausgerissen und drei Monate lang verschwunden gewesen.
Dieses Thema beschäftigte uns fast den ganzen Tag. Wir rieten hin und her, wie das Haus wohl aussehen möchte und ob wir Mr. Jarndyce gleich bei unserer Ankunft oder erst später zu Gesicht bekommen würden. Alles das besprachen wir sehr ausführlich und immer wieder und wieder.
Die Straße war sehr steil für die Pferde und der Fußweg meistens gut; deshalb stiegen wir aus und gingen die ganze Strecke bergauf. Und das gefiel uns so sehr, daß wir unsern Spaziergang noch auf der Ebene fortsetzten, als wir bereits oben auf der Höhe angekommen waren.
In Barnet wechselten wir die Pferde und gingen voraus über eine Heide und ein altes Schlachtfeld, ehe uns der Wagen einholte. Durch diese Verzögerung verlängerte sich unsere Reise so sehr, daß der kurze Tag zu Ende ging, ehe wir St. Albans erreichten, in dessen Nähe Bleakhaus liegen sollte.
Wir waren schließlich so unruhig und aufgeregt, daß selbst Richard, als wir über das Pflaster der alten Straße rasselten, eingestand, er möchte am liebsten umkehren.
Was Ada und mich betraf, so zitterten wir am ganzen Leibe, trotzdem er uns mit großer Sorgfalt in Plaids eingehüllt hatte. Als wir um eine Ecke herumbogen und Ri-

chard uns sagte, daß der Postillon sich nach uns umsähe und uns zunickte, standen wir beide im Wagen auf und suchten mit unserm Blick auf der weiten Ebene in der sternhellen Nacht unser Reiseziel.
Auf einer Höhe vor uns schimmerte ein Licht. Der Postillon, der schon lange für unsere erwartungsvolle Stimmung ein großes Verständnis an den Tag gelegt hatte, deutete mit der Peitsche darauf und sagte: »Das ist Bleakhaus!«, dann fuhr er im Galopp, obgleich es bergauf ging, so rasch dahin, daß die Räder den Kies von der Straße wie Schaum von einem Mühlenrad uns um den Kopf wirbelten.
Jetzt verloren wir das Licht, sahen es wieder, verloren es abermals, und dann blieb es und strahlte uns durch eine Allee hell entgegen. Es kam aus dem Fenster eines altmodisch aussehenden Hauses mit drei Dachgiebeln an der Vorderseite und einer kreisrunden Auffahrt.
Eine Glocke ertönte, als wir vorfuhren, und unter dem Schall ihrer tiefen Stimme in der stillen Nachtluft und des Hundegebells in der Ferne und in einem Lichtstrom aus der geöffneten Tür und dem Dampf der erhitzten Pferde stiegen wir mit Herzklopfen und ziemlich verwirrt aus.
»Liebe Ada, liebe Esther, willkommen! Willkommen! Es freut mich, euch zu sehen! Rick, wenn ich jetzt eine Hand übrig hätte, würde ich sie Ihnen geben.«
Der Herr, der diese Worte mit lauter, gastfreundlicher Stimme sprach, umarmte Ada und mich, küßte uns beide mit väterlicher Zärtlichkeit und zog uns durch die Vorhalle in ein kleines Zimmer, das in dem Schein eines hellen Feuers förmlich glühte. Hier küßte er uns nochmals, ließ uns los und hieß uns nebeneinander auf einem Sofa, das vor den Kamin gerückt war, Platz nehmen.
Ich hatte das Gefühl, er würde auf der Stelle fortgelaufen sein, wenn wir die mindesten Umstände gemacht hätten.
»So Rick«, sagte er, »jetzt habe ich eine Hand frei. Ein Wort aus dem Herzen ist so gut wie eine Rede. Ich freue mich außerordentlich, Sie zu sehen. Sie sind hier zu Hause. Wärmen Sie sich.«

Richard schüttelte ihm beide Hände mit einem natürlichen Gemisch von Verehrung und Freimut und sagte bloß – obgleich mit einer Innigkeit, die mich fast beunruhigte, denn ich fürchtete, Mr. Jarndyce werde plötzlich verschwinden –:

»Sie sind sehr gütig, Sir. Wir sind Ihnen sehr, sehr verbunden!« Dann legte er Hut und Mantel ab und trat ans Feuer.

»Und wie hat Ihnen die Fahrt gefallen, und wie hat Ihnen Mrs. Jellyby gefallen?« wendete sich Mr. Jarndyce an Ada.

Während Ada ihm antwortete, betrachtete ich – ich brauche wohl nicht zu sagen, mit welchem Interesse – sein Gesicht. Es war ein hübsches frisches Gesicht voll Bewegung und Leben, und das Haar war ein silbernes Eisengrau. Er schien den Sechzigern näher als den Fünfzigern zu sein, sah aber gerade, frisch und kräftig aus.

Vom ersten Augenblick an war mir seine Stimme irgendwie bekannt vorgekommen, aber jetzt erinnerten mich etwas Rasches in seinem Wesen und ein gewinnender Ausdruck in seinen Augen an den Herrn in der Landkutsche vor sechs Jahren an jenem denkwürdigen Tage meiner Reise nach Reading. Ich war fest überzeugt, daß er jetzt vor mir stand.

Ich bin in meinem ganzen Leben nicht so erschrocken, wie als ich diese Entdeckung machte, denn unsere Blicke begegneten sich, er schien meine Gedanken zu lesen und sah sich in einer Weise nach der Türe um, daß ich schon fürchtete, wir hätten ihn verloren.

Zum Glück blieb er da und fragte mich, was ich von Mrs. Jellyby hielte.

»Sie gibt sich außerordentlich viel Mühe mit Afrika, Sir.«

»Kolossal!« bestätigte Mr. Jarndyce. »Aber Sie geben dieselbe Antwort wie Ada.«

– Ich hatte nicht gehört, was sie sagte. –

»Ihr scheint mir alle noch einen Nebengedanken zu haben.«

»Es kam mir ein bißchen so vor«, gestand ich mit einem Blick auf Richard und Ada, die mir zuzwinkerten, ich solle doch sprechen, »als ob sie sich nicht allzusehr um ihre Wirtschaft bekümmere.«

»Donnerwetter!« rief Mr. Jarndyce aus.

Ich erschrak schon wieder.

»Ja, ja! Ich möchte Ihre wahren Gedanken wissen, mein Kind. Ich habe Sie vielleicht mit Absicht hingeschickt.«

»Wir glaubten«, begann ich zögernd, »daß es sich vielleicht gehöre, mit den Verpflichtungen gegen die eigne Häuslichkeit zu beginnen, und daß, solange diese übersehen und vernachlässigt sind, keine andern Pflichten an ihre Stelle treten sollten.«

»Die kleinen Jellybys«, kam mir Richard zu Hilfe, »sind wirklich, um einen starken Ausdruck zu gebrauchen, Sir – in einem ganz verteufelten Zustand.«

»Sie meint es gut«, fiel Mr. Jarndyce hastig ein. »Es ist Ostwind.«

»Auf der Fahrt hatten wir Nordwind, Sir«, bemerkte Richard.

»Lieber Rick« – Mr. Jarndyce schürte das Feuer –, »ich möchte einen Eid ablegen, daß wir entweder Ostwind haben oder daß er gleich einsetzen wird. Ich verspüre immer ein unbehagliches Gefühl, wenn der Wind aus Osten weht.«

»Wohl Rheumatismus, Sir?«

»Wahrscheinlich, Rick; ich glaube, es ist so. – Also die kleinen Jell – ich habe so meine Gedanken darüber gehabt – sind in einem – o Gott ja, es ist Ostwind«, sagte Mr. Jarndyce.

Er ging zwei- oder dreimal mit dem Schüreisen unentschlossen in der Stube auf und ab, während er diese abgerissenen Worte sprach, fuhr sich mit einer so gutmütigen Verlegenheit durch die Haare und sah dabei so komisch und liebenswürdig zugleich aus, daß wir uns mehr über ihn freuten, als wir wahrscheinlich in Worten hätten ausdrücken können. Er reichte Ada und mir den Arm, bat Richard, ein Licht zu nehmen, und wollte uns hinausführen, als er plötzlich mit uns allen wieder umkehrte.

»Die kleinen Jellybys! Konntet ihr nicht – warum habt ihr nicht –, na, wenn es z. B. Kuchen und Johannisbeertorten oder so etwas geregnet hätte?« fing er wieder an.
»Ach, Vetter –«, unterbrach ihn Ada hastig.
»Sehr gut, mein Herzblatt. ›Vetter‹ gefällt mir. Vetter John wäre vielleicht noch besser!«
»Also, Vetter John –«, fing Ada von neuem lachend an.
»Haha! Ausgezeichnet!« rief Mr. Jarndyce hocherfreut. »Klingt ungemein natürlich. Also, liebes Kind?«
»Es geschah mehr als das. Esther kam hereingeschneit.«
»Nun? Und was tat Esther?«
»Sehen Sie, Vetter John« – Ada faltete die Finger über seinen Arm und schüttelte gegen mich auf der andern Seite ihre Locken, denn ich bat sie zu schweigen. »Esther ist im Handumdrehen ihre Freundin geworden. Sie beaufsichtigte sie, brachte sie zu Bett, wusch und kämmte sie, erzählte ihnen Geschichten, kaufte ihnen Spielzeug –«
– Die gute Ada! War ich doch nur ein einziges Mal mit Peepy ausgegangen, als man ihn wiedergefunden, und hatte ihm ein kleines Pferdchen gekauft. –
»– und, Vetter John, sie tröstete die arme Karoline, die Älteste, und dachte nie an sich und war so liebenswürdig! – Nein, nein, ich lasse mir nicht widersprechen, liebe Esther! Du weißt selbst, es ist wahr.«
Das warmherzige liebe Mädchen beugte sich an ihrem Vetter vorbei zu mir herüber und küßte mich, sah ihm dann ins Gesicht und sagte herausfordernd: »Jedenfalls, Vetter John, danke ich Ihnen für die Freundin, die Sie mir geschenkt haben.« Es war, als ob sie ihn förmlich herausforderte auszureißen. Aber er tat es nicht.
»Was für Wind hattet ihr, Rick?« fragte er wieder.
»Nordwind, als wir herfuhren, Sir.«
»Stimmt. Es ist kein Ostwind. Habe mich geirrt. Kommt, Mädchen, und seht euch das Haus an.«
Es war eins jener entzückenden unregelmäßigen Häuser, wo man von einem Zimmer ins andere Stufen auf und ab geht und immer noch neue findet, wenn man glaubt, be-

reits alle gesehen zu haben. Voll von kleinen Hallen und Gängen und in versteckten Winkeln heimliche alte Sommerhallen mit Jalousien und dichtem grünem Laub vor dem Fenster.

Mein Zimmer, das wir zuerst betraten, mit einer gewölbten Decke, die mehr Ecken hatte, als ich zählen konnte, war von dieser Art. Es brannte ein Holzfeuer darin und spiegelte sich in den reinen, weißen Fliesen des Kamins wider.

Aus diesem Gemach ging man zwei Stufen hinab in ein allerliebstes kleines gemeinsames Vorzimmer für Ada und mich, durch das man auf einen Blumengarten hinaussah; von hier führten wieder drei Stufen hinauf in Adas Schlafzimmer, dessen hübsches, breites Fenster eine wunderschöne Aussicht hatte, und wir sahen eine ausgedehnte dunkle Fläche im Sternenschimmer vor uns liegen. Am Fenster war eine große breite abschließbare Sitznische, in der sich drei Adas auf einmal hätten verstecken können.

Aus diesem Zimmer gelangte man auf einen kleinen Korridor, mit dem zwei große Salons in Verbindung standen, und auf einer kleinen Treppe mit niedrigen Stufen und – im Verhältnis zu ihrer Länge – einer Menge Absätzen in die Vorhalle hinunter. Wenn man aber anstatt zu Adas Tür hinaus wieder durch mein Zimmer ging und ein paar vor Alter krumm gewordene Stufen, die in ganz unerwarteter Weise von der Treppenflucht abzweigten, hinaufstieg, verlor man sich in Gängen, wo Wäschemangeln, dreieckige Tische und ein echter Hindustuhl standen, der zugleich ein Sofa, ein Koffer und eine Bettstelle bilden konnte und halb wie ein großes Vogelbauer, halb wie ein Bambusgerippe aussah und von dem kein Mensch wußte, wer ihn aus Indien mitgebracht hatte.

Aus diesen Korridoren kam man in Richards Zimmer, das teils Bibliothek, teils Schlaf-, teils Wohnraum war und ein gemütliches Gemisch von allen möglichen Zimmern zu sein schien. Von hier aus ging man geradenwegs über einen kleinen Gang nach der schmucklosen Stube, wo Mr.

Jarndyce das ganze Jahr hindurch bei offnen Fenstern schlief, um mehr Luft zu haben, und eine Bettstelle ohne Vorhänge in der Mitte stand und das kalte Bad in einem kleineren Raum daneben immer bereit war. Von hier aus kam man wieder auf einen Gang mit einer Hintertreppe, und wir konnten hören, wie draußen vor dem Stall die Pferde abgerieben wurden, wobei ihnen eine Stimme warnend zurief, wenn sie auf dem holprigen Pflaster stolperten und ausglitschten. Man konnte auch, wenn man zu einer andern Tür hinausging – denn jede Stube hatte mindestens zwei Türen –, ein halbes Dutzend Stufen hinab und durch eine niedrige Bogentür geradenwegs in die Halle hinabgehen und wunderte sich dann, wie man dahin gelangt oder überhaupt wieder herausgekommen war.

Das Mobiliar war mehr altmodisch als alt, wie das Haus selbst, und allerliebst unregelmäßig. Adas Schlafzimmer war ein Garten bunter Blumen – aus Kattun und Samt und von Stickerei auf dem Brokat der zwei steifrückigen Lehnsessel, die, jeder mit einem Taburett als stummem Diener neben sich, auf beiden Seiten des Kamins standen.

Unser gemeinsames Wohnzimmer war grün; an den Wänden hingen unter Glas und Rahmen eine Menge von erstaunlichen und erstaunten Vögeln, die aus dem Bilde heraus eine wirkliche Forelle, so glänzend und braun wie in Aspik, in einer Glasschale anstierten, ferner der »Tod des Kapitän Cook« und die »Teebereitung in China« von Anfang bis zu Ende, gemalt von chinesischen Künstlern. In meinem Zimmer hingen ovale Stahlstiche, die Monate darstellend – Damen als Mäherinnen mit kurzen Taillen und großen, unter dem Kinn zusammengebundenen Hüten für den Juni, Edelleute mit prallen Waden, mit dreieckigen Hüten nach Dorfkirchtürmen deutend, für den Oktober. Brustbilder in Pastell hingen im ganzen Hause in reicher Fülle herum, aber so verstreut, daß ich den Bruder des jungen Offiziers in meiner Stube in der Porzellankammer und die hübsche junge Braut über meinem Bett, mit einer Blume am Leibchen, als ergraute Matrone im Frühstückszimmer wiederfand. Als Ersatz für sie hingen bei mir vier Engel aus der Zeit der Königin Anna, die mit einiger Anstrengung einen behäbigen Herrn an Blumenketten in den Himmel zu tragen versuchten, eine kunstvolle Stickerei, Früchte, einen Kessel und ein Alphabet darstellend.

Alle beweglichen Gegenstände, von den Kleiderschränken bis zu den Stühlen und Tischen, den Vorhängen, den Spiegeln, selbst bis zu den Nadelkissen und den Riechfläschchen auf den Toilettentischen herab, zeigten dieselbe wunderliche Verschiedenheit. Sie stimmten nur darin überein, daß sie höchst sauber waren.

Überall, wo es nur eine Schublade, ob groß oder klein, gab, fand man ganze Haufen von Rosenblättern und Lavendel aufgespeichert.

So, mit seinen erhellten Fenstern, hie und da durch die Schatten der Vorhänge gedämpft und auf die sternenhelle Nacht hinausleuchtend, mit seinem Licht und seiner Wärme und seiner Behaglichkeit, mit dem gastlichen Geklapper von Tellern in der Ferne, mit dem die ganze Umgebung aufheiternden Gesicht seines hochherzigen Besitzers und gerade Wind genug draußen, um eine leise musikalische Begleitung zu allem, was wir hörten, zu bilden – so waren unsere ersten Eindrücke von Bleakhaus.

»Es freut mich, daß es euch gefällt«, sagte Mr. Jarndyce, als er uns wieder nach Adas Wohnzimmer zurückbrachte. »Es ist nicht anspruchsvoll, aber ein behagliches kleines Haus, und wird dies noch in größerm Maße werden mit jungen freundlichen Gesichtern darin. Wir haben kaum noch eine halbe Stunde zum Essen. Es ist niemand hier als das beste Geschöpf von der Welt – ein Kind.«

»Kinder! Hörst du, Esther!« sagte Ada.

»Ich meine nicht buchstäblich ein Kind«, erklärte Mr. Jarndyce. »Kein Kind an Jahren. Er ist ein erwachsener Mensch – er ist wenigstens so alt wie ich, aber in Einfalt, Frische des Gemüts, Begeisterungsfähigkeit und einer schönen, arglosen Unfähigkeit für alle weltlichen Angelegenheiten ein vollkommenes Kind.«

– Wir interessierten uns alle lebhaft für den Betreffenden. –

»Er kennt Mrs. Jellyby. Er ist Musiker, Dilettant, könnte aber Virtuos sein. Er malt, ist Dilettant, könnte aber Maler von Beruf sein. Er ist ein Mann von großen Vorzügen und gewinnenden Manieren. Er hat Unglück in seinem Beruf, Unglück in seinen Bestrebungen und Unglück in seiner Familie gehabt; aber er kümmert sich nicht darum.«

»Er hat also selbst Kinder, Sir?« fragte Richard.

»Jawohl, Rick! Ein halbes Dutzend. Oder noch mehr! Eher ein Dutzend, glaube ich. Aber er hat sich niemals um sie gekümmert. Wie konnte er auch! Er brauchte doch selbst jemand, der nach ihm sieht. Und er ist doch selbst ein Kind.«

»Haben die Kinder also für sich selbst sorgen müssen, Sir?« fragte Richard.

»Das läßt sich leicht denken« – Mr. Jarndyce wurde plötzlich sehr unruhig. – »Von den Kindern der ganz armen Leute sagt man, sie würden nicht erzogen, sondern wüchsen auf wie Pilze. Harold Skimpoles Kinder sind Gott weiß wie groß geworden. Der Wind dreht sich schon wieder, fürchte ich. Ich fühle es schon.«

Richard meinte, daß das Haus in der windigen Nacht etwas frei liege.

»Es liegt frei. Das ist nicht zu bezweifeln. Der Name Bleakhaus klingt schon darnach, aber kommt jetzt mit.«

Unser Gepäck stand schon im Zimmer, und so war ich in wenigen Minuten angekleidet. Ich beschäftigte mich gerade, meine Sachen einzuräumen, als ein Mädchen (nicht das, das Ada bediente, sondern ein anderes, das ich noch nicht gesehen hatte) mit einem Körbchen und zwei Bund Schlüsseln und Zetteln daran in mein Zimmer trat.

»Das ist für Sie, Miß, wenn Sie erlauben«, sagte sie.

»Für mich?«

»Die Wirtschaftsschlüssel, Miß.«

Ich konnte mein Erstaunen nicht verbergen, denn sie

setzte ebenfalls ein wenig verwundert hinzu: »Ich sollte sie Ihnen bringen, sowie Sie allein wären, Miß – Miß Summerson, wenn ich nicht irre?«
»Ja«, sagte ich, »so heiße ich.«
»Der große Bund sind die Wirtschaftsschlüssel und der kleine die Kellerschlüssel, Miß. Zu jeder Stunde morgen früh, wann Sie wünschen, soll ich Ihnen die Schränke und Schlösser, zu denen sie sperren, zeigen.«
Ich bestimmte halb sieben Uhr, und als das Mädchen gegangen war, stand ich da und betrachtete das Körbchen, ganz verloren in der Größe meiner Verantwortlichkeit. So fand mich Ada und setzte so viel entzückendes Vertrauen in mich, als ich ihr die Schlüssel zeigte und meine Besorgnis ausdrückte, daß es undankbar und gefühllos gewesen wäre, wenn ich nicht frischen Mut gezeigt hätte. Freilich wußte ich, daß nur das gute Herz aus dem lieben Mädchen sprach, aber es freute mich.
Als wir herunterkamen, wurden wir Mr. Skimpole vorgestellt, der vor dem Kamin stand und Richard erzählte, wie gern er in seinen Schuljahren Fußball gespielt habe.
Er war ein kleiner, freundlicher Mann mit ein wenig zu großem Kopf, aber mit feinen Zügen und einer selten angenehmen Stimme; er hatte wirklich etwas außerordentlich Gewinnendes. Alles, was er sprach, war so ungezwungen und unberechnet und wurde mit so liebenswürdiger Heiterkeit vorgebracht, daß es eine Freude war, ihn reden zu hören. Kleiner und schlanker als Mr. Jarndyce, sah er mit seiner lebhafteren Gesichtsfarbe und dem braunen Haar eher jünger als dieser aus. Überhaupt machte er in jeder Hinsicht mehr den Eindruck eines gealterten jüngeren Mannes als den eines jung gebliebenen Greises.
Eine ungenierte Nachlässigkeit charakterisierte sein Wesen. Das Haar war sorglos geordnet und sein Halstuch lose geschlungen und mit fliegenden Zipfeln wie das eines Künstlers. Kurz, er sah aus wie ein romantischer Jüngling, der einen eigenartigen Selbstentwertungsprozeß durchgemacht hat, und nicht wie ein Mann, der auf dem natürli-

chen Wege des Alterns, der Sorgen und der Erfahrung dem Ziel des Lebens näher gerückt ist.
Im Lauf der Unterhaltung erfuhr ich, daß Mr. Skimpole, ursprünglich Arzt, als solcher am Hofe eines deutschen Fürsten gelebt hatte. Er erzählte uns, er sei in allem, was Maße und Gewichte beträfe, von jeher ein Kind gewesen und habe nie das geringste von diesen Sachen gewußt, außer, daß sie ihm höchst zuwider wären; und so sei er nie imstande gewesen, mit der nötigen, alle Einzelheiten genau ins Auge fassenden Genauigkeit Rezepte zu verschreiben. »Überhaupt«, sagte er, »habe ich keinen Kopf für Einzelheiten.«
Er erzählte uns mit großem Humor, man habe ihn, wenn er den Fürsten hätte zur Ader lassen oder einem seiner Umgebung Arzneien geben sollen, meistens im Bett liegen gefunden, mit Zeitunglesen oder Phantasieskizzenzeichnen beschäftigt und außerstande zu kommen. »Da dem Fürsten zuletzt die Sache nicht mehr paßte – worin er vollkommen recht hatte«, gestand Mr. Skimpole freimütig, »wurde das Dienstverhältnis aufgelöst, und da ich von nichts mehr zu leben hatte als von der Liebe, so verliebte ich mich, heiratete und umgab mich mit rosigen Wangen.«
Sein guter Freund Jarndyce und einige andere hätten ihn dann unterstützt – bei verschiedenen Gelegenheiten und neuen Lebensanfängen; aber das wäre ganz umsonst gewesen, denn er müßte sich, sagte er, zu zwei der seltsamsten Schwächen auf der Welt bekennen. Nämlich, daß er keinen Begriff von Zeit und noch weniger von Geld habe. Infolgedessen hielte er nie eine Abmachung ein und kenne nicht den Wert auch nur einer einzigen Sache auf der Welt! Gut! So wäre er durchs Leben getrieben und sei jetzt hier. Er läse sehr gern Zeitungen, zeichne gern Phantasieskizzen, liebe die Natur außerordentlich – und die Kunst. Bloß das eine verlange er von der menschlichen Gesellschaft, nämlich, ihn leben zu lassen. Das sei nicht viel. Er habe wenig Bedürfnisse. Zeitungen, Konversation, Musik, Hammelbraten, Kaffee, eine hübsche Landschaft,

Obst zur Zeit der Reife, ein paar Bogen Zeichenpapier, ein paar Gläser Rotwein – mehr verlange er nicht. Er sei ein reines Kind auf der Erde, aber er verlange nicht nach dem Monde. Er sage zur Welt: Gehet eure verschiedenen Wege in Frieden, traget rote Röcke, blaue Röcke, Linonärmel, stecket Federn hinter die Ohren, traget Schürzen; jaget nach Ruhm, nach Heiligkeit, nach Handel, nach was ihr wollt, nur – lasset Harold Skimpole leben.

Das alles und noch viel mehr erzählte er uns nicht nur mit der größten Lebendigkeit und Selbstzufriedenheit, sondern auch mit einer gewissen munteren Offenheit, indem er von sich sprach, als ob er sich selbst gar nichts anginge und Skimpole eine dritte Person wäre; als ob er wohl wüßte, daß Skimpole seine Eigenheiten hätte, aber auch seine berechtigten Ansprüche, die Sache der Menschheit wären und nicht übersehen werden dürften.

Er war wirklich bezaubernd.

Wenn ich schon damals etwas verwirrt wurde bei dem Bemühen, das, was er sagte, mit dem in Einklang zu bringen, was ich über die Pflichten und Verbindlichkeiten des Lebens dachte, so machte es mich erst recht konfus, daß ich nicht begreifen konnte, warum gerade er frei von ihnen sein sollte. Daß er frei von ihnen sei, bezweifelte ich keinen Augenblick; und er selbst war davon vollständig überzeugt.

»Ich strebe nach nichts«, erklärte er sorglos. »Aus Besitz mache ich mir gar nichts. Hier ist meines Freundes Jarndyce vortreffliches Haus. Ich fühle mich ihm verbunden, daß er es besitzt. Ich kann eine Skizze davon machen und es beliebig verändern. Ich kann es in Musik setzen. Wenn ich hier bin, genieße ich das Gute davon und habe weder Beschwerden noch Kosten noch Verantwortlichkeit. Der Name meines Verwalters ist Jarndyce, und er kann mich nicht übervorteilen. Wir sprachen vorhin von Mrs. Jellyby. Sie ist eine Frau von klarem Blick, starkem Willen und großer Umsicht in allen geschäftlichen Details und kann sich mit wunderbarer Energie auf eine Sache werfen.

Ich bedauere nicht im mindesten, daß ich mich eines starken Willens und der Beherrschung geschäftlicher Details nicht rühmen kann, um mich mit wunderbarer Energie auf eine Sache zu werfen. Ich kann die Dame ohne Neid bewundern. Ich kann mit der Sache sympathisieren, von ihr träumen. Ich kann mich ins Gras legen – bei schönem Wetter – und einen afrikanischen Fluß hinabschwimmen und alle Eingebornen, denen ich begegne, umarmen und das tiefe Schweigen empfinden und das undurchdringliche Dach üppig wuchernder tropischer Pflanzen so genau zeichnen, als ob ich dort wäre. Ich weiß nicht, ob mir das unmittelbar Nutzen bringt, aber es ist alles, was ich kann, und ich betreibe es gründlich. Um Himmels willen, wenn auch schon Harold Skimpole, ein vertrauensvolles Kind, bittet, euch, die Welt, die Gesamtheit der praktischen Leute mit Geschäftssinn, bittet, ihn leben und die menschliche Familie bewundern zu lassen, so seid doch gutherzig, so oder so, und laßt ihn sein Steckenpferd reiten.«
Offenbar war Mr. Jarndyce dieser Beschwörung nachgekommen. Das bewies schon Mr. Skimpoles Stellung im Hause, ohne daß er uns darüber aufzuklären nötig gehabt hätte.
»Nur ihr hochherzigen Menschen seid die einzigen, die ich beneide«, sagte Mr. Skimpole und wendete sich an uns, seine neuen Freunde. »Ich beneide euch um die Fähigkeit, das zu tun, was ihr tut. Darin möchte ich selbst schwelgen. Ich fühle keine sogenannte Dankbarkeit für euch. Es kommt mir fast vor, als ob ihr mir Dank schuldig wäret, weil ich euch Gelegenheit gebe, das Hochgefühl des Edelmutes zu genießen. Ich weiß, ihr habt es gern. Vielleicht bin ich bloß zu dem Zweck auf die Erde gekommen, um eure Glückseligkeit zu vergrößern, nur geboren, um euer Wohltäter zu sein, indem ich euch Gelegenheit gebe, mir in meinen kleinen Verlegenheiten beizustehen. Warum sollte ich meine Unfähigkeit in weltlichen Dingen beklagen, wenn sie solche angenehmen Folgen hat? Ich beklage sie gar nicht.«

Von allen scherzhaften Reden, die wohl scherzhaft klangen, von Mr. Skimpole aber in vollem Ernste gemeint waren, schien keine mehr nach Mr. Jarndyces Geschmack zu sein als diese. Ich fühlte mich später oft versucht, mich verwundert zu fragen, ob es wirklich an sich merkwürdig sei oder nur mir so schiene, daß er, der wahrscheinlich beim geringsten Anlaß der dankbarste aller Menschen gewesen wäre, so sehr danach verlangte, sich der Dankbarkeitsäußerung andrer zu entziehen.

Wir alle waren förmlich bestrickt. Mir erschien es wie eine verdiente Anerkennung der gewinnenden Eigenschaften Adas und Richards, daß Mr. Skimpole schon bei seinem ersten Zusammentreffen mit ihnen sich so rückhaltlos gab und sich so außerordentlich liebenswürdig vor ihnen zergliederte. Sie beide – hauptsächlich Richard – fanden natürlich aus ähnlichen Gründen ihre Freude daran und betrachteten es als Geschenk, daß ein so anziehender Mann ihnen so offenes Vertrauen entgegenbrachte.

Je eifriger wir zuhorchten, desto lebendiger wurde Mr. Skimpole. Seine hübsche heitere Art, seine gewinnende Offenheit, mit der er mit seinen Schwächen spielte, als ob er sagen wollte, ich bin ein Kind, das wißt ihr doch! – im Vergleich mit mir seid ihr erfahrene Leute (ich selbst kam mir ihm gegenüber in diesem Lichte vor), aber ich bin heiter und unschuldig; vergeßt eure prosaischen Sorgen und spielt mit mir –, brachten eine wahrhaft blendende Wirkung auf uns hervor.

Er war so voller Empfindung und hatte einen so feinen Sinn für alles Schöne, daß er schon dadurch allein hätte mein Herz gewinnen müssen.

Als ich den Tee aufgoß und Ada im Nebenzimmer Klavier spielte und Richard eine Melodie, von der sie zufällig gesprochen hatten, vorsummte, setzte er sich aufs Sofa in meine Nähe und sprach von Ada in einer Weise, daß mir das Herz aufging.

»Sie ist wie der Morgen«, schwärmte er. »Mit dem goldnen Haar und den blauen Augen und diesen frisch blühenden Wangen ist sie wie der Sommermorgen. Die Vögel hier werden sie dafür halten. Wir wollen ein so liebliches junges Wesen wie sie, die die Freude aller Menschen ist, nicht eine Waise nennen. Sie ist das Kind des Universums.«

Ich bemerkte, daß Mr. Jarndyce nicht weit von uns stand, die Hände auf dem Rücken und ein aufmerksames Lächeln in der Miene.

»Das Universum«, wendete er ein, »ist kein besonders guter Vater, fürchte ich.«

»Oh, das weiß ich nicht«, rief Mr. Skimpole überschwenglich.

»Ich glaube, ich weiß das genau«, lächelte Mr. Jarndyce.

»Gut, Sie kennen die Welt, die in Ihrem Sinn das Universum ist, und ich kenne sie nicht, und daher sollen Sie Ihren Willen haben. Aber wenn es nach mir ginge«, setzte Mr. Skimpole mit einem Blick auf Richard und Ada hinzu, »so dürften keine Dornen jämmerlicher Wirklichkeit auf ihrem Wege liegen. Er müßte mit Rosen bestreut sein und durch freundliche Gefilde führen, wo weder Frühling, Herbst noch Winter, sondern immerwährender Sommer herrscht. Die Jahre und die Vergänglichkeit dürften dort keinen Schaden tun. Das gemeine Wort Geld dürfte dort nie gehört werden.«

Mr. Jarndyce tätschelte ihm lächelnd mit der Hand auf den Kopf wie einem Kinde, trat einen Schritt vor, blieb stehen und warf einen Blick auf die beiden jugendlichen Gestalten. Sein Auge war gedankenvoll, und ein Ausdruck des Wohlwollens lag darin, den ich später oft – so oft – wiedergesehen habe und der sich tief in mein Herz geprägt hat. Das Zimmer, in dem sie sich befanden, lag neben dem unsrigen und war nur vom Kaminfeuer erhellt. Ada saß am Klavier; Richard stand daneben und beugte sich zu ihr herab. An der Wand verschmolzen ihre Schatten miteinander, umgeben von seltsamen Gestalten, die in dem flackernden Schein des Feuers gespenstisch zu schwanken schienen. Ada spielte und sang so leise, daß der die fernen Hügel umseufzende Wind so hörbar war wie die Musik. Das Geheimnis der Zukunft und dunkle Vorbedeutung schienen sich symbolisch in dem ganzen Vorgang auszudrücken.

Aber nicht um dieses Bild zurückzurufen, so deutlich ich mich seiner auch erinnern kann, stelle ich mir die Szene wieder vor Augen. Vor allem blieb mir der Kontrast in Meinung und Absicht zwischen dem stummen Blick, den Mr. Jarndyce nach den jungen Leuten warf, und dem Schwall von Worten, der ihm vorhergegangen war, nicht ganz verborgen. Obgleich Mr. Jarndyces Auge nur einen Augenblick auf mir ruhte, fühlte ich doch, daß er mir in dieser Sekunde seine Hoffnung anvertraut habe, Ada und Richard möchte dereinst ein engeres Band verknüpfen, und ich sein Vertrauen verstanden hatte.

Mr. Skimpole konnte Klavier und Cello spielen, komponierte – er hatte einmal eine halbe Oper geschrieben, aber sie wieder liegenlassen – und trug seine Kompositionen mit viel Geschmack vor.

Nach dem Tee hatten wir ein regelrechtes kleines Konzert, wobei Richard, der ganz bezaubert von Adas Gesang war und mir sagte, sie schiene alle Lieder, die jemals geschrieben worden, zu kennen, und Mr. Jarndyce und ich die Zuhörerschaft bildeten.

Nach einer kleinen Weile vermißte ich zuerst Mr. Skimpole und dann Richard, und während ich mich noch wunderte, wie Richard nur so lange wegbleiben und so viel versäumen könnte, sah das Mädchen, das mir die Schlüssel übergeben hatte, zur Türe herein und sagte: »Möchten Sie wohl die Güte haben, Miß, eine Minute herauszukommen?«

Als ich mit ihr draußen in der Vorhalle stand, bat sie mich mit aufgehobenen Händen: »Ach, wenn Sie die Güte haben wollten, Miß – Mr. Carstone läßt Ihnen sagen, Sie möchten doch einmal herauf in Mr. Skimpoles Zimmer kommen, es ist ihm etwas zugestoßen, Miß.«

»Zugestoßen?«

»Ja, zugestoßen, Miß. Ganz plötzlich.«
Ich fürchtete, sein Zustand könnte gefährlicher Art sein, und bat sie, zu schweigen und niemand zu alarmieren, und sammelte mich unterwegs so weit, daß ich mir im Geiste zurechtlegte, welche Mittel angewendet werden könnten. Sie öffnete die Tür, und ich trat ins Zimmer, wo ich zu meinem Erstaunen Mr. Skimpole, anstatt ihn auf dem Bett oder auf dem Fußboden liegen zu finden, vor dem Kamin stehen und Richard anlächeln sah, während dieser sehr verlegen einen Mann in einem weißen Überrock ansah, der auf dem Sofa saß und sein glattes dünnes Haar mit dem Taschentuch noch glätter und dünner strich.
»Miß Summerson«, sagte Richard hastig, »ich bin froh, daß Sie gekommen sind. Sie können uns vielleicht einen Rat geben. Unser Freund – erschrecken Sie nicht – soll wegen einer Schuld verhaftet werden.«
»Wahrhaftig, liebe Miß Summerson«, bestätigte Mr. Skimpole mit seiner liebenswürdigen Offenherzigkeit. »Ich war noch nie in einer Lage, in der mir die Verständigkeit, der Ordnungssinn und der richtige Takt, den jeder an Ihnen bemerken muß, der nur eine Viertelstunde das Glück gehabt hat, mit Ihnen zusammengewesen zu sein, mehr von Nöten gewesen wären.«
– Der Mann auf dem Sofa, der den Schnupfen zu haben schien, brach in ein so lautes Schnauben aus, daß ich zusammenfuhr. –
»Ist die Summe groß, Sir?« fragte ich.
Mr. Skimpole schüttelte freundlich den Kopf. »Liebe Miß Summerson, ich weiß es nicht. Ich glaube, es ist die Rede von einigen Pfund, ein paar Schillingen und Pence.«
– »24 £ 16 sh. und 7½ d.«, bemerkte der Fremde. –
»Und es klingt – es klingt wie eine kleine Summe«, sagte Mr. Skimpole.
– Der Fremde schwieg und ließ wieder ein Schnauben hören. So gewaltig, daß es ihn ordentlich in die Höhe zu heben schien. –
»Mr. Skimpole«, erklärte mir Richard, »möchte aus Zart-

gefühl sich nicht gern an unsern Vetter Jarndyce wenden, weil er vor kurzem ... sagten Sie nicht, vor kurzem, Sir ...?«

»Jawohl«, gab Mr. Skimpole lächelnd zur Antwort. »Ich habe allerdings vergessen, wieviel es war und wann. Jarndyce würde mir gerne wieder aushelfen, aber ich bin so sehr Genußmensch, daß ich eine Abwechslung in der Unterstützung vorziehen würde und lieber« – er sah Richard und mich an – »Hochherzigkeit auf einem neuen Boden zur Blüte entwickeln möchte.«

»Was ist da wohl zu tun, Miß Summerson?« fragte mich Richard halblaut.

Ehe ich antwortete, wagte ich die Frage, was wohl geschehen würde, wenn das Geld nicht aufgebracht werden könnte.

»Gefängnis«, sagte der Fremde und steckte kaltblütig sein Taschentuch in den Hut, der vor ihm auf dem Fußboden lag. »Oder Coavinses!«

»Darf ich fragen, Sir, was das ist?«

»Coavinses? n Haus.«

Richard und ich sahen uns wieder ratlos an. Es war so merkwürdig, daß die Verhaftung uns in Aufregung versetzte und Mr. Skimpole nicht im geringsten. Er beobachtete uns mit großer Teilnahme, schien aber in all dem, so widerspruchsvoll es klingen mag, keine Spur von Selbstsucht zu sehen. Er hatte einfach die Verlegenheit auf uns abgewälzt.

»Ich habe mir gedacht«, sagte er, wie um uns gutmütig aus der Klemme zu helfen, »da Mr. Richard und seine schöne Kusine Parteien in einem Kanzleigerichtsprozeß um ein, wie die Sage geht, sehr großes Vermögen sind, könnten sie etwas unterzeichnen oder unterschreiben oder eine Verpflichtung oder sonst dergleichen eingehen. Ich weiß nicht, wie man das Ding geschäftlich nennt, aber ich sollte meinen, irgendein Dokument müßte die Sache in Ordnung bringen.«

»Keine Spur!« mischte sich der Fremde ein.

»Wirklich nicht? Das muß jemandem, der kein Urteil in solchen Dingen hat, recht seltsam erscheinen.«
»Seltsam oder nicht«, sagte der Fremde barsch. »Ich versichere Ihnen, keine Spur.«
»Nur ruhig, lieber Freund«, besänftigte Mr. Skimpole und skizzierte den Kopf des Mannes auf das Umschlagblatt eines Buchs. »Verderben Sie sich durch Ihr Geschäft nicht die Laune. Wir können Ihre Person ganz gut von Ihrem Amte trennen und brauchen den Mann nicht mit der Sache zu verwechseln. Wir sind nicht so voreingenommen, Sie im Privatleben für etwas andres zu halten als für einen sehr achtbaren Menschen mit sehr viel unbewußter Poesie in sich.«
– Der Fremde antwortete nur mit einem abermaligen heftigen Schnauben; ob in Anerkennung des poetischen Tributs oder in verächtlicher Zurückweisung desselben, sprach er nicht aus. –
»Meine liebe Miß Summerson und mein lieber Mr. Richard«, wandte sich Mr. Skimpole heiter, unbefangen und vertrauensvoll an uns und betrachtete dabei, den Kopf schief gelegt, seine Zeichnung. »Sie sehen mich ganz unfähig, mir zu helfen, und mich ganz in Ihre Hände gegeben. Ich verlange nichts, als frei zu sein. Die Schmetterlinge sind frei. Die Menschheit wird sicherlich Harold Skimpole das nicht verweigern, was sie den Schmetterlingen zugesteht.«
»Liebe Miß Summerson«, flüsterte mir Richard zu. »Ich habe zehn Pfund, die mir Mr. Kenge gegeben hat. Ich muß sehen, was sich damit ausrichten läßt.«
Ich selbst besaß fünfzehn Pfund und ein paar Schillinge, die ich mir von meinem Vierteljahrsgehalt im Lauf der Zeit zusammengespart hatte. Für den Fall, daß ich, ohne Verwandte und Vermögen, einmal in die Welt geschickt werden könnte, war ich immer bemüht gewesen, mir einen Notpfennig zurückzulegen, um nicht ganz von Geld entblößt dazustehn. Ich sagte Richard, daß ich eine kleine ersparte Summe besäße und ihrer gegenwärtig nicht

bedürfe, und bat ihn, das Mr. Skimpole zartfühlend beizubringen, während ich es holte, damit wir das Vergnügen haben könnten, seine Schuld zu tilgen.

Als ich zurückkam, küßte mir Mr. Skimpole die Hand und schien wirklich gerührt zu sein. Nicht seinetwegen – ich fühlte abermals diesen verwirrenden und merkwürdigen Widerspruch –, sondern lediglich unsertwegen, als ob ihm seine eignen Angelegenheiten vollkommen uninteressant wären und ihn ganz allein die Mitfreude an unserm Glück in Anspruch nähme. Richard bat mich, um die Sache »angenehmer zu gestalten«, mit Coavinses, wie Mr. Skimpole den Fremden scherzhaft nannte, abzurechnen. Ich zählte also das Geld hin und nahm die Quittung in Empfang. Auch das freute Mr. Skimpole außerordentlich. Seine Komplimente waren von so zarter Art, daß ich weniger errötete, als es sonst der Fall gewesen wäre, und ich rechnete mit dem Fremden im weißen Überzieher ab, ohne einen Fehler zu machen. Dieser steckte das Geld in die Tasche und sagte kurz: »Wir sind fertig. Ich wünsche Ihnen einen guten Abend, Miß.«

»Lieber Freund«, wendete sich Mr. Skimpole, an den Kamin gelehnt, an Coavinses, und legte die fertige Skizze weg, »ich möchte Sie etwas fragen, wenn Sie erlauben.«

»Schießen Sie los.«

»Wußten Sie heute früh schon, daß Sie den Auftrag erhalten würden?«

»Wußte es schon gestern nachmittag.«

»Schadete es nicht Ihrem Appetit? Beunruhigte es Sie gar nicht?«

»Ka Spur«, sagte Coavinses. »Wenn man Sie heut noch nicht vermißt hat, wären Sie morgen auch noch dagwesen. Auf einen Tag mehr oder weniger kommts nöt an.«

»Aber als Sie hierher unterwegs waren, meine ich«, fuhr Mr. Skimpole fort, »war ein schöner Tag. Die Sonne schien, der Wind wehte, Licht und Schatten wechselten auf den Feldern, die Vögel sangen ...«

»Niemand hat das geleugnet, soviel ich weiß«, entgegnete Coavinses.
»Nein. Aber was dachten Sie sich auf dem Wege?«
»Was meinen S?« brummte Coavinses, als ob er die Frage sehr übelnähme. »Denken? Ich hab eh schon gnug zu tun und bekomm wenig genug dafür, ohne erst zu denken ... Denken!« setzte er mit tiefster Verachtung hinzu.
»Sie dachten also nicht: Harold Skimpole sieht gern die Sonne scheinen, hört gern den Wind wehen, freut sich über den Wechsel von Licht und Schatten auf den Auen, hört gern den Vögeln zu, diesen Chorsängern in dem großen Dome der Natur – und ich gehe jetzt, Harold Skimpole seinen Anteil an diesen Dingen, das einzige, was er besitzt, zu rauben? Sie dachten nichts dergleichen?«
»Ich – gewiß – nicht!« Coavinses wies diesen Gedanken mit solch störrischer Entschiedenheit zurück, daß er sich nur dadurch verständlich machen zu können glaubte, daß er hinter jedes Wort eine lange Pause setzte und das letzte mit einem Schütteln des Kopfs hervorstieß, das ihm leicht die Halswirbel hätte ausrenken können.
»Sehr sonderbar und merkwürdig ist der Denkprozeß bei euch Geschäftsleuten«, murmelte Mr. Skimpole gedankenvoll. »Ich danke Ihnen, mein Freund. Gute Nacht!«
Da unsere Abwesenheit schon lange genug gedauert hatte, um Mr. Jarndyce aufzufallen, ging ich sofort wieder hinunter. Ich fand Ada am Kamin sitzen, mit einer Handarbeit beschäftigt und in eifrigster Unterhaltung mit ihrem Vetter John. Mr. Skimpole erschien ebenfalls bald und kurz nach ihm Richard. Ich war während des übrigen Abends so ziemlich mit einer Lektion Backgammon in Anspruch genommen, die mir Mr. Jarndyce erteilte. Er spielte es sehr gern, und ich wünschte natürlich, es so schnell wie möglich zu erlernen, um gelegentlich, wenn er keinen bessern Gegner hätte, mit ihm spielen zu können. Erst spät in der Nacht trennten wir uns; denn als Ada um

elf Uhr aufstehn wollte, setzte sich Mr. Skimpole noch ans Klavier und spielte ein lustiges Lied, mit dem Text:

Das beste Bestreben,
Um länger zu leben,
Ist der Nacht ein paar Stunden
zu rauben,
Juchhe!

Und so war es zwölf geworden, als er seine Kerze nahm und strahlenden Gesichts das Zimmer verließ.

Ich glaube wirklich, er hätte uns bis zum Morgen festhalten können.

Ada und Richard standen noch ein paar Augenblicke am Fenster und erörterten lustig die Frage, ob Mrs. Jellyby um diese Zeit wohl ihr Tagewerk schon beendet habe, als Mr. Jarndyce, der bereits das Zimmer verlassen hatte, wieder zurückkehrte.

»O mein Gott, was ist da wieder geschehen!« sagte er und rieb sich in gutgelaunter Verdrießlichkeit den Kopf und ging auf und ab. »Was muß ich hören! Rick, mein Junge, und liebe Esther, was habt ihr mir da gemacht. Was habt ihr da angestellt! Wieviel kommt auf jeden? Der Wind hat sich schon wieder gedreht. Ich fühle es über und über.«

– Wir wußten beide nicht, was antworten. –

»Nur heraus mit der Sprache, Rick! Vor dem Schlafengehen muß das abgemacht werden. Wieviel habt ihr beide ausgelegt? Ihr habt das Geld zusammengeschossen, höre ich. Wie konntet ihr das tun? Mein Gott ja, es ist wirklich Ostwind – muß Ostwind sein.«

»Ich weiß wirklich nicht, Sir«, sagte Richard, »ob ich es Ihnen verraten darf. Mr. Skimpole verließ sich auf uns und ...«

»Gott steh uns bei, mein lieber Junge! Er verläßt sich auf jeden.« Mr. Jarndyce rieb sich den Kopf gewaltig und blieb stehen.

»Wirklich, Sir?«

»Jawohl, auf jeden, und er wird nächste Woche wieder in derselben Klemme sein«, sagte Mr. Jarndyce und ging mit langen Schritten, eine ausgelöschte Kerze in der Hand, im Zimmer auf und ab. »Er ist immer in derselben Klemme. Er ist sozusagen in der Klemme auf die Welt gekommen. Ich glaube wahrhaftig, seine Geburtsanzeige hat gelautet:

> Am vergangenen Dienstag in ihrer Wohnung zu Schuldenhausen genas Mrs. Skimpole unter größten Schwierigkeiten eines Sohnes.«

Richard lachte herzlich, setzte aber hinzu:
»Dennoch, Sir, möchte ich nicht gern einen Vertrauensbruch begehen, und wenn ich Ihnen nochmals zu bedenken gebe, daß ich meiner Ansicht nach doch eigentlich sein Geheimnis zu bewahren verpflichtet bin, so hoffe ich, Sie werden nicht weiter in mich dringen. Natürlich, wenn Sie es doch tun, weiß ich, daß ich unrecht habe, und werde Ihnen die gewünschte Auskunft geben.«
»Na, na«, rief Mr. Jarndyce, blieb wieder stehen und bemühte sich in seiner Zerstreuung vergebens, den Leuchter in die Tasche zu stecken. »Ich ... ja so, der Leuchter. Bitte, setzen Sie ihn weg, liebes Kind. Ich bin so zerstreut, der Wind ist schuld daran ... Hat immer diese Wirkung ... Ich will nicht in Sie dringen, Rick. Sie können recht haben. Aber – Sie und Esther herzunehmen – und euch auszupressen wie ein paar weiche junge Michaelisorangen!... Wir bekommen gewiß in der Nacht Sturm.«
– Er steckte entschlossen die Hände in die Taschen, als wollte er sie so bald nicht mehr herausziehen. Gleich darauf fuhr er sich aber wieder durch die Haare. –
Ich wendete ein, daß Mr. Skimpole doch in solchen Dingen das reinste Kind sei.
»Wie, mein Liebling?« griff Mr. Jarndyce sofort das Wort auf.
»Da er ein vollkommenes Kind ist, Sir«, fing ich an, »und so ganz anders als andre Leute ...«

»Sie haben recht.« Mr. Jarndyces Gesicht strahlte. »So ein weiblicher Verstand trifft immer gleich das Richtige. Er ist ein Kind – das reinste Kind. Ich sagte es euch doch gleich.«
»Gewiß, gewiß«, bestätigten wir.
»Und er *ist* ein Kind, das ist doch klar, nicht?« fragte Mr. Jarndyce, und seine Miene hellte sich immer mehr und mehr auf.
»Ja, das ist er.«
»Wenn man sich's genau überlegt, ist es wirklich kindisch von euch – besser gesagt, von mir –, ihn nur einen Augenblick lang als erwachsenen Menschen zu betrachten. Ihn könnt ihr nicht verantwortlich dafür machen. Sich Harold Skimpole in Verbindung mit Plänen, berechnender Handlungsweise oder Logik nur zu denken! Hahaha!«
Es war so köstlich, sein Antlitz immer vergnügter und vergnügter werden zu sehen und zu wissen, daß die Quelle seiner Freude sein gutes Herz war, dem es weh tat, jemand zu verdammen, unrecht zu tun oder zu mißtrauen, daß ich in Adas Augen Tränen glänzen sah, während sie sich bemühte, in sein Lachen miteinzustimmen, und ich auch die meinen feucht werden fühlte.
»Was ich für ein Stockfisch bin, daß ich nicht gleich daran gedacht habe. Die ganze Geschichte zeigt von Anfang bis zu Ende das Kind. Nur einem Kinde konnte es einfallen, euch beide in die Sache hineinzuziehen. Und wären es tausend Pfund gewesen, er hätte es genauso gemacht.«
– Wir alle stimmten ihm nach dem, was wir diesen Abend gesehen und gehört hatten, vollkommen bei. –
»Natürlich«, sagte Mr. Jarndyce, »aber Rick, Esther und auch Sie, Ada – denn ich weiß nicht, ob selbst Ihre kleine Börse vor seiner Unerfahrenheit sicher ist –, ihr müßt mir alle versprechen, daß das nie mehr wieder geschieht. Keine Vorschüsse! Verstanden? Auch nicht einen Sixpence.«
Wir versprachen es alle getreulich; Richard mit einem verschmitzten Blick auf mich und auf seine Tasche klopfend, um damit anzudeuten, daß wir keine Gefahr mehr liefen, unser Wort zu brechen.

»Was Skimpole betrifft, so würde dem guten Jungen ein bewohnbares Puppenhaus mit einem soliden Tisch und ein paar Zinnsoldaten, die er anpumpen könnte, zum Spielen fürs ganze Leben genügen. Er schläft jetzt gewiß schon den Schlaf eines Kindes; es wird Zeit, daß ich meinen so viel tüchtigeren Kopf auf meine mehr weltlichen Kissen lege. Gute Nacht, liebe Kinder! Gott behüte euch!«

Er guckte wieder mit freundlichem Gesicht herein, als wir gerade unsre Lichter angezündet hatten, und sagte:

»Ich habe nach der Wetterfahne gesehen. Es war doch ein Irrtum mit dem Wind. Er kommt aus Süden.« Und er verließ uns, ein Liedchen summend.

Ada und ich plauderten noch ein paar Worte miteinander, als wir hinaufgingen, und waren uns darüber einig, daß diese Grille mit dem Winde nur ein Vorwand von Mr. Jarndyce sei, um Betroffenheit, Verstimmung oder Rührung zu verbergen. Es erschien uns das als sehr charakteristisch für seine exzentrische Herzensgüte und für den Unterschied zwischen ihm und den gewissen launischen Menschen, die im Gegenteil immer Wetter und Wind als Vorwand benützen, um ihre mürrische und verdrießliche Laune nicht unterdrücken zu müssen.

Zu meiner Dankbarkeit war an diesem einen Abend schon so viel Liebe zu Mr. Jarndyce gekommen, daß ich Hoffnung schöpfte, ihn schon vermittels dieser beiden Gefühle verstehen zu lernen. Scheinbare Inkonsequenz bei Mr. Skimpole oder bei Mrs. Jellyby auf ihre Ursachen zurückführen zu können, durfte ich bei meiner geringen Erfahrung und praktischen Kenntnis nicht erwarten. Ich versuchte es auch gar nicht, und als ich allein war, mußte ich viel an Ada und Richard denken und an das Vertrauen, das mir, wie mir schien, Mr. Jarndyce hinsichtlich ihrer geschenkt hatte.

Meine Phantasie, vielleicht durch das leise Stöhnen des Windes draußen ein wenig aufgeregt, wollte auch nicht ganz untätig bleiben, obgleich ich mir die größte Mühe gab. Sie schweifte zurück zu dem Hause meiner Patin und rief schattenhafte Erinnerungen an Grübeleien wieder wach, die damals manchmal in mir gedämmert hatten: ... Was wohl Mr. Jarndyce von meiner frühesten Geschichte wisse und ob er wohl am Ende gar mein Vater sei ... Jetzt war dieser nichtige Traum natürlich längst verschwunden.

Das ist alles längst vorüber, sagte ich mir, schüttelte meine Träume ab und stand von meinem Sitz am Kamin auf. Es handelt sich jetzt nicht darum, über die Vergangenheit nachzugrübeln, sondern mit fröhlichem Sinn und dankbarem Herzen zu handeln. Esther, Esther, Esther, denk an deine Pflicht, meine Liebe!

Und ich schüttelte mein Körbchen mit den Wirtschaftsschlüsseln, daß sie wie Glöckchen klangen und mich hoffnungsvoll zu Bett läuteten.

7. Kapitel

Der Geisterweg

Esther schläft, Esther wacht, und immer noch ist Regenwetter auf dem Landsitz in Lincolnshire.

Der Regen fällt: trip, trip, trip, Tag und Nacht auf die breiten Steinplatten der Terrasse, die der »Geisterweg« heißt. Das Wetter unten in Lincolnshire ist so schlecht, daß auch die lebhafteste Phantasie daran verzweifelt, es könne jemals wieder schön werden. Nicht etwa, daß ein besonderer Überschuß an Phantasie in dem Landhaus vorhanden wäre, denn Sir Leicester ist nicht da – und wenn er da wäre, würde das die Sache auch nicht wesentlich ändern –, sondern in Paris mit Mylady; und die Einsamkeit hockt brütend mit grauem Fittich über Chesney Wold.

Einige Regungen von Phantasie sind möglicherweise in

den niederen Geschöpfen in Chesney Wold lebendig. Die Pferde in den Ställen – in den langgestreckten Ställen in einem roten kahlen Ziegelhof, wo im Turm eine Glocke hängt und eine Uhr mit einem großen Gesicht, das die Tauben in der Nähe, die gern dort auf dem Simse sitzen, immer zu fragen scheinen – malen sich im Geiste vielleicht manchmal doch ein Bild von schönem Wetter aus und sind darin bessere Künstler als ihre Stallknechte.
Der Rotschimmel, der sich so ausgezeichnet für einen Jagdritt über schwieriges Terrain eignet, denkt vielleicht, wenn er mit seinen großen Augen nach dem vergitterten Fenster nicht weit von seiner Krippe blickt, an die frischgrünen Blätter, die zu andern Zeiten dort glänzen, an die Wohlgerüche, die dort hereinströmen, und an einen feinen Galopp mit den Hatzhunden, während das Menschenkind, das den Stand daneben auskehrt, niemals über seine Heugabel und seinen Besen hinauskommt.
Der Grauschimmel, der der Tür gegenübersteht, ungeduldig am Halfter rüttelt und erwartungsvoll die Ohren spitzt, wenn die Tür aufgeht und der Stallknecht sagt: »Ruhig, Schimmel, ruhig, heut braucht dich niemand«, weiß das vielleicht so gut wie der Mann selbst. Das scheinbar so stumme und ungesellige halbe Dutzend im Stall bringt vielleicht die langen nassen Stunden, wenn die Stalltür geschlossen ist, in lebhafterer Unterhaltung zu als das Gesinde in seiner Stube oder in der Ortsschenke – vertreibt sich vielleicht gar damit die Zeit, das kleine Pony in der Ecke in die Schule zu nehmen, um es zu bilden – oder vielleicht gar zu verderben.
Und der Hofhund, der draußen in seiner Hütte, den großen Kopf auf den Pfoten, im Halbschlummer dröselt, träumt vielleicht von der heißen Sonne, die, wenn die Schatten der Stallgebäude seine Geduld durch ewiges Wechseln ermüdet haben, ihm um die Mittagszeit nicht mehr Zuflucht gewähren will als den Schatten seiner eignen Hütte, in dem er dann steif dasitzt und keucht und

jault und gar zu gern noch an etwas anderm reißen möchte als an seiner Kette.

Jetzt träumt er sich vielleicht im Halbschlummer das Haus voller Gesellschaft, den Schuppen voller Wagen, die Ställe voller Pferde und die Dienerschaftsgebäude voller Reitknechte und Kutscher, bis er über die Gegenwart seine Zweifel bekommt und heraustritt, um nach der Wirklichkeit zu sehen. Dann knurrt er, sich ungeduldig schüttelnd, vielleicht innerlich: »Regen, Regen, Regen, nichts als Regen – und keine Familie«, wie er wieder in die Hütte geht und sich mit einem mürrischen Gähnen hinstreckt.

Und die Hunde im Zwinger hinten im Park, deren klagende Stimmen, wenn der Wind auf das Haus zu steht, zuzeiten selbst bis in Myladys Zimmer dringen, sie jagen jetzt vielleicht in der Einbildung die ganze Umgebung ab, während der Regen rings um sie niederschauert. Und die Kaninchen mit ihren verräterischen Schwänzchen, die zu Löchern unter Baumwurzeln heraus- und hineinschlüpfen, werden vielleicht munter bei dem Gedanken an die luftigen Tage, wo es um ihre Ohren weht, oder an die interessanten Jahreszeiten, wo es junge, süße Pflänzchen zu nagen gibt.

Der Truthahn auf dem Hühnerhof, der sich immer über irgendein sein Geschlecht seit ewigen Zeiten verfolgendes Unrecht – wahrscheinlich die Weihnachtsfeier – zu ärgern scheint, denkt vielleicht an einen versäumten Sommermorgen, wo er in den dunkeln Heckengang unter die gefällten Bäume geriet und nicht loskonnte, während in der Scheune alles voll von Gerstenkörnern lag. Die mißgestimmte Gans, die sich jedesmal bückt, wenn sie unter dem zwanzig Fuß hohen alten Torweg hindurchwackelt, schnattert vielleicht, wenn wir es nur verstünden, ihre Vorliebe für Wetter, wo der Torweg schwarze Schatten wirft, heraus.

All das mag ja sein, aber sonst lebt nicht viel Phantasie in Chesney Wold. Wenn in einem seltenen Augenblick ein bißchen davon vorhanden ist, so hallt es wie ein kleines

Geräusch in dem alten Gebäude lange Zeit nach und endet meist mit Geistergeschichten und Geheimnissen.
Es hat so stark und anhaltend unten in Lincolnshire geregnet, daß Mrs. Rouncewell, die alte Wirtschafterin in Chesney Wold, schon mehrere Male ihre Brille abgenommen und abgewischt hat, um sich zu vergewissern, ob es wirklich noch regnet oder die Gläser nur so streifig aussehen. Mrs. Rouncewell hätte sich durch das Rauschen und Plätschern hinreichend überzeugen lassen können, aber sie ist etwas taub und will das nicht zugeben.
Sie ist eine schöne alte Frau, stattlich und unendlich sauber, und hat einen Rücken und einen Brustkasten, daß sich niemand wundern würde, wenn sich nach ihrem Tode herausstellte, ihr Schnürleib sei ein großer altmodischer Familienkamin gewesen.
Um die Witterung kümmert sich Mrs. Rouncewell wenig. Das Haus steht immer da, ob es regnet oder nicht, und um das Haus, sagt sie, habe sie sich zu kümmern und sonst um nichts. Sie sitzt in ihrem Zimmer, in einem Seitengang im Erdgeschoß, mit einem Bogenfenster und der Aussicht auf einen geschorenen viereckigen Rasenflecken, in regelmäßigen Zwischenräumen mit glatten runden Bäumen und glatten runden Steinpfeilern verziert, daß es aussieht, als wollten die Bäume mit den Steinen Kegel schieben.
Das ganze Haus ist ihr anvertraut. Sie kann es gelegentlich öffnen, kann herumschäftern und sich erhitzen; aber jetzt ist alles abgeschlossen, und das Haus ruht auf Mrs. Rouncewells eisernem Brustkasten in majestätischem Schlummer.
Fast so unmöglich, wie an eine Aufheiterung des Wetters zu glauben, ist es, sich Chesney Wold ohne Mrs. Rouncewell vorzustellen. Aber sie ist auch erst fünfzig Jahre hier. Fragt sie heute an diesem Regentag: »Wie lange sind Sie hier?«, und sie wird antworten:
»Fünfzig Jahre, drei Monate und vierzehn Tage werden es sein, wenn es Gott gefällt, daß ich bis Dienstag lebe.«
Mr. Rouncewell starb, kurz bevor die hübsche Mode der

Zöpfe abkam, und versteckte den seinigen, wenn er ihn überhaupt mitnahm, bescheiden in einer Ecke des Parkkirchhofs, nicht weit von der altersgrauen Eingangspforte. Er war im Marktflecken geboren wie seine junge Witwe. Ihre Laufbahn in der Familie begann zur Zeit des letzten Sir Leicester in der Säuglingsstube.

Der gegenwärtige Repräsentant der Dedlocks ist ein vortrefflicher Herr. Er setzt bei allen seinen Leuten eine vollständige Abwesenheit individuellen Charakters und eigner Absichten und Meinungen voraus und ist überzeugt, daß er dazu da ist, seinerseits alle diese Mängel zu ersetzen. Sollte er einmal das Gegenteil entdecken, würde er einfach perplex sein und das Bewußtsein verlieren und wahrscheinlich nur wieder zu sich kommen, um noch einmal aufzuatmen und dann zu sterben. Aber er ist trotzdem ein vortrefflicher Herr und hält das für eine Pflicht seiner vornehmen Geburt. Er hat Mrs. Rouncewell sehr gern. Er nennt sie eine respektable, treffliche Frau. Er schüttelt ihr jedesmal die Hand, wenn er nach Chesney Wold kommt oder wenn er abreist; und wenn er überfahren werden sollte oder ihm sonst ein Unfall zustieße, so würde er sagen, vorausgesetzt, daß er noch sprechen könnte: Laßt mich allein und schickt Mrs. Rouncewell her; denn er würde bei ihr seine Würde sicherer als bei andern aufgehoben wissen.

Mrs. Rouncewell hat Leid im Leben gar wohl erfahren. Der eine ihrer beiden Söhne schlug aus der Art, ging unter die Soldaten und ließ nie wieder etwas von sich hören. Selbst heute noch verlieren Mrs. Rouncewells ruhige Hände ihre Fassung, wenn sie von ihm spricht, und sie fahren unruhig hin und her, wenn sie sagt: »Was für ein hübscher Bursche, was für ein munterer, gutherziger, geschickter Junge er doch war!«

Ihr zweiter Sohn sollte in Chesney Wold untergebracht werden und wäre mit der Zeit Hausverwalter geworden; aber schon als Schuljunge hatte er die Gewohnheit, Dampfmaschinen aus Pfannen zu machen und Kanarienvögel dazu abzurichten, sich mit möglichst geringem Aufwand von Arbeit ihr Wasser selbst heraufzuziehen (und er kam ihnen dabei mit so raffiniert berechnetem hydraulischem Druck zu Hilfe, daß ein Vogel, wenn er durstig war, sich nur mit der Achsel an das Rad zu lehnen brauchte, und die Sache war geschehen). Dieser Hang hatte Mrs. Rouncewell große Sorge gemacht. Mit der Herzensangst einer Henne, die Enteneier ausgebrütet hat, erkannte sie, daß das eine revolutionäre Richtung sei, denn sie wußte, daß Sir Leicester von jedem Hang für eine Kunst so denkt, die mit Rauch und einem hohen Schornstein irgend etwas zu tun hat. Aber da der verstockte junge Rebell, obwohl er sonst ein sanftes geduldiges Kind war, beim Älterwerden kein Zeichen der Besserung erkennen ließ, sondern im Gegenteil ein Modell zu einem Maschinenspinnstuhl baute, mußte sie sich doch endlich entschließen, unter Tränen dem Baronet seine Unverbesserlichkeit einzugestehen.

»Mrs. Rouncewell«, hatte Sir Leicester gesagt, »Sie wissen, ich kann mich mit niemandem herumstreiten. Schauen Sie, daß Sie den Jungen loswerden; am besten ist, Sie stecken ihn in eine Fabrik. Die Eisenbaugegenden weiter nördlich wären, wie ich glaube, das Beste für einen Jungen von solchen Neigungen.« Der Knabe ging also weiter nördlich und wuchs weiter nördlich auf, und wenn ihn Sir Leicester Dedlock jemals zu Gesicht bekam oder jemals wieder an ihn dachte, so sah er in ihm jedenfalls nur ein Individuum von tausend ruß- und rauchgeschwärzten Verschwörern, die zwei- oder dreimal in der Woche nachts bei Fackelschein zu ungesetzmäßigem Treiben ausziehen.

Trotzdem ist Mrs. Rouncewells Sohn im Lauf der Zeit herangewachsen, hat geheiratet und sich selbständig gemacht und Mrs. Rouncewells Enkelseele aus dem Universum zu sich gerufen.

Dieser Enkel hat nun ausgelernt, ist von einer Reise nach fernen Ländern, wo er seine Kenntnisse erweitern und die

Vorbereitungen für das Wagestück dieses Lebens auf Erden vollenden sollte, zurückgekehrt und steht jetzt, auf Besuch bei seiner Großmutter, an den Kamin gelehnt in deren Zimmer in Chesney Wold.

»Und nochmals und nochmals, es freut mich von Herzen, dich zu sehen, Watt! Und abermals, ich freue mich, dich zu sehen, Watt«, sagt Mrs. Rouncewell. »Du bist ein hübscher junger Bursche, deinem armen Onkel Georg so ähnlich. Ach!« – Mrs. Rouncewells Hände werden wie gewöhnlich bei Erwähnung dieses Namens unruhig.

»Man sagt, ich sei meinem Vater ähnlich, Großmutter.«

»Auch ihm, liebes Kind. Aber am ähnlichsten siehst du deinem armen, armen Onkel Georg; und dein lieber Vater« – Mrs. Rouncewells Hände werden wieder ruhig –, »geht es ihm gut?«

»Sehr gut. In jeder Hinsicht, Großmutter.«

»Da bin ich dem Himmel dankbar!«

Mrs. Rouncewell liebt auch ihren zweiten Sohn, aber sie denkt an ihn mit einem gewissen Bedauern, so wie von einem Soldaten, der zwar tapfer ist, aber zum Feinde überging.

»Ist er glücklich?« fragt sie.

»Vollkommen.«

»Ich danke dem Himmel dafür. Also er hat dich in seinem Sinn erzogen und dich in fremde Länder geschickt und so? Nun, er wird es wohl am besten wissen. Es mag ja eine Welt außerhalb von Chesney Wold geben, die ich nicht verstehe, obgleich ich nicht mehr jung bin und doch auch viel gute Gesellschaft zu Gesicht bekommen habe.«

»Großmutter«, sagt der junge Mann und läßt das Thema fallen, »was war das für ein hübsches Mädchen, das vorhin bei dir war? Du nanntest sie Rosa.«

»Ja, Kind. Sie ist die Tochter einer Witwe im Dorf. Mädchen sind heutzutage so begriffsstutzig, daß ich sie schon als junges Ding zu mir genommen habe. Sie lernt gut, und es kann etwas aus ihr werden. Sie zeigt dem Fremden das Haus schon recht hübsch. Sie wohnt und ißt bei mir.«

»Ich hoffe, ich habe sie nicht vertrieben.«
»Sie glaubt wahrscheinlich, wir hätten Familienangelegenheiten zu besprechen. Sie ist sehr bescheiden. Eine gute Eigenschaft bei einem jungen Mädchen. Und gegenwärtig seltner«, sagt Mrs. Rouncewell und dehnt ihren Schnürleib zu seiner größten Breite aus, »als früher.«
Der junge Mann neigt das Haupt in Anerkennung der weisen Lehre. Mrs. Rouncewell lauscht. »Räder, horch!« sagt sie. Die jüngeren Ohren haben das Geräusch längst gehört. »Mein Himmel, was für ein Wagen kann das bei solchem Wetter sein?«
Nach einer kurzen Weile klopft es an die Tür.
»Herein!«
Eine schüchterne Dorfschöne mit dunkeln Augen und dunkelm Haar, so frisch in ihrer rosigen und doch zarten Blüte, daß die Regentropfen in ihrem Haar wie Tau auf einer frisch gepflückten Blume aussehen, tritt herein.
»Was sind das für Fremde, Rosa?«
»Zwei junge Herrn in einem Gig, Maam. Wollten das Haus sehen ... Jawohl, ich sagte es ihnen schon«, setzt sie rasch als Antwort auf eine verneinende Gebärde der Wirtschafterin hinzu. »Ich ging an die Gartenpforte und sagte ihnen, es sei ein schlechter Tag und eine ungeeignete Stunde, aber der junge Mann, der kutschiert, zog den Hut bei dem Regen ab und bat mich, Ihnen diese Karte zu bringen.«
»Lies sie, lieber Watt!« sagt die Wirtschafterin.
– Rosa ist so verlegen, daß sie die Karte fallen läßt, als sie sie dem jungen Mann geben will, und beide stoßen beinahe mit den Köpfen zusammen, als sie sich bücken. Rosa wird noch verlegner. –
»Mr. Guppy. Weiter steht nichts auf der Karte.«
»Guppy?« wiederholt Mrs. Rouncewell, »Mr. Guppy? Unsinn. Ich habe den Namen nie gehört.«
»Wenn Sie erlauben, dasselbe sagte er auch, aber er und der andre junge Herr wären erst gestern abend mit der Post von London gekommen zur Magistratsversamm-

lung, zehn Meilen von hier. Und da sie bald fertig geworden seien und viel von Chesney Wold gehört hätten und beim besten Willen nicht wüßten, was sie mit der Zeit anfangen sollten, so wären sie trotz des Regens hierhergefahren. Sie sind Advokaten. Er sagt, er wäre zwar nicht bei Mr. Tulkinghorn, glaube aber, sich nötigenfalls auf Mr. Tulkinghorn berufen zu dürfen.«
– Als Rosa jetzt, wo sie fertig ist, bemerkt, daß sie eine lange Rede gehalten hat, wird sie noch verlegner. –
Mr. Tulkinghorn gehört gewissermaßen mit zu dem Edelsitz, und außerdem geht die Sage, daß er das Testament der Mrs. Rouncewell gemacht habe. Die alte Dame wird milder gestimmt, bewilligt den Gästen den Eintritt und entläßt Rosa. Der Enkel fühlt plötzlich in sich den Wunsch, ebenfalls das Haus anzusehen, rege werden und möchte sich der Gesellschaft anschließen. Die Großmutter freut sich, daß er sich dafür interessiert, und begleitet ihn, obgleich er sie dringendst bittet, sich ja nicht in ihrer Ruhe stören zu lassen.
»Ich bin Ihnen außerordentlich verbunden, Maam«, sagt Mr. Guppy und zieht in der Vorhalle seinen nassen, zottigen Überrock aus. »Wir Londoner Advokaten kommen nicht oft heraus, und wenn's geschieht, nützen wir die Zeit so gut aus wie möglich.«
Die alte Wirtschafterin deutet mit gnädig stolzer Gebärde auf die große Treppe.
Mr. Guppy und sein Freund folgen Rosa, Mrs. Rouncewell und ihr Enkel kommen nach, und ein Gärtnerbursche eilt voraus, um die Jalousien aufzumachen.
Wie es den meisten Leuten geht, wenn sie Häuser besichtigen, sind Mr. Guppy und sein Freund bereits tödlich abgespannt, ehe sie noch recht angefangen haben. Sie verlaufen sich in die falschen Gänge, besehen sich Überflüssigkeiten, kümmern sich nicht um wirkliche Sehenswürdigkeiten, gähnen, wenn neue Zimmerreihen aufgeschlossen werden, legen die größte Niedergeschlagenheit an den Tag und sind offenbar ganz und gar fertig. In jedem Zimmer,

das gezeigt wird, zieht sich Mrs. Rouncewell, die so lotrecht steht wie das Haus selbst, in eine Fenstervertiefung oder sonst eine Nische zurück und hört mit stolzer Billigung Rosas Erklärungen zu. Ihr Enkel ist so aufmerksam, daß Rosa verlegner ist als je – und noch hübscher. So gehen sie von Zimmer zu Zimmer und beschwören die gemalten Dedlocks auf ein paar kurze Minuten herauf, wenn der Gärtnerbursche das Tageslicht hereinläßt, und lassen sie wieder ins Grab sinken, wenn er wieder die Läden schließt. Dem betrübten Mr. Guppy und seinem untröstlichen Freund kommt es vor, als ob es kein Ende nehmen wolle mit den Dedlocks, deren Familienruhm darin zu bestehen scheint, daß sie siebenhundert Jahre lang sich durch nichts ausgezeichnet haben.

Selbst der lange Gesellschaftssaal in Chesney Wold vermag Mr. Guppys Lebensgeister nicht aufzufrischen. Er ist so niedergeschlagen, daß er auf der Schwelle klebenbleibt und nicht Willenskraft genug aufbringen kann, um einzutreten. Aber ein Porträt über dem Kamin, von dem Modemaler des Tages gemalt, wirkt wie ein Zauber auf ihn. Er erholt sich im Augenblick. Er starrt es mit ungewöhnlichem Interesse an, er ist fasziniert davon und wie am Boden festgenagelt.

»Gott, wer ist das?« fragt er.

»Das Gemälde über dem Kamin stellt die gegenwärtige Lady Dedlock dar; es gilt für ausgezeichnet getroffen und als das beste Werk des Meisters«, leiert Rosa in einem Zug herunter.

»Ich will des Todes sein, wenn ich sie jemals gesehen habe«, flüstert Mr. Guppy und starrt seinen Freund erschrocken an, »und doch kenne ich sie! Gibt es Stahlstiche von dem Bild, Miß?«

»Das Porträt ist noch niemals vervielfältigt worden. Sir Leicester hat stets die Erlaubnis verweigert.«

»Hm«, sagt Mr. Guppy halblaut. »Ich will mich hängen lassen, wenn ich das Gesicht nicht schon irgendwo gesehen habe! So, so, das ist also Lady Dedlock.«

»Das Bild rechts stellt den gegenwärtigen Sir Leicester dar und das Bild links seinen Vater, den verstorbenen Sir Leicester.«

– Mr. Guppy hat kein Auge für die beiden Magnaten. –

»Es ist mir unerklärlich«, wiederholt er und starrt immer noch das erste Porträt an. »Wie gut ich das Bild kenne! Ich will verwünscht sein«, sagt er und sieht sich um, »wenn ich nicht glaube, ich muß von diesem Bilde geträumt haben.«

Da niemand von den Anwesenden ein besondres Interesse an Mr. Guppys Träumen nimmt, wird die Wahrscheinlichkeit nicht weiter erörtert. Aber der Herr ist so in das Porträt vertieft, daß er noch unbeweglich dasteht, als der Gärtnerbursche bereits die Läden zugemacht hat. Jetzt verläßt er das Zimmer ganz benommen und tritt mit den übrigen mit verwirrten, weitaufgerissenen Augen, als ob er sich überall nach Lady Dedlock umsähe, in die folgenden Gemächer.

Er bekommt nichts mehr von ihr zu Gesicht. Er sieht ihre Zimmer, die als besonders schön zuletzt gezeigt werden, und blickt aus dem Fenster hinaus, vor dem sie sich noch vor kurzer Zeit des Wetters wegen so tödlich langweilte.

Alle Dinge nehmen ein Ende, selbst die Besichtigung von Schlössern. Mr. Guppy hat das Ende der Sehenswürdigkeiten erlebt und die frische Dorfschöne das Ende ihrer Beschreibung, das da lautet:

»Die Terrasse unten findet die größte Bewunderung jedes Fremden; einer alten Familiensage zufolge nennt man sie den Geisterweg.«

»Wie?« fragt Mr. Guppy mit brennender Neugier. »Was ist das für eine Geschichte, Miß? Kommt etwas von einem Bild drin vor?«

»Bitte, erzählen Sie uns die Geschichte«, flüstert Watt halblaut.

»Ich weiß sie nicht, Sir« – Rosa wird schon wieder verlegen.

»Sie wird den Fremden nicht erzählt und ist fast in Verges-

senheit geraten«, meldet sich die Wirtschafterin dazwischentretend. »Sie ist niemals mehr als eine Familienanekdote gewesen.«
»Erlauben Sie mir nochmals die Frage, ob etwas von einem Bilde drin vorkommt, Maam«, forscht Mr. Guppy, »ich versichere Ihnen, je mehr ich an das Bild denke, desto bekannter kommt es mir vor, ohne daß ich einen Zusammenhang finden könnte.«
Ein Bild kommt in der Geschichte nicht vor, das kann die Wirtschafterin verbürgen.
Mr. Guppy ist ihr für die Auskunft sehr verbunden und außerdem für ihre Liebenswürdigkeit im allgemeinen. Er entfernt sich mit seinem Freund, wird von dem Gärtnerburschen eine andre Treppe hinabgeführt, und gleich darauf hört man ihn fortfahren.
Es dämmert bereits. Mrs. Rouncewell kann sich auf die Verschwiegenheit ihrer beiden jungen Zuhörer verlassen, und ihnen will sie daher gerne erzählen, wieso die Terrasse ihren gespenstischen Namen bekommen hat. Sie setzt sich in einen großen Lehnstuhl an dem rasch dunkel werdenden Fenster und erzählt:
»In den bösen Zeiten Karls I. – ich nenne sie natürlich nur deswegen böse, weil die Rebellen sich damals gegen den vortrefflichen König verschworen haben – war Sir Morbury Dedlock Besitzer von Chesney Wold. Ob man vor jener Zeit von einem Gespenst in der Familie gehört hat, weiß ich nicht. Ich halte es aber für sehr wahrscheinlich.«
– Mrs. Rouncewell ist dieser Meinung, weil sie überzeugt ist, daß eine Familie von so altem Adel und solcher Bedeutung ein Recht auf ein Gespenst hat. Sie betrachtet ein Gespenst als eines der Privilegien der höheren Stände, als eine vornehme Auszeichnung, auf die das gewöhnliche Volk keinen Anspruch hat. –
»Sir Morbury Dedlock stand, wie sich von selbst versteht, auf der Seite des heiligen Märtyrers. Aber man vermutet, daß seine Gemahlin, in deren Adern kein Tropfen des Familienblutes floß, die schlechte Sache begünstigte. Es geht

die Sage, daß sie mit den Feinden König Karls in Verbindung stand, mit ihnen Briefe gewechselt und ihnen auf diese Weise Nachricht gegeben hat. Wenn Landedelleute von der Partei Seiner Majestät hier zusammenkamen, soll Mylady, wie man erzählt, der Tür des Beratungszimmers immer näher gewesen sein, als man ahnte ... Hörst du nicht ein Geräusch wie Fußtritte auf der Terrasse, Watt?«
– Rosa rückt näher an die Wirtschafterin. –
»Ich höre den Regen auf die Steine tropfen«, gibt der junge Mann zu, »und ich höre ein sonderbares Echo – ich glaube, es ist ein Echo. Es klingt fast wie ein hinkender Schritt.«
Die Wirtschafterin nickt ernst und fährt fort:
»Teils wegen dieser Gesinnungsverschiedenheit, teils aus andern Ursachen lebten Sir Morbury und seine Gemahlin nicht glücklich miteinander. Sie war von heftiger und stolzer Gemütsart. Sie paßten den Jahren und dem Charakter nach nicht zueinander und hatten keine Kinder, die zwischen ihnen hätten vermitteln können. Als ihr Lieblingsbruder als junger Mann von der Hand eines nahen Verwandten Sir Morburys fiel, empfand sie seinen Tod so tief, daß sie das ganze Geschlecht, in das sie geheiratet hatte, tödlich haßte. Als die Dedlocks im Begriff standen, von Chesney Wold für die Sache des Königs in den Kampf zu ziehen, soll sie mehr als ein Mal in der Stille der Nacht hinunter in die Ställe geschlichen sein und die Pferde lahm gemacht haben, und die Sage geht, ihr Gatte habe sie einmal zu solcher Stunde die Treppe hinunterschlüpfen sehen und sei ihr in den Stall gefolgt, wo sein Lieblingspferd stand. Er habe sie am Arm gepackt, und im Ringen oder Fallen oder durch das Pferd, das vielleicht erschrocken ausgeschlagen hat, getroffen, wurde sie lahm an der Hüfte und fing von dieser Stunde an zu siechen.«
Die Wirtschafterin hat ihre Stimme fast bis zum Flüsterton gedämpft.
»Sie war eine Dame von schöner Gestalt und edler Haltung gewesen. Sie klagte nie und sprach mit niemandem

davon, daß sie ein Krüppel geworden war oder Schmerzen litt. Aber Tag für Tag versuchte sie auf die Terrasse zu gehen, und mit Hilfe eines Stocks und auf die steinerne Balustrade gestützt, ging sie auf und ab, auf und ab, auf und ab, im Sonnenschein und im Schatten, und jeden Tag mit größerer Mühe. Da, eines Nachmittags, sah ihr Gatte, mit dem sie seit jener Nacht, mochte er sie bitten, wie er wollte, kein Sterbenswörtchen mehr gesprochen, aus dem großen Fenster an der Südseite, wie sie auf die steinernen Platten hinsank. Er eilte hinab, um sie aufzuheben, aber sie stieß ihn zurück, und als er sich über sie beugte, sah sie ihn fest und kalt an und sprach: ›Ich will hier sterben, wo ich gegangen bin. Und ich will hier gehen, wenn ich auch im Grabe liege. Ich will hier gehen, bis der Stolz dieses Hauses gedemütigt ist. Und wenn Unglück und Schande es ereilen wird, dann sollen die Dedlocks meine Schritte hören.‹«

Watt sieht Rosa an. Rosa blickt auf den im Dunkel verschwimmenden Fußboden nieder, halb von Grauen erfüllt, halb verlegen.

»Und auf dieser Stelle starb sie. Und aus jenen Tagen stammt der Name ›Geisterweg‹. Wenn der Schritt ein Echo ist, so ist er ein Echo, das nur nach dem Dunkelwerden hörbar wird, und selbst dann nur von Zeit zu Zeit. Aber manchmal kehrt es wieder, und jedesmal hört man es, wenn Krankheit oder Tod der Familie bevorsteht.«

»– oder Schande, Großmutter«, ergänzt Watt.

»Schande kommt nie über Chesney Wold«, entgegnet die Wirtschafterin.

– Ihr Enkel macht seinen Vorstoß mit einem: »Natürlich! Natürlich!« wieder gut. –

»Das ist die Geschichte. Woher der Schall auch kommen mag, es ist ein anstrengendes Geräusch«, sagt Mrs. Rouncewell und steht vom Stuhle auf. »Und was das Merkwürdigste ist, *man muß ihn hören.* Mylady, die sich vor nichts fürchtet, gibt selbst zu, wenn er einmal da ist, sei man gezwungen, ihn zu hören. Man kann sich nicht verschließen

dagegen. Watt, hinter dir steht eine große Stehuhr, sie hat einen sehr lauten Schlag und kann auch Musik machen. Du weißt mit solchen Dingen umzugehen.«
»So ziemlich, Großmutter.«
»Nun, so zieh sie auf.«
Watt zieht sie auf, das Musik- und das Schlagwerk.
»Jetzt komm hierher«, sagt die Wirtschafterin, »hierher an das Kopfkissen von Mylady. Ich weiß nicht, ob es schon dunkel genug ist, aber horch! Kannst du den Schall auf der Terrasse hören, durch die Musik und das laute Ticken und alles andre hindurch?«
»Ja!«
»Das sagt Mylady auch.«

Das achte Kapitel –

deckt eine Menge Sünden zu.

Es war interessant, beim Ankleiden vor Tagesanbruch hinaus zum Fenster zu schauen, in dessen schwarzen Scheiben meine Kerzen sich wie zwei Leuchtfeuer spiegelten, und zu beobachten, wie beim Hellerwerden die Nacht draußen schwand.
Die Aussicht wurde allmählich deutlicher, und als sich die Landschaft zeigte, über die der Wind die Nacht über hingestrichen, fand ich ein Vergnügen daran, die unbekannten Gegenstände zu entdecken, die mich im Schlafe umgeben hatten.
Anfangs waren sie im Nebel nur schwach erkennbar, und einige verspätete Sterne schimmerten über ihnen. Dann dämmerte das Bild schnell größer und voller hervor, unmerklich vertrugen sich meine Lichter mit der morgendlichen Umgebung nicht mehr, die Finsternis in den Ecken meines Zimmers verschwand, und hell schien der Tag auf

eine heitere Landschaft, gekrönt von der alten Abteikirche mit ihrem dicken Turm.
Alles im Hause war so in Ordnung und jedermann so aufmerksam gegen mich, daß mir meine zwei Bund Schlüssel nicht viel Arbeit machten. Immerhin hatte ich so viel zu tun mit dem Aufschreiben des Inhalts jedes kleinen Faches und Kastens auf eine Schiefertafel und dem Notieren, was vorrätig war an Eingemachtem und Konserven, an Flaschen und Glaszeug, Porzellan und andern Dingen, daß ich gar nicht glauben wollte, es sei schon Frühstückszeit, als ich klingeln hörte.
Ich lief hinunter und bereitete den Tee, welches verantwortliche Amt mir bereits übertragen war, und da sich alle etwas verspätet hatten und sich noch nicht sehen ließen, wollte ich den Garten ein wenig kennenlernen. Wie allerliebst, vorn die hübsche Allee und die Auffahrt, hinten der Blumengarten, und meine liebe Freundin oben am Fenster mir zulächelnd, als ob sie mich aus der Ferne küssen wolle. In der Auffahrt waren die tiefen Einschnitte der Räder, die wir gestern bei der Ankunft mit dem Wagen gemacht hatten, noch sichtbar, und ich bat den Gärtner, den Sand wieder zu glätten. Hinter dem Blumengarten befanden sich Gemüsebeete, ein Grasplatz und hübsche kleine Ökonomiegebäude. Das Haus selbst mit seinen drei Giebeln auf dem Dach, seinen abwechslungsreich geschnittenen Fenstern – einige ganz groß, einige winzig klein, aber alle entzückend –, mit seinem Spalier aus Rosen und Jelängerjelieber an der Südfront und seinem heimlichen, behäbigen, gastfreundlichen Aussehen war, wie Ada sagte, als sie mir am Arm des Hausherrn entgegenkam, ihres Vetters John würdig. Ein gewagter Ausspruch, aber er kniff sie nur dafür in die Wange.
Mr. Skimpole war beim Frühstück wieder so gewinnend wie gestern abend. Es stand Honig auf dem Tisch, und er knüpfte daran eine Bemerkung über die Bienen. Er habe nichts gegen Honig einzuwenden – und das schien sehr wahr zu sein, denn er ließ sich ihn sehr gut schmecken –,

aber er wolle den übermäßigen Fleiß der Bienen nicht als Vorbild gelten lassen. Jedenfalls müsse die Biene Gefallen am Honigsammeln finden, sonst würde sie sich doch damit nicht abgeben; es verlange ja niemand von ihr. Es sei gar nicht notwendig, daß sie so viel Aufhebens von ihren Neigungen mache. Wenn jeder Zuckerbäcker in der Welt herumschwärmen und egoistischerweise alle Leute auffordern wolle, ihn ja nicht zu stören, würde die Welt zu einem ganz unerträglichen Aufenthalt werden. Im übrigen sei es doch wirklich eine lächerliche Sache, sich aus seinem Besitz, kaum daß man ihn erworben, herausräuchern zu lassen. Von einem Fabrikanten in Manchester würde man sehr gering denken, wenn er zu keinem andern Zweck Baumwolle spänne. – Die Drohne halte er dagegen für die Verkörperung einer viel schöneren und weiseren Idee. Die Drohne sage ganz ohne Ziererei: »Ihr müßt mich schon entschuldigen, ich kann mich wirklich nicht ums Geschäft bekümmern. Ich befinde mich in einer Welt, wo es so viel zu sehen gibt und so wenig Zeit dazu ist, daß ich mir schon die Freiheit nehmen muß, mich umzuschauen und zu bitten, daß jemand für mich sorgt, dem nichts daran liegt, sich umzuschauen.«
Das war nach Mr. Skimpole die Drohnenphilosophie, und sie erschiene ihm als eine sehr gute Philosophie – vorausgesetzt, daß es der Drohne passe, mit der Biene auf gutem Fuß zu stehen, und das sei, soviel er wisse, immer der Fall, wenn nur nicht der wichtigtuende fleißige Knirps zuweilen seinerseits Späne machen und sich so viel auf seinen Honig einbilden wolle. – Er malte das Bild bis ins Kleinste aus, und es belustigte uns sehr, obgleich er die Sache ungemein ernst zu nehmen schien. – Die andern hörten ihm noch zu, als ich mich entfernte, um meinen neuen Pflichten nachzukommen. Sie nahmen mich einige Zeit in Anspruch, und ich ging, das Schlüsselkörbchen am Arm, durch die Korridore, da rief mich Mr. Jarndyce in ein kleines Stübchen, das neben seinem Schlafzimmer lag und zum Teil eine kleine Bibliothek mit Büchern und Papieren

war, teils ein kleines Museum von Stiefeln, Schuhen und Hutschachteln.
»Setzen Sie sich, liebes Kind«, sagte er. »Sie müssen wissen, das ist mein Brummstübchen. Wenn ich schlechter Laune bin, gehe ich hierher und brumme.«
»Dann müssen Sie also sehr selten hier sein, Sir«, sagte ich.
»Oh, Sie kennen mich noch nicht. Wenn ich enttäuscht bin oder verstimmt – es liegt am Wind –, so flüchte ich mich hierher. Das Brummstübchen wird von allen Zimmern im Hause am meisten benützt. Sie kennen meine Launen noch nicht zur Hälfte, aber Gott, wie Sie zittern, mein Kind.«
– Ich konnte nichts dafür, ich nahm mich sehr zusammen, aber als ich mich allein sah mit diesem gütigen Menschen und in seine wohlwollenden Augen blickte und mich so glücklich, so geehrt und mein Herz so voll fühlte, küßte ich ihm die Hand. –
Ich weiß nicht, was ich sagte, überhaupt nicht, ob ich sprach. Er geriet ganz außer Fassung und ging ans Fenster – ich glaubte fast, in der Absicht hinauszuspringen –, dann drehte er sich um, und ich sah in seinen Augen, was er hatte verbergen wollen. Er streichelte mir sanft das Haar, und ich setzte mich.
»Gut, schon gut!« sagte er. »Es ist schon vorbei. Bah, seien Sie doch kein Kind!«
»Es soll nicht wieder geschehen, Sir«, stotterte ich, »aber anfangs ist es so schwer ...«
»Unsinn, Esther. Es ist leicht, ganz leicht. Warum auch nicht? Ich höre von einem guten kleinen verwaisten Mädchen ohne Beschützer und setze mir in den Kopf, ihm beizustehen. Sie wächst, übertrifft noch meine gute Meinung, und ich bleibe ihr Vormund und ihr Freund. Was ist da weiter? Also! Jetzt haben wir die Geschichte erledigt.«
Ich sagte zu mir: Esther, ich wundere mich über dich. Das hätte ich nicht von dir erwartet. Und die gute Wirkung war, daß ich die Hände über mein Körbchen faltete und wieder ganz ruhig wurde. Mr. Jarndyce sah sehr froh dar-

über aus und fing an, so vertraulich mit mir zu sprechen, als ob wir schon seit langem jeden Morgen beisammen gewesen wären.

»Diese Kanzleigerichtsgeschichte verstehen Sie natürlich nicht, Esther?«

Ich schüttelte den Kopf.

»Ich weiß nicht, wer sie überhaupt versteht«, fuhr er fort. »Die Advokaten haben sie so bodenlos verwirrt, daß die ursprüngliche Prozeßangelegenheit längst von der Erde verschwunden ist. Es handelte sich um ein Testament oder eine Hinterlassenschaft. Jetzt handelt es sich nur noch um Kosten. Wir werden beständig vorgeladen und wieder entlassen, müssen schwören, Eingaben machen und Gegeneingaben, irgend etwas beweisen, besiegeln, beantragen und berichten, uns um den Lordkanzler und alle seine Trabanten drehen und uns nach bestmöglicher Rechtsform in einen staubigen Tod walzen lassen. Alles nur wegen der Kosten. Darum handelt es sich jetzt. Alles übrige ist auf wunderbare Weise spurlos verschwunden.«

»Aber es handelte sich um ein Testament«, erinnerte ich ihn, da er wieder anfing, sich durch die Haare zu fahren.

»Nun ja, es handelte sich um ein Testament, wenn überhaupt um irgend etwas Greifbares. Ein gewisser Jarndyce erwarb sich in einer bösen Stunde ein großes Vermögen und machte ein langes Testament. Über der Frage, wie die durch dieses Testament gestifteten Legate zu verwalten seien, verfliegt das Vermögen selbst in der Luft; die Erben geraten in eine so jämmerliche Lage, als ob sie sich eines großen Verbrechens schuldig gemacht hätten, und das Testament selbst sinkt zu einem toten Buchstaben herab. In dem ganzen beklagenswerten Rechtsstreit wird alles, was jeder der Beteiligten mit Ausnahme eines einzigen bereits weiß, an diesen einzigen, der es nicht weiß, gewiesen, um es herauszufinden. Jeder einzelne muß immer und immer wieder Abschriften des ganzen Falles bekommen, was sich zu Wagenladungen von Papier aufhäuft, und muß sie bezahlen, auch wenn er sie nicht bekommt, was gewöhnlich der Fall ist, denn niemand verlangt danach, muß aber den höllischen Tanz von Kosten und Spesen und Unsinn und Korruption durchtanzen, wie ihn noch kein Hexensabbat je ausgeheckt hat. Das römische Recht fragt das bürgerliche Recht, und das bürgerliche Recht fragt wieder das römische. Das bürgerliche Recht entdeckt, daß es dies, und das römische Recht, daß es jenes nicht tun kann. Beide entschließen sich aber, nicht zu sagen, daß sie beide zusammen nichts tun können – ehe nicht für A ein Solizitor bestellt ist und ein Advokat erscheint und für B desgleichen. So geht es das ganze Alphabet hindurch. Auf diese Art dauert es Jahre und Menschenalter und fängt immer wieder von vorne an und wird nie fertig. Und wir können uns unter keinen Umständen von dem Prozeß freimachen, denn man hat uns zu Parteien gepreßt, und wir müssen Parteien sein, ob wir wollen oder nicht ... Aber es ist nicht gut, daran zu denken. Als mein Großonkel, der arme Tom Jarndyce, daran zu denken anfing, war es der Anfang vom Ende.«

»Derselbe Mr. Jarndyce, dessen Geschichte ich gehört habe?«

Er nickte ernst.

»Ich war sein Erbe, und dies ist sein Haus gewesen, Esther. Als ich hierherkam, war es wirklich unheimlich hier. Darum heißt es Bleakhaus, das unheimliche Haus. Er hatte die Zeichen seines Jammers allerwärts hier aufgedrückt.«

»Wie verändert muß es jetzt sein«, sagte ich.

»Es hat vordem das Hohe Haus geheißen. Er gab ihm seinen jetzigen Namen und wohnte hier ganz zurückgezogen. Tag und Nacht brütete er über den niederträchtigen Aktenhaufen des Prozesses und wähnte, allem gesunden Menschenverstand entgegen, ihn entwirren und zu Ende bringen zu können. Dabei verfiel das Haus. Der Wind pfiff durch die gesprungenen Mauern, der Regen strömte durch das baufällige Dach, und das Unkraut verwehrte den Weg zu den verfaulenden Türen. Als ich seine Leiche hierherbrachte, schien auch dem Hause das Gehirn aus dem Kopf geschossen zu sein, so zerfetzt und trümmerhaft sah es aus.«

Er ging ein Weilchen auf und ab, nachdem er dies mit einem Schauder mehr zu sich selbst gesagt hatte ... Dann sah er mich an, seine Mienen hellten sich auf, und er setzte sich wieder hin, die Hände in die Taschen gesteckt.

»Ich sagte Ihnen, dies sei das Brummstübchen, mein Kind. Wo bin ich stehengeblieben?«

Ich erinnerte ihn an die wohltätige Veränderung in Bleakhaus.

»Ja richtig, Bleakhaus. In der City von London haben wir auch noch eine Besitzung, die jetzt so aussehen muß wie damals Bleakhaus. Ich sage, wir haben eine Besitzung, das heißt, der Prozeß hat sie, denn die Kosten sind die einzige Macht auf Erden, die jemals etwas anderes davon bekommen wird als Augenweh oder Herzeleid. Der Besitz besteht aus einer Straße verfallender blinder Häuser, denen die Augen ausgeschlagen sind – ohne Glasscheiben, ohne Fensterrahmen, nur mit kahlen Läden versehen, die aus ihren Angeln herunterhängen und auseinanderfallen. Der Rost schält sich in Flocken von dem Eisengitter ab; die Schornsteine fallen zusammen, die steinernen Stufen vor jeder Tür sind mit grünem Moder überzogen, und selbst die Stützen, die die Ruinen am Zusammenstürzen hindern, fangen schon an zu faulen. Obgleich Bleakhaus keinen Kanzleiprozeß hatte, so führte doch sein Herr einen, und es ist gebrandmarkt mit demselben Siegel. Das sind die Abdrücke des Großen Siegels, das in ganz England jedes Kind kennt.

»Wie verändert es ist«, sagte ich wiederum.

»Nun ja, das ist es«, antwortete er, viel heiterer jetzt als vorhin, »und es ist sehr weise von Ihnen, mich immer wieder auf die Lichtseite des Bildes aufmerksam zu machen. Übrigens, das sind Angelegenheiten, von denen ich nie spreche, an die ich kaum denke, außer im Brummstübchen hier. Wenn Sie es für angezeigt halten, Rick und Ada

davon zu erzählen, so überlasse ich es ganz Ihrem Urteil, Esther.«
»Ich hoffe, Sir, daß ...«
»Wollen Sie mich nicht du und Vormund nennen, liebe Esther?«
Ich fühlte wieder, daß mir etwas die Kehle zuschnürte. Aber er gab sich den Anschein, als sage er es nur so leichthin, als bloße Laune und nicht als überlegte, aus Herzensgrund kommende Güte.
Ich ließ meine Wirtschaftsschlüssel klingeln, um mich an meine Schuldigkeit zu erinnern, und faltete meine Hände noch ein wenig entschlossener über dem Körbchen und zwang mich, ihn ruhig anzusehen.
»Ich hoffe, Vormund«, sagte ich, »du wirst auf meine Klugheit nicht zu viel bauen, und ich hoffe, ich werde dich nicht enttäuschen. Ich fürchte immer, du wirst unangenehm überrascht sein, wenn du herausfindest, daß ich nicht besonders gescheit bin – aber es ist wirklich so, und du würdest selbst bald dahinterkommen, wenn ich es dir jetzt nicht selbst eingestünde.«
Er schien von meinen Worten durchaus nicht unangenehm überrascht zu sein; ganz im Gegenteil. Er sagte mir, und sein Gesicht strahlte dabei vor Lächeln, daß er mich recht gut kenne und ich gescheit genug für ihn sei.
»Nun, so will ich hoffen, daß es wahr ist, aber ich fürchte doch, du irrst dich, Vormund.«
»Du bist gescheit genug, um unsre gute kleine Hausfrau hier zu sein, Kind«, versetzte er gutmütig, »kleine Alte aus dem Kinderlied.« Er trällerte:

»›Kleines altes Weibchen, und willst so hoch hinaus?
Willst die Spinnenweben fegen im blauen Himmelshaus?‹

Du wirst sie im Lauf deiner Haushaltung, Esther, so rein von unserm Himmel fegen, daß wir einmal eines schönen Tages das Brummstübchen werden räumen und seine Tür zunageln müssen.«

Bei dieser Gelegenheit erhielt ich zuerst die Namen »altes Weibchen«, »kleine Alte« und »Spinnweb« und »Mutter Hubbard«, »Mütterchen Durden«, »Mrs. Shipton« und dergleichen, so daß »Esther« darüber ganz vergessen wurde.

»Um auf unsere frühere Rede zurückzukommen«, begann Mr. Jarndyce wieder. »Da haben wir Rick, einen vielversprechenden hübschen Jungen. Was sollen wir mit dem anfangen?«

– O du meine Güte, was für ein Einfall, mich deswegen um Rat zu fragen! –

»Er muß doch etwas lernen, Esther«, Mr. Jarndyce steckte die Hände in die Taschen und streckte die Beine aus. »Er muß sich einen Beruf wählen. Das wird noch eine lange komplizierte Zopfflechterei werden, das ahne ich schon, aber es muß geschehen.«

»Eine lange komplizierte ... was, Vormund?«

»Zopfflechterei. Es ist das einzige Wort, mit dem man die Sache benennen kann. Er ist ein Kanzleigerichtsmündel, liebe Esther. Kenge & Carboy werden etwas davon zu erzählen wissen; Assessor Soundso – eine Art lächerlicher Totengräber, der in einem Hinterstübchen am Ende der Quality Court, Kanzleigerichtsgasse, Gräber für Prozeßakten schaufelt – wird etwas dreinzureden haben; die Advokaten desgleichen; der Kanzler wird etwas drüber sagen, die Trabanten werden hineinreden, und jeder wird sich ein Honorar dabei machen, und die ganze Sache wird ausnehmend feierlich, wortreich, unzulänglich und kostspielig sein. Das nenne ich so im allgemeinen Zopfflechterei. Wie das Menschengeschlecht zu dieser Plage gekommen ist oder wessen Sünden diese jungen Leute abzubüßen haben, weiß ich nicht; aber es ist so.«

Er fing wieder an, sich wütend durch die Haare zu fahren und anzudeuten, daß er Ostwind zu spüren beginne. Es gab mir ein Beispiel seiner Herzensgüte, daß sein Gesicht, mochte seine Stimmung wechseln, wie sie wollte, mich immer mit gleich wohlwollendem Ausdruck ansah. Er wurde gleich wieder ruhig, steckte die Hände in die Taschen und streckte die Beine aus.

»Vielleicht wäre es das Beste, man würde Mr. Richard fragen, wozu er selbst am meisten Lust hat«, sagte ich.

»Sehr richtig. Das meine ich auch. Ich dächte, es wäre das Beste, wenn du mit ihm und Ada mit deinem angebornen Takt und deiner stillen Weise darüber sprechen würdest. Wir werden gewiß in dieser Angelegenheit durch deine Hilfe zum Ziele kommen, Frauchen.«

– Mir machte der Gedanke an die Verantwortung, die mir jetzt auferlegt wurde, und die vielen andern Dinge wirklich Sorge. –

Ich hatte das doch nicht gemeint; ich hatte gemeint, er solle mit ihm sprechen.

Natürlich sagte ich weiter nichts, als daß ich mein Bestes tun wolle, gab jedoch meiner Befürchtung Ausdruck, er halte mich für viel klüger, als ich in Wirklichkeit sei, aber er lachte nur herzlich darüber.

»Komm«, sagte er, stand auf und schob den Stuhl zurück. »Ich glaube, wir können das Brummstübchen für einen Tag zusperren. Und noch ein Wort zum Schluß, Esther: Wünschest du vielleicht irgend etwas von mir zu wissen?«

– Er sah mich aufmerksam an, und ich mußte ihm ebenso gespannt ins Auge schauen und fühlte gut, was er meinte. –

»Über mich selbst, Vormund?«

»Ja.«

»Vormund«, sagte ich und fühlte, daß meine Hände plötzlich kälter wurden, »Vormund, ich bin fest überzeugt, daß ich dich nicht erst zu bitten brauche, mir etwas zu sagen, wenn du es für nötig oder gut befindest. Wenn ich nicht meinen ganzen Glauben und mein ganzes Vertrauen auf dich setzte, müßte ich wahrhaftig wenig Gefühl haben. Ich habe dich wirklich nichts zu fragen. Gar nichts.«

Er zog meinen Arm durch den seinen, und wir gingen hinaus, nach Ada zu sehen. Von dieser Stunde an fühlte ich mich ihm gegenüber ganz unbefangen, war ganz zufrieden, nicht mehr zu wissen, und ganz glücklich.

Anfangs ging es in Bleakhaus ziemlich lebhaft zu, denn wir hatten Bekanntschaft mit den vielen nahen und entfernten Nachbarn, die Mr. Jarndyce kannten, zu machen. Es schien Ada und mir, als ob ihn jeder kenne, der etwas mit fremder Leute Geld anfangen wollte. Es setzte uns nicht wenig in Erstaunen, als wir frühmorgens anfingen, seine Briefe zu sortieren und im Brummstübchen einige derselben zu beantworten, daß das große Lebensziel fast aller seiner Korrespondenten zu sein schien, Komitees zu bilden und Geld zu sammeln und auszugeben. Die Damen waren darauf so versessen wie die Herren, ja, übertrafen sie noch bei weitem. Sie taten sich in leidenschaftlichster Weise zu Komitees zusammen und veranstalteten mit wahrer Wut Kollekten. Einige von ihnen schienen ihr ganzes Leben mit dem Verteilen von Subskriptionslisten, Schillingskarten, Halbkronenkarten, Halbsovereignkarten, Pennykarten usw. an das ganze Adreßbuch zuzubringen.

Sie baten um alles.

Sie baten um Kleider, um alte Leinwand, um Geld, um Kohlen, sie baten um Suppe, um persönliche Verwendung, sie baten um Autographen, um Flanell, kurz um alles, was Mr. Jarndyce hatte – oder nicht hatte. Ihre Zwecke waren so mannigfaltig wie ihre Wünsche. Sie wollten neue Gebäude errichten, Schulden von alten abzahlen, den mittelalterlichen Marienorden in einem malerischen Gebäude wieder aufleben lassen, sie wollten Mrs. Jellyby ein Ehrengeschenk überreichen, sie wollten den Sekretär des betreffenden Unternehmens malen lassen und das Porträt seiner Schwiegermutter schenken, deren große Verehrung für ihn allgemein bekannt sei; sie hatten vor, alles mögliche anzuschaffen, von fünfhunderttausend Traktätchen bis zu einer Leibrente und von einem Marmordenkmal bis zu einer silbernen Teekanne.

Und welche Menge von Namen sie annahmen. Da gab es: die Frauen von England, die Töchter von Britannien, die Schwestern jeder einzelnen Kardinaltugend, die Frauen von Amerika, die »Damen« von dem und jenen. Sie schienen beständig vor lauter Stimmwerben und Wählen außer sich vor Erregung zu sein. Unserm geringen Einblick und ihren eigenen Berichten nach schienen sie fortwährend Leute zehntausendeweise für ihre Wahlliste zu werben, aber nie ihre Kandidaten durchzubringen. Wir bekamen Kopfweh schon bei dem bloßen Gedanken, in welch fieberhafter Erregung ihr Leben vergehen müsse.

Unter den Damen, die sich ganz besonders durch solch habgierigen Wohltätigkeitstrieb auszeichneten, befand sich auch eine gewisse Mrs. Pardiggle, die, aus der Anzahl ihrer Briefe an Mr. Jarndyce zu schließen, eine ebenso gewaltige Briefschreiberin wie Mrs. Jellyby zu sein schien. Es fiel uns auf, daß sofort Ostwind eintrat, sowie die Rede auf Mrs. Pardiggle kam, und stets Mr. Jarndyce am Weiterreden hinderte. Er pflegte zu bemerken, daß es zwei Klassen wohltätiger Leute gäbe; die einen, die wenig tun und viel Lärm machen, die andern, die gar keinen Lärm machen und viel tun.

Wir waren daher sehr neugierig auf Mrs. Pardiggle, die wir für einen Typus der ersten Klasse halten mußten, und freuten uns sehr, als sie uns eines Tags mit ihren fünf jungen Söhnen einen Besuch abstatten kam.

Sie war eine Dame in gewaltigem Stil, mit einer Brille, einer Adlernase und einem lauten Organ behaftet, die den Eindruck machte, als habe sie sehr viel Platz nötig. Das war übrigens auch der Fall, denn sie verstand es, mit ihrer Schleppe kleine Stühle, selbst wenn sie in ziemlicher Entfernung standen, umzuwerfen. Da nur Ada und ich zu Hause waren, empfingen wir sie schüchtern, denn sie schien wie kaltes Wetter in das Haus zu kommen und den kleinen Pardiggles, die ihr nachfolgten, blaue Nasen zu machen.

»Hier sind, meine jungen Damen«, sprach Mrs. Pardiggle mit großer Geläufigkeit nach den ersten Begrüßungsphrasen, »meine fünf Knaben. Sie haben vielleicht ihre Namen auf einer der gedruckten Subskriptionslisten im Besitze

unseres geschätzten Freundes Mr. Jarndyce gelesen. Egbert, mein Ältester (zwölf), ist der Knabe, der sein ganzes Taschengeld, 5 sh. und 3 d., den Tokahupo-Indianern geschickt hat. Oswald, mein zweiter (zehnundeinhalb), hat zu dem großen Nationalehrengeschenk für Smithers 2 sh. und 9 d. beigetragen; Francis, mein dritter (neun), 1 sh. und 6½ d., Felix, mein vierter (sieben) 8 d. für die altersschwachen Witwen, Alfred, mein Jüngster (fünf), ist freiwillig dem Kinderverein ›Die Freude‹ beigetreten und hat gelobt, sich sein ganzes Leben hindurch des Tabaks in jeder Gestalt zu enthalten.«
Noch nie in meinem Leben sind mir so mißvergnügte Kinder vorgekommen. Sie waren nicht bloß schwächlich und welk, sondern sahen geradezu verbissen und haßerfüllt vor Unzufriedenheit aus. Bei der Erwähnung der Tokahupo-Indianer hätte ich wirklich Egbert für eines der wildesten Mitglieder dieses Stammes halten können, so wütend sah er mich an. Als die Beitragssumme der Kinder erwähnt wurde, nahm wohl das Gesicht jedes einzelnen einen besonders bösartigen Ausdruck an, aber bei ihm war es weitaus am schlimmsten. Nur den kleinen Rekruten des Kinderordens »Die Freude«, der sein Unglück in stumpfsinniger Ruhe zu tragen schien, muß ich ausnehmen.
»Sie haben Mrs. Jellyby einen Besuch gemacht, höre ich.«
Wir sagten ja, wir hätten eine Nacht dort zugebracht.
»Mrs. Jellyby«, fuhr die Dame in ihrem demonstrativen lauten harten Ton fort, so daß es mir vorkam, ihre Stimme habe auch eine Art Brille auf – ich möchte nicht zu bemerken versäumen, daß ihre Brille auf der Nase dadurch nicht verschönend wirkte, daß Mrs. Pardiggle gestielte Augen hatte, wie Ada sich ausdrückte –, »Mrs. Jellyby ist eine Wohltäterin der Menschheit und verdient hilfreiche Unterstützung. Meine Knaben haben zu dem afrikanischen Unternehmen beigetragen: Egbert 1 sh. und 6 d., das ganze Taschengeld für neun Wochen; Oswald 1 sh. und 1½ d., ebenfalls neunwöchentliches Taschengeld; die übrigen ihren bescheidenen Mitteln angemessen. Dessenun-

geachtet kann ich nicht in jeder Hinsicht mit Mrs. Jellyby übereinstimmen. Ich bin mit Mrs. Jellyby, was die Behandlung ihrer jungen Familie anbetrifft, nicht einverstanden. Es fängt übrigens an, die allgemeine Aufmerksamkeit zu erregen. Man hat bemerkt, daß ihre junge Familie von der Teilnahme an der Sache, der sie sich widmet, ausgeschlossen ist. Sie kann recht haben, sie kann auch unrecht haben; aber ob sie nun recht oder unrecht hat, ich verfahre mit meinen Kindern anders. Ich nehme sie überallhin mit.«

Ich kam später zu der Überzeugung – ebenso wie Ada –, daß diese Worte es waren, die dem bösgelaunten Ältesten ein scharfes Geheul erpreßten. Er versteckte es schnell unter einem Gähnen, aber es fing als Geheul an.

»Sie gehen mit mir in die Frühmesse um halb sieben, das ganze Jahr hindurch mit Einschluß des tiefen Winters«, fuhr Mrs. Pardiggle im Galopp fort, »und sind um mich während der wechselnden Pflichten des Tages. Ich bin bei dem Schulkomitee, ich bin beim Besuchskomitee, ich bin beim Lehrkomitee, ich bin bei dem Almosenverteilungskomitee, ich bin Mitglied der lokalen Leinwandverteilungsgesellschaft und vieler allgemeiner Gesellschaften, und mit dem Wahlgeschäft hat vielleicht niemand soviel zu tun wie ich. Aber überall sind sie meine Begleiter und eignen sich auf diese Art die Kenntnis der Armen an und die allgemeine Geschäftskenntnis in Wohltätigkeitssachen – mit einem Wort, den Geschmack für diese Dinge, die ihnen im spätern Leben zur Befriedigung und ihren Nebenmenschen zur Hilfe gereichen werden. Meine Jungen sind nie leichtsinnig, sie verwenden ihr gesamtes Taschengeld unter meiner Anleitung zu Subskriptionen und haben so vielen öffentlichen Versammlungen beigewohnt, so viele Vorlesungen, Reden und Diskussionen mitangehört wie nur wenig Erwachsene. Alfred (fünf), der, wie Sie wissen, aus freier Wahl dem Kinderorden ›Die Freude‹ beigetreten ist, war eins der wenigen Kinder, das nach einer zweistündigen, eindringlichen Anrede von dem Vorsit-

zenden des Abends bei dieser Gelegenheit noch bewußtes Empfinden an den Tag legte.«
– Alfred glimmerte uns so böse an, als ob er die Schmach dieses Abends nie vergessen könne noch wolle. –
»Sie werden bemerkt haben, Miß Summerson, daß auf einigen der erwähnten Listen im Besitz unseres geschätzten Freundes Mr. Jarndyce die Namensreihe meiner jungen Familie mit O. A. Pardiggle F. R. S. = 1 £ – schließt. Das ist ihr Vater. Wir beobachten meistens immer das gleiche Verfahren. Ich lege zuerst mein Scherflein hin, dann zeichnen meine Jungen ihre Beiträge je nach dem Alter und den bescheidnen Mitteln jedes einzelnen, und dann schließt Mr. Pardiggle den Zug. Mr. Pardiggle schätzt sich glücklich, unter meiner Anleitung seine kleine Gabe beizusteuern, und so gestalten wir die Sache nicht bloß für uns angenehm, sondern auch, schätze ich, erhebend für andere.«
Gesetzt, Mr. Pardiggle speise bei Mr. Jellyby und Mr. Jellyby schütte nach Tisch Mr. Pardiggle sein Herz aus, würde Mr. Pardiggle sich auch zu einer vertraulichen Mitteilung gegenüber Mr. Jellyby bewogen fühlen? Ich wurde ganz wirr, als ich mich bei diesem Gedanken ertappte; er kam mir so von selbst in den Kopf.
»Das Haus liegt sehr hübsch hier«, bemerkte Mrs. Pardiggle.
– Wir waren froh, daß die Rede auf etwas anderes kam, traten ans Fenster und machten die Dame auf die Schönheiten der Aussicht aufmerksam, aber ihre Brillengläser schienen mir mit auffallender Gleichgültigkeit hinzusehen. –
»Kennen Sie Mr. Gusher?«
Wir mußten leider eingestehen, daß wir nicht das Vergnügen von Mr. Gushers Bekanntschaft hätten.
»Da verlieren Sie viel«, versicherte uns Mrs. Pardiggle mit gebieterischem Blick. »Er ist ein höchst eindringlicher, leidenschaftlicher Redner – voller Feuer! In einem Wagen auf dieser Wiese hier, die nach der ganzen Terrainbildung

von der Natur wie zu einer öffentlichen Versammlung geschaffen scheint, würde er fast jede mögliche Gelegenheit stundenlang benutzen! Nun, meine jungen Damen!« Mrs. Pardiggle trat von ihrem Stuhl zurück und warf wie durch unsichtbare magische Kraft das ziemlich entfernte runde Tischchen, auf dem mein Arbeitskörbchen stand, um ...
»Nun, meine jungen Damen, haben Sie mich jetzt ganz ergründet?« – Das war eine so verwirrende Frage, daß mich Ada ganz fassungslos ansah. Mein eignes Schuldbewußtsein nach dem, was ich gedacht hatte, muß sich in der Farbe meiner Wangen ausgesprochen haben. –
»Ich meine, meinen hervorstechendsten Charakterzug ergründet. Ich weiß, er ist so hervorstechend, daß er auf der Stelle zu entdecken ist. Ich breite ihn selber offen hin. Ja, ich gestehe es frei und frank, ich bin eine Frau der Tat. Ich liebe anstrengende Arbeit, ich finde Genuß an anstrengender Arbeit. Aufregung tut mir gut. Ich bin anstrengende Arbeit so gewöhnt, daß ich nicht weiß, was Müdigkeit heißt.«
– Wir murmelten etwas, daß das erstaunlich und sehr hübsch sei, oder etwas derart. Wir wußten zwar nicht den Grund, warum es erstaunlich oder hübsch sei, aber taten es aus Höflichkeit. –
»Ich weiß nicht, was es heißt, müde zu sein. Sie können mich nicht müde machen, versuchen Sie es nur einmal!« fuhr Mrs. Pardiggle fort. »Die Menge von Anstrengungen, die mir keine sind, die Unsumme von Geschäften, die mir obliegen, setzen mich manchmal selbst in Erstaunen, aber sie werden für mich zu nichts. Manchmal sind meine Jungen und Mr. Pardiggle schon vom bloßen Zusehen aufs äußerste erschöpft, während ich mich noch rühmen kann, frisch wie eine Lerche zu sein.«
– Der finstere älteste Junge sah womöglich jetzt noch böswilliger aus als vorhin. Ich bemerkte, daß er die rechte Faust ballte und damit dem Deckel seiner Mütze, die er unter dem linken Arme trug, einen heimlichen Schlag versetzte. –

»Diese Eigenschaft kommt mir bei meinen Rundgängen vortrefflich zustatten. Wenn jemand nicht hören will, was ich ihm zu erzählen habe, so sage ich nur: Ermüdung kenne ich nicht, guter Freund; ich werde nie müde und werde fortreden, bis ich fertig bin. Dieses Verfahren versagt nie! Miß Summerson, ich hoffe, ich werde sogleich das Vergnügen Ihrer Begleitung auf meinem Rundgang haben, und Miß Clare wird doch auch mitkommen?«
Anfangs versuchte ich, mich mit dem Hinweis auf meine häuslichen Pflichten zu entschuldigen. Da ich damit nicht durchkam, wandte ich ein, ich zweifle an meiner Befähigung zu solchen Dingen, sei zu unerfahren darin, meinen Charakter anders Gearteten anzupassen, um vom passenden Gesichtspunkt aus auf sie einzuwirken, und daß mir die feine Kenntnis des menschlichen Herzens fehle, die doch ein wesentliches Erfordernis bei diesem Werke sei. Ich sagte, ich hätte selbst noch viel zu lernen, ehe ich andre lehren könnte, und daß mein guter Wille allein nicht ausreiche. Alles das brachte ich mit wenig Selbstvertrauen vor, denn Mrs. Pardiggle war viel älter als ich, hatte große Erfahrung und war höchst gebieterisch in ihrem Auftreten.
»Sie befinden sich im Irrtum, Miß Summerson«, sagte sie, »aber vielleicht können Sie anstrengende Arbeit oder die damit verbundene Aufregung nicht aushalten. Wenn Sie vielleicht sehen wollen, wie ich ans Werk gehe, so will ich Sie jetzt recht gern mitnehmen, denn ich bin eben im Begriff, mit meinen Jungen einen Ziegelstreicher in der Nähe hier, einen sehr schlechten Charakter, zu besuchen. Auch Miß Clare, wenn sie mir die Ehre erweisen will.«
Ada und ich wechselten einen Blick und nahmen, da wir ohnehin ausgehen wollten, das Anerbieten an. Wir setzten unsre Hüte auf, kehrten nach kurzer Abwesenheit zurück und fanden die »junge Familie« gelangweilt in einer Ecke hinschmachten, während Mrs. Pardiggle im Zimmer auf und nieder schritt und alle leichteren Gegenstände mit der Schleppe umfegte. Sie ergriff sofort von Ada Besitz, und

ich folgte mit der »Familie«. Ada erzählte mir nachher, Mrs. Pardiggle habe ihr in ihrem lauten Ton auf dem ganzen Wege zu dem Ziegelstreicher von einem aufregenden Kampfe erzählt, den sie vor zwei oder drei Jahren gegen eine andre Dame ausgefochten habe. Es habe sich dabei um Vergebung einer Stelle in einem Stift an zwei rivalisierende Kandidaten gehandelt. Es sei außerordentlich viel gedruckt, geredet, bevollmächtigt und abgestimmt worden und habe große Lebhaftigkeit da und dort gesetzt, wenn auch die Folge war, daß keiner der beiden Kandidaten die Stelle erhielt.
Ich sehe es sehr gerne, wenn sich Kinder mir anvertrauen, und habe in dieser Hinsicht viel Glück, aber damals mußte ich viel darunter leiden. Kaum waren wir nämlich aus der Haustür draußen, forderte Egbert mit der Miene eines kleinen Straßenräubers einen Schilling von mir, weil ihm sein Taschengeld »von ihr« abgeschwindelt worden sei. Als ich ihn auf die Unangemessenheit dieses Wortes namentlich in Verbindung mit seiner Mutter aufmerksam machte, kniff er mich in den Arm und sagte: »O ja freilich! Würde es Ihnen vielleicht gefallen? Warum tut sie, als gäbe sie mir Geld, und nimmt es mir dann wieder weg? Warum heißt es mein Taschengeld, und ich darf es nicht ausgeben?« Diese aufregenden Fragen stiegen ihm und Oswald und Francis so zu Kopf, daß sie alle gleichzeitig an mir herumzwickten, und zwar auf so erschrecklich kunstfertige Weise, indem sie winzige Hautstücke auf meinen Armen zwischen die Nägel nahmen, daß ich mich kaum überwinden konnte, nicht laut aufzuschreien.
Überdies trat mir noch Felix auf die Zehen. Und das kleine Mitglied vom Orden der »Freude«, das sein gesamtes Einkommen schon im voraus unterzeichnet hatte und sich nicht nur des Tabaks, sondern auch des Kuchens enthalten mußte, raste so vor Schmerz und Wut, als wir bei einem Konditor vorbeigingen, daß es ganz feuerrot im Gesicht wurde und mich ordentlich in Schrecken versetzte.
– Ich habe noch nie auf einem Spaziergang mit Kindern an

Leib und Seele so viel zu erdulden gehabt wie von diesen an Jugendfreude unterbundenen Jungen, die mir jetzt die Ehre erwiesen, natürlich zu sein. –

Ich war froh, als wir des Ziegelstreichers Wohnung erreichten, obgleich sie in einer Gruppe jämmerlicher Hütten vor einer Lehmgrube stand, mit einem Schweinestall dicht vor den zerbrochenen Fenstern und einem elenden kleinen Gärtchen neben der Tür, in dem nichts als lauter Pfützen gediehen. Hie und da war bei den Hütten ein altes Faß hingestellt, um das vom Dache abfließende Regenwasser aufzufangen. Die an den Türen und Fenstern lungernden Männer und Frauen beachteten uns nicht weiter, nur, daß sie manchmal einander anlachten oder bei unserm Vorbeigehen Worte über »vornehme Leute« fallenließen, die sich um ihre Sachen kümmern und sich mit den Angelegenheiten andrer nicht den Kopf zerbrechen sollten. Mrs. Pardiggle ging voran, trug sittliche Entschiedenheit zur Schau, ließ sich sehr wortreich über die unreinlichen Gewohnheiten der Leute aus – als ob irgend jemand an einem solchen Orte hätte reinlich sein können – und führte uns schließlich in eine Hütte am äußersten Ende, deren Stube wir fast ausfüllten.

Außer uns befanden sich in dem feuchten dumpfigen Zimmer eine Frau mit einem blaugeschlagenen Auge, die ein kleines ächzendes Kind am Feuer wiegte, ein Mann, ganz bedeckt von Lehm und Schlamm und von sehr liederlichem Aussehen, der lang hingerekelt auf dem Boden lag und eine Pfeife rauchte, ein athletischer junger Bursche, der einem Hunde ein Halsband umlegte, und ein frech aussehendes Mädchen, das in sehr schmutzigem Wasser irgend etwas wusch. Sie blickten alle auf, als wir hereintraten, und die Frau schien ihr Gesicht nach dem Feuer zu kehren, wie um ihr verletztes Auge nicht sehen zu lassen. Niemand hieß uns willkommen.

»Nun, meine Freunde«, begann Mrs. Pardiggle, aber ihre Stimme klang durchaus nicht freundschaftlich und viel zu geschäftsmäßig und systematisch, »wie geht es euch allen?

Hier bin ich wieder. Ich habe euch schon gesagt, ich bin nicht müde zu machen. Ich liebe Anstrengung und halte Wort.«
»Kommen leicht noch mehr herein?« brummte der Mann auf dem Boden, den Kopf auf die Hand gestützt und uns anstierend.
»Nein, mein Freund«, sagte Mrs. Pardiggle, setzte sich auf einen Stuhl und fegte den andern um. »Wir sind alle hier.«
»Ich hab schon gmeint, es langt sonst net«, sagte der Mann mit der Pfeife im Mund und musterte uns.
Der junge Bursche und das Mädchen lachten. Zwei Bekannte von ihnen, die unser Kommen angelockt hatte, standen, die Hände in den Taschen, draußen vor der Tür und lachten laut mit.
»Ihr könnt mich nicht ermüden, liebe Leute«, sagte Mrs. Pardiggle zur Türe hinaus. »Ich habe Freude an angestrengter Arbeit, und je schwerer ihr sie mir macht, desto besser gefällt sie mir.«
»Dann machen wir sie ihr leicht«, brummte der Mann auf dem Boden, »damits schon ein End hat. Ich laß mir die Frechheiten in meinem Haus nicht mehr lang gefallen. Ich laß mich nicht länger verhören wie einen Spitzbuben. Jetzt wollen Sie wie gewöhnlich herumschnüffeln und herumspitzeln; ich weiß schon, woraufs hinausgeht. Ich will euch die Müh ersparen. Wascht meine Tochter? Ja, sie wascht. Schauen Sies Wasser an. Stinkts? Das trinken wir. Wie gfallts Ihnen, und was halten Sie von Schnaps? Is meine Wohnung schmutzig? Ja, sie is schmutzig, sie ist von Natur schmutzig und ungsund, und wir haben fünf schmutzige und ungsunde Kinder ghabt; schon tot alle, und das ist für sie das Beste und für uns auch. Ob ich Ihner kleines Buch glesen hab? Nein, ich hab Ihner kleines Buch nicht glesen. Hier kann keiner lesen, und dann paßts für ein Wickelkind, und ich bin kein Wickelkind. Und wie ich mich aufgführt hab? Drei Täg bsoffen gwesen! Und ich hätt mich vier Tag lang bsoffen, wenns Geld glangt hätt. Ob ich niemals dran denk, in die Kirch zu gehen? Fallt mir

net ein. Sie warten dort net auf mich. Der Kirchendiener ist zu vor-nehm für mich. Und woher hat meine Frau das blaue Aug? Hm. Von mir. Und wenn sie sagt nein, so lügts.«

Er hatte die Pfeife aus dem Mund genommen, während er sprach, legte sich jetzt auf die andre Seite und fing wieder an zu rauchen.

Mrs. Pardiggle, die ihn durch ihre Brille mit einer erkünstelten Fassung, die meiner Ansicht nach nur dazu angetan war, seine Widerspenstigkeit zu vermehren, angesehen hatte, zog jetzt ein Buch heraus wie einen Konstablerstab und nahm die ganze Gesellschaft in Haft. In geistige Haft natürlich. Aber sie tat es mit der Miene eines unerbittlichen Polizeimanns.

Ada und mir wurde es sehr unbehaglich zumute. Wir fühlten uns als Eindringlinge, und es kam uns beiden vor, als ob Mrs. Pardiggle viel mehr erreicht haben würde, wenn sie nicht so mechanisch zu Werke gegangen wäre. Die Kinder sahen mürrisch drein und starrten alles mit großen Augen an; die Familie nahm von uns nicht die geringste Notiz, außer, wenn der junge Bursche den Hund bellen ließ, was er meistens tat, wenn Mrs. Pardiggle mit besonderer Emphase sprach. Wir empfanden beide aufs schmerzlichste, daß zwischen uns und diesen Leuten eine eiserne, unüberbrückbare Schranke bestand.

Durch wen oder wie sie beseitigt werden könnte, wußten wir nicht, aber durch Mrs. Pardiggle nicht, das sahen wir ein. Selbst was sie vorlas und sagte, schien uns für solche Zuhörer schlecht gewählt zu sein, selbst wenn man es ihnen noch so rücksichtsvoll und mit noch soviel Takt beigebracht hätte. Was das kleine Buch, von dem der Mann auf dem Boden gesprochen hatte, betraf, so bekamen wir es später zu Gesicht, und Mr. Jarndyce sagte, er zweifle, ob Robinson Crusoe es gelesen haben würde, auch wenn er kein andres auf seiner wüsten Insel gehabt hätte.

Unter diesen Umständen bedeutete es eine große, allgemeine Erleichterung, als Mrs. Pardiggle aufhörte. Der

Mann auf dem Boden drehte wieder den Kopf und sagte mürrisch:
»Also sind S jetzt fertig?«
»Für heute ja, mein Freund. Aber ich werde nie müde. Ich werde regelmäßig wiederkommen«, antwortete Mrs. Pardiggle mit zur Schau getragener Leutseligkeit.
»Wenn S nur jetzt schon gehen«, sagte er, verschränkte mit einem Fluch die Arme und schloß die Augen, »können S von mir aus tun, was S mögen.«
Mrs. Pardiggle stand auf und erzeugte in dem engen Raum einen Wirbel, dem selbst die Pfeife des Mannes nur mit knapper Not entging. Sodann nahm sie zwei ihrer Jungen an der Hand, hieß die andern ihr auf dem Fuße folgen, sprach die Hoffnung aus, daß der Ziegelstreicher und sein ganzes Haus bei ihrem nächsten Besuche sich gebessert haben würden, und begab sich nach einer andern Hütte.
Sie glaubte wahrscheinlich, wir folgten ihr, aber als sie draußen war, gingen wir zu der am Feuer sitzenden Frau hin, um sie zu fragen, ob das Kleine krank sei.
Sie wandte keinen Blick von dem Kind, das jetzt auf ihrem Schoß lag. Wir hatten schon früher bemerkt, daß sie ihr verletztes Auge mit der Hand zudeckte, als wolle sie jede Erinnerung an Gewalttat und schlechte Behandlung von dem armen kleinen Wesen fernhalten.
Ada, deren weiches Herz bei dem Anblick gerührt wurde, beugte sich herab, um das kleine Gesicht zu berühren. Da bemerkte ich, was vor sich ging, und zog sie schnell zurück.
Das Kind starb.
»Ach, Esther!« rief sie und sank auf die Knie. »Sieh her! Ach, liebe Esther, das kleine Wesen! Das hübsche kleine stille Wesen! Es tut mir so leid. Und die Mutter tut mir so leid. Ich habe noch nie so etwas Trauriges gesehen. Ach das arme, arme Kind!«
Ihre Teilnahme und Milde, mit der sie sich weinend über das Kleine beugte und ihre Hand auf die der Mutter legte,

hätten jedes Herz rühren müssen. Die Frau sah sie zuerst erstaunt an und brach dann in Tränen aus.
Ich nahm ihr die leichte Last vom Schoße, tat, was ich konnte, um die kleine Leiche hübscher und friedlicher aussehen zu machen, legte sie auf ein Brett und deckte sie mit meinem Taschentuche zu. Wir versuchten die Mutter zu trösten und flüsterten ihr die Worte zu, die unser Heiland über die Kinder gesagt hatte. Sie antwortete nichts, sondern blieb sitzen und weinte – weinte bitterlich.
Als ich mich umdrehte, sah ich, daß der junge Bursche den Hund hinausgeführt hatte und an der Türe stand und auf uns blickte, mit trocknen Augen, aber still. Auch das Mädchen war stumm, saß in einer Ecke und blickte zu Boden. Der Mann war aufgestanden. Er rauchte noch immer mit trotziger Miene, aber er schwieg.
Ein häßliches Weib, sehr ärmlich angezogen, kam rasch herein, während ich noch die Szene betrachtete, ging auf die Mutter zu und rief: »Jenny, Jenny.« Die Mutter stand bei diesen Worten auf und fiel ihr um den Hals.
Auch diese Frau trug auf Gesicht und Armen die Spuren von Mißhandlungen. Sie hatte nichts Anmutiges an sich als die Anmut des Mitleids, aber wie sie die andere tröstete und ihr dabei die Tränen über die Wangen liefen, vermißte man die Schönheit nicht. Ich sage: tröstete; aber sie sagte nichts weiter als: »Jenny, Jenny.« Alles übrige lag in dem Ton, mit dem sie diese Worte sprach.
Es war rührend, wie diese beiden Frauen, arm, zerlumpt und zerschlagen, so einig waren – zu sehen, was sie einander sein konnten – wie sie füreinander fühlten, wie ihre Herzen bei den harten Prüfungen des Lebens sanfter geworden waren. Ich glaube, die beste Seite solcher Leute bleibt uns fast immer verborgen. Was der Arme dem Armen ist, ist wenigen bekannt außer ihnen selbst und Gott.
Wir hielten es für das Beste, uns zu entfernen und sie ungestört sich selbst zu überlassen. Wir stahlen uns still hinaus und wurden von niemand beachtet außer von dem

Mann. Er stand an die Wand gelehnt, ganz nahe an der Tür, und als er bemerkte, daß wir nur mühsam an ihm vorbei konnten, ging er vor uns hinaus. Er schien nicht merken lassen zu wollen, daß er es unsertwegen tat, aber wir verstanden es gar wohl und dankten ihm. Er gab keine Antwort.

Ada war auf dem ganzen Nachhauseweg so bekümmert und Richard, den wir zu Hause fanden, schmerzte es so sehr, sie in Tränen zu sehen – wenn er auch einmal zu mir hinausging, um mir zu sagen, wie schön sie aussähe –, daß wir übereinkamen, abends ein paar Sachen mitzunehmen und unsern Besuch in der Hütte des Ziegelstreichers zu wiederholen. Wir sagten Mr. Jarndyce sowenig wie möglich davon, aber der Wind schlug sofort nach Osten um.

Richard begleitete uns abends nach dem Schauplatz unsres Morgenausfluges. Unterwegs mußten wir an einer lärmenden Schenke vorbei, wo eine Anzahl Männer um die Türe herumstanden. Unter ihnen und sich am lautesten herumstreitend der Vater des kleinen gestorbenen Kindes. Nicht weit davon trafen wir den jungen Burschen mit seinem Hund in ähnlich gestimmter Gesellschaft. Die Schwester lachte und plauderte mit ein paar andern Mädchen an einer Ecke der Hüttenreihe, aber sie schien sich zu schämen und wendete sich weg, als wir vorbeigingen.

Wir ließen Richard warten, als wir das Haus des Ziegelstreichers erblickten, und gingen allein weiter. Als wir die Tür erreichten, sahen wir das Weib, das die Mutter getröstet hatte, dort stehen und sich voll Angst umschauen.

»Ach so, Sie sinds, junge Damens«, sagte sie flüsternd. »Ich schau nach meinem Mann aus. Ich hab das Herz im Mund. Wenn er mich außer Haus trifft, schlägt er mich tot.«

»Ihr Ehegatte?« fragte ich.

»Ja, Miß, mein Mann. Jenny schläft. Sie ist todmüd. Seit sieben Tagen und Nächten ist das Kind kaum von ihrem Schoß gekommen, außer, wenn ich es ihr für ein paar Minuten hab abnehmen können.«

Sie machte uns Platz, wir traten leise ein und legten, was wir mitgebracht, neben das elende Bett, auf dem die Mutter schlief, hin. Man hatte keinen Versuch gemacht, die Stube zu reinigen; ihre Beschaffenheit schien jede Hoffnung auszuschließen, daß sie jemals rein werden könnte, aber die kleine starre Leiche, die so viel Feierlichkeit ringsum verbreitete, war gewaschen und reinlich in ein paar weiße Leinwandlappen gehüllt worden, und auf mein Taschentuch, das immer noch das arme Kind zudeckte, hatten dieselben rauhen narbenvollen Hände einen kleinen Strauß gelegt.

»Der Himmel möge es Ihnen vergelten!« sagten wir zu dem Weib. »Sie sind eine gute Frau.«

»Ich, junge Damens?« fragte sie mit Erstaunen. »Ruhig, Jenny!«

– Die Mutter hatte im Schlafe gestöhnt und bewegte sich. Der Klang der bekannten Stimme schien sie zu beruhigen. Sie war wieder ganz still. –

Ich ahnte nicht, als ich mein Taschentuch in die Höhe hob, um die kleine Leiche darunter zu betrachten, und Adas Haar, die sich mitleidig darüber gebeugt hatte, das Kind wie ein Glorienschein umgab – ich ahnte nicht, auf welch sturmdurchtobter Brust dieses Taschentuch noch einmal ruhen würde. Ich dachte nur daran, daß vielleicht der Engel des Kindes auf die Frau niederblicke, die es mit so mitleidiger Hand wieder darüber deckte und dann, als wir Abschied nahmen, an der Türe stehenblieb und sich abwechselnd umsah, in banger Angst hinauslauschte und wieder in ihrer beruhigenden Weise flüsterte: »Jenny, Jenny.«

9. Kapitel

Anzeichen

Ich weiß nicht, wie es zugeht, aber es kommt mir vor, als erzählte ich stets von mir selbst. Ich denke stets, ich schreibe von andern Leuten, und will so wenig wie möglich an mich denken, und plötzlich bin ich wieder mitten in der Geschichte drin und bin ärgerlich und sage: Aber, aber, du zudringliches, unbedeutendes Geschöpf!

Mein Liebling und ich lasen und arbeiteten und waren die ganze Zeit über so beschäftigt, daß die Wintertage wie froh beschwingte Vögel an uns vorüberflogen. Meistens nachmittags und jeden Abend leistete uns Richard Gesellschaft. Obgleich er einer der ruhelosesten Menschen war, die es nur geben konnte, so fühlte er sich doch sehr wohl in unsrer Gesellschaft.

Er hatte Ada sehr, sehr gern. Ich weiß es, und es ist besser, ich sage es gleich. Ich hatte noch nie junge Leute sich ineinander verlieben sehen, aber ich wußte ziemlich bald, wie es mit ihnen stand. Ich konnte natürlich nicht sagen oder merken lassen, daß ich etwas davon wußte. Im Gegenteil, ich tat so ernsthaft und stellte mich so blind, daß ich manchmal, wenn ich an der Arbeit saß, bei mir dachte, ob ich mich denn nicht gar zu hinterlistig benähme.

Aber es ging nicht anders. Ich hatte weiter nichts zu tun, als still zu sein, und war so still wie eine Maus. Sie waren auch so still wie Mäuse, was das Reden anbelangte, aber die unschuldige Art, mit der sie sich mehr und mehr auf mich verließen und einander immer lieber gewannen, war so entzückend, daß es mir sehr schwer wurde, zu verbergen, wie sehr es meine Teilnahme erregte.

»Unser kleines altes Hausmütterchen ist so ein vortreffliches Frauchen«, pflegte Richard zu sagen, wenn er mir frühmorgens im Garten mit seinem gewinnenden Lachen und vielleicht nicht ohne ein wenig zu erröten entgegenkam, »daß es ohne sie gar nicht geht. Ehe ich meine wilde Tageshetze beginne, mich mit Büchern und Instrumenten herumschlage und dann wie ein Straßenräuber im Galopp bergauf, bergab die ganze Gegend durchstreife, tut es mir immer so wohl, einen ruhigen Spaziergang mit unserer guten Freundin zu machen, daß ich schon wieder hier bin.«

»Du weißt, liebes Hausmütterchen«, sagte dann vielleicht Ada wieder vor dem Schlafengehen, ihren Kopf auf meiner Schulter gelehnt, während der Schein des Feuers sich in ihren nachdenklichen Augen widerspiegelte, »ich habe nicht vor zu plaudern, wenn wir abends heraufgehen, aber mit deinem lieben Gesicht als Gesellschaft eine kleine Weile dazusitzen und zu träumen und den Wind zu hören und an die armen Seeleute auf dem Meer zu denken ...«

So, so, wollte vielleicht Richard Seemann werden?!

Wir hatten schon öfter besprochen, was er werden sollte, und es war von seiner alten Neigung für die See die Rede gewesen. Mr. Jarndyce hatte an einen Verwandten der Familie, einen gewissen hochgestellten Sir Leicester Dedlock, geschrieben und ihn um seine Verwendung für Richard gebeten. Und Sir Leicester hatte sehr gnädig geantwortet, er werde sich glücklich schätzen, wenn sich ihm Gelegenheit bieten sollte – was aber keineswegs wahrscheinlich sei –, dem jungen Gentleman irgendwie förderlich sein zu können. Und Mylady sende dem jungen Herrn, an dessen Verwandtschaft sie sich noch recht gut erinnere, die besten Wünsche. Sie hoffe, er werde seine Pflicht in jedem Beruf, den er zu ergreifen gedenke, tun.

»Daraus scheint klar hervorzugehen«, sagte Richard zu mir, »daß ich mir meinen eignen Weg zu bahnen haben werde. Tut nichts! Viele haben das vor mir versuchen müssen und haben es zuwege gebracht. Ich wünschte nur, ich wäre schon jetzt Kapitän eines Kaperschiffs und könnte den Lordkanzler entführen und auf schmale Kost setzen, bis er ein Urteil in unserm Prozeß fällt. Er sollte bald mager werden, wenn er sich nicht dazuhält.«

Neben einer Elastizität, Hoffnungsfreudigkeit und einem fröhlichen Sinn, der kaum jemals müde wurde, legte Richard eine Sorglosigkeit an den Tag, die mich beunruhigte, besonders, weil er sie seltsamerweise für Klugheit hielt. Sie mischte sich auf ganz merkwürdige Art in alles, was mit Rechnen und Geld zusammenhing, die ich nicht besser glaube erklären zu können, als wenn ich für einen Augenblick wieder auf unser Mr. Skimpole vorgeschossenes Darlehen zurückkomme. Mr. Jarndyce hatte den Betrag entweder von Mr. Skimpole selbst oder von »Coavinses« in Erfahrung gebracht und mir das Geld mit dem Auftrag übergeben, ich möge meinen Anteil zurückbehalten und den Rest Richard aushändigen. Die Menge gedankenlosen Geldverzettelns im kleinen, die Richard durch die Wiedererlangung seiner zehn Pfund rechtfertigte, und die vielen Male, die er diese zehn Pfund als eine Ersparnis oder einen Gewinn aufzählte, würden, einfach addiert, schon eine beträchtliche Summe ergeben haben.
»Mein kluges Mütterchen Hubbard, warum nicht?« sagte er einmal zu mir, als er ohne die mindeste Überlegung dem Ziegelstreicher fünf Pfund schenken wollte. »Ich habe doch bei der Coavinsesgeschichte reine zehn Pfund verdient.«
»Wieso denn?« fragte ich.
»Nun, ich wurde zehn Pfund los, an denen mir nichts lag und auf die ich nie wieder rechnete. Das können Sie doch nicht leugnen.«
»Nein.«
»Also gut. Und dann bekam ich wieder zehn Pfund ...«
»Dieselben zehn Pfund«, verbesserte ich.
»Das hat nichts damit zu tun! Ich habe zehn Pfund mehr bekommen, als ich erwarten konnte, und darf sie daher ausgeben, ohne mir viel daraus zu machen.«
Ganz in derselben Weise schrieb er sich fünf Pfund gut, als er von der Nutzlosigkeit, sie dem Ziegelstreicher zu schenken, überzeugt war, und addierte sie dazu.
»Schauen Sie mal her«, sagte er. »Ich habe fünf Pfund bei

der Ziegelstreichergeschichte erspart. Wenn ich mir nun den Spaß mache und mit der Extrapost nach London und zurück fahre und dafür vier Pfund rechne, so erspare ich eins. Und es ist eine sehr hübsche Sache, ein Pfund zu sparen, behaupte ich; ein Penny gespart, ist ein Penny verdient.«

Ich glaube, Richard war eine so offne und hochherzige Natur, wie man sie nur irgend finden konnte. Temperamentvoll und mutig und bei all seiner wilden Ruhelosigkeit so mild und sanft, daß ich ihn in wenigen Wochen wie einen Bruder kannte. Seine Liebenswürdigkeit war ihm angeboren und hätte sich selbst ohne Adas Einfluß im besten Lichte gezeigt. Aber unter diesem wurde er einer der gewinnendsten Gesellschafter, immer zur Teilnahme geneigt und immer glücklich, hoffnungsfreudig und leichtherzig.

Wie ich mit ihnen zusammensaß, mich mit ihnen unterhielt und spazierenging und von Tag zu Tag sie sich immer mehr ineinander verlieben sah, trotzdem sie nichts davon zueinander verlauten ließen und ihre Liebe für das größte aller Geheimnisse hielten, war ich kaum weniger als sie von dem hübschen Traum bezaubert und erfreut.

In dieser Weise lebten wir fort, da erhielt Mr. Jarndyce eines Morgens beim Frühstück einen Brief, sagte mit einem Blick auf die Adresse: »Ah! Von Boythorn«, öffnete ihn mit sichtlichem Vergnügen und las ihn.

Ehe er noch damit zu Ende war, sagte er, Boythorn käme auf Besuch.

»Wer ist Boythorn?« fragten wir alle. Und ich glaube, wir dachten auch alle – ich wenigstens tat es –, wird Boythorn vielleicht einen Einfluß auf das, was jetzt vorgeht, ausüben?

»Ich bin mit Lawrence Boythorn in die Schule gegangen«, erzählte Mr. Jarndyce und legte den Brief auf den Tisch. »Das sind jetzt mehr als fünfundvierzig Jahre. Er war damals der ungestümste Junge von der Welt und ist jetzt der ungestümste Mann. Er war damals der herzhafteste und wackerste Junge von der Welt und ist jetzt dasselbe als Mann. Er ist ein kolossaler Bursche.«

»An Wuchs, Sir?« fragte Richard.

»Auch in dieser Hinsicht, Rick. Er ist etwa zehn Jahre älter als ich und ein paar Zoll größer; er trägt den Kopf zurückgeworfen wie ein alter Soldat, die eiserne Brust frei heraus; Hände hat er wie ein Schmied, und Lungen! ... Solche Lungen gibt es nur einmal. Mag er sprechen, lachen oder schnarchen, so zittern die Balken des Hauses.«

– Wie sich Mr. Jarndyce an dem Bilde seines Freundes Boythorn erfreute, bemerkten wir als günstiges Omen, daß sich nicht das mindeste Anzeichen von Ostwind zeigte. –

»Aber eigentlich meine ich die Seele des Mannes, das warme Herz, die Leidenschaftlichkeit, das feurige Blut des Mannes, Rick und Ada und auch du, kleine Spinnwebe, denn euch alle wird der Besuch interessieren. Seine Sprache ist so volltönend wie seine Stimme. Er bewegt sich immer in Extremen; er kommt nicht aus dem Superlativ heraus. In seinen Verdammungsurteilen kennt er keine Grenzen. Nach seinen Reden könnte man ihn für einen Menschenfresser halten, und ich glaube, einige Leute halten ihn auch dafür. So! Ich sage euch für jetzt nichts weiter von ihm. Ihr dürft euch nicht wundern, wenn er mich wie seinen Schützling behandelt, denn er kann nicht vergessen, daß ich in der Schule einer von den Kleinsten war und unsre Freundschaft damit begann, daß er meinem Obertyrannen vor der Frühstückspause zwei Zähne (er sagt sechs) ausschlug. Boythorn und sein Bedienter«, sagte er zu mir gewendet, »werden heute nachmittag hier eintreffen, liebe Esther.«

Ich trug Sorge, daß die nötigen Anstalten für Mr. Boythorns Empfang getroffen wurden, und wir sahen neugierig seiner Ankunft entgegen. Der Nachmittag verging jedoch, und er erschien nicht. Die Speisestunde kam, und er erschien immer noch nicht. Das Essen wurde eine Stunde verschoben, und wir saßen um den Kamin, ohne ein and-

res Licht als seine Glut, als das Haustor plötzlich aufgerissen wurde und die Halle von einer Stentorstimme erdröhnte, die mit größter Heftigkeit rief:
»Jarndyce, ein gottvergessener Schurke hat uns einen falschen Weg gewiesen. Rechts statt links. Er ist der bodenloseste Halunke, den die Erde trägt. Sein Vater muß ein vollendeter Schuft gewesen sein, daß er so einen Sohn bekommen konnte. Ich würde den Kerl ohne den leisesten Gewissensbiß erschießen lassen.«
»Hat er es absichtlich getan?« hörten wir Mr. Jarndyce fragen.
»Ich zweifle nicht im geringsten, daß der Schurke sein ganzes Leben lang nichts andres getan hat, als Reisende irrezuführen. Bei meiner Seele, er kam mir wie der falscheste Hund, den ich je gesehen, vor, als er uns riet, rechts zu fahren. Und dennoch hab ich dem Kerl gegenübergestanden, Auge in Auge, und ihm nicht das Gehirn herausgeschlagen.«
»Zähne, meinst du«, sagte Mr. Jarndyce.
»Hahaha!« lachte Mr. Lawrence Boythorn, daß die Wände zitterten. »Was, das hast du immer noch nicht vergessen? Hahaha! ... Das war auch so ein unglaublicher Schuft! Bei meiner Seele, das Gesicht dieses Kerls war schon damals das schwärzeste Bild der Hinterlist, Feigheit und Grausamkeit, das man nur als Vogelscheuche in einem Felde von Halunken hätte aufstellen können. Und wenn ich morgen diesem beispiellosen Despoten auf der Straße begegnete, ich würde ihn fällen wie einen verfaulten Baum.«
»Ich zweifle nicht im geringsten«, sagte Mr. Jarndyce, »aber willst du nicht heraufkommen?«
»Bei meiner Seele, Jarndyce« – der Gast schien auf die Uhr zu sehen –, »wenn du verheiratet wärst, würde ich lieber an der Gartentür umgekehrt sein und auf die entlegensten Gipfel des Himalajagebirges gegangen, als daß ich mich zu solch unpassender Stunde eingefunden hätte.«
»Doch wohl nicht ganz so weit«, sagte Mr. Jarndyce.

»Bei meinem Leben und bei meiner Ehre, ja! Um keinen Preis der Welt würde ich mich der unglaublichen Unverschämtheit schuldig machen, eine Dame vom Hause so lang warten zu lassen. Lieber hinrichten würde ich mich lassen.«

Bei diesen Worten gingen sie die Treppen hinauf, und gleich darauf hörten wir den Gast oben in seinem Schlafzimmer losdonnern: »Hahaha!« und wieder »Hahaha!«, bis das leiseste Echo in der Nachbarschaft davon angesteckt wurde und so lustig zu lachen schien wie er und wie wir.

Wir alle faßten ein Vorurteil zu Mr. Boythorns Gunsten, denn es lag ein gewisser innerer Wert in seinem Lachen, seiner kräftigen, gesunden Stimme und der Wucht, mit der jedes seiner Worte aus seinem Munde kam, und selbst in der Wut seiner Superlative, die wie blindgeladene Kanonen loszugehen und niemanden zu verletzen schienen, aber wir waren kaum darauf gefaßt, dieses Vorurteil so durch seine äußere Erscheinung gerechtfertigt zu sehen, als ihn Mr. Jarndyce vorstellte.

Er war nicht nur ein schöner alter Herr, aufrecht und kraftvoll, wie er uns beschrieben worden, mit einem massiven grauen Kopf, einer schönen Ruhe im Gesicht, wenn er schwieg, einer Gestalt, die ein wenig zur Korpulenz geneigt hätte, wenn er sie nicht so beständig in Leben erhalten haben würde, einem Kinn, das, ohne die heftige Emphase, in der er sich beständig befand, ein Doppelkinn hätte werden können – er war auch ein echter Gentleman in seinem Benehmen, so ritterlich höflich, das Gesicht von einem freundlichen liebenswürdigen Lächeln erhellt, und es schien so klar zu sein, daß er nichts zu verbergen hatte und sich immer so gab, wie er war – unfähig, etwas in beschränktem Maßstabe zu tun, und immer die blindgeladenen Kanonen abfeuernd, weil er keine kleinern Waffen hatte, daß ich wirklich nicht anders konnte als ihn bei Tisch stets mit gleicher Freude anzusehen, mochte er nun lächeln, sich mit Ada oder mir unterhalten oder sich von

Mr. Jarndyce zu einer großen Salve von Superlativen verleiten lassen oder den Kopf wie ein Bluthund emporwerfen und das gewaltige Hahaha ertönen lassen.
»Du hast doch deinen Vogel mitgebracht?« fragte Mr. Jarndyce.
»Bei Gott! Es ist der erstaunlichste Vogel in ganz Europa«, rief Mr. Boythorn. »Er ist das allerwunderbarste Geschöpf. Ich gebe diesen Vogel nicht für zehntausend Guineen her. Ich habe ihm in meinem Testament eine Leibrente ausgesetzt, falls er mich überleben sollte. Er ist, was Verstand und Anhänglichkeit betrifft, ein Phänomen. Und sein Vater war einer der fabelhaftesten Vögel, die jemals gelebt haben.«
Der Gegenstand dieser Lobeshymne war ein außerordentlich kleiner Kanarienvogel, so zahm, daß ihn Mr. Boythorns Bedienter auf dem Zeigefinger herunterbrachte und daß er jetzt seinem Herrn auf den Kopf flog, nachdem er vorher in der Stube herumgeflattert war.
Den alten Herrn die unversöhnlichsten und leidenschaftlichsten Aussprüche tun zu hören, während das winzige schwache Geschöpfchen ruhig auf seiner Stirne saß, war die beste Illustration zu seinem Charakter, wie mir vorkam.
»Meiner Seel, Jarndyce«, sagte Mr. Boythorn und hielt dem Kanarienvogel zärtlich ein Stückchen Brot zum Pikken hin, »wenn ich an deiner Stelle wäre, würde ich alle Kanzleigerichtsassessoren morgen früh an der Kehle pakken und sie schütteln, bis ihnen das Geld aus der Tasche fiele und die Knochen im Leibe schepperten. Ich würde mir eine Entscheidung erzwingen durch gute Mittel oder durch schlimme. Wenn du mich dazu ermächtigen willst, so werde ich es mit dem größten Vergnügen verrichten.« – Die ganze Zeit über fraß ihm der winzige Kanarienvogel aus der Hand. –
»Ich danke dir, Lawrence«, lachte Mr. Jarndyce, »aber der Prozeß ist auf einem Punkt angelangt, wo ihn nichts weiter vorwärts bringen könnte, selbst wenn man das ganze

Richterkollegium und das gesamte Barreau durchrütteln würde.«

»Es hat auf der ganzen Welt noch keinen so höllischen Hexenkessel gegeben wie dieses Kanzleigericht«, stimmte Mr. Boythorn bei. »Nur eine Mine darunter gelegt, während der Gerichtszeit, wenn alle Urkunden und Dekrete und Präzedenzien und alle dazugehörigen Beamten groß und klein, aufwärts und abwärts, gezählt von dem Sohne, dem Generalrevisor, bis zu seinem Vater, dem Teufel, darin sind, und dann das Ganze mit zehntausend Zentnern Pulver in die Luft gesprengt, würde seinen Mängeln ein wenig abhelfen.«

Man konnte nicht anders, man mußte über den tiefen Ernst lachen, mit dem er diese umfassende Reformmaßregel vorschlug. Und er lachte mit, warf den Kopf in die Höhe und schüttelte die breite Brust, und wieder hallte ringsumher alles sein Hahaha wider.

Er störte damit nicht im mindesten den Vogel, der sich vollkommen sicher fühlte und auf dem Tische herumhüpfte und von Zeit zu Zeit das kleine Köpfchen auf die Seite legte und mit einem schnellen Blick seinen Herrn wie seinesgleichen ansah.

»Aber wie steht es mit dem Wegerecht, um das du dich mit deinem Nachbarn streitest?« fragte Mr. Jarndyce. »Du leidest doch selbst unter der Last der Gesetze.«

»Der Kerl hat mich wegen Eigentumsverletzung verklagt, und ich habe *ihn* wegen Eigentumsverletzung verklagt«, erwiderte Mr. Boythorn. »Bei Gott, er ist der stolzeste Bursche, der jemals gelebt hat. Es ist ganz unmöglich, daß er wirklich Sir Leicester heißt, er sollte Sir Lucifer heißen.«

»Ein Kompliment für unsern entfernten Verwandten«, sagte mein Vormund lachend zu Ada und Richard.

»Ich würde Miß Clare und Mr. Carstone um Entschuldigung bitten«, fuhr unser Besuch fort, »wenn mir nicht das freundliche Gesicht der Dame und das Lächeln des Herrn sagten, daß es nicht angebracht ist und sie sich ihren entfernten Verwandten in respektvoller Entfernung vom Leibe zu halten wissen.«

»Er hält sich uns vom Leibe«, verbesserte Richard.

»Meiner Seel«, gab Mr. Boythorn wieder eine Breitseite ab. »Dieser Kerl ist – und sein Vater und sein Großvater waren es ebenfalls – der steifnackigste, arroganteste, einfältigste, dickköpfigste Pinsel, der jemals durch ein unerklärliches Mißverständnis der Natur zu etwas anderm als zu einem Spazierstock geboren wurde. Die ganze Familie besteht aus den eingebildetsten Strohköpfen ... Aber es macht nichts, er soll mir meinen Weg nicht versperren und wenn er der Extrakt von fünfzig Baronets wäre und in hundert Chesney Wolds, eins in das andre geschachtelt wie die geschnitzten chinesischen Elfenbeinkugeln, wohnte. Schreibt mir der Kerl durch seinen Agenten oder seinen Sekretär oder sonst jemanden: Sir Leicester Dedlock, Baronet, empfiehlt sich Mr. Lawrence Boythorn und macht ihn auf den Umstand aufmerksam, daß der Wiesenpfad bei dem alten Pfarrhause, gegenwärtig in Mr. Lawrence Boythorns Besitz, Sir Leicesters Wegerecht ist, da er in Wirklichkeit einen Teil des Parks von Chesney Wold bildet, und daß Sir Leicester es für angemessen erachtet, ihn zu schließen. Ich schreibe an den Kerl: Mr. Lawrence Boythorn empfiehlt sich Sir Leicester Dedlock, Baronet, und macht ›ihn‹ auf den Umstand aufmerksam, daß er die Richtigkeit von Sir Leicester Dedlocks Ansprüchen auf irgend etwas in jeder Hinsicht leugnet und in bezug auf das Sperren des Wiesenpfades hinzusetzt, daß er sich freuen würde, den Mann zu sehen, der es zu unternehmen wagt.

Der Kerl schickt einen gottverlassenen Strolch mit einem Auge, um ein Gitter bauen zu lassen. Ich bearbeite den Burschen mit der Feuerspritze, bis er fast keinen Atem mehr im Leibe hat. Der Bursche baut während der Nacht ein Gitter. Ich hacke es um und verbrenne es am andern Morgen. Der Baronet schickt seine Myrmidonen, läßt sie über das Gehege klettern und schickt sie hin und her. Ich

fange sie in unschädlichen Fallen, schieße ihnen gespaltene Erbsen in die Beine, bearbeite sie mit einer Feuerspritze und bin entschlossen, die Menschheit von der unerträglichen Last des Daseins dieser wegelagernden Schurken zu befreien. Er klagt wegen unrechtmäßigen Betretens fremder Grundstücke, ich tue desgleichen. Er klagt wegen Realinjurie; ich verteidige meinen Grund und Boden und fahre unbeirrt mit Realinjurien fort. Hahaha!«
Wer ihn das mit seiner unerhörten Energie sagen hörte, hätte ihn für den größten Wüterich halten müssen. Und wer ihn zur selben Zeit dem Vogel auf seinem Daumen die Federn glattstreichen gesehen hätte, würde ihn für den sanftmütigsten aller Menschen gehalten haben. Ihn lachen zu hören und sein offenes gutmütiges Gesicht zu sehen, hieß, überzeugt sein, daß er auf der Welt keine Sorge, keinen Streit, keine Abneigung kenne und daß sein ganzes Dasein ein sonniger Scherz sei.
»Nein, nein«, schwor er. »Meine Wege lasse ich mir von keinem Dedlock absperren, obgleich ich gerne zugestehe« – hier wurde er einen Augenblick milde –, »daß Lady Dedlock eine vollendete Weltdame ist, der ich jede Huldigung darbringen würde, die ein einfacher Gentleman und kein Baronet mit einem siebenhundert Jahr alten Dickkopf darbringen kann. Ein Mann, der mit zwanzig Jahren zum Regiment kam und acht Tage darauf den frechsten und anmaßendsten Bengel von einem kommandierenden Offizier, der jemals durch eine geschnürte Taille Atem holte, forderte – und dafür kassiert wurde –, ist nicht der Mann, sich von allen Sir Lucifers zusammengenommen auf der Nase herumtanzen zu lassen. Hahaha!«
»Auch nicht der Mann, der duldet, daß man seinem jüngern Kameraden auf der Nase herumtanzt«, fügte mein Vormund hinzu.
»Ganz gewiß nicht!« Mr. Boythorn schlug Mr. Jarndyce mit einer Gönnermiene, die, trotzdem er lachte, etwas Ernstes hatte, auf die Schulter. »Er wird stets dem kleinen Jungen beistehen, Jarndyce! Du kannst dich auf ihn ver-

lassen. Aber, um wieder von der Eigentumsverletzung zu sprechen – ich muß Miß Clare und Miß Summerson um Verzeihung bitten, daß ich so lange bei dem trocknen Thema verweile –, ist nichts von deinen Anwälten Kenge & Carboy für mich gekommen?«
»Ich glaube nicht, Esther?«
»Nichts, Vormund.«
»Sehr verbunden. Hätte nicht zu fragen brauchen, selbst bei meiner geringen Erfahrung von Miß Summersons Fürsorglichkeit für jeden, der in ihre Nähe kommt. Ich fragte nur, weil ich von Lincolnshire herüberfuhr und natürlich nicht in London gewesen bin. Ich glaubte, man habe vielleicht einige Briefe hierher geschickt. Wahrscheinlich wird morgen früh Nachricht kommen.«
Im Verlauf des Abends, der uns sehr angenehm verging, sah ich ihn oft Richard und Ada mit einer sympathischen Teilnahme und Befriedigung betrachten. Er saß in geringer Entfernung vom Piano und hörte der Musik zu, die er leidenschaftlich liebte, wie sein Gesicht verriet. Mein Vormund saß mit mir am Backgammon, und ich fragte ihn, ob Mr. Boythorn jemals verheiratet gewesen sei.
»Nein«, sagte er, »nein.«
»Aber er hat heiraten wollen?«
»Wie hast du das erraten?« fragte Mr. Jarndyce lächelnd.
»Siehst du, Vormund«, gab ich zur Antwort und mußte ein wenig erröten, »es liegt etwas so Zartes in seinem Benehmen, und er ist so höflich und liebenswürdig zu uns und ...«
Mr. Jarndyce blickte nach ihm hin.
Ich sagte weiter nichts.
»Du hast recht, Mütterchen. Er stand einmal dicht vor dem Heiraten. Vor langer Zeit. Nur ein Mal.«
»Starb die Dame?«
»Nein ... Aber sie starb für ihn. Diese Zeit hat auf sein ganzes späteres Leben Einfluß gehabt. Würdest du glauben, daß sein Kopf und sein Herz jetzt noch voll Romantik stecken?«

»Ich glaube, Vormund, ich hätte das angenommen. Aber jetzt läßt es sich leicht sagen, wo du es mir verraten hast.«

»Er ist seitdem nie gewesen, was er hätte sein können, und jetzt in seinem Alter hat er niemand um sich als seinen Bedienten und seinen kleinen, gelben Freund. – Du bist am Wurf, liebe Esther. Da hast du den Würfelbecher.«

Ich merkte an der Stimmung meines Vormunds, daß ich, sollte nicht Ostwind eintreten, das Thema nicht weiter verfolgen dürfe. Ich stand daher von weiteren Fragen ab. Meine Teilnahme war erregt, aber nicht meine Neugierde. Des Nachts, als mich Mr. Boythorns lautes Schnarchen weckte, mußte ich ein wenig über diese alte Liebesgeschichte nachdenken und versuchte etwas sehr Schweres, nämlich, mir alte Leute jung und in den Reizen der Jugend vorzustellen. Aber ich schlief wieder ein, ehe es mir gelang, und träumte von der Zeit, wo ich bei meiner Patin gewesen war. Ich bin in derlei Dingen nicht bewandert genug, um zu wissen, ob es überhaupt merkwürdig ist, daß ich fast immer von diesem Lebensabschnitt träumte.

Am Morgen kam ein Brief von den Herren Kenge & Carboy an Mr. Boythorn, worin sie ihn benachrichtigten, daß einer ihrer Angestellten ihm mittags seine Aufwartung machen werde. Da es der Tag in der Woche war, wo ich die Rechnungen bezahlte, meine Bücher abschloß und alle Wirtschaftsangelegenheiten soweit wie möglich in Ordnung brachte, blieb ich zu Hause, während Mr. Jarndyce, Ada und Richard den schönen Tag zu einem Ausflug benutzten. Mr. Boythorn wollte auf Mr. Kenge & Carboys Angestellten warten und ihnen dann zu Fuß entgegengehen.

Ich hatte vollauf zu tun, prüfte Rechnungsauszüge, addierte Zwischenreihen, zahlte Geld aus, ordnete Quittungen und sah ungeheuer beschäftigt aus, als Mr. Guppy angemeldet und hereingelassen wurde. Ich hatte so eine leise Ahnung gehabt, daß der erwartete Angestellte der junge Gentleman sein könnte, der mich im Postkutschenbureau abgeholt hatte, und ich freute mich, ihn wiederzusehen,

weil er zu meiner gegenwärtigen glücklichen Lage in gewisser Beziehung stand.
Ich erkannte ihn kaum wieder, so hatte er sich herausgeputzt. Er trug einen funkelnagelneuen Anzug, einen glänzenden Hut, lila Glacéhandschuhe, ein vielfarbiges Halstuch, eine große Gewächshausblume im Knopfloch und einen dicken goldnen Ring am kleinen Finger. Außerdem durchduftete er das ganze Speisezimmer mit Bärenpomade und andern Parfümerien. Er betrachtete mich mit einer Aufmerksamkeit, die mich ordentlich verwirrte, als ich ihn bat, sich zu setzen, bis der Bediente wieder herunterkomme. Er saß in einer Ecke, schlug abwechselnd ein Bein über das andre, und sooft ich aufsah, während ich ihn das und jenes fragte, bemerkte ich stets, daß er mich in derselben forschenden und sonderbaren Weise anstarrte.
Als der Bediente mit der Nachricht, Mr. Boythorn lasse bitten, herunterkam, sagte ich Mr. Guppy, er werde nach Erledigung seiner Geschäfte hier ein Frühstück vorfinden, das Mr. Jarndyce für ihn befohlen habe. Als er den Türgriff schon in der Hand hielt, fragte er ein wenig verlegen:
»Werde ich die Ehre haben, Sie hier zu finden, Miß?«
Ich bejahte, und er ging mit einer Verbeugung zur Türe hinaus.
Ich hielt ihn für etwas linkisch und schüchtern, denn er war sichtlich verwirrt, und glaubte, es sei das beste, zu warten und mich zu überzeugen, ob er alles habe, was er brauche, und dann ihn sich selbst zu überlassen.
Das Frühstück wurde bald aufgetragen und blieb einige Zeit auf dem Tische stehen. Die Unterredung mit Mr. Boythorn dauerte sehr lange und verlief, wie mir vorkam, sehr stürmisch, denn obgleich sein Zimmer ziemlich entfernt lag, hörte ich seine laute Stimme sich dann und wann wie einen Sturmwind erheben und offenbar volle Breitseiten von Beschuldigungen abgeben.
Endlich kam Mr. Guppy, wie es schien, von der Konferenz stark mitgenommen, wieder herunter. »O Gott,

Miß«, sagte er halblaut zu mir, »das ist ja der reinste Menschenfresser.«
»Bitte nehmen Sie etwas zu sich, Sir«, sagte ich.
Mr. Guppy nahm am Tische Platz und begann nervös das Tranchiermesser an der Vorleggabel zu schärfen, wobei er mich immer noch in derselben ungewöhnlichen Weise ansah, wie ich recht wohl merkte, trotzdem ich nicht aufsah. Das Messerwetzen dauerte so lang, daß ich endlich eine Art Verpflichtung fühlte, aufzublicken, um den auf Mr. Guppy liegenden Zauber, der ihn gar nicht aufhören ließ, zu lösen.
Er blickte sofort auf die Gerichte und fing an vorzuschneiden.
»Was darf ich Ihnen anbieten, Miß? Sie werden doch einen Bissen genießen?«
»Nein, ich danke Ihnen.«
»Darf ich Ihnen denn gar nichts vorlegen, Miß?« fragte Mr. Guppy und stürzte ein Glas Wein hinunter.
»Nein, ich danke Ihnen. Ich habe nur gewartet, um zu sehen, ob Sie alles haben, was Sie brauchen. Wünschen Sie noch irgend etwas?«
»Nein, ich danke Ihnen, Miß. Ich bin Ihnen wirklich sehr verbunden. Ich habe alles, was ich mir nur wünschen könnte ... wenigstens ... Alles, ach, das hab ich nie.« Er trank noch zwei Gläser Wein hintereinander aus.
Ich hielt es für angezeigt, zu gehen.
»Ich bitte um Entschuldigung, Miß«, sagte Mr. Guppy und stand ebenfalls auf, »aber würden Sie nicht die Liebenswürdigkeit haben, mir ein paar Worte unter vier Augen zu gestatten?«
Ich wußte nicht, was ich antworten sollte, und nahm wieder Platz.
»Was ich sagen möchte, ist ohne Präjudiz, Miß«, sagte Mr. Guppy und schob in großer Aufregung einen Stuhl an meinen Tisch.
»Ich verstehe nicht, was Sie meinen«, bemerkte ich verwundert.

»Es ist einer unsrer juristischen Fachausdrücke. Sie werden doch von der Sache keinen Gebrauch zu meinem Schaden, weder bei Kenge & Carboy noch anderswo, machen? Wenn unsre Unterredung resultatlos verläuft, so bin ich, was ich früher war, und bitte Sie, mir in meiner Stellung oder meinen Zukunftschancen nicht zu schaden. Mit einem Wort, ich spreche im vollsten Vertrauen.«

»Ich kann mir durchaus nicht vorstellen, Sir, was Sie mir, wo Sie mich nur ein einziges Mal gesehen haben, so im strengsten Vertrauen mitteilen könnten, aber selbstverständlich würde es mir sehr leid tun, wenn ich Ihnen irgendwie einen Schaden zufügen sollte.«

»Ich danke Ihnen, Miß. Ich bin davon überzeugt ... Das genügt vollkommen.«

Die ganze Zeit hindurch polierte sich Mr. Guppy entweder die Stirn mit seinem Taschentuch oder rieb sich sehr erregt die Hände.

»Wenn Sie mir gestatten würden, noch ein Glas Wein zu trinken, Miß, so würde es mich instand setzen, fortzufahren, ohne von dem beständigen Würgen in der Kehle gehindert zu werden, das für uns beide nur unangenehm sein kann.«

Er stand auf, trank und kam wieder zurück. Ich benützte die Gelegenheit, um mich möglichst hinter dem Tisch zu verschanzen.

»Sie würden mir also nicht erlauben, Ihnen ein Glas anzubieten, Miß?« fragte Mr. Guppy, sichtlich erfrischt.

»Ich danke.«

»Auch nicht ein halbes Glas? Ein viertel?«

»Nein!«

»Also vorwärts. Mein gegenwärtiges Gehalt bei Kenge & Carboy, Miß Summerson, beträgt zwei Pfund wöchentlich. Als ich zuerst das Glück hatte, Sie zu sehen, betrug es 1 £ 15 sh. und war schon längere Zeit auf dieser Höhe geblieben. Seitdem hat eine Erhöhung von 5 sh. stattgefunden, und eine weitere von 5 sh. ist mir nach Ablauf eines Termins, der zwölf Monate vom heutigen Tag an nicht übersteigen soll, garantiert. Meine Mutter hat ein kleines Vermögen in Form einer kleinen Leibrente; sie lebt davon in unabhängiger, wenn auch bescheidener Weise in Old-street Road. Sie eignet sich vortrefflich zu einer Schwiegermutter. Sie mischt sich nie ein, ist sehr für den Frieden und gutmütig. Sie hat ihre Fehler – wer hätte keinen –, aber ich wüßte nie, daß sie es in Gesellschaft getan hätte, und wenn Gesellschaft da ist, können Sie ihr hinsichtlich Wein, Likör oder Bier das vollste Vertrauen schenken. Ich selbst habe meine Zimmer in Penton Place, Pentonville, und es ist eine bescheidene, aber luftige Wohnung nach hinten hinaus mit der Aussicht ins Freie und in einer der gesündesten Lagen ... Miß Summerson! ... Gelinde gesagt, ich bete Sie an! Wollen Sie mir freundlichst gestatten, Ihnen, um mich juristisch auszudrücken, eine Erklärung zu unterbreiten, Sie um Ihre Hand zu bitten?«

Mr. Guppy sank vor mir auf die Knie nieder. Ich fühlte mich hinter meinem Tisch sicher und war nicht sonderlich erschrocken. Ich sagte:

»Machen Sie dieser lächerlichen Szene ein Ende, Sir, oder Sie nötigen mich, mein gegebenes Versprechen zu brechen und zu klingeln.«

»Lassen Sie mich ausreden, Miß«, flehte Mr. Guppy und faltete bittend die Hände.

»Ich kann nicht ein Wort mehr anhören, Sir, wenn Sie nicht sofort aufstehen und sich wieder an den Tisch setzen.«

Er sah mich mit einem kläglichen Blick an, stand aber langsam auf und setzte sich an den Tisch.

»Welch ein Hohn des Schicksals, Miß«, sagte er, die Hand auf dem Herzen und mich über den Speisetisch hinüber melancholisch anblickend, »in einem solchen Augenblick am Eßtisch zu sitzen. Die Seele stößt in solchen Augenblicken die Nahrung von sich, Miß!«

»Ich bitte Sie aufzuhören«, sagte ich. »Sie haben mich gebeten, Sie zu Ende zu hören, und ich muß Sie bitten, jetzt Schluß zu machen.«

»Ich will es tun, Miß. Wen ich liebe und ehre, dem gehorche ich auch. Wollte Gott, ich könnte Sie zum Gegenstand dieses Gelübdes vor dem Altare machen.«
»Das ist ganz unmöglich und vollkommen ausgeschlossen.«
»Ich weiß es«, sagte Mr. Guppy, beugte sich über das Servierbrett und starrte mich wieder mit dem alten gespannten Blick an, wie ich seltsamerweise fühlte, obgleich ich ihn nicht ansah. »Ich weiß allerdings, daß vom rein materiellen Gesichtspunkt aus alles, was ich zu bieten vermag, nur armselig ist. Aber Miß Summerson! Engel! – Nein, bitte klingeln Sie nicht! – Ich bin in einer harten Schule aufgewachsen und in allen möglichen Sätteln gerecht. Obgleich noch jung, habe ich schon mancherlei Beweise aufgespürt, Material gesammelt und das Leben vielfach kennengelernt. An Ihrer Seite, was könnte ich da nicht alles ausfindig machen, Ihre werten Interessen zu fördern. Was könnte ich nicht alles in Erfahrung bringen, was Sie nahe angeht! Allerdings weiß ich jetzt noch nichts, aber was könnte ich nicht alles herausbringen, wenn ich Ihr Vertrauen besäße und Sie mir ein Sporn wären!«
Ich sagte ihm, daß er sich an mein Interesse oder an das, was er für mein Interesse halte, ebenso erfolglos wende wie an meine Neigung und daß ich ihn jetzt auf das entschiedenste bitten müsse, sich gefälligst sofort zu entfernen.
»Grausames Fräulein. Nur noch ein einziges Wort! Ich glaube, Sie müssen gesehen haben, wie Ihre werten Reize schon an dem Tag, wo ich am Whytorseller wartete, mein Herz in Fesseln schlugen. Sie müssen doch bemerkt haben, daß ich Ihren werten Reizen meine ergebene Huldigung nicht versagen konnte, als ich den Tritt des Fiakers herunterließ. Es war nur ein schwacher Tribut, aber er kam von Herzen. Seitdem war dein Bild, Angebetete, auf ewig in mein Herz gegraben! Ich bin des Abends vor Jellybys Haus auf und ab gegangen, nur um die Ziegelmauer zu betrachten, die einst dich beschützte. Die heutige Reise, die bezüglich des in Rede stehenden Geschäftes ganz un-

nötig war, ist von mir allein ausgegangen. Wenn ich von Interessen sprach, so geschah es nur, um mich in meiner Armseligkeit in Ihren werten Augen zu heben. Liebe geht und ging dem allen voraus.«

»Es würde mir peinlich sein, Mr. Guppy«, unterbrach ich, stand auf und legte die Hand an den Klingelzug, »gegen Sie oder gegen wen immer, der es aufrichtig meint, so ungerecht zu sein, eine ehrlich gemeinte Empfindung zu verletzen, mag sie auch noch so unangenehm ausgedrückt sein. Wenn Sie wirklich beabsichtigt haben, mir einen Beweis Ihrer guten Meinung zu geben, so fühle ich mich, so schlecht auch Zeit und Ort gewählt sein mögen, verpflichtet, Ihnen zu danken. Ich habe keinen Grund, stolz zu sein, und bin es auch nicht. Ich hoffe, daß Sie mich jetzt verlassen werden, als ob Sie nie diesen törichten Streich begangen hätten, und sich Ihren Obliegenheiten bei Kenge & Carboy wieder zuwenden werden.«

»Nur eine halbe Minute, Miß!« rief Mr. Guppy mit einer abwehrenden Bewegung, als ich klingeln wollte. »Das war ohne Präjudiz?«

»Ich werde gegen niemanden etwas davon erwähnen«, sagte ich, »wenn Sie mir nicht selbst in Zukunft Veranlassung dazu geben.«

»Noch eine Viertelminute, Fräulein! Im Falle Sie sich's doch noch überlegen sollten – zu jeder beliebigen Zeit, wenn sie auch noch so fern liegt, denn das hat nichts zu sagen, da meine Gefühle sich nie ändern können –, wenn Sie auf etwas, was ich gesagt habe, hauptsächlich über das, was ich alles tun könnte, einmal mehr Gewicht legen sollten, so wird Mr. William Guppy, 86, Penton Place, oder wenn er ausgezogen oder an enttäuschten Hoffnungen oder dergleichen gestorben sein sollte: per Adresse Mrs. Guppy, 302, Oldstreet Road, vollkommen genügen.«

Ich klingelte, der Bediente trat ein, und Mr. Guppy verabschiedete sich mit einer kummervollen Verbeugung, nachdem er seine selbst geschriebene Karte auf den Tisch gelegt hatte.

Als ich aufblickte, während er hinausging, fiel mir auf, daß er mich noch immer scharf anblickte, selbst, nachdem er bereits die Tür passiert hatte.
Ich blieb noch ein paar Stunden sitzen, ordnete meine Bücher und Zahlungen und erledigte eine ganze Menge. Dann räumte ich mein Schreibpult auf, schloß alles ab und war so gefaßt und heiter, daß ich den unerwarteten Zwischenfall ganz vergessen zu haben glaubte.
Aber als ich hinauf in mein Zimmer ging, da kam es zu meiner Überraschung über mich; ich mußte zuerst lachen und dann zu meiner noch größern Verwunderung weinen; mit einem Wort, ich war eine Weile lang ziemlich außer mir und hatte die Empfindung, als ob eine rauhe Hand eine alte Saite in mir berührt habe, rauher als jemals seit den Tagen meiner lieben, alten, im Garten begrabenen Puppe.

10. Kapitel

Der Advokatenschreiber

In den östlichen Grenzen von Chancery Lane oder, genauer gesagt, in Court Cursitor Street betreibt Mr. Snagsby als Schreibmaterialienhändler sein Geschäft.
Im Schatten von Cook's Court – fast zu allen Zeiten ein schattiger Platz – hat Mr. Snagsby in allen Sorten juristischer Formulare gehandelt – mit Bogen und Rollen von Pergamenten – mit Papier in allen Formaten, groß, klein, braun, weiß, gefaltet, gerollt, gestempelt – mit Kanzlei-Gänsekielen, Federn, Tinte, Radiergummi, Nadeln, Bleistiften, Siegellack und Oblaten, mit rotem Band und grüner Seide – Notizbüchern, Almanachen, Tagebüchern und juristischen Kalendern, mit Bindfadenbüchsen, Linealen, Tintenfässern aus Glas und Zinkguß, mit Federmessern, Scheren, Stecknadeln, kurz, mit so viel Artikeln,

daß man sie gar nicht alle nennen kann, gehandelt, seitdem er ausgelernt und zu »Pfeffer« in die Firma eintrat.
Damals geriet Cook's Court sozusagen in Revolutionsstimmung, als die neue, frisch gemalte Firmatafel Pfeffer & Snagsby an Stelle der ehrwürdigen, alten, kaum mehr leserlichen Inschrift »Pfeffer« trat. Der Ruß, der Londoner Efeu, hatten Pfeffers Namen so dicht verhüllt und das ganze Haus so überwuchert, daß das zärtliche Schmarotzergewächs den Mutterstamm ganz überwältigt hatte.
Pfeffer wird in Cook's Court nicht mehr gesehen. Niemand erwartet ihn dort mehr, denn er liegt seit einem Vierteljahrhundert auf dem St.-Andreas-Kirchhof in Holborn, wo die Wagen- und Fiakerreihe den ganzen Tag und die halbe Nacht an ihm vorüberbraust wie ein einziger großer Lindwurm.
Wenn er sich jemals fortstiehlt, während der Lindwurm schlummert, um in Cook's Court wieder die alte Luft zu atmen, bis ihn das Krähen des sanguinischen Hahnes in dem Keller der kleinen Milchwirtschaft zur Rückkehr mahnt, dessen Ansichten über das Tageslicht sehr interessant zu hören sein müßten, da ihn seine persönlichen Beobachtungen so gut wie nichts darüber gelehrt haben – wenn Pfeffer wirklich jemals die fahle Dämmerung von Cook's Court wieder besucht, was keiner seiner Berufsgenossen mit Bestimmtheit in Abrede stellen kann, so kommt er unsichtbar, und niemand wird durch sein Kommen dümmer oder klüger.
Während seiner Lebenszeit und auch während Snagsbys Lehrkursus von sieben langen Jahren wohnte bei Pfeffer dessen Nichte, eine kleine, zänkische Nichte, ein wenig zu gewaltsam in der Taille geschnürt und mit einer Nase so scharf wie ein Herbstabend, an dem es frostig werden will. Bei den Cookshöflingen ging das Gerücht, daß die Mutter der Nichte, als diese noch ein Kind war, von einem allzu großen Eifer beseelt, ihrer Tochter eine vollendete Figur zu verleihen, sie jeden Morgen, des festeren Haltes wegen den mütterlichen Fuß gegen den Bettpfosten gestemmt,

eingeschnürt und ihr innerlich Essig und Zitronensaft flaschenweise eingeflößt habe; und die Säuren, hieß es, hätten sich der Nichte auf Nase und Charakter geschlagen. Welche der vielen Zungen der Fama die Urheberin dieses vagen Gerüchtes auch gewesen sein mag, jedenfalls erreichte es nie die Ohren des jungen Snagsby oder machte auf ihn einen besonderen Eindruck. Zum Manne geworden, hatte er um den schönen Gegenstand des Gerüchtes geworben, ihn gewonnen und so zwei Verbindungen auf einmal geschlossen.

Mr. und Mrs. Snagsby sind nicht nur ein Leib und eine Seele, sondern der Meinung der Nachbarn nach auch nur eine einzige Stimme.

Diese Stimme, die nur von Mrs. Snagsby zu kommen scheint, wird oft in Cook's Court vernommen. Mr. Snagsby dagegen wird seltener gehört.

Er ist ein stiller, kahlköpfiger, schüchterner Mann mit einer glänzenden Platte, die hinten in einem bürstenartigen Schopf von schwarzem Haar ausläuft. Er neigt zur Sanftmut und Wohlbeleibtheit. Wenn er in seiner Tür in Cook's Court in seinem grauen Ladenrock und den schwarzen Schreibärmeln steht und die Wolken betrachtet oder hinter einem Pult in seinem dunkeln Laden mit einem schweren Lineal in Gesellschaft seiner beiden »Stifte« Pergament beschneidet, ist er so recht das Bild eines stillen und anspruchslosen Mannes.

Unter seinen Füßen ertönt zu solchen Zeiten, wie von einem ruhelosen Geist stammend, häufig schrilles Klagen und Jammern von der bereits erwähnten Stimme, und wenn es lauter wird als gewöhnlich, äußert Mr. Snagsby zuweilen gegen seine »Stifte«: »Ich glaube, meine Alte gibt es der Guster.«

Diesen Namen, den Mr. Snagsby immer buchstäblich so ausspricht, wollen die witzigen Cookshöflinge von dem alten Wort Gust, Sturmwirbel, abgeleitet wissen und behaupten dabei, daß eigentlich Mrs. Snagsby von Rechts wegen so heißen sollte. Der Name ist jedoch das einzige

Eigentum mit Ausnahme eines Lohnes von fünfzig Schillingen pro Jahr und einem sehr kleinen, spärlich mit Kleidern gefüllten Koffer eines hageren jungen Mädchens aus einem Armenhaus, das wahrscheinlich Auguste hieß. Obgleich sie während der Zeit ihres Wachstums bei einem liebenswürdigen Wohltäter der wohlbekannten Sorte im Waisenasyl von Tooting untergebracht gewesen und sich natürlich unter außerordentlich günstigen Bedingungen entwickelte, hat sie doch Anfälle, die sich die Kirchspielbehörde nicht erklären kann.

Guster, in Wirklichkeit nur drei- oder vierundzwanzig Jahre alt, aber gute zehn Jahre älter aussehend, ist in Anbetracht ihrer rätselhaften Anfälle billig zu nennen; sie fürchtet so sehr, wieder zu ihrem Schutzheiligen zurückgeschickt zu werden, daß sie ununterbrochen arbeitet, außer, wenn man sie mit dem Kopf im Eimer, dem Ausguß, einem großen Kessel, einer Schüssel oder sonst irgendeinem Gegenstand, der zur Zeit ihres Anfalls zufällig in der Nähe steht, findet.

Sie wirkt beruhigend auf die Eltern und Vormünder der »Stifte«, die herausfühlen, daß sie nicht darnach angetan ist, zärtliche Empfindungen in einer jugendlichen Brust zu erwecken; sie wirkt beruhigend auf Mrs. Snagsby, die immer ungestraft Fehler an ihr finden darf; sie ist eine Beruhigung für Mr. Snagsby, der es für eine Tat christlicher Liebe ansieht, sie in Dienst zu behalten.

Das Haus ist in Gusters Augen der Gipfel des Überflusses und Glanzes. Das kleine Staatszimmer, eine Treppe hoch, das sozusagen stets sein Haar in Papilloten gewickelt und eine Schmutzschürze vorhat, hält sie für das schönste Zimmer der Christenheit. Die Aussicht, die man aus seinen Fenstern auf der einen Seite nach Cook's Court, auf der andern in den Hof des Polizeiamtes Coavins genießt – allerdings muß man den Hals schmerzhaft biegen, um auch Cursitor Street sehen zu können –, bedeutet für sie eine Aussicht von unvergleichlicher Schönheit. Die vielen Porträts in Öl, auf denen Mr. Snagsby Mrs. Snagsby und

Mrs. Snagsby Mr. Snagsby ansieht, sind in ihren Augen Meisterwerke von Raffael oder Tizian. Guster wird also für ihre vielen Entbehrungen einigermaßen entschädigt.
Mr. Snagsby überläßt alles, was nicht in die praktischen Mysterien des Geschäfts gehört, Mrs. Snagsby. Sie hat die Kasse, streitet sich mit dem Steuerviertler herum, bestimmt Zeit und Ort des sonntäglichen Gottesdienstes, führt Aufsicht über Mr. Snagsbys Zerstreuungen und duldet keinen Einwand hinsichtlich dessen, was sie mittags auf den Tisch zu setzen für gut findet. Dadurch ist sie für die benachbarten Frauen, die halbe Chancery Lane auf beiden Seiten und selbst bis Holborn hinaus ein hoher Vergleichsmaßstab geworden; alle Ehemänner werden bei häuslichen Zwistigkeiten auf Mrs. Snagsbys Stellung ihrem Gatten gegenüber und auf dessen Benehmen in ähnlichen Fällen hingewiesen.
Gerüchte, die immer wie Fledermäuse in Cook's Court zu jedermanns Fenster ein und aus flattern, behaupten, Mrs. Snagsby sei eifersüchtig und stecke überall die Nase hinein. Und das peinige Mr. Snagsby so, daß er es manchmal zu Hause gar nicht mehr aushalten könne. Er würde es sich nicht gefallen lassen, sagt man, wenn er nur soviel Mut wie eine Maus hätte. Es ist sogar bemerkt worden, daß die Frauen, die ihn so gern ihren widerspenstigen Ehemännern als leuchtendes Beispiel hinstellen, in Wirklichkeit auf ihn herabblicken, und insbesondere eine gewisse Dame, deren Eheherr im dringenden Verdacht steht, seinen Regenschirm an ihr als Besserungsinstrument versucht zu haben.
Aber diese vagen Gerüchte haben vielleicht darin ihren Grund, daß Mr. Snagsby in seiner Art ein etwas versonnener und poetischer Mann ist. Er geht gern im Sommer in Staple Inn spazieren und freut sich über das ländliche Aussehen der Spatzen und Blätter. Den Sonntagnachmittag verlebt er gern in Rolls Yard und äußert, wenn er guter Laune ist, daß es einmal alte Zeiten gab und er wetten möge, man würde heute noch den einen oder andern stei-

nernen Sarg unter der Kapelle finden, wenn man nur danach graben wollte. Auch labt er seine Phantasie durch die Erinnerung an die vielen seligen Kanzler und Vizekanzler und Archivare.
Es wird ihm so ländlich zumute, wenn er den beiden »Stiften« erzählt, er habe gehört, vorzeiten einmal sei wirklich ein Bach, so klar wie Kristall, Holborn hinabgelaufen, als der Steig noch ein wirklicher Steg, der geradewegs auf die Wiesen führte, war; dabei wird ihm so ländlich zumute, daß er sich gar nicht ins Freie sehnt.
Der Tag neigt sich seinem Ende zu, das Gas wird angezündet, aber noch nicht ganz aufgedreht, denn es ist noch nicht völlig dunkel. Mr. Snagsby blickt von seiner Ladentür zu den Wolken auf und sieht eine verspätete Krähe westwärts über das bleifarbene Stück Himmel, das zu Cook's Court gehört, segeln. Die Krähe fliegt quer über Chancery Lane und Lincoln's-Inn-Garden nach Lincoln's-Inn-Fields.
Hier, in einem großen Haus, einem frühern Palais, wohnt Mr. Tulkinghorn. Die Zimmer sind jetzt als Kanzleien vermietet, und in diesen zusammengeschrumpften Resten vergangener Größe nisten jetzt Advokaten wie Maden in Nüssen. Aber seine geräumigen Treppen, Korridore und Vorzimmer sind immer noch vorhanden, und selbst seine gemalten Plafonds, wo eine Allegorie im römischen Helm und himmlischen Linnen sich unter Balustraden und Pfeilern, Blumen, Wolken und fettbeinigen Kindern breitmacht, daß einem der Kopf weh tut – was immer mehr oder weniger der Zweck der Allegorie zu sein scheint.
Hier unter seinen vielen mit fabelhaft vornehmen Namen bezettelten Kästen wohnt Mr. Tulkinghorn, wenn er nicht stummer Gast in Landhäusern ist, wo die Großen der Erde sich zu Tode langweilen. Hier sitzt er heute still an seinem Tisch.
Eine Auster von der alten Schule, die niemand aufmachen kann.
So wie er sieht auch das Zimmer in der Dämmerung des

Nachmittags aus. Rostig, veraltet, sich den Blicken entziehend, solid und behäbig. Schwere altmodische Mahagonistühle mit breiten Rücken und Roßhaarpolstern, antike Tische mit dünnen Spindelbeinen und bestaubten Überzügen, in Kupfer gestochene Porträts, die Geschenke von vornehmen Titelinhabern der letzten oder vorletzten Generation, umgeben ihn. Ein dicker, dunkler, türkischer Teppich bedeckt den Fußboden, und Mr. Tulkinghorn sitzt zwischen zwei Kerzen und altmodischen silbernen Leuchtern, die das große Zimmer nur unvollkommen erhellen, am Tische.

Die Titel auf den Büchern haben sich in den Einband zurückgezogen; alles, was ein Schloß haben kann, hat eins, aber nirgends ist ein Schlüssel sichtbar. Nur wenige Papiere liegen herum. Neben sich hat Mr. Tulkinghorn ein Manuskript, aber er blickt nicht hinein. Mit dem Stöpsel eines Tintenfasses und zwei Stückchen Siegellack arbeitet er schweigend und langsam an einem Entschluß, über den er noch nicht im reinen ist. Jetzt liegt der Tintenstöpsel in der Mitte, dann das rote Stück Siegellack, dann das schwarze. Es geht nicht zusammen; Mr. Tulkinghorn muß sie alle wieder zusammenschieben und von neuem anfangen.

Hier unter dem bemalten Plafond, wo die perspektivisch verkürzte Allegorie auf den Eindringling herabstarrt, als wolle sie auf ihn losstürzen, und er ihr keinen Blick schenkt, ist zugleich die Wohnung und die Kanzlei Mr. Tulkinghorns. Er hält keine Leute. Nur einen einzigen Menschen in mittleren Jahren, der, meistens an den Ellbogen abgeschabt, hinter einem hohen Gitter in der Vorhalle sitzt und selten mit Beschäftigung überladen ist.

Mr. Tulkinghorn ist kein gewöhnlicher Advokat. Er braucht keine Angestellten. Er ist ein großes Sammelbekken von anvertrauten Geheimnissen und läßt sich nicht auf diese Weise anzapfen. Seine Klienten brauchen ihn; er ist alles in allem. Prozeßschriften, die er entworfen zu haben wünscht, werden von Spezialadvokaten im

»Temple« nach geheimnisvoller Instruktion abgefaßt; seine Abschriften läßt er bei dem Schreibmaterialienhändler machen, und auf die Kosten kommt es ihm nicht an. Der Mann in mittleren Jahren hinter dem Gitter weiß kaum mehr von den Angelegenheiten des Hochadels als der erste beste Straßenkehrer in Holborn.
Der rote Siegellack, der schwarze Siegellack, der Tintenstöpsel, der zweite Tintenstöpsel, die kleine Streusandbüchse. So! Du in die Mitte, du rechts, du links! Diese Unentschiedenheit muß um jeden Preis jetzt oder nie beseitigt werden. – So! Jetzt! Mr. Tulkinghorn steht auf, rückt die Brille zurecht, setzt den Hut auf, steckt das Manuskript in die Tasche, geht hinaus und sagt dem Mann mit den abgeschabten Ellbogen:
»Ich werde gleich zurück sein.«
Sehr selten spricht er sich ausführlicher aus.
Mr. Tulkinghorn geht geradewegs dahin, woher die Krähe kam – wenn auch nicht so schnurgerade, so doch beinahe so –, nach Cook's Court Cursitor Street zu:

Snagsby
Law Stationer und Papierhändler.
Besorgung von Akten und Urkundenabschriften und Kopien, Anfertigung juristischer Schreibarbeit aller Art usw. usw. usw.

Es ist etwa fünf oder sechs Uhr nachmittags, und ein balsamischer Duft von warmem Tee brütet in Cook's Court. Er umschwebt Snagsbys Tür. Man speist hier schon um halb zwei und ißt um halb zehn zu Abend. Mr. Snagsby war im Begriff, in die unterirdischen Regionen hinabzusteigen, um Tee zu trinken, als er noch einmal aus der Türe blickte und die verspätete Krähe sah.
»Der Herr zu Hause?«
Guster hat die Aufsicht im Laden, denn die »Stifte« trinken in der Küche mit Mr. und Mrs. Snagsby Tee. Die zwei Schneiderstöchter, die gegenüber in den zwei Fenstern der zweiten Etage vor zwei Spiegeln ihre Locken kämmen,

bringen sie also nicht, wie sie sich einbilden, um ihren Verstand, sondern erregen nur die zwecklose Bewunderung Gusters, deren Haar nicht wachsen will, nie wachsen wollte und, wie jedermann tief im Herzen fühlt, niemals wachsen wird.

»Der Herr zu Hause?« fragt Mr. Tulkinghorn.

Der Herr ist zu Hause, und Guster will ihn holen.

Sie verschwindet, froh, den Laden verlassen zu können, den sie mit einer Mischung von Scheu und Verehrung als Stapelplatz für die Folterwerkzeuge der Gesetzeskunde betrachtet, als einen Ort, den man nicht ohne Gefahr betreten darf, wenn das Gas abgedreht ist.

Mr. Snagsby erscheint: fettig, warm, teeduftend und kauend. Er würgt einen Bissen Butterbrot hinunter und sagt: »Herrschaft! Mr. Tulkinghorn!«

»Ich möchte ein Wort mit Ihnen sprechen, Snagsby!«

»Ich bitte sehr, Sir. Mein Gott, Sir, warum haben Sie Ihren jungen Mann nicht nach mir geschickt? Bitte, kommen Sie nach hinten, Sir.«

– Snagsbys Gesicht strahlt. –

Das Hinterstübchen, in dem Pergamentgeruch vorherrscht, ist Ablage, Comptoir, Kopierbureau zugleich.

Mr. Tulkinghorn setzt sich nieder auf einen Stuhl beim Schreibpult und blickt umher.

»Jarndyce kontra Jarndyce, Snagsby.«

»Zu dienen, Sir.«

Mr. Snagsby dreht das Gas auf und hüstelt hinter der Hand und überschlägt im Geiste den Gewinn. Als schüchterner Mann ist Mr. Snagsby gewohnt, auf verschiedene Art zu hüsteln, um Worte zu sparen.

»Sie kopierten neulich einige Affidavits in dieser Sache.«

»Zu dienen, Sir.«

Die festverschlossene, nie zu öffnende Auster der alten Schule greift in die falsche Rocktasche und sagt:

»Eins war darunter, dessen Handschrift eigentümlich ist und mir fast gefällt. Da ich gerade vorbeiging und dachte,

ich hätte es bei mir, trat ich herein, um Sie zu fragen ... Aber ich habe es nicht bei mir. Macht nichts, die Sache hat keine Eile ... Ah! Da ist es! ... Ich trat herein, um Sie zu fragen, wer es kopiert hat.«
»Wer das kopiert hat, Sir?« Mr. Snagsby nimmt das Heft, legt es flach aufs Pult und blättert die Seiten mit einem den Schreibmaterialienhändlern eigentümlichen Griff der linken Hand um.
»Wir haben es außer Hause schreiben lassen, Sir. Wir ließen damals gerade ziemlich viel außer Hause schreiben. Ich brauche aber bloß in meinem Buch nachzusehen, wer es kopiert hat.«
Mr. Snagsby nimmt sein Buch aus dem Schrank, würgt noch einmal an dem Bissen Butterbrot, der unterwegs steckengeblieben zu sein scheint, beäugt das Affidavit von der Seite und fährt mit dem rechten Zeigefinger die Seite im Buch hinunter.
»Jewby ... Packer ... Jarndyce. Jarndyce! Da ist es, Sir. Richtig! Ich hätte es gleich wissen können. Das ist von einem Schreiber, der nicht weit von hier auf der andern Seite der Gasse wohnt.«
Mr. Tulkinghorn hat den eingetragenen Namen längst vor dem Law Stationer erblickt und gelesen, während dieser noch mit dem Finger die Seite entlangfuhr.
»Wie heißt er? Nemo?« fragt Mr. Tulkinghorn.
»Nemo, Sir. Hier ist es. Folio Nr. 42. – Übergeben Mittwoch abends um acht Uhr, abgeliefert Donnerstag früh halb zehn Uhr.«
»Nemo?« wiederholt Mr. Tulkinghorn. »Nemo heißt auf lateinisch Niemand.«
»Dann muß es auf englisch Jemand heißen.« Mr. Snagsby hüstelt unterwürfig. »Jemand heißt so. Hier steht es. Sie sehen, Sir! Folio 42. Übergeben Mittwoch abends acht Uhr, abgeliefert Donnerstag früh halb zehn.«
Mr. Snagsby erspäht, daß Mrs. Snagsbys Kopf zur Tür hereinguckt, um zu sehen, was dieses Wegbleiben vom Tee bedeuten soll. Mr. Snagsby richtet ein erklärendes

Husten an Mrs. Snagsby, das soviel sagen soll wie: Lieber Schatz, ein Kunde!

»Halb zehn, Sir«, wiederholt Mr. Snagsby. »Unsre Advokatenschreiber, die auf Stück arbeiten, sind sonderbare Leute; und Nemo ist vielleicht nicht sein wahrer Name, aber er ist unter dem Namen bekannt. Ich erinnere mich jetzt, Sir, daß er ihn selbst in einem geschriebenen Anschlag in den verschiedenen Gerichtskanzleien unten so angibt. Sie kennen diese Art Anschläge, Sir – ›Bitte um Beschäftigung‹ usw.«

Mr. Tulkinghorn blickt durch das kleine Fenster in den Hof von Coavins, dem Polizeiamt, wo Lichter Coavins' Fenster erhellen. Coavins' Kaffeezimmer führt nach hinten hinaus, und die Schatten mehrerer schuldenbedrängter Gentlemen bewegen sich hinter den Gardinen.

– Mr. Snagsby benützt die Gelegenheit, um ein wenig den Kopf zu wenden, sich über die Achsel nach seiner kleinen Gattin umzusehen und mit den Lippen Zeichen zu geben: Tul-king-horn – reich – gro-ßer – Einfluß. –

»Haben Sie den Mann schon früher beschäftigt?« fragt Mr. Tulkinghorn.

»Gewiß, ja, Sir, zu dienen. In Arbeiten von Ihnen.«

»Ich dachte an wichtigere Dinge und habe vergessen, wo er wohnt.«

»Über der Gasse drüben, Sir! Er wohnt eigentlich« – wieder würgt Mr. Snagsby, als ob er den Bissen Butterbrot nicht herunterbekommen könnte –, »er wohnt eigentlich bei einem Lumpenhändler.«

»Könnten Sie mir das Haus auf dem Rückweg zeigen?«

»Mit größtem Vergnügen, Sir!«

Mr. Snagsby wirft die Schreibärmel und den grauen Kittel ab, zieht seinen schwarzen Rock an und nimmt den Hut vom Haken. »Ah, da ist meine kleine Frau«, sagt er laut. »Meine Liebe, sei so gut und schicke einen der Burschen in den Laden heraus, während ich mit Mr. Tulkinghorn über die Straße gehe. – Mrs. Snagsby, Sir! – Ich bleibe höchstens zwei Minuten aus, meine Liebe.«

Mrs. Snagsby verbeugt sich vor dem Advokaten, zieht sich hinter den Ladentisch zurück, betrachtet die beiden durch die Fenstervorhänge, geht leise in das Hinterstübchen und sieht in dem Buche nach, das immer noch aufgeschlagen daliegt. Sie ist selbstverständlich neugierig.

»Sie werden die Lokalität wunderlich finden, Sir«, sagt Mr. Snagsby, während er ehrerbietig auf dem Fahrweg geht und den schmalen Fußsteig dem Advokaten überläßt. »Und auch der Mann selber ist recht sonderbar. Aber es ist im allgemeinen eine wilde Horde. Der Vorzug des Mannes ist, daß er keinen Schlaf braucht. Er geht an eine Arbeit, die man ihm gibt, sofort und bringt sie zu Ende in einem Zug, wenn es auch noch so lang dauert.«

Es ist ganz dunkel geworden, und die Gaslampen leuchten in voller Kraft. Durch einen Strom von Advokatenschreibern, die mit Briefen zur Post gehen, von Advokaten und Substituten, die zum Essen nach Hause eilen, von Klägern und Verklagten und Prozessierenden aller Art und durch das allgemeine Gewühl, in dessen Weg die forensische Weisheit von Generationen bei der Verrichtung der gewöhnlichsten Geschäfte eine Million von Hindernissen geworfen hat, und durch das stammverwandte Mysterium des Straßenschmutzes, von dem niemand weiß, woraus er sich bildet und wie und wo er sich um uns ansammelt – wir wissen bloß, daß er weggeschaufelt werden muß, wenn er sich zu sehr angehäuft hat –, waten und arbeiten sich der Advokat und der Schreibmaterialienhändler und kommen endlich zu einem Hadernladen, wo außer Lumpen noch Abfall aller Art angesammelt ist.

Der Laden liegt im Schatten der Mauer von Lincoln's Inn und gehört, wie die Firmatafel allen, die es interessiert, verkündet, einem gewissen Krook.

»Hier wohnt er, Sir«, erklärt der Schreibmaterialienhändler.

»So, so, hier wohnt er«, sagt der Advokat gleichgültig. »Danke bestens.«

»Wollen Sie nicht hinein, Sir?«

»Ach nein; ich gehe wieder in die Kanzlei. Guten Abend. Danke schön!«
Mr. Snagsby zieht den Hut und kehrt zu seiner kleinen Frau und seinem Tee zurück.
Aber Mr. Tulkinghorn geht durchaus nicht in die Kanzlei. Er geht wohl eine kleine Strecke weiter, kehrt aber dann um und tritt in Mr. Krooks Laden. Es ist finster genug darin. Ein trüb brennendes Licht steht im Fenster, und ein alter Mann und eine Katze sitzen hinten beim Ofen. Der alte Mann steht auf und kommt mit einem zweiten trüb brennenden Licht in der Hand dem Besuch entgegen.
»Bitte, ist die Mietspartei, die hier wohnt, zu Hause?«
»Die männliche oder die weibliche, Sir?« fragt Mr. Krook.
»Der Schreiber, der Akten kopiert.«
– Mr. Krook mustert seinen Mann. Er kennt ihn vom Sehen. Er hat eine unklare Empfindung von seinen Beziehungen zum Adel. –
»Wünschen Sie ihn zu sprechen, Sir?«
»Ja.«
»Ich sehe ihn selber nur selten«, sagt Mr. Krook mit einem Zähnefletschen. »Soll ich ihn herunterrufen? 's ist freilich wenig Aussicht, daß er kommt, Sir.«
»Dann will ich hinaufgehen«, sagt Mr. Tulkinghorn.
»Zweiter Stock, Sir! Nehmen Sie die Kerze. Hier hinauf!«
Mr. Krook und neben ihm die Katze stehen unten an der Treppe und blicken Mr. Tulkinghorn nach.
»Hi-hi!« sagt er, als Mr. Tulkinghorn fast verschwunden ist. Der Advokat blickt über das Geländer hinab. Die Katze reißt weit den Rachen auf und faucht ihn an.
»Ruhig, Lady Jane! Anständig sein gegen Besuche, Mylady!«
»Sie wissen doch, was die Leute von meinem Mieter glauben?« flüstert Krook und tritt ein paar Stufen die Treppe hinauf.
»Was glauben sie denn?«
»Sie sagen, er habe sich dem Teufel verkauft; aber Sie und ich wissen das besser – der kauft nicht. Ich will Ihnen aber

einen Rat geben. Mein Mieter ist so übellaunisch und gallig, daß ich glaube, er würde sofort in den Handel einwilligen. Bringen Sie ihn nicht auf, Sir!«

Mr. Tulkinghorn nickt und geht weiter.

– Er kommt an eine dunkle Tür im zweiten Stock, klopft, bekommt keine Antwort, macht die Tür auf und löscht dabei zufällig die Kerze aus. –

Die Luft im Zimmer ist fast so schlecht, daß sie das Licht ausgelöscht haben würde, wenn er es nicht getan hätte. Es ist ein kleines Zimmer, fast schwarz von Ruß, Fett und Schmutz. In dem verrosteten Gerippe des Kaminherdes, das in der Mitte eingekniffen ist, als hätte es die Armut mit ihrer Faust gepackt, brennt kümmerlich ein rotes Koksfeuer. In der Ecke beim Kamin stehen ein hölzerner Tisch und ein zerbrochenes Schreibpult; alles von Tinte beregnet. In einer andern Ecke liegt ein zerfetzter alter Mantelsack auf einem Stuhl und dient als Schrank oder Garderobe; ein größerer wäre überflüssig, denn er ist mager und eingefallen wie die Wangen eines Verhungerten.

Der Fußboden ist kahl. Nur eine einzige alte Matte, zu einzelnen Fransen zertreten, modert vor dem Herde. Kein Vorhang schließt die Dunkelheit der Nacht aus, aber die wettergebleichten Läden sind geschlossen, und durch die zwei großen Löcher darin könnte der Hunger hineinsehen auf das Gespenst eines Mannes auf dem Bett.

Auf der niedrigen Lagerstätte, dem Feuer gegenüber, in einem wirren Haufen schmutzigen Lappenwerkes, dünner Steppdecken und grober Sackleinwand sieht der Advokat, der zögernd in der Türe stehenbleibt, einen Mann liegen.

Er liegt dort in Hemd und Hosen mit bloßen Füßen. In der gespensterhaften Dämmerung eines Lichts, das niedergebrannt ist, bis der Docht in seiner ganzen Länge sich übergelegt hat und einen Turm von glimmendem Ruß über die Flamme hinausragen läßt, sieht sein Gesicht gelb aus. Das wirre Haar vermischt sich mit dem Bart um Backen und Mund, der verwildert und vernachlässigt ist wie alles ringsum. So übelriechend und schmutzig das Zimmer, so stickig die Luft ist, wird man sich doch nicht leicht darüber klar, was für ein Geruch die Sinne am unangenehmsten berührt; aber durch den allgemeinen krankhaften, Übelkeit erregenden Geruch von kaltem Tabaksqualm dringt der bittere, fade Geschmack von Opium dem Advokaten in den Mund.

»Heda, Freund!« Er ruft und schlägt den eisernen Leuchter an die Tür.

Er glaubt, er habe den »Freund« aufgeweckt. Der Mann liegt da, ein wenig abgewendet und mit offenen Augen.

»Heda, Freund!« ruft er wieder. »Heda! Heda!«

Wie Mr. Tulkinghorn wiederholt an die Türe schlägt, geht das Licht im Zimmer, das schon lange nur kümmerlich gebrannt hat, vollends aus, und er steht im Dunkeln, und die hohlen Augen in den Fensterläden starren auf das Bett.

11. Kapitel

Unser geliebter Bruder

Irgend jemand berührt die runzelvolle Hand des Advokaten, wie er im finstern Zimmer unentschlossen dasteht, und macht ihn auffahren: »Wer ist da!«

»Ich bin's«, sagt der Alte vom Hause. Sein Atem berührt das Ohr Mr. Tulkinghorns. »Können Sie ihn nicht wekken?«

»Nein.«

»Was haben Sie mit Ihrer Kerze gemacht?«

»Sie ist ausgegangen. Hier ist sie.«

Krook nimmt sie, geht ans Feuer, bückt sich über die roten Kohlen und versucht den Docht anzuzünden. Die ersterbende Asche hat keine Glut mehr, und seine Bemühungen sind umsonst. Ebenso vergeblich sucht er seinen Mieter zu wecken; dann brummt er und geht hinunter in

den Laden, um eine brennende Kerze zu holen. Aus irgendeinem Grunde erwartet Mr. Tulkinghorn seine Rückkehr nicht im Zimmer, sondern draußen auf der Treppe.
Endlich, endlich erhellt ein Licht die Wände, als Krook langsam heraufkommt, die grünäugige Katze ihm auf den Fersen.
»Schläft der Mann immer so fest?« fragt der Advokat leise.
»Hi! Ich weiß nicht«, Krook schüttelt den Kopf und zieht die Augenbrauen in die Höhe. »Ich weiß so gut wie nichts von seinen Gewohnheiten, außer, daß er sich fast ganz abschließt.«
So flüsternd treten sie beide ein. Als das Licht hereinkommt, scheinen die großen Augen in den Fensterläden dunkler zu werden und sich zu schließen. Nicht so die Augen auf dem Bett.
»Gott sei uns gnädig«, ruft Mr. Tulkinghorn. »Er ist tot.«
Krook läßt die schwere Hand, die er ergriffen hat, so plötzlich los, daß der Arm an der Seite des Bettes herunterfällt. Die beiden sehen sich einen Augenblick an.
»Laufen Sie nach einem Doktor! Rufen Sie Miß Flite oben, Sir! Hier steht Gift beim Bett! Rufen Sie Flite, wollen Sie?« sagt Krook, der seine dürren Hände über der Leiche hält wie die Flügel eines Vampirs.
Mr. Tulkinghorn eilt hinaus und ruft: »Miß Flite! Flite! Schnell, kommen Sie schnell! Flite!«
Krook folgt ihm mit seinen Blicken und benützt die Gelegenheit, während er ruft, sich zu dem alten Mantelsack und wieder zurück zu schleichen.
»Schnell, Flite, schnell! Zum nächsten Doktor! Schnell!« So schreit Mr. Krook die verrückte kleine Alte, seine Mieterin, an.
Im Nu erscheint sie und verschwindet und kehrt zurück, begleitet von einem Arzt, der sehr verdrießlich dreinschaut, weil man ihn beim Essen gestört hat – einem Mann mit einer dicken, mit Schnupftabak bedeckten Oberlippe und einem breiten schottischen Akzent.

»Ei! Gott haab ihn seelig«, sagt der Arzt und sieht nach einer kurzen Untersuchung auf. »Der ischt so toot wie Pharao.«

»Mr. Tulkinghorn, der neben dem alten Mantelsack steht, fragt, ob er schon lange tot sei.

»Schon lange, Ser«, sagt der Arzt. »Waahrscheinlich ischt er etwa drei Stunden toot.«

»Ungefähr so lange auch meiner Meinung nach«, bemerkt ein schwarzer junger Mann auf der andern Seite des Bettes.

»Sind Sie selbscht Meediziner, Ser?« fragt der Schotte.

Der schwarze junge Mann sagt: »Ja.«

»Nun, denn kann ich ja gehn. Denn bin ich hier gaar nichts nütze.«

Mit dieser Bemerkung macht der Arzt seiner kurzen Anwesenheit ein Ende und kehrt wieder zu seinem Essen zurück.

Der schwarze junge Mediziner leuchtet mit der Kerze wiederholt über das starre Gesicht und untersucht sorgfältig den Schreiber, der seine Ansprüche auf seinen Namen jetzt dadurch festgestellt hat, daß er wirklich »Niemand« geworden ist.

»Ich kenne den Mann sehr gut vom Sehen«, sagt er. »Er hat seit den letzten anderthalb Jahren Opium bei mir gekauft. Ist jemand von den Anwesenden mit ihm verwandt?« fragt er und mustert die drei um das Bett herumstehenden Personen.

»Ich war sein Hauswirt«, gibt Krook mürrisch zur Antwort und nimmt dem Arzt die hingehaltene Kerze aus der Hand. »Er sagte einmal zu mir, ich sei der nächste Verwandte, den er hätte.«

»Er ist an einer zu starken Dosis Opium gestorben. Daran ist kein Zweifel. Das ganze Zimmer riecht danach. Hier ist noch genug« – der Arzt nimmt Mr. Krook einen alten Teetopf aus der Hand –, »um ein Dutzend Menschen zu töten.«

»Meinen Sie, daß er es absichtlich getan hat?« fragt Krook.

»Die zu starke Dosis genommen?«
»Ja!« – Krook schmatzt fast mit den Lippen im Hochgenuß eines schauerlichen Interesses.
»Das kann ich nicht sagen. Ich halte es nicht für wahrscheinlich, da er gewohnt war, starke Dosen zu nehmen. Das kann niemand wissen. Er war sehr arm, vermute ich?«
»Das vermute ich auch. Sein Zimmer – macht nicht den Eindruck von Reichtum«, sagt Krook, der so aussieht, als habe er die Augen mit seiner Katze vertauscht, so gierig schweifen seine Blicke in der Stube umher. »Aber ich bin nie hier gewesen, seit er eingezogen ist, und er war zu verschlossen, um mir etwas über seine Verhältnisse zu erzählen.«
»Ist er Ihnen Zins schuldig?«
»Sechs Wochen.«
»Er wird ihn nie bezahlen«, sagt der junge Arzt und nimmt seine Untersuchung wieder auf. »Es ist ganz außer Zweifel, daß er so tot ist wie Pharao, und nach seinem Körperzustand zu urteilen, möchte ich sagen, es ist ein Glück für ihn. Und doch muß er als junger Mann groß und schlank und ich sollte meinen hübsch gewesen sein.« – Er sagt dies nicht ohne Gefühl, während er auf dem Rande der Bettstelle sitzt, das Gesicht dem Toten zugekehrt und die Hand auf die Herzgegend gelegt. –
»Ich erinnere mich, daß es mir schon früher einmal so vorkam, als sei etwas in seinem Auftreten, so abstoßend er sich auch benahm, was auf eine bessere Vergangenheit hindeutete. Wissen Sie etwas darüber?« fährt er fort und sieht sich um.
Krook antwortet: »Sie könnten ebensogut von mir verlangen, Ihnen die Damen zu beschreiben, deren Haar ich unten im Keller in Säcken habe. Ich weiß nicht mehr von ihm, als daß er anderthalb Jahre lang mein Mieter war und vom Abschreiben für Advokaten lebte – oder nicht lebte.«
Während dieses Zwiegesprächs hat Mr. Tulkinghorn abseits neben dem alten Mantelsack gestanden, die Hände auf dem Rücken und allem Anschein nach gleich unend-

lich fern von all den drei verschiedenen Arten von Teilnahme, die neben dem Bett an den Tag gelegt wurden – von dem Interesse des jungen Mannes an der Leiche als Arzt und seiner Teilnahme für den Verstorbenen als Mensch, von des alten Mannes lüsternem Genuß an der Schrecklichkeit des Vorfalls und von dem Grauen der verrückten kleinen Alten vor der Leiche. Sein unbewegliches Gesicht blieb so ausdruckslos wie das rostige Aussehen seiner Kleider. Er scheint die ganze Zeit über an nichts gedacht zu haben. Er hat weder Geduld noch Ungeduld, weder Aufmerksamkeit noch Zerstreutheit gezeigt. Nur die äußere Schale ist zu sehen gewesen. Ebensowenig hätte man auf den Ton eines Musikinstrumentes aus dem Gehäuse schließen können.

Er mischt sich jetzt hinein, redet den jungen Mann in seiner teilnahmslosen, geschäftsmäßigen Weise an:

»Ich kam einen Augenblick vor Ihnen hierher«, bemerkt er, »mit der Absicht, dem Verstorbenen, den ich als Lebenden nicht gekannt habe, einige Kopierarbeiten zu geben. Ich erfuhr seine Adresse von meinem Papierhändler Snagsby in Cook's Court. Da niemand hier etwas von dem Toten weiß, wäre es vielleicht gut, nach Snagsby zu schicken. – Ah!« sagt er zu der verrückten kleinen Alten, die er oft im Kanzleigericht gesehen zu haben sich erinnert. »Ja, vielleicht holen Sie ihn«, sagt er, da sie sich in erschrecktem stummem Gebärdenspiel erbötig macht, den Papierhändler zu holen.

Während sie fort ist, gibt der Arzt die Untersuchung als hoffnungslos auf und deckt den Toten mit der Flickendecke zu. Mr. Krook und er wechseln ein paar Worte miteinander. Mr. Tulkinghorn spricht kein Wort und steht immer noch neben dem alten Mantelsack.

Mr. Snagsby erscheint in aller Eile in seinem grauen Kittel mit den schwarzen Schreibärmeln.

»Mein Gott, mein Gott!« sagt er. »Ist es also endlich dazu gekommen! Gott soll einen Menschen behüten!«

»Können Sie dem Hauswirt hier irgendeine Auskunft

über den Unglücklichen geben, Snagsby?« fragt Mr. Tulkinghorn. »Er war angeblich mit seinem Zins im Rückstand. Und er muß doch begraben werden.«
»Hm, Sir«, meint Mr. Snagsby und läßt hinter seiner Hand ein verlegenes Hüsteln hören. »Ich wüßte wirklich nicht, welchen Rat ich geben könnte, außer, daß man nach dem Kirchendiener schicken sollte.«
»Ich spreche nicht von Rat«, lehnt Mr. Tulkinghorn ab. »Ich könnte ja selbst raten ...«
»Niemand besser, Sir, selbstverständlich«, entschuldigt sich Mr. Snagsby mit seinem ehrerbietigen Husten.
»Ich meine, ob man nicht etwas über seine Verwandten oder woher er stammt oder über seine sonstigen Verhältnisse erfahren könnte?«
Mr. Snagsby schickt seiner Antwort einen allgemein versöhnlichen Husten voraus und sagt:
»Ich versichere Ihnen, Sir, ich weiß ebensowenig, woher er gekommen ist, wie ich weiß ...«
»Wohin er gegangen ist«, unterbricht ihn der Arzt, nachhelfend.
– Pause. –
Mr. Tulkinghorn sieht den Schreibmaterialienhändler an. Mr. Krook sieht mit offenem Munde von einem zum andern, erwartungsvoll, wer wohl jetzt etwas sagen werde.
»Was seine Verwandten betrifft, Sir«, fährt Mr. Snagsby fort, »wenn jemand zu mir spräche: Snagsby, hier liegen zwanzigtausend Pfund für Sie in der Bank von England bereit, wenn Sie mir auch nur einen von ihnen nennen, so könnte ich es nicht, Sir. Vor ungefähr anderthalb Jahren, soweit ich mich erinnern kann, und um die Zeit, wo er in den Althändlerladen hier eingezogen ist ...«
»Um die Zeit war es«, bestätigt Krook mit einem Kopfnicken.
»Vor ungefähr anderthalb Jahren«, fährt Mr. Snagsby ermutigt fort, »kam er eines Morgens nach dem Frühstück in mein Geschäft, fand dort meine kleine Frau, legte ihr eine Probe seiner Handschrift vor und sagte ihr, er suche

Abschreibearbeit zu bekommen. Und daß er – um nicht durch die Blume zu sprechen« – ein Lieblingsausdruck Mr. Snagsbys, wenn er keine Umstände machen und frei heraus reden will – »und daß er sehr in Not sei. Meine kleine Frau hat für gewöhnlich keine besondere Vorliebe für Fremde, besonders – um nicht durch die Blume zu sprechen –, wenn sie etwas haben wollen. Aber irgend etwas an dem Mann mußte doch ihr Interesse erregt haben; ob er unrasiert war oder wild und ungekämmt aussah oder sonst etwas an sich hatte, was Damen interessiert, überlasse ich Ihnen zu beurteilen, aber sie nahm die Probe an und auch die Adresse. Meine kleine Frau hat kein gutes Ohr für Namen«, fährt Mr. Snagsby fort, nachdem er mit seinem rücksichtslosen Husten hinter der vorgehaltnen Hand zu Rate gegangen ist, »und sie verwechselte Nemo mit Nimrod. Sie hat sich deshalb angewöhnt, bei Tisch zu mir zum Beispiel zu sagen: Snagsby, hast du noch immer keine Arbeit für Nimrod? Oder: Snagsby, warum hast du die achtunddreißig Folioseiten in Sachen Jarndyce nicht Nimrod gegeben? Und so weiter. Auf diese Art bekam er nach und nach ziemlich regelmäßig Arbeit von uns, und das ist alles, was ich von ihm weiß, außer, daß er sehr rasch schrieb und sich aus Nachtarbeit nichts machte. Wenn man ihm zum Beispiel fünfundvierzig Folioseiten Mittwoch abends gab, hatte er sie schon Donnerstag früh fertig.« Mr. Snagsby schließt seine Rede mit einer höflichen Bewegung seines Hutes nach dem Bette hin, als wollte er hinzusetzen, »was alles ohne Zweifel mein ehrenwerter Freund hier bestätigen würde, wenn es ihm sein Zustand erlaubte.«

»Möchten Sie nicht vielleicht nachsehen, ob Papiere da sind, die Licht in die Sache bringen könnten«, sagt Mr. Tulkinghorn zu Krook. »Man wird Totenschau halten und Sie wahrscheinlich danach fragen.«

»Nein, kann ich nicht«, antwortete der Alte plötzlich, die Zähne zusammenbeißend.

»Snagsby, durchsuchen Sie also einmal das Zimmer für

ihn«, sagt Mr. Tulkinghorn. »Er könnte sonst leicht Unannehmlichkeiten haben. Da ich schon hier bin, will ich warten, wenn Sie schnell machen, und kann dann Zeugenschaft ablegen, daß alles richtig zugegangen ist, wenn es verlangt werden sollte.«

»Wenn Sie Mr. Snagsby die Kerze halten wollen, mein Freund, wird er bald sehen, ob etwas vorhanden ist.«

»Erstens einmal ist hier ein alter Mantelsack, Sir«, sagt Snagsby.

»Ja richtig!« Mr. Tulkinghorn scheint den Mantelsack nicht gesehen zu haben, obgleich er dicht daneben steht und weiß Gott sonst wenig genug im Zimmer ist.

Der Trödler hält das Licht, und der Papierhändler leitet die Untersuchung. Der Arzt lehnt an einer Ecke des Kaminsimses; Miß Flite steht zitternd auf der Türschwelle und lugt furchtsam ins Zimmer. Der gelehrte Advokat der alten Schule mit den glanzlosen schwarzen, mit Bändern am Knie zugebundenen Hosen, der langen schwarzen Weste, dem langärmeligen schwarzen Frack und dem ungestärkten weißen Halstuch mit der kleinen Schleife, die der Hochadel so gut kennt, steht genau auf demselben Fleck in der alten Stellung.

In dem Mantelsack finden sich ein paar wertlose Kleidungsstücke, ein Bündel Versatzscheine, diese Mautzettel auf dem Wege zur Armut, ein zerknittertes Blatt Papier, das nach Opium riecht und ein paar hingekritzelte Notizen aufweist, zum Beispiel: An dem und dem Tage soviel Gran genommen, an dem und dem so und so viel Gran mehr. Die Notizen sind vor längerer Zeit niedergeschrieben, wohl mit der Absicht, sie regelmäßig fortzusetzen. Aber bald sind sie abgebrochen worden. Es finden sich ein paar schmutzige Fetzen von Zeitungen, lauter Totenschauberichte. Weiter nichts. Sie suchen im Wandschrank und in der Schublade des tintenbespritzten Tisches. Auch nicht ein Stückchen eines alten Briefs oder sonst ein Anhaltspunkt ist zu entdecken. Der junge Arzt untersucht die Kleider des Schreibers. Weiter nichts als ein Messer

und einige Halfpence kommen zum Vorschein. Mr. Snagsbys Rat ist schließlich doch der praktischste, und der Kirchendiener muß geholt werden.
Die kleine verrückte Alte holt daher den Kirchspieldiener, und die übrigen verlassen das Zimmer.
»Die Katze darf nicht hier bleiben«, sagt der Arzt. »Das geht nicht.«
Mr. Krook jagt sie vor sich hinaus, und sie schleicht verstohlen die Treppe hinab, richtet ihren schlanken Schweif auf und leckt sich die Lippen.
»Gute Nacht«, sagt Mr. Tulkinghorn und geht heim zu Allegorie und Grübelei.
Um diese Zeit hat sich die Nachricht von dem Todesfall im Hofe verbreitet. Es sammeln sich Gruppen seiner Bewohner, um die Sache zu besprechen, und die Vorposten der Beobachtungsarmee, die hauptsächlich aus Jungen besteht, werden bis zu Mr. Krooks Fenster vorgeschoben, das sie dicht umlagern. Ein Polizeidiener ist bereits in das Zimmer hinauf- und wieder bis zur Tür hinuntergegangen, steht da wie ein Turm und läßt sich nur gelegentlich herab, die Jungen tief unten zu seinen Füßen anzublicken. Und jedesmal, wenn er sie ansieht, weichen sie scheu zurück.
Mrs. Perkins, die seit Wochen mit Mrs. Piper kein Wort gesprochen hat, weil der kleine Perkins dem kleinen Piper eins auf den Kopf gegeben hat, knüpft bei dieser aussichtsreichen Gelegenheit den freundschaftlichen Verkehr wieder an. Der Schankkellner an der Ecke, eine Art privilegierter Amts-Amateur, da er offizielle Lebenskenntnis besitzt und gelegentlich mit Betrunkenen zu tun hat, tauscht vertraulich Ansichten mit dem Polizeidiener und hat das Aussehen eines unbesiegbaren Jünglings, dem Konstablerstäbe und Polizeistationen nichts anhaben können.
Die Leute reden miteinander über die Gasse hinweg aus den Fenstern, und barhäuptige Späher kommen aus Chancery Lane herbeigelaufen, um zu sehen, was es gibt. Die allgemeine Ansicht scheint zu sein, es sei ein Glück, daß

wider Erwarten die Reihe nicht an Mr. Krook zuerst kam, aber es mischt sich ein wenig natürliche Enttäuschung hinein.
Inmitten dieser Aufregung erscheint der Kirchspieldiener. Der Kirchspieldiener, obgleich allgemein in der Nachbarschaft für eine lächerliche Institution gehalten, genießt für den Augenblick eine gewisse Popularität, wenn auch nur als Person, die die Leiche ansehen darf. Der Polizeidiener sieht in ihm einen schwachsinnigen Zivilisten, ein Überbleibsel aus dem barbarischen Zeitalter der Nachtwächter, aber er läßt ihn ein wie etwas, das geduldet werden muß, bis die Regierung es abschafft. Die allgemeine Aufregung erreicht ihren Höhepunkt, als das Gerücht von Mund zu Mund geht, der Kirchspieldiener sei eingetroffen und hineingegangen.
Bald darauf kommt der Kirchspieldiener wieder heraus, und wieder steigt die Aufregung, die mittlerweile ein wenig abgeflaut war. Man vernimmt, daß er für die morgige Totenschau Zeugen sucht, die dem Beamten und den Geschworenen Auskunft über den Verstorbenen geben können. Er wird auf der Stelle an unzählige Leute gewiesen, die ihm nicht das mindeste zu sagen imstande sind. Er wird dadurch noch dümmer gemacht, daß man ihm beständig wiederholt, Mrs. Greens Sohn sei selbst Advokatenschreiber gewesen und habe den Toten besser gekannt als irgend jemand sonst.
Der Sohn von Mrs. Green befindet sich jedoch, wie sich bei näherer Nachfrage herausstellt, gegenwärtig an Bord eines Schiffes, das vor drei Monaten nach China unter Segel ging, das man aber vermutlich nach einer Eingabe an die Admiralitätschaft telegraphisch erreichen könnte.
Freund Kirchspieldiener geht in die verschiednen Läden und Gassenzimmer, fragt die Einwohner aus, schließt vor allen Dingen jedesmal die Tür und erbittert durch langes Wartenlassen und alles umfassende Blödheit das Publikum. Der Polizeidiener lächelt den Schankkellner an. Das Publikum verliert das Interesse, und allgemeine Teil-

nahmslosigkeit fängt an einzutreten. Es verhöhnt den Kirchspieldiener, und schrille jugendliche Stimmen werfen ihm vor, einen Knaben gekocht zu haben; Chöre singen Fragmente eines Gassenliedes, das ebenfalls davon handelt und besagt, daß sie aus dem Knaben Suppe für das Armenhaus gekocht hätten. Der Polizeidiener sieht sich zuletzt genötigt, dem Gesetz zu Hilfe zu kommen und einen der Sänger zu ergreifen. Da die übrigen ausreißen, läßt er ihn unter der Bedingung, sofort aufzuhören und zu verduften – sonst! –, wieder los. Der Sänger kommt der Aufforderung augenblicklich nach. So legt sich die Aufregung, und der unerschütterliche Polizeimann, den ein wenig Opium mehr oder weniger kaltläßt, mit dem lakkierten hohen Hut, der hohen Halsbinde, dem steifen Überrock, dem ledernen Gürtel und Armband und seiner ganzen übrigen Kriegsausrüstung schreitet langsam seines Weges mit schwerem Tritt. Er schlägt die Flächen seiner weißen Handschuhe gegeneinander und bleibt dann und wann an einer Straßenecke stehen, um sich nach Unglücksfällen umzusehen: vom verlorenen Sohn aufwärts bis zum Mord.

Unter dem Schutze der Nacht flattert der schwachsinnige Kirchspieldiener in Chancery Lane mit seinen Vorladungen herum, in denen der Name jedes Geschwornen falsch und nur sein eigner, den aber niemand lesen kann oder will, richtig geschrieben ist.

Nachdem die Vorladungen verteilt und die Zeugen benachrichtigt sind, begibt sich der Kirchspieldiener zu Mr. Krook, um hier einige Armenhausbewohner, die er bestellt hat, zu erwarten. Sie erscheinen bald darauf; er führt sie die Treppe hinauf, wo sie für die großen Augen in den Fensterläden etwas Neues zum Anstarren hinsetzen: die letzte irdische Behausung für »Niemand« – die letzte Behausung für jeden Sterblichen. Und die ganze Nacht hindurch steht der Sarg neben dem alten Mantelsack; und die einsame Gestalt auf dem Bett, die fünfundvierzig Jahre auf dem Pfad des Lebens gewandelt, liegt dort und hat nicht mehr Spur, die zu einer Entdeckung führen könnte, hinterlassen, als ein ausgesetztes Kind.

Am nächsten Tag ist alles lebendig im Hof. Es ist wie ein Jahrmarkt, wie Mrs. Perkins in dickster Freundschaft mit Mrs. Piper in vertraulichem Gespräch zu dieser vortrefflichen Frau äußert. Der Totenbeschauer wird in dem Saal im ersten Stock der »Sonne« sitzen, wo sich zweimal wöchentlich die »Harmonische Gesellschaft« versammelt und ein Herr von großem künstlerischem Ruf einen Lehnstuhl ausfüllt, vis-à-vis dem kleinen Swills, dem komischen Sänger, der, nach dem Zettel im Fenster zu schließen, hofft, daß sich seine Freunde um ihn scharen und »ein Talent ersten Ranges« unterstützen werden.

Die »Sonne« bestrahlt an diesem Morgen ein einträgliches Geschäft. Selbst Kinder bedürfen bei der allgemeinen Aufregung so sehr der Stärkung, daß ein Pastetenbäcker, der an der Ecke des Hofes einen fliegenden Laden errichtet hat, sagt, seine Likörbonbons gingen weg wie Rauch. In der Zwischenzeit zeigt der Kirchspieldiener, der zwischen Mr. Krooks Ladentür und dem Tor der »Sonne« hin und her spukt, die seiner Obhut anvertraute Sehenswürdigkeit ein paar diskreten Günstlingen, die sich ihm dafür mit einem Glas Ale oder dergleichen erkenntlich erweisen.

Zur festgesetzten Stunde erscheint der Totenbeschauer, von den Geschworenen erwartet und von einer Salve rasselnder Kegel aus der guten, trocknen Kegelbahn der »Sonne« begrüßt. Der Totenbeschauer besucht mehr Wirtshäuser als irgendein lebender Mensch. Der Geruch von Sägespänen, Bier, Tabakrauch und Branntwein ist ihm in seinem Beruf untrennbar geworden vom Tode, auch in seiner schrecklichsten Gestalt. Der Kirchspieldiener und der Wirt geleiten ihn in den Saal der »Harmonischen Gesellschaft«, wo er seinen Hut auf das Klavier legt und in einem Präsidenten-Lehnstuhl Platz nimmt – am obern Ende einer langen Tafel, die sich aus vielen aneinandergeschobenen kleinen Tischen zusammensetzt und verziert ist mit klebrigen Ringen, von Gläsern und Krügen herrührend, in endloser Verschlingung. Genau soviel Geschworne, wie sich um die lange Tafel zusammendrängen können, sitzen dort. Die übrigen finden Platz mitten unter Spucknäpfen und Pfeifenständern oder lehnen am Klavier. Über dem Kopf des Totenbeschauers hängt ein kleiner eiserner Kranz, der Griff eines Klingelzugs, und im Laien erweckt er den Anschein, als sollte der Vorsitzende des Gerichtshofs im nächsten Augenblick gehängt werden.

»Man verlese und beeidige die Geschwornen!«

Während diese Zeremonie vor sich geht, macht der Eintritt eines kleinen, dicken Mannes mit einem mächtigen Hemdkragen, Triefaugen und einer roten Nase, der bescheiden an der Tür unter dem Publikum Platz nimmt, aber dennoch in dem Saale ganz zu Hause zu sein scheint, einiges Aufsehen. Ein allgemeines Flüstern verrät, daß es der kleine Swills ist. Man hält es nicht für unwahrscheinlich, daß er heute abend vor der »Harmonischen Versammlung« den Totenbeschauer kopieren wird.

»Also, meine Herren ...« fängt der Vorsitzende an.

»Ruhe, Ruhe!« ruft der Kirchspieldiener. Er ruft es nicht dem Vorsitzenden zu, aber es klingt fast so.

»Also, meine Herren«, beginnt der Totenbeschauer von neuem, »Sie sind hier zusammengetreten, um über die Todesart einer gewissen Person die Tatsachen festzustellen. Sie werden Zeugenaussagen über die diesen Todesfall begleitenden Umstände hören und Ihren Wahrspruch nach den – Kegeln gibt's heute nicht, die Kegelbahn ist augenblicklich zu sperren, Kirchendiener! – nach den Zeugenaussagen und nach nichts anderm fällen. Zuerst haben wir die Leiche zu besichtigen.«

»Platz da, Platz!« ruft der Kirchspieldiener.

Alle verlassen in Prozession wie ein langgestreckter Leichenzug den Saal und begeben sich zur Besichtigung in Mr. Krooks zweiten Stock in das Hinterzimmer. Ein paar der Geschwornen verlassen es blaß und hastig auf der

Stelle wieder. Der Kirchspieldiener ist eifrig bemüht, daß zwei um Ärmelaufschläge und Knopflöcher herum nicht sehr sauber aussehende Herren, für die er schon im Saal der »Harmonischen Gesellschaft« neben dem Totenbeschauer ein besonderes Tischchen hingestellt hat, alles genau zu sehen bekommen. Sie sind nämlich die öffentlichen Berichterstatter über solche Untersuchungen – nach der Zeile –, und auch er ist der allgemeinen menschlichen Schwäche unterworfen, zu hoffen, gedruckt zu lesen, was Mooney, der tätige und scharfsinnige Kirchspieldiener des Distriktes, alles gesagt und getan hat. Er wünscht sich innerlich, den Namen Mooney in dem vertraulichen Ton erwähnt zu lesen wie in letzter Zeit den Namen des Henkers.

Der kleine Swills wartet im Saal auf die Rückkehr des Totenbeschauers und der Geschwornen. Auch Mr. Tulkinghorn wartet. Mr. Tulkinghorn wird mit Ehrfurcht begrüßt und in die Nähe des Totenbeschauers gesetzt. Zwischen diesen hohen Gerichtsbeamten ein Zimmerkegelspiel und eine Kohlenkiste. Die Untersuchung wird fortgesetzt. Die Geschworenen erfahren, wie der Gegenstand ihrer Untersuchung gestorben ist. Über ihn selbst erfahren sie nichts.

»Ein angesehener Advokat ist hier, meine Herren«, sagt der Totenbeschauer, »der, wie ich höre, zufällig anwesend war, als man die Leiche entdeckte; aber er könnte nur wiederholen, was Sie bereits von dem Arzt, dem Hauswirt, der Mieterin im obern Stock und dem Schreibmaterialienhändler gehört haben, und wir brauchen ihn daher nicht weiter zu inkommodieren. Ist sonst noch jemand hier, der eine Auskunft geben könnte?«

Mrs. Perkins schiebt Mrs. Piper vor. Mrs. Piper wird vereidigt.

»Anastasia Piper, meine Herren, verheiratete Frauensperson. Nun, Mrs. Piper, was haben Sie uns über die Sache zu sagen?«

Mrs. Piper hat sehr viel zu sagen. Besonders in Klammer

und ohne jede Interpunktion, kann aber nicht viel Auskunft geben. Mrs. Piper wohnt im Hof (wo ihr Mann Schreiner ist) und es ist seit langer Zeit den Nachbarn wohl bekannt (es war zwei Tage nach dem Tage wo Alexander James Piper der jetzt achtzehn Monate vier Tage alt ist die Nottaufe erhielt weil er aufgegeben war so sehr litt das arme Kind an Krämpfen) daß der Kläger – so nennt immer wieder Mrs. Piper den Verstorbenen – sich angeblich dem Teufel verkauft haben sollte. Das Gerücht sei wahrscheinlich entstanden weil der Kläger danach ausgschaut hat. Der Kläger habe immer fuchtig und grimmig ausgschaut und sie habe immer gesagt man dürfe ihn nicht frei herumgehen lassen weil manche Kinder furchtsam sind (und wenn man ihr nicht glaube so solle man Mrs. Perkins fragen die hier ist und die bestätigen kann daß sie und ihr Mann und ihre Familie niemals keine Unwahrheit nicht spricht) sie habe gesehen wie die Kinder den Kläger geneckt und gequält haben (denn Kinder sind Kinder und man kann nicht von ihnen erwarten besonders wenn sie munter und lebhaft sind daß sie sich wie Methuselers benehmen) deswegen und wegen seines finstern Aussehens habe sie oft geträumt daß er eine Axt aus der Tasche gezogen habe um damit Johnny den Kopf zu spalten aber das Kind kenne keine Furcht nicht und habe ihn oft dicht auf dem Fuß noch ausgespottet. In Wirklichkeit habe sie jedoch niemals den Kläger eine Axt aus der Tasche ziehen sehen. Im Gegenteil. Er sei rasch gegangen wenn ihm die Kinder nachliefen oder nachschrien als ob er Kinder nicht gern hätte und sie habe ihn nie mit einem Kind oder Erwachsenen nicht sprechen sehen ausgenommen mit dem Jungen was den Übergang unten im Gäßchen an der Ecke kehrt. Wenn er hier wäre müsse er selbst sagen daß man ihn oft mit ihm habe sprechen sehen.
Der Totenbeschauer fragt: »Ist der Junge hier?«
»Nein, Sir, er ist nicht hier«, sagt der Kirchspieldiener.
»Gehen Sie ihn holen.«
Während der Abwesenheit des emsigen und erfahrenen

Dieners unterhält sich der Totenbeschauer mit Mr. Tulkinghorn.
»Hier ist der Junge, meine Herren.«
Hier ist er, schmutzbedeckt, ganz heiser, sehr zerlumpt.
»Nun, Junge! ... Aber halt, einen Augenblick. Vorsicht. Der Knabe muß erst anderweitig verhört werden.«
Name? Jo. Hat keinen andern, soviel er weiß. Weiß nicht, daß jeder Mensch zwei Namen hat. Hat niemals von so was gehört. Weiß nicht, daß Jo die Abkürzung für einen längern Namen ist. Glaubt, daß er lang genug für ihn ist. Findet nichts daran auszusetzen. Kann er ihn buchstabieren? Nein. Er kann ihn nicht buchstabieren. Hat keinen Vater, keine Mutter, keine Freunde. Ist nie in der Schule gewesen – was ist dös, Elternhaus?? – Weiß, daß ein Besen ein Besen ist, und weiß, daß es eine Sünde ist, zu lügen. Erinnert sich nicht, wer ihm das von dem Besen und der Lüge gesagt hat, aber er weiß beides. Kann nicht genau sagen, was mit ihm nach dem Tode geschehen wird, wenn er den Herren hier eine Lüge sagt, aber er glaubt, daß es ihm zur Strafe sehr schlecht gehen wird und daß ihm dös dann recht gschiecht ... Und deshalb will er die Wahrheit sagen.
»Damit kommen wir zu nichts, meine Herren«, sagt der Totenbeschauer und schüttelt melancholisch den Kopf.
»Glauben Sie nicht, daß wir seine Aussage anhören sollen, Sir?« fragt ein aufmerksamer Geschworner.
»Ausgeschlossen. Sie haben den Knaben doch selbst gehört. ›Weiß ich nicht genau‹ können wir nicht brauchen. In einem Gerichtshof können wir mit dergleichen nichts anfangen, meine Herren. Schreckliche Herabgekommenheit. Schaffen Sie den Jungen weg.«
Der Knabe tritt ab zur großen Erbauung der Zuhörerschaft – besonders des kleinen Swills, des komischen Sängers.
»Nun, sind noch andre Zeugen da?«
Es sind keine andern Zeugen da.
»Also, meine Herren! Hier ist ein unbekannter Mann in-

folge Genusses einer zu großen Menge Opium tot aufgefunden worden. Er ist überwiesen, seit anderthalb Jahren aus Gewohnheit Opium in großen Mengen genossen zu haben. Wenn Sie aus den Zeugenaussagen schließen zu dürfen glauben, daß er Selbstmord begangen hat, so haben Sie dementsprechend Ihren Wahrspruch zu fällen. Wenn Sie meinen, es handle sich um einen Zufall, so haben Sie ein dementsprechendes Verdikt zu fällen.«

Man fällt das entsprechende Verdikt. Selbstmord aus Zufall. Kein Zweifel.

»Meine Herren, Sie sind entlassen. Guten Nachmittag.«

Während der Totenbeschauer seinen Überrock zuknöpft, geben er und Mr. Tulkinghorn dem zurückgewiesenen Zeugen in einer Ecke eine Privataudienz. Dieses allen menschlichen Liebreizes bare Geschöpf weiß nur, daß der Tote, den es an seinem gelben Gesicht und schwarzen Haar soeben erkannt hat, manchmal von den Kindern auf der Straße verhöhnt und verfolgt wurde. An einem kalten Winterabend, als es in einem Torwege nicht weit von seinem Straßenübergang vor Kälte zitternd gekauert, habe sich der Mann nach ihm umgesehen, es ausgefragt und erfahren, daß es keinen Freund auf der Welt habe. Darauf hätte er gesagt: Ich auch nicht. Nicht einen! und hätte ihm Geld zu einem Abendessen und einem Obdach für die Nacht gegeben.

Seitdem hätte der Mann oft mit ihm gesprochen und ihn gefragt, ob er in der Nacht schlafen könnte, wie er Kälte und Hunger vertrüge und ob er sich den Tod wünsche, und ähnliche seltsame Fragen. Und manchmal hätte er im Vorbeigehen zu ihm gesagt: »Ich bin heute so arm wie du, Jo.« Wenn er aber Geld gehabt, habe er immer welches gegeben – und sehr gern. (Wie der Knabe fest überzeugt sei.)

»Er war sehr gut gegen mich.« Jo wischt sich mit dem zerlumpten Ärmel die Augen. »Wann i n so als a Toter daliegen siech, möcht i, er könnts hören. Er war immer so gut gegen mich.«

Wie er die Treppe hinunterschlottert, drückt ihm Mr.

Snagsby, der im Hinterhalt auf ihn wartet, eine halbe Krone in die Hand.
»Wenn ich einmal mit meiner kleinen Frau – ich meine mit einer Dame – an deinem Straßenübergang vorbeikomme«, sagt Mr. Snagsby, den Finger an der Nase, »dann kennst du mich nicht, hörst du!«
Die Geschworenen bleiben noch eine Zeitlang in ernstem Gespräch in der Nähe der »Sonne«. Später findet man ein halbes Dutzend von ihnen in eine Wolke von Tabaksqualm gehüllt, die das Gastzimmer der »Sonne« durchräuchert; zwei trollen nach Hampstead und vier kommen überein, da halber Preis ist, ins Theater zu gehen und den Abend mit Austern zu beschließen. Der kleine Swills wird allerseits traktiert. Gefragt, was er von der Verhandlung halte, nennt er sie einen »krumpen Start« – er ist berühmt wegen seines Witzes. Der Wirt der »Sonne« empfiehlt den kleinen Swills, als er sieht, wie populär er ist, höchlichst den Geschworenen und dem Publikum und beteuert, daß er in charakteristischen Liedern nicht seinesgleichen habe und für seine Charaktergarderobe einen ganzen Wagen brauche.
So verschmilzt allmählich die »Sonne« in die schattige Nacht und strahlt gewaltig im Gaslicht. Die Stunde der »Harmonischen Gesellschaft« naht. Der Gentleman mit dem hohen künstlerischen Ruf setzt sich in den Präsidentenstuhl vis-à-vis dem kleinen Swills mit dem roten Gesicht; seine Freunde scharen sich um sie und unterstützen das Talent ersten Ranges. Im Zenit des Abends sagt der kleine Swills:
»Gentlemen, wenn Sie mir erlauben, will ich eine kurze Beschreibung einer wirklichen Szene aus dem Löben, deren Zeuge ich heute war, versuchön.« Großer Beifall und Ermunterung werden ihm. Er verläßt das Zimmer als Swills und kommt als Totenbeschauer wieder herein und sieht ihm nicht im geringsten ähnlich; er beschreibt die Totenschau mit Zwischenspiel auf dem Pianoforte mit dem Refrain: Tippy tol li doll, tippy tol lo doll, tippy tol

li doll, Dee!, den er dem Totenbeschauer in den Mund legt.

Das Klaviergeklimper schweigt endlich, und die harmonischen Freunde sinken in ihre Kissen.

Ruhe herrscht um den Einsamen, der jetzt in seiner letzten irdischen Behausung liegt, bewacht während der paar stillen Nachtstunden von den riesigen Augen der Fensterläden. Wenn die Mutter, an deren Busen der Verlassene einst als Kind geruht, die Augen empor zu ihr gerichtet und das weiche Händchen, kaum wissend, wie es den Nacken, zu dem es emporstrebte, umfassen sollte, ihn mit prophetischem Blick hier hätte liegen sehen können, wie unmöglich wäre ihr die Vision erschienen.

Wenn in schöneren Tagen das jetzt erloschene Feuer in seiner toten Brust einst für ein Weib glühte, das sein Bild im Herzen trug, wo ist dieses Herz in dieser Stunde, wo seine Asche die letzte Nacht über der Erde weilt?

Bei Mr. Snagsby in Cook's Court herrscht heute nacht keine Ruhe. Dort mordet Guster den Schlaf, indem sie, wie Mr. Snagsby selbst zugibt – um nicht durch die Blume zu sprechen –, nicht einmal, sondern zwanzigmal in Krämpfe fällt. Die Ursache ist, daß Guster ein empfindsames Herz und ein empfängliches Etwas im Busen trägt, das ohne Tooting und ihren Schutzheiligen vielleicht zur Einbildungskraft ausgewachsen wäre. Sei dem, wie es wolle, Mr. Snagsbys Bericht über die Totenschau hat zur Teezeit einen so überwältigenden Eindruck auf sie gemacht, daß sie um die Stunde des Abendessens, einen fliegenden holländischen Käse voraussendend, in die Küche stürzt und einen Anfall von ungewöhnlicher Dauer bekommt, der nur aufhört, um sogleich wieder von neuem anzufangen, wobei sie die kurzen Zwischenräume dazu benützt, Mrs. Snagsby in rührendem Tone zu bitten, ihr nicht zu kündigen, wenn sie wieder zu sich käme, und mit Aufforderungen an das ganze Haus ausfüllt, sie auf die Steinfliesen zu legen und ruhig zu Bett zu gehen. Und Mr. Snagsby sagt, als er endlich den Hahn in der kleinen

Milchwirtschaft in Cursitor Street in seine selbstlose Ekstase über das Erscheinen des Tageslichts ausbrechen hört, mit einem langen Atemzuge, obgleich er sonst der geduldigste aller Menschen ist:
»Mistviech, ich hoffte schon, du seist tot.«
Warum der enthusiastische Vogel sich in so unerhörter Weise anstrengt, über etwas zu krähen, was für ihn nicht von der mindesten Bedeutung sein kann, ist schließlich seine Sache. Krähen doch auch Menschen bei verschiedenen öffentlichen Triumphgelegenheiten, ohne daß es sie etwas angeht. Jedenfalls, und das genügt, der Tag bricht an, der Morgen und der Mittag kommen.
Der Emsige und Erfahrene, der in dieser Eigenschaft richtig in der Morgenzeitung gestanden hat, erscheint mit seinem Gefolge von Armenhausbewohnern bei Mr. Krook und geleitet die Leiche unsres dahingeschiedenen lieben Bruders auf einen rings von Häusern umgebenen, pesthauchenden und leichenüberfüllten Kirchhof, wo den Leibern unsrer noch nicht dahingeschiedenen geliebten Brüder und Schwestern bösartige Krankheiten mitgeteilt werden, dieweil unsre andern gewissen geliebten Brüder und Schwestern, die sich auf Amtshintertreppen herumtreiben und leider noch nicht von uns geschieden sind, es sich sehr wohl sein lassen.
In ein abscheuliches Stück Boden, der einen Türken mit Grauen erfüllen, über den ein Kaffer schaudern würde, bringen sie unsern dahingeschiedenen lieben Bruder, auf daß er ein christliches Begräbnis empfange.
Wo Häuser von allen Seiten herabsehen, außer wo ein kleiner Tunnel von einem Hof aus nach dem eisernen Gitter seinen Schlund öffnet, wo jede Verkommenheit des Lebens dicht neben den Toten und jedes giftige Element des Todes dicht neben dem Leben sich die Hand reichen, da versenken sie unsern lieben Bruder einen oder zwei Fuß tief in die Erde. Hier säen sie ihn in Fäulnis, damit er in Fäulnis wieder auferstehe als rächendes Gespenst am Krankenbett; ein beschämendes Zeugnis für künftige Zei-

ten, wie Zivilisation und Barbarei auf dieser prahlerischen Insel Arm in Arm gingen.
Komm, Nacht! Komm, Finsternis! Ihr könnt auf einem solchen Platz wie diesem nicht zu bald kommen und nicht lange genug bleiben! Kommt, ihr flackernden Lichter in den Fenstern scheußlicher Häuser und ihr Missetäter dahinter! Recht so, Gasflamme, daß du so träge über dem Eisengitter brennst, auf das die vergiftete Luft ihre schlüpfrige Hexensalbe niederschlägt! Ganz gut, daß du jedem Vorübergehenden zurufst: Sieh her!
Bei Einbruch der Dunkelheit kommt schlotternden Ganges eine Gestalt in den Tunnelhof geschlichen, an die Außenseite des eisernen Gittertors. Sie faßt das Tor mit den Händen und schaut zwischen den Stäben hindurch und bleibt so stehen eine kleine Weile lang.
Mit einem alten Besen, den sie auf der Schulter trägt, kehrt sie die Stufe und fegt den Torweg rein. Sie tut das sehr geschäftig und geschickt, blickt wieder eine kleine Weile hinein und geht dann.
Jo, bist du's? Gut, gut! Wenn du auch ein zurückgewiesener Zeuge bist, der »nicht genau sagen kann«, was mit ihm eine mächtigere Hand als die der Menschen vorhat, steckst du doch nicht ganz in irdischer Finsternis. Es ist etwas wie ein ferner Lichtstrahl in der Begründung, die du murmelnd dafür angibst:
»Er is immer so gut gegen mich gwesen.«

12. Kapitel

Auf der Lauer

Endlich hat es aufgehört zu regnen in Lincolnshire, und Chesney Wold hat sich wieder ein Herz gefaßt. Mrs. Rouncewells Kopf steckt voll wirtschaftlicher Sorgen, denn Sir Leicester und Mylady kommen von Paris nach

Hause. Die »Fashionable« hat es entdeckt und teilt die frohe Botschaft dem umnachteten England mit. Sie hat auch entdeckt, daß sie einen neuen glänzenden und auserwählten Kreis der *élite* der *beau monde* (die fashionablen Zeitungen sind schwach im Englischen und riesenstark im Französischen) auf dem historischen und gastlichen Familiensitz in Lincolnshire um sich sehen werden.
Zu Ehren der glänzenden und vornehmen Gesellschaft und nebenbei auch Chesney Wolds wegen ist der eingestürzte Brückenbogen im Park ausgebessert, und das Wasser, das sich jetzt in die gebührenden Schranken zurückgezogen hat und wieder anmutig überbrückt wird, macht sich in der Aussicht von dem Hause aus recht hübsch. Der klare, kalte Sonnenschein glitzert im raschelnden Wald und sieht billigend zu, wie der scharfe Wind die Blätter verstreut und das Moos trocknet. Er gleitet hinter dem Schatten der Wolken über den Wald hin und jagt sie den ganzen Tag lang und kann sie doch nicht erhaschen. Er sieht zu den Fenstern herein und bringt auf den Ahnenbildern Streifen und Flecken von Licht an, von denen die Maler sich nie haben träumen lassen. Quer über das Bild von Mylady über dem Prachtkamin malt er einen breiten Lichtschrägbalken, der von links hinab in den Herd fährt und ihn zu zerspalten scheint.
Durch denselben kalten Sonnenschein und denselben scharfen Wind fahren Mylady und Sir Leicester in ihrem Reisewagen heimwärts; Myladys Kammerzofe und Sir Leicesters Lakai sitzen in zärtlicher Gemeinschaft hinten. Unter beträchtlichem Geklingel und Peitschenknallen und zahlreichem Sichaufbäumen von zwei sattellosen Pferden und zwei Zentauren mit glasierten Hüten, Stulpenstiefeln und fliegenden Mähnen und Schweifen rasseln sie aus dem Hofe des Hotels Bristol auf den Place Vendôme hervor und traben zwischen der sonnenschein- und schattenwechselnden Kolonnade der Rue de Rivoli und dem Garten des verhängnisreichen Palastes eines kopflosen Königspaars über den Place de la Concorde und die

Elysäischen Felder durch das Sternentor aus Paris hinaus. Um nur die Wahrheit zu sagen, sie können gar nicht schnell genug abreisen, denn selbst hier hat sich Lady Dedlock zu Tode gelangweilt. Konzert, Matinees, Oper, Theater, Spazierfahrt, nichts ist Mylady neu unter dieser abgenutzten Sonne. Erst vorigen Sonntag, wo arme Teufel fröhlich waren innerhalb der Stadt und in dem Palastgarten unter verschnittenen Bäumen und den Statuen mit ihren Kindern spielten oder auf den Elysäischen Feldern, noch elysäischer geworden durch künstliche Hunde und hölzerne Pferde, in Gassenbreite spazierengingen oder draußen vor dem Tor um ganz Paris einen Kreis zogen von Tanzen, Liebelei, Weintrinken, Tabakrauchen, Gräberbesuchen, Billard-, Karten- und Dominospielen und unter Quacksalbern und anderm toten und lebendigen Abschaum – erst vorigen Sonntag hätte Mylady in der Einsamkeit der Langweile und in den Klauen des Riesen Verzweiflung beinahe ihre eigne Zofe wegen deren guter Laune gehaßt.
Daher kann sie Paris jetzt nicht schnell genug verlassen. Seelische Ermüdung liegt vor ihr und hinter ihr – ihr Ariel hat einen Gürtel davon um die ganze Erde gelegt, den niemand lösen kann. Aber das einzige, wenn auch unzulängliche Heilmittel ist, immer von dem letzten Ort an einen andern zu fliehen. Also weg mit Paris! Man vertausche es mit endlosen Alleen und Queralleen winterlicher Bäume. Und wenn man wieder zum Vorschein kommt, so sei es einige Meilen weiter, wo das Sternentor nur mehr ein weißer, sonnenglänzender Fleck ist und die Stadt eine formlose, dunkle Masse in der Ebene, aus der sich zwei dunkle, viereckige Türme erheben, auf denen Licht und Schatten auf- und abwärts steigen wie die Engel in Jakobs Traum.
Sir Leicester ist zumeist in ruhevoller, selbstgefälliger Gemütsverfassung und langweilt sich selten. Wenn er sonst nichts andres zu tun hat, kann er immer seine eigne Größe betrachten. Es bedeutet eine große Annehmlichkeit für einen Mann, ein so unerschöpfliches Gebiet zu haben.

Nachdem er seine Briefe gelesen hat, legt er sich in eine Wagenecke zurück und stellt Betrachtungen über seine Wichtigkeit in der »Gesellschaft« an.
»Sie haben diesen Morgen ungewöhnlich viel Briefe bekommen«, sagt Mylady nach einer langen Pause. Sie ist müde vom Lesen. Sie hat während der letzten zwanzig Meilen beinahe eine ganze Seite gelesen.
– Es steht aber nichts drin. Überhaupt nichts. –
»Ich glaube vorhin einen von Mr. Tulkinghorns langen Ergüssen gesehen zu haben.«
»Mylady sehen alles«, sagt Sir Leicester voll Bewunderung.
»Ach«, seufzt Mylady. »Er ist der langweiligste aller Menschen.«
»Er sendet mir – ich muß Mylady wirklich um Verzeihung bitten – eine Botschaft für Sie«, sagt Sir Leicester, sucht den Brief aus den übrigen heraus und öffnet ihn.
»Wir machten gerade halt, um die Pferde zu wechseln, als ich an sein Postskript kam, und deswegen vergaß ich. Ich bitte um Entschuldigung. Er schreibt ...« Sir Leicester braucht so lange, sein Augenglas herauszunehmen und sich damit zurechtzufinden, daß Mylady eine etwas gereizte Miene annimmt. »Er schreibt hinsichtlich des Wegerechts ... Ich bitte um Verzeihung, das war es nicht. Er schreibt ... Ja! Hier ist's. Er schreibt:
›Ich bitte, mich Mylady, der, wie ich hoffe, die Luftveränderung wohlgetan hat, hochachtungsvoll zu empfehlen. Wollen Sie mir die Gunst erweisen, ihr zu sagen, da es vielleicht von Interesse für sie ist, daß ich ihr bei ihrer Rückkunft etwas in bezug auf die Person mitzuteilen habe, die das Affidavit in dem Kanzleiprozeß, das ihre Aufmerksamkeit so sehr erregte, kopiert hat. Ich habe sie gesehen.‹«
– Mylady, vorwärts gebeugt, blickt zum Fenster hinaus. –
»So lautet die Nachricht«, schließt Sir Leicester.
»Ich möchte ein wenig zu Fuß gehen«, sagt Mylady plötzlich und blickt immer noch zum Fenster hinaus.

»Zu Fuß gehen?« wiederholt Sir Leicester in einem Ton des Erstaunens.
»Ich möchte ein wenig zu Fuß gehen«, wiederholt Mylady mit nicht mißzuverstehender Deutlichkeit. »Bitte, den Wagen halten zu lassen.«
Der Wagen hält. Der zärtliche Bediente springt vom Rücksitz, öffnet den Schlag und klappt den Wagentritt herunter, einer ungeduldigen Handbewegung Myladys gehorsam. Mylady steigt so rasch aus und geht so schnell, daß Sir Leicester trotz peinlichster Höflichkeit außerstande ist, ihr den Arm zu reichen, und zurückbleibt. Eine oder zwei Minuten verstreichen, ehe er sie einholt. Sie lächelt, sieht sehr schön aus, nimmt seinen Arm, geht ein paar hundert Schritt, ist sehr gelangweilt und nimmt ihren Sitz im Wagen wieder ein.
Das Gerassel und Geklapper wird den größten Teil von drei Tagen unter mehr oder weniger Schellengeklingel und Peitschenknallen, mehr oder weniger Aufbäumen der Zentauren und sattellosen Pferde fortgesetzt.
Die altadlige Höflichkeit, mit der sich das Ehepaar behandelt, bildet in den Hotels, in denen es absteigt, den Gegenstand allgemeiner Bewunderung.
»Wenn auch Mylord ein wenig alt für Mylady ist«, sagt Madame, die Wirtin zum »Goldenen Affen«, »und eigentlich ihr zärtlicher Vater sein könnte, so sieht man doch auf den ersten Blick, daß sie sich lieben.«
Man sieht, wie Mylord in seinem weißen Haar, den Hut in der Hand, Mylady aus dem Wagen und in den Wagen hilft. Man sieht, wie Mylady Sir Dedlocks Höflichkeit anerkennend hinnimmt, indem sie ihr anmutiges Haupt neigt und ihm die Fingerspitzen ihrer so vornehmen Hand überläßt! Es ist hinreißend!
Das Meer weiß große Männer nicht zu würdigen und schüttelt sie herum wie unbedeutende Plebejer. Es pflegt stets hart auf Sir Leicester einzuwirken und auf seinem Gesicht grüne Flecken wie auf Salbeikäse hervorzubringen und in seiner aristokratischen Konstitution erschreck-

liche Revolutionen zu verursachen. Das Meer bedeutet für ihn das Radikale in der Natur. Doch endlich, nach einer kurzen Rast der Erholung, bändigt seine Würde auch den Ozean, und er reist mit Mylady weiter nach Chesney Wold und übernachtet nur einmal in London auf dem Wege nach Lincolnshire.

Durch denselben kalten Sonnenschein, der immer kälter wird, je mehr sich der Tag neigt, und durch denselben scharfen Wind, der immer schärfer wird, wie die einzelnen Schatten der kahlen Bäume im Wald zusammenfließen und der Geisterweg an seiner westlichen Ecke von einer Feuersäule am Himmel erhellt wird und sich auf die kommende Nacht gefaßt macht – fahren sie in den Park ein.

Die Krähen in ihren luftigen Häusern in der Ulmenallee scheinen die Frage zu besprechen, wer in dem unten dahinrollenden Wagen sitzt; einige scheinen ganz einverstanden, daß Sir Leicester und Mylady angekommen sind, andre streiten mit den Unzufriedenen, die es nicht zugeben wollen; dann sind alle einig, die Frage als erledigt zu betrachten, plötzlich brechen sie aber wieder in heftigen Streit aus, aufgereizt durch einen hartnäckigen, verschlafenen Vogelkameraden, der noch ein letztes widerspruchsvolles Krächzen hören ließ.

Der Reisewagen kümmert sich nicht darum und rollt auf das Haus zu, wo durch die Fenster warme Feuer scheinen, aber nicht genug an Zahl und nicht so hell, um der dunkeln Masse der Front den Anstrich des Bewohntseins zu geben. Aber der glänzende und auserwählte Kreis wird das bald ändern.

Mrs. Rouncewell steht bereit und erwidert Sir Leicesters gewohnten Händedruck mit einem tiefen Knicks.

»Wie geht's Ihnen, Mrs. Rouncewell? Es freut mich, Sie zu sehen.«

»Ich hoffe, ich habe die Ehre, Sie in bester Gesundheit bewillkommnen zu dürfen, Sir Leicester.«

»In bestem Wohlbefinden, Mrs. Rouncewell.«

»Mylady sieht ausgezeichnet wohl aus«, sagt Mrs. Rouncewell mit einem zweiten Knicks.

Mylady gibt, ohne viel Worte zu verschwenden, zu verstehen, daß sie sich so langweilig wohl befinde, wie sie nur hoffen kann.
Rosa steht im Hintergrund hinter der Wirtschafterin, und Mylady, die eine schnelle Beobachtungsgabe nicht verlernt hat, was sie auch sonst alles überwunden haben mag, fragt:
»Wer ist das Mädchen?«
»Eine junge Schülerin von mir, Mylady – Rosa.«
»Kommen Sie her, Rosa!« Lady Dedlock winkt ihr fast mit einem Schein von Interesse. »Wissen Sie, wie hübsch Sie sind, mein Kind?« fragt sie und berührt die Schulter des Mädchens mit zwei Fingern.
Sehr beschämt sagt Rosa: »Nein, wenn Sie erlauben, Mylady!« und blickt empor und blickt wieder zu Boden, weiß nicht, wohin schauen, und sieht dadurch noch hübscher aus.
»Wie alt sind Sie?«
»Neunzehn, Mylady.«
»Neunzehn«, wiederholt Mylady gedankenvoll. »Nehmen Sie sich in acht, daß man Ihnen nicht mit Schmeicheleien den Kopf verdreht.«
»Ja, Mylady.«
Mylady berührt das Grübchen in der Wange des Mädchens mit ihren zarten behandschuhten Fingern und geht weiter bis an den Fuß der Treppenflucht, wo Sir Leicester ritterlich ihrer harrt. Ein alter Dedlock stiert aus einem Bilde, so groß wie im Leben und ebenso schläfrig, ratlos herunter, als ob er nicht wüßte, was er sich denken sollte ... Wahrscheinlich ist das sein gewöhnlicher Geisteszustand gewesen schon in den Tagen der Königin Elisabeth.
Den ganzen Abend weiß Rosa in dem Zimmer der Wirtschafterin weiter nichts zu tun als das Lob Lady Dedlocks zu singen. Sie sei so leutselig, so anmutig, so schön, so elegant, habe eine so süße Stimme, und ihre Berührung durchzucke einen, daß man das Gefühl gar nicht loswer-

den könne. Mrs. Rouncewell bestätigt das alles nicht ohne Stolz und ist nur hinsichtlich des Punktes Leutseligkeit nicht so ganz derselben Meinung. Mrs. Rouncewell weiß das nicht so ganz gewiß. Gott behüte, daß sie nur eine Silbe zum Nachteil irgendeines Mitglieds dieser hervorragenden Familie sagen sollte, und vor allem nicht über Mylady, der die ganze Welt zu Füßen liegt, aber wenn Mylady nur ein wenig freier sein wollte, nicht gar so kalt und zurückhaltend, meint Mrs. Rouncewell, würde sie leutseliger sein.

»Es ist fast schade«, setzt Mrs. Rouncewell hinzu – fast, denn es würde an Gottlosigkeit grenzen, zu denken, es könnte in einer so ausdrücklich von der Vorsehung geschaffenen Einrichtung wie den Dedlocks etwas besser sein, als es ist –, »daß Mylady keine Familie hat. Wenn sie eine Tochter hätte, eine erwachsene junge Dame, für die sie Interesse fühlte, so glaube ich, besäße sie die einzige Eigenschaft, die ihr zur Vollkommenheit noch fehlt.«

»Wäre dann vielleicht ihr Stolz nicht noch größer, Großmutter?« fragt Watt, der inzwischen zu Hause gewesen, aber gleich wieder zurückgekehrt ist, ein so guter Enkel ist er.

»Größer und am größten, mein Lieber«, verweist ihn die Haushälterin mit Würde, »sind Worte, die ich mir auf Mylady anzuwenden nicht erlauben darf, nicht einmal angewendet hören will.«

»Ich bitte um Entschuldigung, Großmutter. Aber sie ist doch stolz, nicht wahr?«

»Wenn sie stolz ist, so hat sie allen Grund dazu. Die Familie Dedlock hat stets Grund dazu.«

»Nun, so hoffe ich«, sagt Watt, »daß sie aus ihrem Gebetbuch eine gewisse Stelle, die wohl nur die gewöhnlichen Leute angeht, über Stolz und Hoffart ausstreicht. Entschuldige, Großmutter! Es war nur ein Spaß.«

»Sir Leicester und Lady Dedlock, mein Lieber, sind keine passenden Zielscheiben für Späße.«

»An Sir Leicester ist jedenfalls nichts Spaßiges«, sagt Watt.

»Er ist kein Springinsfeld, und ich bitte ihn demütig um Verzeihung. Ich hoffe, Großmutter, daß die Anwesenheit der Familie und ihrer Gäste für mich kein Hindernis bildet, noch ein paar Tage wie jeder andre Reisende im Gasthof zu bleiben.«
»Natürlich, nicht im mindesten.«
»Das freut mich, weil ich – weil ich ein unwiderstehliches Verlangen fühle, meine Bekanntschaft mit dieser schönen Nachbarschaft zu erweitern.«
Er sieht dabei zufällig Rosa an, die deshalb die Augen senkt und wirklich sehr verlegen ist.
Aber nach dem alten Aberglauben sollten Rosas Ohren brennen und nicht ihre frischen Wangen, denn Myladys Kammerzofe hält in diesem Augenblick mit erstaunlicher Energie eine lange Rede über sie.
Myladys Kammerzofe ist eine Französin von zweiunddreißig Jahren aus den südlichen Provinzen zwischen Avignon und Marseille; ein großäugiges, braunes Frauenzimmer mit schwarzem Haar, die ganz hübsch wäre ohne einen gewissen katzenhaften Zug um die Lippen und eine gewisse unangenehme Gespanntheit des Gesichtes, die den Mund zu gierig erscheinen und die Stirn zu sehr hervortreten läßt. Ihr Körperbau hat etwas unbeschreiblich Scharfes und Hageres und sie selbst eine eigne Art, lauernd aus den Augenwinkeln zu schielen, ohne den Kopf zu drehen, die sie sich besser schenken könnte, besonders, wenn sie bei übler Laune und in der Nähe von Messern ist. Trotz des guten Geschmacks in ihrer Kleidung und sonstigen Toilette stechen diese Eigenschaften so hervor, daß sie wie eine zwar sehr saubere, aber doch nicht vollständig gezähmte Wölfin herumzugehen scheint.
Sie ist in allen für ihre Stellung nötigen Kenntnissen wohl bewandert und spricht überdies die englische Sprache fast wie eine Engländerin, und es fehlt ihr daher nicht an Worten, um ihrem Zorn darüber, daß Rosa Myladys Aufmerksamkeit erregt hat, ausgiebig Luft machen zu können, und sie entströmen ihr während des Essens mit so in-

grimmigem Hohn, daß der zärtliche Bediente, der ihr Gesellschaft leistet, sich geradezu erleichtert fühlt, als sie bei der Mehlspeise das Messer weglegt und wieder zum Löffel greift.

Hahaha! Sie, Hortense, ist seit fünf Jahren in Myladys Diensten, und diese hat sie sich immer zehn Schritt vom Leibe gehalten; aber die Puppe wird geliebkost! ... Jawohl, geliebkost! ... Kaum, daß Mylady angekommen ist! Hahaha! »Und wissen Sie, wie hübsch Sie sind, mein Kind?« – »Nein, Mylady!« – Da hat sie recht! »Und wie alt sind Sie, mein Kind?« »Und nehmen Sie sich in acht, daß man Ihnen nicht mit Schmeicheleien den Kopf verdreht.« O wie drollig! Es ist wirklich überwältigend.

Kurz, Mademoiselle Hortense kann es nicht verwinden, gibt sich tagelang bei Tisch selbst unter ihren Landsleuten und den Zofen, die mit der Schar von Gästen kommen, dem stillen Genuß dieses scherzhaften Themas hin – einem Genuß, der sich in der ihr eigentümlichen gemütvollen Weise durch eine noch größere Gespanntheit des Gesichts, noch schärfer zusammengepreßte Lippen und schielenden Blick ausdrückt. Ihre Vorliebe für solche Art Humor reflektiert sich häufig in Myladys Spiegeln, wenn Mylady nicht zugegen ist.

Sämtliche Spiegel im Hause sind übrigens jetzt in Tätigkeit. Viele von ihnen nach langer Ruhe. Es sehen aus ihnen schöne Gesichter hervor, albern lächelnde Gesichter, junge Gesichter, Gesichter von siebzig Jahren, die durchaus nicht alt sein wollen, die ganze Gesellschaft von Gesichtern, die ein oder zwei Januarwochen in Chesney Wold zubringen wollen und denen die fashionable Zeitung, dieser gewaltige Nimrod vor dem Herrn, mit Adlerblick von dem Tage an, wo sie in St. James in Sicht kommen, bis zu dem, wo sie der Tod niederhetzt, auf den Fersen ist.

Der Edelsitz in Lincolnshire ist lauter Leben. Bei Tage hört man Schüsse und Stimmen in den Wäldern, Reiter und Wagen beleben die Parkwege, Lakaien und Diener füllen das Dorf und das Wirtshaus. Des Nachts sehen die Fensterreihen, wenn man sie von fernen Waldlichtungen in dem langen Salon, wo Myladys Bild über dem großen Prachtkamin hängt, erblickt, aus wie eine Reihe Juwelen in schwarzer Fassung. Sonntags wird die kleine, kalte Kirche fast erwärmt von so viel hoher Gesellschaft, und der dumpfige Geruch des Dedlockstaubes geht ganz in zartem Parfüm unter.

Der glänzende und vornehme Kreis umfaßt nicht wenig Aufwand an Erziehung, Verstand, Mut, Ehre, Schönheit und Tugend, aber dennoch leidet er an einem kleinen Mangel – trotz seiner unermeßlichen Vorzüge. Was kann das sein?

Etwa Dandytum? Es ist kein König Georg IV. mehr da – wie schade –, um in der Dandymode den Ton anzugeben. Die steif gestärkten weißen Halsbinden, die Röcke mit kurzen Taillen, die falschen Waden, die Schnürleiber sind verschwunden. Es gibt keine Karikaturen solch weiblicher Exquisiten mehr, die in der Opernloge im Übermaß von Entzücken in Ohnmacht fallen und von andern zeremoniösen Geschöpfen vermittelst langhalsiger Riechfläschchen wieder zum Leben erweckt werden, kein Beau ist mehr da, der vier Männer braucht, die ihn in seine Buckskins schütteln, der zu allen Hinrichtungen geht, aber von Selbstvorwürfen gepeinigt wird, wenn er einmal eine ganze Erbse gegessen hat.

Aber ist vielleicht doch Dandytum in dem glänzenden und vornehmen Kreise vorhanden? Dandytum von einer schädlicheren Art als das von der Oberfläche verschwundene und mit weniger harmlosen Dingen beschäftigt, als mit gestärkten weißen Halstüchern wundervolle Knoten zu schürzen und die eigne Verdauung einzuschränken, Dinge, die einen vernünftigen Menschen eigentlich nichts angehen.

Jawohl, es ist nicht zu leugnen. Es *sind* in Chesney Wold in dieser Januarwoche einige Damen und Herren da von der neuesten Mode – in der Religion zum Beispiel –, eine

Gesellschaft, die in geziert ergriffener Sehnsucht nach Gemütsbewegungen im Verlauf einer kleinen oberflächlichen Plauderei ein für allemal festgestellt hat, daß es dem gemeinen Volk an Glauben überhaupt fehle.
Es gibt auch Damen und Herren hier von einer andern Mode, die nicht so neu, aber sehr elegant ist, und die übereingekommen sind, einen glatten Firnis über die Welt zu streichen, damit die rauhe Wirklichkeit nicht so in die Augen steche. Für sie muß alles nett sein und unaufdringlich. Sie haben herausgefunden, wo es beständig fehlt. Sie dürfen über nichts weinen und über nichts lachen. Sie dürfen sich nicht durch Ideen stören lassen – sogar die schönen Künste müssen ihnen in Puder und rückwärtsschreitend wie der Lordkammerherr aufwarten –, müssen die Putzmacher- und Schneidermodelle früherer Jahrhunderte anziehen und ganz besonders Sorge tragen, daß sie sich nicht von dem lebendigen Geist der Zeit beeinflussen lassen.
Da ist zum Beispiel Lord Boodle, der bei seiner Partei großen Ruf genießt, der erfaßt hat, was Staatsdienst heißt, und Sir Leicester Dedlock nach dem Diner ernsthaft versichert, er wisse wirklich nicht, wo die gegenwärtige Zeit hinaus wolle. Eine Debatte sei nicht mehr, was sie in früherer Zeit gewesen; das Unterhaus sei nicht mehr, was es früher gewesen. Selbst ein Kabinett sei jetzt ganz anders als früher. Er nehme mit Erstaunen wahr, daß, im Fall das gegenwärtige Ministerium gestürzt werden sollte, die Krone bei der Bildung eines neuen Kabinetts in ihrer Wahl auf Lord Coodle und Sir Thomas Doodle beschränkt sei – vorausgesetzt, daß der Herzog von Foodle nicht in einem Kabinett mit Goodle sitzen könne, was man nach dem Bruch infolge der Affäre Hoodle annehmen müsse. Wenn man nun das Ministerium des Innern und die Führung des Oberhauses Joodle überlasse, die Schatzkammer Koodle, die Kolonien Loodle und das Auswärtige Amt Moodle, was bleibe dann für Noodle? Den Vorsitz im Ministerrat könne man ihm nicht anbieten, der sei für Poodle reser-

viert. Die Domänen und Liegenschaften könne man ihm nicht anvertrauen, die langten kaum für Quoodle. Was folge daraus? Daß das Vaterland zugrunde geht. Und das leuchtet dem Patriotismus Sir Leicester Dedlocks ein, weil man keine Stelle für Doodle hat.

In andrer Hinsicht beweist Hochwohlgeboren William Buffy, Parlamentsmitglied, einem ihm gegenüber Sitzenden, daß der Untergang des Vaterlandes – über die Tatsache ist gewiß kein Zweifel, es handelt sich nur um die Form – Cuffy zuzuschreiben ist. Wenn man Cuffy, als er zuerst ins Parlament gewählt wurde, gebührend behandelt und ihn verhindert hätte, zu Duffy überzugehen, so würde man ihn mit Fuffy haben alliieren können, hätte die gewichtige Unterstützung eines so gewiegten Redners wie Guffy sich gesichert, wäre bei den Wahlen durch den großen Einfluß und Reichtum Huffys unterstützt worden, hätte für drei Grafschaften Juffy, Kuffy und Luffy ins Parlament gebracht und das Kabinett durch die Amtserfahrung und das geschäftliche Talent Muffys gekräftigt. Das wäre alles geschehen, anstatt daß man jetzt von der bloßen Laune Cuffys abhinge.

Über diesen Punkt und einige untergeordnete Fragen herrschen Meinungsverschiedenheiten. Aber es ist dem glänzenden und vornehmen Kreis vollkommen klar, daß es sich nur um Boodle und seinen Anhang und um Buffy und seinen Anhang handeln kann. Das sind die großen Schauspieler, für die allein die Bühne da ist. Allerdings ist auch noch das Volk da – eine gewisse große Menge von Überzähligen, die gelegentlich angeredet werden und für die Vivats und Hochs und den Chor wie auf der Theaterbühne reserviert sind –, aber Boodle und Buffy, ihre Anhänger und Familien, ihre Erben, Exekutoren, Administratoren und Kuratoren sind die gebornen ersten Helden, Direktoren und Regisseure, und sonst darf niemand auf den Brettern erscheinen.

Auch darin liegt vielleicht mehr Dandytum in Chesney Wold, als dem glänzenden vornehmen Kreis auf die Dauer guttun wird. Es ist bei den ruhigsten und höflichsten Kreisen genau so wie mit dem Kreise, den der Nekromant um sich zieht – man sieht sehr seltsame Erscheinungen sich außerhalb desselben bewegen. Aber mit dem Unterschied, daß Wirklichkeiten leichter als Phantome den Kreis durchbrechen können.

Chesney Wold ist jedenfalls übervoll; so voll, daß im Busen der schlechter untergebrachten Kammerzofen ein brennendes Gefühl der Zurücksetzung glimmt, das nicht auszulöschen ist.

Nur ein Zimmer steht leer. Es ist ein Turmzimmer der dritten Verdienstklasse, einfach, aber behaglich ausgestattet, von altmodischem geschäftsmäßigem Aussehen. Es ist Mr. Tulkinghorns Zimmer, das niemals einem andern eingeräumt wird, da er zu jeder Zeit kommen kann.

Vorläufig ist er noch nicht da. In seiner stillen Art pflegt er bei schönem Wetter von dem Dorfe her durch den Park zu gehen, in diesem Zimmer zu erscheinen, als wenn er es nie verlassen hätte, einen Diener zu beauftragen, Sir Leicester seine Ankunft zu melden, falls man seiner bedürfen sollte, und zehn Minuten vor dem Diner im Schatten der Bibliothekstür aufzutauchen. Er schläft in seinem Turm mit dem klagenden Flaggenstock über dem Haupte, und vor seinem Fenster dehnt sich ein flaches, bleigedecktes Dach, wo man bei schönem Morgenwetter vor dem Frühstück seine schwarze Gestalt herumspazieren sehen kann wie eine gigantische Krähe.

Jeden Tag vor dem Diner sieht sich Mylady nach ihm in der Dämmerung der Bibliothek um. Aber er ist nicht da. Jeden Tag beim Diner wirft Mylady einen Blick nach dem untern Ende der Tafel und sucht den leeren Platz, der ihn erwarten würde, wenn er schon angekommen wäre; aber es ist kein leerer Platz da. Jeden Abend fragt Mylady gelegentlich ihre Zofe:

»Ist Mr. Tulkinghorn angekommen?«

Jeden Abend lautet die Antwort:

»Nein, Mylady, noch nicht.«

Eines Abends, während sich Mylady das Haar aufbinden läßt, versinkt sie nach dieser Antwort in tiefes Grübeln, bis sie im Spiegel neben ihrem sinnenden Gesicht ein Paar scharf beobachtende dunkle Augen erblickt.

»Wollen Sie sich gefälligst um Ihre Obliegenheiten kümmern«, sagt Mylady zu dem Spiegelbild Hortenses. »Sie können ihre Schönheit bei einer andern Gelegenheit bewundern.«

»Pardon! Ich bewundere Myladys Schönheit.«

»Die brauchen Sie gar nicht zu bewundern«, sagt Mylady verweisend.

Endlich, eines Nachmittags, kurz vor Sonnenuntergang, als die bunten Gruppen, die während der letzten paar Stunden den Geisterweg belebten, sich zerstreut haben und nur Sir Leicester und Mylady noch auf der Terrasse verweilen, erscheint Mr. Tulkinghorn. Er nähert sich mit seinem gewohnten gemessenen Schritt, der niemals schneller und niemals langsamer wird. Er trägt seine übliche ausdruckslose Maske und verbirgt Familiengeheimnisse in jedem Glied seines Körpers und jeder Falte seines Anzugs. Ob wirklich seine ganze Seele den Großen der Erde gewidmet ist oder sich nur auf die Dienstleistungen, die er sich bezahlen läßt, beschränkt, ist sein persönliches Geheimnis. Er bewahrt es, wie er die Geheimnisse seiner Klienten bewahrt; er ist in dieser Sache sein eigner Klient und wird sich nie verraten.

»Wie geht es Ihnen, Mr. Tulkinghorn?« fragt Sir Leicester und streckt seine Hand aus.

Mr. Tulkinghorn befindet sich vollkommen wohl.

Sir Leicester und Mylady befinden sich ebenfalls sehr wohl. Alles höchst zufriedenstellend. Der Advokat geht, die Hände auf dem Rücken, neben Sir Leicester auf der Terrasse auf und ab. Mylady auf der andern Seite.

»Wir erwarteten Sie schon früher«, sagt Sir Leicester. Eine sehr gnädige Bemerkung. Das heißt soviel wie: Mr. Tulkinghorn, wir denken an Sie, selbst wenn Sie nicht hier sind und uns durch Ihre Anwesenheit an Ihre Existenz

erinnern. Sie sehen, Sir, wir widmen Ihnen einen Teil unsrer Gedanken.
Mr. Tulkinghorn weiß das; er neigt das Haupt und sagt, er fühle sich außerordentlich verbunden.
»Ich wäre eher gekommen, wenn mich nicht die Prozesse zwischen Ihnen und Boythorn so sehr in Anspruch genommen hätten.«
»Ein sehr zügelloser Charakter«, bemerkt Sir Leicester mit Strenge. »Ein außerordentlich gefährlicher Mann für die menschliche Gesellschaft. Ein Mann von sehr niedriger Denkungsweise.«
»Er ist starrköpfig«, bestätigt Mr. Tulkinghorn.
»Ganz natürlich ist ein solcher Mensch starrköpfig«, sagt Sir Leicester und macht ein entsprechendes Gesicht. »Das wundert mich gar nicht.«
»Die einzige Frage ist nun«, fährt der Advokat fort, »ob Sie in einer Hinsicht nachgeben wollen.«
»Nein, Sir. Ausgeschlossen. Ich, nachgeben?«
»Ich meine keinen Punkt von Wichtigkeit. Natürlich würden Sie darin nicht nachgeben. Ich meine in einem nebensächlicheren Punkt.«
»Mr. Tulkinghorn«, erwidert Sir Leicester, »es kann zwischen mir und Mr. Boythorn keinen nebensächlichen Punkt geben. Wenn ich noch weiter gehe und sage, daß ich nicht begreife, wie irgendeins meiner Rechte ein nebensächlicher Punkt sein kann, so spreche ich nicht von mir allein, sondern in bezug auf die Familientradition, die aufrechtzuerhalten mir obliegt.«
Mr. Tulkinghorn neigt wieder das Haupt.
»Ich bin jetzt instruiert«, sagt er. »Mr. Boythorn wird uns viel Ungelegenheiten machen.«
»Es liegt in der Natur eines solchen Charakters, Mr. Tulkinghorn, Unannehmlichkeiten zu bereiten. Ein ausnehmend übeldenkender, rebellischer Mensch. Ein Mensch, der vor fünfzig Jahren wahrscheinlich in Old Bailey wegen demagogischer Umtriebe vor Gericht gestellt und streng bestraft worden wäre ... Wenn man ihn nicht«, fügt

Sir Leicester nach einer kurzen Pause hinzu, »gehenkt und gevierteilt hätte.«
– Sir Leicester scheint seine stolze Brust von einer Last zu befreien, indem er dies Todesurteil ausspricht. Das Aussprechen scheint ihm nach der wirklichen Vollstreckung des strengen Spruchs noch das Beste zu sein. –
»Aber es wird Abend«, sagt er, »und Mylady könnte sich erkälten. Wollen wir vielleicht hineingehen?«
Als sie sich der Türe der Halle zuwenden, redet Lady Dedlock Mr. Tulkinghorn an:
»Sie ließen mir etwas über die Person sagen, nach deren Handschrift ich mich gelegentlich erkundigt habe. Es sieht Ihnen sehr ähnlich, daß Sie die Sache im Gedächtnis behielten; ich hatte sie schon ganz vergessen. Ihr Brief erinnerte mich wieder daran. Ich weiß nicht mehr, welche Ideenassoziation ich mit der Handschrift verbunden haben mag. Aber jedenfalls hatte ich eine dabei.«
»Wirklich?«
»O ja«, sagt Mylady leichthin. »Ich glaube, es muß irgendein Gedanke damit verbunden gewesen sein. Und Sie haben sich also wirklich die Mühe gegeben, den Schreiber dieses Dinges ausfindig zu machen ... Was war es gleich ... Des Affidavits?«
»Ja.«
»Wie komisch!«
Sie treten in ein düsteres Frühstückszimmer im Erdgeschoß, das während des Tages von zwei tiefnischigen Fenstern erhellt wird. Es ist jetzt Zwielicht. Das Feuer glänzt hell an der getäfelten Wand und blaß auf den Fensterscheiben, hinter denen durch sein kaltes Spiegelbild die noch kältere Landschaft im Winde draußen zittert und ein grauer Nebel langsam einherkriecht: der einzige Wanderer außer dem Wolkenheer.
Mylady ist in einem großen Lehnstuhl in der Kaminecke hingegossen, und Sir Leicester nimmt in einem andern großen Sessel ihr gegenüber Platz. Der Advokat steht vor dem Feuer und hält die Hand auf Armlänge vor, um sein

Gesicht zu beschatten. Er blickt über den Arm auf Mylady.

»Ja«, sagt er, »ich erkundigte mich nach dem Mann und fand ihn. Und was das Seltsamste ist, ich fand –«

»– daß er durchaus keine ungewöhnliche Person ist, fürchte ich«, unterbricht ihn Lady Dedlock schmachtend.

»Ich fand ihn tot!«

»O Gott«, wehrt Sir Leicester Dedlock ab. Nicht so sehr von der Tatsache erschüttert, als darüber, daß dergleichen hier erwähnt wird.

»Man wies mich nach seiner Wohnung – einem elenden, armseligen Ort –, und ich fand ihn tot.«

»Sie werden entschuldigen, Mr. Tulkinghorn«, bemerkt Sir Leicester, »ich glaube, je weniger von so etwas gesprochen wird –«

»Bitte, Sir Leicester, lassen Sie mich die Geschichte zu Ende hören«, unterbricht ihn Mylady. »Die Geschichte paßt vortrefflich für die Dämmerstunde. Wie schrecklich! Tot?«

Mr. Tulkinghorn bestätigt es abermals durch ein Kopfnikken. »Ob durch eigne Hand –«

»Auf Ehre!« ruft Sir Leicester. »Wahrhaftig –«

»Bitte lassen Sie mich die Sache zu Ende hören«, sagt Mylady.

»Wie Sie wünschen, Mylady, aber ich muß sagen –«

»Nein, Sie dürfen nichts sagen ... Fahren Sie fort, Mr. Tulkinghorn.«

Sir Leicester gibt in seiner Galanterie nach, obgleich er innerlich fühlt, daß solche Unsauberkeiten den obern Klassen vorzusetzen – wahrhaftig –

»Ich wollte sagen«, fängt der Advokat mit unerschütterlicher Ruhe wieder an, »daß ich außerstande bin, Ihnen zu berichten, ob er durch eigne Hand gestorben ist oder nicht. Eigentlich müßte ich einen andern Ausdruck gebrauchen, denn er ist unzweifelhaft durch eigne Hand gestorben, wenn es sich auch nicht aufklären ließ, ob er vorsätzlich oder unabsichtlich gehandelt hat. Die Totenschau

sprach sich dahin aus, daß er sich zufällig vergiftet habe.«
»Und was für eine Art Mensch war der Beklagenswerte?« fragt Mylady.
»Das ist sehr schwer zu sagen«, gibt der Advokat kopfschüttelnd zur Antwort. »Er hatte in so herabgekommenen Verhältnissen gelebt und sah mit seiner zigeunerhaften Gesichtsfarbe und seinem wirren schwarzen Haar und Bart so vernachlässigt aus, daß man ihn für den Gemeinsten der Gemeinen hätte halten mögen. Der Arzt jedoch war der Meinung, daß er früher etwas Besseres gewesen sein müßte.«
»Wie hieß der Unglückliche?«
»Er hieß so, wie er sich selbst nannte, aber niemand wußte seinen wirklichen Namen.«
»Auch keiner von denen, die ihn gepflegt haben?«
»Es hat ihn niemand gepflegt. Man fand ihn tot. Vielmehr ich fand ihn tot.«
»Gab es keinen Anhaltspunkt, etwas über ihn zu erfahren?«
»Nein; es war«, sagt der Advokat nachdenklich, »ein alter Mantelsack da, aber ... Nein, es fanden sich keine Papiere vor.«
Während dieses ganz kurzen Zwiegesprächs sehen sich Lady Dedlock und Mr. Tulkinghorn ohne die geringste Veränderung in ihrem gewöhnlichen Verhalten zueinander unverwandt an – wie es vielleicht bei der Besprechung eines so ungewöhnlichen Themas natürlich ist. Sir Leicester hat mit dem typischen Ausdruck des Dedlocks auf der Treppe ins Feuer gestarrt. Als die Geschichte zu Ende ist, protestiert er wieder vornehm und betont, da es ganz klar sei, daß der arme Teufel in Myladys Seele unmöglich Erinnerungen erwecken könne – wenn er nicht etwa Bettelbriefe geschrieben habe –, er hoffe nichts mehr von einem Thema zu hören, das Myladys Stellung so fern liege.
»Allerdings eine Schauergeschichte«, sagt Mylady und sammelt ihre Mäntel und Pelze um sich, »aber man fühlt

für einen Augenblick ein Interesse dafür. Haben Sie die Güte, Mr. Tulkinghorn, mir die Türe zu öffnen.«

Mr. Tulkinghorn gehorcht ehrerbietig und hält sie offen, während Mylady hinausgeht. Sie geht mit ihrer gewöhnlichen abgespannten Miene und gleichgültigen Grazie dicht an ihm vorüber. Sie sehen sich wieder beim Diner – auch am nächsten Tag – und später Tag für Tag. Lady Dedlock ist immer dieselbe erschöpfte Göttin, umgeben von Anbetern und der furchtbaren Gefahr ausgesetzt, zu Tode gelangweilt zu werden, selbst, wenn sie auf ihrem eignen Altar thront.

Mr. Tulkinghorn ist immer noch dieselbe stumme Schublade für hochadlige Vertrauensmitteilungen, so gar nicht an seinem Platz und doch so vollkommen zu Hause. Sie scheinen so wenig Rücksicht aufeinander zu nehmen, wie nur zwei Leute, die in ein und demselben Haus wohnen, aufeinander nehmen können; aber ob jeder den andern beobachtet, belauert und im Verdacht hat, daß er einen wichtigen, geheimen Gedanken verberge; ob jeder immer gerüstet ist, sich nie vom andern überrumpeln zu lassen, was jeder darum geben würde, um zu wissen, wieviel der andre weiß – alles das liegt in ihrem tiefsten Herzen verborgen.

13. Kapitel

Esthers Erzählung

Wir berieten viel, was Richard werden sollte; zuerst ohne Mr. Jarndyce, wie er gewünscht hatte, und dann mit ihm; aber es dauerte sehr lange, ehe wir nur einigermaßen vorwärtsgekommen waren.

Richard sagte, er sei zu allem bereit. Wenn Mr. Jarndyce fürchtete, er könne für den Flottendienst schon ein bißchen zu alt sein, sagte Richard, er habe sich das auch schon gedacht und es sei leicht möglich. Wenn Mr. Jarndyce ihn fragte, was er von der Armee halte, sagte Richard, er habe auch schon daran gedacht und es sei keine üble Idee. Wenn Mr. Jarndyce ihm den Rat gab, sich selbst einmal ernstlich die Frage vorzulegen, ob seine alte Vorliebe für die See nur eine gewöhnliche knabenhafte Neigung oder ein echter, innerer Impuls sei, so gab Richard zur Antwort, er habe sich die Frage schon oft vorgelegt, könne darüber aber nicht ins reine kommen.

»Wieviel an dieser Unschlüssigkeit in seinem Charakter«, sagte Mr. Jarndyce zu mir, »die unglaubliche Häufung von Ungewißheit und Indielängeziehen, mit der er von seiner Geburt an zu tun hatte, die Schuld trägt, wage ich nicht zu sagen, aber daß der Kanzleiprozeß außer seinen übrigen Sünden auch für einen Teil dafür verantwortlich ist, sehe ich deutlich. Es hat in ihm eine Gewohnheit erzeugt oder genährt, alles hinauszuschieben und sich auf Zufälle aller Art zu verlassen oder alles halbfertig und verwirrt liegenzulassen. Selbst der Charakter älterer und gesetzterer Personen kann durch Verhältnisse und Umgebung Veränderungen erleiden. Es hieße übers Ziel schießen, wenn man von einem Jüngling, dessen Charakter noch in der Ausbildung begriffen ist, das Gegenteil verlangen wollte.«

Ich fühlte, wie richtig das war, obgleich es mir innerlich beklagenswert schien, daß Richards Erziehung diesen Einflüssen nicht entgegengewirkt und nicht mehr für die Ausbildung seines Charakters getan hatte. Er war acht Jahre in die Schule gegangen und konnte lateinische Verse aller Art auf die bewunderungswürdigste Weise machen. Aber niemals schien sich jemand die geringste Mühe gegeben zu haben, zu erfahren, zu welchem Beruf er am meisten hinneige, welcher Art seine Schwächen seien oder welche Wissenschaft am besten für ihn passe. Ich dachte mir, es würde Richard mehr genützt haben, wenn jemand ihn etwas fleißiger studiert hätte, anstatt ihn die Fähigkeit, Verse so außerordentlich gründlich zu drechseln, zu lehren.

Allerdings verstand ich nichts von der Sache und weiß auch bis heute noch nicht, ob die jungen Herren des klassischen Rom oder Griechenland auch solche Massenverse gemacht haben – oder ob es die Lieblingsbeschäftigung der jungen Herrn irgendeines andern Landes jemals gewesen ist.
»Ich habe nicht die leiseste Idee«, sagte Richard gelegentlich eines Gesprächs nachdenklich eines Tages, »was ich eigentlich werden möchte. Außer, daß ich ganz genau weiß, daß ich nicht Geistlicher werden will, ist es mir übrigens einerlei.«
»Du hast wohl keine Neigung für Mr. Kenges Beruf?« fragte Mr. Jarndyce.
»Das weiß ich nun eben nicht«, antwortete Richard. »Ich rudere sehr gern, und Jurisstudenten betreiben viel Wassersport. Es wäre vielleicht ein ganz kapitaler Beruf.«
»Chirurg –?« schlug Mr. Jarndyce vor.
»Ja, das ist das Wahre!« rief Richard begeistert aus.
– Ich glaube kaum, daß er vorher ein einziges Mal daran gedacht hat. –
»Das ist das Richtige. Jetzt haben wir's: M. R. C. S.«
Er ließ sich durch unser Lachen nicht davon abbringen, obgleich er selbst herzlich mitlachen mußte.
Er sagte, er habe jetzt seinen Beruf gewählt, und je mehr er darüber nachdenke, desto mehr fühle er, daß die Heilkunst sein wahrer Beruf sei.
Ich konnte mich des Gedankens nicht erwehren, daß er nur deshalb zu diesem Entschluß gekommen war, weil er, innerlich froh, der unangenehmen Mühe des Nachdenkens enthoben zu sein, immer Geschmack an dem neuesten Einfall fand, und fragte mich, ob das Studium der lateinischen Verse häufig so ende oder ob Richard nur ein vereinzelter Fall sei.
Mr. Jarndyce gab sich große Mühe, mit ihm die Sache ernst durchzusprechen und ihm die Wichtigkeit eines so entscheidenden Entschlusses vor Augen zu führen. Richard war nach solchen Unterredungen immer etwas ern-

ster als gewöhnlich, sagte aber stets Ada und mir, die Sache sei in schönster Ordnung, und fing von etwas anderm an zu sprechen.

»Bei Gott!« rief Mr. Boythorn, der sich für die Angelegenheit natürlich sehr stark interessierte, denn er tat nichts halb. »Es freut mich, daß ein junger Mann von Herz und Verstand sich diesem edlen Berufe widmet. Mit je mehr Geist er betrieben wird, desto besser für die Menschheit und desto schlimmer für die feilen Handwerker und Schwindler, die sich ein Vergnügen daraus machen, diese hohe Kunst der Welt in schlechtem Lichte zu zeigen. Bei allem, was niedrig und abscheulich ist, die Behandlung der Chirurgen bei der Marine ist derart, daß ich jedem Mitglied der Admiralität einen doppelten Knochenbruch an beiden Beinen beibringen lassen und es zu einem mit Deportation zu bestrafenden Verbrechen stempeln möchte, sie wieder einzurichten, wenn die Sache nicht in achtundvierzig Stunden anders würde.«

»Würdest du ihnen nicht wenigstens eine Woche Frist einräumen?« fragte Mr. Jarndyce.

»Nein, unter keinen Umständen! Achtundvierzig Stunden. Und was Korporationen, Kirchspielbehörden, Gemeinderatssitzungen und ähnliche Zusammenkünfte von Dickschädeln betrifft, die sich nur versammeln, um zu faseln, so sollten sie, bei Gott, verurteilt werden, sich den schäbigen Rest ihres elenden Lebens in Quecksilberbergwerken zu schinden, geschähe es auch nur, um zu verhindern, daß ihr greuliches Englisch irgendeine schöne Sprache, die im Sonnenlicht gesprochen wird, beflecke. Was diese Kerle betrifft, die die Selbstlosigkeit anständiger Gentlemen, die sich den Wissenschaften zuwenden, gemein ausnützen, indem sie die unschätzbaren Leistungen der besten Lebensjahre, die langen Studien und die kostspielige Erziehung mit einem Lumpengeld, zu klein für einen Kopierjungen, bezahlen, so sollte man jedem von ihnen den Hals umdrehen und ihre Schädel im chirurgischen Saal zur Erbauung der ganzen Hörerschaft aufstellen lassen, damit die jüngern Studenten schon früh im Leben durch direkte Messung lernen, wie dick Schädel überhaupt werden können.«

Nach diesem heftigen Gefühlserguß sah sich Mr. Boythorn mit höchst liebenswürdigem Lächeln im Kreise um und fing plötzlich an zu donnern: »Hahaha!« und konnte sich kaum beruhigen.

Da Richard auch nach längerer Bedenkzeit immer noch der Ansicht war, seine Wahl stehe fest, und in derselben entschiedenen Weise Ada und mir immer wieder versicherte, es sei daran nicht zu rütteln, so wurde es notwendig, Mr. Kenge zu Rate zu ziehen.

So kam denn Mr. Kenge eines Tags zum Mittagessen, lehnte sich in seinen Stuhl zurück, drehte sein Augenglas zwischen den Fingern, redete mit sonorer Stimme und benahm sich genau so, wie ich mich erinnerte, ihn als kleines Mädchen gesehen zu haben.

»Wahrhaftig«, sagte er. »Ja. Hm. Ein sehr guter Beruf, Mr. Jarndyce, wirklich, ein sehr guter Beruf.«

»Das praktische und theoretische Studium verlangt anhaltenden Fleiß«, bemerkte mein Vormund mit einem Blick auf Richard.

»Ohne Zweifel«, nickte Mr. Kenge. »Großen Fleiß.«

»Aber da dies schließlich mehr oder weniger bei allen Berufsarten, die in Betracht kommen, der Fall ist, so ist das ein Punkt, den man auch bei jeder andern Berufswahl berücksichtigen müßte.«

»Sehr wahr«, bestätigte Mr. Kenge. »Und Mr. Richard Carstone, der sich so ausgezeichnet hat – darf ich sagen, unter dem Himmel des klassischen Altertums, unter dem er seine Jugend verlebt hat? –, wird ohne Zweifel die erworbene Fertigkeit, wenn auch nicht die Prinzipien und die Praxis des Versemachens in einer Sprache, in der, wie es heißt, ein Dichter geboren und nicht gemacht wird, auf den wesentlich praktischeren Wirkungskreis, in den er jetzt eintritt, anwenden.«

»Sie können sich darauf verlassen«, fiel Richard in seiner

leichtherzigen Weise ein, »daß ich es ordentlich angehen und mein Bestes tun werde.«

»Sehr gut, Mr. Jarndyce.« Mr. Kenge nickte milde. »Wirklich, wenn uns Mr. Richard versichert, er wolle es angehen und sein Bestes tun« – er nickte wieder milde und voll Gefühl –, »so möchte ich Ihnen nahelegen, daß wir uns nur nach der besten Art, ihm das Ziel seines Ehrgeizes näher zu rücken, umzusehen haben. Wir haben also weiter nichts zu tun, als Mr. Richard bei einem möglichst berühmten Chirurgen unterzubringen. Hat man schon jemand im Auge?«

»Ich wüßte nicht, Rick.«

»Ich auch nicht, Sir.«

»Also gut«, bemerkte Mr. Kenge. »Also zur Sache. Haben Sie diesbezüglich besondere Wünsche?«

»N-nein«, antwortete Richard.

»Also gut.«

»Ich hätte nur gern ein wenig Abwechslung, ich meine, genügend Gelegenheit, Erfahrungen zu sammeln.«

»Allerdings sehr wünschenswert«, stimmte Mr. Kenge zu. »Ich glaube, dies ließe sich leicht machen, Mr. Jarndyce? Wir haben vor allen Dingen einen geeigneten Chirurgen ausfindig zu machen, und wenn wir darauf hingewiesen haben, daß wir eine gewisse Summe als Lehrgeld zu zahlen bereit sind – nicht wahr, Mr. Jarndyce? –, wird unsre einzige Schwierigkeit sein, eine entsprechende Auswahl zu treffen. Dann bleiben uns nur noch die kleinen Formalitäten zu beobachten übrig, die durch unser Alter und den Umstand, daß wir unter der Vormundschaft des Kanzleigerichts stehen, bedingt sind. Wir werden bald – wenn ich mich Mr. Richards eigner leichtherziger Worte bedienen darf – die Sache angehen, und unser Herzenswunsch ist befriedigt ... Es ist ein merkwürdiger Zufall«, fügte Mr. Kenge mit einem Anflug von Melancholie hinzu, »einer jener Zufälle, die unsre irdischen, so beschränkten menschlichen Fähigkeiten nicht erklären können, daß ich selbst einen Vetter habe, der Mediziner ist. Vielleicht paßt er für Sie und ist geneigt, auf Ihren Vorschlag einzugehen. Ich kann für ihn so wenig stehen wie für Sie, aber vielleicht ist er der Richtige.«

Da dadurch die Sache in greifbare Nähe rückte, kam man überein, Mr. Kenge solle mit seinem Vetter reden.

Mr. Jarndyce hatte uns schon früher vorgeschlagen, auf ein paar Wochen nach London zu gehen, und so wurde am nächsten Tag beschlossen, die Reise so bald wie möglich anzutreten.

Mr. Boythorn verließ uns innerhalb der nächsten acht Tage, und wir schlugen unser Quartier in einer reizenden Wohnung in der Nähe von Oxford Street über dem Laden eines Möbelhändlers auf.

London erschien uns wie ein großes Wunder, und wir waren jeden Tag stundenlang unterwegs, um die Sehenswürdigkeiten zu besichtigen, die weniger leicht zu erschöpfen waren als wir selbst. Wir machten auch mit großem Genuß durch alle größeren Theater und sehenswerten Stücke die Runde. Ich erwähne es, weil es im Theater war, wo Mr. Guppy mich wieder zu belästigen anfing.

Ich saß eines Abends mit Ada vorn in einer Loge, und Richard hatte, wie er es gerne tat, sich hinter sie gesetzt, als ich zufällig unten im Parterre Mr. Guppy erkannte, der, das Haar in die Stirn gebürstet, mit einer Miene unsäglichen Leides zu mir emporblickte.

Ich fühlte das ganze Stück hindurch, daß er immer nur auf mich statt auf die Schauspieler sah, und zwar beständig mit einem offenbar sorgfältig einstudierten Ausdruck tiefsten Schmerzes und äußerster Niedergeschlagenheit.

Der Vorfall verdarb mir für den Abend die ganze Freude, da er mich natürlich in Verlegenheit setzte und gar so lächerlich war; aber nicht genug daran, von diesem Tag an konnten wir nie mehr ins Theater gehen, ohne daß nicht Mr. Guppy im Parterre auftauchte, immer mit zerrauftem Haar, aufgeschlagnem Kragen und deutlich zur Schau getragner Hinfälligkeit. Wenn er bei unserm Eintreten noch nicht da war und ich bereits zu hoffen anfing, er werde

diesmal nicht kommen, und mich für kurze Zeit ganz der Darstellung zuwendete, konnte ich sicher sein, seinen schmachtenden Augen zu begegnen, wo ich es am wenigsten erwartete, und sie von der Zeit an den ganzen Abend nicht mehr loszuwerden.
Ich kann gar nicht sagen, wie mich das verstimmte. Wenn er sich nur das Haar melancholisch gekämmt oder den Kragen aufgeschlagen hätte, so wäre es schon schlimm genug gewesen, aber das Bewußtsein, daß dieser lächerliche Mensch mich immer anstarrte und stets mit einer gewissen theatralischen Verzweiflung, machte mich derart beklommen, daß ich mich gar nicht mehr getraute, über das Stück zu lachen oder mich ergriffen zu fühlen, darüber zu sprechen – mich auch nur zu bewegen.
Ich verlor förmlich die Fähigkeit, mich natürlich zu benehmen. Ich hätte mich vor Mr. Guppy retten können, wenn ich mich in den Hintergrund der Loge gesetzt hätte, aber dazu konnte ich mich nicht entschließen, weil ich wußte, wie sehr es Ada und Richard in ihrer Unterhaltung gestört haben würde, wenn ein Fremder neben ihnen zu sitzen gekommen wäre.
So saß ich denn da und wußte nicht, wohin schauen – denn wohin ich immer blickte, ich fühlte, daß mir Mr. Guppys Augen folgten –, und war nur mit dem Gedanken beschäftigt, welche schrecklichen Ausgaben der junge Mann sich meinetwegen machte.
Manchmal dachte ich daran, es Mr. Jarndyce zu sagen. Dann fürchtete ich wieder, es könne den jungen Mann seine Stelle kosten. Und es Richard anzuvertrauen, hielt mich wieder der Gedanke an die Möglichkeit ab, er könne mit Mr. Guppy einen Streit anfangen und ihm ein blaues Auge schlagen. Soll ich, wenn er mich ansieht, die Stirn runzeln und mit dem Kopf schütteln? dachte ich mir. Nein, sah ich ein, das am allerwenigsten.
Ich überlegte mir, ob ich nicht an seine Mutter schreiben sollte, kam aber bald zur Überzeugung, daß ein Briefwechsel die Sache nur verschlimmern würde. Und immer

wieder kam ich zu dem Schluß, daß ich rein gar nichts tun könnte.

Mr. Guppys Ausdauer ließ ihn nicht nur regelmäßig in jedem Theater, das wir besuchten, erscheinen, er zeigte sich auch im Gedränge, wenn wir hinausgingen, und zuweilen kam es vor, daß er sich hinten auf unsern Wagen stellte, wo ich ihn des öftern im Kampf mit den Wagenspeichen erblickte.

Waren wir zu Hause angekommen, pflegte er in solchen Fällen unsrer Wohnung gegenüber an einem Pfeiler Posten zu fassen. Da das Haus des Möbelhändlers das Eck zweier Straßen bildete und mein Schlafzimmer nach vorne ging, so fürchtete ich mich jedesmal, ans Fenster zu treten, wenn ich oben war, um ihn nicht, wie es einmal in einer Mondnacht geschehen, an den Pfeiler gelehnt, klappernd vor Kälte stehen zu sehen.

Wenn er nicht zum Glück den ganzen Tag über beschäftigt gewesen wäre, ich glaube, ich hätte überhaupt keine Ruhe mehr vor ihm gehabt.

Während wir unsern Zerstreuungen nachgingen, an denen Mr. Guppy in so außerordentlich intensiver Weise teilnahm, wurde die Angelegenheit, derentwegen wir in die Stadt gekommen waren, nicht vernachlässigt.

Mr. Kenges Vetter war ein gewisser Mr. Bayham Badger, der eine große Praxis in Chelsea hatte und außerdem noch einer großen öffentlichen Anstalt vorstand. Er erklärte sich gern bereit, Richard in sein Haus aufzunehmen und dessen Studien zu beaufsichtigen. Und da diese, wie es schien, in seinem Haus erfolgreich betrieben werden konnten und er Gefallen an Richard fand und Richard sagte, auch er »passe ihm soweit«, so wurde ein Kontrakt gemacht, des Lordkanzlers Zustimmung eingeholt, und bald war alles in schönster Ordnung.

Am Tage der Kontraktunterzeichnung lud uns Mrs. Badger zum Essen ein. Es sollte nur ein Familienessen sein, wie ihres Gatten Brief besagte; und außer uns und der Hausfrau waren keine Damen zugegen.

Mrs. Badger erwartete uns im Salon, von verschiedenen Dingen umgeben, die verrieten, daß sie ein wenig male, ein wenig Klavier spiele, ein wenig Gitarre und ein wenig Harfe, ein wenig singe, ein wenig sticke und lese, ein wenig dichte und ein wenig botanisiere. Sie war, wie ich schätzte, ungefähr fünfzig Jahre alt, jugendlich gekleidet und hatte einen schönen Teint. Wenn ich zu dem kleinen Verzeichnis ihrer Kunstfertigkeiten noch hinzusetze, daß sie sich auch ein wenig schminkte, so will ich ihr damit nichts Böses nachgesagt haben.

Mr. Bayham Badger war ein roter, lebhaft gefärbter, geschniegelt aussehender Herr mit einer dünnen Stimme, weißen Zähnen, blondem Haar und verwundert dreinschauenden Augen. Er schien ein paar Jahre jünger zu sein als Mrs. Bayham Badger. Er bewunderte seine Gattin ausnehmend, aber merkwürdigerweise hauptsächlich deswegen, weil sie drei Männer gehabt hatte. Schon nach den ersten Begrüßungsworten sagte er triumphierend zu Mr. Jarndyce:

»Sie würden gewiß nicht glauben, daß ich Mrs. Bayham Badgers dritter bin.«

»In der Tat?«

»Ihr dritter, jawohl. Mrs. Bayham Badger, glauben Sie nicht auch, Miß Summerson, sieht nicht wie eine Dame aus, die schon zweimal verheiratet war?«

»Oh, durchaus nicht.«

»Und zwar mit sehr bemerkenswerten Männern. Kapitän Swosser von der königlichen Marine, Mrs. Badgers erster Gatte, war ein hervorragender Offizier. Der Name Professor Dingos, meines unmittelbaren Vorgängers, genießt in ganz Europa einen großen Ruf.«

Mrs. Badger hörte lächelnd zu.

»Ja, meine Liebe«, bekräftigte Mr. Badger. »Ich bemerkte vorhin bereits zu Mr. Jarndyce und Miß Summerson, daß du schon zweimal verheiratet warst – beide Male mit hervorragenden Männern. Und sie wollten es kaum glauben. Ja, ja, so geht es den meisten Leuten.«

»Ich war kaum zwanzig, als ich Kapitän Swosser von der königlichen Marine heiratete«, erklärte Mrs. Badger. »Ich war mit ihm im Mittelländischen Meer und bin ein richtiger Seemann geworden. Am zwölften Jahrestag meiner Hochzeit wurde ich die Gattin Professor Dingos.«
»Von europäischem Ruf«, schaltete Mr. Badger halblaut ein.
»Und als Mr. Badger und ich getraut wurden, wählten wir wieder denselben Tag zur Hochzeit. Ich hatte das Datum liebgewonnen.«
»So daß Mrs. Badger drei Männer geheiratet hat – zwei von ihnen höchst ausgezeichnete Personen –«, sagte Mr. Badger, die Tatsachen zusammenfassend, »und jeden an einem 21. März früh elf Uhr.«
Wir drückten alle unsere Bewunderung aus.
»Wenn Mr. Badger nicht gar so bescheiden wäre«, nahm Mr. Jarndyce das Wort, »so würde ich mir erlauben, ihn zu verbessern und zu sagen: drei ausgezeichnete Männer.«
»Ich danke Ihnen, Mr. Jarndyce; das sage ich auch immer«, bemerkte Mrs. Badger.
»Und, meine Liebe«, rief ihr Gatte, »was sage ich immer? Ich sage ohne falsche Bescheidenheit hinsichtlich meines Rufes, den ich in meinem Fache mir erworben habe – was unser Freund Mr. Carstone im Lauf der Zeit Gelegenheit haben wird zu erfahren –, daß ich nicht so eingebildet bin, nein, wahrhaftig, nicht so unverständig, um meinen Namen auf gleiche Höhe mit so ausgezeichneten Männern, wie Kapitän Swosser und Professor Dingo waren, zu stellen. Vielleicht interessiert Sie das Porträt Kapitän Swossers, Mr. Jarndyce?«
Mr. Bayham Badger führte uns in das anstoßende Zimmer. »Es wurde nach seiner Rückkehr aus Afrika gemalt, wo er sehr unter dem Fieber des dortigen Klimas gelitten hatte. Mrs. Badger meint, es sei zu gelb. Aber es ist ein sehr schöner Kopf, ein sehr schöner Kopf!«
Wir alle stimmten ein: »Ein sehr schöner Kopf!«
»Wenn ich ihn ansehe«, fuhr Mr. Badger fort, »fühle ich,

daß er ein Mann ist, den ich im Leben gern gekannt haben möchte. Das Gesicht drückt so recht den ausgezeichneten Menschen aus, der Kapitän Swosser in so hervorragendem Maße war. Dort hängt Professor Dingo. Ich kannte ihn sehr gut – behandelte ihn in seiner letzten Krankheit ... Ein Bild von sprechender Ähnlichkeit. Und über dem Piano Mrs. Bayham Badger, damals Mrs. Swosser. Über dem Sofa sehen Sie Mrs. Bayham Badger als Mrs. Dingo. Von Mrs. Bayham Badger *in esse* besitze ich das Original, aber keine Kopie.«

Man meldete jetzt, daß gedeckt sei, und wir gingen hinunter. Es war ein sehr feines Diner, und sehr hübsch serviert. Aber der Kapitän und der Professor spukten Mr. Badger immer noch im Kopf herum, und da Ada und ich die Ehre hatten, neben ihm zu sitzen, so konnten wir sie ausgiebig genießen.

»Wasser, Miß Summerson? Sie gestatten! Nicht in diesem Glase, wenn ich bitten darf. Bringen Sie das Ehrenglas des Professors, James!«

Ada bewunderte einen Strauß künstlicher Blumen unter einem Sturz.

»Wunderbar, wie sie sich halten«, sagte Mr. Badger. »Mrs. Bayham Badger erhielt sie als Geschenk, als sie im Mittelländischen Meer weilte.«

Er lud Mr. Jarndyce ein, ein Glas Claret mit ihm zu trinken.

»Nicht diesen Wein! Sie gestatten! Heute ist eine besonders festliche Gelegenheit, und bei solchen Veranlassungen möchte ich einen ganz besonderen Bordeaux, den ich zufällig im Keller habe, auf dem Tisch sehen. James, Kapitän Swossers Wein! – Mr. Jarndyce, das ist eine Marke, die der Kapitän selbst importiert hat. Ich weiß nicht, vor wieviel Jahren. Sie werden sie sehr bemerkenswert finden. Meine Liebe, ich würde mich glücklich schätzen, wenn du ein Glas von diesem Wein mittrinken würdest. Schenken Sie Madame von Kapitän Swossers Bordeaux ein! Deine Gesundheit, meine Liebe!«

Als wir Damen uns zurückzogen, nahmen wir Mrs. Badgers ersten und zweiten Gatten mit uns. Sie entwarf uns im Salon eine biographische Skizze des Lebens und des militärischen Dienstes Kapitän Swossers vor seiner Verheiratung und einen mehr auf die Einzelheiten eingehenden Bericht von der Zeit an, wo er sich an Bord des »Crippler« auf einem Ball, den die Offiziere dieses Schiffs im Hafen von Plymouth gaben, in sie verliebte.

»Der liebe alte ›Crippler‹!« seufzte sie und schüttelte tiefsinnig den Kopf. »Er war ein schönes Schiff. Schmuck, seetüchtig, und alle Schoten belegt, wie der Kapitän zu sagen pflegte. – Sie müssen mich entschuldigen, wenn ich zuweilen einen nautischen Ausdruck gebrauche, ich war damals ein halber Seemann. – Kapitän Swosser liebte das Schiff meinetwegen. Als es ins Trockendock kam, sagte er oft zu mir, wenn er reich genug wäre, die alte Holke zu kaufen, so würde er in den Spannen des Quarterdecks, wo wir im Kontertanz einander gegenüberstanden, eine Inschrift anbringen lassen, um die Stelle zu bezeichnen, wo er fiel – wie er zu sagen pflegte –, der Breitseite nach bestrichen, von dem Kreuzfeuer meiner Toplichter, so nannte er in seiner Seemannssprache meine Augen.«

– Mrs. Badger schüttelte den Kopf, seufzte und warf einen Blick in den Spiegel. –

»Von Kapitän Swosser zu Professor Dingo war ein großer Sprung«, fing sie wieder, mit einem trüben Lächeln, an. »Ich fühlte es anfangs tief. Eine so vollständige Umwälzung in meiner Lebensweise. Aber Gewohnheit, vereint mit Wissenschaft – vor allem mit Wissenschaft –, machte es mir mit der Zeit erträglich. Da ich des Professors einzige Begleiterin auf seinen botanischen Exkursionen war, vergaß ich fast, daß ich jemals auf See gewesen, und wurde eine Gelehrte. Es ist merkwürdig, daß der Professor der Antipode von Kapitän Swosser war und Mr. Badger keinem der beiden auch nur im geringsten gleicht.«

Wir gingen dann auf eine Schilderung des Todes Kapitän Swossers und Professor Dingos über, die alle beide schwer gelitten haben mußten. Im Verlauf der Erzählung deutete Mrs. Badger an, daß sie nur einmal wahnsinnig geliebt habe und der Gegenstand dieser ersten Leidenschaft, die bekanntlich niemals wiederkehren könne, Kapitän Swosser gewesen sei. Der Professor sei zollweise auf die schrecklichste Weise gestorben. Mrs. Badger machte uns gerade vor, wie er geächzt hatte: »Wo ist Laura? Laura, gib mir Wasser und Zwieback«, als der Eintritt der Herren ihn für diesmal wieder in seine Gruft zurückversenkte.

Ich bemerkte an diesem Abend, wie überhaupt schon seit einigen Tagen, daß Ada und Richard noch mehr aneinander hingen als sonst. Es war nur natürlich, da sie sich so bald voneinander trennen sollten, und es überraschte mich daher nicht allzusehr, als wir nach Hause kamen und Ada und ich uns hinaufbegaben, Ada stiller als gewöhnlich zu finden, obgleich ich nicht darauf gefaßt war, daß sie ihre Arme um mich schlang, ihr Gesicht an meiner Brust verbarg und schluchzte:

»Meine geliebte Esther! Ich habe dir ein großes Geheimnis mitzuteilen.«

– Es mußte offenbar ein schreckliches Geheimnis sein! –

»Was ist es denn, Ada?«

»Ach, Esther, du wirst es nie erraten.«

»Soll ich es versuchen?«

»O nein! Nein! Bitte nicht«, rief Ada sehr erschrocken bei dem bloßen Gedanken.

»Ich möchte wirklich gerne wissen, was es wohl sein könnte«, sagte ich und stellte mich nachdenklich.

»Es handelt sich«, flüsterte Ada, »es handelt sich um meinen Vetter Richard.«

»Nun, mein Liebling«, fragte ich weiter und küßte ihr goldenes Haar, das einzige, was ich von ihr sehen konnte, »und was ist mit ihm?«

»O Esther, du wirst es nie erraten!«

– Wie sie sich an mich schmiegte und ihr Gesicht verbarg und selbst nicht wußte, daß sie aus Freude, Stolz und

Hoffnung und nicht aus Schmerz weinte, war so reizend, daß ich ihr unmöglich heraushelfen konnte. –
»Er sagt – ich weiß, daß es sehr töricht ist, wir sind beide noch so jung –, aber er sagt« – sie war ganz aufgelöst in Tränen –, »er liebe mich von Herzen, Esther.«
»Sagt er das wirklich? So etwas hab ich mein Leben lang noch nicht gehört! Aber, mein allerliebster Schatz, das hätte ich dir schon vor vielen, vielen Wochen sagen können.«
– Zu sehen, wie Ada mit glühenden Wangen freudig überrascht aufsah und mich umarmte und lachte und weinte und errötete und lachte, war entzückend. –
»Aber, Liebling, für was für eine Gans mußt du mich halten. Dein Vetter Richard ist so offenkundig wie nur möglich in dich verliebt, ich weiß nicht, wie lange schon.«
»Und du hast mir nie ein Wort davon gesagt!« rief Ada und küßte mich.
»Nein, liebes Kind, ich wartete, bis du es mir selbst sagen würdest.«
»Aber jetzt, meinst du nicht, daß es unrecht von mir ist?«
Sie hätte mir ein Nein abschmeicheln können, auch wenn ich die hartherzigste Duenna in der Welt gewesen wäre, so aber sagte ich ganz offenherzig: »Nein.«
»So, jetzt weiß ich ja das Schlimmste von der Sache.«
»O, das ist noch nicht das Schlimmste, liebe Esther«, rief Ada und zog mich noch fester an sich und verbarg ihr Gesicht schon wieder an meiner Brust.
»Nicht? Nicht einmal das?«
»Nein, nicht einmal das«, murmelte Ada und schüttelte den Kopf.
»Was, du willst doch nicht etwa sagen ...« fing ich scherzend an.
Ada blickte auf und lächelte unter Tränen.
»Ja, es ist so, Esther. Du weißt, du weißt, es ist so.« Und dann schluchzte sie: »Von ganzem Herzen liebe ich ihn! Von ganzem Herzen, Esther!«

Ich sagte ihr lachend, daß ich auch das ebenso genau gewußt habe wie das andre.
Und wir saßen vor dem Feuer, und ich mußte eine Zeitlang ganz allein reden, wenn es auch nicht allzu lange dauerte, denn Ada war bald wieder ruhig und glücklich.
»Meinst du, daß es Vetter John weiß, Mütterchen?«
»Wenn Vetter John nicht blind ist, Herzblatt, so sollte ich meinen, dürfte er es ungefähr so genau wissen wie wir beide.«
»Wir müssen mit ihm sprechen, ehe wir uns von Richard trennen«, gestand Ada schüchtern. »Und wir möchten gern, daß du uns einen Rat gibst und es ihm sagst. Vielleicht hast du nichts dagegen, wenn Richard hereinkommt, Mütterchen?«
»So, so, Richard ist draußen. Was du sagst!«
»Ich weiß es nicht ganz gewiß«, stammelte Ada mit einer verschämten Einfalt, die mein Herz hätte gewinnen müssen, wenn sie es nicht schon längst besessen hätte, »aber ich glaube, er wartet vor der Tür.«
Selbstverständlich wartete er draußen.
Sie stellten auf jede Seite neben mich einen Stuhl und setzten mich zwischen sich und schienen sich wirklich mehr in mich als ineinander verliebt zu haben, so vertrauensvoll, aufrichtig und zärtlich waren sie zu mir. Sie ließen mich eine Weile gar nicht los, und ich freute mich viel zu sehr darüber, um ihnen zu wehren. Dann wurden wir allmählich ernster und fingen an zu bedenken, wie jung sie noch waren und daß manches Jahr vergehen müßte, ehe ihre taufrische Liebe zum Ziele kommen könnte, und daß sie nur zum Glücke führen würde, wenn sie wirklich und dauernd sei und sie zur Beständigkeit, tapferm Ausharren und Pflichttreue begeistere. Richard schwor, daß er sich die Finger bis auf die Knochen abarbeiten wolle für Ada, und Ada sagte, daß sie sich die Finger bis auf die Knochen abarbeiten wolle für Richard, und sie gaben mir alle möglichen Kosenamen, und wir saßen beratend und plaudernd die halbe Nacht beisammen. Schließlich, bevor wir von-

einander schieden, versprach ich ihnen, morgen darüber mit ihrem Vetter John zu reden.
Gleich nach dem Frühstück begab ich mich zu meinem Vormund in das Zimmer, das uns in der Stadt das Brummstübchen ersetzte, und sagte ihm, ich hätte den Auftrag, ihm etwas mitzuteilen.
»Nun, Mütterchen«, meinte er und klappte sein Buch zu. »Wenn du es übernommen hast, kann es nichts Schlimmes sein.«
»Ich hoffe nicht, Vormund. Jedenfalls kann ich mich dafür verbürgen, daß es sich nicht um Heimlichkeiten handelt, denn es geschah erst gestern.«
»So. Und was ist es denn, Esther?«
»Vormund, erinnerst du dich an den schönen Abend unsrer Ankunft in Bleakhaus, wo Ada in dem dunkeln Zimmer sang?«
– Ich wünschte, ihm den Blick, den er mir damals zugeworfen hatte, ins Gedächtnis zurückzurufen. Wenn ich mich nicht sehr irre, erinnerte er sich sogleich daran. –
»Weil ...« begann ich nach einigem Zögern.
»Ja, mein Kind!« sagte er. »Laß dir nur Zeit.«
»Weil ... Weil Ada und Richard sich ineinander verliebt haben und es einander gestanden haben.«
»So bald schon?« rief mein Vormund ganz erstaunt.
»Ja. Und, um dir nur die Wahrheit zu sagen, Vormund, ich erwartete es fast.«
»Den Kuckuck auch!«
Ein paar Minuten lang saß er mit einem gewinnenden gütigen Lächeln in dem lebhaft den Ausdruck wechselnden Gesicht nachsinnend da und bat mich dann, sie wissen zu lassen, daß er sie zu sehen wünsche. Als sie kamen, schlang er den Arm um Ada in seiner väterlichen Weise und wandte sich mit heiterm Ernst an Richard.
»Richard, es freut mich, euer Vertrauen gewonnen zu haben. Ich hoffe, es mir zu erhalten. Wenn ich über die Beziehungen zwischen uns vieren, die mein Leben so aufhellen und ihm so viel neuen Inhalt und Genuß gegeben

haben, nachdachte, hielt ich es allerdings in einer spätern Zeit für möglich, daß du und deine hübsche Kusine hier – sei nicht verlegen, Ada, sei nicht verlegen, liebes Kind – Lust bekommen könntet, miteinander durchs Leben zu gehen. Ich sah und sehe heute noch manchen andern Grund, der das wünschenswert erscheinen läßt, aber ich dachte dabei an eine spätere Zukunft, Rick, an eine spätere Zukunft.«

»Auch wir denken an eine spätere Zukunft«, entgegnete Richard.

»Gut. Das ist recht und vernünftig. Aber jetzt hört mich an, liebe Kinder. Ich könnte euch sagen, daß ihr euch selbst noch nicht genau kennt, daß tausend Dinge geschehen können, euch einander zu entfremden, daß es gut ist, daß die Blumenkette, die ihr euch angelegt habt, so leicht zu lösen ist, da sie sonst vielleicht zu einer Kette von Blei werden könnte. Aber das alles will ich euch nicht vorhalten. Solche Weisheit kommt früh genug, wenn sie überhaupt kommt. Ich will annehmen, daß ihr Jahre später einander noch im Herzen dasselbe sein werdet, was ihr euch heute seid. Alles, was ich euch jetzt sagen will, ist, schämt euch nicht, wenn ihr andern Sinnes werden solltet, wenn ihr entdeckt, daß ihr in reiferem Alter mehr in dem Verhältnis gewöhnlicher Verwandter zueinander steht als jetzt in euren blutjungen Jahren – du entschuldigst schon, Rick –, schämt euch nicht, es mir anzuvertrauen, denn es ist nichts Ungeheuerliches oder Ungewöhnliches daran. Ich bin nur euer Freund und entfernter Verwandter. Ich habe keinerlei Macht über euch. Aber ich wünsche und hoffe, mir euer Vertrauen zu erhalten, wenn ich nichts tue, um es mir zu verscherzen.«

»Ich bin überzeugt, lieber Vetter«, entgegnete Richard, »daß ich auch zugleich für Ada spreche, wenn ich sage, daß du die größte Macht über uns hast, die es gibt, nämlich die, die aus Verehrung, Dankbarkeit und Liebe entspringt und jeden Tag stärker wird.«

»Lieber Vetter John«, fiel Ada ein, an Mr. Jarndyces

Schulter gelehnt, »meines Vaters Stelle kann nie wieder leer werden. Alle die Liebe und der Gehorsam, den ich jemals hätte geben können, gelten jetzt dir.«

»Also kommt«, sagte Mr. Jarndyce. »Was ist nun unser erster Schritt? Schauen wir um uns und blicken wir hoffnungsfroh in die Ferne! Rick, die Welt liegt vor dir, und es ist höchst wahrscheinlich, daß sie dich so aufnehmen wird wie du sie. Verlaß dich auf niemanden als auf die Vorsehung und deine eigne Kraft. Trenne nie diese beiden wie der heidnische Wagenlenker in der Geschichte. Beständigkeit in der Liebe ist eine gute Sache, aber sie wiegt nichts ohne Beständigkeit in allen andern Dingen. Wenn du die Fähigkeiten aller toten und lebendigen großen Männer hättest, so könntest du nichts vollbringen, ohne es aufrichtig zu meinen und mit ganzem Herzen zu tun. Wenn du glauben solltest, daß in großen oder kleinen Dingen irgendein Erfolg dem Geschick durch ruckweise oder spontane Versuche abgerungen werden könnte oder je abgerungen wurde, so gib diese Ansicht auf oder laß deine Kusine Ada lieber da.«

»Da lasse ich lieber die Ansicht hier«, gab Richard lächelnd zur Antwort, »wenn ich sie mit hergebracht haben sollte – was ich nicht hoffe –, und will mir meinen Weg zu meiner Kusine Ada in eine hoffnungsreiche Zukunft bahnen.«

»Recht so«, sagte Mr. Jarndyce. »Wenn du sie nicht glücklich machen kannst, warum solltest du nach ihr streben.«

»Ich möchte sie nicht unglücklich machen, selbst nicht, wenn es mich ihre Liebe kosten sollte«, gab Richard stolz zur Antwort.

»Gut gesprochen. So ist's recht. Sie bleibt bei mir in ihrem Heim. Habe sie lieb, Rick, in deinem Berufsleben nicht weniger als hier in ihrem Hause, wenn du uns besuchen kommst, und alles wird gutgehen. Damit endigt meine Predigt. Vielleicht möchtest du mit Ada jetzt ein bißchen spazierengehen?«

Ada umarmte Mr. Jarndyce zärtlich, und Richard schüt-

telte ihm herzlich die Hand. Und dann verließen sie beide das Zimmer, sahen sich aber gleich wieder um, um mir zuzurufen, daß sie auf mich warten wollten.
Die Tür stand offen, und wir blickten ihnen nach, wie sie durch das anstoßende, von der Sonne beschienene Zimmer und zur andern Tür hinausgingen. Richard, das Haupt geneigt und Adas Arm in seinem, sprach sehr angelegentlich mit ihr, und sie blickte zu ihm empor und hörte zu und schien für nichts sonst Augen zu haben.
So jung, so schön, so hoffnungsfreudig gingen sie leichten Schrittes dahin durch die Sonnenstreifen, wie ihre eignen glücklichen Gedanken jetzt vielleicht über die Jahre der Zukunft hinschweiften und sie zu Jahren der Freude machten. Dann traten sie in den Schatten und verschwanden. Nur wenige Augenblicke war das Licht so strahlend durchgebrochen. Das Zimmer wurde dunkler, als sie hinausgingen, und die Sonne versteckte sich wieder hinter den Wolken.
»Habe ich recht, Esther?« fragte mein Vormund, als sie fort waren.
– Er, der so gut und weise war, fragte *mich,* ob er recht habe. –
»Rick erwirbt sich vielleicht dadurch die Eigenschaft, die ihm zu den vielen guten, die er schon hat, noch fehlt«, sagte Mr. Jarndyce und wiegte nachdenklich den Kopf. »Ich habe Ada nichts gesagt, Esther. Hat sie doch ihre Freundin und Beraterin stets bei sich.« Und er legte die Hand liebevoll auf mein Haupt. Ich konnte meine Rührung nicht verbergen, obgleich ich mein möglichstes tat.
»Still, still!« sagte er. »Aber wir müssen auch Sorge tragen, daß das Leben unsres kleinen Mütterchens nicht ganz allein von der Sorge um andre ausgefüllt wird.«
»Sorge? Aber lieber Vormund, ich glaube, ich bin das glücklichste Geschöpf unter der Sonne.«
»Ich glaube das auch«, sagte er, »aber jemand findet vielleicht, was Esther niemals tun wird, daß man an das kleine Mütterchen vor allen andern Menschen denken muß.«

Ich habe früher zu erwähnen vergessen, daß noch jemand bei dem Familiendiner zu Gaste war. Es war keine Dame. Es war ein Herr. Ein Herr von dunkelm Teint und schwarzem Haar – ein junger Chirurg. Er war ein wenig reserviert, schien mir aber ein sehr gescheiter und angenehmer Mensch zu sein. Wenigstens fragte mich Ada, ob ich nicht dieser Meinung sei, und ich bejahte.

14. Kapitel

Anstand

Richard verließ uns schon am nächsten Abend, um seine neue Lebenslaufbahn anzutreten, und empfahl Ada vertrauensvoll meiner Obhut. Es rührte mich damals und rührt mich noch jetzt, wenn ich zurückdenke, wie sie selbst in jener ihr gesamtes Denken in Anspruch nehmenden Zeit meiner gedachten. Ich spielte eine Rolle in allen ihren Plänen für Gegenwart und Zukunft. Ich sollte Richard jede Woche getreulich über Ada berichten, die ihm jeden zweiten Tag zu schreiben versprach. Er wollte mich von allen seinen Erfolgen und Studien eigenhändig unterrichten; ich sollte sehen, wie entschlossen und ausdauernd er sei, sollte Adas Brautjungfer sein, wenn sie heirateten, später bei ihnen wohnen, alle Schlüssel im Hause bekommen, und sie wollten mich ganz und gar und auf ewig glücklich machen.

»Und wenn wir durch den Prozeß reich werden sollten, Esther, was doch sein kann ...« fing Richard an, um seinen Luftschlössern die Krone aufzusetzen.

Ein Schatten flog über Adas Gesicht.

»Liebste Ada«, unterbrach sich Richard, »warum nicht?«

»Es wäre besser, der Prozeß erklärte uns gleich für arm«, meinte Ada.

»Oh, das weiß ich nun gerade nicht«, entgegnete Richard.

»Aber jedenfalls wird er nichts gleich erklären. Er hat, Gott weiß, seit wieviel Jahren, überhaupt nichts erklärt.«

»Nur zu wahr«, sagte Ada.

»Ja, aber«, wendete Richard ein und sah ihr mehr in die Augen, als er auf ihre Worte hörte, »je länger er dauert, liebe Kusine, desto näher muß er seinem Ende sein. Ist das nicht ganz vernünftig?«

»Du mußt das am besten wissen, Richard. Aber ich fürchte, wenn wir auf den Prozeß bauen, macht er uns unglücklich.«

»Aber liebe Ada, wir bauen doch gar nicht darauf!« rief Richard fröhlich. »Wir sagen nur, *wenn* er uns reich machen sollte, haben wir nichts dagegen. Das Gericht ist durch feierlichen Richterspruch unser gestrenger alter Vormund, und wir müssen denken, daß das, was er uns zuspricht – wenn er uns überhaupt etwas zuspricht –, eigentlich unser gutes Recht ist. Wir haben nicht nötig, uns mit unserm Recht herumzuzanken.«

»Nein, aber es ist vielleicht besser, wir vergessen die Sache ganz und gar.«

»Also gut! Dann wollen wir sie ganz und gar vergessen. Begraben wir die ganze Geschichte. Mütterchen macht ein billigendes Gesicht dazu, und die Sache ist abgetan.«

»Mütterchens billigendes Gesicht«, sagte ich und blickte aus dem Koffer auf, in den ich seine Bücher einpackte, »war gar nicht sichtbar; aber sie billigt es und meint, es sei wirklich das beste so.«

»Also, die Sache ist abgemacht«, sagte Richard, begann aber sofort wieder auf ganz demselben Thema so viel Luftschlösser zu bauen, daß man die chinesische Mauer damit hätte besetzen können. Er schied von uns in zuversichtlicher Stimmung. Ada und ich, darauf gefaßt, ihn sehr zu vermissen, lenkten damit in eine wesentlich ruhigere Lebenslaufbahn ein.

Bei unsrer Ankunft in London hatten wir mit Mr. Jarndyce Mrs. Jellyby aufgesucht, sie aber nicht zu Hause getroffen. Sie war ausgegangen, zu einem Tee, und hatte Miß

Jellyby mitgenommen. Es sollten dort verschiedne Reden gehalten und viele Briefe geschrieben werden über die Hauptvorzüge der Kaffeestrauchkultur für die Eingebornen in den Ansiedlungen von Borriobula-Gha.
Das bedeutete zweifellos einen Aufwand von Tinte und Federn, der den Freudenanteil ihrer Tochter an dem Feste zu nichts weniger als einem Feiertag machen mußte.
Da jetzt die Zeit gekommen war, wo Mrs. Jellyby zurückkommen sollte, hofften wir sie diesmal zu treffen. Sie war jedoch wieder nicht zu Hause, da sie unmittelbar nach dem Frühstück in irgendwelchen Borriobula-Geschäften in eine Gesellschaft, genannt Zweighilfssubkomitee, London-Ost, nach Mile End hatte gehen müssen. Da ich bei unserm ersten Besuch Peepy nicht gesehen hatte – er war nirgends zu finden gewesen, und die Köchin meinte, er sei wahrscheinlich mit dem Kehrichtmann fortgelaufen –, fragte ich jetzt wieder nach ihm. Die Austernschalen, mit denen er ein Haus gebaut hatte, lagen noch im Hausflur, aber er selbst war nirgends zu entdecken, und die Köchin meinte, er sei wahrscheinlich – »den Schafen nachgelaufen«. Als wir erstaunt fragten: »Den Schafen?« sagte sie: »O ja. Am Markttag läuft er ihnen manchmal bis vor die Stadt hinaus nach und kommt dann in einem schrecklichen Zustande wieder nach Hause.«
Ich saß am nächsten Morgen mit meinem Vormund am Fenster, und Ada schrieb eifrig – natürlich an Richard –, als Miß Jellyby angemeldet wurde und mit Peepy eintrat, den sie sich einigermaßen präsentabel zu machen bemüht hatte, indem sie ihm den Schmutz in die Winkel seines Gesichts und seiner Hände gewischt und das Haar begossen und mit den Fingern heftig frisiert hatte.
Alles, was das arme Kind an sich trug, war ihm entweder zu groß oder zu klein. Unter andern widerspruchsvollen Ornamenten hatte er einen Bischofshut und Baby-Fäustlinge an. Die Stiefel waren kleinere Ausgaben von Ackerknechtstiefeln, während seine Beine, so der Kreuz und Quer mit Schrammen und Kratzwunden bedeckt, daß sie

wie Landkarten aussahen, unterhalb seiner sehr kurzen Plaidhose, die man mit einer Spitzenkante von ganz verschiednem Muster an jedem Bein besetzt hatte, vom Knie abwärts bloß waren. Die fehlenden Knöpfe an seinem Plaidfrack stammten offenbar von Mr. Jellybys Gehrock, denn sie waren aus Messing und viel zu groß. An verschiednen Stellen seiner Kleidung, wo sie hastig befestigt worden, offenbarten sich ganz merkwürdige Entartungen der Nähkunst, und dieselbe kundige Hand verriet sich an Miß Jellybys Kleidung. Ihre Erscheinung machte übrigens einen weitaus bessern Eindruck als früher, und sie sah wirklich sehr hübsch aus.

Sie fühlte offenbar recht gut, daß der arme kleine Peepy trotz all ihrer Bemühungen doch mißlungen war, und verriet dies durch den verzweifelten Blick, den sie beim Eintritt ins Zimmer zuerst ihm und dann uns zuwarf.

»O mein Gott«, brummte mein Vormund. »Scharfer Ost.«

Ada und ich hießen sie herzlich willkommen und stellten sie Mr. Jarndyce vor. Sie nahm Platz und sagte:

»Mama läßt sich bestens empfehlen und bittet, sie zu entschuldigen, da sie die Korrektur zu den Plänen lesen muß. Sie ist im Begriff, fünftausend neue Zirkulare zu versenden, und weiß, daß Sie das interessieren wird. Ich habe eins mitgebracht. Mama läßt sich empfehlen.«

Damit reichte sie ihm das Papier mit mürrischer Miene hin.

»Danke schön«, sagte mein Vormund. »Ich bin Mrs. Jellyby sehr verbunden. O Gott! Ist heute aber Ostwind!«

Wir machten uns mit Peepy zu schaffen, nahmen ihm seinen Geistlichenhut ab, fragten ihn, ob er uns noch kenne, und anderes mehr. Anfangs flüchtete er sich hinter seinen Ellbogen, ließ sich aber durch den Anblick von Baumkuchen erweichen und erlaubte mir, ihn auf den Schoß zu nehmen, wo er dann friedlich kauend sitzen blieb. Mr. Jarndyce hatte sich in das Ersatzbrummstübchen zurückgezogen, und so konnte Miß Jellyby die Unterhaltung mit ihrer gewohnten Schroffheit eröffnen.

»Es geht so schlecht wie je in Thavies Inn. Ich kann in meinem Leben nicht zur Ruhe kommen. Immer und immer Afrika! Es könnte mir nicht schlimmer gehen, wenn ich selber so ein Dingsda wäre – ein ›Mensch und ein Bruder‹.«

Ich suchte nach Worten, um ihr etwas Tröstliches zu sagen.

»Ach, das hilft gar nichts, Miß Summerson! Obgleich ich Ihnen für Ihre freundliche Absicht dankbar bin. Ich weiß ganz gut, wie ich behandelt werde, und lasse mir das nicht ausreden. Sie ließen sich's auch nicht ausreden, wenn Sie an meiner Stelle wären. Peepy, geh und spiel wildes Tier unter dem Piano.«

»Ich will nicht«, sagte Peepy.

»O du undankbarer, nichtsnutziger, hartherziger Junge!« rief Miß Jellyby mit Tränen in den Augen. »Nie wieder werde ich mir so viel Mühe geben, dich anzuziehen.«

»Ja, ja, ich will gehen, Caddy!« rief Peepy, der ein herzensgutes Kind war und den jetzt der Kummer seiner Schwester so rührte, daß er auf der Stelle folgte.

»Es ist kein Grund zu weinen«, entschuldigte sich die arme Miß Jellyby, »aber ich bin ganz abgerackert. Ich habe bis heute früh zwei Uhr Adressen für die neuen Zirkulare geschrieben. Ich hasse die ganze Geschichte so, daß mir schon beim Gedanken daran der Kopf weh tut, bis ich nicht mehr aus den Augen schauen kann. Und sehen Sie nur das arme Kind an! Haben Sie schon jemals eine solche Vogelscheuche gesehen?«

Glücklicherweise sich der Mängel seiner äußern Erscheinung nicht bewußt, saß Peepy auf dem Teppich und sah aus seiner Höhle hinter einem Pianobein friedlich hervor und aß seinen Kuchen.

»Ich habe ihn in die andre Ecke des Zimmers geschickt«, erklärte Miß Jellyby und rückte ihren Stuhl näher an uns heran, »damit er nicht hört, was wir miteinander sprechen. Diese Knirpse sind so gescheit. Ich wollte vorhin sagen, es geht wirklich bei uns schlimmer zu als je. Papa wird demnächst bankrott sein, und dann, hoffe ich, ist Mama zufrieden. Und wem werden wir es zu danken haben? Ma!«

Wir sagten, wir hofften, Mr. Jellybys Verhältnisse würden sich gewiß nicht so verschlimmert haben.

»Das ist alles sehr freundlich von Ihnen, aber hoffen nützt nichts«, entgegnete Miß Jellyby und schüttelte den Kopf. »Pa sagte mir erst gestern morgen – und er ist schrecklich unglücklich –, daß er den Sturm diesmal nicht überstehen könnte. Es würde mich auch wirklich wunder nehmen. Wenn uns die Lieferanten all ihren Mist ins Haus schicken und das Gesinde macht, was es will, und ich keine Zeit habe, es besser einzurichten, selbst, wenn ich es verstünde, und Ma sich um gar nichts kümmert, so möchte ich wissen, wie Pa den Sturm diesmal aushalten sollte. Ich erkläre, wenn ich Pa wäre, ich liefe davon.«

»Liebes Kind«, sagte ich lächelnd, »Ihr Papa denkt jedenfalls an seine Familie.«

»Ja, natürlich. Familie ist wunderschön, Miß Summerson, aber welche Bequemlichkeit bietet ihm seine Familie? Seine Familie besteht aus Rechnungen, Schmutz, Verschwendung, Lärm, Treppenhinunterfallen, Durcheinander und Herabgekommenheit. Seine kopfüber treibende Häuslichkeit ist von Samstag zu Samstag ein einziger großer Waschtag, nur wird dabei nichts gewaschen.«

Sie stampfte mit dem Fuß auf den Boden und wischte sich die Augen.

»Pa tut mir so leid, und ich bin so wütend auf Ma, daß ich keine Worte finden kann, um mich auszudrücken. Aber ich lasse es mir nicht länger gefallen, dazu bin ich entschlossen. Ich will nicht mein ganzes Leben lang ein Sklave sein und von Mr. Quale um mich werben lassen. Das könnte mir so passen, einen Philanthropen zu heiraten. Als ob ich nicht schon genug von dem Zeug hätte.«

Ich muß zugeben, daß ich selbst recht böse auf Mrs. Jellyby war, als ich dieses vernachlässigte Mädchen vor mir sah und anhörte und wußte, wieviel bittere Wahrheit in allem war, was sie sagte.

»Wenn wir nicht so vertraut geworden wären, als Sie uns damals besuchten«, fuhr Miß Jellyby fort, »würde ich mich geschämt haben, heute hierherzukommen, denn ich weiß, was für eine Figur ich in Ihrer beider Augen abgebe; aber ich habe mich entschlossen, Sie zu besuchen, zumal ich Sie wahrscheinlich nicht wiedersehen werde, wenn Sie nächstens wieder nach London kommen.«

Sie sagte dies so bedeutsam, daß Ada und ich einander einen Blick zuwarfen, ahnend, daß noch mehr kommen werde.

»Nein«, rief sie und schüttelte den Kopf. »Durchaus unwahrscheinlich. Ich weiß, ich kann mich auf Sie beide verlassen. Sie werden mich nicht verraten. Ich bin verlobt.«

»Ohne Wissen Ihrer Eltern?« fragte ich.

»Aber, du lieber Gott im Himmel, Miß Summerson«, rechtfertigte sie sich in leidenschaftlichem, aber keineswegs unfreundlichem Ton. »Kann es denn anders sein? Sie wissen doch, wie Ma ist, und ich darf den armen Papa doch nicht dadurch noch unglücklicher machen, daß ich es ihm jetzt schon mitteile.«

»Aber wird es ihn denn nicht noch unglücklicher machen, wenn Sie ohne sein Wissen und seinen Willen heiraten?«

»Nein. Ich hoffe nicht. Ich würde alles aufbieten, es ihm bei mir behaglich zu machen, wenn er mich besuchte. Und Peepy und die andern könnten auch abwechselnd zu mir kommen, und dann würden sie doch ein wenig Aufsicht und Pflege haben.«

Die arme Caddy hatte wirklich ein liebevolles anhängliches Herz. Sie wurde immer weicher und weicher gestimmt, während sie uns das erzählte, und weinte so sehr, als sie uns das kleine Bild einer ungewohnten Häuslichkeit ausmalte, daß es Peepy in seiner Höhle unter dem Piano tief ergriff und er sich laut jammernd auf dem Rücken wälzte. Erst, als ich ihn hervorholte, damit er seine Schwester küsse, ihn wieder auf den Schoß nahm und ihm zeigte, daß Caddy – die nur so tat – wieder lache, konnten wir ihn beruhigen, und selbst dann nur, indem wir ihm erlaubten, uns alle der Reihe nach am Kinn fassen und uns die Wangen streicheln zu dürfen. Da selbst das ihn noch nicht genügend stärkte, um es unter dem Piano auszuhalten, stellte ich ihn auf einen Stuhl, damit er aus dem Fenster schauen könnte, und Miß Jellyby hielt ihn an einem Bein fest und setzte ihre Erzählung wieder fort.

»Die Ursache war Ihr Besuch bei uns.«

Wir fragten natürlich: »Wieso?«

»Ich war mir meiner linkischen Manieren so bewußt geworden, daß ich mich entschloß, mich darin zu bessern und tanzen zu lernen. Ich sagte Ma, ich schämte mich über mich selbst und müßte tanzen lernen. Ma machte ihr maliziöses Gesicht und sah über mich hinweg, als ob ich Luft wäre, aber ich war fest entschlossen, Tanzstunden zu nehmen, und ließ mich daher in Mr. Turveydrops Tanzakademie in Newman Street einschreiben.«

»Und dort war es, mein Kind ...?« fing ich an.

»Ja, dort war es, und ich bin mit Mr. Turveydrop verlobt. Es gibt zwei Mr. Turveydrop – Vater und Sohn. Mein Mr. Turveydrop ist natürlich der Sohn. Ich wünschte nur, ich wäre besser erzogen und könnte ihm eine bessere Frau werden, denn ich habe ihn sehr gern.«

»Es tut mir wirklich sehr leid, daß Sie so reden«, sagte ich.

»Ich verstehe nicht, warum es Ihnen leid tun sollte«, erwiderte sie ein wenig ängstlich. »Aber ich bin nun einmal mit Mr. Turveydrop verlobt, so oder so, und er hat mich sehr gern. Er muß es selbst auch geheimhalten, weil der alte Mr. Turveydrop mit im Geschäft ist und es ihm das Herz brechen oder ihn sonstwie niederschmettern könnte, wenn man es ihm unvorbereitet mitteilte. Der alte Mr. Turveydrop ist ein großer Gentleman – ein sehr großer Gentleman.«

»Weiß es seine Frau?«

»Des alten Mr. Turveydrops Frau, Miß Clare?« fragte

Miß Jellyby erstaunt und riß die Augen auf. »Die gibt es doch gar nicht. Er ist Witwer.«
Hier wurden wir von Peepy unterbrochen, an dessen Beinchen seine Schwester jedesmal unbewußt gerissen hatte wie an einem Klingelzug, wenn sie in Eifer geraten war, und er fing jetzt laut über sein Mißgeschick an zu jammern. Da er sich an mich um Hilfe wendete und ich nur zuzuhören brauchte, übernahm ich es, ihn zu halten. Miß Jellyby bat ihn mit einem Kuß um Verzeihung, versicherte ihm, daß es nicht absichtlich geschehen wäre, und fuhr dann fort.
»So liegen die Sachen. Wenn ich mir jemals einen Vorwurf machen muß, so trägt Ma die Schuld. Wir wollen heiraten, sobald wir können. Und dann besuche ich Pa im Bureau und schreibe von dort an Ma. Es wird sie nicht sehr aufregen; ihr bin ich ja nur Feder und Tinte. Ein großer Trost ist«, seufzte sie, »daß, wenn ich verheiratet bin, ich niemals mehr etwas von Afrika hören werde. Der junge Mr. Turveydrop haßt es meinetwegen, und wenn der alte Mr. Turveydrop überhaupt weiß, daß es so ein Land gibt, ist es viel.«
»Das ist der Mr. Turveydrop, der ein so großer Gentleman ist, nicht wahr?«
»Ein sehr großer Gentleman, gewiß. Er ist überall wegen seines Anstandes berühmt.«
»Gibt er Unterricht?« fragte Ada.
»Nein. Er gibt nicht direkt Unterricht, aber seine Manieren sind fabelhaft.«
Nach vielem Zögern und Stocken brachte Caddy heraus, sie habe uns noch etwas anzuvertrauen und fühle, daß wir es wissen müßten, und hoffe, wir würden es nicht übel aufnehmen. Sie habe nämlich ihre Bekanntschaft mit Miß Flite, der kleinen verrückten Alten, erneuert und gehe frühmorgens zu ihr, um ihren Verlobten vor dem Frühstück ein paar Minuten zu sprechen – nur für ein paar Minuten. »Ich besuche sie auch noch zu andern Zeiten«, sagte sie, »aber Prince kommt dann nicht. Des jungen Mr.

Turveydrops Vorname ist nämlich Prince; es ist eigentlich schade, denn er klingt wie ein Hundename, aber er hat ihn sich doch nicht selbst ausgesucht! Der alte Mr. Turveydrop hat ihn zur Erinnerung an den Prinzregenten so taufen lassen. Der alte Mr. Turveydrop verehrte den Prinzregenten so sehr wegen seines Anstandes. Ich hoffe, Sie verübeln es mir nicht, daß ich diese kleinen Besuche bei Miß Flite mache. Ich habe das arme Ding um ihrer selbst willen lieb, und auch sie hat mich gern. Wenn Sie den jungen Mr. Turveydrop sehen würden, so bin ich überzeugt, daß Sie gut von ihm denken müßten ... Wenigstens weiß ich ganz gewiß, daß Sie nichts Böses von ihm denken würden. Ich gehe jetzt hin, um meine Tanzstunde zu nehmen. Ich darf Sie nicht bitten, Miß Summerson, mitzukommen ...« – Caddy hatte dies alles mit feierlichem Ernst und bebender Stimme gesagt –, »... aber wenn Sie es doch täten, würde es mich sehr, sehr freuen.«

Es traf sich, daß wir uns mit meinem Vormund verabredet hatten, gerade heute Miß Flite zu besuchen. Wir hatten ihm von unserm früheren Besuch bei ihr erzählt, und unsere Schilderungen schienen ihn sehr interessiert zu haben. Aber immer wieder war irgend etwas dazwischengekommen, wenn wir hingehen wollten. Da ich mir genügend Einfluß auf Miß Jellyby zutraute, um sie von einem übereilten Schritt abhalten zu können, schlug ich ihr vor, daß sie und ich und Peepy nach der Tanzakademie gehen und dann meinen Vormund und Ada bei Miß Flite – deren Namen ich jetzt zum erstenmal hörte – treffen wollten. Ich knüpfte daran die Bedingung, daß Miß Jellyby und Peepy nachher zum Essen mit uns nach Hause kommen sollten. Nachdem beide mit großer Freude auf diesen letzten Vertragspunkt eingegangen waren, putzten wir Peepy mit Hilfe einiger Stecknadeln, etwas Seife und Wasser und einer Haarbürste ein wenig heraus und lenkten unsere Schritte in die Newman Street, die ganz in der Nähe war. Die Akademie befand sich in einem ziemlich verrußten Gebäude mit Büsten in allen Treppenfenstern an der Ecke einer Durchfahrt. In dem Hause wohnten noch, wie ich aus den Schildern an der Tür entnahm, ein Zeichenlehrer, ein Kohlenhändler und ein Lithograph. Auf dem Schilde, das durch seine Größe und seinen Platz alle andern überragte, las ich: *Mr. Turveydrop.*

Die Tür stand offen, und die Vorhalle war mit einem großen Piano, einer Harfe und verschiednen andern Musikinstrumenten verbarrikadiert, die alle fortgeschafft werden sollten und jetzt bei Tag einen etwas liederlichen Eindruck machten. Miß Jellyby sagte mir, daß die Akademie am Abend vorher zu einem Konzert gedient habe.

Wir gingen die Treppe hinauf – es mußte früher ein recht schönes Haus gewesen sein, als es noch jemand obgelegen, es rein und sauber zu halten, und niemand, den ganzen Tag darin zu rauchen – und traten in Mr. Turveydrops großen Saal, der hinten an einen Pferdestall stieß und von Oberlicht erhellt wurde. Es war ein kahler, widerhallender Saal, der nach Stall roch, mit Rohrbänken an der Wand, die Wände in regelmäßigen Abständen mit gemalten Lyras und drei gläsernen Armleuchtern mit altmodischen Tropfen gleich Herbstblättern verziert. Mehrere junge Schülerinnen von dreizehn oder vierzehn Jahren bis zu zwei- oder dreiundzwanzig waren bereits versammelt, und ich sah mich unter ihnen nach ihrem Lehrer um, als Caddy mich in den Arm kniff und mich vorstellte: »Miß Summerson – Mr. Prince Turveydrop.«

Ich verneigte mich vor einem kleinen, blauäugigen, hübschen Mann von jünglingshaftem Aussehen mit in der Mitte gescheiteltem Flachshaar, das sich rings um seinen Kopf lockte. Er hielt eine Violine unter dem linken Arm und den Bogen in der Hand. Seine Tanzschuhe waren auffallend klein, und er legte ein unschuldiges, frauenhaftes Benehmen in einer gewissen liebenswürdigen Weise mir gegenüber an den Tag, das die eigentümliche Vorstellung in mir erweckte, er müsse seiner Mutter sehr ähnlich sehen und sie selbst sei nicht sehr hochgehalten oder gut behandelt worden.

»Ich schätze mich unendlich glücklich, Miß Jellybys Freundin kennenzulernen«, sagte er und verbeugte sich tief vor mir. »Ich begann bereits zu fürchten«, fuhr er mit schüchterner Zärtlichkeit fort, »daß Miß Jellyby nicht mehr kommen werde, da der Unterricht schon begonnen hat.«

»Ich muß Sie bitten, mir das zugute zu halten und mich zu entschuldigen, da ich es war, die sie abgehalten hat, Sir.«

»O Gott«, sagte er.

»Und bitte, lassen Sie mich nicht die Ursache einer weiteren Verzögerung sein.«

Mit diesen entschuldigenden Worten zog ich mich auf einen Sitz zwischen Peepy, der, schon an die Situation gewöhnt, bereits einen Stuhl in der Ecke erklommen hatte, und einer alten Dame mit einem kritischen Blick zurück, deren zwei Nichten an den Tanzstunden teilnahmen und die sich sehr über Peepys Stiefel ärgerte. Prince Turveydrop klimperte sodann mit den Fingern in den Saiten seiner Fiedel, und die jungen Damen traten zum Tanze an. In diesem Augenblick erschien in einer Seitentür der alte Mr. Turveydrop, strahlend wie ein Gott.

Er war ein fetter alter Herr mit geschminktem Teint, falschen Zähnen, gefärbtem Backenbart und einer Perücke. Er trug einen Pelzkragen, und die Brust seines Fracks, dem nur ein Stern oder ein breites blaues Band fehlte, um vollständig zu sein, war auswattiert. Er war geschnürt, ausgestopft, hergerichtet und zusammengeschnallt, wie er es nur irgend aushalten konnte. Sein Halstuch drosselte ihn so, daß es ihm die Augen förmlich aus den Höhlen drängte, und sein Kinn und selbst seine Ohren waren so tief hineinversunken, daß es aussah, als müßte er aus dem Leim gehen, wenn er es ablegte. Unter dem Arm trug er einen großen, schweren Hut, der vom Kopf zum Rande zu sich abschrägte, und in der Hand ein Paar weiße Handschuhe, mit denen er ihn von Zeit zu Zeit abstaubte, wie er auf einem Beine ruhend in unübertrefflicher, hochschulteriger, ellbogengerundeter Eleganz dastand. Er hatte einen

Stock, ein Augenglas, eine Schnupftabaksdose, er hatte Ringe, er hatte Manschetten, er hatte alles, nur keine Spur von Natur; er war nicht Jugend, er war nicht Alter, er war nichts als ein Modell unübertrefflichen Anstandes.

»Vater! Ein Besuch! Eine Freundin Miß Jellybys – Miß Summerson!«

»Ich fühle mich hoch geehrt durch Miß Summersons Anwesenheit«, begrüßte mich Mr. Turveydrop. Als er mir eingeschnürt eine Verbeugung machte, schien fast das Weiße seiner Augen Falten zu bekommen.

»Mein Vater ist eine gefeierte Größe«, sagte der Sohn zu mir halblaut mit einem wahrhaft rührenden Glauben im Ton. »Man bewundert meinen Vater allgemein.«

»Fahre fort, Prince! Fahre fort!« sagte Mr. Turveydrop, mit dem Rücken gegen den Kamin und herablassend mit den Handschuhen winkend. »Fahre fort, mein Sohn!«

Auf diesen Befehl oder, besser gesagt, auf diese gnädige Erlaubnis nahm der Unterricht seinen Anfang. Prince Turveydrop spielte manchmal tanzend die Violine, manchmal stehend das Piano, manchmal summte er die Melodie mit dem bißchen Atem, das er noch übrig hatte, wenn er einer Schülerin Anweisungen gab, machte stets mit der Ungeschicktesten jeden Schritt und jeden Teil einer Tanzfigur gewissenhaft durch und war keinen Augenblick unbeschäftigt. Sein berühmter Vater tat gar nichts, sondern stand nur am Kamin, ein Bild vornehmen Anstandes.

»Er tut nämlich nie etwas anderes«, bemerkte die alte Dame mit dem kritischen Blick zu mir. »Und möchten Sie glauben, daß *sein* Name an der Türe steht?«

»Der Name seines Sohnes ist doch ganz derselbe«, sagte ich.

»Am liebsten ließe er seinem Sohn gar keinen Namen! Sehen Sie sich nur den Rock des jungen Turveydrop an!« – Der war allerdings recht gewöhnlich und fadenscheinig, fast schäbig. – »Aber der Herr Vater muß natürlich herausgeputzt und gestriegelt sein«, sagte die alte Dame,

»wegen seines – Anstandes. Ich möchte ihn schon Anstand lehren. Ich möchte ihn schon zur Schau stellen – aber anderswo.«
Ich war begierig, mehr zu erfahren, und fragte daher: »Gibt er jetzt Unterricht in Anstand?«
»Jetzt!!« gab die alte Dame kurz zur Antwort. »Hat es nie getan.«
Nach einer kurzen Pause des Nachdenkens fragte ich, ob er vielleicht Fechtstunden gebe.
»Ich glaube nicht, daß er überhaupt fechten kann, Miß.«
Ich machte ein überraschtes und wißbegieriges Gesicht. Die alte Dame wurde mit jedem Wort erzürnter über den Meister des Anstands und erzählte mir gewisse Einzelheiten aus seinem Leben mit der lebhaftesten Versicherung, daß sie durchaus nicht übertreibe.
Er hätte eine sanfte kleine Tanzlehrerin mit einer leidlichen Kundschaft – er selbst habe in seinem Leben nie etwas anderes als Anstand gepflegt – geheiratet und sie zu Tode geplagt oder, gelinde gesagt, zugelassen, daß sie sich zu Tode plagte, um ihm das Geld für die Ausgaben zu verschaffen, die für seine Stellung unentbehrlich waren. Um seinen Anstand an den besten Vorbildern schulen zu können und die besten Modelle beständig vor Augen zu haben, habe er es für notwendig gefunden, alle öffentlichen Zusammenkunftsorte der modischen und vornehmen Welt zu frequentieren, zur fashionablen Zeit in Brighton zu sein und ein müßiges Leben in den allerbesten Kleidern zu führen. Um ihm das zu ermöglichen, habe sich die gutmütige kleine Tanzlehrerin geplagt und geschunden und würde sich heute noch plagen und schinden, wenn ihre Kräfte ausgereicht hätten, denn der Kernpunkt der Sache wäre gewesen, daß seine Frau, von seinem Anstand geblendet, trotz seiner unermeßlichen Selbstsucht an ihn geglaubt und auf ihrem Sterbebett ihn in den rührendsten Worten ihrem Sohne ans Herz gelegt hätte, als ob dieser ihm eine untilgbare Schuld abzuzahlen habe und nie mit zuviel Stolz und Ehrerbietung zu ihm aufse-

hen könnte. Der Sohn, der seiner Mutter Glauben geerbt und den Anstand seines Vaters stets vor Augen gehabt habe, sei mit diesen Ansichten aufgewachsen und arbeite jetzt im dreißigsten Lebensjahr zwölf Stunden täglich für ihn und blicke mit Verehrung auf zu dem alten eingebildeten Götzen.

»Das Air, das sich der Kerl gibt!« sagte die alte Dame und schüttelte in sprachloser Entrüstung den Kopf gegen den alten Mr. Turveydrop, dem diese Huldigung ganz und gar entging, da er gerade seine engen Handschuhe anzog. »Er bildet sich wahrscheinlich ein, er gehöre zum Adel, und tut so herablassend gegen den Sohn, daß man ihn für den trefflichsten aller Väter halten möchte, während er ihn in Wirklichkeit jämmerlich ausnützt. Oh!« sagte die alte Dame mit unendlicher Heftigkeit, »beißen möchte ich dich!«

Die Sache belustigte mich eigentlich, obgleich ich aus der Erzählung wirkliche Teilnahme heraushörte. Es war schwer, an der Wahrheit des Gehörten zu zweifeln, wenn man Vater und Sohn vor sich sah. Meine Augen schweiften noch von dem jungen Mr. Turveydrop, der sich so abmühte, zu dem alten Mr. Turveydrop, der sich lediglich auf die Schaustellung seiner Allüren beschränkte, als letzterer zu mir trat und mich ins Gespräch zog.

Er fragte mich, ob ich London das Glück und die Auszeichnung angedeihen lassen wollte, hier zu leben. Ich hielt es nicht für notwendig, zu erwidern, ich wisse recht wohl, daß das durchaus keine Auszeichnung bedeute, sondern sagte ihm bloß, wo ich wohnte.

»Eine so reizende und vollendete Dame«, sagte er, indem er seinen rechten Handschuh küßte und dann mit ihm auf die Schülerinnen deutete, »wird die Mängel hier mit Nachsicht beurteilen. Wir tun, was wir können, um Politur zu geben – Politur – Politur!«

Er setzte sich neben mich und gab sich offenbar Mühe, die Haltung seines erlauchten Modells auf dem Kupferstich über dem Sofa nachzuahmen. Und wirklich, es gelang ihm so ziemlich.

»Politur – Politur – Politur«, wiederholte er, nahm eine Prise und schnippte leise mit den Fingern. »Aber wir sind nicht – wenn ich so zu einer Dame, in der sich Natur und Kunst so anmutig vereinen, sprechen darf«, sagte er mit einer hochschultrigen Verbeugung und zog dabei die Brauen in die Höhe und schloß die Augen. »Wir sind nicht mehr, was wir früher im Punkte des Anstands waren.«
»Wirklich, meinen Sie, Sir?«
»Wir sind entartet.« Er schüttelte den Kopf, soweit ihm das seine Halsbinde erlaubte. »Eine alles nivellierende Epoche ist der Entwicklung des Anstandes nicht förderlich. Sie begünstigt das Vulgäre. Ich bin vielleicht ein wenig parteiisch. Es schickt sich vielleicht nicht für mich, wenn ich sage, daß man mich seit Jahren den Gentleman Turveydrop nennt – oder daß Seine königliche Hoheit mir die Ehre erwies zu fragen, als ich den Hut zog, während sie aus dem Pavillon in Brighton – übrigens ein prächtiges Gebäude! – fuhr: Wer ist das? Wer zum Teufel ist das? Warum kenne ich ihn nicht? Warum hat er nicht dreißigtausend Pfund jährlich? ... Aber das sind Anekdoten – in aller Mund, Maam, und hie und da immer noch unter den obern Zehntausend Gesprächsthema.«
»In der Tat?«
Er antwortete mit seiner hochschultrigen Verbeugung:
»Wenn von dem, was von Anstand noch übrig ist, die Rede ist. England – o mein Vaterland – ist sehr entartet und sinkt von Tag zu Tag. Es sind nicht viel Gentlemen mehr übriggeblieben. Unser sind nur noch wenige. Nach uns sehe ich nichts kommen als ein Geschlecht von Webern.«
»Man sollte doch glauben, daß das Geschlecht der Gentlemen hier wenigstens nicht ausgestorben ist«, sagte ich.
»Sie sind sehr gütig«, lächelte er, wieder mit einer hochschultrigen Verbeugung. »Belieben zu schmeicheln. Aber nein ... nein! Ich bin nie imstande gewesen, meinem armen Jungen diesen Teil seiner Kunst einzuimpfen. Der Himmel sei vor, daß ich über mein liebes Kind etwas Nachteiliges sagen sollte, aber er hat keine – keine – Allüren.«

»Er scheint aber ein vortrefflicher Lehrer zu sein.«
»Verstehen Sie mich recht, meine Gnädige, er *ist* ein vortrefflicher Lehrer. Alles, was man sich aneignen kann, hat er sich angeeignet. Alles, was man lehren kann, kann er lehren, aber es gibt gewisse Dinge ...« Er nahm abermals eine Prise und verbeugte sich wieder, als ob er hinzusetzen wollte: »Das da zum Beispiel.«
Ich warf einen Blick in den Saal, wo Miß Jellybys Verlobter, jetzt die Schülerinnen einzeln vornehmend, sich ärger plagte als je.
»Mein liebenswürdiges Kind«, murmelte Mr. Turveydrop und richtete sich die Halsbinde.
»Ihr Sohn ist unermüdlich.«
»Das von solchen Lippen zu hören, ist ein Lohn für mich. In mancherlei Hinsicht tritt er in die Fußstapfen seiner seligen Mutter. Sie war voll Hingebung und Aufopferung. Ja, die Frauen, die lieblichen Frauen«, sagte er mit einer widerwärtigen Galanterie. »Man kann sie nicht genug hochhalten.«
Ich stand auf und ging zu Miß Jellyby, die jetzt ihren Hut aufsetzte. Da die für eine Lektion festgesetzte Zeit reichlich um war, fand ein allgemeines Hutaufsetzen statt. Wann je Miß Jellyby und der unglückliche Prince Gelegenheit gefunden haben mochten, sich miteinander zu verloben, weiß ich nicht, aber jedenfalls fanden sie jetzt keine, auch nur ein Dutzend Worte miteinander zu sprechen.
»Lieber Sohn«, fragte Mr. Turveydrop herablassend, »weißt du, wie spät es ist?«
»Nein, Vater!«
Der Sohn hatte keine Uhr. Der Vater zog eine schöne goldne mit einer Miene, die der Menschheit zum Beispiel dienen konnte, heraus.
»Mein Sohn, es ist zwei Uhr. Vergiß nicht deine Stunde in Kensington um drei.«
»Da habe ich noch Zeit genug, Vater«, sagte Prince. »Ich kann ein paar Bissen Mittagbrot im Stehen essen und dann gleich gehen.«

»Mein lieber Junge«, entgegnete der Vater, »da mußt du aber rasch machen. Kalten Hammelbraten findest du auf dem Tisch.«

»Ich danke, Vater. Gehst du jetzt, Vater?«

»Ja, mein Sohn. Vermutlich.« Mr. Turveydrop schloß die Augen und zog die Schultern in die Höhe. »Ich muß mich jetzt wie gewöhnlich in der Stadt zeigen.«

»Wäre es nicht am besten, du diniertest irgendwo außer Haus, Vater?«

»Ja, liebes Kind, das beabsichtige ich auch. Ich werde mein kleines Mahl im ›Französischen Restaurant‹ in der Opera-Kolonnade einnehmen.«

»Das ist recht. Adieu Vater!« sagte Prince und schüttelte ihm die Hand.

»Adieu, mein Sohn. Gott segne dich!«

Mr. Turveydrop sprach diese Worte fast in einem frommen Ton, die seinen Sohn, der beim Abschied so ehrerbietig und so stolz auf ihn war, daß es mir fast wie eine Unfreundlichkeit vorgekommen wäre, wenn man nicht unumschränkt ebenfalls an seinen Vater geglaubt hätte, sehr zu freuen schienen.

Die wenigen Augenblicke, die Prince dem Abschiednehmen von uns widmen konnte – und vorzüglich von einer von uns, wie ich als Mitwisserin sehr gut merkte –, vermehrten den günstigen Eindruck, den sein harmloses kindliches Benehmen auf mich gemacht hatte. Er gefiel mir sehr, und ich sah fast mit einem Mitleid, das mich beinahe noch mehr gegen seinen Vater aufbrachte als die alte Dame mit dem kritischen Blick, wie er seine kleine Violine in die Tasche steckte – und mit ihr seinen Wunsch, noch ein klein wenig mit Caddy beisammenbleiben zu können – und resigniert zu seinem kalten Hammelfleisch und zu seiner Tanzlektion in Kensington ging.

Der alte Mr. Turveydrop öffnete uns die Zimmertür und verneigte sich vor uns mit einer Grandezza, die, wie ich anerkennen muß, seinen glänzenden Allüren durchaus würdig war. In demselben Stil stolzierte er gleich darauf an der andern Seite der Straße vorüber und schlug den Weg nach dem aristokratischen Viertel der Stadt ein, wo er sich unter den wenigen noch lebenden Gentlemen zeigen wollte.

Eine Zeitlang war ich so in Gedanken über das in Newman Street Gehörte und Gesehene verloren, daß ich gänzlich außerstande war, mit Caddy zu sprechen oder dem, was sie mir erzählte, meine Aufmerksamkeit zuzuwenden. Besonders, als ich mich innerlich fragte, ob es jemals andre Gentlemen als Tanzlehrer gegeben habe, die nur von Anstand gelebt und ihren Ruhm darauf begründet hätten. Das verwirrte mich so sehr und enthüllte mir die Möglichkeit der Existenz so vieler Mr. Turveydrops, daß ich zu mir sagte: »Esther, weg mit diesen Gedanken. Du mußt jetzt auf Caddy hören.« Und das tat ich, und wir plauderten den ganzen Weg bis Lincoln's Inn.

Sie erzählte mir, ihres Verlobten Erziehung sei so vernachlässigt worden, daß es ihr manchmal schwerfalle, seine Briefe zu entziffern. Sie sagte, wenn er wegen seiner Orthographie nicht so ängstlich wäre und sich weniger Mühe damit gäbe, täte er besser, aber er brächte oft so viel unnötige Buchstaben in kurzen Wörtern an, daß sie manchmal ganz ihr englisches Aussehen verlören.

»Er tut es in der besten Absicht«, bemerkte sie. »Aber es hat nicht die Wirkung, die er beabsichtigt; der arme Junge.«

Sie erging sich sodann in Erklärungen, daß man von ihm doch auch keine Bildung verlangen könne, da er sein ganzes Leben in der Tanzschule zugebracht und nichts andres getan habe als lehren und sich abplagen, sich abplagen und lehren von morgens früh bis abends spät! Und was läge schließlich daran! Sie könne Briefe für beide schreiben, sie habe es auf ihre Kosten erfahren, und es sei viel besser für ihn, liebenswürdig als gelehrt zu sein.

»Übrigens bilde ich mir auch nicht ein, ein gebildetes Mädchen zu sein, das ein Recht hätte, darüber die Nase zu rümpfen«, sagte sie. »Ich weiß wahrhaftig selbst wenig genug, dank meiner Erziehung.«

»Etwas muß ich Ihnen noch erzählen, solange wir allein sind«, fuhr sie unterwegs fort, »was ich Ihnen nicht gern gesagt hätte, bevor Sie Prince gesehen haben, Miß Summerson! Sie wissen, wie es bei uns zu Hause zugeht. Bei uns etwas lernen zu wollen, was für mich als Princes Frau von Nutzen sein könnte, ist unmöglich. Bei uns herrscht ein solches Durcheinander, daß es einfach nicht geht. Und ich war immer noch mehr entmutigt, wenn ich es versucht habe. So übe ich mich jetzt ein wenig ... bei wem glauben Sie wohl? ... bei der armen Miß Flite! Ganz früh am Morgen helf ich ihr das Zimmer aufräumen und die Vögel besorgen; dann koche ich ihr den Kaffee – sie hat es mich natürlich lehren müssen –, und ich habe ihn so gut kochen gelernt, daß Prince behauptet, es sei der allerbeste, den er jemals gekostet hat, und würde sogar den alten Mr. Turveydrop, der hinsichtlich Kaffee sehr eigen ist, in Entzükken versetzen. Ich kann auch kleine Puddings machen und weiß schon, wie man einen Hammelrücken, Tee und Zukker und Butter und andre zum Haushalt gehörende Dinge einkauft. Mit der Nadel bin ich noch nicht besonders geschickt«, sie warf einen Blick auf die Ausbesserungen an Peepys Frack, »aber vielleicht kann ich mich darin noch vervollkommnen. Seit ich mit Prince verlobt bin und mich mit allen diesen Dingen beschäftige, glaube ich besser aufgelegt und Ma gegenüber versöhnlicher gestimmt zu sein. Heute morgen packte es mich wieder, als ich Sie und Miß Clare so nett und hübsch aussehen fand und mich über Peepy und mich selbst schämen mußte, aber im großen ganzen, glaube ich, bin ich besserer Laune als früher und versöhnlicher gegenüber Ma.«
Es rührte mich tief, zu hören, wie sehr sich das arme Mädchen bemühte.
»Liebe Caddy«, sagte ich, »ich fühle mich sehr zu Ihnen hingezogen und hoffe, wir werden bald die besten Freundinnen sein.«
»Ach wirklich?« rief Caddy. »Wie glücklich mich das machen würde.«

»Liebe Caddy, wir wollen gleich von jetzt an Freundinnen und du und du sein und recht oft über diese Sachen plaudern und versuchen, uns darin zurechtzufinden, ja?«
Caddy war außer sich vor Freude. Ich sagte ihr in meiner altmodischen Weise alles mögliche, um sie zu trösten und zu ermutigen, und hätte es an diesem Tage nicht übers Herz gebracht, etwas Nachteiliges über den alten Mr. Turveydrop zu sagen.
Wir hatten jetzt Mr. Krooks Haus erreicht und sahen den Privateingang offenstehen. Am Türpfosten klebte ein Zettel des Inhalts, daß im zweiten Stock ein Zimmer zu vermieten sei. Caddy erzählte mir, während wir die Treppe hinaufgingen, man habe einen plötzlichen Todesfall im Hause gehabt und Totenschau, und unsre kleine Freundin sei vor Schrecken krank geworden.
Da Tür und Fenster des leeren Zimmers offenstanden, blickten wir hinein. Es war das Zimmer mit der dunkeln Tür, auf die Miß Flite bei meiner letzten Anwesenheit im Haus so geheimnisvoll meine Aufmerksamkeit gelenkt hatte.
– Was für ein trauriger und unwohnlicher Raum es war; ein düsterer, trauervoller Ort, der in mir ein seltsames Gefühl von Leid und sogar von Furcht erweckte. –
»Du siehst blaß aus«, sagte Caddy, als wir heraustraten. »Ist dir kalt?«
– Mich hatte tatsächlich im Zimmer ein Schauer überlaufen. –
Wir waren bei unsern Gesprächen so langsam gegangen, daß mein Vormund und Ada schon vor uns angekommen waren. Wir fanden sie in Miß Flites Dachstübchen. Sie besahen sich die Vögel, während ein Arzt, der so gutherzig war, Miß Flite mit großer Teilnahme und Sorgfalt zu behandeln, freundlich mit ihr am Kamin sprach.
»Meine ärztliche Behandlung ist zu Ende«, sagte er und trat vor. »Miß Flite befindet sich bereits viel besser und kann morgen wieder im Gericht erscheinen, wenn ihr soviel daran liegt. Wie ich höre, hat man sie dort sehr vermißt.«

Miß Flite nahm das Kompliment wohlgefällig auf und machte uns einen gemeinsamen Knicks.
»Sehr geehrt, abermals die Mündel in Sachen Jarndyce bei mir zu sehen!« sagte sie. »Se-hr glücklich, Jarndyce von Bleakhaus unter meinem bescheidnen Dach zu empfangen!« Sie knickste. »Meine liebe Fitz-Jarndyce« – diesen Namen hatte sie sich für mich ausgedacht –, »seien Sie mir doppelt willkommen.«
»Ist sie sehr krank gewesen?« fragte Mr. Jarndyce den Arzt. Sie antwortete selbst, obgleich mein Vormund nur leise flüsternd gesprochen hatte.
»Oh, entschieden unpäßlich! Oh, sehr unpäßlich«, sagte sie vertraulich. »Kein Schmerz, Sie verstehen ... Aufregung! Nicht so sehr körperlich, als nervös – nervös! Die Sache ist«, erklärte sie uns mit unterdrückter, bebender Stimme, »wir hatten einen Todesfall hier. Es war Gift im Hause. Ich bin solchen schrecklichen Dingen gegenüber außerordentlich empfindlich. Es entsetzte mich. Nur Mr. Woodcourt weiß, wie sehr. Mein Arzt, Mr. Woodcourt«, stellte sie mit großer Förmlichkeit vor, »die Mündel in Sachen Jarndyce – Jarndyce von Bleakhaus – Fitz-Jarndyce.«
»Miß Flite«, sagte Mr. Woodcourt mit ernster, wohlwollender Stimme, als wende er sich an sie, während er zu uns sprach und seine Hand sanft auf ihren Arm legte. »Miß Flite beschreibt ihre Krankheit mit ihrer gewohnten Akkuratesse. Ein Vorfall im Hause hat sie erschüttert, der eine stärkere Person als sie hätte stark mitnehmen müssen. Und sie wurde vor lauter Aufregung und Trübsal krank. In der ersten Hast der Entdeckung brachte sie mich hierher. Leider zu spät, um dem Unglücklichen noch helfen zu können. Ich habe mich für diese Enttäuschung dadurch entschädigt, daß ich seitdem hierher kam und ihr ein wenig nützlich gewesen bin.«
»Der freundlichste Arzt vom ganzen Kollegium«, wisperte mir Miß Flite zu. »Ich erwarte ein Urteil am Tag des Gerichts. Und dann werde ich Güter verschenken.«
»Miß Flite wird in ein paar Tagen wieder gesund und

wohlauf sein«, sagte Mr. Woodcourt und sah sie mit einem prüfenden Lächeln an. »Mit andern Worten, wieder ganz auf dem Damm. Haben Sie gehört, welches Glück sie gehabt hat?«

»Ein ganz außerordentliches Glück«, bestätigte Miß Flite mit strahlendem Gesicht. »Denken Sie nur, jeden Samstag übergibt mir Konversations-Kenge oder Guppy – bei Konversations-K. – ein Kuvert mit Schillingen – mit Schillingen! Ja, ja, Sie dürfen mir's glauben! Immer die gleiche Anzahl ist im Kuvert. Immer einer für jeden Tag in der Woche. Jetzt wissen Sie es. Und gerade zur rechten Zeit gekommen, nicht wahr? Jaaaa! Woher, glauben Sie wohl, kommen diese Kuverts? Das ist die große Frage. Natürlich. Soll ich Ihnen sagen, was ich glaube? Ich glaube«, sie trat mit einem schlauen Blick zurück und hielt den rechten Zeigefinger höchst bedeutsam in die Höhe, »daß der Lordkanzler in Hinblick auf die Länge der Zeit, wo das Große Siegel geöffnet ist – denn es ist schon sehr lange geöffnet –, das Geld schickt. Bis das Urteil, das ich erwarte, erfolgt. Das ist sehr anerkennenswert, sehen Sie. Auf diese Weise einzugestehen, daß der Prozeß sich wirklich etwas langsam für das irdische Leben abwickelt. So zartfühlend! Als ich neulich im Gerichtssaal war – ich wohne den Sitzungen regelmäßig bei mit meinen Dokumenten –, stellte ich ihn zur Rede, und er gestand fast. Das heißt, ich lächelte ihn von meiner Bank aus an, und er lächelte mich von seiner Bank aus an. Aber ist es nicht ein großes Glück, wie? Und meine junge Freundin verwendet das Geld für mich so vorteilhaft. Oh, ich versichere Ihnen, außerordentlich vorteilhaft!«

Sie hatte sich an mich gewendet, und ich wünschte ihr Glück und weitere Vermehrung ihres Einkommens und eine recht lange Dauer desselben. Ich brauchte mir nicht den Kopf zu zerbrechen, aus welcher Quelle es kam und wer so menschenfreundlich war. Mein Vormund stand vor mir und besah sich die Vögel, und ich brauchte nicht weit zu suchen.

»Und wie heißen die kleinen Burschen, Maam?« fragte er mit seiner sympathischen Stimme. »Haben sie Namen?«
»Ich kann für Miß Flite bejahen«, sagte ich, »denn sie versprach uns neulich, sie uns zu nennen. – Ada, weißt du noch?«
Ada erinnerte sich noch sehr gut.
»So, tat ich das?« sagte Miß Flite. »Halt! Wer ist dort an meiner Tür? Was horchen Sie an meiner Tür, Krook?«
Der Alte stieß die Türe auf und erschien, die Pelzmütze in der Hand, begleitet von seiner Katze, auf der Schwelle.
»Ich hab nicht gehorcht, Miß Flite. Ich wollte eben klopfen, aber Sie geben so scharf acht.«
»Jagen Sie Ihre Katze hinaus. Fort!« rief die alte Dame heftig aus.
»Bah, bah. Es besteht keine Gefahr, meine Herrschaften«, beruhigte sie Mr. Krook und sah uns alle der Reihe nach lange und scharf an. »Sie wird, wenn ich hier bin, auf die Vögel nicht losgehen – wenn ich sie nicht hetze.«
»Sie müssen meinen Hauswirt entschuldigen«, flüsterte Miß Flite mit würdevoller Miene. »Ver-, ganz ver-! Was wollen Sie denn, Krook? Sie sehen doch, daß ich Gesellschaft habe.«
»Hi«, sagte der Alte. »Sie wissen, ich bin der ›Kanzler‹.«
»Nun, und? Was weiter?«
»Daß dem Kanzler«, kicherte der Alte, »ein Jarndyce unbekannt bleiben sollte, wäre seltsam, nicht wahr, Miß Flite? Darf ich mir nicht die Freiheit nehmen? Ihr Diener, Sir. Ich kenne ›Jarndyce kontra Jarndyce‹ fast so genau wie Sie selbst, Sir. Ich kannte den alten Squire Tom, Sir, aber soviel ich mich erinnern kann, habe ich Sie noch nie gesehen. Nicht einmal im Gerichtshof. Und ich bin doch unendlich oft im Lauf des Jahres dort.«
»Ich gehe nie hin«, entgegnete Jarndyce. »Ich würde lieber – ich weiß nicht wohin gehen.«
»Wirklich?« grinste Krook. »Sie sind schlecht auf meinen vornehmen und gelehrten Bruder zu sprechen, Sir; wenn das auch vielleicht bei einem Jarndyce ganz natürlich ist.

Ein gebranntes Kind, Sir! ... Was, Sie sehen sich die Vögel meiner Mieterin an, Mr. Jarndyce?« Er war ganz langsam immer weiter ins Zimmer hereingekommen und berührte jetzt meinen Vormund mit dem Ellbogen und sah ihm mit seinen bebrillten Augen scharf ins Gesicht.

»Es ist eine ihrer Wunderlichkeiten, daß sie niemals die Namen dieser Vögel nennt, wenn sie es vermeiden kann. Aber jeder einzelne hat seinen Namen!« Er sagte das leise flüsternd. »Soll ich sie herzählen, Flite?« fragte er dann laut, zwinkerte uns zu und deutete auf sie, während sie sich hastig abwendete und sich stellte, als kehre sie den Herd.

»Wenn Sie wollen«, gab sie hastig zur Antwort.

Der Alte warf uns wieder einen Blick zu, spähte zu den Käfigen hin und ging dann die Liste durch.

»Hoffnung, Freude, Jugend, Friede, Ruhe, Leben, Staub, Asche, Verschwendung, Mangel, Ruin, Verzweiflung, Wahnsinn, Tod, List, Torheit, Faselei, Perücke, Pergament, Plunder, Präzedenz, Jargon, blauer Dunst und Larifari – das ist die ganze Reihe. Alle von meinem vornehmen und gelehrten Bruder zusammen in einen Käfig gesperrt.«

»Ein böser Wind!« murmelte mein Vormund.

»Wenn mein vornehmer und gelehrter Bruder das Urteil fällt, sollen sie freigelassen werden«, sagte Krook und zwinkerte uns wieder zu. »Und dann«, setzte er flüsternd und zähnefletschend hinzu, »wenn das geschieht – es geschieht natürlich nie –, dann werden sie von den andern Vögeln, die niemals in Gefangenschaft gewesen sind, totgebissen.«

»Wenn jemals Ostwind war«, sagte mein Vormund und stellte sich, als sähe er zum Fenster hinaus nach der Wetterfahne, »so haben wir heute welchen.«

Es wurde uns außerordentlich schwer, wegzukommen. Nicht Miß Flite hielt uns auf – das kleine Geschöpf war so verständig in der Berücksichtigung der Wünsche andrer wie nur möglich –, Mr. Krook tat es. Er schien sich gar

nicht von Mr. Jarndyce losmachen zu können. Wenn er an ihn angekettet gewesen wäre, hätte er sich kaum dichter an ihn halten können.
Er schlug uns vor, uns seinen Kanzleigerichtshof und das seltsame Durcheinander, das er enthielt, zu zeigen.
Während der ganzen Besichtigung, die er geflissentlich in die Länge zog, blieb er immer dicht neben Mr. Jarndyce und hielt ihn unter allen möglichen Vorwänden auf, bis wir voraus waren, als quäle ihn eine Neigung, von irgendeinem Geheimnis zu sprechen, ohne daß er sich entschließen könnte, davon anzufangen. Ich kann mir kein Gesicht und kein Benehmen denken, das einen deutlicheren Ausdruck von Vorsicht und Unentschlossenheit und dem beständigen Drange trug, irgend etwas, was ihm auf der Zunge lag, zu sagen, als Mr. Krooks Gesicht und Benehmen an diesem Tag.
Ununterbrochen belauerte er meinen Vormund. Er wendete kein Auge von ihm. Wenn er neben ihm ging, betrachtete er ihn mit der Schlauheit eines alten, weißhaarigen Fuchses. Wenn er vorausging, sah er sich um nach ihm. Standen wir still, pflanzte er sich ihm gegenüber auf und fuhr mit der Hand immer wieder langsam über den offenen Mund mit dem seltsamen Ausdruck eines gewissen Machtbewußtseins, rollte die Augäpfel in die Höhe und runzelte die grauen Augenbrauen, bis sie zusammenzustoßen schienen. Jede Linie im Gesicht meines Vormunds schien er zu studieren.
Endlich, nachdem wir überall im Hause gewesen waren, immer von der Katze begleitet, und den ganzen kuriosen Vorrat von allerlei Waren gesehen hatten, führte er uns in den rückwärtigen Teil des Ladens. Hier bemerkten wir auf einem aufrecht stehenden leeren Fasse eine Tintenflasche, ein paar alte Federstümpfe und einige schmutzige Theaterzettel. An die Wand waren mehrere großgedruckte Alphabete in verschiednen Kurrentschriften geklebt.
»Was machen Sie hier?« fragte mein Vormund.

»Versuche, lesen und schreiben zu lernen.«
»Und wie kommen Sie damit zurecht?«
»Langsam. Schlecht«, gab Mr. Krook ungeduldig zur Antwort. »Es ist schwer in meinen Jahren.«
»Sie würden sich leichter tun, wenn Sie sich von jemand unterrichten ließen.«
»Ja, aber man könnte es mich absichtlich falsch lehren«, entgegnete der Alte mit einem sonderbar argwöhnischen Aufleuchten in seinen Augen. »Ich weiß nicht, was ich dabei verloren habe, daß ich es nicht früher gelernt habe. Ich möchte jetzt nicht gern dadurch zu Schaden kommen, daß mich's einer falsch lehrte.«
»Falsch?« fragte mein Vormund mit seinem gutgelaunten Lächeln. »Bitte Sie, wer sollte das tun!«
»Ich weiß es nicht, Mr. Jarndyce von Bleakhaus«, gab der Alte zur Antwort, schob sich die Brille auf die Stirn hinauf und rieb sich die Hände. »Ich glaube nicht gerade, daß es jemand tun würde ... Aber ich traue doch lieber mir selbst als einem andern.«
Diese Antworten und sein ganzes Wesen waren seltsam genug, um meinem Vormund Anlaß zu geben, während wir durch Lincoln's Inn schritten, Mr. Woodcourt zu fragen, ob Mr. Krook wirklich, wie seine Mieterin behauptete, verrückt sei. Der junge Arzt sagte, er habe durchaus keinen Grund, das anzunehmen. Krook sei nur außerordentlich mißtrauisch wie die meisten ungebildeten Leute und gewöhnlich mehr oder weniger von Gin berauscht. Er trinke ihn in großen Mengen und er und sein Ladenstübchen röchen sehr stark danach, wie wir selbst wohl schon bemerkt hätten, aber für verrückt halte er ihn keineswegs.
Auf dem Nachhauseweg gewann ich mir Peepys Liebe so sehr durch das Geschenk einer Windmühle und zweier Mehlsäcke, daß er sich von niemand anders Hut und Handschuhe abnehmen lassen und beim Essen nur neben mir sitzen wollte. Caddy saß zwischen mir und Ada, der wir die ganze Geschichte unsres Freundschaftsbündnisses gleich nach unsrer Heimkehr mitteilten.

Wir nahmen uns Caddys und auch Peepys so sehr an, daß sie vor Freude strahlten. Mein Vormund nahm an unsrer Fröhlichkeit teil, und wir alle waren heiter und lustig, bis spätabends Caddy in einer Droschke nach Hause fuhr, auf dem Schoße den fest schlafenden Peepy, der immer noch die Windmühle umklammerte.
Ich habe zu erwähnen vergessen – zum mindesten nicht erwähnt –, daß Mr. Woodcourt derselbe dunkelhaarige junge Chirurg war, den wir bereits bei Mr. Badger getroffen, daß Mr. Jarndyce ihn zu Tisch eingeladen und er die Einladung angenommen hatte – und auch, daß, als alle fort waren und ich Ada aufforderte: »Nun, Liebling, laß uns ein wenig von Richard plaudern«, sie gelacht und gesagt hatte ...
Aber ich glaube, es kommt nicht auf das an, was mein Liebling gesagt hat. Sie war doch immer scherzhaft aufgelegt.

15. Kapitel

Bell Yard

Während unsres Aufenthaltes in London war Mr. Jarndyce beständig von der Schar leicht erregbarer Damen und Herren umlagert, deren Unternehmungslust uns schon in Bleakhaus so in Erstaunen gesetzt hatte. Mr. Quale, der sich bald nach unsrer Ankunft vorstellen kam, kannte alle persönlich. Er schien die zwei glänzenden Beulen von Schläfen in alles hineinzustecken, was vorging, und sein Haar immer weiter und weiter zurückzubürsten, bis sogar die Wurzeln in nicht zu befriedigender Philanthropie aus der Kopfhaut zu dringen schienen.
Um was es sich handelte, war ihm ganz gleich, aber ganz besonders bereitwillig zeigte er sich bei Anlässen, wo es darum ging, irgend jemandes Lobeshymne zu singen.

Seine Hauptstärke schien in der Gabe zu liegen, andre rückhaltlos zu bewundern. Er konnte mit dem größten Genuß beliebig lang dasitzen und seine Schläfen im Glanze jedes beliebigen großen Lichtes baden. Als ich ihn das erstemal ganz in Bewunderung der Mrs. Jellyby versunken gesehen, hatte ich geglaubt, sie sei der alles andre verdrängende Gegenstand seiner Verehrung. Aber bald entdeckte ich meinen Irrtum und fand, daß er der Schleppenträger und Herold für eine ganze Prozession von Leuten war.

Mrs. Pardiggle besuchte uns eines Tages wegen einer Subskription für irgend etwas – und mit ihr Mr. Quale. Was auch Mrs. Pardiggle sagte, Mr.Quale wiederholte es. Und wie er uns seinerzeit Mrs. Jellyby vorgeführt hatte, führte er uns jetzt Mrs. Pardiggle vor.

Mrs. Pardiggle hatte ihrem beredten Freund Mr. Gusher einen Empfehlungsbrief an meinen Vormund mitgegeben. Mit Mr. Gusher kam abermals Mr. Quale. Mr. Gusher, ein sulzartig aussehender Herr mit einem schwitzenden Gesicht und Augen, die, für sein Vollmondantlitz viel zu klein, ursprünglich einem andern gehört zu haben schienen, war auf den ersten Blick nicht einnehmend; aber kaum hatte er sich gesetzt, fragte schon Mr. Quale Ada und mich ziemlich hörbar, ob er nicht ein großer Mann sei – was hinsichtlich seiner Aufgedunsenheit allerdings der Fall war, obgleich Mr. Quale Größe in geistiger Hinsicht meinte – und ob uns nicht der massive Bau der Stirn auffalle.

Kurz, wir hörten von Missionen jeder Gattung unter diesen Leuten sprechen, aber nichts kam uns nur halb so deutlich zum Bewußtsein, als daß es Mr. Quales Mission war, über jedes andern Mission in Ekstase zu geraten, und daß das offenbar die populärste Mission von allen war.

Mr. Jarndyce, in seiner Herzensgüte und immer von dem Wunsch beseelt, alles Gute, was in seiner Macht stand, zu tun, trat diesen Gesellschaften zwar bei, aber er gestand offen zu, daß sie ihm oft als eine recht unzulängliche Institution erschienen, in der die Wohltätigkeit sich in Form von Krämpfen betätige, wobei marktschreierische Philanthropen und Spekulanten in billiger Berühmtheit – groß im Wort, ruhelos und eitel im Handeln, kriecherisch nach oben, lobhudelnd gegen einander und unduldsam gegen die, die gern im stillen die Schwachen vor dem Falle schützten, anstatt sie lärmend und mit großem Selbstlob ein wenig aufzuheben, wenn sie schon gefallen waren – die christliche Barmherzigkeit wie eine Uniform zur Schau trugen.

Als Mr. Gusher ein Ehrengeschenk für Mr. Quale vorschlug, der früher bereits eins für ihn angeregt hatte, und anderthalb Stunden über dieses Thema vor einer Versammlung sprach, der zwei Knaben- und Mädchenklassen aus der Armenschule beiwohnten, die, ein lebendes Beispiel, an das Gleichnis vom Scherflein der Witwe erinnerten, aber nichtsdestoweniger aufgefordert wurden, ihre Halfpence zum Opfer zu bringen, glaubte ich wirklich, der Wind würde drei Wochen lang aus Osten wehen.

Ich erwähne dies, weil ich auf Mr. Skimpole zu sprechen kommen will. Es schien mir, als ob seine ungezwungene Kindlichkeit und Sorglosigkeit im Gegensatz zu allen diesen Leuten ein großer Lichtblick für meinen Vormund wären, der eben dieses Gegensatzes wegen um so bereitwilliger an ihn glaubte. Es mußte ihm Freude machen, unter so vielen Andersgearteten einen so vollkommen arglosen und aufrichtigen Menschen zu finden. Es täte mir leid, wenn ich damit vielleicht den Verdacht erwecken sollte, Mr. Skimpole habe dies durchschaut und sich politisch benommen. Ich habe ihn nie genügend kennengelernt, um das zu wissen. Wie er sich zu meinem Vormund benahm, so benahm er sich bestimmt gegen jedermann.

Er war nicht ganz wohl gewesen und hatte sich, obgleich er in London wohnte, bis dahin noch nicht bei uns blicken lassen. Eines Morgens aber erschien er in seiner gewöhnlichen gewinnenden Art und so heiter wie je.

»Also da bin ich«, sagte er.

Er habe an der Galle gelitten, aber reiche Leute litten daran oft, und deshalb habe er sich eingeredet, er sei vermögend. Und das sei er in gewisser Hinsicht ... In seinen großzügigen Absichten nämlich. Er habe seinen Arzt auf die verschwenderischste Weise beschenkt und sein Honorar stets verdoppelt und manchmal sogar vervierfacht. »Mein lieber Doktor«, habe er zu ihm gesagt. »Sie täuschen sich vollkommen, wenn Sie glauben, Sie behandelten mich umsonst. Ich überschütte Sie mit Geld – in Gedanken –, wenn Sie es nur wüßten«, und wirklich, sagte er, sei es ihm damit so ernst, daß er glaube, es käme ganz auf dasselbe heraus, ob er es in Wirklichkeit tue oder anders. Wenn er die gewissen kleinen Metallscheiben oder die dünnen Papierzettel, auf die das Menschengeschlecht so großen Wert legt, dem Arzt in die Hand hätte drücken können, würde er es selbstverständlich getan haben. Da er sie nicht besäße, setze er den Willen für die Tat. Sehr gut! Wenn er es wirklich wolle, und sein Wille sei echt und wahr – und das sei er –, so scheine ihm das ebensogut wie Geld zu sein, um die Schuld zu tilgen.

»Vielleicht kommt das daher, weil ich den Wert des Geldes nicht kenne«, sagte er. »Aber ich habe das Gefühl. Es kommt mir so vernünftig vor! Mein Fleischer sagte eines Tages zu mir, er wolle seine kleine Rechnung bezahlt sehen. Es liegt eine hübsche unbewußte Poesie in der Natur dieses Mannes, daß er stets von einer kleinen Rechnung spricht, um uns beiden die Bezahlung als etwas Leichtes erscheinen zu lassen. Ich antwortete dem Fleischer: ›Guter Freund, eigentlich sind Sie schon bezahlt, nur wissen Sie es nicht. Sie hätten sich dann gar nicht erst die Mühe zu machen brauchen, wegen der kleinen Rechnung hierherzukommen. Sie sind doch eigentlich schon bezahlt.‹«

»Aber angenommen«, fragte mein Vormund lachend, »er hätte das Fleisch auch nur im Geiste gebracht?«

»Mein lieber Jarndyce, Sie setzen mich in Erstaunen. Sie denken sich nur in die Lage des Fleischers. Ein Fleischer, mit dem ich einmal zu tun hatte, verfocht dieselbe Ansicht. Er sagte: ›Sir, warum haben Sie jungen Lammbraten zu achtzehn Pence das Pfund gegessen?‹ – ›Warum ich jungen Lammbraten zu 18 d. das Pfund gegessen habe, mein würdiger Freund?‹ sagte ich, natürlich erstaunt über die Frage. ›Ich esse eben gern jungen Lammbraten!‹ Das war soweit überzeugend. – ›Gut, Sir‹, sagte er, ›was, wenn ich auch nur *vorgehabt* hätte, das Lamm zu bringen, so wie Sie, das Geld zu bezahlen?‹ – ›Guter Mann‹, sagte ich, ›wir wollen die Sache besprechen wie vernünftige Menschen. Wie hätte das sein können, es war doch unmöglich. Sie hatten das Lamm und ich hatte das Geld nicht. Sie konnten vorhaben, das Lamm zu schicken, denn Sie hatten eins, ich konnte nicht beabsichtigen, das Geld zu zahlen, denn ich hatte keins!‹ Darauf wußte er kein Wort zu erwidern. Damit war die Sache erledigt.«

»Verklagte er Sie nicht?« fragte mein Vormund.

»Ja, er verklagte mich. Aber darin ließ er sich von der Leidenschaft leiten und nicht von der Vernunft. Übrigens, Leidenschaft. Das erinnert mich an Boythorn. Er schreibt mir, daß Sie und die Damen ihm einen kurzen Besuch in seiner Junggesellenwirtschaft in Lincolnshire versprochen hätten.«

»Er hat meine beiden Mädchen sehr gern«, bestätigte Mr. Jarndyce, »und ich habe auch in ihrem Namen zugesagt.«

»Die Natur vergaß bei ihm den mildernden Schatten, glaube ich«, bemerkte Mr. Skimpole, zu Ada und mir gewendet. »Ein wenig zu stürmisch – wie das Meer. Ein wenig zu wild – wie ein Stier, der sich in den Kopf gesetzt hat, alles für scharlachrot zu halten. Aber ich gestehe ihm so eine Art Schmiedehammerverdienst immerhin zu.«

Es würde mich wirklich gewundert haben, wenn die beiden viel voneinander gehalten hätten; Mr. Boythorn, der allen Dingen so viel Wichtigkeit beilegte, und Mr. Skimpole, der sich überhaupt um nichts kümmerte. Außerdem war mir nicht entgangen, daß Mr. Boythorn mehr als einmal nahe daran gewesen war, seiner Meinung sehr stark

Ausdruck zu verleihen, wenn auf Mr. Skimpole die Rede kam. Natürlich hatte ich mich einfach Adas Äußerung angeschlossen, er habe uns gefallen.

»Er hat mich eingeladen«, fuhr Mr. Skimpole fort. »Und wenn sich ein Kind solchen Händen anvertraut, wie es gegenwärtig der Fall ist, wo es die vereinte Zärtlichkeit zweier Engel als Wache neben sich sieht, so ist keine Gefahr dabei. Er erbietet sich, die Hin- und Herreise zu bezahlen. Ich vermute, es kostet Geld! Schillinge wahrscheinlich! Oder Pfunde? Übrigens: Coavinses! Sie erinnern sich doch an unsern Freund Coavinses, Miß Summerson?«

Er fragte mich, wie es ihm gerade in den Kopf kam, fröhlich und unbefangen und ohne die mindeste Verlegenheit.

»Gewiß.«

»Coavinses ist von dem großen Landvogt verhaftet worden. Er wird das Sonnenlicht nie mehr maßregeln.«

Ich war ordentlich betroffen, das zu hören, denn ich hatte mir bereits unwillkürlich das Bild des Mannes, wie er bei uns auf dem Sofa gesessen und sich die Stirne abgewischt, ins Gedächtnis zurückgerufen.

»Sein Nachfolger sagte es mir gestern. Er ist jetzt in meinem Hause – hat darauf Beschlag gelegt, so glaube ich, nennt er es. Er kam gestern zum Geburtstag meiner blauäugigen Tochter. Ich stellte ihm vor, das sei widersinnig und unpassend. ›Wenn Sie eine Tochter mit blauen Augen hätten, würde es Ihnen gefallen, wenn ich uneingeladen zu ihrem Geburtstag käme?‹ fragte ich ihn. Aber er blieb doch.«

Mr. Skimpole lachte über diese liebenswürdige Absurdität und schlug einige Akkorde auf dem Piano an, an dem er saß.

»Und er sagte mir«, fuhr er fort und griff nach jedem Wort einen Akkord, »daß Coavinses ... drei Kinder ... keine Mutter ... Und da Coavinses' Gewerbe – unpopulär ist, sind die kleinen Coavinses sehr schlimm dran ...«

Mr. Jarndyce stand auf, fuhr sich durch die Haare und begann ruhelos im Zimmer auf und ab zu gehen. Mr. Skimpole spielte die Melodie eines von Adas Lieblingsliedern. Ada und ich blickten Mr. Jarndyce an und glaubten zu wissen, was in seiner Brust vorging.

Nachdem er auf und ab gegangen, still gestanden und verschiedne Male aufgehört hatte, sich den Kopf zu reiben, und immer wieder damit angefangen hatte, legte er die Hand auf die Tasten und wehrte Mr. Skimpole, weiterzuspielen.

»Ich mag das nicht, Skimpole«, sagte er gedankenvoll.

Mr. Skimpole, der bereits wieder an etwas ganz andres dachte, blickte überrascht auf.

»Der Mann war notwendig«, fuhr mein Vormund fort und ging in dem kleinen Raum zwischen Piano und Wand auf und ab und rieb sich das Haar am Hinterkopf in die Höh, daß es aussah, als habe es der Ostwind emporgeblasen. »Der Mann war notwendig. Wenn wir schon solche Berufe durch unsre Fehler oder durch unsern Mangel an Lebenserfahrung oder durch unsre Unfälle zur Notwendigkeit machen, so dürfen wir den Trägern derselben dann nichts nachtragen. Es war nichts Verwerfliches in seinem Beruf. Er ernährte seine Kinder damit. Man sollte sich da genauer erkundigen.«

»Ach so, Coavinses!« rief Mr. Skimpole, der endlich merkte, worum es sich handelte. »Nichts leichter. Ein Gang nach Coavinses' Hauptquartier, und Sie können alles erfahren, was Sie wünschen.«

Mr. Jarndyce nickte uns zu, die wir bloß auf das Signal warteten.

»Kommt! Wir wollen einmal hingehen, liebe Kinder. Warum nicht einmal auch dorthin.«

Wir waren rasch fertig und gingen aus, und Mr. Skimpole begleitete uns und hatte viel Vergnügen an der Expedition. Es sei ein Hauptspaß für ihn, sagte er, einmal seinerseits Coavinses suchen zu gehen, anstatt umgekehrt. Er führte uns zuerst nach Cursitor Street, Chancery Lane, zu einem Haus mit vergitterten Fenstern, das er Coavinses' Raub-

schloß nannte. Wir klingelten, und ein unglaublich häßlicher Bursche kam aus einer Art Kanzleistube heraus und musterte uns über ein mit Spitzen versehenes Pförtchen hinüber.
»Was wünschen Sie?« fragte er und preßte sein Kinn zwischen zwei Stacheln.
»Es war ein Gerichtsvollzieher hier, der jetzt tot ist«, sagte Mr. Jarndyce.
»Ja. Nun, und?«
»Wir möchten gern seinen Namen wissen.«
»Hieß Neckett«, sagte der Bursche.
»Und seine Adresse?«
»Bell Yard. Krämerladen linker Hand. Firma Blinder.«
»War er ... Ich weiß nicht, wie ich mich ausdrücken soll«, brummte mein Vormund. »War er fleißig?«
»Neckett? – Na, und ob. War immer auf der Lauer. Blieb auf seinem Posten an einer Straßenecke acht bis zehn Stunden lang in einem Strich, wenn er's mal übernommen hatte.«
»Er hätte Schlimmeres tun können«, hörte ich meinen Vormund murmeln. »Er hätte es übernehmen können und dann faulenzen. Danke. Weiter brauch ich nichts zu wissen.«
Wir verließen den Burschen, der, den Kopf auf eine Seite geneigt, die Arme auf die Pforte gelegt, die Spitzen des Gitters streichelte, und gingen nach Lincoln's Inn zurück, wo Mr. Skimpole, der sich nicht näher an Coavinses herangetraut hatte, auf uns wartete. Dann gingen wir nach Bell Yard, einem schmalen Hof nicht weit davon.
Wir fanden bald den Krämerladen und in ihm eine gutmütig aussehende alte Frau, mit Wassersucht oder Asthma oder beiden Krankheiten zusammen behaftet.
»Necketts Kinder?« wiederholte sie meine Frage. »Jawohl, Miß. Drei Treppen hoch, wenn's gefällig ist. Die Tür gerade der Treppe gegenüber.« Und sie reichte mir einen Schlüssel über den Ladentisch hinüber.
Ich sah den Schlüssel an und sah sie an; aber sie schien es

für selbstverständlich zu halten, daß ich wisse, was ich damit zu tun habe. Da er nur für die Tür der Kinder bestimmt sein konnte, verließ ich den Laden, ohne weiter zu fragen, und ging die dunkle Treppe hinauf voran. Wir traten so leise wie möglich auf, aber da wir zu viert waren, machten wir doch einigen Lärm auf den alten Stufen, und als wir den zweiten Stock erreichten, entdeckten wir, daß wir einen Mann gestört hatten, der jetzt aus seiner Zimmertür schaute.

»Zu Gridley wollen Sie wohl«, sagte er und fixierte uns zornig.

»Nein, Sir. Wir gehen höher hinauf.«

Er sah Ada und Mr. Jarndyce und Mr. Skimpole der Reihe nach, wie sie vorübergingen und mir folgten, mit demselben zornigen Blick an. Mr. Jarndyce wünschte ihm guten Tag.

»Guten Tag!« antwortete er kurz und barsch.

Er war ein langer blasser Mann mit sorgenschwerem Haupt, auf dem nur noch sehr wenig Haar war, mit tief gefurchtem Gesicht und hervorstehenden Augen. Er hatte ein kampfbereites Aussehen und ein heftiges reizbares Wesen, das für mich, wenn ich dabei an seine Gestalt dachte, die trotz vorrückenden Alters noch groß und kräftig war, etwas Beunruhigendes hatte. Er hielt eine Feder in der Hand, und als ich im Vorbeigehen einen Blick durch die halb offene Tür warf, sah ich, daß die Stube voll Papier lag.

Wir ließen ihn stehen und gingen in den obersten Stock. Ich klopfte an die Tür, und eine dünne, helle Kinderstimme rief drinnen: »Es ist zugesperrt. Mrs. Blinder hat den Schlüssel.«

Ich sperrte auf und öffnete die Tür.

In einem ärmlichen Zimmer mit abgeschrägten Wänden und nur sehr spärlichem Hausrat fanden wir einen kleinen Knaben, der ein schweres Kind von ungefähr achtzehn Monaten herumschleppte. Geheizt war nicht, trotz der großen Kälte. Beide Kinder waren in ein paar armselige

Tücher und Kragen zum Schutz gegen die niedere Temperatur gewickelt. Aber die Umhüllungen wärmten sie so wenig, daß ihre Nasen rot und sie selbst ganz runzlig vor Kälte aussahen, wie der Knabe auf und ab ging und das Kleine, das den Kopf auf seiner Schulter ruhen ließ, auf dem Arm wiegte.

»Wer hat euch denn hier eingeschlossen?« fragten wir unwillkürlich.

»Charley«, sagte der Knabe, blieb stehen und starrte uns an.

»Ist Charley dein Bruder?«

»Nein. Meine Schwester Charlotte. Vater nannte sie Charley.«

»Seid ihr euer noch mehr außer Charley?«

»Ich«, sagte der Junge, »und Emma«, und streichelte dabei das Mützchen der Kleinen. »Und Charley.«

»Wo ist Charley jetzt?«

»Waschen gangen«, sagte der Junge, fing wieder in der Stube an auf und ab zu gehen und brachte bei seinem Bestreben, uns dabei immerwährend anzusehen, das Mützchen in gefährliche Nähe des Bettpfostens.

Wir sahen noch einander und die beiden Kinder ratlos an, als ein sehr kleines Mädchen, der Gestalt nach selbst noch ein Kind, aber klug und älter aussehend im Gesicht – und auch ganz hübsch –, mit einem viel zu großen hausfrauenhaften Hut auf dem Kopf und ihre bloßen Arme mit einer ebensolchen Schürze abtrocknend, hereintrat. Ihre Finger waren weiß und runzlig vom Waschen, und der Seifenschaum, den sie von ihren Armen abwischte, rauchte noch. Man hätte sie ganz gut für ein Kind halten können, das Waschen spielte und eine arme Arbeitsfrau gut nachahmte. Sie war irgendwoher aus der Nachbarschaft gekommen und mußte sich sehr geeilt haben, denn sie war ziemlich außer Atem und konnte anfangs, wie sie keuchend und sich die Arme abwischend dastand und uns ruhig ansah, kaum sprechen.

»Oh, da ist Charley«, rief der Junge.

Das Kleine streckte der Schwester die Arme entgegen und wollte von ihr genommen sein. Das Mädchen nahm es mit einer frauenhaft gesetzten Zärtlichkeit, die gut zu der Schürze und dem Hut paßte, und blickte uns über das Köpfchen, das sich zärtlich an sie schmiegte, hinweg an.
»Sollte man so etwas für möglich halten«, flüsterte mein Vormund, als wir dem Mädchen einen Stuhl hinschoben und sie aufforderten, sich mit ihrer Bürde niederzusetzen, wobei der Junge immer dicht bei ihr blieb und sich an ihrer Schürze festhielt. »Ist es denn möglich, daß dieses Kind für die übrigen arbeitet? Seht das an! Um Gottes willen, seht euch das an.«
Es war wirklich ein seltsamer Anblick, diese drei Kinder, dicht zusammengedrängt und zwei von ihnen auf das dritte angewiesen und dieses selbst noch so jung und doch von einem gereiften und gesetzten Benehmen, das seltsam von der kindlichen Gestalt abstach, zu sehen.
»Wie alt bist du, Charley?«
»Dreizehn vorbei, Sir.«
»Wirklich! Ein hohes Alter!« sagte mein Vormund. »Wirklich ein hohes Alter, Charley!«
– Ich kann die Zärtlichkeit, mit der er zu dem Kinde sprach, nicht beschreiben; halb scherzend und dadurch nur noch mitleidiger und betrübter. –
»Und du bist ganz allein mit diesen Kleinen, Charley?«
»Ja, Sir«, antwortete das Kind und sah ihm offenherzig und vertrauensvoll ins Gesicht, »seit der Vater tot ist.«
»Und wovon lebst du, Charley? ... Nun, Charley«, fragte mein Vormund und wendete einen Augenblick das Gesicht ab. »Wovon lebst du?«
»Seit der Vater starb, bin ich auf Arbeit gegangen. Heute bin ich auf Wäsche.«
»Aber Gott im Himmel, Charley, du bist ja nicht groß genug, um auf das Faß hinaufzureichen.«
»In Holzschuhen doch, Sir«, sagte das Kind rasch. »Ich habe ein Paar sehr hohe von der Mutter.«
»Und wann ist die Mutter gestorben? ... Arme Mutter!«

»Die Mutter starb gleich nach Emmas Geburt«, sagte das Kind und sah das Gesichtchen an ihrer Brust an. »Der Vater sagte, ich sollte ihr eine Mutter sein, so gut ich könnte. Und so versuchte ich es. Ich habe zu Haus gearbeitet und das Reinmachen und Kinderwarten und Waschen besorgt, schon lange, bevor ich außer Haus arbeiten ging. Und daher kann ich's jetzt. Sehen Sie nicht, Sir?«
»Und arbeitest du oft außer Haus?«
»So oft ich kann«, Charley sah auf und lächelte, »weil ich Sixpences und Schillinge verdienen muß.«
»Und schließt du immer die Kleinen ein, wenn du ausgehst?«
»Damit ihnen nichts geschieht, Sir, wissen Sie, Sir. Mrs. Blinder kommt manchmal nachsehen, und manchmal kommt Mr. Gridley herauf, und zuweilen kann ich selbst auch herüberlaufen, und sie können miteinander spielen, und Tom fürchtet sich nicht, wenn man absperrt, nicht wahr, Tom?«
»Nein«, sagte Tom tapfer.
»Und wenn es finster wird, scheinen unten im Hof die Laternen ganz hell herauf – ganz hell. Nicht wahr, Tom?«
»Ja, Charley«, sagte Tom, »fast ganz hell.«
»Und dann ist er so verläßlich wie Gold«, sagte das kleine Geschöpf in einer mütterlichen, frauenhaften Weise. »Und wenn Emma müde ist, legt er sie ins Bett, und wenn er selbst müde ist, geht er auch ins Bett, und wenn ich nach Hause komme und die Kerze anzünde und einen Bissen zu Abend esse, steht er wieder auf und ißt mit. Nicht wahr, Tom?«
»O ja, Charley«, sagte Tom. »Das tu ich.« Und er verbarg sein Gesicht, entweder von dieser Erinnerung an die große Freude seines Lebens oder von Dankbarkeit und Liebe zu Charley, die ihm sein alles war, überwältigt, in den Falten ihres dürftigen Kleides, und sein Lachen ging in Weinen über.
Das erstemal seit unserm Eintreten sahen wir eine Träne bei einem dieser Kinder.

Die kleine Waise hatte von Vater und Mutter gesprochen, als ob die Notwendigkeit, mutig zu sein, und ihr kindliches Selbstbewußtsein, arbeiten zu können, und ihr rühriges, geschäftiges Wesen jeden Schmerz um den erlittenen Verlust erstickt hätten. Aber jetzt, als Tom weinte, sah ich eine Träne ihr Gesicht herabrinnen, wenn sie auch ruhig dasaß und uns still ansah.
Ich stand mit Ada am Fenster und tat, als betrachtete ich die Dächer und die rauchgeschwärzten Schornsteine und die kümmerlichen Blumen und die Vögel in den kleinen Käfigen vor den Fenstern der Nachbarn, als ich entdeckte, daß Mrs. Blinder, die wahrscheinlich die ganze Zeit dazu gebraucht hatte, die Treppen hinaufzusteigen, aus dem Laden unten heraufgekommen war und mit meinem Vormund sprach.
»Es ist weiter nichts daran. Ich lasse ihnen nur den Zins nach, Sir«, keuchte sie. »Wer möchte denn etwas von ihnen nehmen!«
»Schon gut, schon gut«, sagte mein Vormund zu uns beiden. »Es ist genug, daß einmal die Zeit kommen wird, wo diese gute Frau sieht, daß *sehr viel* daran war und daß das, was sie an den Geringsten von diesen getan –! ... Aber wird das Kind das aushalten können?« setzte er nach einer kurzen Pause hinzu.
»Oh, ich glaube schon«, sagte Mrs. Blinder, schwer und asthmatisch atmend. »Sie ist so anstellig wie nur irgendeine. O mein Gott, Sir, Sie hätten sie nur sehen sollen, wie sie nach dem Tod der Mutter die beiden Kinder wartete! Der ganze Hof sprach davon. Und Sie hätten sie nur sehen sollen, wie er krank wurde! Es war das reinste Wunder! ›Mrs. Blinder‹, sagte er mir noch kurz vor seinem Tod – er lag dort –, ›Mrs. Blinder, was auch mein Beruf gewesen sein mag, ich habe gestern nacht in diesem Zimmer einen Engel neben meinem Kind gesehen, und ich lege sein Schicksal in die Hände unsres Vaters im Himmel.‹«
»Hatte er keinen andern Beruf?« fragte mein Vormund nach einer Pause.

»Nein, Sir. Er war bloß Gerichtsvollzieher. Als er hier einzog, wußte ich es noch nicht, und ich gestehe, als ich es erfuhr, kündigte ich ihm. Die Leute im Hofe mochten ihn nicht. Die andern Mieter mieden ihn. Es ist kein anständiges Gewerbe, und die meisten Leute hielten sich darüber auf. Mr. Gridley war sehr gegen ihn, und das ist ein guter Mieter, wenn er auch seine Eigenheiten hat.«

»So kündigten Sie ihm?«

»Ich kündigte ihm. Aber als die Zeit um war und ich nichts Schlimmes an ihm bemerkte, bekam ich so meine Bedenken. Er war pünktlich und fleißig, tat, was er mußte«, sagte Mrs. Blinder und ließ dabei zufällig ihr Auge auf Mr. Skimpole ruhen. »Und es ist immerhin etwas in dieser Welt, wenn man das tut.«

»Und Sie behielten ihn dann doch?«

»Nun ja. Ich sagte ihm, wenn er sich mit Mr. Gridley einigen könnte, so wollte ich es mit den andern Mietern in Ordnung bringen und würde nichts darauf geben, was die im Hof dazu sagten. Mr. Gridley gab seine Einwilligung – etwas barsch –, aber er gab sie. Mr. Gridley war immer barsch gegen ihn, aber er ist seitdem gut gegen die Kinder gewesen. Man lernt jemand nie eher kennen, als bis man ihn auf die Probe gestellt hat.«

»Sind viele Leute gut zu den Kindern gewesen?«

»Na, es geht, Sir. Wenn nur der Beruf ihres Vaters ein andrer gewesen wäre! Der Polizist gab eine Guinee, und die andern Beamten schossen eine kleine Summe zusammen. Einige Nachbarn im Hof, die immer Witze gemacht und auf die Tasche geklopft haben, wenn er vorbeiging, machten eine kleine Subskription ... Und so ... Na, es war nicht so schlimm. Ähnlich geht's mit Charlotte. Manche wollen sie nicht beschäftigen, weil sie das Kind eines Gerichtsvollziehers ist, und andre, die sie beschäftigen, werfen es ihr vor, und andre rechnen sich's hoch an, wenn sie ihr trotzdem Arbeit geben, und bezahlen sie deshalb schlechter und verlangen mehr von ihr. Aber sie ist geduldiger als andre und ist auch geschickt und immer willig und arbeitet gern, soweit es ihre Kräfte zulassen, und noch mehr. Im ganzen ist's nicht so schlimm, wenn's auch besser sein könnte.«

Mrs. Blinder, von der langen Rede erschöpft, setzte sich nieder, um wieder frischen Atem zu holen.

Mr. Jarndyce wendete sich zu uns, um mit uns zu sprechen, als ihn der unvorbereitete Eintritt des Mannes, den wir bereits auf der Treppe gesehen, unterbrach.

»Ich weiß nicht, was Sie hier zu tun haben, meine Damen und Herrn«, sagte Mr. Gridley in einem Ton, als ob er über unsre Anwesenheit grolle, »aber Sie werden schon entschuldigen, daß ich eintrete. Ich komme nicht, um herumzuglotzen. Nun Charley? Nun Tom? Nun Kleines? Wie geht's euch heute?«

Er beugte sich liebkosend über die Gruppe, und offenbar betrachteten ihn die Kinder als Freund, obgleich sein Gesicht sein finsteres Aussehen beibehielt und sein Benehmen gegen uns so grob wie möglich war. Mein Vormund bemerkte und respektierte es.

»Gewiß wird niemand aus bloßer Neugierde hierherkommen«, sagte er mild.

»Schon möglich, Sir«, gab der Mann zur Antwort, nahm Tom auf sein Knie und winkte Mr. Jarndyce ungeduldig mit der Hand ab. »Ich brauche mich nicht mit Damen und Herrn herumzustreiten. Ich habe für ein Menschenleben genug Streit gehabt.«

»Sie haben wahrscheinlich Grund genug, heftig und reizbar zu sein«, sagte Mr. Jarndyce.

»Da hat man's wieder!« rief der Mann wütend. »Ich bin streitsüchtig. Ich bin jähzornig. Natürlich! Ich bin nicht höflich.«

»Nicht besonders.«

»Sir!« sagte Gridley, setzte das Kind nieder und trat an meinen Vormund heran, als wollte er ihm einen Schlag versetzen. »Wissen Sie vielleicht etwas vom Kanzleigericht?«

»Vielleicht, zu meinem Kummer.«

»Zu Ihrem Kummer?« Gridley mäßigte seinen Zorn. »Ja, dann! Ich bitte um Entschuldigung. Ich bin nicht höflich, ich weiß ... Ich bitte um Entschuldigung, Sir«, fuhr er mit erneuter Heftigkeit fort. »Seit fünfundzwanzig Jahren röstet man mich auf glühendem Eisen, und ich habe mir's abgewöhnt, auf Samt zu gehen. Gehen Sie einmal in den Kanzleigerichtshof und fragen Sie, was einer von den ständigen Witzen ist, mit denen sie ihr Geschäft dort manchmal aufheitern, und sie werden Ihnen sagen, daß es der ›Mann aus Shropshire‹ ist. Ich«, sagte er und schlug sich leidenschaftlich mit der Faust in die offene Hand. »Ich bin der Mann aus Shropshire!«

»Ich glaube, ich und meine Familie haben ebenfalls die Ehre gehabt, demselben löblichen Institut eine Unterhaltung zu verschaffen«, sagte mein Vormund gelassen. »Vielleicht haben Sie auch meinen Namen gehört? ... Jarndyce.«

»Mr. Jarndyce!« rief Gridley aus und begrüßte meinen Vormund mit bäurischer Rauheit. »Sie tragen Ihr Unrecht ruhiger, als ich es imstande bin. Mehr als das. Ich sage Ihnen – und sag es diesem Gentleman und diesen jungen Damen hier, wenn das Ihre Freunde sind –, ich würde verrückt werden, wenn ich es anders trüge, als ich es tue. Nur, indem ich mein Unrecht anders trage als Sie, kann ich es aushalten, ohne verrückt zu werden. Nur, wenn ich mich darüber ärgere und innerlich gifte und leidenschaftlich die Gerechtigkeit heische, die mir doch nie wird, kann ich meine fünf Sinne beisammenbehalten. Nur dadurch!« wiederholte er in einer gewissen einfachen bäurischen Weise und mit großer Heftigkeit. »Sie werden natürlich sagen, ich solle mich nicht so aufregen. Ich sage Ihnen aber, daß ich nicht anders kann, wenn ich Unrecht leide. Ich muß es tun. Es bleibt mir nur die Wahl zwischen dem und dem Versinken in das blödsinnige ewige Lächeln der armen kleinen verrückten Alten, die im Gerichtssaal herumspukt. Wenn ich es ein einziges Mal geduldiger trüge, würde ich blödsinnig.«

Seine Leidenschaftlichkeit und Hitze und die Art, wie sich seine Mienen verzerrten, und die gewaltsamen Gebärden, mit denen er seine Worte begleitete, boten einen höchst peinlichen Anblick.

»Mr. Jarndyce«, sagte er, »bedenken Sie meinen Fall. So wahr ein Himmel über uns ist, ich rede die Wahrheit. Ich bin einer von zwei Brüdern. Mein Vater, ein Landmann, machte ein Testament und vermachte das Gut und das Inventar und so weiter meiner Mutter für Lebenszeit. Nach dem Tode meiner Mutter sollte alles an mich fallen mit Ausnahme eines Legates von dreihundert Pfund, das ich meinem Bruder auszahlen sollte. Meine Mutter starb. Kurz darauf verlangte mein Bruder sein Legat. Ich und ein paar Verwandte waren der Ansicht, daß er einen Teil davon schon in Kost und Wohnung und anderweitig erhalten hätte. Jetzt geben Sie acht! Darum handelte es sich und um weiter nichts. Niemand bestritt das Testament. Es handelte sich nur darum, ob ein Teil der dreihundert Pfund bereits gezahlt sei oder nicht. Um das festzustellen, reichte mein Bruder eine Klage ein, und ich mußte an das verfluchte Kanzleigericht gehen, weil mich das Gesetz verhinderte, etwas andres zu tun. Siebzehn Personen wurden zu Beklagten in diesem einfachen Prozeß gemacht. Zuerst zog es sich zwei Jahre hin. Dann ruhte das Verfahren zwei Jahre lang, während der Vorsitzende – der Kopf soll ihm abfaulen! – Nachforschungen anstellte, ob ich – – meines Vaters Sohn sei, worüber kein sterbliches Wesen je den leisesten Zweifel erhoben hatte. Dann entdeckte er, daß wir noch nicht genug Beklagte wären – man denke, wir waren ja nur siebzehn – und daß noch einer dazukommen müsse, den wir ausgelassen hätten. Und dann fing die Sache wieder von vorne an. Die Kosten betrugen damals schon – als es kaum erst losging – dreimal soviel wie das Legat. Mein Bruder hätte seine Ansprüche mit Freuden hingegeben, nur, um nicht noch mehr Kosten bezahlen zu müssen. Mein ganzes mir von meinem Vater hinterlassene Grundstück ist auf die Kosten draufgegangen. Der immer noch unentschiedene Prozeß ist in einem Schlund von Verfall, Ruin und Verzweiflung wie alles, was damit in Verbindung steht, versunken ... Und hier stehe ich heute noch. In Ihrem Prozeß, Mr. Jarndyce, handelt es sich um viele Tausende und bei mir um Hunderte. Ist meiner weniger schwer zu ertragen oder schwerer, da meine ganze Existenz auf dem Spiele stand und schmählich dadurch vernichtet worden ist?«

Mr. Jarndyce versicherte ihn seiner herzlichsten Teilnahme und sagte, daß er seinerseits durchaus kein Monopol beanspruche, unter diesem unglaublichen System Unrecht gelitten zu haben.

»Da haben wir's wieder«, rief Mr. Gridley mit unverminderter Leidenschaftlichkeit. »Das System! Auf allen Seiten heißt es, es sei das System. Nach den Personen solle man nicht fragen. Es ist das System. Ich darf nicht in den Gerichtssaal gehen und sagen: Mylord! Ich möchte von Ihnen wissen, bin ich im Recht oder im Unrecht? Entschließen Sie sich doch endlich, mir zu sagen, es ist so oder so, und ich sei jetzt entlassen. Mylord weiß natürlich von nichts. Er sitzt dort, um das System zu handhaben. Ich darf nicht zu Mr. Tulkinghorn, dem Solicitor in Lincoln's-Inn-Fields, gehen und ihm sagen, wenn er mich durch seine Ruhe und Gleichgültigkeit wütend macht – was sie alle tun, denn sie gewinnen dabei, während ich verliere –, ich darf nicht zu ihm sagen, ich will eine Entschädigung dafür haben, daß man mich zugrunde gerichtet hat durch gesetzliche Mittel oder durch Schwindel! Er ist nicht verantwortlich. Es ist das System! Aber wenn ich ihnen nicht noch etwas antue – dann ...! Ich weiß nicht, was noch geschieht, wenn ich einmal die Besinnung verliere! Ich werde die betreffenden Werkzeuge dieses Systems Angesicht zu Angesicht vor dem ewigen Richterstuhl anklagen.«

Seine Leidenschaftlichkeit war schrecklich. Ich würde nie eine solche Wut für möglich gehalten haben, wenn ich es nicht selbst gesehen hätte.

»Ich bin fertig«, schloß Gridley, setzte sich nieder und trocknete sich die Stirn. »Mr. Jarndyce, ich bin fertig. Ich bin heftig, ich weiß, oder sollte es wenigstens wissen. Ich habe gesessen wegen Beleidigung des Gerichtshofs. Ich habe gesessen wegen gefährlicher Drohung gegenüber dem Solicitor. Ich war in alle möglichen Ungelegenheiten verwickelt und werde es wieder sein. Ich bin der Mann aus Shropshire, und manchmal gehe ich ihnen doch ein wenig über den Spaß, wenn sie es auch für einen Jux gehalten haben, mich einzusperren, mich in Haft vor die Schranken zu stellen; und so weiter. Ich täte besser, sagen sie, wenn ich mich mehr beherrschte. Und ich sage ihnen, daß, wenn ich mich beherrschte, ich blödsinnig werden müßte ... Ich glaube, ich war früher gutmütig. Die Leute in meiner Heimat sagen, sie hätten mich noch so gekannt. Aber jetzt muß ich mir Luft machen, oder meine fünf Sinne gehen aus dem Leim. ›Es wäre viel besser für Sie, Mr. Gridley‹, sagte vorige Woche der Lordkanzler zu mir, ›wenn Sie, anstatt Ihre Zeit hier zu vertrödeln, sich unten in Shropshire nützlich beschäftigen.‹
›Mylord, Mylord, das weiß ich selbst‹, sagte ich zu ihm. ›Und noch viel besser wäre es für mich gewesen, wenn ich den Namen Ihres hohen Amtes nie gehört hätte, aber leider kann ich die Vergangenheit nicht ändern, und deshalb muß ich hier sein ...‹ Außerdem«, setzte Gridley mit einem Wutausbruch hinzu, »will ich mich zu ihrer Schande immer im Gerichtshof sehen lassen. Bis zuletzt. Wenn ich wüßte, wann ich sterben muß, und ich könnte mich hintragen lassen und noch ein Wort sprechen, würde ich ihnen zurufen: Ihr habt mich hierhergebracht und weggeschickt, viele, viele Male. Jetzt schickt mich das letzte Mal hinaus, mit den Füßen voraus.«
Sein Gesicht hatte sich offenbar seit vielen Jahren so an seinen streitsüchtigen Ausdruck gewöhnt, daß es sich selbst jetzt, wo er innerlich ruhiger war, nicht glättete.
»Ich kam her, um die Kleinen eine Stunde herunter in mein Zimmer zu nehmen und sie dort ein wenig spielen zu

lassen«, sagte er und ging wieder zu ihnen. »Du fürchtest dich doch nicht vor mir, Tom, nicht wahr?«
»Nein«, sagte Tom. »Mit mir sind Sie nie böse.«
»Da hast du recht, Kind. Du gehst wieder an die Arbeit, Charley? Ja? Also komm, Kleiner!« Er nahm das Jüngste auf den Arm, und es ließ es sich gern gefallen. »Ich sollte mich gar nicht wundern, wenn wir einen Pfefferkuchensoldaten unten fänden. Wir wollen ihn einmal suchen gehen.«
Er grüßte Mr. Jarndyce wieder in seiner früheren derben Weise, der es nicht an einer gewissen Achtung fehlte, dann verbeugte er sich flüchtig gegen uns und ging die Treppe hinunter in sein Zimmer.
Zum erstenmal nach seiner Ankunft fing Mr. Skimpole jetzt wieder in seiner gewohnten lustigen Weise an zu plaudern. Er sagte, es sei wirklich ein angenehmer Anblick, zu sehen, wie sich die Dinge so ganz von selbst ihrem Zweck anpaßten. Hier sei z. B. dieser Mr. Gridley, ein Mann von kräftigem Willen und erstaunlicher Energie, und er könne sich leicht vorstellen, wie dieser Gridley sich vor Jahren im Leben nach etwas umgesehen habe, um seiner überströmenden Kampfeslust Luft zu machen, als ihm der Kanzleigerichtshof in den Weg gekommen sei und ihn genau mit dem versorgt habe, was er brauchte. Von jetzt an seien sie unzertrennlich voneinander. Wer weiß, vielleicht wäre er ein großer General geworden, der allerlei Städte in die Luft gesprengt hätte, oder ein großer Politiker, beschlagen in jedem Zweige parlamentarischer Redekunst. Aber so seien er und der Kanzleigerichtshof auf die angenehmste Weise miteinander bekannt geworden, und niemand führe schlechter dabei; und Gridley sei sozusagen von dieser Stunde an versorgt ... Man sehe einmal Coavinses an. Welch prächtiges Beispiel liefere der arme Coavinses, der Vater dieser reizenden Kinder, in gleicher Hinsicht! Er, Mr. Skimpole, habe manchmal selbst über das Dasein Coavinses' gemurrt. Coavinses sei ihm im Wege gewesen. Er habe Coavinses wahrhaftig gern missen

mögen. Es habe Zeiten gegeben, wo er, wenn er Sultan gewesen wäre und sein Großwesir hätte ihn eines Morgens gefragt: Was verlangt der Beherrscher der Gläubigen von der Hand seines Sklaven? – sich vielleicht zu der Antwort verstiegen haben würde: »Den Kopf des Coavinses.« Aber wie stelle sich jetzt die Sache dar?

Die ganze Zeit über habe er einem höchst verdienstvollen Mann Beschäftigung gegeben, sei Coavinses' Wohltäter gewesen und habe es ihm tatsächlich ermöglicht, diese reizenden Kinder so trefflich zu erziehen. Daher habe ihm eben jetzt das Herz höher geschlagen, und die Tränen seien ihm in die Augen getreten, als er sich im Zimmer umgesehen und gedacht habe: Ich war eigentlich Coavinses' Gönner, und seine kleinen Lebensfreuden waren *mein* Werk.

Die leichte Weise, mit der er diese phantastischen Saiten berührte, hatte etwas so Gewinnendes und er war ein so fröhliches Kind gegenüber den so viel ernsteren wirklichen Kindern, daß auch mein Vormund über ihn lächeln mußte, als er sich nach einem kleinen Privatgespräch mit Mrs. Blinder wieder zu uns wandte.

Wir küßten Charley und nahmen sie mit die Treppe hinunter und blieben vor dem Hause stehen, um sie zu ihrer Arbeit laufen zu sehen. Ich weiß nicht, wohin sie ging, aber wir sahen sie, das kleine Geschöpf mit dem Hut und der Schürze einer Hausfrau, durch den gedeckten Flur hinten im Hofe laufen und in dem Kampfgetümmel und Lärm der Stadt wie einen Tautropfen im Ozean verschwinden.

16. Kapitel

»Toms Einöd«

Lady Dedlock ist ruhelos, sehr ruhelos. Die erstaunten »fashionablen Nachrichten« wissen kaum, wo ihrer habhaft werden. Heute ist sie in Chesney Wold, gestern war

sie in ihrem Haus in der Stadt, morgen kann sie im Ausland sein, wenn überhaupt die »fashionablen Nachrichten« sich noch getrauen, irgend etwas vorauszusagen. Selbst Sir Leicester in seiner Galanterie kann nicht an ihrer Seite bleiben. Um so weniger, als sein getreuer Verbündeter in guten und bösen Tagen – die Gicht – in das alte eichengetäfelte Schlafzimmer in Chesney Wold eingezogen ist und ihn bei beiden Beinen gepackt hat.
Sir Leicester findet sich mit der Gicht wie mit einem lästigen Dämon ab. Aber immerhin wie mit einem Dämon adeligen Stammes.
Sämtliche Dedlocks in direkter männlicher Linie haben während eines Zeitraums, weit über Menschengedenken hinaus, die Gicht gehabt. Es läßt sich beweisen. Die Väter anderer Leute sind vielleicht an Rheumatismus gestorben oder haben sich an dem verdorbenen Blute des kranken Pöbels angesteckt, aber das Haus Dedlock hat dem nivellierenden Prozeß des Sterbens den Stempel des Exklusiven aufgedrückt, indem alle seine Mitglieder an ihrer eignen Familiengicht gestorben sind. Sie hat sich in dem illustren Geschlecht vererbt wie das Silber, die Gemälde oder die Besitzung in Lincolnshire. Sie zählt mit zu den Würden.
Sir Leicester ist vielleicht nicht ganz frei von der Ansicht, wenn er sie auch noch nie in Worte gefaßt hat, daß der Todesengel bei Vollzug seiner Pflichten die Schatten der Aristokratie möglicherweise anreden könnte: Mylords und Gentlemen, ich habe die Ehre, Ihnen wieder einen Dedlock vorzustellen, der laut Bescheinigung per Familiengicht soeben angekommen ist.
Daher überläßt Sir Leicester seine Familienbeine der Familienkrankheit, als ob er, Namen und Vermögen gemäß, diese Lehnspflicht mit übernommen habe. Er fühlt allerdings, daß man sich eine gewisse Freiheit herausnimmt, wenn man einen Dedlock auf den Rücken legt und ihn krampfhaft in die Extremitäten zwickt und sticht, aber er denkt: Wir haben uns das alle gefallen lassen; es gehört mit dazu; es ist seit einigen hundert Jahren ein stillschweigen-

des Übereinkommen, daß wir die Totengruft im Park nicht aus andern gemeineren Ursachen zieren sollen, und ich unterwerfe mich dieser Vereinbarung.
Und es nimmt sich sehr gut aus, wie er in einer Glut von Scharlach und Gold in der Mitte des großen Salons vor seinem Lieblingsbild von Mylady liegt, während breite Streifen Sonnenschein die lange Perspektive hinunter durch die endlose Reihe der Fenster hereinglänzen und mit den Schattenstreifen abwechseln. Draußen stehen die stattlichen Eichen seit Generationen in den Grund gewurzelt, der niemals die Pflugschar gefühlt hat und schon Jagdgebiet war, als Könige noch mit Schwert und Schild in die Schlacht und mit Bogen und Pfeil auf die Jagd ritten, und legen Zeugnis ab für seine Größe. Drinnen sagen seine von den Wänden herabblinkenden Ahnen: »Jeder von uns war hier einmal vorübergehend eine Wirklichkeit und ließ diesen gemalten Schatten seines Selbst zurück und verschmolz in Erinnerungen so traumhaft wie der ferne Schrei der Krähen, der dich jetzt in Schlaf lullt.« Und legen ebenfalls Zeugnis ab für seine Größe.
Und Sir Leicester ist heute sehr von seiner Bedeutung durchdrungen. Und wehe Boythorn oder jedem anderen frechen Wicht, der sich erkühnt, ihm einen Zoll Boden streitig zu machen.
Mylady weilt gegenwärtig bei Sir Leicester. Aber nur durch ihr Porträt vertreten. Sie selbst ist in die Stadt geflogen. Aber nicht mit der Absicht, dort zu bleiben. Sie wird bald wieder zurückfliegen, sehr zur Verwirrung der »fashionablen Nachrichten«.
Das Haus in der Stadt ist nicht zu ihrem Empfange bereit, es ist eingewickelt und öde. Nur ein gepuderter Merkur gähnt untröstlich hinter einem Vorhallenfenster und bemerkte gestern abend zu einem andern Merkur seiner Bekanntschaft, der auch an gute Gesellschaft gewöhnt ist, wenn das so fortgehen sollte – und das sei unmöglich, denn ein Mann von seinem Geist könne das nicht ertragen und von einem Mann von seiner Figur könne man es nicht

verlangen –, so bleibe ihm auf Ehre nichts übrig, als sich die Kehle abzuschneiden.

Was für eine Verbindung kann es zwischen dem Schloß in Lincolnshire, dem Haus in der Stadt, dem gepuderten Merkur und dem Treiben Jos, des Ausgestoßenen mit dem Besen, auf den der Lichtstrahl der Ewigkeit fiel, als er die Kirchhoftreppe fegte, geben? Was kann die vielen Menschen in den unzähligen Histörchen dieser Welt, die trotz tiefer unüberbrückbarer Kluft seltsamerweise doch zusammenkommen, miteinander verbinden? Jo kehrt seinen Straßenübergang den ganzen Tag, ohne etwas von unsichtbaren Verbindungen, wenn es überhaupt solche gibt, zu wissen. Von seinem Geisteszustand, wenn man ihm eine Frage vorlegt, pflegt er mit den Worten Zeugnis abzulegen: »Was weiß denn i?« Er weiß, daß es schwer ist, bei schmutzigem Wetter den Straßenübergang rein zu kehren, und noch viel schwerer, davon zu leben. Selbst das hat ihn niemand gelehrt. Er hat es von selbst herausgebracht. Jo lebt – das heißt, es ist ihm noch nicht gelungen, zu sterben – in einer ruinenhaften Gegend, die Menschen seines Standes unter dem Namen »Toms Einöd« bekannt ist.

Es ist eine schwarze pflasterlose Straße, gemieden von allen anständigen Leuten, wo einige freche Vagabunden sich der zusammengestürzten Häuser bemächtigt haben und sie teils selbst bewohnen, teils sie als Wohnungen – – vermieten.

Nachts sind diese wackligen Höhlen ein Ameisenhaufen von Elend. Wie sich auf den Ruinen menschlicher Leiber Ungeziefer erzeugt, so haben diese Häuserruinen ein Gewimmel unflätigen Daseins ausgebrütet, das durch Lükken in Mauern und Brettern aus und ein kriecht, zahlreich wie die Maden sich zum Schlaf zusammendrängt, während der Regen hereintropft – und im Kommen und Gehen Fieber holt und bringt und in jeder Fußstapfe mehr Unheil sät, als Lord Coodle und Sir Thomas Doodle und Herzog von Woodle und all die vornehmen Herren in

Amt und Würden bis hinab zu Zoodle in fünfhundert Jahren wiedergutmachen können, obgleich sie ausdrücklich dazu von Geburt bestimmt sind.
Zweimal kurz hintereinander soll man einen Krach gehört und eine Staubwolke, wie von der Explosion einer Mine, in »Toms Einöd« gesehen haben. Jedesmal war ein Haus eingestürzt. Diese Unfälle gaben den Zeitungen Stoff und füllten ein paar Betten im nächsten Hospital. Die entstandenen Höhlen aber bleiben, und diese Wohnungen im Schutt sind nicht unbeliebt. Da mehrere andere Häuser ebenfalls dicht vor dem Einsturz stehen, so wird der nächste Krach in »Toms Einöd« voraussichtlich kolonisatorisch – sehr günstig wirken.
Diese prächtige Besitzung steht natürlich unter Sequester des Kanzleigerichts. Es wäre eine Beleidigung für den Scharfsinn eines Mannes, selbst mit nur einem halben Auge, das erst sagen zu müssen. Ob Tom – von »Toms Einöd« – der vom Volksmund erschaffene Repräsentant des ursprünglichen Klägers oder Beklagten in »Jarndyce kontra Jarndyce« ist oder ob Tom »wirklich ganz allein« hier wohnte, als der Prozeß die Straße verödete, bis andre Ansiedler ihm Gesellschaft zu leisten anfingen, oder ob die traditionelle Benennung ein Sammelname für einen Zufluchtsort ist, der von ehrenwerter Gesellschaft abgeschnitten und aus dem Bereich der Hoffnung gewiesen ist, weiß vielleicht niemand. Jo weiß es keinesfalls.
»Wos weiß denn i«, sagt Jo.
Es muß ein seltsamer Zustand sein, in Jos Haut zu stecken. Durch die Straßen zu schlottern, ohne die geheimnisvollen Symbole nur im entferntesten zu begreifen, die über den Läden, an den Straßenecken und an Türen und Fenstern so häufig angebracht sind! Leute lesen zu sehen und Leute schreiben zu sehen, den Postboten Briefe abgeben zu sehen, ohne den mindesten Begriff von dieser Sache zu haben, dem kleinsten Schnörkel gegenüber stockblind und -taub zu sein. Wie merkwürdig, die anständigen Leute sonntags in die Kirche gehen zu sehen, die Gebet-

bücher in der Hand, und zu denken (vielleicht denkt Jo doch so hie und da einmal), was das wohl alles bedeuten möge. Und wenn es für jemanden etwas bedeutet, warum es für ihn nichts bedeutet. Herumgestoßen und vom Polizeimann verjagt zu werden und einzusehen, daß es vollkommen wahr zu sein scheint, daß man hier oder dort oder irgendwo anders nichts zu schaffen hat, und doch von dem Eindruck geplagt zu werden, trotzdem hier zu sein, von jedermann übersehen, bis man das Geschöpf geworden, das man jetzt ist.

Es muß ein seltsamer Zustand sein, nicht bloß hören zu müssen, daß man kaum ein menschliches Wesen ist – wie im Fall der Zeugniseinvernahme –, sondern es selbst einzusehen. Die Pferde, die Hunde und das Vieh vorübergehen zu sehen und zu begreifen, daß man an Unwissenheit zu ihnen gehört und nicht zu den höheren Wesen von gleicher menschlicher Gestalt, deren Gefühle man immer und überall verletzt.

Jos Ansichten von einem Kriminalprozeß oder einem Richter oder einem Bischof oder einer Regierung oder von dem für ihn so unschätzbaren Juwel, der Verfassung, müssen seltsam sein. Sein ganzes körperliches und geistiges Leben ist wunderbar seltsam. Sein Tod das Seltsamste von allem.

Jo verläßt »Toms Einöd« mit dem säumigen Morgen, der sich hierher immer verspätet, und kaut unterwegs sein schmutziges Stück Brot. Da er durch viele Straßen zu gehen hat und die Häuser noch nicht offen sind, setzt er sich zum Frühstück auf die Türschwelle der »Gesellschaft zur Verbreitung des Evangeliums im Ausland« und fährt mit dem Besen, wenn er fertig ist, zum Dank für die gewährte Gastfreundschaft darüber. Er bewundert die Größe des Gebäudes und fragt sich, wozu es da ist. Der arme Teufel hat keine Ahnung von der religiösen Rückständigkeit eines Korallenriffs im Stillen Ozean oder was es kostet, die frommen Seelen unter den Kokosnußpalmen und den Brotfruchtbäumen zu hüten. Er nimmt seinen

Posten an seinem Straßenübergang ein und fängt an, ihn für den Tag frei zu kehren. Die Stadt erwacht, das große Ringelspiel beginnt sein tägliches Drehen und Wirbeln, all das unerklärliche Lesen und Schreiben, das ein paar Stunden lang aufgehört hat, setzt von neuem an.

Jo und die anderen niedern Geschöpfe helfen sich durch den unverständlichen Wirrwarr, so gut sie können. Es ist Markttag. Die geblendeten Ochsen, grausam gestachelt und abgehetzt und nie geleitet, rennen hin, wohin sie nicht gehören, werden mit Knütteln wieder fortgetrieben und rennen mit rot glühenden Augen und Schaum vor dem Maul gegen steinerne Mauern, verletzen Unschuldige und verletzen sich selbst schwer. Ganz so wie Jo und seinesgleichen. Ganz genau so.

Musikanten kommen und spielen. Jo hört zu. Dasselbe tut ein Hund – eines Viehtreibers Hund, der auf seinen Herrn vor einem Fleischerladen wartet und offenbar an die Schafe denkt, die ihm ein paar Stunden lang so viel Sorgen gemacht haben und die er jetzt glücklich los ist. Drei oder vier scheinen ihm besonders zu schaffen zu machen; er kann sich nicht entsinnen, wo er sie gelassen hat. Er läßt die Augen die Straße auf und ab schweifen, als erwarte er so halb und halb, sie dort verirrt zu finden. Plötzlich spitzt er die Ohren und weiß jetzt alles ganz genau. Er ist ein vollendeter Hundevagabund, an schlechte Gesellschaft und ordinäre Schenken gewöhnt, ein schrecklicher Hund für Schafe. Stets bereit, auf einen Pfiff über ihre Rücken zu springen und ihnen schnauzenweis die Wolle auszureißen, aber ein erzogener, gebildeter Hund, der seine Pflichten kennt und sie zu erfüllen weiß. Er und Jo hören der Musik zu. Wahrscheinlich mit demselben Grad von Genuß. Wahrscheinlich sind sie sich auch vollkommen gleich in der Art der Erinnerungen, in den traurigen oder freudigen Gedanken an übersinnliche Dinge. Aber sonst – wie hoch steht das Tier über dem menschlichen Zuhörer!

Man lasse die Nachkommen der Hunde unbeaufsichtigt und wild herumlaufen wie Jo, und in wenigen Jahren wer-

den sie so ausarten, daß sie selbst das Bellen verlernen, wenn auch nicht das Beißen.
Der Tag verändert sich, wie er dahinschleicht, und wird dunkel und regnerisch. Jo kämpft ihn durch bei seinem Straßenübergang mitten unter Kot und Rädern, Pferden, Peitschen und Regenschirmen und verdient sich kaum die Summe, um das ekelhafte Obdach in »Toms Einöd« zu erschwingen. Die Dämmerung sinkt herab. In den Läden fangen die Gasflammen an zu brennen. Der Laternenmann mit seiner Leiter läuft am Rand des Pflasters entlang.
Ein scheußlicher Abend bricht an.
In seiner Kanzlei sitzt Mr. Tulkinghorn und denkt nach über seine Eingabe an den nächsten Friedensrichter wegen eines Vorführungsmandats für morgen früh. Gridley, ein unzufriedner Prozessant, ist heute hiergewesen und hat aufbegehrt ... Wir lassen uns nicht drohen, und der ungebärdige Kerl soll daran glauben. Von der Decke deutet die perspektivisch verkürzte Allegorie in Person eines unmöglichen kopfabwärts stürzenden Römers mit einem seiner zwei verrenkten linken Simsonarme aufdringlich nach dem Fenster. Warum sollte Mr. Tulkinghorn nicht auch so grundlos zum Fenster hinaussehen? Aber die Hand des Römers deutet doch immer hinaus. Warum soll also Mr. Tulkinghorn jetzt aus dem Fenster hinausschauen?
Und wenn er's täte, was sähe er an der Frau, die vorübergeht? Es gibt Frauenzimmer genug auf der Welt, ist Mr. Tulkinghorns Ansicht – viel zu viel. Sie sind im Grund genommen an allem schuld, was darin verkehrt geht ... Allerdings, wenn man schon einmal davon spricht, sie geben den Advokaten Beschäftigung. Was ist dabei, ein Frauenzimmer vorbeigehen zu sehen, selbst, wenn sie es heimlich tut. Sie haben immer Geheimnisse. Mr. Tulkinghorn weiß das ganz genau.
Aber sie gleichen nicht alle der Frau, die jetzt ihn und sein Haus hinter sich läßt, deren einfaches Kleid und vor-

nehme Manieren miteinander so in Widerspruch stehen. Ihrer Kleidung nach könnte sie ein besserer Dienstbote sein. Ihrem Wesen und Gang nach, obgleich beide hastig und verstellt sind – soweit sie das auf den kotigen Straßen, die sie mit ungewohntem Fuß betritt, zuwege bringt –, ist sie eine vornehme Dame. Ihr Gesicht ist verschleiert, und trotzdem ist es immer noch verräterisch genug, um mehr als einen der Passanten zu veranlassen, sich rasch nach ihr umzusehen.
Sie wendet nie den Kopf. Dame oder Dienstmädchen, jedenfalls hat sie etwas vor. Sie wendet nie den Kopf, bis sie zu dem Straßenübergang kommt, wo Jo den Besen handhabt. Er tritt ihr in den Weg und bettelt sie an. Aber sie wendet nicht eher den Kopf, als bis sie über der Straße drüben ist. Dann winkt sie ihm kaum merklich und sagt: »Komm her!«
Jo folgt ihr ein paar Schritte in einen stillen Hof.
»Bist du der Bursche, von dem ich in den Zeitungen gelesen habe?« fragt sie hinter ihrem Schleier hervor.
»Was woaß denn i von Zeitungen«, sagt Jo und starrt verdrossen den Schleier an. »Ich woaß überhaupt von nix.«
»Bist du bei der Totenschau vernommen worden?«
»Was woaß denn i von ... Wo mi der Kirchendiener hingnommen hat, meinens?« sagt Jo. »Hat der, von was Sie reden, Jo gheißen?«
»Ja.«
»Dös bin i.«
»Komm weiter herein.«
»Sie meinen von wegen den Mann?« fragt Jo und folgt ihr. »Der wo jetzt tot is?«
»St! Sprich nicht so laut. Ja. Sah er wirklich, als er noch lebte, so sehr arm und krank aus?«
»No na, was denn!« sagt Jo.
»Sah er aus wie – nicht wie du?« fragt die Frau mit einem Schauder.
»No na, so schlecht net. I bin a Regulärer. Sie haben ihn leicht net kennt?«

»Wie kannst du glauben, daß ich ihn gekannt habe?«
»Tschuldigens, gnä Fräuln«, sagt Jo unterwürfig, denn selbst in ihm hat sich der Argwohn geregt, daß sie eine Dame ist.
»Ich bin keine Dame. Ich bin ein Dienstmädchen.«
»A feins Dienstmädel«, meint Jo, ohne etwas Beleidigendes sagen zu wollen, nur um seiner Bewunderung Ausdruck zu verleihen.
»Schweig und hör zu! Sprich nicht zu mir und stell dich weiter weg von mir! Kannst du mir alle die Orte zeigen, die in dem Bericht, den ich gelesen habe, erwähnt waren, den Ort, für den er schrieb, den Ort, wo er starb, den Ort, wo du hingeholt wurdest, und den Ort, wo er begraben liegt? Weißt du, wo er begraben liegt?«
Jo antwortet mit einem Nicken. Er hat auch bei der Erwähnung der andern Orte jedesmal genickt.
»Geh vor mir her und zeige mir all diese schrecklichen Orte. Bleib bei jedem stehen und sprich nicht mit mir, außer, wenn ich dich frage. Sieh dich nicht um. Tue, was ich dir sage, und ich will dich gut bezahlen.«
Jo paßt scharf auf die Worte auf, während sie spricht, murmelt sie lautlos nach, in den Besenstiel, auf den er sich lehnt, hinein, weil sie ihm so schwer vorkommen, schweigt, um sich ihre Bedeutung zu überlegen, kommt zu einem zufriedenstellenden Resultat und nickt mit dem zottigen Kopf.
»Stocken mer uns. An Flins, verstengans? An Stutz brennen.«
»Was meint das scheußliche Geschöpf!« ruft das Dienstmädchen aus und tritt erschrocken zurück.
»Flinserln brennen – an Stutz«, sagt Jo.
»Ich verstehe dich nicht. Geh vor mir her! Ich will dir mehr Geld geben, als du je in deinem Leben besessen hast.«
Jo spitzt die Lippen zu einem Pfeifen, fährt sich einmal durch das zottige Haar, nimmt den Besen unter den Arm und zeigt den Weg. Leicht und geschickt geht er mit sei-

nen bloßen Füßen über die harten Steine, durch Kot und Schmutz.
Cook's Court!
Jo bleibt stehen.
Eine Pause.
»Wer wohnt hier?«
»Der, wo ihn hat schreiben lassen und mir an halben Stutz geben hat«, sagt Jo flüsternd, ohne sich umzusehen.
»Weiter!«
Krooks Haus. Jo bleibt wieder stehen. Eine längere Pause.
»Wer wohnt hier?«
»Er hat hier gewohnt«, antwortet Jo wie vorhin. Nach einem Schweigen ertönt die Frage: »In welchem Zimmer?«
»Dort oben, hint hinaus. Sie könnens Zimmer vom Eck aus segn. Da drobn! Dort habens n aufbahrt. Dort is s Wirthaus, wos mich hingholt habn.«
»Weiter!«
Bis zum nächsten Ort ist ein weiterer Weg, aber Jo, der seinen Verdacht hat fallenlassen, hält sich genau an die vereinbarten Bedingungen und sieht sich nicht um. Durch allerlei kleine Gassen voll dampfenden Unrats aller Art erreichen sie einen kleinen Tunnel von einem Hof, und eine Gaslampe brennt an dem eisernen Gittertor.
»Dort habns n hinglegt«, sagt Jo, hält sich an die Gitterstäbe und sieht hinein.
»Wo? – Gott, welche Stätte des Grauens.«
»Dorten!« Jo deutet mit dem Finger hin. »Dorten drübn. Bei dem Knochenhaufen und bei dem Küchenfenster dorten. Sie habn n obenauf glegt. Sie habn drauftreten müassen, bis n habn dringhabt. I könnt n außerfegen mit m Besen, wanns Tor offen wär. Drum glaub i, spirrns es ab«, sagt er und rüttelt an dem Gitter. »Sis immer zuagspirrt. Sehgns die Ratten dort!« ruft er aufgeregt. »Hui! Sehgns! Dort laufts! Ho! In d Erd eini.«
Das Dienstmädchen weicht schaudernd in eine Ecke zurück, in die Ecke des scheußlichen Torwegs, der mit sei-

nen giftigen Ausdünstungen ihr Kleid beschmutzt, und streckt beide Hände vor und sagt Jo leidenschaftlich, er solle ihr nicht zu nahe kommen; denn sie ekelt sich vor ihm. So bleibt sie einige Augenblicke. Jo steht vor ihr mit aufgerissnem Mund und starrt sie immer noch an, als sie sich bereits erholt hat.
»Ist dieser grauenhafte Ort geweihter Boden?«
»Was woaß denn i von gweihtn Boden«, sagt Jo, der sie immer noch anstarrt.
»Ist er eingesegnet?«
»Was is er?« fragt Jo in fassungslosem Erstaunen.
»Ist er eingesegnet?«
»I bin gsegnt, wann is woaß«, sagt Jo und stiert sie noch mehr an als vorhin, »aber i möcht glaubn, na. Eingsegnet!!« wiederholt Jo, in seinem Innern stark beunruhigt. »Eingsegnt! S werd eam net viel gholfn habn. Eingsegnet? I glaub ender s Gegenteil. Aber was woaß denn i.«
Das Dienstmädchen achtet nicht auf das, was er gesagt hat, und ist ganz geistesabwesend. Sie zieht den Handschuh aus, um ein Geldstück aus ihrer Börse zu nehmen. Jo beobachtet stumm, wie weiß und klein die Hand ist und was das für ein feines Dienstmädchen sein muß, das so funkelnde Ringe trägt. Sie läßt ein Geldstück in seine Hand fallen, ohne sie zu berühren, und schaudert, als sie ihm mit den Fingern zu nahe kommt. »Jetzt«, setzt sie hinzu, »zeig mir die Stelle noch einmal.«
Jo fährt mit dem Besenstiel durch die Gitterstäbe und deutet mit äußerster Sorgfalt auf die Stelle. Endlich blickt er zur Seite, um zu sehen, ob er sich verständlich gemacht hat, und findet sich allein.
Sein erstes ist, das Geldstück an die Gaslaterne zu halten. Dann ist er ganz überwältigt von der Entdeckung, daß es gelb ist. – Gold! Sein nächstes, mit den Zähnen in den Rand zu beißen, um zu sehen, ob es echt ist. Dann steckt er es der Sicherheit wegen in den Mund und kehrt die Stufe und den Gang mit größter Sorgfalt. Als er damit fertig ist, macht er sich nach »Toms Einöd« auf den Weg, bleibt im

Licht zahlloser Gaslaternen stehen, um das Goldstück hervorzuholen, und immer wieder muß er, um zu prüfen, ob es echt ist, in den Rand beißen.
Dem gepuderten Merkur fehlt es heute abend nicht an Gesellschaft, denn Mylady geht zu einem großen Diner und auf drei oder vier Bälle.
Sir Leicester kann nicht still sitzen unten in Chesney Wold, weil er keine bessere Gesellschaft als die Gicht hat. Er beklagt sich bei Mrs. Rouncewell, der Regen prassele so eintönig auf die Terrasse, daß er nicht einmal am Kamin seines eignen behaglichen Ankleidezimmers die Zeitung lesen könne.
»Sir Leicester hätte besser getan, die andre Seite des Hauses zu versuchen«, sagt Mrs. Rouncewell zu Rosa. »Sein Ankleidezimmer liegt auf Myladys Flügel, und diese ganzen langen Jahre waren die Schritte auf dem Geisterweg nicht so deutlich zu hören wie heute.«

17. Kapitel

Esthers Erzählung

Richard besuchte uns sehr oft während unseres Aufenthaltes in London, wenn er auch das Briefschreiben bald einstellte, und mit seiner raschen Auffassungsgabe, seiner Lebendigkeit, seinem gutherzigen Wesen, seiner Fröhlichkeit und munteren Laune war er stets ein gerngesehener Gast. Aber wenn ich ihn auch immer lieber gewann, so fühlte ich doch, je mehr ich ihn kennenlernte, wie sehr es zu beklagen war, daß man ihn nicht zu größerem Fleiß und zur Konzentration angehalten hatte. Das System, das in derselben Art auf ihn wie auf hundert andere an Charakter und Fähigkeiten vollständig verschiedene Knaben angewendet worden war, hatte ihn wohl befähigt, seine Aufgaben gar oft mit Auszeichnung abzutun, aber eben

nur abzutun in einer gewissen leichtsinnigen, oberflächlichen Weise, die seine Zuversicht gerade auf die Eigenschaften, die in ihm am wenigsten erzogen und geleitet worden waren, verstärkte. Es waren gewiß hohe Eigenschaften, ohne die ein großes Ziel wirklich verdienstvoll nicht erreicht werden kann, aber wie Feuer und Wasser waren sie zwar vortreffliche Diener, aber sehr schlechte Herrn. Wenn Richard sie hätte beherrschen lernen, würden sie ihm gedient haben. So wurden sie seine Feinde.
Ich schreibe diese Urteile nieder, nicht, weil ich glaube, daß sich dies oder das so und so verhielt oder weil es mir so vorkam, sondern nur, weil ich darüber nachdachte und in allem, was ich dachte und tat, aufrichtig sein will.
Also so war meine Meinung über Richard. Ich dachte auch oft daran, wie recht mein Vormund mit seiner Ansicht gehabt hatte, daß die Unsicherheit, die aus den ewigen Verschleppungen des Kanzleigerichtsprozesses entsprang, in ihm schon in jungen Jahren eine Art Spielercharakter großgezogen hatte.
Mr. und Mrs. Bayham Badger besuchten uns eines Nachmittags, als mein Vormund gerade abwesend war, und im Lauf des Gesprächs erkundigte ich mich natürlich nach Richard.
»Oh, Mr. Carstone«, sagte Mrs. Badger, »befindet sich sehr wohl und bedeutet, versichere ich Ihnen, einen großen Zuwachs für unsern Kreis. Kapitän Swosser pflegte von mir zu sagen, daß ich für die Back der Midshipmen, wenn das Pökelfleisch zäh wie das Luv-Fock-Marssegel Vorderlick ausgefallen war, noch besser sei als Land in Sicht oder Achterbrise. Er wollte damit in seiner Seemannsweise ausdrücken, welch schätzbarer Zuwachs ich für die Mannschaft war. Ich kann mit gutem Gewissen dieselbe Versicherung hinsichtlich Mr. Carstones geben. Aber ich ... Werden Sie mich auch nicht für naseweis halten, wenn ich es erwähne?«
Ich sagte nein, da Mrs. Badgers Ton eine Antwort zu verlangen schien.

»Auch Miß Clare nicht?« fragte Mrs. Bayham Badger zärtlich.
Ada sagte ebenfalls nein, aber ihr Gesicht verriet, daß sie unruhig wurde.
»Ja, sehen Sie, meine Lieben«, fuhr Mrs. Badger fort ... »Gestatten Sie, daß ich Sie meine Lieben nenne?«
Wir baten Mrs. Badger, keine Umstände zu machen.
»Ich nenne Sie so, weil Sie wirklich so liebenswürdig sind, wenn ich mir die Freiheit nehmen darf, Ihnen das zu sagen. Wirklich so bestrickend liebenswürdig. Sie sehen, meine Lieben, daß, wenn ich auch noch jung bin – wenigstens ist Mr. Badger so galant, das immer zu behaupten –«
»Das ist durchaus keine Schmeichelei!« rief Mr. Badger aus, wie jemand, der in einer öffentlichen Versammlung widerspricht. »Nein, durchaus kein Kompliment.«
»Also gut«, lächelte Mrs. Badger. »Wir wollen einfach sagen: noch jung ...«
»Oh, zweifellos«, schaltete Mr. Badger ein.
»Obgleich ich also selbst noch jung bin, meine Lieben, habe ich doch vielfach Gelegenheit gehabt, junge Herren zu beobachten. An Bord des guten alten ›Crippler‹, ich versichere Ihnen, waren ihrer eine ganze Menge. Außerdem, als ich mit Kapitän Swosser im Mittelmeer war, nahm ich jede Gelegenheit wahr, die Midshipmen unter Kapitän Swossers Kommando kennenzulernen und mich mit ihnen anzufreunden. Sie haben nie solche junge Gentlemen unter sich reden hören, meine Lieben, und würden mich wahrscheinlich gar nicht verstehen, wenn ich darauf anspielte, was sie das ›Schwänzen‹ ihres Wochendienstes nannten. Aber bei mir ist das etwas anderes, denn das Salzwasser war mir eine zweite Heimat und ich ein vollständiger Seemann. Dann wieder mit Professor Dingo ...«
»Ein Mann von europäischem Ruf«, murmelte Mr. Badger.
»Als ich meinen geliebten ersten Mann verlor und die Gattin meines geliebten zweiten wurde«, sagte Mrs. Badger, die von ihren beiden früheren Gatten sprach wie von einer

Legende, »hatte ich ebenfalls Gelegenheit, die Jugend zu beobachten. Professor Dingos Vorlesungen wurden sehr stark besucht, und es war mein Stolz, als die Frau eines so ausgezeichneten Gelehrten, die selbst in der Wissenschaft all den Trost, den Studium bieten kann, suchte, den Studenten unser Haus als eine Art wissenschaftlichen Brennpunktes zu öffnen. Jeden Dienstag abends hatten wir Limonade und Biskuit für alle, die an diesen Erfrischungen teilnehmen wollten. Und Wissenschaft gab es in unbeschränkter Auswahl.«

»Höchst bemerkenswerte Versammlungen waren das, Miß Summerson«, bestätigte Mr. Badger ehrfurchtsvoll. »Unter den Auspizien eines solchen Mannes muß es viel geistige Reibung gegeben haben.«

»Und jetzt«, fuhr Mrs. Badger fort, »wo ich die Gattin meines geliebten dritten, Mr. Badgers, geworden bin, habe ich die Gewohnheit zu beobachten, die ich, solange Kapitän Swosser lebte, angenommen und unter Professor Dingo zu neuen ungeahnten Zwecken ausgestaltet habe, beibehalten. Ich kam daher nicht als Neophyt zu meiner Ansicht über Mr. Carstone. Und dennoch bin ich der Meinung, meine Lieben, daß er nicht den passenden Beruf gewählt hat.«

Adas Gesicht sah so besorgt aus, daß ich Mrs. Badger fragte, auf welche Gründe sich ihre Vermutung stütze.

»Auf Mr. Carstones Charakter und Benehmen, meine liebe Miß Summerson. Er ist von so leichtblütiger Veranlagung, daß er es wahrscheinlich nicht der Mühe wert halten würde, zu sagen, wie er es selbst empfindet; aber der Beruf langweilt ihn. Er fühlt nicht das positive Interesse dafür, das das Fach erfordert. Wenn er wirklich eine bestimmte Meinung darüber hat, so ist es meiner Ansicht nach die, daß er es für langweilig hält. Das ist nicht vielversprechend. Junge Männer wie Mr. Allan Woodcourt, die sich dem Ärztestand in allen seinen verschiedenen Gebieten eines starken Interesses wegen widmen, finden darin den Lohn für sehr viel Arbeit, geringen Verdienst für jahrelanges Ausharren und viele Enttäuschungen. Aber ich bin vollständig überzeugt, daß dies bei Mr. Carstone niemals der Fall sein wird.«

»Denkt Mr. Badger ebenso?« fragte Ada schüchtern.

»Um der Wahrheit die Ehre zu geben, Miß Clare«, sagte Mr. Badger, »muß ich gestehen, daß ich zu dieser Ansicht erst hinneigte, als mich Mrs. Badger darauf aufmerksam machte. Als es mir Mrs. Badger in diesem Lichte darstellte, schenkte ich der Sache natürlich große Beachtung, denn ich weiß, daß ihr Urteil, ganz abgesehen von seinen natürlichen Vorzügen, den seltenen Vorteil gehabt hat, von zwei so ausgezeichneten – ich möchte sogar sagen, berühmten – Männern der Öffentlichkeit, wie Kapitän Swosser von der Königlichen Marine und Professor Dingo waren, gebildet zu werden. Kurz, mein Urteil deckt sich vollständig mit dem Mrs. Badgers.«

»Es war eine von Kapitän Swossers Maximen«, nahm Mrs. Badger wieder das Wort, »daß – in seiner bildlichen Seemannssprache ausgedrückt –, wenn man schon Pech heiß mache, man es nicht genug heiß machen könne, und wenn man eine Planke scheuere, man sie scheuern solle, als ob der Klabautermann hinter einem stünde. Es scheint mir, als ob sich dieser Grundsatz ebenso auf den medizinischen wie auf den nautischen Beruf anwenden läßt.

– »Auf alle Berufsarten!« bestätigte Mr. Badger. »Es war prächtig ausgedrückt von Kapitän Swosser. Wirklich bewundernswert ausgedrückt.« –

»Die Leute warfen, als wir uns nach unsrer Heirat im nördlichen Devonshire aufhielten, Professor Dingo vor, er verunstalte Häuser und andere Gebäude dadurch, daß er mit seinem kleinen geologischen Hammer Stücke davon losschlüge. Aber der Professor erwiderte, er kenne kein Gebäude außer den Tempel der Wissenschaft. Das Prinzip ist ganz dasselbe, glaube ich.«

»Ganz dasselbe«, stimmte Mr. Badger bei. »Sehr schön ausgedrückt. Der Professor gebrauchte dieselben Worte, Miß Summerson, in seiner letzten Krankheit, als er in seiner Fieberphantasie darauf bestand, seinen kleinen Hammer unter dem Kopfkissen zu behalten und an den Gesichtern der Umstehenden herumzuklopfen. Ja, die alles beherrschende Leidenschaft!«

Obgleich Mr. und Mrs. Badger uns ihre Meinung weniger umständlich hätten mitteilen können, fühlten wir doch beide die Uneigennützigkeit ihres Urteils und seine Richtigkeit. Wir beschlossen, Mr. Jarndyce, ehe wir nicht mit Richard gesprochen, nichts zu sagen, und da dieser uns am nächsten Abend besuchen sollte, wollten wir die Angelegenheit erst ernst mit ihm durchnehmen.

So ließ ich ihn denn, als er gekommen war, eine Weile mit Ada allein und fand sie dann, wie ich vorausgesehen, mit allem, was er sagte, einverstanden.

»Nun, was machen Ihre Fortschritte, Richard?« fragte ich. Ich saß wie gewöhnlich an seiner Seite, denn er behandelte mich ganz wie eine Schwester.

»Oh, es geht so ziemlich«, antwortete er.

»Besser kann es doch nicht sein, Esther, nicht wahr!« rief mein Liebling triumphierend.

Ich versuchte sie mit meinem weisesten Gesicht anzusehen, aber natürlich gelang es mir nicht.

»So ziemlich?« wiederholte ich.

»Ja, so ziemlich. Es ist ein wenig Hundetrab und schlafmützenhaft, aber schließlich grade so gut wie irgend etwas anderes.«

»Aber, lieber Richard!« wendete ich ein.

»Nun, und?«

»Grade so gut wie irgend etwas anderes?«

»Ist denn etwas Schlimmes dabei, Mütterchen?« sagte Ada und sah mich an ihm vorbei zuversichtlich an. »Wenn es so gut wie irgend etwas anderes ist, so ist es immerhin doch gut, oder nicht?«

»Ja, ja. Das meine ich«, entgegnete Richard sorglos und schüttelte sich das Haar aus der Stirn. »Schließlich ist es ja nur eine Art Prüfungszeit, bis unser Prozeß ... Ach, richtig, ich vergaß, ich soll ja nicht von dem Prozeß sprechen.

Es ist ja ein verbotenes Thema! Also, es ist alles ganz in Ordnung. Reden wir vielleicht von etwas anderem.«
Ada hätte es auch gern getan, überzeugt, daß die Sache zufriedenstellend erledigt sei, aber ich hielt es denn doch nicht für angezeigt, auf diesem Punkte stehenzubleiben, und fing daher wieder an:
»Aber Richard und du, liebe Ada, ihr müßt doch bedenken, wie wichtig das für euch beide ist. Es ist doch Ehrensache Ihrem Vetter gegenüber, Richard, daß Sie die Sache mit rückhaltlosem Ernst auffassen. Ich dächte, wir sollten das wirklich gründlich durchsprechen, Ada. Es könnte sonst bald vielleicht zu spät sein.«
»Gewiß müssen wir es durchsprechen«, sagte Ada. »Aber ich glaube, Richard hat recht.«
– Was nützte es mir, eine weise Miene aufzusetzen, wo sie so hübsch und reizend war und ihn so lieb hatte! –
»Mr. und Mrs. Badger waren gestern hier, Richard«, sagte ich, »und schienen der Ansicht zuzuneigen, Sie fänden an der Chirurgie keinen besondern Geschmack.«
»So, sagten sie das? Oh! Das ändert die Sache allerdings. Ich hatte keine Ahnung davon, daß sie es glaubten, und hätte ihnen nicht gern eine Enttäuschung oder eine Unannehmlichkeit bereitet. Die Sache ist freilich so. Der Beruf interessiert mich nicht besonders. Aber das macht weiter nichts. Er ist so gut wie jeder andre.«
»Da hörst du es, Ada«, sagte ich.
»Tatsache ist«, fuhr Richard halb nachdenklich, halb scherzend fort, »er liegt mir nicht besonders. Er gefällt mir nicht sehr. Und ich muß zuviel von Mrs. Bayham Badgers erstem und zweitem Gatten hören.«
»Das ist doch nur natürlich!« rief Ada erfreut aus. »Ganz dasselbe sagten wir gestern auch, Esther.«
»Dann ist er so einförmig«, fuhr Richard fort. »Das Heute gleicht dem Gestern, und das Morgen ist wie das Heute.«
»Aber ich fürchte«, sagte ich, »das läßt sich überall einwenden – sogar gegen das Leben selbst, außer unter ganz abnormen Verhältnissen.«

»Meinen Sie wirklich?« fragte Richard, immer noch nachdenklich. »Vielleicht! Hm! Übrigens, da sehen Sie selbst«, setzte er hinzu und wurde plötzlich wieder heiter. »Wir gehen im Kreise herum auf das los, was ich eben sagte. Es ist ebensogut wie irgend etwas anderes. Reden wir doch nicht mehr davon.«

Selbst Ada, und wenn sie schon unschuldig und vertrauensvoll gewesen an jenem denkwürdigen Novembernebeltag, wieviel mehr war das jetzt der Fall, wo ich ihr unschuldiges und vertrauendes Herz kannte, selbst Ada schüttelte jetzt den Kopf und machte ein ernstes Gesicht. Ich hielt es daher für eine günstige Gelegenheit, Richard anzudeuten, daß, wenn er auch manchmal leichtsinnig gegen sich selbst sei, er doch gewiß nicht leichtsinnig gegen Ada handeln wolle und daß es von seiner Seite eine Art Liebespflicht sein müsse, den Schritt, der auf ihr ganzes Leben Einfluß haben würde, nicht so leicht zu nehmen. Das stimmte ihn fast ernst.

»Mütterchen Hubbard, das ist es ja eben. Ich habe auch schon oft darüber nachgedacht und mich über mich selbst geärgert, daß ich es so ernst nehmen wollte und, ich weiß nicht warum, nie recht konnte. Ich weiß nicht, wie es zugeht, ich scheine immer Abwechslung zu brauchen. Selbst Sie können sich keinen Begriff machen, wie sehr ich Ada liebe, aber in allen andern Dingen fällt mir Beständigkeit so schwer. Es ist so aufreibend und frißt so viel Zeit«, sagte Richard mit verdrießlicher Miene.

»Das kommt wahrscheinlich daher, daß Sie keinen Gefallen an dem Beruf haben.«

»Der arme Junge!« sagte Ada. »Ich kann mich wahrhaftig nicht darüber wundern.«

Nein. Es half nicht das mindeste, daß ich versuchte, weise dreinzuschauen. Ich machte noch einen Versuch, aber wie konnte es mir gelingen, solange Ada ihre Hände auf seiner Schulter faltete und er ihr in die zärtlichen blauen Augen schaute.

»Du siehst, mein Schatz«, sagte Richard und ließ ihre

goldnen Locken durch seine Finger gleiten, »ich habe mich vielleicht ein wenig übereilt und meine Neigungen nicht gehörig erkannt. Ich konnte es vorher wirklich nicht wissen. Die Frage ist nur, ob es dafürsteht, alles ungeschehen zu machen. Das kommt mir vor, wie einen großen Lärm wegen einer Kleinigkeit zu machen.«

»Lieber Richard«, sagte ich, »wie können Sie das eine Kleinigkeit nennen?«

»Ich meine es nicht in dem Sinne. Ich meine nur, es ist insofern nichts Besonderes, weil ich möglicherweise sowieso niemals darauf angewiesen sein werde.«

Sowohl Ada wie ich hoben hervor, daß es nicht nur der Mühe wert wäre, die Angelegenheit ungeschehen zu machen, sondern daß das geradezu eine Notwendigkeit sei. Dann fragte ich Richard, ob er schon an einen andern passenden Beruf gedacht habe.

»Da treffen Sie den rechten Punkt, Mütterchen«, sagte Richard. »Ich habe daran gedacht. Ich glaube, die Jurisprudenz läge mir besser.«

»Die Jurisprudenz?!« wiederholte Ada in einem Ton, als ob sie sich schon vor dem bloßen Namen fürchtete.

»Wenn ich zu Kenge in die Kanzlei käme und dort eingeschrieben würde, so hätte ich Gelegenheit, den – hm – den verbotenen Gegenstand ins Auge zu fassen, zu studieren, ihn gründlich kennenzulernen und mich zu vergewissern, daß er ordnungsgemäß geführt und nicht vernachlässigt wird. Ich wäre imstande, Adas und meine Interessen, die sich ja decken, zu verfolgen, und würde mich mit Blackstone und all den andern Schmökern mit der größten Leidenschaft herumbalgen.«

Ich war durchaus nicht fest überzeugt, daß dies der Fall sein werde, und sah, wie betrübt Ada darüber war, daß er es nicht lassen konnte, Irrlichtern nachzujagen. Indessen hielt ich es immerhin noch für das beste, ihn in allem, was eine anhaltende Beschäftigung nach sich ziehen konnte, zu ermutigen, und riet ihm nur, genau mit sich zu Rate zu gehen, ob er sich nun wirklich ganz und gar entschlossen habe.

»Meine liebe Minerva, Sie selbst können nicht beständiger sein, als ich es bin. Ich habe mich geirrt – wir alle sind Irrtümern unterworfen –, aber einmal und nicht wieder, und ich will ein Jurist werden, wie er nicht alle Tage vorkommt. Das heißt«, sagte Richard und verfiel wieder in seine Zweifel, »wenn es überhaupt der Mühe wert ist, so viel Aufhebens von einer so geringfügigen Sache zu machen.«

Das veranlaßte uns, noch einmal mit großem Ernst zu wiederholen, was wir bereits gesagt hatten, und wir kamen zu demselben Schlusse wie vorhin. Wir rieten Richard so angelegentlich, ohne die Sache nur einen Augenblick aufzuschieben, frei und offen mit Mr. Jarndyce zu reden, daß er, von Natur jeder Heimlichkeit sowieso abhold, ihn sogleich aufsuchte, uns mitnahm und ihm alles eingestand.

»Rick«, sagte mein Vormund, nachdem er ihn aufmerksam angehört hatte, »wir können in Ehren zurücktreten und wollen es tun. Aber wir müssen uns hüten, unsrer Kusine wegen, Rick, daß wir nicht noch mehr solcher Irrtümer begehen. Was das Jus betrifft, wollen wir uns lieber vorerst zu einer gewissen Probezeit entschließen. Sehen wir uns erst den Graben an, ehe wir springen, und lassen wir uns Zeit.«

Richards Energie war so ungeduldiger und überstürzter Art, daß er am liebsten sofort auf Mr. Kenges Kanzlei gegangen wäre und sich bei ihm hätte einschreiben lassen. Er machte jedoch gute Miene zu den Vorsichtsmaßregeln, von deren Notwendigkeit wir ihn überzeugten, und saß unter uns in heiterster Laune und plauderte, als ob sein Lebensziel von Kindheit an der Beruf gewesen wäre, dem er sich jetzt widmen wollte. Mein Vormund war sehr freundlich und herzlich mit ihm, wenn auch ein wenig ernst. So ernst, daß Ada, als Richard Abschied genommen hatte und wir schlafen gehen wollten, zu ihm sagte:

»Vetter John, ich hoffe doch nicht, daß du jetzt schlechter von Richard denkst?«
»Nein, liebe Ada.«
»Es ist doch so natürlich, daß sich Richard in einem so schwierigen Fall geirrt hat. Es ist das doch nichts Ungewöhnliches.«
»Nein, nein, meine Liebe. Mach kein betrübtes Gesicht.«
»Oh, ich bin durchaus nicht betrübt, Vetter John«, sagte Ada, lächelte heiter und legte die Hand auf seine Schulter, »aber ich würde es sein, wenn du schlecht von Richard dächtest.«
»Liebe Ada«, sagte Mr. Jarndyce, »ich würde es nur tun, wenn du jemals durch seine Schuld unglücklich würdest oder auch nur littest. Und selbst dann würde ich mir selbst mehr zürnen als dem armen Richard, weil ich euch ja zusammengebracht habe. Aber still, alles das hat ja nichts auf sich. Er hat Zeit genug und freie Bahn vor sich. Ich schlechter von ihm denken? Ich gewiß nicht, meine liebe Kusine. Und du denkst auch nicht schlechter von ihm, ich wette.«
»Nein, gewiß nicht, Vetter John, ich könnte überhaupt nie etwas Böses von Richard denken, und wenn es die ganze Welt täte. Ich könnte und würde dann sogar noch besser von ihm denken.«
Ruhig und ehrlich sagte sie das, jetzt beide Hände auf seine Schulter gelegt, und sah ihm dabei ins Gesicht, gläubig und offen.
Mein Vormund betrachtete sie nachdenklich.
»Ich glaube, es muß irgendwo geschrieben stehen, daß die Tugenden der Mütter an den Kindern heimgesucht werden sollen wie die Sünden der Väter. Gute Nacht, mein Rosenknöspchen. Gute Nacht, Mütterchen. Gute Ruh! Angenehme Träume!«
Das war das erste Mal, daß ich einen Schatten den wohlwollenden Ausdruck seiner Augen trüben sah, als er Ada nachblickte. Ich erinnerte mich noch recht gut des Blickes, mit dem er sie und Richard betrachtet hatte, als sie beim

Schein des Kaminfeuers gesungen, und es war nur sehr wenig Zeit vergangen, seit wir sie aus dem sonnenerleuchteten Zimmer in den Schatten hatten treten sehen, aber sein Ausdruck war ein andrer jetzt, und selbst sein stummer vertrauensvoller Blick auf mich war nicht ganz so hoffnungsfreudig und sicher wie früher.

Ada lobte an diesem Abend Richard mehr als je zuvor. Sie ging mit einem kleinen Armband, das er ihr geschenkt hatte, zu Bett. Ich glaube, sie träumte von ihm, als ich sie auf die Wange küßte, während sie schlummerte, und ihr ruhiges und glückliches Gesicht ansah.

Ich selbst hatte an jenem Abend so wenig Lust zu schlafen, daß ich aufblieb und arbeitete. An und für sich wäre dieser Umstand nicht des Erwähnens wert, aber ich war nicht schläfrig und etwas trübe gestimmt. Warum, weiß ich nicht.

Jedenfalls war ich entschlossen, so schrecklich fleißig zu sein, daß mir keine Minute Zeit für trübe Laune übrigbleiben sollte. Ich sagte mir: »Esther! Du bist verstimmt. Du!« Und es war wirklich hohe Zeit, mir das vorzuhalten, denn ich sah mich, ja, ich sah mich wirklich im Spiegel nahe daran zu weinen. »Als ob du irgendeine Ursache hättest, dich unglücklich zu fühlen, du undankbares Herz«, hielt ich mir vor.

Wenn ich hätte einschlafen können, würde ich es jetzt auf der Stelle getan haben. Aber da ich fühlte, es würde mir nicht glücken, nahm ich aus meinem Arbeitskörbchen eine kleine Stickerei, die ich in Bleakhaus angefangen hatte, und machte mich mit großem Eifer darüber her. Man mußte bei dieser Arbeit alle Stiche abzählen, und ich beschloß, nicht eher damit aufzuhören, als bis mir die Augen zufielen.

Ich war bald ganz in meine Arbeit vertieft, hatte aber in einem Arbeitstäschchen in dem jetzigen Brummstübchen unten eine Spule Seide gelassen, die ich jetzt brauchte, wenn ich weiterarbeiten wollte. Ich nahm daher ein Licht und ging leise hinunter. Zu meiner großen Überraschung

sah ich meinen Vormund immer noch dort sitzen und in die verglimmende Asche blicken.
Er war ganz in Gedanken versunken. Sein Buch lag unbeachtet neben ihm, sein graumeliertes Haar war verwirrt, als ob er mit den Fingern darin gewühlt hätte, und sein Gesicht sorgenvoll. Fast darüber erschrocken, ihn so unerwartet hier zu sehen, blieb ich einen Augenblick stehen und wollte eben wieder stumm umkehren, als er sich mit der Hand zerstreut durch die Haare fuhr und mich dabei bemerkte.
»Esther!«
Ich sagte ihm, was ich hier noch suchte.
»So spät willst du noch arbeiten, liebes Kind?«
»Nur weil ich nicht einschlafen kann und mich müde machen möchte. Aber auch du, lieber Vormund, bist ja noch so spät wach und siehst angegriffen aus. Ich will doch nicht hoffen, daß du aus Sorgen nicht schlafen kannst?«
»Ich habe keine Sorge, Mütterchen, die du so leicht begreifen könntest.«
Er sagte dies in einem für mich so überraschend betrübten Ton, daß ich mir seine Worte innerlich wiederholte, als ob ich sie dadurch besser verstehen könnte: »Keine, die ich so leicht begreifen könnte?«
»Bleib einen Augenblick, Esther«, sagte er. »Ich habe eben an dich gedacht.«
»Ich hoffe, du hattest doch nicht meinetwegen Sorge, Vormund.«
Er bewegte seine Hand leicht abwehrend, und sein Gesicht nahm im Augenblick seinen gewohnten Ausdruck wieder an. Die Veränderung war so auffallend und verriet so viel Selbstbeherrschung, daß ich mir abermals innerlich die Worte wiederholte: »Keine, die ich so leicht begreifen könnte.«
»Mütterchen, ich dachte – das heißt, ich habe, seit ich hier sitze, an nichts anderes gedacht –, daß du eigentlich alles, was ich von deiner Geschichte weiß, erfahren solltest. Es ist sehr wenig. Fast nichts.«

»Lieber Vormund«, wandte ich ein, »als du das erstemal die Sache zur Sprache brachtest ...«
»Aber seitdem«, unterbrach er mich ernst, denn er erriet, was ich sagen wollte, »seitdem bin ich mir darüber klargeworden, daß es etwas sehr Verschiedenes ist, ob du mich etwas fragen willst oder ob ich dir etwas mitzuteilen habe, Esther. Es ist vielleicht sogar meine Pflicht, dir das wenige, was ich weiß, zu enthüllen.«
»Wenn du glaubst, Vormund.«
»Ich glaube, es ist meine Pflicht«, sagte er sehr sanft und gütig und sehr bestimmt. »Liebe Esther, ich glaube, es ist so. Wenn in den Augen irgendeines überhaupt vollwertigen Menschen an deiner Position wirklich ein Mangel haften kann, so gehört es sich vor allem, daß du selbst ihn dir in deinen eignen Augen nicht vergrößerst, indem du die Sache in unbestimmten vagen Formen siehst.«
Ich setzte mich hin und sagte nach einer kleinen Anstrengung, so ruhig zu bleiben, wie es sich für mich gebührte: »Eine meiner frühesten Erinnerungen, Vormund, sind die Worte: ›Deine Mutter, Esther, ist deine Schande, und du warst ihre. Die Zeit wird kommen – früh genug –, wo du dies besser verstehen und fühlen wirst, wie nur ein Weib fühlen kann.‹«
Ich hatte mein Gesicht mit den Händen bedeckt, während ich diese Worte wiederholte. Ich nahm sie jetzt in einer bessern Erkenntnis wieder weg und sagte ihm, daß ich nur ihm das Glück verdanke, es von meiner Kindheit an bis zu dieser Stunde nie gefühlt zu haben.
Er erhob abwehrend die Hand. Ich wußte wohl, daß man ihm nicht danken durfte, und schwieg.
»Es sind jetzt neun Jahre her«, begann er nach einer kleinen Weile Nachdenkens, »da erhielt ich von einer in Zurückgezogenheit lebenden Dame einen Brief, der von einer finstern Leidenschaft und Kraft erfüllt war, die ihn von allen Briefen, die ich jemals gelesen, unterschied. Vielleicht war es ein unbewußter Zug der Absenderin, mir ihr Vertrauen zu schenken, vielleicht ein unbewußter Zug

von mir, ihr Vertrauen zu rechtfertigen. Der Brief erzählte von einem Kind, einem Waisenmädchen, damals zwölf Jahre alt, mit ähnlich grausamen Worten wie denen, an die du dich noch erinnerst. Die Schreiberin habe, hieß es darin, das Kind von seiner Geburt an im geheimen auferzogen, alle Spuren seiner Herkunft verwischt, und wenn die Schreiberin vor Mündigwerden des Kindes stürbe, so stünde es freudlos, namenlos und ungekannt in der Welt. Der Brief forderte mich auf, mit mir zu Rate zu gehen, ob ich vollenden wollte, was sie begonnen hatte.«

Ich hörte schweigend zu und sah ihn gespannt an.

»Deine Jugenderinnerungen, liebes Kind, werden dir am besten sagen, in welch düsterm Licht die Schreiberin alles sah und ausdrückte, in ihrem finstern Puritanismus, der ihren Geist umwölkte, mit der grausamen Anschauung, daß ein Kind eine Schuld büßen müsse, die es nicht begangen. Ich faßte ein Interesse für das Kind und sein freudloses Leben und beantwortete den Brief.«

Ich ergriff seine Hand und küßte sie.

»In dem Brief stand, ich solle nie den Versuch machen, die Schreiberin, die seit langer Zeit allen Verkehr mit der Welt abgebrochen habe, zu Gesicht zu bekommen, aber sie schlüge mir vor, ich möchte ihr einen vertrauenswürdigen Vertreter nennen, mit dem sie dann verhandeln wollte. Ich bestimmte Mr. Kenge. Die Dame sagte ihm aus freien Stücken, ihr Name sei ein angenommener und sie die Tante des Kindes, wenn in solchen Fällen von Blutsverwandtschaft überhaupt die Rede sein könnte. Sie werde niemals – Mr. Kenge war von der Festigkeit ihres Entschlusses durchaus überzeugt – mehr enthüllen ... So, liebes Kind, jetzt habe ich dir alles gesagt.«

Ich hielt seine Hand eine kleine Weile in der meinen.

»Ich sah mein Mündel öfter als sie mich«, fuhr er in einem heitereren und leichteren Ton fort, »und erfuhr immer, sie sei glücklich, häuslich und von allen geliebt. Sie vergilt mir zwanzigtausendfach, und zwanzigmal mehr noch, jede Stunde im Tag die Kleinigkeit, die ich für sie getan habe.«

»Und noch öfter«, sagte ich, »segnet sie den Vormund, der ihr ein Vater ist.«
Bei dem Worte Vater sah ich den frühern sorgenvollen Ausdruck wieder auf seinem Gesichte erscheinen. Er beherrschte sich wie vorhin, und einen Augenblick später sah er drein wie gewöhnlich. Sein Mienenspiel wechselte bei meinen Worten so schnell, daß es mir vorkam, als hätte ich ihm damit weh getan. Abermals wiederholte ich mir verwundert: »Keine, die ich so leicht begreifen könnte ... Keine, die ich so leicht begreifen könnte.« Ja, es war wahr. Ich begriff es nicht. Lange, lange Zeit nicht.
»Und nun ein väterliches gute Nacht, liebes Kind«, sagte er und küßte mich auf die Stirn, »und flink zu Bett. Das sind viel zu späte Stunden zum Arbeiten und Nachdenken. Du tust das sowieso den ganzen Tag für uns, kleine Hausfrau.«
Ich arbeitete weder, noch grübelte ich in dieser Nacht mehr. Ich schüttete mein volles Herz vor Gott aus und dankte ihm inbrünstig, daß er mich nicht verlassen, und schlummerte ein.
Den Tag darauf hatten wir Besuch. Mr. Allan Woodcourt. Er kam, um von uns Abschied zu nehmen. Er wollte als Schiffsarzt nach China und Ostindien gehen, wie er uns schon vor einiger Zeit erzählt hatte. Er hatte vor, sehr lange Zeit abwesend zu sein.
Ich glaube – das heißt, ich weiß es –, daß er nicht reich war. Alle Ersparnisse seiner verwitweten Mutter waren darauf verwendet worden, ihn zu seinem Beruf auszubilden. Für einen jungen Arzt mit wenig Beziehungen in London war es kein einträglicher Beruf, und obgleich er sich Tag und Nacht für eine Menge armer Leute abmühte und Wunder an Zartheit und Geschicklichkeit bei ihnen verrichtete, verdiente er doch sehr wenig Geld. Er war sieben Jahre älter als ich. Nicht, daß ich es zu erwähnen brauchte, denn es scheint kaum hierher zu gehören.
Ich glaube – das heißt, er sagte uns –, daß er drei oder vier Jahre praktiziert habe und die Reise nicht machen würde,

wenn er sich noch drei oder vier Jahre hätte durchschlagen können. Aber er besäße kein Vermögen und wäre daher gezwungen, ins Ausland zu gehen.
Er hatte uns schon einige Male besucht. Es tat uns leid, daß er jetzt Abschied nahm, denn er war ein hervorragender Arzt in den Augen all derer, die ihn kannten, und einige der bedeutendsten Gelehrten hatten eine hohe Meinung von ihm.
Als er sich jetzt von uns verabschieden kam, brachte er zum erstenmal seine Mutter mit. Sie war eine hübsche alte Dame mit glänzenden schwarzen Augen und schien sehr stolz zu sein. Sie stammte aus Wales und hatte vor langer, langer Zeit einen außerordentlich hervorragenden Vorfahren gehabt, mit Namen Morganap-Kerrig, aus einem Ort, der wie Gimlet klang, der unglaublich berühmt gewesen und dessen Verwandte sämtlich eine Art königliche Familie gebildet hätten. Er mußte sein ganzes Leben damit zugebracht haben, in den Gebirgen herumzuziehen und Gefechte zu liefern. Ein Barde, mit Namen Crumlinwallinwer, hatte ihn in einem Lied, das, soweit ich verstehen konnte, Mewlinnwillinwodd hieß, besungen.
Mrs. Woodcourt erzählte uns viel von dem Ruhm ihres großen Ahnen und sagte dann, daß, wohin ihr Sohn Allan auch immer kommen sollte, er sich stets seiner Abstammung erinnern und unter keiner Bedingung eine Verbindung unter seinem Rang schließen werde. Sie wisse, es gäbe viele schöne englische Damen in Indien, die nur aus Heiratsspekulation hinreisten, und daß sich auch einige mit Vermögen unter ihnen finden ließen, aber weder Schönheit noch Reichtum könnten dem Abkömmling eines solchen Geschlechts genügen ohne Geburt, die immer die erste Bedingung sein müßte. Sie sprach so viel von Geburt, daß ich mir für einen Augenblick fast einbildete, und mit Schmerz – aber welch törichte Einbildung, das anzunehmen –, sie könnte am Ende nach meiner Abkunft fragen.
Mr. Woodcourt schien ihre Gesprächigkeit ein wenig un-

angenehm zu sein, aber er war zu rücksichtsvoll, um es merken zu lassen, und wußte mit viel Taktgefühl das Gespräch so zu drehen, daß er meinem Vormund für seine Gastfreundschaft und für die vielen glücklichen Stunden danken konnte – er nannte sie sehr glückliche Stunden –, die er bei uns verlebt hatte.

Die Erinnerung daran, sagte er, würde ihn überallhin begleiten, wohin er auch komme, und er werde sie stets im Herzen bewahren. Wir gaben ihm nach der Reihe die Hand – wenigstens sie taten es, und ich auch. Und er küßte Ada die Hand – und mir auch, und so verließ er uns, um seine lange, lange Reise anzutreten.

Ich war den ganzen Tag über sehr beschäftigt und schrieb Unterweisungen für die Dienstboten nach Bleakhaus und Briefe für meinen Vormund, staubte seine Bücher und Papiere ab und hatte mit meinen Wirtschaftsschlüsseln viel im Hause herumzuklimpern. Die Dämmerung kam, und ich war immer noch beschäftigt, sang und arbeitete am Fenster, als niemand anders als Caddy, die ich am wenigsten erwartet hätte, eintrat.

»Ei, liebe Caddy«, sagte ich, »was für schöne Blumen!«

Sie hatte ein allerliebstes Blumensträußchen in der Hand.

»Sie sind wirklich sehr hübsch, Esther. Die schönsten, die ich je gesehen habe.«

»Von Prince, liebe Caddy?« flüsterte ich lächelnd.

Caddy schüttelte den Kopf und hielt mir den Strauß zum Riechen hin.

»Nein. Nicht von Prince.«

»Was? Du hast zwei Anbeter!?«

»So? Sehen die Blumen danach aus?« fragte Caddy.

»Sehen sie danach aus?« wiederholte ich und kniff sie in die Wange.

Caddy lachte nur dazu und sagte, sie sei bloß auf eine halbe Stunde gekommen, dann werde Prince auf sie an der Ecke warten. Sie plauderte mit mir und Ada am Fenster, reichte mir von Zeit zu Zeit ihre Blumen hin oder probierte, wie sie sich in meinem Haar ausnähmen. Beim Ab-

schied zog sie mich in meine Stube und steckte mir den Strauß an.
»Für mich?« fragte ich überrascht.
»Für dich«, sagte Caddy und küßte mich. »Sie wurden von jemand zurückgelassen.«
»Zurückgelassen?«
»Bei der armen Miß Flite. Jemand, der immer sehr gut zu ihr war, eilte vor einer Stunde weg, um abzureisen, und ließ diese Blumen zurück. Nein, nein, nein! Leg sie nicht weg! Laß die hübschen kleinen Dinger hier ruhen«, sagte Caddy und steckte die Blumen sorgfältig zurecht. »Ich war selbst anwesend und würde mich nicht wundern, wenn sie jemand absichtlich zurückgelassen hätte.«
»Sehen sie danach aus?« fragte Ada, die lachend hinter mich trat und mich lustig mit ihren Armen umschlang. »O ja, sie sehen danach aus, Mütterchen. Sie sehen sogar sehr, sehr danach aus, wahrhaftig, liebe Esther.«

18. Kapitel

Lady Dedlock

Es war nicht so leicht, wie es anfangs geschienen hatte, für Richard in Mr. Kenges Kanzlei eine Probezeit auszumachen. Richard selbst war das Haupthindernis. Kaum stand es in seiner Macht, Mr. Badger jeden Augenblick zu verlassen, fing er an zu zweifeln, ob er denn das überhaupt wünsche. Er wisse es selbst nicht recht, sagte er. Medizin sei immerhin kein übler Beruf. Er könne nicht sagen, daß er ihm mißfalle. Vielleicht gefalle er ihm so gut wie jeder andere ... Wir sollten es ihn nur noch einmal versuchen lassen.
Hierauf schloß er sich ein paar Wochen lang mit einigen Büchern und ein paar Knochen ein und schien sich mit großer Schnelligkeit eine ziemliche Menge Kenntnisse an-

zueignen. Nachdem seine Begeisterung ungefähr einen Monat gedauert, fing sie an, sich abzukühlen, und als sie ganz kalt geworden, fing sie an, sich noch einmal zu erwärmen. Sein Hinundherschwanken zwischen Jus und Medizin dauerte so lang, daß der Hochsommer herankam, ehe er von Mr. Badger schied und seine Probezeit bei Kenge & Carboy antrat.

Bei all dieser Flatterhaftigkeit bildete er sich sehr viel darauf ein, daß er es »diesmal« außerordentlich ernst nähme. Und er war so gutmütig und so fröhlich gelaunt und liebte Ada so sehr, daß es sehr schwer war, ihm böse zu sein.

»Was Mr. Jarndyce betrifft«, der, wie ich hier erwähnen will, während dieser ganzen Zeit sehr viel über Ostwind klagte, »was Mr. Jarndyce betrifft«, sagte Richard zu mir, »so ist es der prächtigste Kerl unter der Sonne, Esther. Schon ihm zuliebe muß ich mich diesmal fest ins Zeug legen und die Sache ordentlich ins Geleise bringen.«

Sein Vorhaben, sich tüchtig ins Zeug zu legen, stach von seinem lustigen Gesicht, seiner sorglosen Art und seiner Sprunghaftigkeit, mit der er alles erfaßte, aber nichts festhalten konnte, komisch ab. Dennoch sagte er uns zuweilen, er nähme es so ernst, daß er sich wundere, wieso sein Haar nicht grau werde.

Also, wie bereits erwähnt, im Hochsommer trat er bei Mr. Kenge ein, um zu versuchen, wie ihm der Beruf gefalle.

Die ganze Zeit über war er in Geldsachen, wie ich ihn schon früher beschrieben habe: freigebig, verschwenderisch, unglaublich sorglos, aber immer überzeugt, daß er eher berechnend und überlegt sei.

Um die Zeit, wo er in die Kanzlei eintreten sollte, sagte ich einmal in seiner Anwesenheit halb im Scherz, halb ernsthaft zu Ada, er müsse Fortunats Säckel haben, so leichtsinnig gehe er mit Geld um. Und er gab darauf zur Antwort:

»Mein Juwel von einer lieben Kusine, man höre diese alte Frau! Warum sagt sie das? Weil ich vor ein paar Tagen acht

Pfund oder so etwas für eine gewisse hübsche Weste und Knöpfe gegeben habe. Wenn ich nun bei Badger geblieben wäre, hätte ich auf einen Sitz zwölf Pfund für eine Reihe herzzerbrechender Vorlesungen bezahlen müssen. So spare ich vier Pfund rund bei dem Geschäft.«

Zwischen ihm und meinem Vormund wurde viel betreffs der Arrangements, die seinetwegen in London, während er es mit der Jurisprudenz versuchen wollte, getroffen werden mußten, erörtert. Wir waren nämlich schon seit längerer Zeit nach Bleakhaus zurückgekehrt, und es lag zu weit entfernt, als daß er öfter als einmal in der Woche hätte hinauskommen können. Mein Vormund sagte mir, wenn Richard sich entschließen sollte, bei Mr. Kenge zu bleiben, wolle er ihm eine größere Wohnung, in der auch wir manchmal ein paar Tage bleiben könnten, mieten. »Aber, kleines Frauchen«, setzte er hinzu und rieb sich sehr bedeutsam den Kopf, »er hat sich noch nicht fest entschlossen.«

Die Beratungen endeten damit, daß wir für ihn gegen monatliche Kündigung eine hübsche kleine möblierte Wohnung in einem stillen alten Hause in der Nähe von Queen's Square mieteten. Er fing gleich damit an, all sein Geld zum Ankauf der wunderlichsten kleinen Ausschmückungen für diese Wohnung auszugeben, und sooft es Ada und mir gelungen war, ihm irgendeine besonders unnütze und kostspielige Ausgabe auszureden, schrieb er sich die Summe gut und hielt es für eine Ersparnis des Restes, wenn er etwas weniger für irgend etwas andres aufwendete.

Solang diese Angelegenheit noch in Schwebe war, blieb unser Besuch bei Mr. Boythorn aufgeschoben. Endlich zog Richard in seine neue Wohnung ein, und nichts stand unsrer Abreise mehr im Weg. Er hätte uns ganz gut um diese Jahreszeit begleiten können, aber er war von dem Reiz der Neuheit seiner Stellung zu sehr in Anspruch genommen und machte höchst energische Anläufe, den Geheimnissen des verhängnisvollen Prozesses auf die Spur

zu kommen. Daher gingen wir ohne ihn, und mein Liebling war voll Freude, ihn seines Fleißes wegen loben zu können.
Wir hatten in der Landkutsche eine angenehme Fahrt nach Lincolnshire und in Mr. Skimpole einen unterhaltenden Reisegefährten. Wie wir erfuhren, hatte ihm die Person, die am Geburtstage seiner blauäugigen Tochter seine Wohnung mit Beschlag belegt, sein ganzes Mobiliar ausräumen lassen. Aber es schien ihm eine große Erleichterung zu sein, daß es fort war. Tische und Stühle, sagte er, seien langweilige Gegenstände und wirkten monoton. Sie gewährten keine Abwechslung und brächten den Menschen um sein seelisches Gleichgewicht. Wie angenehm wäre es, an keine bestimmten Stühle und Tische gebunden zu sein und wie ein Schmetterling unter gemieteten Möbeln herumzugaukeln, von Rosenholz zu Mahagoni, von Mahagoni zu Nußbaum und von dieser zu jener Form zu flattern, wie es gerade die Laune eingäbe.
»Das Komische bei der Sache ist«, erzählte er mit seinem geschärften Sinn für das Lächerliche, »daß meine Stühle und Tische noch gar nicht bezahlt sind und dennoch mein Hauswirt mit der ruhigsten Miene von der Welt mit ihnen abzieht. Ist das nicht komisch? Es liegt etwas Groteskes darin. Der Möbelhändler hat sich doch niemals verpflichtet, dem Hauswirt meinen Zins zu zahlen. Wenn ich eine Warze auf der Nase habe, die meines Hauswirts Begriffe von Schönheit verletzt, so hat er doch kein Recht, an der Nase meines Möbelhändlers, der keine Warze hat, zu kratzen. Seine Logik scheint recht mangelhaft zu sein.«
»Nun«, sagte mein Vormund gut gelaunt, »es ist ziemlich klar, daß der die Stühle und Tische zu bezahlen hat, der sie schuldig ist.«
»Natürlich!« entgegnete Mr. Skimpole. »Das ist der Gipfelpunkt von Unverstand in dieser Geschichte. Ich sagte zu meinem Hauswirt: ›Mein Bester, Sie wissen wohl nicht, daß mein vortrefflicher Freund Jarndyce diese Dinge zu bezahlen haben wird, die Sie so unzarterweise

wegschaffen lassen. Haben Sie denn gar keine Rücksicht für sein Eigentum?‹ Er hatte nicht die mindeste.«
»Und wies alle Vermittlungsvorschläge zurück?« fragte mein Vormund.
»Wies alle Vorschläge zurück. Ich machte ihm ganz kühle geschäftliche Vorschläge. Ich nahm ihn beiseite und sagte zu ihm: ›Sie sind doch Geschäftsmann, glaube ich.‹ ›Ja‹, gab er zur Antwort. ›Also gut, so wollen wir die Sache geschäftsmäßig behandeln. Hier ist Tinte. Hier sind Federn und Papier und hier Oblaten. Was wünschen Sie eigentlich? Ich habe Ihr Haus seit ziemlich langer Zeit bewohnt und, wie ich glaube, zu unsrer beiderseitigen Zufriedenheit, bis dieses unangenehme Mißverständnis entstand; wollen wir also die Sache in aller Freundschaft und ganz geschäftsmäßig abmachen. Was wünschen Sie denn eigentlich?‹ Als Antwort darauf bediente er sich des bildlichen Ausdrucks – der etwas Orientalisches an sich hat –, daß er nie die Farbe meines Geldes gesehen hätte.
›Lieber Freund‹, erklärte ich ihm, ›ich habe nie Geld. Ich verstehe nichts von Geld.‹ – ›Gut, Sir, was bieten Sie also, wenn ich Ihnen Zeit lasse?‹ fragte er. ›Mein Bester, Sie müssen wissen, ich habe keinen Begriff von Zeit, aber Sie sagen, Sie seien Geschäftsmann, und was in geschäftsmäßiger Form mit Feder, Tinte, Papier und Oblaten getan werden kann, bin ich bereit zu tun. Machen Sie sich nicht auf Kosten eines Fremden bezahlt – das ist töricht –, sondern verfahren Sie geschäftsmäßig!‹ Aber er wollte nicht, und das war das Ende vom Lied.«
Wenn das die Nachteile von Mr. Skimpoles Kindlichkeit waren, so hatte sie doch auch für ihn ihre gewissen Vorteile. Auf der Reise entwickelte er einen sehr guten Appetit bei jeder Erfrischung, die uns angeboten wurde, zum Beispiel bei einem Korb köstlicher Treibhauspfirsiche. Ans Zahlen dachte er nie. So fragte er den Kutscher, als dieser das Fahrgeld einsammeln kam, was er für ein gutes Fahrgeld halte – für ein reichliches –, und sagte auf die Antwort: »Eine halbe Krone für jeden Passagier«, daß das

wenig genug sei, wenn man bedenke ... und überließ das Zahlen Mr. Jarndyce.
Es war herrliches Wetter. Die grünen Getreidefelder wogten so schön, die Lerchen sangen so fröhlich, die Hecken waren so bunt von wilden Blumen, das Laub der Bäume stand so dicht, und die Bohnenfelder, über die ein leichter Wind dahinstrich, erfüllten die Luft mit köstlichem Wohlgeruch! Spätnachmittags erreichten wir den Marktflecken, wo wir die Kutsche verlassen sollten, einen ausgestorbnen kleinen Ort mit einem Kirchturm, einem Marktplatz mit einem Kreuz, einer sonnenbestrahlten Straße und einem Teich, in dem sich ein altes Pferd die Beine kühlte, und ein paar Menschen, die schläfrig in kleinen Schattenflecken lagen oder herumstanden. Nach dem Rauschen der Blätter und dem Wogen des Korns den ganzen Weg entlang sah es wie die stillste, heißeste, regungsloseste kleine Stadt in ganz England aus.
Vor dem Wirtshaus wartete Mr. Boythorn zu Pferd mit einem offnen Wagen auf uns, der uns nach seinem noch einige Meilen entfernten Hause bringen sollte. Er war außer sich vor Freude, uns zu sehen, und stieg behende aus dem Sattel.
»Bei Gott!« sagte er, nachdem er uns höflich begrüßt hatte. »Das ist eine ganz niederträchtige Kutsche. Sie ist das schlagendste Beispiel eines abscheulichen öffentlichen Vehikels, das jemals die Oberfläche der Erde verunstaltet hat. Fünfundzwanzig Minuten zu spät gekommen! Der Kutscher verdiente hingerichtet zu werden.«
»Ist sie zu spät gekommen?« fragte Mr. Skimpole, an den er sich bei diesen Worten gewendet hatte. »Sie kennen meine Schwäche.«
»Fünfundzwanzig Minuten! Sogar sechsundzwanzig Minuten!« entgegnete Mr. Boythorn und sah auf die Uhr. »Mit zwei Damen im Wagen hat dieser Halunke seine Ankunft absichtlich um sechsundzwanzig Minuten verzögert. Absichtlich! Ein Zufall ist ausgeschlossen. Schon sein Vater – und sein Onkel waren die liederlichsten Kut-

scher, die jemals auf einem Bock saßen.« Während er dies mit einem Ton höchster Entrüstung ausrief, half er uns mit größter Höflichkeit und mit freudestrahlendem Gesicht in seinen kleinen Phaeton.

»Es tut mir leid, meine Damen«, sagte er, entblößten Hauptes am Wagenschlag stehend, als alles fertig war, »daß ich leider einen Umweg von fast zwei Meilen machen muß, da der nächste Weg durch Sir Leicester Dedlocks Park führt. Ich habe geschworen, den Grund und Boden dieses Kerls nie mit meinem oder meines Pferdes Fuß zu betreten, während der gegenwärtigen Verhältnisse und solange ich atmen kann.« Als er dabei den Blicken meines Vormundes begegnete, brach er in eins seiner fürchterlichen Gelächter aus, daß es selbst den regungslosen Marktflecken in Aufruhr zu versetzen schien.

»Die Dedlocks sind hier, Lawrence?« fragte mein Vormund, als wir auf der Straße dahinfuhren und Mr. Boythorn auf dem grünen Rasen daneben trabte.

»Sir Arrogant Strohkopf ist hier«, antwortete Mr. Boythorn. »Hahaha! Sir Arrogant ist hier, und ich freue mich, denn die Gicht hat ihn bei den Beinen erwischt. Mylady« – immer, wenn er sie nannte, machte er eine höfliche Handbewegung, als wolle er sie von dem Streite ausschließen – »wird, glaube ich, täglich erwartet. Es wundert mich nicht im geringsten, daß sie ihr Erscheinen so lang wie möglich hinausschiebt. Was dieses herrliche Weib veranlaßt haben mag, dieses Gestell mit Kopf von einem Baronet zu heiraten, ist eines der unfaßbarsten Geheimnisse, die jemals der menschliche Geist zu lösen versucht hat. Hahahaha!«

»Ich nehme an«, sagte mein Vormund lachend, »daß wir den Park doch während unsres Aufenthaltes hier betreten dürfen? Das Verbot erstreckt sich doch nicht auf uns; oder doch?«

»Ich kann meinen Gästen nichts verbieten ...« Mr. Boythorn verbeugte sich gegen Ada und mich mit seiner gewinnenden ritterlichen Höflichkeit, die ihm so gut stand.

»Außer ihre Abreise. Es tut mir nur leid, daß ich nicht das Glück haben kann, sie in Chesney Wold herumzuführen, das wirklich sehr schön ist. Aber trotz der Sonne dieser Sommertage, Jarndyce, werdet ihr, wenn ihr den Besitzer besucht, wahrscheinlich sehr kühl empfangen werden. Er benimmt sich jederzeit wie eine Achttageuhr, wie eine von den Achttageuhren in prachtvollen Gehäusen, die nie gehen und nie gegangen sind ... Hahaha! Aber er wird eine Extrasteifheit den Freunden seines Freundes und Nachbarn Boythorn gegenüber an den Tag legen. Soviel kann ich euch versprechen.«
»Wir werden es nicht darauf ankommen lassen«, sagte mein Vormund. »Er schätzt die Ehre, mich zu kennen, wahrscheinlich ebensowenig, darf ich wohl sagen, wie ich die Ehre seiner Bekanntschaft. Die Luft der Parkanlagen und vielleicht eine Besichtigung des Hauses, wie sie jeder beliebige Neugierige haben kann, genügen mir vollkommen.«
»Gut«, sagte Mr. Boythorn. »Das freut mich. Man betrachtet mich hier als einen zweiten Ajax, der den Blitz herausfordert. Hahahaha. Wenn ich sonntags in unsre kleine Kirche gehe, so erwartet ein beträchtlicher Teil der unbeträchtlichen Gemeinde, mich, von dem Blitz des Dedlock-Zornes getroffen und zu Asche verbrannt, niederstürzen zu sehen. Hahahaha! Ich glaube, Sir Leicester wundert sich selbst, daß es nicht geschieht. Denn er ist, bei Gott, der selbstgefälligste, hohlköpfigste, geckenhafteste und gehirnloseste aller Esel.«
Wir kamen jetzt an den Kamm des Hügels, und Mr. Boythorn konnte uns Chesney Wold zeigen, was seine Aufmerksamkeit von seinem Feinde ablenkte.
Es war ein malerisches altes Haus mitten in einem schönen baumbestandnen Park. Aus den Gipfeln, nicht weit von dem Herrschaftssitz, lugte die Turmspitze der von ihm erwähnten kleinen Kirche hervor. Wie schön sie aussahen, die feierlich stillen Wälder, über die Licht und Schatten wie himmlische Fittiche mit barmherzigen Botschaften

durch die Sommerluft rasch dahinglitten – der grüne Samtrasen der Abhänge, das glitzernde Wasser und der Garten mit seinen reichfarbigen, in symmetrische dichte Gruppen gedrängten Blumenbeeten – das Haus mit Giebel und Schornstein und Turm, mit seinem dunklen Torweg und der geräumigen Terrasse, um deren Balustraden sich, die Pfeiler erkletternd und die Vasen füllend, eine Glut von Rosen schlang. Alles schien in seiner Solidität und in der heiteren, friedlichen Stille, die ringsum herrschte, kaum mehr Wirklichkeit zu sein. Auf Ada und mich machte es einen tiefen Eindruck. Über allem, über Haus, Garten und Terrasse, über den Abhängen, dem Wasser, den alten Eichen, dem Farnkraut und Moos, der Waldung und weithinaus durch die Lichtungen in der Ferne, die in einem purpurnen Nebel vor uns lag, schien ungestörte Ruhe zu herrschen.

Als wir das kleine Dorf erreichten und an einer kleinen Schenke vorbeifuhren, die das Wappen der Dedlocks trug, grüßte Mr. Boythorn einen jungen Mann, der auf einer Bank vor der Wirtshaustür saß und Angelgeräte neben sich liegen hatte.

»Das ist der Enkel der Wirtschafterin, Mr. Rouncewell«, sagte er. »Er hat sich in ein hübsches Mädchen oben im Edelhof verliebt. Lady Dedlock hat Gefallen an dem hübschen Mädchen gefunden und will sie um ihre eigne schöne Person behalten, eine Ehre, die mein junger Freund durchaus nicht zu würdigen weiß. Da er sein Röschen jetzt sowieso nicht heiraten kann, selbst wenn sie wollte, so muß er sich's gefallen lassen und schauen, wie er am besten dabei fährt. Mittlerweile kommt er ziemlich oft auf einen oder zwei Tage her, um – zu fischen. Hahahaha!«

»Ist er mit dem hübschen Mädchen verlobt, Mr. Boythorn?« fragte Ada.

»Nun, meine liebe Miß Clare, ich glaube, sie verstehen einander. Sie werden sie ja in Bälde selbst sehen, und in solchen Sachen muß ich von Ihnen lernen – nicht Sie von mir.«

Ada errötete, und Mr. Boythorn, der uns auf seinem hübschen Grauschimmel vorausgetrabt war, stieg vor seiner Haustür ab und stand mit dargebotnem Arm und entblößtem Haupt da, bereit, uns zu empfangen.
Er bewohnte ein hübsches Haus, ein ehemaliges Pfarrhaus mit einem Rasenplatz davor, einem bunten Blumengarten an den beiden Seiten, und das ganze Grundstück umschlossen von einer ehrwürdigen alten Mauer von fruchtreifem, rötlichem Aussehen.
Übrigens hatte so ziemlich alles in der Nähe des Hauses einen Anstrich der Reife und des Überflusses. Die alte Lindenallee sah aus wie ein grüner Klostergang, die Kirsch- und Apfelbäume waren von Früchten schwer, die Stachelbeerbüsche trugen so reichlich, daß sich die Zweige bogen und auf die Erde senkten, Erdbeeren und Himbeeren gediehen in demselben Überfluß, und die Pfirsiche glühten zu Hunderten an der Mauer in der Sonne. Unter den ausgespannten Netzen und den in der Sonne funkelnden und glitzernden Glasrahmen häufte sich ein solcher Berg von Schoten und Hülsenfrüchten und Gurken, daß jeder Fußbreit Erdboden wie eine Schatzkammer von Pflanzen erschien, während der Duft von Gewürzkräutern und allerlei nützlichen Gewächsen die Luft zu einem großen Blumenstrauß machte; ganz zu schweigen von dem Heugeruch, der von den benachbarten Wiesen herüberwehte.
Eine solche Stille und Ruhe herrschte innerhalb der alten roten Mauer, daß selbst die zur Verscheuchung der Vögel in Girlanden ausgehängten Federn sich kaum bewegten, und die Mauer hatte ein so Reife beförderndes Aussehen, daß, wo hie und da hoch oben ein unbenutzter Nagel oder ein Stück Leiste hängengeblieben war, man sich leichter denken konnte, sie wären mit den wechselnden Jahreszeiten reif geworden als nach dem Lauf der Dinge verrostet und verwittert.
Das Haus, im Vergleich zu dem Garten ein wenig unordentlich, war so ein richtiges altes Haus, mit Sitzen am

Kamin, die Küche mit Ziegeln gepflastert und große Balken quer über der Decke. Auf der einen Seite des Gebäudes lag der schreckliche strittige Fleck, und Mr. Boythorn hatte Tag und Nacht eine Schildwache in einem Fuhrmannskittel dort stehen, die beauftragt war, im Falle eines Angriffs augenblicklich eine eigens zu diesem Zweck aufgehängte große Glocke zu läuten und eine in einer Hundehütte angekettete große Bulldogge zur Vernichtung des Feindes loszulassen. Noch nicht zufrieden mit diesen Vorsichtsmaßregeln, hatte Mr. Boythorn auf Schildern, auf denen sein Name in großen Buchstaben stand, die schreckliche Warnung angeschrieben: »Achtung vor der Bulldogge. Bissig im höchsten Grade. Lawrence Boythorn.«

»Die Muskete ist mit Rehposten geladen. Lawrence Boythorn.«

»Fußeisen und Selbstschüsse sind hier zu allen Zeiten Tag und Nacht gelegt. Lawrence Boythorn.«

Dann: »Achtung: Wer sich frecherweise erlaubt, ohne Erlaubnis dieses Grundstück zu betreten, verfällt der schärfsten körperlichen Züchtigung und wird außerdem mit der äußersten Strenge des Gesetzes verfolgt. Lawrence Boythorn.«

Diese Tafeln zeigte er uns von seinem Fenster aus, während ihm dabei sein Vogel auf dem Kopf herumhüpfte, und er lachte sein: Hahahaha! Hahahaha! so laut und heftig, daß ich wirklich glaubte, er werde sich einen Schaden tun.

»Aber das nenne ich, sich recht viel Unannehmlichkeiten bereiten«, meinte Mr. Skimpole in seiner gewöhnlichen leichtherzigen Weise, »wo es Ihnen doch nicht ernst damit ist.«

»Nicht ernst?« rief Boythorn mit unbeschreiblicher Wärme. »Nicht ernst? Ich hätte einen Löwen gekauft, wenn Aussicht gewesen wäre, ihn abzurichten, anstatt dieses Hundes, und ihn auf den ersten dieser widerwärtigen Räuber gehetzt, der sich eine Verletzung meiner

Rechte erlaubt haben würde. Wenn Sir Leicester Dedlock sich übrigens dazu verstehen will, die Frage durch ein Duell zu entscheiden, so bin ich bereit, ihm mit jeder Waffe, die der Menschheit in irgendeinem Land oder zu irgendeiner Zeit bekannt gewesen ist, entgegenzutreten. So sehr ist's mir ernst. Ich dächte, das genügt.«

Wir waren an einem Samstag in seinem Hause angekommen und machten uns Sonntag morgens alle nach der kleinen Kirche im Park auf den Weg. Wir betraten den Park fast unmittelbar von dem strittigen Grundstück aus und gingen einen hübschen Fußweg über den grünen Rasen und unter schönen Bäumen hinweg, bis wir den Eingang zur Kirche erreichten.

Die Gemeinde war sehr klein und bestand aus lauter Bauern, mit Ausnahme der ziemlich großen Menge Dienerschaft des Herrschaftssitzes. Einige waren bereits auf ihren Plätzen, während andre noch nachkamen. Es befanden sich einige sehr stattliche Bediente darunter und ein wahres Bild von einem alten Kutscher, der aussah, als ob er der offizielle Repräsentant allen Pompes und Glanzes, der jemals auf einem Bock gesessen, wäre. Auch eine hübsche Kette von jungen Mädchen war zugegen, und über ihnen thronte das schöne alte Gesicht und die würdige behäbige Gestalt der Wirtschafterin. Das Mädchen, von dem Mr. Boythorn gesprochen, saß neben ihr. Sie war so außerordentlich hübsch, daß ich sie an ihrer Schönheit erkannt haben würde, selbst wenn ich nicht gesehen hätte, wie verschämt sie sich der Blicke des jungen Fischers bewußt war, den ich nicht weit davon entdeckte.

Ein Gesicht, und zwar kein angenehmes, obgleich es schön war, schien außerdem dieses hübsche Mädchen und überhaupt alles und jedes tückisch zu belauern. Es war das Gesicht einer Französin.

Die Glocke läutete noch, die vornehmen Herrschaften waren auch noch nicht da, und so hatte ich Zeit, mich in der Kirche umzusehen, die so modrig wie ein Grab roch. Was für eine dunkle, altertümliche, feierliche kleine Kir-

che es war! Die von Bäumen dicht beschatteten Fenster ließen ein gedämpftes Licht herein, das die Gesichter rings um mich her bleich erscheinen ließ und die alten Erzplatten auf dem Fußboden und die von der Zeit und Feuchtigkeit zerfressenen Denkmäler verdunkelte und das Stückchen Sonnenschein auf der Schwelle der kleinen Eingangspforte, wo ein Glockenstrang einförmig die Glocke in Bewegung setzte, glänzend machte wie einen Edelstein.
Eine gewisse Bewegung unter den Leuten, die Miene ehrfürchtiger Scheu auf den Gesichtern der Bauern und ein höflich grimmiger Ausdruck Mr. Boythorns, als ob er unerschütterlich entschlossen sei, die Anwesenheit eines gewissen Jemand unter gar keinen Umständen zur Kenntnis zu nehmen, verrieten mir, daß die hohen Herrschaften gekommen waren und der Gottesdienst beginnen konnte.
»Herr, gehe nicht ins Gericht mit deinem Diener, denn vor dir ...«
Werde ich jemals vergessen, wie heftig mein Herz klopfte, als mich beim Aufstehen jener Blick traf? Werde ich jemals vergessen, wie die schönen stolzen Augen aus ihrem gleichgültig schmachtenden Schlummer plötzlich zu erwachen und mich fast zu bannen schienen? Es dauerte nur eine Sekunde, dann waren meine Augen wieder freigelassen – wenn ich es so nennen kann –, und ich sah auf mein Buch nieder. Aber das schöne Gesicht stand im Geiste haarscharf vor mir.
Und merkwürdig, es regte sich in mir etwas, was mich an die einsamen Tage bei meiner Patin erinnerte. Ja, selbst an die längst entschwundne Zeit, wo ich auf den Zehen vor meinem kleinen Spiegel gestanden, um mich anzukleiden, nachdem ich vorher meine Puppe angezogen hatte. Und trotzdem wußte ich genau, daß ich das Gesicht dieser Dame niemals vorher in meinem Leben gesehen hatte.
Es war nicht schwer zu erraten, daß der zeremoniöse, gichtische, grauköpfige Herr, der allein mit der Dame im Kirchenstuhl saß, Sir Leicester Dedlock war und sie Lady Dedlock. Aber warum ihr Gesicht so sonderbar auf mich

wirkte, wie ein zerbrochener Spiegel, in dem ich einzelne Bruchstücke alter Erinnerungen sah, und warum ich so aufgeregt und unruhig war, weil zufällig ihr Blick auf mir geruht hatte, das konnte ich mir nicht erklären.
Ich empfand es als eine ganz unbegreifliche Schwäche und trachtete, sie dadurch zu überwinden, daß ich aufmerksam den Worten der Predigt folgte. Und da kam es mir sonderbarerweise vor, als hörte ich nicht den Geistlichen sprechen, sondern die unvergeßliche Stimme meiner Patin. Das brachte mich auf den Gedanken, ob Lady Dedlock ihr nicht vielleicht zufällig ähnlich sähe. Vielleicht war das wirklich ein wenig der Fall, aber der Ausdruck war so ganz anders, und die finstere Strenge, die sich in die Züge meiner Patin eingefressen hatte, wie Witterung in Felsgestein, fehlte so vollständig in diesem Gesicht, daß von einer Ähnlichkeit nicht gut die Rede sein konnte. Ebensowenig hatte ich jemals in irgendeinem Antlitz einen derartig stolzen und hochmütigen Ausdruck wie bei Lady Dedlock gesehen, und doch schien ich, ich, die kleine Esther Summerson, als Kind, das ein Leben für sich geführt hatte und dessen Geburtstag nie ein Festtag gewesen, vor meinen eignen Augen emporzusteigen, aus der Vergangenheit heraufbeschworen wie durch eine seltsame Macht dieser vornehmen Dame, von der ich genau wußte, daß ich sie bis zu dieser Stunde niemals gesehen hatte.
Ich war so unerklärlich aufgeregt, daß mir selbst die beobachtenden Blicke der französischen Zofe weh taten, die doch schon von ihrem ersten Erscheinen in der Kirche an ununterbrochen lauernd umhergeblickt hatte. Allmählich, wenn auch nur sehr langsam, wurde ich meiner seltsamen Bewegung Herr. Nach einer Weile sah ich mich wieder nach Lady Dedlock um. Sie stand gerade auf, um in den Gesang vor der Predigt einzustimmen. Sie beachtete mich nicht, und mein Herzklopfen hatte aufgehört. Es kam auch nicht wieder außer auf ein paar Augenblicke, als sie später ein- oder zweimal Ada und mich durch ihre Lorgnette musterte.

Nach Beendigung des Gottesdienstes reichte Sir Leicester Lady Dedlock höchst zeremoniell und feierlich den Arm – obgleich er selbst nur mit Hilfe eines dicken Stockes gehen konnte – und führte sie aus der Kirche an den Ponywagen, in dem sie gekommen waren. Die Dienerschaft zerstreute sich und ebenso die Gemeinde, die, wie Mr. Skimpole zu Mr. Boythorns unendlichem Vergnügen äußerte, Sir Leicester die ganze Zeit über betrachtet hätte, als wäre er Großgrundbesitzer im Paradiese.

»Das glaubt er nämlich wirklich«, sagte Mr. Boythorn. »Er ist fest davon überzeugt. Auch sein Vater, sein Großvater und sein Urgroßvater waren es.«

»Wissen Sie«, fuhr Mr. Skimpole ganz unerwartet zu Mr. Boythorn fort, »daß ich sehr gern einen solchen Mann sehe.«

»So? Ah. Was Sie sagen!«

»Nehmen Sie an, er wünsche mich zu begönnern. Sehr gut, ich würde nicht widersprechen.«

»Aber ich«, rief Mr. Boythorn mit großer Entschiedenheit.

»Wirklich?« entgegnete Skimpole leichthin. »Aber das würde Ihnen doch Mühe machen. Warum sollten Sie sich Mühe machen? Hier bin ich, zufrieden, was da kommt, über mich ergehen zu lassen, und gebe mir nie Mühe. Ich komme also hierher und finde einen mächtigen, Huldigung heischenden Potentaten. Gut. Ich sage: Mächtiger Potentat, hier meine Huldigung! Es ist leichter, sie darzubringen, als sie zu verweigern. Hier ist sie. Wenn Sie mir irgend etwas Angenehmes zu zeigen haben, werde ich mich glücklich schätzen, es anzusehen. Wenn Sie mir irgend etwas Angenehmes zu geben haben, werde ich mich glücklich schätzen, es anzunehmen. Der mächtige Potentat antwortet: ›Das ist ein verständiger Mensch. Ich finde, er wirkt günstig auf meine Verdauung und mein galliges Naturell. Er zwingt mir nicht die Notwendigkeit auf, mich zusammenzurollen wie ein Stacheligel. Im Gegenteil, ich breite mich aus, ich entfalte mich und wende mein silbernes Futter nach außen, wie Miltons Wolke, und das ist angenehmer für uns beide.‹ So sehe ich die Sache an, wenn ich als Kind spreche.«

»Aber angenommen, Sie gingen morgen irgendwo anders hin«, sagte Mr. Boythorn, »wo Sie das gerade Gegenteil eines solchen Kerls fänden; was dann?«

»Was dann?« sagte Mr. Skimpole mit einer Miene kindlicher Einfalt und Aufrichtigkeit. »Ganz dasselbe dann! Ich würde sagen: Mein verehrter Boythorn – wenn Sie der Betreffende wären –, mein verehrter Boythorn, Sie wollen von dem mächtigen Potentaten nichts wissen? Sehr gut. Ich auch nicht. Ich halte es für meinen Beruf im sozialen System, mich angenehm zu machen; ich halte es für jedermanns Beruf im sozialen System, sich angenehm zu machen. Es soll doch ein System der Harmonie sein. Deshalb, wenn Sie gegen den Potentaten sind, bin ich auch gegen ihn. Und jetzt, mein trefflicher Boythorn, lassen Sie uns zu Tisch gehen.«

»Aber der treffliche Boythorn könnte sagen«, entgegnete unser Wirt und wurde blutrot vor Zorn, »ich will ver...«

»Ich verstehe schon«, unterbrach ihn Mr. Skimpole. »Sehr wahrscheinlich würde er das sagen.«

»... sein, wenn ich zu Tische gehe«, ergänzte Mr. Boythorn mit großer Heftigkeit, blieb stehen und stieß mit dem Stock auf den Boden. »Und er würde wahrscheinlich hinzusetzen, gibt es nicht etwas, was Prinzip heißt, Mr. Harold Skimpole?«

»Worauf Harold antworten würde«, erwiderte Mr. Skimpole in seiner fröhlichen Weise und mit seinem naivsten Lächeln: »Bei meinem Leben, ich habe nicht den mindesten Begriff davon. Ich weiß nicht, was Sie Prinzip nennen, wo es ist oder wer es hat. Wenn Sie es haben und es angenehm finden, freut mich das sehr, und ich gratuliere Ihnen von Herzen. Aber ich weiß nichts davon, das versichere ich Ihnen, denn ich bin ein reines Kind und lege keinen Wert darauf und brauche es nicht. Und dann, sehen

Sie, würden der treffliche Boythorn und ich dennoch zu Tisch gehen.«

Das war eins von den vielen kleinen Zwiegesprächen zwischen den beiden, bei denen ich immer fürchtete, sie würden mit einem heftigen Ausbruch von seiten unsres Wirtes enden. Das wäre unter allen Umständen auch sicher der Fall gewesen, wenn nicht Mr. Boythorn eine so hohe Auffassung von Gastfreundschaft gehabt hätte. Überdies lachte mein Vormund so herzlich über Mr. Skimpole wie über ein Kind, das den ganzen Tag Seifenblasen macht, daß die Sache nie über diesen Punkt hinausging. Mr. Skimpole, der es nie zu wissen schien, wenn er einen gefährlichen Gegenstand berührte, fing dann vielleicht eine Skizze im Park an, die er nie fertigmachte, oder spielte Melodien auf dem Piano, sang Bruchstücke von Liedern oder legte sich unter einen Baum auf den Rücken und schaute in den Himmel und hielt alles das für seinen wirklichen Beruf, weil es ihm so ausgezeichnet paßte.

»Unternehmungsgeist und Anstrengung«, pflegte er in solchen Fällen zu uns zu sagen, »sind mir eine wahre Lust. Ich glaube, ich bin ein echter Kosmopolit. Ich habe die größten Sympathien für sie. Ich liege an einem schattigen Platz wie diesem hier und denke an die Wagehälse, die den Nordpol suchen oder bis in das Herz der heißen Zone eindringen, mit Bewunderung. Habsüchtige, geldgierige Leute fragen: Was trägt es ihm ein, nach dem Nordpol zu fahren. Wozu ist das gut? Ich weiß es nicht, aber jedenfalls, wenn der Wagehals es auch nicht weiß, gibt er meinen Gedanken, während ich hier liege, angenehm Nahrung. Aber vielleicht fährt er wirklich hin – unbewußt natürlich –, um meine Gedanken angenehm zu beschäftigen, während ich hier liege. Nehmen wir einen extremen Fall: Nehmen wir die Sklaven in den amerikanischen Plantagen. Ich gebe zu, daß sie hart arbeiten müssen. Ich gebe zu, daß ihnen das nicht besonders gefällt. Ich gebe ohne weiteres zu, daß sie ihr Dasein im großen ganzen recht unangenehm empfinden, aber sie beleben die Landschaft für mich, stimmen sie poetisch für mich, und vielleicht ist das einer der angenehmeren Zwecke ihres Daseins. Ich empfinde es jedenfalls so und würde mich nicht wundern, wenn es sich auch in Wirklichkeit so verhielte.«

Ich fragte mich bei solchen Gelegenheiten immer, ob er wohl jemals an seine Frau und Kinder denke und von welchem Gesichtspunkt aus er sie in seiner kosmopolitischen Weltanschauung wohl betrachte. Soweit ich übrigens beurteilen konnte, dachte er fast niemals an sie.

Wieder war eine Woche bis zum Samstag nach jenem Kirchgang verflossen, und jeder Tag war so hell und blau gewesen, daß im Wald herumzustreifen und das Sonnenlicht zwischen den durchscheinenden Blättern hereinfallen und in den schönen Verschlingungen der Schatten der Bäume glänzen zu sehen, während die Vögel sangen und die Luft schlief bei dem Gesumme der Insekten, eine wahre Freude war. Wir hatten uns ein Lieblingsplätzchen tief in Moos und altem abgefallenem Laub, wo ringsum einige gefällte, ganz aus der Rinde geschälte Bäume lagen, ausgesucht. Wenn wir dort saßen, blickten wir durch einen grünen Prospekt, getragen von tausend natürlichen Säulen, den weißschimmernden Stämmen der Bäume, in eine Ferne, die durch ihren Gegensatz zu dem Schatten, in dem wir saßen, und die Laubwölbung, durch die wir auf sie hinsahen, so hell erstrahlte, daß sie wie ein Blick ins Jenseits war.

An diesem Samstag saßen Mr. Jarndyce, Ada und ich dort, bis wir dumpf in der Ferne den Donner rollen und große Regentropfen auf die Blätter klatschen hörten.

Die ganze Woche über war es außerordentlich schwül gewesen, aber das Gewitter kam so plötzlich – wenigstens für uns an dieser geschützten Stelle –, daß, ehe wir noch den Saum des Waldes erreichten, Blitz auf Blitz zuckte und der Regen schwer durch die Blätter rauschte, als wäre jeder Tropfen eine Bleikugel.

Da das kein Wetter war, um unter den Bäumen Schutz zu suchen, liefen wir aus dem Wald heraus und die moosbe-

wachsenen Stufen, die an den Umzäunungen entlangführten, hinauf und hinab und eilten zu einem Parkwächterhäuschen in der Nähe hin. Schon oft war uns die düstere romantische Schönheit dieser Hütte in dem dunkeln Zwielicht der Bäume aufgefallen. Von Efeu dicht umwuchert, stand sie an einem steilen Abhang, und einmal hatten wir den Hund des Parkhüters in das tiefe Farnkraut untertauchen sehen wie in einen grünen See.
Es war so dunkel in der Hütte bei dem ganz mit Wolken bedeckten Himmel, daß wir nur den Mann unterscheiden konnten, der, als er uns sah, an die Tür kam und zwei Stühle für Ada und mich hinsetzte.
Die Jalousien waren in die Höhe gezogen, und wir saßen im Flur und sahen auf das Gewitter hinaus. Es war grandios, wie sich der Wind erhob und die Bäume niederbog und den Regen vor sich hertrieb wie eine Rauchwolke, den feierlichen Donner zu hören und das Blitzen zu sehen und dabei mit Schauer an die gewaltigen Mächte denken zu müssen, von denen unser unbedeutendes Leben umgeben ist, Zeuge zu sein, wie wohltätig sie wirkten und auf Blätter und Blüten eine Frische ausschütteten, die alles neu zu machen schien.
»Ist es nicht gefährlich, an einer so offnen Stelle zu sitzen?«
»O nein, liebe Esther«, antwortete Ada ruhig.
Ada sagte das zu mir, aber ich hatte kein Wort gesprochen. Mein Herzklopfen kam wieder. Ich hatte die Stimme nie gehört, wie ich auch das Gesicht vorher nie gesehen hatte, aber sie machte denselben seltsamen Eindruck auf mich. In einem Augenblick erzeugte sie unzählige Bilder vor meiner Seele: Lady Dedlock hatte vor uns Schutz in der Hütte gesucht und war aus dem Dunkel drinnen hervorgetreten. Sie stand hinter meinem Stuhl und hatte die Hand auf die Lehne gelegt. Ich sah ihre Hand ganz dicht an meiner Schulter, als ich mich umdrehte.
»Ich habe Sie erschreckt?« sagte sie.
Nein. Ich war nicht erschrocken. Warum hätte ich auch erschrecken sollen.

»Ich glaube«, wendete sich Lady Dedlock zu meinem Vormund, »ich habe das Vergnügen mit Mr. Jarndyce.«
»Ihr Gedächtnis erweist mir mehr Ehre, als ich hätte vermuten dürfen, Lady Dedlock«, entgegnete er.
»Ich erkannte Sie am Sonntag in der Kirche. Es tut mir leid, daß Streitigkeiten Sir Leicesters – sie sind, ich glaube, nicht von ihm ausgegangen – es so lächerlich schwierig machen, Ihnen hier unsre Gastfreundschaft anbieten zu können.«
»Ich bin in die Verhältnisse eingeweiht«, antwortete mein Vormund mit einem Lächeln, »und ich fühle mich auch ohne dies verpflichtet.«
Sie hatte ihm in einer gewissen kühlen Gleichgültigkeit, die ihr Gewohnheit geworden zu sein schien, die Hand gereicht und sprach in einem ebensolchen Ton, obgleich ihre Stimme etwas außerordentlich Gewinnendes hatte. Sie war ebenso anmutig wie schön, ungemein sicher und sah aus, wie ich mir dachte, als könnte sie das Herz jedes Menschen gefangennehmen, wenn sie es der Mühe wert halte.
Der Parkhüter brachte ihr einen Stuhl heraus, und sie setzte sich in die Mitte des Eingangs zwischen uns.
»Haben Sie den jungen Herrn untergebracht, von dem Sie uns schrieben, dessen Wünsche in irgendeiner Weise zu fördern aber leider nicht in Sir Leicesters Macht stand?« fragte sie über die Schulter meinen Vormund.
»Ich hoffe ja.«
– Sie schien eine hohe Meinung von Mr. Jarndyce zu haben und zu wünschen, mit ihm auf gutem Fuß zu stehen. Es lag etwas sehr Gewinnendes in ihrem stolzen Wesen, und sie wurde vertraulicher – besser gesagt, unbefangener, wenn das überhaupt möglich war –, als sie mit ihm über ihre Schulter hinüber sprach. –
»Ich vermute, dies ist Ihr anderes Mündel, Miß Clare?«
Er stellte ihr Ada vor.
»Man wird Ihnen trotz Ihres Don-Quichotte-Charakters Ihre Uneigennützigkeit nicht mehr glauben, wenn Sie nur

Schönheiten unter Ihren Schutz nehmen. Aber stellen Sie mich auch dieser jungen Dame vor«, sagte sie und sah mir voll ins Gesicht.

»Miß Summerson ist wirklich mein Mündel«, erklärte Mr. Jarndyce. »Für sie bin ich beim Lordkanzler verantwortlich.«

»Hat Miß Summerson ihre beiden Eltern verloren?«

»Ja.«

»Sie hat es sehr gut mit der Wahl ihres Vormunds getroffen.«

Lady Dedlock sah mich an, und ich stimmte ihr bei, daß das allerdings in ganz hervorragender Weise der Fall sei. Plötzlich wendete sie sich mit einer Hast von mir ab, die fast wie Abneigung oder Mißfallen aussah, und sprach wieder mit ihm über die Achsel.

»Jahre sind vergangen, seit wir zusammengekommen sind, Mr. Jarndyce.«

»Eine sehr lange Zeit. Wenigstens glaubte ich, es sei lange her, bis ich Sie vorigen Sonntag sah.«

»Was, selbst Sie sind ein Schmeichler oder halten es für notwendig, mir gegenüber einer zu werden«, sagte sie mit leichter Geringschätzung. »Einen solchen Ruf habe ich mir erworben?«

»Sie haben so viel erworben, Lady Dedlock«, sagte mein Vormund, »daß Sie wohl eine kleine Strafe bezahlen müssen. Wenn auch nicht mir.«

»So viel!« wiederholte sie leise lachend. »Ja!« In ihrer Überlegenheit und Macht und Faszinationsgabe und ich weiß nicht was alles, schien sie in Ada und mir wenig mehr als Kinder zu sehen. Wie sie leise lachte und dann nachdenklich in den Regen hinausschaute, war sie so unbefangen und sicher und hing ihren Gedanken so ungeniert nach, als ob sie allein wäre.

»Ich glaube, Sie kannten meine Schwester besser als mich, als wir zusammen im Ausland waren?« fragte sie und blickte wieder auf.

»Ja, wir trafen uns öfter.«

»Wir sind unsre eignen Wege gegangen«, sagte Lady Dedlock, »und hatten selbst, ehe wir noch uneins zu werden für gut fanden, wenig miteinander gemein. Es ist bedauerlich, aber es konnte nicht anders sein.«
Wieder sah sie in den Regen hinaus. Das Gewitter zog schnell vorüber. Der Regenschauer ließ stark nach, das Blitzen hörte auf, der Donner rollte in der Ferne über den Hügel, und die Sonne fing an, auf die nassen Blätter und den dünn rieselnden Regen zu glitzern.
Während wir schweigend dasaßen, sahen wir einen kleinen Pony-Phaeton in munterm Trab auf uns zufahren.
»Der Bote kommt mit dem Wagen zurück, Mylady«, meldete der Parkhüter.
Als der Phaeton vorfuhr, bemerkten wir, daß zwei Personen drin saßen. Mit einigen Mänteln und Tüchern im Arm stieg zuerst die Französin aus, die ich in der Kirche gesehen hatte, und dann das hübsche Mädchen. Die Französin mit einer gewissen trotzigen Zuversicht, das Mädchen verlegen und zögernd.
»Was heißt das?« fragte Mylady. »Zwei?!«
»Ich bin für jetzt noch Ihre Kammerfrau, Mylady«, sagte die Französin. »Der Bote verlangte nach der Zofe.«
»Ich fürchtete, Sie könnten mich meinen, Mylady«, entschuldigte sich das hübsche Mädchen.
»Ich meinte auch dich, mein Kind«, entgegnete Lady Dedlock ruhig. »Gib mir diesen Schal um.«
Sie bückte sich ein wenig, und das hübsche Mädchen ließ das Tuch leicht auf ihre Schultern fallen. Die Französin stand unbeachtet daneben und sah mit krampfhaft zusammengepreßten Lippen zu.
»Es tut mir leid«, wendete sich Lady Dedlock zu Mr. Jarndyce, »daß wir unsre frühere Bekanntschaft wahrscheinlich nicht erneuern können. Sie werden mir erlauben, den Wagen für Ihre beiden Mündel wieder herzuschicken. Er wird gleich zurück sein.«
Da mein Vormund um keinen Preis dieses Anerbieten annehmen wollte, verabschiedete sie sich mit Anmut von

Ada – nicht von mir –, legte ihre Hand auf seinen dargebotnen Arm und stieg in den Wagen, der eine kleine, niedrige Parkchaise mit einem Halbdach war.
»Steig ein, Kind«, sagte sie zu dem hübschen Mädchen. »Ich werde dich brauchen. Fahren Sie zu.«
Der Wagen fuhr fort, und die Französin, die mitgebrachten Plaids auf dem Arm, blieb stehen, wo sie ausgestiegen war.
Ich glaube, Stolz kann nichts so wenig vertragen als wieder Stolz, und sie war bestraft für ihr herrisches Wesen. Ihre Rache war das Eigentümlichste, was ich mir denken kann. Sie blieb regungslos stehen, bis der Wagen in die Auffahrt eingebogen war, und zog dann, ohne eine Miene zu verziehen, die Schuhe aus, ließ sie auf dem Rasen stehen und ging langsam und wohlüberlegt gerade durch die nässesten Stellen des Grases dem Wagen nach.
»Ist das Mädchen verrückt?« fragte mein Vormund.
»O nein, Sir«, sagte der Parkhüter, der ihr mit seiner Frau nachsah. »Hortense ist gar nicht verrückt. Sie ist so klar im Kopf wie irgendeine, aber schrecklich obenhinaus und leidenschaftlich. – Sie ist furchtbar wütend, weil man ihr gekündigt hat und ihr andre vorgezogen werden.«
»Aber warum geht sie ohne Schuhe durch das Wasser?«
»Nun, vielleicht um sich abzukühlen«, meinte der Mann.
»Oder vielleicht bildet sie sich ein, es sei Blut«, sagte die Frau. »Die würde ebensogut durch Blut wie durch alles andre gehen, wenn es ihr einmal in den Kopf steigt.«
Wenige Minuten später kamen wir in der Nähe des Herrenhauses vorbei. Es sah jetzt, wo überall ringsum Diamantentropfen glitzerten, ein leichter Wind wehte, die Vögel nicht mehr ängstlich schwiegen und wieder laut sangen und alles von dem Regen erfrischt war und der Wagen auf der Auffahrt glänzte wie ein Feenwagen aus Silber, noch friedlicher aus.
Immer noch voll Fassung und Ruhe, auch eine friedliche Gestalt nach ihrer Art in der Landschaft, ging Mademoiselle Hortense ohne Schuhe durch das nasse Gras.

19. Kapitel

Marsch vorwärts

Um Chancery Lane haben die Gerichtsferien begonnen. Bürgerliches Recht und römisches Recht, diese guten Schiffe, diese teakholzgebauten, kupferbeschlagenen, eisengegürteten, erzgestirnten und doch nichts weniger als schnell segelnden Klipper liegen abgetakelt im Dock. Der »Fliegende Holländer« mit seiner Mannschaft gespenstischer Klienten, die alle, denen sie begegnen, anflehen, ihre Leidensgeschichte anzuhören, ist für jetzt Gott weiß wohin verschlagen worden. Die Gerichtshöfe sind sämtlich geschlossen, die öffentlichen Ämter liegen in einem heißen, schweißtreibenden Schlaf, selbst die Westminster Hall ist eine schattige, einsame Insel, wo Nachtigallen singen und eine zärtlichere Klasse von Prozessanten, als man sie gewöhnlich dort findet, spazierengehen könnte.

Der »Tempel«, Chancery Lane, Serjeant's Inn und Lincoln's Inn bis hinaus zu Lincoln's-Inn-Fields sind wie Fluthäfen zur Ebbezeit, wo gestrandete Prozesse und Kanzleien vor Anker hoch und trocken auf dem Schlamm der Ferienzeit liegen und unbeschäftigte Schreiber sich auf Stühlen schaukeln, die erst wieder auf die vier Beine zu stehen kommen, wenn die Strömung der Gerichtszeit wiederkehrt. Die Tore der Kanzleilokale sind zu Dutzenden geschlossen, und Briefe und Pakete werden scheffelweise beim Portier abgegeben. Ganze Wagenladungen Gras würden aus den Fugen des Trottoirs von Lincoln's Inn wachsen, wenn nicht die Austräger, die nichts zu tun haben, als dort im Schatten zu sitzen – die weißen Schürzen als Schutz vor den Fliegen über den Kopf gezogen –, es herausrupften und nachdenklich kauten.

Nur ein einziger Richter weilt in der Stadt. Selbst er erscheint nur zweimal wöchentlich in seinen Amtszimmern. Wenn die Provinzbewohner der Assisen-Städte zu seinem

Bezirk ihn jetzt sehen könnten! Keine Allongeperücke, kein roter Talar, kein Hermelin, keine Hellebardiers, keine weißen Stäbe. Ein bürgerlicher, sorgfältig rasierter Gentleman mit weißen Hosen und einem weißen Hut, das richterliche Gesicht seegebräunt und die richterliche Nase infolge Sonnenstichs sich schälend, der, wenn er in die Stadt kommt, den Austernkeller besucht und eisgekühltes Ingwerbier trinkt.

Das Barreau Englands ist über die ganze weite Erde verstreut. Wie England vier lange Sommermonate ohne seine Advokaten – diese allgemein anerkannte Zuflucht im Unglück und sein einzig legitimer Triumph im Glück – auskommen kann, gehört nicht hierher; jedenfalls trägt Britannia gegenwärtig nicht diesen Ehrenschild.

Der gelehrte Herr, der über die unerhörte Verletzung der Gefühle seiner Klienten durch die Gegenpartei immer so entsetzlich entrüstet wird, daß er außerstande zu sein scheint, sich jemals zu erholen, befindet sich viel besser, als man denken sollte, in der Schweiz. Der gelehrte Herr, der das Geschäft des Verächtlichmachens besorgt und alle Gegner mit seinem giftigen Sarkasmus vernichtet, lebt kreuzfidel in einem französischen Badeort.

Der gelehrte Herr, der bei der geringsten Veranlassung kannenweis weint, hat seit sechs Wochen keine Träne vergossen. Der sehr gelehrte Herr, der die angeborne Hitze seines heftigen Temperaments in den Brunnen und Quellen der Rechtswissenschaft abgekühlt hat, bis er während der Session groß geworden ist in verknoteten und verwikkelten Argumentationen, die die Eingeweihten nur unvollkommen verstehen und die Uneingeweihten überhaupt nicht, macht in charakteristischer Vorliebe für Dürre und Staub die Gegend von Konstantinopel unsicher.

Andere Fragmente desselben großen Palladiums sind auf den Lagunen Venedigs, am zweiten Nilkatarakt, in den deutschen Bädern und auf dem Meeressand an der ganzen englischen Küste verstreut zu finden. Kaum einem einzigen begegnet man in der verlassenen Region von Chancery Lane. Wenn ein solches einsames Mitglied des Barreaus über diese Wüste flattert und einen umherschweifenden Klienten trifft, der sich vom Schauplatz seiner Sorgen nicht trennen kann, so erschrecken beide voreinander, weichen sich in großem Bogen aus und verstecken sich im Schatten.

Es ist die heißeste Ferienzeit seit vielen Jahren. Alle jungen Schreiber sind wahnsinnig verliebt und sehnen sich in verschiedenen Abstufungen in Margate, Ramsgate oder Grave's End nach seligem Beisammensein mit dem Gegenstand ihrer Liebe. Allen Schreibern von mittlerem Alter kommen ihre Familien zu zahlreich vor. Alle herrenlosen Hunde, die in den Inns herumstreunen und an den Treppenabsätzen und andern ausgetrockneten Orten nach Wasser lechzen, lassen ein kurzes, ärgerliches Geheul hören. Alle Hunde von Blinden auf der Straße rennen mit ihren Herrn gegen Brunnen oder machen sie über Wassereimer stolpern. Ein Laden mit Jalousien, einem wasserbegossenen Trottoir davor und einer Schüssel mit Goldfischen im Fenster gilt als geweihtes Asyl. In »Temple Bar« wird es so heiß, daß es für den benachbarten Strand von Fleet Street das bedeutet, was das Lämpchen für einen Teekocher ist, und die Umgebung die ganze Nacht in Siedehitze erhält.

Es gibt Kanzleien in den Inns, wo man sich abkühlen könnte, wenn die Langeweile nicht noch schlimmer wäre als die Hitze. Aber in den kleinen Gäßchen in der Nähe dieser Zufluchtsorte brütet die Glut. In Mr. Krooks Hof ist es so heiß, daß die Leute das Innere ihrer Häuser nach außen gekehrt haben und in Stühlen auf dem Trottoir sitzen – Mr. Krook mit eingerechnet, der, die Katze neben sich, hier seine Studien fortsetzt. Die »Sonne« hat ihre harmonischen Gesellschaften vorläufig unterbrochen, und der kleine Swills ist in den Gärten flußabwärts tätig, wo er den Unschuldigen spielt und komische, für die Harmlosen bearbeitete Liedchen singt, die, wie der Anschlagzettel besagt, selbst das empfindsamste Gemüt nicht verletzen können.

Über der ganzen juristischen Nachbarschaft hängt wie ein großer Schleier von Rost oder eine riesenhafte Spinnwebe das Nichtstun und die Traumstimmung der Gerichtsferien. Auch Mr. Snagsby, der Schreibmaterialienhändler in Cook's Court, Cursitor Street, empfindet diesen Einfluß. Nicht nur als mitfühlender und versonnener Mann, sondern auch hinsichtlich seiner Geschäftstätigkeit. Er hat während der Gerichtsferien mehr Muße, in Staple Inn und Rolls Yard zu träumen, als zu andern Zeiten und bemerkt gelegentlich zu den beiden »Stiften«, wie schön es sei, bei so heißem Wetter sich vorzustellen, daß man auf einer Insel, vom Meer umwogt und umtost, lebe.

Guster hat an diesem Nachmittag sehr viel zu tun, denn Mr. und Mrs. Snagsby erwarten Gäste. Die geladene Gesellschaft ist nicht so sehr zahlreich als gewählt, denn sie besteht aus Mr. und Mrs. Chadband und sonst niemandem.

Da Mr. Chadband sich sowohl im Gespräch als in Briefen gern ein »Gefäß« nennt, halten ihn zuweilen Leute, die ihn nicht kennen, für einen Herrn, der mit Wasserleitungen zu tun hat. Er ist aber, wie er sich ausdrückt, »in der Seelsorge tätig«. Mr. Chadband gehört keiner besondern Sekte an, aber er hat Jünger, und Mrs. Snagsby zählt zu ihnen. Mrs. Snagsby hat sich erst vor kurzem bei Mr. Chadband eingeschrieben. Dieses Gefäß I a zog ihre Aufmerksamkeit auf sich, als die Sommerhitze sie ein wenig aufgeregt hatte.

»Meine kleine Frau«, sagt Mr. Snagsby zu den Spatzen in Staple Inn, »liebt die Religion gern ein wenig gepfeffert, müßt ihr wissen.«

Deshalb richtet Guster, sehr erbaut von dem Gedanken, heute die fromme Magd Chadbands sein zu dürfen, von dem sie weiß, daß er die Gabe hat, vier Stunden lang in einem Zug predigen zu können, das kleine Staatszimmer zum Tee her. Die Möbel sind ausgeklopft und abgestaubt, die Porträts Mr. und Mrs. Snagsbys mit einem feuchten Tuch aufgefrischt, das beste Teeservice steht auf dem Tisch und neben ihm schmackhaftes frisches Brot, kalte frische Butter, dünngeschnittener Schinken, Zunge und Gothaer Wurst, und köstliche kleine Reihen von Anchovis ruhen in Petersilie. Ganz zu schweigen von den frisch gelegten Eiern, die warm in einer Serviette heraufgebracht werden sollen, und dem warmen, butterbestrichnen Zwieback. Denn Chadband ist ein geräumiges Gefäß – seine Feinde sagen, ein Schlund von einem Gefäß –, und er weiß mit den Waffen des Fleisches, wie es Messer und Gabel sind, merkwürdig gut umzugehen.

Mr. Snagsby hat seinen besten Rock an, überblickt noch einmal alle Vorbereitungen, als sie fertig sind, und sagt nach einem bescheidenen Hüsteln hinter der Hand zu Mrs. Snagsby:

»Wann erwartest du Mr. und Mrs. Chadband, meine Liebe?«

»Um sechs.«

Mr. Snagsby äußert leichthin und äußerst milde, daß es schon sechs Uhr vorbei sei.

»Möchtest du vielleicht ohne sie anfangen?« fragt Mrs. Snagsby vorwurfsvoll.

Mr. Snagsby sieht aus, als ob er das allerdings gern möchte, aber er sagt bloß mit seinem sanftmütigen Hüsteln:

»Nein, meine Liebe, nein. Ich erwähnte es nur so.«

»Was ist Zeit gegen die Ewigkeit«, seufzt Mrs. Snagsby.

»Sehr wahr, meine Liebe«, gibt Mr. Snagsby zu. »Nur wenn jemand Speisen für einen Tee bereithält, denkt er dabei – vielleicht – mehr – an die Zeit. Und wenn schon eine Zeit zum Tee festgesetzt ist, so sollte man auch pünktlich antreten.«

»Antreten!« wiederholt Mrs. Snagsby mit Strenge. »Antreten! Als ob Mr. Chadband ein Preisboxer wäre!«

»Oh, so habe ich es nicht gemeint, meine Liebe«, entschuldigt sich Mr. Snagsby.

Guster, die zum Fenster des Schlafzimmers hinausgesehen hat, kommt plötzlich die Treppe heruntergepoltert wie das Gespenst aus dem Volksmärchen, stürzt mit rotem Gesicht in das Staatszimmer und meldet, daß Mr. und Mrs. Chadband in Sicht seien. Da gleich darauf die Klingel an der innern Tür im Gang ertönt, wird Guster von Mrs. Snagsby streng ermahnt, bei sonstiger augenblicklicher Entlassung die Zeremonie des Anmeldens nicht zu versäumen. Durch diese Drohung ganz außer Fassung gebracht, verstümmelt sie die Zeremonie derart, daß sie meldet: »Mr. und Mrs. Cheeseming, oder so heißens«, und verschwindet dann mit Gewissensbissen.

Mr. Chadband ist ein großer gelber Mann mit einem fetten Lächeln und sieht aus, als flösse Tran in seinen Adern. Mrs. Chadband ist eine finstere, streng blickende, schweigsame Frau.

Mr. Chadband bewegt sich langsam und schwerfällig, fast wie ein Bär, der aufrecht gehen gelernt hat. Er weiß nichts mit seinen Armen anzufangen; als ob sie ihm im Wege wären und er am liebsten damit scharren möchte. Sein Kopf ist stets schweißbedeckt, und er fängt nie an zu reden, ohne nicht vorher seine große Hand emporzuhalten als Zeichen für seine Zuhörer, daß er sie zu erbauen gedenke.

»Meine Freunde«, hebt Mr. Chadband an. »Friede sei mit diesem Hause! Friede dem Hausherrn und der Hausfrau, den Jungfrauen und den Jünglingen darin! Meine Freunde, warum wünsche ich Frieden? Was ist Friede? Ist es Krieg? Nein. Ist es Kampf? Nein. Ist er lieblich und sanft und schön und heiter und voll Freude? Ja, ja! Deshalb, meine Freunde, wünsche ich: Friede sei mit euch und den Eurigen!«

Da Mrs. Snagsby sehr erbaut aussieht, hält es Mr. Snagsby für angebracht, Amen zu sagen. Das findet allgemeine Billigung.

»Nun, meine Freunde«, fährt Mr. Chadband fort, »da ich einmal bei diesem Thema bin ...«

Guster erscheint.

Mrs. Snagsby ruft mit tiefer Grabesstimme und ohne den Blick von Chadband zu wenden, mit grauenhafter Deutlichkeit: »Fahr ab!«
»Nun, meine Freunde«, sagt Chadband, »da ich einmal bei diesem Thema bin, um es in meiner schlichten Weise zu eurer Erbauung ...«
Ganz unverantwortlicher Weise murmelt Guster: »Siebzehnhundertzweiundachtzg!« Die Grabesstimme wiederholt noch feierlicher: »Abfahren!«
»Nun, meine Freunde«, sagt Mr. Chadband, »wollen wir im Geiste der Liebe ...«
Abermals wiederholt Guster: »Siebzehnhundertzweiundachtzg!«
Mr. Chadband hält mit der entsagungsvollen Miene eines Mannes, der an Verfolgung gewöhnt ist, inne, faltet langsam sein Kinn in ein fettes Lächeln und sagt:
»Wir wollen die Jungfrau hören! Sprich, Jungfrau!«
»Siebzehnhundertzweiundachtzg, wenn S erlauben, Sir. Er möcht gern wissen, für was der Schilling is«, sagt Guster atemlos.
»Wofür?« entgegnet Mr. Chadband. »Das Fahrgeld.«
Guster erklärt, daß der Kutscher auf einem Schilling acht Pence bestehe und die Polizei holen wolle. Mrs. Snagsby und Mrs. Chadband wollen ihrer Entrüstung durch schrille Schreie Luft machen, aber Mr. Chadband erhebt die Hand und beschwichtigt den Sturm.
»Meine Freunde«, sagt er, »ich entsinne mich einer gestern unerfüllt gelassenen Pflicht. Es ist recht, daß ich gezüchtigt werde. Man soll nicht murren. Rachael, bezahle die acht Pence.«
Während Mrs. Snagsby tief aufatmet und Mr. Snagsby streng ansieht, als wollte sie sagen: Hörst du diesen Apostel!, und Mr. Chadband in Demut und Tran erglänzt, bezahlt Mrs. Chadband das Geld.
Es ist Mr. Chadbands Gepflogenheit, diese Art Verrechnung von kleinsten Soll- und Habenposten öffentlich zu verbuchen.

»Meine Freunde, acht Pence ist nicht viel. Es hätte ebensogut 1 sh. und 4 d. sein können. Es hätte ebensogut eine halbe Krone sein können. O lasset uns jauchzön! Lasset uns jauchzön!« Mit dieser Bemerkung, die das Bruchstück aus einer Hymne zu sein scheint, nach dem Tone zu schließen, begibt sich Mr. Chadband mit feierlichem Schritt an den Tisch und erhebt nochmals, bevor er einen Stuhl nimmt, ermahnend die Hand.

»Meine Freunde, was ist das, was wir hier vor uns ausgebreitet sehen? Erfrischungen. Bedürfen wir der Erfrischungen, meine Freunde? Ja, wir bedürfen ihrer. Und warum bedürfen wir der Erfrischungen, meine Freunde? Weil wir sterblich sind. Weil wir eitel Sünder sind. Weil wir der Erde angehören, weil wir nicht der Luft angehören. Können wir fliegen, meine Freunde? Nein, wir können es nicht. Warum können wir nicht fliegen, meine Freunde?«

Kühn gemacht durch seinen Erfolg vorhin, wagt Mr. Snagsby mit aufgeräumtem, ja fast schlauem Ton zu bemerken: »Keine Flügel.« Aber sofort wird er von Mrs. Snagsby mit einem finstern Stirnrunzeln in seine Schranken gewiesen.

»Nun, meine Freunde«, fährt Mr. Chadband fort, ohne im mindesten Mr. Snagsbys Einwurf zu beachten:

»Warum können wir nicht fliegen? Vielleicht, weil wir geschaffen sind, um zu gehen? So ist es. Können wir gehen, meine Freunde, ohne Kraft. Wir können es nicht. Was würden wir tun ohne Kraft, meine Freunde? Unsre Beine würden ihren Dienst versagen, unsre Knie würden einknicken, unsre Füße würden straucheln, und wir fielen zu Boden. Woher nun, meine Freunde, nehmen wir, vom fleischlichen Standpunkt aus betrachtet, die Kraft, die unsern Gliedern nötig ist? Ziehen wir sie nicht«, fragt Chadband mit einem Blick über die Tafel, »aus dem Brote in mannigfacher Gestalt, aus der Butter, die da gewonnen wird aus der Milch, die da wiederum gemolken wird von der Kuh, aus den Eiern, so das Huhn legt, aus Schinken, aus Zunge, aus Wurst und dergleichen? So ist es. So lasset uns denn teilhaben an den guten Dingen, so uns beschert sind.«

Mr. Chadbands Widersacher leugnen, daß seine Gabe, Worte auf Worte zu türmen, etwas Besonderes sei. Aber das spricht nur für ihre Scheelsucht, weiß jedermann doch, daß der Chadbandsche Redestil Gemeingut ist und überall Anklang findet.

Mr. Chadband ist vorläufig fertig, nimmt an Mrs. Snagsbys Tische Platz und legt mit fabelhafter Energie los. Die Verwandlung jeglicher Art Speise in den bereits erwähnten Tran scheint ein von der Konstitution dieses musterhaften »Gefäßes« so unzertrennlicher Prozeß zu sein, daß man ihn eine Ölmühle oder eine andre zur Verfertigung dieses Artikels eingerichtete Fabrik nennen könnte, wenn er anfängt, zu essen und zu trinken. An dem heutigen Abend hält er in Cook's Court, Cursitor Street, die Mühle so flott in Gang, daß das Vorratshaus bis zum Rande gefüllt erscheint, als er zu arbeiten aufhört.

Während der Erbauungsepoche des Essens flüstert Guster – die sich von ihrem ersten Versehen nicht erholen konnte und kein mögliches oder unmögliches Mittel unversucht gelassen hat, ihrem eignen Ansehen und dem des Hauses zu schaden, indem sie zum Beispiel eine Art unerwarteter Militärmusik mit Tellern auf Mr. Chadbands Kopf veranstaltete und später den würdigen Herrn mit Eierbrötchen krönte – flüstert Guster Mr. Snagsby zu, daß jemand nach ihm frage.

»Um nicht durch die Blume zu sprechen, man erwartet mich unten im Laden«, sagt Mr. Snagsby und steht auf. »Die werte Gesellschaft wird mich gewiß für eine halbe Minute entschuldigen.«

Mr. Snagsby geht hinunter und findet die beiden »Stifte« in Betrachtung eines Polizeidieners versunken, der einen zerlumpten Knaben am Arm hält.

»Gott im Himmel«, fragt Mr. Snagsby, »was ist denn los?«

»Dieser Junge da«, sagt der Konstabler, »gehorcht nicht, obgleich ich ihm wiederholt gesagt habe, er solle sich auf die Beine machen ...«

»I bin immer auf die Bein, Sir«, heult der Junge und wischt sich die schmutzigen Tränen mit dem Ärmel ab. »I bin immer auf die Bein gwesen, was i auf der Welt bin. Wo kann i denn hin, Sir, wenn i auch immer weiter geh?«

»Er geht nicht, wenn ich sage: Marsch vorwärts!« wiederholt der Polizeimann ruhig und bewegt den Hals militärisch hin und her, um ihn besser in seine steife Halsbinde zu passen. »Obgleich ich es ihm wiederholt gesagt habe. Deshalb hab ich ihn arretieren müssen. Er ist der widerspenstigste Spitzbub, der mir jemals vorgekommen ist. Er will nicht vorwärts.«

»Gottes willen, wo soll i denn hin«, heult der Junge, rauft sich verzweifelt die Haare und stampft mit seinen bloßen Füßen auf Mr. Snagsbys Hausflur.

»Mit so was komm mir nicht, oder ich mach kurzen Prozeß mit dir«, droht der Konstabler und schüttelt ihn, ohne sich dabei weiter aufzuregen. »Meine Instruktion lautet: Marsch vorwärts. Ich habe dir das schon fünfhundertmal gesagt.«

»Aber wohin?« jammert der Junge.

»Hm, das scheint mir wirklich auch die Frage zu sein, Konstabler«, sagt Mr. Snagsby gedankenvoll und hüstelt ratlos hinter der Hand.

»So weit gehen meine Instruktionen nicht«, entgegnet der Konstabler. »Ich habe meinen Instruktionen gemäß Jungen, die auf der Gasse herumstrolchen, zu sagen: Marsch vorwärts!«

Hörst du das, Jo? Es geht dich und andre deinesgleichen nichts an, daß die großen Sterne am parlamentarischen Himmel seit ein paar Jahren unterlassen haben, ein Beispiel in: Marsch, vorwärts! zu geben. Das große Rezept, die profunde philosophische Vorschrift, ist für dich allein das Um und Auf deines seltsamen Daseins auf Erden. Marsch vorwärts! Nicht, daß du etwa ganz von der Welt

verschwinden sollst, Jo – das würde den großen Sternen nicht passen –, aber: Marsch vorwärts!
Mr. Snagsby sagt nichts dieser Art – sagt überhaupt nichts –, hüstelt nur seinen ratlosesten Husten als Ausdruck dafür, daß er keinen Ausweg sieht. Mittlerweile sind Mr. und Mrs. Chadband und Mrs. Snagsby, von dem Wortwechsel herbeigelockt, auf der Treppe erschienen, und da Guster von Anfang an dort gestanden hat, ist jetzt das ganze Haus am Ende des Ganges versammelt.
»Es handelt sich einfach darum, Sir«, sagt der Konstabler, »ob Sie den Jungen kennen. Er behauptet ja.«
Mrs. Snagsby ruft von ihrer Höhe herunter: »Nein, er kennt ihn nicht.«
»Mein kleines Frauchen«, sagt Mr. Snagsby mit einem Blick auf die Treppe, »meine Liebe, du gestattest. Bitte, nur einen Augenblick Geduld, meine Liebe. Ich kenne diesen Jungen allerdings ein wenig und wüßte nichts Schlimmes von ihm, eher vielleicht das Gegenteil.«
Und der Schreibmaterialienhändler erzählt alles, was er von Jo weiß, und verschweigt nur die Geschichte mit der halben Krone.
»Soweit scheint er also wahr gesprochen zu haben«, sagt der Polizeimann. »Als ich ihn droben in Holborn arretierte, behauptete er, Sie kennen ihn. Darauf sagte ein junger Mann unter den Umstehenden, daß er Sie kenne und daß Sie ein ehrenwerter Mann und Hausbesitzer wären und daß er nachkommen wolle, wenn ich herginge und mich erkundige. Der junge Mann scheint aber keine Lust zu haben, Wort zu halten, sondern ... Ah, da ist ja der junge Mann!«
Mr. Guppy tritt ein, nickt Mr. Snagsby zu und greift mit kommishafter Ritterlichkeit zur Begrüßung der Damen auf der Treppe an den Hut.
»Ich habe soeben die Kanzlei verlassen, um spazierenzugehen, als ich Zeuge dieses Auftritts wurde«, erklärt Mr. Guppy dem Papierhändler. »Und da Ihr Name fiel, hielt ich es für nötig, die Sache näher untersuchen zu lassen.«

»Das war sehr freundlich von Ihnen, Sir«, bedankt sich Mr. Snagsby. »Ich bin Ihnen sehr verbunden.« Und abermals erzählt Mr. Snagsby, was er weiß, und verschweigt wieder die Geschichte mit der halben Krone.
»Ich weiß schon, wo du wohnst«, sagt der Polizeimann zu Jo. »Du wohnst unten in ›Toms Einöd‹. Eine hübsche unschuldige Gegend zum Wohnen und von gutem Ruf.«
»I kann in keim bessern Ort net wohnen«, jammert Jo. »Sie würden nix von mir wissen wolln, wenn i an am bessern Ort wohnen möcht wollen. Wer möcht so einen, wie i bin, in an ordentlichen Haus wohnen lassn.«
»Du bist sehr arm, was?« fragt der Polizeimann.
»Ja, dös bin i.«
»Nun, was sagen Sie dazu? Diese beiden Kronen hab ich aus ihm herausgeschüttelt, kaum daß ich ihn angefaßt habe«, sagt der Konstabler und zeigt die Geldstücke den Umstehenden.
»Sie sin der Rest von an Sovering, Mr. Snagsby«, rechtfertigt sich Jo. »Von an Sovering, was mir eine Dame mit an Schleier gebn hat, die gsagt hat, sie wär a Dienstmadel, und die amal abends an mein Straßenübergang kommen is und mi aufgfordert hat, ihr dös Haus hier zu zeign, und das Haus, wo der, was für Ihna abgschriebn hat, gstorben is, und den Kirchhof, wos n begraben habn. Sie hat zu mir gsagt: Bist du der Bursche von der Totenschau, hats gsagt. I hab zu ihr gsagt, ja, hab i zu ihr gsagt. Kannst du mir alle diese Orte zeigen, hat s gfragt. Ja, dös kann i, hab i gsagt. Und sie hat zu mir gsagt: So tu es. Und i bin vorausgangen, und sie hat mir an Sovering gebn und is fortgloffen. Und i hab nix von den Sovering ghabt«, sagt Jo, und schmutzige Tränen laufen ihm über die Wangen, »denn i hab unten in Toms Einöd fünf Schilling fürs Wechseln gebn müssn, und einer hat mir fünfi gstohln bein Schlafn, und aner hat mir neun Pence gstohlen, und der Wirt hat gsagt, i müßt was zum Besten gebn, und des hat a ganze Menge kost.«
»Du erwartest doch nicht, daß dir ein Mensch die Geschichte von der Dame und dem Sovereign glaubt?« sagt

der Konstabler und sieht Jo mit unaussprechlicher Verachtung von der Seite an.
»I erwart gar nix«, erwidert Jo, »aber wahr ist die Gschicht.«
»Sie sehen, was das für ein Subjekt ist«, bemerkt der Konstabler zu den Umstehenden. »Nun, Mr. Snagsby, wenn ich ihn diesmal nicht einstecke, wollen Sie da für ihn bürgen, daß er schaut, daß er weiterkommt?«
»Nein«, ruft Mrs. Snagsby von der Treppe herab.
»Liebes Frauchen!« bittet ihr Gatte. »Konstabler, ich bezweifle nicht, daß er sich packen wird. Du mußt es wirklich tun«, sagt Mr. Snagsby.
»Ja, ja, ich wers schon tun, Herr«, beteuert der unglückliche Jo.
»Also, marsch fort«, befiehlt der Polizeimann. »Du weißt jetzt, was du zu tun hast, und bild dir nicht ein, daß du das nächste Mal so gut wegkommst. Hier, nimm dein Geld. Und je eher du fünf Meilen weg bist, desto besser für uns alle.«
Mit diesem Abschiedswink und einer Handbewegung auf die untergehende Sonne als einem leidlichen Ort, wohin Jo sich packen könne, wünscht der Polizeimann seinem Auditorium einen guten Nachmittag und weckt das Echo in Cook's Court, wie er auf der Schattenseite drüben langsamen Schrittes dahingeht und, um sich bei der Hitze den Kopf abzukühlen, seinen eisenbeschlagenen Hut in der Hand trägt.
Jos unwahrscheinlich klingende Geschichte von der Dame und dem Sovereign hat die Neugier der ganzen Gesellschaft mehr oder weniger erregt. Mr. Guppy, der in Zeugensachen stets sehr wißbegierig ist und unter der Langweile der Ferienzeit schwer gelitten hat, fühlt ein solches Interesse für den Fall, daß er mit Jo ein regelrechtes Kreuzverhör anstellt. Das interessiert die Damen so außerordentlich, daß Mrs. Snagsby ihn höflich einlädt, hinaufzukommen und eine Tasse Tee zu trinken. Da Mr. Guppy die Einladung annimmt, wird Jo aufgefordert, mit

bis an die Tür des Staatszimmers zu kommen, wo ihn Mr. Guppy einvernimmt und in alle möglichen Formen quetscht, wie ein Koch ein Stück Tafelbutter, und ihn nach berühmten Mustern ausholt. Auch insofern ist die Einvernahme den Musterverhören ähnlich, als sie auch nichts zutage fördert und ebenfalls sehr lang dauert.

Mr. Guppy schwelgt in seinen Talenten, und Mrs. Snagsby sieht nicht nur ihre Neugier befriedigt, sondern hat auch die Empfindung, daß es ihres Gatten Geschäft in den Augen der Jurisprudenz hebt. Während des hitzigen Gefechtes ist das »Gefäß« Chadband, das sich ausschließlich der Tranbereitung zuwendet, kaltgestellt und wartet, bis es wieder aufs Herdfeuer kommt.

»Das eine weiß ich«, sagt Mr. Guppy. »Entweder bleibt der Junge an seiner Geschichte pappen wie Schusterpech, oder es ist wirklich etwas Außergewöhnliches an der Sache, das alles übertrifft, was mir jemals bei Kenge & Carboy vorgekommen ist.«

Mrs. Chadband flüstert Mrs. Snagsby etwas zu, und diese ruft aus: »Was Sie nicht sagen!«

»Seit vielen Jahren!« antwortet Mrs. Chadband.

»Sie kennt Kenge & Carboys Kanzlei seit vielen Jahren«, erklärt Mrs. Snagsby triumphierend Mr. Guppy. »Mrs. Chadband – Gattin dieses Herrn hier – Ehrwürden Mr. Chadband.«

»O wirklich!« sagt Mr. Guppy.

»Ja, ehe ich meinen jetzigen Mann heiratete«, bestätigt Mrs. Chadband.

»Waren Sie Partei in einem Prozeß, Maam?« fragt Mr. Guppy und beginnt mit ihr ein Kreuzverhör.

»Nein.«

»Nicht Partei in einem Prozeß, Maam?«

Mrs. Chadband schüttelt den Kopf.

»Da standen Sie wahrscheinlich in Beziehung mit jemandem, der Partei in einem Prozeß war, Maam?« forscht Mr. Guppy, der es über alles liebt, einer Unterhaltung einen juristischen Anstrich zu geben.

»Auch das eigentlich nicht«, entgegnet Mrs. Chadband, die auf den Spaß mit einem sauern Lächeln eingeht.

»Auch das eigentlich nicht!« wiederholt Mr. Guppy. »Also gut. Bitte, Maam, war es eine Ihnen bekannte Dame, die mit der Firma Kenge & Carboy zu tun hatte, oder war es ein Ihnen bekannter Herr? Lassen Sie sich Zeit, Maam. Wir werden es gleich haben. Herr oder Dame?

»Keins von beiden.«

»Oh! Ein Kind!« sagt Mr. Guppy und wirft der staunenden Mrs. Snagsby den gewissen pfiffigen Advokatenblick zu, den Anwälte englischen Geschworenen zuzuwerfen pflegen. »Nun, Maam, würden Sie vielleicht die Güte haben, uns zu sagen, was für ein Kind.«

»Sie haben es endlich heraus, Sir«, sagt Mrs. Chadband wieder mit einem sauern Lächeln. »Es wird, nach Ihrem Aussehen zu urteilen, wohl vor Ihrer Zeit gewesen sein. Ich hatte ein Kind in meiner Obhut, namens Esther Summerson, das ich später den Herren Kenge & Carboy übergab.«

»Miß Summerson, Maam?« fragt Mr. Guppy aufgeregt.

»Ich nenne sie Esther Summerson«, sagt Mrs. Chadband mit Strenge. »Zu meiner Zeit ist es noch ohne Miß gegangen. Esther, hieß es, Esther, tu das, Esther, tu jenes. Und sie hatte zu parieren.«

»Meine werte Maam«, entgegnet Mr. Guppy und tritt von der andern Seite des kleinen Zimmers an Mrs. Chadband heran. »Der untertänigst Ergebene, der jetzt vor Ihnen steht, nahm die junge Dame in Empfang, als sie aus dem Institut nach London fuhr, auf das Sie soeben Bezug nahmen. Darf ich mir das Vergnügen gestatten, Ihnen die Hand zu drücken?«

Mr. Chadband, der jetzt seine Zeit gekommen sieht, gibt sein gewohntes Zeichen, erhebt sein dampfendes Haupt und betupft es mit einem Taschentuch. »Still!« flüstert Mrs. Snagsby.

»Meine Freunde«, beginnt Chadband. »Wir haben mit

Mäßigkeit von den guten Dingen genossen, die uns beschert wurden. Möge dieses Haus leben von dem Fett der Erden, mögen Korn und Wein im Überfluß sein darin, möge es wachsen, möge es blühen, möge es gedeihen, möge es vorwärtskommen! Aber, meine Freunde, haben wir sonst nichts genossen? Ja! Meine Freunde. Was haben wir sonst noch genossen? Geistige Nahrung? Ja. Von wem stammte dieser geistige Nutzen? Mein junger Freund, tritt vor!«

Der so angeredete Jo zögert verlegen, weicht erst einen Schritt zurück, voller Argwohn gegenüber den Absichten des beredten Mr. Chadband, und geht dann zu ihm.

»Mein junger Freund«, sagt Chadband, »du bist uns eine Perle, du bist uns ein Diamant, du bist uns ein Edelstein, du bist uns ein Juwel. Und warum, mein junger Freund?«

»Ich woaß net«, sagt Jo. »Was woaß denn i.«

»Mein junger Freund, eben weil du nicht die Erkenntnis hast, daß du uns ein Edelstein und ein Juwel bist, weißt du es nicht. Denn was bist du, mein junger Freund? Bist du ein Tier des Feldes? Nein. Ein Vogel der Luft? Nein. Ein Fisch des Meeres oder des Flusses? Nein. Du bist ein menschlicher Knabe, mein junger Freund. Ein menschlicher Knabe. O glorreich, ein menschlicher Knabe zu sein. Und warum ist es glorreich, mein junger Freund? Weil du fähig bist, die Lehren der Weisheit zu empfangen, weil du fähig bist, Gewinn zu ziehen aus der Rede, die ich jetzt zu deinem Besten halten will, weil du weder ein Stecken noch ein Stab noch ein Stock noch ein Stein noch ein Pfosten noch ein Pfeiler bist.

O Himmelsstrom, so klar und rein,
ein frommer Knabe noch zu sein!

Und fühlst du jetzt in diesem Strome deine Glieder, mein junger Freund? Nein. Warum kühlst du jetzt nicht in diesem Strom deine Glieder? Weil du in einem Zustande der Finsternis bist, weil du in einem Zustande der Umnachtung bist, weil du in einem Zustande der Sündhaftigkeit

bist, weil du in einem Zustande der Knechtschaft bist. Mein junger Freund, was ist Knechtschaft? Lasset uns das jetzt ergründen im Geiste der Liebe.«
Bei diesem bedrohlichen Stadium der Predigt fährt Jo, der jetzt ganz den Verstand verloren zu haben scheint, mit dem rechten Arm über sein Gesicht und gähnt fürchterlich. Mrs. Snagsby spricht entrüstet die Vermutung aus, daß er ein Kind des Erzfeindes sei.
»Meine Freunde«, sagt Mr. Chadband, faltet sein so viel gelästertes Kinn wieder zu einem fetten Lächeln und blickt um sich. »Es ist recht, daß ich gedemütigt werde. Es ist recht, daß ich geprüft werde, es ist recht, daß ich gegeißelt werde, es ist recht, daß ich gezüchtigt werde. Ich strauchelte vergangnen Sabbat, als ich mit Hochmut meiner dreistündigen Erbauung gedachte. Die Schuld ist getilgt. Der Gläubiger hat den Zehent genommen. O lasset uns jauchzen im Herrn! O lasset uns jauchzen!«
Große Ergriffenheit Mrs. Snagsbys.
»Meine Freunde«, schließt Chadband und blickt um sich. »Ich will jetzt nicht mit meinem jungen Freund fortfahren. Willst du morgen zu mir kommen, mein junger Freund, und diese gute Dame fragen, wo ich zu finden bin, auf daß du die Predigt hörst? Oder willst du den Tag darauf kommen wie die durstige Schwalbe und den Tag nach diesem und viele folgende schöne Tage, um die Predigt zu hören?« – So spricht Mr. Chadband mit der Grazie einer Kuh.
Jo, dem es vor allem drum zu tun scheint, fortzukommen, nickt linkisch. Mr. Guppy wirft ihm einen Penny hin, und Mrs. Snagsby ruft Guster zu, ihn sicher aus dem Hause zu geleiten. Aber ehe er hinuntergeht, wird er von Mr. Snagsby mit Speiseresten vom Tisch beladen, die er mit dem Arm fest an sich drückt.
Mr. Chadband – von dem seine Widersacher sagen, es sei zwar kein Wunder, daß er beliebig lang solch gräßlichen Unsinn fortsprechen könne, aber ganz bestimmt eines, daß er wieder aufhöre, wenn er einmal die Kühnheit ge-

habt habe, anzufangen – Mr. Chadband zieht sich in das Privatleben zurück, bis die Zeit kommt, wo er ein kleines Kapitalabendessen in Tran umwandelt.
Jo wandert nach der Blackfriars Brücke, wo er eine heiße steinerne Ecke findet, um dort sein Mahl zu halten.
Und da sitzt er und kaut und nagt und schaut hinauf zu dem großen Kreuz auf der Kuppel der St.-Pauls-Kathedrale, das über einer rot und violett gefärbten Dunstwolke funkelt. Nach seinem Gesicht zu urteilen, ist ihm das heilige Symbol der Gipfelpunkt von Verwirrung und Unverständlichkeit inmitten der Wirrnis der Stadt. So golden, so hoch oben, so weit außer seinem Bereich.
Da sitzt er. Die Sonne geht unter, schnell rinnt der Fluß dahin, und in zwei Strömen wogt das Menschengewühl vorüber – vorwärts getrieben zu irgendeinem Zweck und zu einem einzigen Ziel ... Dann jagt der Konstabler ihn wieder fort und herrscht ihn an:
»Marsch vorwärts!«

20. Kapitel

Ein neuer Mieter

Die langen Gerichtsferien treiben ihrem Ende zu, wie ein fauler Strom bequem und langsam durch flaches Land dem Meere zufließt. Mr. Guppy treibt in ähnlicher Weise den Strom der Zeit hinab. Er hat sein Federmesser stumpf gemacht und die Spitze abgebrochen, so oft hat er es in sein Pult gestoßen. Nicht etwa, daß er auf das Pult irgendeinen Groll hätte, aber er muß irgend etwas zu tun haben, etwas, was ihn nicht aufregt, was weder seine physische noch seine geistige Energie allzu sehr in Anspruch nimmt. Er hat bald herausgefunden, daß ihm nichts besser bekommt, als auf einem Bein seines Sessels zu balancieren,

mit dem Federmesser in das Pult zu stechen und zu gähnen.
Kenge & Carboy sind verreist. Der Substitut hat einen Jagdschein genommen und weilt auf seines Vaters Gut. Und Mr. Guppys beide Stipendiarkollegen sind auf Urlaub.
Mr. Guppy und Mr. Richard Carstone teilen sich die Kanzlei. Aber Mr. Carstone ist für die Ferien in Kenges Zimmer einquartiert, und Mr. Guppy ärgert sich darüber. So übermäßig ärgert er sich darüber, daß er zu seiner Mutter in vertraulichen Stunden, wo er mit ihr in Oldstreet Road Hummer und Salat zu Abend ißt, mit beißendem Sarkasmus äußert, er fürchte sehr, die Kanzlei sei nicht fein genug für Gigerln, und wenn er gewußt hätte, daß ein Gigerl komme, hätte er frisch tünchen lassen.
Mr. Guppy hat jeden, der einen Stuhl in Kenge & Carboys Kanzlei besetzt, im Verdacht, daß er gegen ihn heimtückische Pläne schmiede. Es ist klar, daß jeder ihn stürzen will. Wenn man ihn fragt, wieso, warum und zu welchem Zweck, schließt er nur das eine Auge und schüttelt den Kopf. Auf Grund dieser tiefsinnigen Erkenntnis gibt er sich unendliche Mühe, das Komplott zu vereiteln, und ersinnt die geistreichsten Schachzüge auf einem Brett ohne Gegner.
Es ist daher kein geringer Trost für Mr. Guppy, daß der neue Ankömmling beständig über den Akten in Sachen Jarndyce kontra Jarndyce brütet, denn er weiß ganz gut, daß daraus nur Mißlingen und Enttäuschung kommen kann. Seine Zufriedenheit teilt auch der dritte Genosse während der Gerichtsferien in Kenge & Carboys Kanzlei, nämlich der junge Smallweed.
Ob der kleine Smallweed, mit seinem Spitznamen auch Small oder Hühnchen genannt, jemals ein Kind gewesen ist, wird in Lincoln's Inn stark bezweifelt. Er ist nicht ganz fünfzehn Jahre und schon ein alter Rechtswissenschaftler. Man neckt ihn damit, er habe eine leidenschaftliche Neigung für eine Dame in einem Zigarrenladen in der

Nähe von Chancery Lane gefaßt und ihretwegen einer andern, mit der er seit einigen Jahren verlobt gewesen, die Treue gebrochen. Er ist eine Stadtpflanze, von kleiner Statur und welken Gesichtszügen, fällt aber schon von weitem durch einen sehr hohen Zylinder auf. Ein Guppy zu werden ist sein Ehrgeiz. Er wird von diesem Herrn begönnert, kleidet sich wie er, spricht und geht wie er und ahmt ihn in allem und jedem nach. Er genießt Mr. Guppys besonderes Vertrauen und erteilt ihm gelegentlich aus dem Brunnen seiner Erfahrung Rat über gewisse schwierige Punkte im Privatleben.

Mr. Guppy hat den ganzen Morgen im Fenster gelegen und alle Sessel der Reihe nach probiert und keinen bequem gefunden. Auch hat er verschiedne Male den Kopf in den eisernen Dokumentenschrank gesteckt, um sich abzukühlen. Mr. Smallweed ist zweimal nach Brausegetränken geschickt worden und hat sie zweimal in den zwei Kanzleigläsern gemischt und mit dem Lineal umgerührt. Mr. Guppy stellt zu Mr. Smallweeds Erbauung das Paradoxon auf, daß man durstiger wird, je mehr man trinke, und läßt sein Haupt in einem Zustand hoffnungsloser Langweile auf dem Fensterbrett ruhen.

Während er so auf den Schatten von Oldsquare Lincoln's Inn hinausblickt und die unerträgliche Ziegelmauer betrachtet, dämmert ein männlicher Backenbart in die Sphäre seines Bewußtseins, tritt aus dem gewölbten Gang unten hervor und wendet sich ihm zu. Zugleich ertönt ein lautes Pfeifen durch das Inn, und eine gedämpfte Stimme ruft: »He, Gup-py!«

»Ist es denn möglich«, fährt Mr. Guppy aus seinem Halbschlummer auf. »Hühnchen! Jobling ist unten.«

Small guckt ebenfalls zum Fenster hinaus und ruft Jobling an.

»Wo bist du denn entsprungen?« fragt Mr. Guppy.

»Aus den Gemüsegärten unten bei Deptford. Ich kann es nicht länger dort aushalten. Ich lasse mich anwerben. Ja, ja! – Könntest du mir nicht eine halbe Krone pumpen? Meiner Seel, ich habe Hunger.«

Jobling sieht auch ganz danach aus und scheint unten in den Gemüsegärten von Deptford ein wenig herabgekommen zu sein.

»Ja, ja. Wirf mir eine halbe Krone herunter, wenn du eine übrig hast. Ich muß unbedingt etwas essen.«

»Willst du mit mir essen kommen?« fragt Mr. Guppy, wirft das Geldstück hinunter, und Mr. Jobling fängt es geschickt auf.

»Wie lang muß ich da noch warten?« fragt Jobling.

»Höchstens eine halbe Stunde. Ich warte hier nur, bis der Feind weggeht.« Guppy winkt mit dem Kopf nach dem Zimmer daneben.

»Was für ein Feind?«

»Ein Neuer. Will sich hier einschreiben lassen. Willst du warten?«

»Kann man unterdessen was zu lesen haben?« fragt Mr. Jobling.

Smallweed schlägt das Advokatenverzeichnis vor, aber Mr. Jobling erklärt mit größtem Ernst, daß er das nicht aushalten würde.

»Du kannst auch die Zeitung haben«, meint Mr. Guppy. »Er soll sie dir herunterbringen. Es ist nämlich besser, wenn man dich hier nicht sieht. Lies sie auf der Treppe. Es ist ein ruhiger Platz.«

Jobling nickt eingeweiht. Der findige Smallweed bringt ihm die Zeitung und wirft noch einmal vom Treppenabsatz aus einen forschenden Blick auf ihn, ob er sich nicht am Ende vor der Zeit davonmachen werde.

Endlich entfernt sich der Feind, und Small holt Mr. Jobling herauf.

»Nun, wie geht's dir?« fragt Mr. Guppy und schüttelt ihm die Hand.

»So, so. Und dir?«

Da Mr. Guppy erwidert: Nicht besonders, wagt Mr. Jobling die Frage: »Na, und wie geht's *ihr?*« Das weist Mr.

Guppy als unziemlich zurück und sagt: »Jobling, es gibt Saiten im menschlichen Herzen ...«
Jobling bittet um Verzeihung.
»Jedes Thema, nur das nicht«, sagt Mr. Guppy, in seinem Grame wühlend.
»Es gibt Saiten, Jobling ...«
Mr. Jobling bittet abermals um Verzeihung.
Während dieses kurzen Zwiegesprächs hat der rührige Smallweed, der mit von der Partie ist, in Kanzleischrift auf einen Zettel geschrieben: »Kommen gleich zurück.« Diese Nachricht für jeden, den es angehen mag, heftet er an den Briefkasten. Dann setzt er seinen Hut in demselben Neigungswinkel auf wie Mr. Guppy und meldet seinem Gönner, daß sie sich jetzt »drücken könnten«.
Alle drei begeben sich in ein Speisehaus in der Nähe, das von den Gästen »das Hundsfutter« genannt wird und wo eine Kellnerin, ein strammes Mädchen von vierzig Jahren, einen gewissen Eindruck auf den empfänglichen Smallweed gemacht hat, wie die Sage geht.
Er ist nämlich ein niederträchtiger Wetterhahn, dem Jahre nichts gelten. Wenn er jemals in einer Wiege gelegen hat, muß er bereits damals einen Taillenrock angehabt haben. Ein uraltes Auge hat Smallweed; er trinkt und raucht in einer merkwürdig affenhaften Weise, sein Hals steckt tief in seinem Kragen, und er läßt sich prinzipiell nie leimen. Er durchschaut immer alles, was es auch sei. Kurz, die Jurisprudenz hat ihn von Kindesbeinen an so gehegt und gepflegt, daß er eine Art fossiler Kobold geworden ist, dessen irdisches Dasein man in den Gerichtskanzleien dadurch erklärt, daß sein Vater der Herr Pappdeckel und seine Mutter das einzige weibliche Mitglied der Familie Fließpapier gewesen sei und daß man ihm seinen ersten Rock aus einem blauen Aktenbeutel geschnitten habe.
Ungerührt von dem verführerischen Anblick im Fenster, wo künstlich weißgemachter Blumenkohl und Geflügel, Körbe mit grünen Schoten und kühle saftige Gurken und Keulen, fertig für den Bratspieß, ausgestellt sind, tritt Mr.

Smallweed in das Speisehaus. Sie kennen ihn und fürchten ihn dort. Er hat seine Lieblingsbox, bestellt alle Zeitungen und ist grob gegen kahlköpfige Patriarchen, wenn sie sie länger als zehn Minuten lesen. Es ist vergeblich, ihn mit einem zu dünnen Brote täuschen zu wollen oder ihm mit einem Aufschnitt zu kommen, der nicht von allerbester Sorte ist. Was die Sauce betrifft, ist er unerbittlich wie Stein.

In Erkenntnis seiner geradezu magischen Gewalt und sich seine gefürchtete Erfahrung zunutze machend, zieht ihn Mr. Guppy in der Wahl der Speisen für heute zu Rate, wirft ihm einen fragenden Blick zu, während die Kellnerin die Speisekarte herunterleiert, und erkundigt sich: »Was ißt du, Hühnchen?«

Das Hühnchen wählt in seiner unendlichen Schlauheit Kalbsbraten und Schinken und französische Bohnen. »Die Fülle gefälligst nicht vergessen, Polly«, setzt er mit einem koboldartigen Zwinkern seines Auges hinzu, worauf Mr. Guppy und Mr. Jobling dasselbe bestellen. »Und drei Krüge Porter mit Ale!«

Die Kellnerin kommt bald wieder zurück und trägt ein Ding, das wie ein Modell des babylonischen Turms aussieht, aber in Wirklichkeit aus aufgeschichteten Tellern und flachen zinnernen Schüsseln besteht.

Mr. Smallweed befindet für gut, was serviert wird, und zwinkert, Wohlwollen des Eingeweihten in seinem uralten Auge, der Kellnerin zu. Dann stillt das juristische Triumvirat seinen Appetit inmitten beständigen Kommens und Gehens, Herumrennens, Geklappers von Steingut und eines Aufundabrollens des Speiseaufzugs aus der Küche. Rufe nach immer mehr Portionen schrillen das Sprachrohr hinunter. Überall herrscht der Geruch und Dampf von Braten vor, und in der heißen Atmosphäre scheinen die unsaubern Messer und Tischtücher von selbst Fett- und Bierflecken auszuschwitzen.

Mr. Jobling ist höher zugeknöpft, als die Mode erfordert. Sein Hut glänzt an den Rändern merkwürdig, als ob dort die Schnecken eine Lieblingspromenade gehalten hätten. Dasselbe Phänomen zeigt sich an mehreren Stellen seines Rockes und besonders an den Nähten. Er hat das fadenscheinige Aussehen eines Gentlemans in bedrängter Lage, und selbst sein blonder Backenbart macht den Eindruck von Schäbigkeit.

Sein Appetit ist so groß, daß man daraus auf eine karge Kost von längerer Dauer schließen kann. Er räumt mit seiner Portion Kalbsbraten und Schinken so schnell auf, noch ehe die beiden andern halb fertig sind, daß Mr. Guppy ihm noch eine Portion vorschlägt.

»Ich danke dir, Guppy«, sagt Mr. Jobling. »Ich glaube wirklich, ich könnte noch eine vertragen.«

Es wird also noch eine gebracht, und er macht sich mit großem Eifer darüber her.

Mr. Guppy sieht ihn zuweilen schweigend an, bis er auch mit diesem zweiten Gericht halb fertig ist und innehält, um einen wonnigen Zug aus seinem Krug Porter mit Ale zu tun, die Beine ausstreckt und sich die Hände reibt.

Als ihn Mr. Guppy so behaglich zufrieden sieht, sagt er: »So. Jetzt bist du wieder ein lebendiger Mensch, Tony.«

»Nun, noch nicht ganz«, meint Mr. Jobling. »Aber sagen wir: eben auf die Welt gekommen.«

»Willst du vielleicht noch Gemüse, Spargel, Schoten, Sommerkohl?«

»Ich danke dir, Guppy. Ich glaube wirklich, ich könnte noch ein bißchen Sommerkohl vertragen.«

Er wird bestellt, und Mr. Smallweed setzt sarkastisch hinzu: »Ohne Schnecken!« Der Sommerkohl wird gebracht.

»Ich wachse in die Höhe, Guppy«, berichtet Mr. Jobling und handhabt Messer und Gabel mit Genuß und Ausdauer.

»Freut mich zu hören.«

»Komme schon in die Flegeljahre«, berichtet Mr. Jobling. Er spricht weiter nichts, bis er sich seiner Aufgabe entledigt hat, was genau mit dem Fertigwerden der Herren

Guppy und Smallweed zusammentrifft. Er hat seine Strecke im besten Stil zurückgelegt und die beiden mit Leichtigkeit um eine Portion Braten und Kohl geschlagen.

»Nun, Hühnchen«, fragt Mr. Guppy, »was würdest du als Mehlspeise empfehlen?«

»Markpudding«, antwortet Mr. Smallweed ohne Zögern.

»Jawohl, jawohl«, bestätigt Mr. Jobling mit schlauem Blick. »Das ist das Wahre. Danke dir, Guppy. Ich glaube wirklich, ich könnte noch einen Markpudding vertragen.«

Drei Markpuddings erscheinen, und Mr. Jobling äußert frohgelaunt, daß er jetzt bald mündig werde. Auf die Puddings folgen auf Mr. Smallweeds Befehl drei Cheshire-Käse und darauf drei Rum. Als dieser Gipfelpunkt des Glücks erreicht ist, legt Mr. Jobling die Beine auf den teppichüberzognen Sitz – er hat eine Seite der Box ganz für sich allein –, lehnt sich gegen die Wand und sagt: »Jetzt bin ich erwachsen, Guppy. Ich habe das Alter der Reife erlangt.«

»Was hältst du nun vom ... Du genierst dich doch nicht vor Smallweed?«

»Nicht im mindesten. Ich erlaube mir, auf seine Gesundheit zu trinken.«

»Sir. Die Ihre!« dankt Mr. Smallweed.

»Ich wollte sagen, was hältst du *jetzt* vom Anwerbenlassen, Jobling?«

»Mein lieber Guppy, was ich nach dem Essen denke und was ich vor dem Essen denke, ist zweierlei. Aber selbst nach dem Essen lege ich mir die Frage vor: Was soll ich anders anfangen? Wovon soll ich leben? Ill foh manscheh, ihr wißt«, sagt Mr. Jobling und spricht die Worte mit sorgfältiger Vermeidung jeglicher französischer Betonung aus. »Ill foh manscheh, sagt der Franzose, und das hat der Engländer gerade so notwendig wie der Franzose. Sogar noch notwendiger.«

Mr. Smallweed ist ebenfalls der Ansicht: noch notwendiger.

»Wenn mir jemand gesagt hätte«, fährt Jobling fort,

»selbst damals noch, als wir beide die Partie nach Lincolnshire machten, Guppy, und hinüber nach Castle Wold fuhren ...«

»Chesney Wold«, berichtigt Mr. Smallweed.

»Chesney Wold. Ich danke Ihnen ... Wenn mir damals jemand gesagt hätte, daß es mir einmal so schlechtgehen würde wie jetzt, würde ich ihm eine ... Ja, ich würde ihm eine heruntergehauen haben«, sagt Mr. Jobling und nimmt mit einer Miene verzweifelter Resignation einen Schluck Rum mit Wasser. »Ich hätte ihm eine heruntergehauen.«

»Aber Tony, es stand schon damals schlimm mit dir«, wirft Mr. Guppy ein. »Du hast im Gig von nichts anderm gesprochen.«

»Guppy«, sagt Mr. Jobling, »ich will das nicht leugnen. Es stand schon damals recht schlecht mit mir. Aber ich dachte, es würde schon irgend etwas Günstiges kommen. Ich hatte das sichere Gefühl, daß sich alles noch machen werde, aber ich habe mich geirrt. Es macht sich nie etwas von selbst, und als die Gläubiger Lärm in den Kanzleien schlugen und schmutzig genug waren, sich wegen ein paar Pfennigen, die ich bei ihnen geborgt hatte, zu beklagen, war es mit meiner Stellung vorbei. Und mit jeder neuen Stelle ebenfalls, denn wenn ich mich auf meine ehemaligen Chefs beziehen wollte, käme alles heraus, und die Sache wäre wieder rum. Was soll man nun tun? Ich habe mich verborgen gehalten und unten in den Gemüsegärten billig gelebt, aber was hilft das Billigleben, wenn man kein Geld hat. Da könnte man ebensogut teuer leben.«

»Besser«, berichtigt Mr. Smallweed.

»Gewiß, das wäre wenigstens vornehm. Und Vornehmheit und Backenbart waren von jeher meine Schwächen, und mir ist's gleich, ob's jemand weiß oder nicht. Es sind große Schwächen ... Verdamm mich, Sir, es sind große Schwächen. Gut«, fährt Mr. Jobling fort und greift herausfordernd wieder nach dem Rum mit Wasser. »Was bleibt einem da andres übrig, als sich anwerben lassen?«

Mr. Guppy nimmt jetzt größeren Anteil am Gespräch, um zu zeigen, was seiner Meinung nach übrig bleibt. Er spricht mit der ernsten eindringlichen Miene eines Mannes, der noch keinen dummen Streich gemacht hat, außer, daß er das Opfer der Liebe geworden ist.

»Jobling, ich und unser beider Freund Smallweed –«

Mr. Smallweed bemerkt bescheiden: »Auf das Wohl der Herren!« und trinkt.

»– haben mehr als einmal die Sache besprochen, seitdem du –«

»– einen Tritt gekriegt hast«, ergänzt Mr. Jobling mit Bitterkeit. »Sprich es nur aus, Guppy!«

»N-nein. Seitdem Sie die Inn verlassen haben«, verbessert Mr. Smallweed zartfühlend.

»– seitdem du die Inn verlassen hast, Jobling«, sagt Mr. Guppy. »Und ich habe neulich mit unserm Freund Smallweed einen Plan besprochen, der mir eingefallen ist. Du kennst doch Snagsby, den Papierhändler?«

»Ich weiß nur, daß es einen Papierhändler dieses Namens gibt«, entgegnet Mr. Jobling. »Er war nicht unser Lieferant, und ich kenne ihn nicht weiter.«

»Aber unsrer ist er, Jobling, und ich kenne ihn. Also höre. Ich bin in letzter Zeit durch gewisse Umstände mit ihm und seiner Familie besser bekannt geworden. Die Umstände tun hier nichts zur Sache. Sie können – oder können auch nicht – in Beziehung zu einem Thema stehen, das vielleicht – oder vielleicht auch nicht – einen Schatten auf mein Dasein geworfen hat.«

Da es Mr. Guppys Art ist, seine vertrauten Freunde mit seinem Schmerz anzurenommieren, sie aber in dem Augenblick, wo sie auf das Thema eingehen, mit schneidender Härte wegen »gewisser Saiten des menschlichen Herzens« schroff in ihre Schranken zu weisen, weichen sowohl Mr. Jobling wie Mr. Smallweed der gelegten Falle aus und bleiben stumm.

»Es kann so sein«, wiederholt Mr. Guppy. »Oder es kann auch nicht so sein. Das gehört nicht hierher. Es genügt, daß sowohl Mr. wie Mrs. Snagsby gern bereit sind, mir gefällig zu sein, und während der Gerichtssession von uns viel beschäftigt werden. Er bekommt auch viel Arbeit von Tulkinghorn und hat überdies ein glänzendes Geschäft. Ich glaube, wenn unser gemeinsamer Freund Smallweed auf der Zeugenbank säße, könnte er das beeiden?!«

Mr. Smallweed nickt und scheint vor Begier zu brennen, beeidigt zu werden.

»Nun, meine Herren Geschworenen«, fährt Mr. Guppy fort. »Ich meine dich, Jobling ... Du wirst sagen, daß das eine sehr armselige Perspektive ist. Zugegeben. Aber es ist besser als nichts und besser, als sich anwerben zu lassen. Du brauchst vor allem Zeit. Es muß einige Zeit verstreichen, bis Gras über die Geschichte gewachsen ist. Du könntest noch viel Schlimmeres erleben, als für Snagsby abschreiben zu müssen.«

Mr. Jobling will ihn unterbrechen, aber der weise Smallweed hält ihn mit einem trocknen Husten und den Worten: »Hm! Shakespeare!« davon ab.

»Die Sache hat zwei Seiten, Jobling. Das ist die erste. Ich komme zur zweiten. Du kennst Krook, den Kanzler drüben. Was, Jobling?« sagt Mr. Guppy in ermutigendem Kreuzverhör. »Du kennst doch Krook, den Kanzler drüben in der Gasse?«

»Vom Sehen.«

»Vom Sehen. Gut. Und du kennst doch die kleine Flite?«

»Die kennt jeder Mensch.«

»Die kennt jeder Mensch. Sehr gut. Nun gehört es seit einiger Zeit zu meinen Obliegenheiten, Flite eine gewisse Summe wöchentlich auszubezahlen. Außerdem habe ich meinen Instruktionen gemäß ihren Wochenzins vor ihren Augen Krook selbst zu übergeben. Dadurch kam ich in Verbindung mit Krook und lernte sein Haus und seine Gewohnheiten kennen. Ich weiß, daß er noch ein Zimmer zu vermieten hat. Dort kannst du unter einem beliebigen Namen sehr billig wohnen ... So ungestört, als ob du hundert Meilen weit weg wärst. Er stellt keine unnötigen Fragen und würde dich auf ein Wort von mir als Mieter annehmen, ehe noch die Glocke zu Ende schlägt. Und ich will dir noch etwas sagen, Jobling«, Mr. Guppy spricht plötzlich leiser und wird vertraulicher. »Er ist ein sonderbarer alter Knabe, wühlt immer in einem Haufen Papieren herum und plagt sich ab, um allein lesen und schreiben zu lernen, ohne damit vorwärtszukommen, wie mir scheint. Er ist ein sonderbarer alter Kauz. Ich weiß nicht, ob es nicht der Mühe wert wäre, sich den Burschen ein wenig genauer anzusehen.«

»Du willst doch nicht sagen? ...« fängt Mr. Jobling an.

»Ich will nur sagen«, Mr. Guppy zuckt bescheiden die Achseln, »daß ich mir nicht recht klar über ihn werden kann. Unser gemeinsamer Freund Smallweed soll selbst erklären, ob er mich nicht hat bemerken hören, daß ich mir nicht über ihn klarwerden kann.«

»Allerdings«, bestätigt Mr. Smallweed lakonisch.

»Ich kenne ein wenig das Geschäft und auch ein wenig das Leben, Tony, und es kommt mir selten vor, daß ich mir nicht über irgend jemand mehr oder weniger klarwerden kann, aber ein solch alter Fuchs, so schlau und geheimnisvoll, wenn er auch, glaube ich, nie nüchtern ist, ist mir noch nie vorgekommen. Er muß wunderbar alt sein und hat keine Seele um sich. Er soll unermeßlich reich sein, und ob er nun ein Schmuggler, ein Hehler ist oder insgeheim auf Pfänder borgt oder wuchert – was ich mir manchmal schon gedacht habe –, jedenfalls wäre es für dich der Mühe wert, ihm ein wenig in die Karten zu gukken. Ich sehe nicht ein, weshalb du nicht darauf eingehen solltest, wenn dir alles übrige soweit paßt.«

Mr. Jobling, Mr. Guppy, Mr. Smallweed stützen ihre Ellbogen auf den Tisch, legen das Kinn auf die Hand und blicken zur Decke empor. Nach einer Weile trinken sie jeder einen Schluck, lehnen sich langsam zurück, stecken die Hände in die Taschen und sehen einander an.

»Ja, wenn ich meine alte Energie noch hätte, Tony«, seufzt

Mr. Guppy. »Aber es gibt Saiten im menschlichen Herzen ...«
Mr. Guppy ertränkt den Rest des schmerzlichen Gedankens in Rum mit Wasser, schließt damit, daß er es Tony Jobling überläßt, sich zu dem Abenteuer zu entschließen, und sagt ihm, daß ihm während der Gerichtsferien und solange das Geschäft stocke seine Börse zur Verfügung stehe. Auf drei, vier oder sogar fünf Pfund käme es ihm nicht an. »Denn man soll niemals sagen«, setzt Mr. Guppy mit Emphase hinzu, »daß William Guppy einen Freund im Stiche gelassen habe.«
Der Vorschlag ist so annehmbar, daß Mr. Jobling mit Rührung ausruft: »Guppy, alter Kamerad, deine Hand.« Mr. Guppy reicht sie ihm: »Jobling, mein Junge, hier ist sie.« Mr. Jobling entgegnet: »Guppy, wir sind jetzt schon einige Jahre Duzfreunde.« »So ist es, Jobling«, bestätigt Mr. Guppy.
Sie schütteln einander die Hände, und Mr. Jobling fügt in gerührtem Ton hinzu: »Ich danke dir, Guppy, aber ich glaube, ich könnte noch ein Glas vertragen. Alter Bekanntschaft wegen.«
»Krooks letzter Mieter ist in seinem Zimmer gestorben«, bemerkt Guppy so gelegentlich nach einer Pause.
»So, ist er das?«
»Es war Totenschau. Ursache des Todes: Zufall. Das macht dir doch nichts aus?«
»Nein«, sagt Mr. Jobling, »macht mir nichts aus. Aber er hätte ebensogut anderswo sterben können. Es ist verdammt kurios, daß er gerade in meiner Wohnung sterben mußte.«
Mr. Jobling nimmt den Übergriff sehr übel und kommt einigemal darauf zurück mit Bemerkungen wie: »Es gibt doch wahrhaftig Orte genug zum Sterben. Ob es ihm wohl gefallen hätte, wenn ich in seiner Wohnung gestorben wäre!«
Da der Vertrag so gut wie abgeschlossen ist, schlägt Mr. Guppy vor, den getreuen Smallweed hinzuschicken und

fragen zu lassen, ob Mr. Krook zu Hause sei, um in diesem Fall das Geschäft ohne Verzug abschließen zu gehen. Mr. Jobling erteilt seine Zustimmung, und Smallweed begibt sich unter seinen großen Zylinder und balanciert ihn à la Guppy aus dem Speisehaus hinaus. Bald darauf kehrt er mit der Nachricht zurück, Mr. Krook sei zu Hause und er habe ihn durchs Fenster hinten im Laden schlafen sehen, so fest wie ein Murmeltier.

»Also, zahlen«, ruft Mr. Guppy. »Wir wollen hingehen. Small, wieviel wird's machen?«

Mr. Smallweed winkt die Kellnerin mit dem Augenlid herbei und diktiert: »Viermal Kalbsbraten und Schinken ist drei, viermal Kartoffeln macht drei und vier, ein Sommerkohl macht drei und sechs, dreimal Pudding ist vier und sechs, und sechs Brote sind fünf, und drei Cheshire sind fünf und drei, vier Bier sechs und drei, vier kleine Rum acht und drei, und dreimal für Polly ist acht und sechs. Acht Schilling sechs Pence, Polly, und achtzehn Pence heraus, ist ein halber Sovereign.«

Nicht im geringsten von dieser fürchterlichen Rechenarbeit angegriffen, entläßt Smallweed seine Freunde mit einem kaltblütigen Nicken und bleibt zurück, um bei Gelegenheit Polly ein wenig zu bewundern und die Zeitung zu lesen, die, außer wenn er seinen Zylinder aufhat, so groß für ihn ist, daß er hinter ihr wie unter einem Bettuch verschwindet.

Mr. Guppy und Mr. Jobling begeben sich nach dem Hadern-und-Flaschen-Laden, wo sie Mr. Krook immer noch fest wie ein Murmeltier schlafen finden. Er schnarcht laut, das Kinn auf der Brust, und läßt sich weder durch Geräusche draußen noch durch leises Schütteln wecken. Auf dem Tisch neben ihm stehen unter dem gewöhnlichen Allerlei eine leere Ginflasche und ein Glas. Die stickige Luft ist so von dem Geruch des Getränks gesättigt, daß selbst die grünen Augen der Katze oben auf dem Sims, sich öffnend und schließend und den Besuch anglimmend, betrunken aussehen.

»Heda!« ruft Mr. Guppy und rüttelt die zusammengesunkene Gestalt des Alten von neuem. »Mr. Krook! Hallo, Sir!«
– Ebenso leicht könnte man ein Bündel alter Kleider, in dessen Innerem Spiritus glüht, wecken. –
»Ist dir jemals eine solche Betäubung zwischen Betrunkenheit und Schlaf vorgekommen?« fragt Mr. Guppy.
»Wenn das sein regelmäßiger Schlummer ist«, bemerkt Jobling, ein wenig beunruhigt, »wird er eines Tages überhaupt nicht mehr aufwachen.«
»Es ist bei ihm immer mehr ein Schlaganfall als ein Schlaf«, sagt Mr. Guppy und schüttelt ihn abermals. »Hallo, Euer Lordschaft! Sie können schon fünfzigmal beraubt sein! Machen Sie doch die Augen auf!«
Nach vielem Lärm tut es Krook, aber anscheinend, ohne den Besuch oder irgend etwas andres zu sehen. Er legt zwar ein Bein über das andre, faltet die Hände, öffnet und schließt ein paarmal die pergamentnen Lippen, scheint jedoch gefühllos zu sein wie vorher.
»Jedenfalls lebt er noch«, sagt Mr. Guppy. »Wie geht's, Mylord Kanzler? Ich habe einen Freund mitgebracht, Sir. Wegen eines kleinen Geschäftes.«
Der Alte sitzt immer noch da, schmatzt mit seinen trockenen Lippen und hat nicht das mindeste Bewußtsein. Nach einigen Minuten macht er einen Versuch, aufzustehen. Sie helfen ihm dabei, und er taumelt an die Wand und starrt sie an.
»Wie geht's, Mr. Krook?« fragt Mr. Guppy, ein wenig außer Fassung. »Wie geht's, Sir. Sie sehen entzückend aus, Mr. Krook. Ich hoffe, Sie sind doch ganz wohl?«
Der Alte will nach Mr. Guppy oder in die leere Luft schlagen, dreht sich dabei willenlos um und kommt mit dem Gesicht gegen die Wand zu stehen. So bleibt er ein oder zwei Minuten angelehnt und taumelt dann durch den Laden zur Eingangstür. Die Luft, die Bewegung im Hof, die Zeit oder alle drei zusammen bringen ihn wieder zum Bewußtsein. Er kommt ziemlich festen Schrittes wieder,

schiebt sich seine Pelzmütze auf dem Kopf zurecht und sieht die beiden lauernd an.
»Ihr Diener, meine Herren. Ich habe ein wenig genickt. Hi! Ich bin manchmal schwer zu wecken.«
»Ziemlich schwer, das stimmt«, bestätigt Mr. Guppy.
»Was? Sie haben es wohl versucht?« fragt Krook argwöhnisch.
»Nur ein wenig.«
Das Auge des Alten ruht auf der leeren Flasche. Er nimmt sie, untersucht sie und dreht sie langsam um.
»So, so!« sagt er und sieht dabei aus wie der Kobold im Märchen. »Da ist jemand drüber gewesen!«
»Ich versichere Ihnen, wir fanden sie so«, sagt Mr. Guppy. »Aber wenn Sie mir erlauben, lasse ich sie Ihnen wieder füllen?«
»O natürlich!« ruft Krook freudig erregt. »Gewiß! Machen Sie keine Umstände! Lassen Sie sie nebenan füllen – in der ›Sonne‹. Mit des Lordkanzlers Vierzehnpence. Hihi! Sie wissen's schon drüben.«
Er drängt die leere Flasche Mr. Guppy so angelegentlich auf, daß dieser seinem Freund zunickt, hinauseilt und mit der gefüllten Flasche wieder hereinkommt. Der Alte nimmt sie wie ein geliebtes Enkelkind in die Arme und streichelt sie zärtlich.
»Aber«, flüstert er mit halbgeschlossenen Augen, nachdem er sie gekostet hat, »das ist ja nicht des Lordkanzlers Vierzehnpence. Das ist Achtzehnpence.«
»Ich dachte, er würde Ihnen besser schmecken«, meint Mr. Guppy.
»Sie sind ein Edelmann, Sir«, Krook kostet abermals, und sein heißer Atem haucht sie an wie eine Flamme. »Sie sind ein Reichsbaron.«
Rasch benützt Mr. Guppy den günstigen Augenblick, stellt seinen Freund unter dem Namen Mr. Weevle vor und erklärt, warum sie gekommen seien. Mit der Flasche unter dem Arm – seine Betrunkenheit überschreitet nie einen gewissen Grad – mustert Krook mit aller Muße den

neuen Mieter und scheint Gefallen an ihm zu finden.
»Sie wünschen sich das Zimmer anzusehen, junger Mann? Oh, es ist ein schönes Zimmer. Habe es weißen lassen. Hi! Es ist jetzt die doppelte Miete wert. Ganz abgesehen von meiner Gesellschaft, wenn Sie Wert darauf legen, und einer so ausgezeichneten Katze für die Mäuse.«
Mit diesen Worten führt der Alte die beiden die Treppe hinauf in das Zimmer, das allerdings viel reinlicher aussieht und einige alte Möbelstücke enthält, die er aus seinen unerschöpflichen Schätzen herausgegraben hat.
Über die Bedingungen sind sie bald einig, denn der Lordkanzler kann es mit Mr. Guppy, der mit Kenge & Carboy, »Jarndyce kontra Jarndyce« und so weiter in Verbindung steht, nicht genau nehmen, und man kommt überein, daß Mr. Weevle am nächsten Tag einziehen soll.
Mr. Weevle begibt sich sodann mit Mr. Guppy nach Cook's Court, Cursitor Street, um sich Mr. Snagsby vorstellen zu lassen und, was noch wichtiger ist, sich Stimme und Fürsprache Mrs. Snagsbys zu sichern. Dann erstatten sie dem ausgezeichneten Smallweed, der zu diesem Zweck mit seinem großen Zylinder auf dem Kopf in der Kanzlei wartet, Bericht und scheiden voneinander, nachdem Mr. Guppy erklärt hat, er möchte am liebsten dem kleinen Fest damit die Krone aufsetzen, daß er sie ins Theater führte, wenn es nicht Saiten im menschlichen Herzen berührte, die das wie Hohn erscheinen ließen.
Am nächsten Tag in der Abenddämmerung findet sich Mr. Weevle bescheiden bei Krook ein, durchaus nicht übermäßig mit Gepäck beschwert, und nimmt Besitz von seiner neuen Wohnung, wo die beiden großen Augen in den Fensterläden ihn im Schlaf verwundert anstarren. Am folgenden Tag borgt sich Mr. Weevle, der ein findiger, anstelliger Nichtsnutz von einem Burschen ist, von Miß Flite Nadel und Zwirn und einen Hammer von seinem Wirt und geht ans Werk, sich bescheidne Ersatzfenstervorhänge zu verfertigen, und hängt seine beiden Teetassen, seine Milchkanne und andre Steingutsachen an kleine

Haken wie ein schiffbrüchiger Matrose, der es sich so gut wie möglich einrichtet.
Was Mr. Weevle von all seinem bißchen Besitz am höchsten schätzt – außer seinem blonden Backenbart – ist eine auserlesene Sammlung von Kupferdrucken des echt nationalen Werkes »Die Göttinnen Albions oder Pracht-Galerie britischer Schönheiten«, die Damen der Modewelt oder vornehmer Abkunft in jeder albernen Geziertheit, die Kunst verbunden mit Kapital hervorbringen kann, darstellend. Mit diesen prachtvollen Porträts, die während seines Exils in den Gemüsegärten in einer unwürdigen Bandschachtel ruhten, dekoriert er sein Zimmer. Die Wirkung ist imponierend, da die »Pracht-Galerie britischer Schönheiten« in jeder Art Phantasietracht jedes mögliche Instrument spielt, jede Art von Hund streichelt und alle möglichen Sorten Blumentöpfe und Balustraden als Hintergrund gewählt hat.
Die Modewelt ist nun einmal Mr. Weevles Schwäche, wie sie schon Tony Joblings Schwäche war. Sich abends die gestrige Zeitung aus der »Sonne« zu borgen und zu lesen, was für glänzende und ausgezeichnete Meteore in jeder Richtung über den Modehimmel schießen, gewährt ihm unsägliche Befriedigung. Zu wissen, welches Mitglied der Haute volée geruhte, sich dem oder jenem Feste anzuschließen, oder die nicht weniger glänzende und bedeutungsvolle Tat plant, morgen wieder abzureisen, durchbebt ihn mit wonnevollem Entzücken. Unterrichtet zu sein, was die Prachtgalerie britischer Schönheiten augenblicklich tut oder vorhat und was für Heiraten in dieser Galerie auf dem Tapet sind und »was man spricht«, heißt die glorreichsten Ziele des Menschengeschlechts kennenlernen. Mr. Weevle wendet sein Auge von diesen Nachrichten auf die darin besprochenen fashionablen Porträts, und es ist ihm, als kenne er die Originale und sie kennten ihn.
Sonst ist er ein ruhiger Mieter, anstellig und erfinderisch. Er versteht ebensogut für sich zu kochen und zu waschen,

wie für sich zu zimmern, und zeigt gesellige Neigungen, sobald die abendlichen Schatten sich über den Hof senken. Zu solchen Zeiten, wenn ihn nicht Mr. Guppy besucht oder dessen Ebenbild, ein kleinerer Stern mit Zylinder, verläßt er sein düsteres Zimmer, dessen großes tintenberegnetes Holzpult er geerbt hat, und plaudert mit Krook oder ist sehr »aufgeknöpft«, wie sie es in Cook's Court nennen, gegen jeden, der Lust zur Unterhaltung hat.

Deshalb sieht sich Mrs. Piper, die im Hof tonangebend ist, veranlaßt, Mrs. Perkins gegenüber zweierlei Bemerkungen zu machen:

Erstens, daß, wenn ihr Johnny einen Backenbart bekommen sollte, sie wünsche, er ganz dem des jungen Mannes gleiche, und zweitens: »Merken Sie sich meine Worte, Mrs. Perkins ... Wundern Sie sich nicht, wenn der junge Mann einmal des alten Krook ganzes Geld erbt.«

21. Kapitel

Die Familie Smallweed

Inmitten einer recht übel aussehenden und übel duftenden Nachbarschaft, wenn auch einer ihrer höher gelegenen Teile den Namen Mount Pleasant führt, verbringt der Kobold Smallweed, getauft Bartholomäus, am häuslichen Herde aber »Bart« genannt, den spärlichen Rest seiner Zeit, den ihm die Kanzlei, und was damit zusammenhängt, übrigläßt. Er wohnt in einer kleinen schmalen Straße, die immer einsam, schattig und traurig von allen Seiten wie ein Grab dicht ummauert ist. Aber immer noch wächst in ihr der Stumpf eines alten Waldbaumes, und sein Duft ist fast so frisch und natürlich wie Smallweeds Anstrich von Jugend.

Seit mehreren Generationen hat es in der Familie Smallweed nur ein einziges Kind gegeben. Kleine alte Männer und Frauen sind vorgekommen, aber kein Kind, bis Mr. Smallweeds Großmutter, die jetzt noch am Leben ist, schwachen Geistes und zum erstenmal in ihrem Leben zum Kinde wurde. Mit den kindischen Eigenschaften eines gänzlichen Mangels an Beobachtungsgabe, Gedächtnis, Verstand und Interesse und mit der ewigen Neigung behaftet, beim Feuer einzuschlafen und hineinzufallen, hat Mr. Smallweeds Großmutter unzweifelhaft zur Belebung der ganzen Familie beigetragen.

Mr. Smallweeds Familie erfreut sich noch eines Großvaters. Der untere Teil seines Körpers ist ganz und der obere Teil beinah in hoffnungslosem Zustand, aber sein Geist ist ungeschwächt. Er kennt so gut wie früher die vier Spezies der Arithmetik und eine gewisse kleine Auswahl der greifbarsten Tatsachen. Was Idealismus, Ehrfurcht, Bewunderung und andre derartige phrenologische Eigenschaften betrifft, ist er darin nicht schlimmer dran als früher. Alles, was Großvater Smallweed je in seinen Geist aufgenommen hat, ist bei Beginn eine Raupe gewesen und bis zuletzt eine Raupe geblieben. In seinem ganzen Leben hat er nicht einen einzigen Schmetterling ausgebrütet. Der Vater dieses angenehmen Großvaters, aus der Gegend von Mount Pleasant, war eine hornhäutige zweibeinige geldsammelnde Art Spinne gewesen, die ihre Netze wob, um unvorsichtige Fliegen zu fangen, und in dunkeln Löchern auf der Lauer lag. Der Gott dieses alten Heiden hieß Zinseszins. Er lebte für diesen Gott, heiratete für ihn und starb für ihn. Als ihn ein schwerer Verlust in einem ehrenhaften kleinen Unternehmen traf, in dem der ganze Verlust auf der andern Seite hätte liegen sollen, brach ihm etwas – etwas, was zu seinem Leben notwendig war und daher nicht gut sein Herz gewesen sein konnte –, und er starb. Da sein Ruf nicht gut gewesen und er in einer Armenschule einen vollständigen Kursus der Fragen und Antworten über das alte Volk der Ammoniter und Hethi-

ter durchgemacht hatte, wurde er häufig als ein Beispiel der schlimmen Folgen der Erziehung hingestellt.
Sein Geist pflanzte sich in seinem Sohne fort, dem er stets eingeprägt hatte, frühzeitig die Fühler auszustrecken, und den er im zwölften Lebensjahr bei einem Wucherer in die Lehre gab. Hier bildete der junge Gentleman, der von knickerigem und geizigem Charakter war, seinen Geist und schwang sich durch Entwicklung seiner Familienanlage allmählich bis zum – Eskompteur auf. Da er sich ebenfalls frühzeitig etablierte und spät heiratete, wie sein Vater vor ihm, zeugte er ebenfalls einen Sohn von knickerigem engherzigem Charakter, der auch seinerzeit sich frühzeitig etablierte und spät heiratete und Vater des Zwillingspaares Bartholomäus und Judith Smallweed wurde. Während der ganzen Zeit des langsamen Gedeihens dieses Stammbaums hatte das Haus Smallweed, immer sich frühzeitig etablierend und spät heiratend, seinen praktischen Charakter gestärkt, allen Vergnügungen entsagt, alle Geschichtsbücher, Märchen, Phantasien und Fabeln verboten und jegliche Art Spielerei verbannt. Die Folge davon war die erquickliche Tatsache, daß dem Hause nie ein Kind geboren wurde und die fertigen kleinen Männer und Frauen, die es hervorbrachte, alten Affen glichen, auf deren Seele etwas Niederdrückendes lastete.
Gegenwärtig sitzen in der dunkeln kleinen Stube, einige Fuß unter dem Straßenpflaster, in zwei schwarzen Roßhaarlehnstühlen auf beiden Seiten des Kamins Mr. und Mrs. Smallweed, beide steinalt, und verbringen hier ihre rosigen Stunden. Es ist eine grimmig und streng aussehende ungemütliche Stube, in der man keine andere Zier bemerkt als ein ganz ordinäres Tischtuch und ein ganz hartes eisenblechernes Teebrett, das seinem dekorativen Charakter nach kein schlechtes allegorisches Bild von Großvater Smallweeds Seele ist.
Auf dem Herd stehen ein paar Dreifüße für die Töpfe und Kessel, deren Bewachung Großvater Smallweeds gewöhnliche Beschäftigung ausmacht, und zwischen ihnen

ragt von dem Kaminsims eine Art messingner Hausgalgen vor, um daran Fleisch zu braten, der ebenfalls unter seiner Aufsicht steht, wenn er in Tätigkeit ist.
Unter des ehrwürdigen Mr. Smallweeds Sessel und bewacht von seinen spindeldürren Beinen ist ein Schubkasten angebracht, der der Legende nach Schätze von fabelhaftem Wert birgt. Neben ihm liegt ein überzähliges Kissen, das er immer bei der Hand haben muß, um es der ehrwürdigen Gefährtin seines Lebensabends an den Kopf werfen zu können, wenn sie eine Anspielung auf Geld macht, eine Anspielung, gegen die er ganz besonders empfindlich ist.
»Wo bleibt nur Bart?« fragt Großvater Smallweed Judy, Barts Zwillingsschwester.
»Ist noch nicht da«, brummt Judy.
»Es ist seine Teezeit, was?«
»Nein.«
»Wieviel glaubst du, fehlt noch daran?«
»Zehn Minuten.«
»He?«
»Zehn Minuten«, schreit Judy lauter.
»Ho!« sagt Großvater Smallweed. »Zehn Minuten.«
Großmutter Smallweed, die gemümmelt hat und mit dem Kopf gewackelt, den Dreifuß anstierend, hört die Zahlen nennen, bringt sie mit Geld in Verbindung und kreischt wie ein häßlicher alter Papagei ohne Federn: »Zehn Zehnpfundnoten.«
Großvater Smallweed wirft ihr augenblicklich das Kissen an den Kopf.
»Verwünscht noch mal, kusch!« ruft der gute Alte.
Die Wirkung der Wurfbewegung ist zwiefach. Sie drückt nicht nur Mrs. Smallweeds Kopf in die Ecke ihres Lehnstuhls und läßt ihre Mütze in einem wenig respektierlichen Zustand erblicken, wenn die Enkelin sie wieder erlöst hat, sondern die damit verbundne Anstrengung macht auch Mr. Smallweed in seinen Lehnstuhl zurücksinken wie eine zerbrochene Puppe.

Da der treffliche alte Herr zu solchen Zeiten nur wie ein bloßes Kleiderbündel mit einem schwarzen Hauskäppchen obendrauf aussieht, so bietet er keinen sehr belebten Anblick, bis ihn die Enkelin wie eine große Flasche geschüttelt und zurechtgeklopft und -gepufft hat wie ein Polster. Wenn sich durch diese Behandlungsweise wieder ein Ansatz von Hals bei ihm zeigt, sitzen er und die Gefährtin seines Lebensabends sich wieder in den zwei Lehnstühlen gegenüber wie ein paar Schildwachen, die der Tod, der schwarze Sergeant, auf ihrem Posten vergessen hat.

Das Zwillingskind Judy ist eine würdige Gesellschaft für die beiden.

Sie ist so unzweifelhaft Mr. Smallweed jrs. Schwester, daß beide zusammengeknetet kaum einen jungen Menschen von Durchschnittsproportionen ergeben hätten, während sie allein ein so glückliches Beispiel der Familienähnlichkeit mit dem Affengeschlecht ist, daß sie, mit Tressenjacke und Mütze aufgeputzt, ruhig, ohne aufzufallen, auf einer Drehorgel sitzen könnte. Gegenwärtig jedoch trägt sie natürlich nur einen einfachen knappen Rock von braunem Stoff.

Judy hat nie eine Puppe gehabt, hat nie vom Aschenbrödel gehört oder irgendein Spiel gespielt. Als sie ungefähr zehn Jahre alt war, kam sie ein- oder zweimal in Kindergesellschaft, aber die Kinder konnten nicht mit Judy und Judy nicht mit ihnen auskommen. Sie schien ein Geschöpf anderer Gattung zu sein, und auf beiden Seiten herrschte ein instinktiver Widerwille.

Ob Judy lachen kann, ist fraglich. Sie hat es so selten gesehen, daß die Wahrscheinlichkeit sehr dagegen spricht. Von einem kindlichen Lachen hat sie bestimmt keinen Begriff. Wenn sie zu lachen versuchen würde, stünden ihr wahrscheinlich die Zähne im Weg, denn sie ahmt in jeder Miene das Greisenalter nach, das um sie ist. So ist Judy.

Und ihr Zwillingsbruder hat in seinem ganzen Leben noch nie einen Kreisel aufgewunden. Von dem Däumling, der den Riesen totschlug, oder Sindbad, dem Seefahrer, weiß er nicht mehr als von den Bewohnern der Sterne. Von Bockspringen oder Ballspielen hatte er schon gar nie eine blasse Ahnung. Aber insofern ist er glücklicher als seine Schwester, als in seine enge Welt der Tatsachen ein Dämmerschein der höheren Regionen gedrungen ist, die innerhalb des Gesichtskreises Mr. Guppys liegen, dieses glänzenden Zauberers. Deshalb seine Bewunderung vor diesem strahlenden Stern.

Mit einem gongähnlichen Geräusch setzt Judy eins der eisenblechernen Teebretter auf den Tisch und verteilt Ober- und Untertassen. Das Brot legt sie in ein eisernes Körbchen und ein wenig Butter auf einen kleinen Zinnteller. Großvater Smallweed sieht scharf hin, wie der Tee eingeschenkt wird, und fragt Judy, wo das Mädchen ist.

»Charley, meinst du?« fragt Judy.

»He?«

»Charley, meinst du?«

Das berührt eine Feder in Großmutter Smallweeds Erinnerungsuhrwerk. Und wie gewöhnlich den Dreifuß angrinsend, schreit sie:

»Über dem Wasser. Charley über dem Wasser! Charley über dem Wasser! Über das Wasser zu Charley! Charley über dem Wasser! Über das Wasser zu Charley!« – und wird ganz lebhaft dabei.

Der Großvater sieht sich nach dem Kissen um, hat sich aber von seiner letzten Anstrengung noch nicht genügend erholt.

»Ha!« fragt er, als Stille eingetreten ist. »Heißt sie so? Sie ißt viel. Es wäre besser, ihr Kostgeld zu geben.«

Mit dem schlauen Augenzwinkern ihres Bruders schüttelt Judy den Kopf und spitzt ihre Lippen zu einem Nein, ohne es auszusprechen.

»Nein?« wiederholt der Alte. »Warum nicht?«

»Wir würden ihr sechs Pence täglich geben müssen und können es billiger machen«, sagt Judy.

»Bestimmt?«

Judy antwortet mit einem höchst bedeutsamen Nicken und schrillt, während sie so sparsam wie möglich die Butter auf das Brot kratzt und es in Scheiben schneidet: »Charley, wo bist du?«

Schüchtern erscheint ein kleines Mädchen in einer groben Schürze und einem großen Hut, die Arme mit Seifenschaum bedeckt und in der Hand eine Scheuerbürste, und knickst.

»Was machst du jetzt?« herrscht Judy sie an und schnappt nach ihr wie eine bösartige alte Hexe.

»Ich scheuere das Hofzimmer oben, Miß.«

»Mach es ordentlich und trödle nicht. Schlamperei paßt mir nicht. Mach rasch! Fort!« ruft Judy und stampft mit dem Fuß auf den Boden. »Ihr Mädchen macht einem doppelt soviel Arbeit, wie ihr wert seid.«

Als diese strenge Matrone wieder an ihre Beschäftigung geht, Butter auf das Brot zu kratzen, fällt der Schatten ihres Bruders, der zum Fenster hereinsieht, auf sie. Messer und Brot in der Hand, macht sie ihm die Haustür auf.

»Nun, Bart!« sagt Großvater Smallweed. »Da bist du ja. He?«

»Da bin ich«, nickt Bart.

»Wieder mit deinem Freund zusammengewesen, Bart?«

Small nickt.

»Auf seine Kosten zu Mittag gegessen, Bart?«

Small nickt wieder.

»Das ist recht. Lebe auf seine Kosten, soviel du kannst, und laß dich durch sein törichtes Beispiel warnen. Das ist der Nutzen eines solchen Freundes. Der einzige Nutzen, den du aus ihm ziehen kannst«, sagt der ehrwürdige Weise.

Der Enkel könnte diesen guten Ratschlag ehrerbietig aufnehmen, aber er billigt ihn mit einem leichten Nicken und Augenzwinkern und setzt sich an den Teetisch.

Die vier alten Gesichter schweben sodann über den Teetassen wie eine Gesellschaft gespenstischer Cherubim, und Mrs. Smallweed wackelt beständig mit dem Kopf und schnattert die Dreifüße an, während der greise Patriarch beständig geschüttelt werden muß wie eine große schwarze Flasche.

»Ja, ja«, sagt der alte Herr und fängt seine Vorlesungen über Weisheit wieder an. »Diesen Rat würde dir auch dein Vater gegeben haben, Bart. Du hast deinen Vater nie gesehen. Sehr schade. Er war mein echter Sohn.«

»Er war mein echter Sohn«, wiederholt der alte Herr und faltet die Hände mit der Butterschnitte über dem Knie. »Ein guter Rechner. – Starb vor fünfzehn Jahren.«

Von ihrem gewohnten Instinkt getrieben, ruft Mrs. Smallweed: »Fünfzehnhundert Pfund. Fünfzehnhundert Pfund in einem schwarzen Kasten! Fünfzehnhundert Pfund unter Schloß und Riegel! Fünfzehnhundert Pfund gut versteckt.«

Der würdige Gatte legt das Butterbrot hin und wirft sofort mit dem Kissen nach ihr. Sie wird in die Ecke ihres Stuhls gequetscht, und er sinkt entkräftet zurück.

Sein Aussehen, wenn er an Mrs. Smallweed wieder eine solche Ermahnung verschwendet hat, ist höchst ausdrucksvoll, aber keineswegs einnehmend. Erstens, weil ihm die Anstrengung meistens das Hauskäppchen über ein Auge schiebt und ihm ein Aussehen koboldartiger Flottheit verleiht, zweitens, weil er heftige Verwünschungen gegen Mrs. Smallweed ausstößt, und drittens, weil der Kontrast zwischen seinen kräftigen Ausdrücken und seiner schwächlichen Gestalt an einen giftigen alten Bösewicht erinnert, der gern grausam sein möchte, aber nicht kann.

Das alles ist etwas so Gewöhnliches in dem Familienkreise der Smallweeds, daß es weiter keinen Eindruck hervorruft. Der alte Herr wird nur geschüttelt, und seine inneren Federn werden aufgeklopft, das Kissen wird von neuem an seinen gewöhnlichen Platz neben ihn gelegt und die alte Dame abermals in ihrem Stuhl aufgerichtet, um bei nächster Gelegenheit wieder wie ein Kegel umgeworfen zu werden.

Manchmal rückt man ihr die Mütze zurecht. Manchmal auch nicht.
Diesmal vergeht einige Zeit, bis sich der alte Herr so weit beruhigt hat, um seine Rede fortsetzen zu können, und selbst dann mischt er verschiedne erbauliche Zurufe an die Gefährtin seines Lebens, die aber nicht zuhört und sich auf Erden nur noch mit Dreifüßen unterhält, hinein.
»Wenn dein Vater, Bart, länger gelebt hätte, würde er sehr reich geworden sein – du höllisches Plappermaul –, aber gerade als er anfing, das Gebäude aufzurichten, zu dem er viele Jahre lang den Grund gelegt hatte – du verwünschte Elster, was willst du denn eigentlich –, erkrankte er und starb an einem zehrenden Fieber, denn er war immer ein sparsamer Mann voll Sorge ums Geschäft – ich möchte dir eine Katze an den Kopf werfen, anstatt eines Kissens, und tue es auch noch einmal, wenn du einen so verdammten Narren aus dir machst –, und deine Mutter, die eine verständige Frau war, so dürr wie ein Hobelspan, schwand hin wie Zunder, als sie dich und Judy geboren hatte ... Du bist ein altes Schwein, du bist ein dummes Höllenschwein – Schweinskopf!!«
Judy, die sich für das, was sie schon so oft gehört hat, nicht im geringsten interessiert, gießt aus den Ober- und Untertassen und dem Grunde der Kanne verschiedne Nebenströme Tee zum Abendbrot der kleinen Scheuerfrau zusammen. Ebenso sammelt sie in dem eisernen Brotkorb soviel Rinden und Brocken Brot, wie die strenge Sparsamkeit des Hauses übriggelassen hat.
»Aber dein Vater und ich waren Kompagnons, Bart«, fährt der alte Herr fort, »und nach meinem Tode bekommen du und Judy alles. Es ist ein großes Glück für euch, daß ihr zeitig in die Lehre gegangen seid. Judy ins Blumengeschäft und du in die Kanzlei. Ihr werdet das Geld nicht anzugreifen brauchen. Ihr verdient euch auch so euren Lebensunterhalt und spart noch mehr dazu. Wenn ich tot bin, geht Judy wieder ins Blumengeschäft, und du bleibst in der Kanzlei.«

Nach Judys Aussehen könnte man eher auf eine Beschäftigung mit Dornen als mit Blumen schließen, aber sie ist frühzeitig in die Mysterien der Verfertigung künstlicher Blumen eingeweiht worden. Ein scharfer Beobachter hätte sowohl in ihrem als in ihres Bruders Auge, während ihr ehrwürdiger Großvater von seinem Tode sprach, ein klein wenig Ungeduld, wann er wohl sterben würde, und ein wenig Groll, daß es schon so lange dauere, entdecken können.

»Wenn ihr jetzt alle fertig seid«, sagt Judy und räumt auf, »will ich das Mädchen zum Tee hereinholen. Sie würde nie fertig werden, wenn ich ihr den Tee draußen in der Küche gäbe.«

Charley wird also hereingerufen und setzt sich unter einem heftigen Kreuzfeuer von Blicken zu ihrem Tee und einer druidischen Ruine von Butterbrot hin. Bei der Beaufsichtigung des Mädchens scheint Judy Smallweed ein wahrhaft geologisches Alter zu erreichen und auszusehen, als ob sie aus den fernsten Zeitepochen herstamme. Ihr System, mit oder ohne Anlaß über das Kind herzufallen, es auszuschimpfen, ist geradezu wunderbar und beweist eine Fertigkeit im Mißhandeln von Dienstboten, die selbst jahrhundertealte Übung nur selten verleiht.

»Glotze nicht den ganzen Nachmittag in der Stube herum«, ruft sie und stampft mit dem Fuß, als sie zufällig einen Blick des Kindes auf den Teekessel erhascht, »verzehre deinen Proviant und geh wieder an die Arbeit.«

»Ja, Miß.«

»Sage nicht ja«, fährt Miß Smallweed auf. »Ich weiß schon, wie ihr Mädchen seid. Tue es, ohne zu reden, dann fang ich vielleicht an, dir zu glauben.«

Charley schlingt einen großen Schluck Tee hinunter, zum Zeichen der Unterwürfigkeit, und zerstört die druidischen Ruinen so sehr, daß Miß Smallweed ihr vorwirft, gefräßig zu sein, »was bei euch Mädchen«, wie sie sagt, »so abstoßend ist«. Es würde Charley wahrscheinlich noch schwerer fallen, Judys Anforderungen, wie Mädchen sein

müßten, zu entsprechen, wenn man nicht ein Klopfen an der Tür hörte.
»Sieh nach, wer's ist, und kaue nicht beim Aufmachen«, ruft Judy.
Während sich die Zielscheibe ihrer Liebenswürdigkeiten zu diesem Zweck entfernt, benützt Miß Smallweed die Gelegenheit, um die Reste von Brot und Butter zusammenzuschieben und ein paar schmutzige Teetassen in die ebbende Flut des Teekessels zu werfen; ein Wink, daß sie das Essen und Trinken für beendigt ansieht.
»Nun, wer ist's, und was will er?« fragt sie dann spitzig.
Es ist ein gewisser Mr. George, wie sich herausstellt. Ohne weitere Anmeldung oder Zeremonie tritt Mr. George ein.
»Pfui Teufel!« sagt Mr. George. »Habt ihr's aber heiß hier. Immer ein Feuer, was? Na! Vielleicht tut ihr gut, euch beizeiten daran zu gewöhnen.« Mr. George spricht diese letzten Worte zu sich selbst, während er Großvater Smallweed zunickt.
»Ho! Sie sind's?« ruft der alte Herr. »Wie geht's? Wie geht's?«
»Soso, mittel«, antwortet Mr. George und nimmt einen Stuhl.
»Ihre Enkelin habe ich bereits die Ehre zu kennen. Ihr Diener, Miß.«
»Hier, mein Enkel«, stellt Großvater Smallweed Bart vor. »Sie kennen ihn noch nicht. Er ist in einer Kanzlei und nicht viel zu Hause.«
»Ihr Diener, ebenfalls! – Er ist wie seine Schwester. Ganz seine Schwester. Verflucht ähnlich sieht er seiner Schwester.« Mr. George legt einen großen, nicht sehr höflich klingenden Nachdruck auf seine Worte.
»Und wie geht die Welt mit Ihnen um, Mr. George?« fragt Großvater Smallweed und reibt sich langsam die Schenkel.
»So ziemlich wie gewöhnlich. Wie mit einem Fußball.«
Mr. George ist ein sonnenverbrannter Mann von etwa fünfzig Jahren, gut gebaut und hübsch von Gesicht, mit

schwarzem Kraushaar, hellen Augen und einer breiten Brust. Seine sehnigen und kräftigen Hände, so sonnenverbrannt wie sein Gesicht, sind offenbar an ein rauhes Leben gewöhnt. Seltsam an ihm ist, daß er immer nur auf der Vorderkante des Stuhles sitzt, als ob er aus alter Gewohnheit Raum ließe für ein Kleidungsstück oder eine Rüstung. Auch sein Schritt ist taktmäßig und wuchtig und würde gut zu Sporenklirren passen. Er ist glatt rasiert, aber sein Mund sieht aus, als ob die Oberlippe seit vielen Jahren einen großen Schnurrbart gewohnt gewesen wäre, und die Art, wie er manchmal mit seiner breiten braunen Hand darüberstreicht, verstärkt diese Vermutung. Man möchte glauben, daß Mr. George einmal früher Kürassier gewesen sei.

Zu der Familie Smallweed bildet Mr. George einen ganz besondern Kontrast. Wohl noch nie ist ein Kavallerist in einem ihm unähnlicheren Haushalt einquartiert gewesen. Er verhält sich zu ihr wie ein Schlachtschwert zu einem Krebsmesser. Seine entwickelte Gestalt und ihre verkümmerten Formen, sein breitspuriges Wesen, dem das Zimmer zu klein scheint, und ihre kleine verkümmerte Weise, seine tönende Stimme und ihre spitzigen unansehnlichen Töne bilden den stärksten und seltsamsten Gegensatz, den man sich nur denken kann. Wie er in der Mitte des grämlich aussehenden Zimmers sitzt, ein wenig vorgebeugt, die Hände auf die Schenkel gestützt und die Ellbogen auswärts gekehrt, sieht er aus, als könnte er, wenn er lange hier bliebe, die ganze Familie samt dem Haus und seinen vier Zimmern nebst Küche absorbieren.

»Reiben Sie sich vielleicht die Beine, um Leben hineinzureiben?« fragt er Großvater Smallweed, nachdem er sich im Zimmer umgesehen hat.

»S ist so eine Gewohnheit, Mr. George, und ... hm, ja ... Es unterstützt auch die Zirkulation.«

»Die Zir-ku-la-tion«, wiederholt Mr. George, faltet seine Arme auf der Brust und sieht dadurch noch zweimal so groß aus. »Wird nicht mehr viel davon vorhanden sein, sollte ich meinen.«

»Nun ja, ich bin alt, Mr. George«, gibt Großvater Smallweed zu. »Aber ich trage meine Jahre noch recht rüstig. Ich bin älter als *sie*«, fügt er mit einem Kopfnicken auf seine Gattin hinzu. »Und schauen Sie sie an, wie sie ist ... Verdammtes Höllenplappermaul!« ruft er in plötzlich wieder erwachender Feindseligkeit.
»Die arme alte Seele!« sagt Mr. George mitleidig und wendet ihr sein Gesicht zu. »Schelten Sie die alte Dame nicht. Sehen Sie sie nur an, wie sie dasitzt, die Mütze halb auf dem armseligen Kopf, im Stuhl. Fast wie ein Bündel. Munter, Maam. So ist's recht. Na also ... Denken Sie an Ihre Mutter, Mr. Smallweed«, Mr. George hat unterdessen der Alten ein wenig aufgeholfen und kehrt jetzt wieder zu seinem Platz zurück, »wenn Ihnen Ihre Frau nicht genügt.«
»Sie selbst sind wahrscheinlich ein vortrefflicher Sohn gewesen, Mr. George«, wirft der Alte mit einem spöttischen Lächeln hin.
Mr. Georges Gesicht rötet sich etwas lebhafter, als er antwortet: »Nun, nein, ich war das gerade nicht.«
»Ah, da staune ich.«
»Ich auch. Ich hätte ein guter Sohn sein sollen und glaube, ich hatte auch die Absicht, es zu sein. Aber ich war's nicht. Ich war ein verdammt schlechter Sohn. Das ist das Lange und Breite von der Geschichte. Und ich habe nie jemand Ehre gemacht.«
»Merkwürdig!« höhnt der Alte.
»Je weniger wir davon sprechen, desto besser ist's«, beginnt Mr. George von neuem. »Kommen Sie. Sie wissen, was wir ausgemacht haben. Immer eine Pfeife für die zwei Monate Zinsen. Ba, s ist schon gut. Sie brauchen sich nicht wegen der Pfeife zu fürchten. Hier ist der neue Wechsel, und hier sind die zwei Monate Zinsen. Es ist verteufelt schwer, sie in meinem Geschäft zusammenzubringen.«
Mr. George sitzt mit verschränkten Armen da und scheint die Familie und die ganze Stube in sich hineinzuatmen,

während Judy dem Großvater Smallweed zwei schwarze Ledertaschen aus einem Schreibtisch holt.
In eine derselben kommt das eben erhaltene Dokument, und aus der anderen übergibt der alte Herr ein ähnliches Mr. George, der es nimmt und zu einem Fidibus zusammendreht.
Da Mr. Smallweed durch die Brille jeden Federstrich der beiden Dokumente genau vergleicht und das Geld dreimal durchzählt und sich von Judy jedes Wort, das sie spricht, mindestens zweimal wiederholen läßt und in seiner Rede und allen seinen Bewegungen so zitterig und langsam wie nur möglich ist, dauert dieses Geschäft ziemlich lange. Erst als er ganz fertig ist, und nicht eine Sekunde früher, machen sich seine gierigen Augen und Finger davon los, und er beantwortet Mr. Georges letzte Bemerkung mit den Worten:
»Fürchten, die Pfeife zu bestellen? So knickerig sind wir nicht, Sir. Judy, hol sogleich die Pfeife und das Glas Brandy mit Wasser für Mr. George.«
Die lieblichen Zwillinge haben die ganze Zeit über geradeaus gesehen, außer wenn sie von den schwarzen Ledertaschen abgelenkt wurden, entfernen sich jetzt und verschmähen den Gast und überlassen ihn dem Alten, wie zwei junge Bären einen Reisenden dem väterlichen Petz überlassen würden.
»So sitzen Sie wohl den ganzen Tag da?« fragt Mr. George, die Arme auf der Brust verschränkt.
»Jawohl, jawohl«, nickt der Alte.
»Und Sie beschäftigen sich mit gar nichts?«
»Ich sehe dem Feuer zu – und dem Kochen und Braten.«
»Wenn etwas da ist«, betont Mr. George mit großem Nachdruck.
»Jawohl, wenn etwas da ist.«
»Lesen Sie nichts oder lassen Sie sich nicht vorlesen?«
Der Alte schüttelt triumphierend und schlau den Kopf.
»Nein, nein. Unsere Familie hat sich nie ans Lesen gehalten. Es schaut nichts dabei heraus. Unsinn. Faulenzerei. Dummes Zeug. Nein, nein.«

»Zwischen euch beiden ist auch eine schwere Wahl«, brummt der Gast leise vor sich hin und blickt auf das alte Weib und wieder zu Mr. Smallweed. »Sie!« sagt er dann laut.
»Nun, was denn?«
»Sie ließen mich wahrscheinlich auch gleich federn, wenn ich nur einen Tag im Rückstand bliebe?«
»Bester Freund!« ruft Großvater Smallweed und streckt beide Arme wie ein Wegweiser aus. »Niemals! Niemals! Bester Freund! Aber mein Gewährsmann in der City, den ich bewogen habe, Ihnen das Geld zu leihen, täte es vielleicht.«
»Oh, Sie können also nicht für ihn stehen?« fragt Mr. George und murrt in sich hinein: »Du verdammter alter lügnerischer Schuft!«
»Bester Freund, es ist kein Verlaß auf ihn. Ich möchte ihm nicht trauen. Er will seinen Wechsel haben, bester Freund.«
»Der Teufel zweifelt daran«, sagt Mr. George.
Da jetzt Charley mit einem Präsentierbrett hereintritt, auf dem die Pfeife, ein kleines Paket Tabak und das Glas Brandy mit Wasser stehen, fragt er sie: »Wo kommst denn du her? Du hast das Familiengesicht nicht.«
»Ich bin Zugeherin, Sir«, gibt Charley zur Antwort.
Der Kavallerist – wenn er überhaupt ein Kavallerist ist oder war – nimmt ihr mit einer für eine so schwere Hand auffallenden Zartheit den Hut ab und streichelt ihr den Kopf. »Du gibst dem Hause beinah ein gesundes Aussehen. Es fehlt ihm ein bißchen Jugend ebensosehr wie frische Luft.«
Dann entläßt er sie, zündet sich die Pfeife an und trinkt auf das Wohl von Mr. Smallweeds Freund in der City – der einzigen jemals vorgekommenen Ausgeburt der Phantasie des geschätzten alten Herrn.
»Sie glauben also, er würde ganz rücksichtslos gegen mich vorgehen, wie?«
»Ich glaube es ... Ich fürchte es. Ich weiß, daß er es«, sagt

Mr. Smallweed unvorsichtigerweise, »wohl schon zwanzigmal getan hat.«
Unvorsichtigerweise insofern, als seine gelähmte bessere Hälfte, die mittlerweile über dem Feuer hingedröselt hat, beim Nennen der Zahl augenblicklich aufwacht und schnattert: »Zwanzigtausend Pfund, zwanzig Zwanzigpfundnoten in einem Geldkasten, zwanzig Guineen. Zwanzig Millionen. Zwanzig Prozent. Zwanzig ...« Hier wird sie von dem fliegenden Kissen unterbrochen. Der Gast, dem dieses eigentümliche Verfahren ganz neu zu sein scheint, reißt es von ihrem Gesicht weg.
»Du Teufelsidiot, du Skorpion ... Du Höllenskorpion! Giftkröte! Du verdammte schnatternde Besenstielhexe! Verbrennen sollte man dich!« japst der Alte, tief in seinen Stuhl versunken. »Bester Freund, möchten Sie mich nicht ein bißchen aufschütteln?!«
Mr. George, der die beiden abwechselnd angestarrt hat, als kenne er sich gar nicht mehr aus, faßt seinen verehrungswürdigen Wirt auf dessen Bitte an der Kehle, zerrt ihn im Stuhl in die Höhe wie eine Puppe und scheint zu schwanken, ob er nicht lieber alle Fähigkeit, je wieder das Kissen zu schleudern, aus ihm heraus und ihn selbst ins Grab schütteln solle. Er widersteht dieser Versuchung zwar, schüttelt ihn aber doch so heftig, daß dem Greis der Kopf wackelt wie einem Harlekin, setzt ihn derb in seinem Stuhl aufrecht und schiebt ihm seine Hauskappe mit solcher Kraft zurecht, daß der Alte eine ganze Minute lang mit den Augen zwinkert.
»O Gott«, ächzt Mr. Smallweed. »Schon gut. Danke, bester Freund, schon gut. O Gott, ich bin ganz außer Atem. O Gott!« – Mr. Smallweed hat sichtlich Furcht vor seinem »besten Freunde«, der, größer als je aussehend, immer noch vor ihm steht.
Die beunruhigende Gestalt sinkt jedoch allmählich wieder in ihren Stuhl und raucht in langen Zügen und ergeht sich in philosophischen Reflexionen wie: »Der Name des

Freundes in der City fängt mit einem T an, und du hast ganz recht hinsichtlich des Wechsels.«

»Sagten Sie etwas, Mr. George?«

Der Kavallerist schüttelt den Kopf, fährt, den rechten Ellbogen auf das rechte Knie gestützt, fort zu rauchen und läßt die andere Hand auf dem linken Schenkel ruhen, den Ellbogen in soldatischer Weise auswärts gekehrt. Dabei betrachtet er Mr. Smallweed mit aufmerksamem Ernst und fächelt dann und wann die Rauchwolken weg, um das Gesicht seines Gegenübers deutlicher sehen zu können.

»Ich vermute«, sagt er und verändert seine Stellung gerade nur so viel, um das Glas an seine Lippen bringen zu können, »daß ich der einzige unter allen Lebenden oder Toten bin, der je eine Pfeife Tabak aus Ihnen herausgequetscht hat.«

»Ich sehe doch keine Gesellschaft um mich, Mr. George, die ich traktieren könnte. Ich kann es mir nicht leisten, aber da Sie in Ihrer gewinnenden Art eine Pfeife zur Bedingung gemacht haben ...«

»O, es ist mir nicht um den Wert zu tun. Darum nicht. Es war nur so ein Einfall von mir, aus Ihnen etwas herauszuquetschen, etwas für mein Geld zu haben.«

»Ja, Sie sind klug, klug, Sir!« ruft Großvater Smallweed und reibt sich die Schenkel.

»Sehr klug. War ich immer.« – Paff – »Ein sicheres Zeichen für meine Klugheit, daß ich überhaupt den Weg hierher gefunden habe.« – Paff – »Auch daß ich's zu dem gebracht habe, was ich jetzt bin.« – Paff – »Ich bin überhaupt als klug bekannt«, sagt Mr. George und raucht ruhevoll. »Ich habe es im Leben zu etwas gebracht.«

»Lassen Sie den Mut nicht sinken, Sir. Sie können noch in die Höhe kommen.«

Mr. George lacht und trinkt.

»Haben Sie keine Verwandten«, fragt Großvater Smallweed mit einem Zucken in seinen Augenlidern, »die das kleine Kapital abzahlen möchten oder eine oder zwei gute Unterschriften geben würden? Ich könnte meinen Freund in der City dann zu einem größeren Wechsel bewegen. Zwei gute Unterschriften genügen meinem Freund in der City. Haben Sie keine solchen Verwandten, Mr. George?«

Mr. George, der immer noch ruhig fortraucht, gibt zur Antwort: »Wenn ich welche hätte, würde ich sie nicht in Anspruch nehmen. Ich habe den Meinen schon Sorgen genug gemacht. Es mag vielleicht eine gute Buße für einen Vagabunden sein, der die beste Zeit seines Lebens vergeudet hat, wieder zu anständigen Leuten zurückzugehen, denen er nie Ehre gemacht hat, und sich von ihnen erhalten zu lassen. Aber das ist nicht meine Art. Die beste Art Buße fürs Fortlaufen ist meiner Ansicht nach das Fortbleiben.«

»Und die natürliche Zuneigung, Mr. George?« wirft Großvater Smallweed hin.

»Zu zwei guten Namen, wie?« Mr. George schüttelt den Kopf. »Nein, das ist auch nicht meine Art.«

Großvater Smallweed ist allmählich wieder in seinen Stuhl zu einem Bündel Kleider mit einer Stimme darin zusammengesunken, die Judy ruft. Dieser Engel erscheint, schüttelt ihn in der gewohnten Weise und hat von jetzt an neben dem alten Herrn zu bleiben. Er scheint keine Lust mehr zu verspüren, die Hilfe seines Gastes nochmals in Anspruch zu nehmen.

»Ja, ja«, bemerkt er, als er wieder in Ordnung ist. »Wenn Sie den Kapitän hätten aufspüren können, Mr. George, hätten Sie Ihr Glück gemacht. Wenn Sie damals, wo Sie infolge unsrer Zeitungsankündigungen – wenn ich sage unsrer, so meine ich die mehrerer meiner Freunde in der City, die ihr Kapital in dieser Weise anlegen und mich armen Teufel auch nebenbei eine Kleinigkeit verdienen lassen –, wenn Sie damals uns hätten helfen können, Mr. George, wären Sie heute ein gemachter Mann.«

»Ich wäre sehr gern ein gemachter Mann, wie Sie's nennen«, sagt Mr. George, raucht aber nicht mehr so ruhig wie vorher, denn seit der Anwesenheit Judys steht er wie unter einem Zauber, wenn auch unter keinem liebreizen-

den, der ihn zwingt, sie anzusehen, wie sie neben ihres Großvaters Stuhl steht. »Aber im übrigen bin ich froh, daß es nicht geschehen ist.«
»Warum, Mr. George? Hölle und Schwefel ... Warum?« fragt Großvater Smallweed, sichtlich gereizt.
– Hölle und Schwefel sind ihm offenbar eingefallen, weil sein Blick gerade auf die schlummernde Mrs. Smallweed gefallen ist. –
»Aus zwei Gründen, Kamerad.«
»Aus was für zwei Gründen, Mr. George? Im Namen –«
»– unsres Freundes in der City?« fragt Mr. George und nimmt einen Schluck.
»Nun ja, wenn Sie wollen. Aus was für zwei Gründen?«
»Erstens«, entgegnet Mr. George, blickt aber immer noch Judy an, als wäre es gleichgültig, wen von beiden er anredete, sie sieht doch ebenso alt und fast genau so aus wie ihr Großvater. »Erstens, weil ihr Gentlemen mich eingetunkt habt. Ihr habt in die Zeitungen gesetzt, daß ihr für Mr. Hawdon – oder meinetwegen Kapitän Hawdon, wenn Sie's schon nicht anders haben wollen, weil er früher einmal Kapitän war – eine angenehme Nachricht hättet.«
»Nun, und?« fährt der Alte schrill und heftig auf.
»Nun«, sagt Mr. George und raucht ruhig weiter, »es wäre ihm wohl sehr angenehm gewesen, sich von der ganzen Wechslerzunft Londons einstecken zu lassen?«
»Woher wissen Sie das? Einige von seinen reichen Verwandten hätten seine Schulden gezahlt oder für ihn gebürgt. Außerdem hat er *uns* eingetunkt. Er schuldete uns allen ohne Ausnahme ungeheure Summen. Ich hätte ihn lieber erwürgt, als ihn losgelassen. Wenn ich hier sitze«, krächzt der Alte und hält seine kraftlosen zehn Finger empor, »so möchte ich ihn jetzt noch erwürgen.« In einem plötzlichen Wutanfall wirft er mit dem Kissen nach der nichts Arges ahnenden Mrs. Smallweed, trifft sie aber nicht.
»Ich weiß ja«, beginnt der Kavallerist von neuem, nimmt seine Pfeife aus dem Mund und sieht von dem Kissen auf

den Pfeifenkopf, der fast ausgebrannt ist. »Ich weiß ja, daß er's schlimm getrieben hat und ins Verderben gerannt ist. Ich bin so manchen Tag an seiner Seite geritten, wie er in voller Karriere ins Verderben stürmte. Ich bin bei ihm gewesen in gesunden und kranken Tagen, in Reichtum und Armut. Diese Hand hat ihn zurückgehalten, als er alles vergeudet hatte und alles um ihn her zusammenbrach und er sich die Pistole an die Stirn setzte.«

»Ich wollte, er hätte sie abgedrückt«, flucht der wohlwollende alte Herr, »und sich den Kopf in so viele Stücke zersprengt, als er Sovereigns schuldig war.«

»Das hätte freilich einen Krach gegeben«, antwortet der Kavallerist kaltblütig. »Jedenfalls ist er damals jung, voll Hoffnungen und schön gewesen, und es freut mich, daß ich ihn, als er es nicht mehr war, nicht aufgefunden habe, um ihm zu Ihrer angenehmen Nachricht zu verhelfen. Das ist Grund Numero 1.«

»Ich hoffe, Numero 2 ist ebensogut«, knurrt der Alte.

»Nun, nein. Der ist selbstsüchtiger. Wenn ich ihn hätte finden wollen, hätte ich ihn in einer andern Welt suchen müssen.«

»Woher wissen Sie das?«

»Er war nicht mehr hier.«

»Woher wissen Sie, daß er nicht mehr hier war?«

»Verlieren Sie nicht Ihre Laune, wie Sie Ihr Geld verloren haben«, sagt Mr. George und klopft ruhig seine Pfeife aus. »Er ertrank schon lange vorher. Davon bin ich überzeugt. Er ist über Bord gegangen. Ob absichtlich oder zufällig, weiß ich nicht. Vielleicht weiß es Ihr Freund in der City. Kennen Sie diese Melodie, Mr. Smallweed?« setzt er hinzu und fängt an zu pfeifen und schlägt dazu den Takt mit der leeren Pfeife auf dem Tisch.

»Melodie?« entgegnet der Alte. »Nein! Mit Melodien haben wir hier nichts zu schaffen.«

»Es ist der Totenmarsch aus Saul. Sie spielen ihn bei Soldatenbegräbnissen. Daher ist's der natürliche Abschluß der Sache. Nun, wenn Ihre hübsche Enkelin – Sie entschuldi-

gen schon, Miß – sich herablassen will, diese Pfeife zwei Monate lang aufzuheben, brauchen wir das nächstemal keine zu kaufen. Guten Abend, Mr. Smallweed.«
»Bester Freund!« Der Alte streckt ihm beide Hände hin.
»Sie glauben also, Ihr Freund in der City würde kein Erbarmen haben, wenn ich das nächstemal nicht zahlte«, fragt der Kavallerist und sieht wie ein Riese auf den Alten herunter.
»Bester Freund, das fürchte ich sehr«, sagt Mr. Smallweed und blickt wie ein Pygmäe zu ihm auf.
Mr. George lacht und schreitet, mit einem Blick auf den Großvater und einem Abschiedsgruß auf die wütende Judy, zum Zimmer hinaus und rasselt mit seinem imaginären Säbel und seinem Küraß davon.
»Verdammter Schurke!« sagt der alte Ehrenmann und schneidet der Tür eine scheußliche Grimasse, als sie sich schließt. »Ich werde dich schon noch leimen!«
Nach dieser liebenswürdigen Bemerkung schwingt sich sein Geist wieder in die Zauberregionen seines Denkens, die ihm seine Erziehung und seine Lebensweise erschlossen haben, und wieder verdämmern er und Mrs. Smallweed ihre rosigen Stunden wie zwei Schildwachen, die der schwarze Sergeant vergessen hat.
Während das Paar getreulich auf seinem Posten ausharrt, schreitet Mr. George mit gewichtigem Schritt und ernstem Gesicht durch die Straßen. Es ist acht Uhr, und der Tag neigt sich seinem Ende zu.
Er bleibt dicht bei der Waterloo Brücke stehen, liest einen Theaterzettel und entschließt sich, in Astleys Theater zu gehen. Dort freut er sich an den Pferden und den Kraftstücken, betrachtet die Waffen mit kritischem Blick, mißbilligt die Gefechte, weil sie von mangelhafter Fechtkunst zeugen, wird aber tief gerührt von der Poesie. Bei der letzten Szene, wo der Kaiser der Tartaren in den Wagen steigt und die vereinten Liebenden segnet, indem er die englische Flagge über ihnen schwingt, werden seine Wimpern feucht.

Als das Stück aus ist, geht Mr. George wieder über die Brücke und wendet seine Schritte nach der merkwürdigen Region um Haymarket und Leicester Square, dem Mittelpunkt ausländischer Hotels und zweideutiger Fremder, Ballhäuser, Boxer, Fechtmeister, Fußgardisten, alter Porzellanläden, Spielhäuser, Ausstellungen und eines großen Gemischs von Schäbigkeit und lichtscheuem Treiben. Im Herzen dieser Region angelangt, erreicht er durch einen Hof und einen langen weißgetünchten Durchlaß ein großes Ziegelgebäude, das aus nackten Wänden, Dachbalken und Dachfenstern besteht und an dessen Vorderseite, wenn man es so nennen kann, in großen Buchstaben steht:

Georges Schießgalerie usw.

Er geht in »Georges Schießgalerie usw.«. Darin erblickt man einige Gaslampen, die jetzt zum größten Teil abgedreht sind, zwei weißangestrichene Scheibenstände und Einrichtungen zum Bogenschießen, Fechtzeug und alle Erfordernisse für Boxkunst.
An diesem Abend ist in Georges Schießgalerie keine dieser sportlichen Übungen in Gang, und ein kleiner, grotesk aussehender Mann mit einem großen Kopf ist hier Alleinherrscher und liegt schlafend auf dem Fußboden.
Der kleine Mann ist wie ein Büchsenmacher gekleidet, trägt eine grünwollene Schürze und Mütze, und sein Gesicht und seine Hände sind schmutzig von Pulver und vom Laden von Gewehren. Wie er vor einer grellweißen Scheibe im Lichtschein liegt, sieht man die schwarzen Flecken an ihm um so deutlicher. Nicht weit von ihm steht ein fester, grob gehobelter Tisch mit einem Schraubstock, an dem er gearbeitet hat. Er ist ein kleiner Mann mit einem ganz zerhauenen Gesicht, der, nach dem blaugefleckten Aussehen einer seiner Backen zu urteilen, im Lauf des Geschäfts ein paar abgekriegt zu haben scheint.
»Phil«, sagt der Kavallerist ruhig.
»Zu Befehl!« Phil springt auf.

»Wie war das Geschäft?«
»Flau wie Dünnbier«, berichtet Phil. »Fünf Dutzend Büchsen- und ein Dutzend Pistolenschüsse. Und das Ziel!« Phil stößt bei dem Gedanken daran ein Geheul aus.
»Sperr zu, Phil!«
Wie Phil im Saal herumgeht, um den Auftrag auszuführen, zeigt es sich, daß er lahm ist, obgleich er sich sehr rasch vom Fleck bewegt. Auf der fleckigen Seite seines Gesichts hat er keine Augenbraue. Auf der andern eine sehr buschige schwarze, was ihm ein sehr eigentümliches und fast finsteres Aussehen verleiht. Seinen Händen scheint alles zugestoßen zu sein, was ihnen nur ohne Fingerverlust zustoßen konnte; sie sind über und über gekerbt, vernarbt und verkrümmt. Er scheint sehr stark zu sein und hebt schwere Bänke, als habe er gar keinen Begriff von ihrer Last. Er hat eine seltsame Art, sich mit der Achsel an der Wand entlangzuschieben und nach Gegenständen, die er sucht, hinzulavieren, anstatt gerade auf sie loszugehen, wodurch um die ganze Galerie herum ein Schmutzstreifen an der Wand entstanden ist, den die Leute »Phils Unterschrift« nennen.
Dieser Aufseher von Georges Galerie – George selbst ist manchmal nicht anwesend – beendigt jetzt, nachdem er die großen Türen geschlossen und alle Flammen bis auf eine ausgedreht hat, seine Vorkehrungen damit, daß er aus einem hölzernen Verschlag in der Ecke zwei Matratzen mit Bettzeug herauszieht. Sie werden an die entgegengesetzten Enden der Galerie geschleppt, und dann macht sich jeder seine Lagerstätte zurecht.
»Phil«, sagt der Galeriedirektor, geht ohne Rock und Weste auf ihn zu und sieht in seinen Hosenträgern noch soldatischer aus. »Man hat dich in einem Hausflur gefunden, was?«
»In der Gosse«, berichtigt Phil. »Der Nachtwächter ist über mich gestolpert.«
»Da ist dir das Vagabundieren schon von Anfang an zur zweiten Natur geworden?«

»Zweiten Natur geworden«, nickt Phil.
»Gute Nacht.«
»Gute Nacht, Gouverneur.«
Phil kann nicht einmal auf das Bett direkt zugehen, sondern muß sich erst an zwei Seiten der Galerie hinwetzen, um dann auf die Matratze zuzulavieren.
Der Kavallerist geht noch ein paarmal auf und ab, blickt zu dem durch die Dachfenster hereinscheinenden Mond hinauf, begibt sich auf einem kürzeren Weg als sein Aufseher zu seiner Matratze und legt sich ebenfalls schlafen.

22. Kapitel

Mr. Bucket

Die Allegorie in Lincoln's-Inn-Fields sieht ziemlich kühl drein, obgleich der Abend schwül ist, denn beide Fenster Mr. Tulkinghorns stehen weit offen, und das Zimmer ist hoch, luftig und schattig. Das sind vielleicht, wenn der November kommt mit Nebel und Regen oder der Januar mit Eis und Schnee, keine sehr wünschenswerten Eigenschaften, aber sie haben ihre guten Seiten während der Hundstage. Sie ermöglichen es der Allegorie, obgleich sie Backen hat wie Pfirsiche und Knie wie Blumensträuße und rosenrot geschwollen ist an Waden und Armmuskeln, heute abend ziemlich kühl auszusehen. Staub fliegt in Menge zu Mr. Tulkinghorns Fenster herein und hat sich auf den Möbeln und Akten angehäuft. In dicken Schichten liegt er überall. Wenn ein Windhauch vom Lande her sich hereinverirrt und in blinder Hast wieder hinauswehen will, streut er der Allegorie so viel Staub in die Augen, wie das Gesetz – oder Mr. Tulkinghorn, einer seiner treuesten Anhänger – gelegentlich der Laienwelt in die Augen zu streuen pflegt.
In diesem dumpfigen Magazin voll von Staub, jenem alles

durchdringenden Artikel, in den sich seine Akten und er selbst und alle seine Klienten und alle irdischen Dinge, belebte und unbelebte, dereinst auflösen werden, sitzt Mr. Tulkinghorn an einem der offenen Fenster und erfreut sich an einer Flasche alten Portweins. Obgleich ein hartgesottner Mann, verschlossen, trocken und still, liebt er doch alten Wein zuweilen. Er hat einen unschätzbaren Portwein in einem versteckten Keller unter den Fields, der eins seiner vielen Geheimnisse ist. Wenn er allein zu Hause speist, wie er es heute getan hat, und sich seinen Fisch, sein Beefsteak oder Huhn aus dem benachbarten Restaurant bringen läßt, steigt er mit einer Kerze in die hallenden Regionen unter dem verlassenen Gebäude hinab und kehrt, angemeldet von dem fernen Donnerhall zufallender Türen, zurück, umduftet von Erdatmosphäre und in der Hand eine Flasche mit fünfzig Jahre altem, funkelndem Nektar, der dann im Glase über seine eigne Berühmtheit errötet und das ganze Gemach mit dem Dufte südlicher Trauben erfüllt.

Mr. Tulkinghorn sitzt in der Dämmerung am offnen Fenster und freut sich seines Weines. Als ob er ihm von fünfzig Jahre langem Schweigen zuraune, macht er ihn nur noch verschlossener und zugeknöpfter. Undurchdringlicher als je sitzt Mr. Tulkinghorn da und trinkt und denkt in dieser Zwielichtstunde über alle seine Geheimnisse nach, die sich für ihn an dunkelnde Waldungen auf dem Land und an große leere verschlossene Häuser in der Stadt knüpfen. Und vielleicht hat er auch ein paar Gedanken übrig an seine eigne Familiengeschichte, an sein Geld und sein Testament, das allen ein Geheimnis ist, und an seinen einzigen Junggesellenfreund, der ebenso wie er Advokat gewesen und dasselbe Leben geführt hatte, bis er mit fünfundsiebzig Jahren es plötzlich zu einsam fand, an einem Sommerabende seinem Friseur seine goldne Uhr schenkte, ruhig nach Hause in den »Tempel« ging und sich erhängte.

Aber Mr. Tulkinghorn ist heute abend nicht allein und

kann sich daher seinem gewohnten Nachsinnen nicht überlassen. Am Tisch mit ihm, wenn auch mit bescheiden ein wenig weggezogenem Stuhl, sitzt ein kahlköpfiger milder Mann mit glänzender Platte, der ehrerbietig hinter der Hand hüstelt, wenn der Advokat ihn auffordert, sich einzuschenken.

»Nun, Snagsby«, sagt Mr. Tulkinghorn, »erzählen Sie diese seltsame Geschichte noch einmal.«

»Bitte sehr, Sir. Sie sagten mir, als Sie so gütig waren, gestern abend einen Sprung herüberzumachen – ich bitte zu entschuldigen, daß ich mir die Freiheit genommen habe, Sir, aber ich erinnerte mich Ihres Interesses für den Verstorbenen und dachte – Sie könnten, das heißt, Sie wollten vielleicht ...«

Mr. Tulkinghorn ist nicht der Mann, der einem einen Satz ergänzen oder irgendeine ihn betreffende Möglichkeit zugeben würde. So verliert sich Mr. Snagsby mit einem verlegenen Hüsteln wieder in die Worte:

»Ich bitte zu entschuldigen, wenn ich mir die Freiheit genommen habe.«

»Keine Ursache«, sagt Mr. Tulkinghorn. »Sie erwähnten vorhin, Snagsby, Sie hätten Ihren Hut aufgesetzt und seien zu mir gekommen, ohne Ihrer Frau etwas davon zu sagen. Ich denke, das war recht klug. Die Sache ist nicht wichtig genug, um viel Aufhebens davon zu machen.«

»Ja, sehen Sie, Sir«, entgegnet Mr. Snagsby. »Meine kleine Frau ist – um nicht durch die Blume zu sprechen – vielleicht ein wenig neugierig. Sie ist neugierig. Armes kleines Ding, sie leidet an Krämpfen, und es tut ihr gut, wenn sie eine Ablenkung hat. Deshalb bemächtigt sie sich, ich möchte fast sagen, jedes Themas, das in ihren Bereich kommt, mag es sie etwas angehen oder nicht, besonders, wenn es sie nichts angeht. Meine kleine Frau ist geistig sehr regsam, Sir!«

Mr. Snagsby trinkt und murmelt mit einem bewundernden Hüsteln hinter der Hand: »Wahrhaftig, ein exzellenter Wein!«

»Deshalb erwähnten Sie zu Hause nichts von Ihrem gestrigen Besuch?« fragt Mr. Tulkinghorn. »Und von Ihrem heutigen desgleichen nichts?«
»Nein, Sir. Und von dem heutigen desgleichen nichts. Meine kleine Frau ist gegenwärtig – um nicht durch die Blume zu sprechen – fromm gestimmt, oder glaubt es wenigstens, und besucht die abendlichen geistlichen Übungsstunden – so nennt sie sie – eines gewissen Reverend namens Chadband. Er verfügt zweifellos über eine große Beredsamkeit. Aber der Stil gefällt mir nicht besonders. Doch das gehört nicht her. Da meine kleine Frau in dieser Weise beschäftigt ist, wurde es mir leichter, unauffällig einen Sprung herüberzumachen.«
Mr. Tulkinghorn nickt beistimmend. »Schenken Sie sich ein, Snagsby!«
»Oh, ich danke bestens, Sir«, entgegnet der Papierhändler mit seinem ehrerbietigen Husten. »Wirklich, ein wundervoller Wein, Sir.«
»Es ist ein jetzt selten gewordner Wein«, nickt Mr. Tulkinghorn. »Er ist fünfzig Jahre alt.«
»Was Sie sagen, Sir! Aber es wundert mich eigentlich gar nicht. Er könnte geradesogut – beliebig alt sein.«
Nach dieser allgemeinen Lobspende auf den Portwein hüstelt Mr. Snagsby hinter der Hand seinen Bescheidenheitshusten, als wolle er sich entschuldigen, daß er überhaupt so etwas Kostbares zu trinken wage.
»Möchten Sie nicht noch einmal wiederholen, was der Junge sagte?« Mr. Tulkinghorn steckt die Hände in die Taschen seiner rostigen Kniehosen und lehnt sich ruhevoll in seinen Stuhl zurück.
»Mit Vergnügen, Sir.«
Getreulich, wenn auch etwas weitschweifig, geht der Papierhändler durch, was Jo vor den versammelten Gästen in seinem Hause erzählt hat. Am Ende seiner Geschichte angelangt, fährt er plötzlich erschrocken auf und bricht ab mit einem: »Mein Gott, Sir, ich wußte gar nicht, daß noch jemand anders hier anwesend ist.«

Mr. Snagsby ist ganz erregt, weil er in einer kleinen Entfernung vom Tisch zwischen sich und dem Advokaten eine Person mit aufmerksamem Gesicht, Hut und Stock in der Hand, stehen sieht, die anfänglich nicht da war und inzwischen weder durch die Tür noch zu den Fenstern hereingekommen ist. Es steht wohl ein Schrank im Zimmer, aber seine Angeln haben nicht geknarrt, und man hat keinen Tritt auf dem Fußboden gehört. Und dennoch steht diese dritte Person jetzt da mit aufmerksamem Gesicht, Hut und Stock in der Hand und die Hände auf dem Rükken; ein stummer aufmerksamer Zuhörer.

Er ist ein untersetzter, kräftig gebauter, solid aussehender, schwarzgekleideter Mann mit scharfen Augen und in mittleren Jahren. Abgesehen davon, daß er Mr. Snagsby ins Auge faßt, als wolle er ihn porträtieren, ist auf den ersten Blick nichts Auffälliges an ihm; wenn nur sein gespenstisches Kommen nicht gewesen wäre.

»Sie brauchen wegen des Herrn nicht zu erschrecken«, sagt Mr. Tulkinghorn in seiner gelassenen Weise. »Es ist nur Mr. Bucket.«

»Ach so, Sir«, entgegnet der Papierhändler und deutet durch einen Husten an, daß er keine Ahnung hat, wer Mr. Bucket sein mag.

»Ich wollte, daß er die Geschichte mit anhöre«, erklärt der Advokat. »Aus einem gewissen Grunde hätte ich halb und halb Lust, mehr davon zu erfahren, und er kennt sich in solchen Dingen aus. Was meinen Sie dazu, Bucket?«

»Sehr einfach, Sir. Da unsre Schutzleute den Jungen von seinem Standpunkt abgeschoben haben und er auf seinem alten Strich nicht sein kann, ist es nicht schwer, ihn in weniger als ein paar Stunden herzubringen, wenn Mr. Snagsby nichts dagegen hat, mit mir einen Besuch in ›Toms Einöd‹ zu machen, um ihn mir zu zeigen. Ich kann es natürlich auch ohne Mr. Snagsby tun. Aber das ist der kürzeste Weg.«

»Mr. Bucket ist Polizeidetektiv, Snagsby«, erklärt der Advokat.

»Was Sie nicht sagen, Sir!« stammelt Mr. Snagsby und fühlt in seinem Haarbüschel eine Neigung, als wolle er sich aufrichten.
»Und wenn Sie nichts dagegen haben, Mr. Bucket an den fraglichen Ort zu begleiten«, fährt der Advokat fort, »würden Sie mich wirklich sehr verpflichten.«
Mr. Snagsby zögert nur einen Augenblick, aber schon hat Mr. Bucket seine Seele bis auf den Grund sondiert.
»Sie brauchen keine Angst um den Jungen zu haben«, sagt er. »Es geschieht ihm durchaus nichts. Er hat nichts angestellt. Wir wollen ihn nur hier haben, um ihm ein paar Fragen vorzulegen, und er wird für seine Mühe bezahlt und dann wieder entlassen werden. Er wird ein gutes Geschäft dabei machen. Ich verspreche Ihnen als Mensch, daß der Junge anstandslos wieder entlassen werden wird. Haben Sie keine Angst, daß Sie ihm schaden. Sie brauchen das nicht zu befürchten.«
»Also gut, Mr. Tulkinghorn!« ruft Mr. Snagsby fröhlich und beruhigt aus. »Da das der Fall ist ...«
»Ja. Übrigens hören Sie mal, Mr. Snagsby«, nimmt Bucket den Papierhändler beiseite und klopft ihm gemütlich auf die Brust. »Sie sind ein Mann von Welt, verstehen Sie, und ein Geschäftsmann und ein verständiger Mensch. Das wissen wir.«
»Ich bin Ihnen sehr für Ihre gute Meinung verbunden«, antwortet der Stationer mit seinem Bescheidenheitshüsteln, »aber ...«
»Das sind Sie bestimmt«, versichert Bucket. »Daher ist es überflüssig, einem Mann wie Ihnen, der einem Geschäft vorsteht, das Vertrauenssache ist und eine Person erfordert, die die Augen offen und alle ihre fünf Sinne beisammen hat und den Kopf gerade hält – ist es überflüssig, einem Mann wie Ihnen zu sagen, daß es das Beste und Klügste ist, über derlei kleine Dinge den Mund zu halten. Verstehen Sie mich wohl, den Mund zu halten!«
»Gewiß, gewiß«, beteuert der Papierhändler.
»Ihnen kann ich's ja sagen«, fährt Bucket mit einer gewin-

nend offenherzigen Miene fort. »Soweit ich die Sache durchschaue, scheint der Verstorbene auf eine kleine Erbschaft Anspruch gehabt zu haben, und das Frauenzimmer hat ihm vermutlich einige Streiche gespielt.«

»Oh«, versichert Mr. Snagsby. Aber die Sache scheint ihm nicht besonders einzuleuchten.

»Sie sehen es gewiß gern«, Mr. Bucket klopft Mr. Snagsby wieder gemütlich und beruhigend auf die Brust, »daß jeder zu seinem Rechte kommt. Das ist gewiß auch Ihr Wunsch.«

»Natürlich!« nickt Mr. Snagsby.

»Also Ihnen und zugleich einem Kunden oder Klienten zuliebe ... Wie nennen Sie es in Ihrem Geschäft? Ich habe vergessen, wie mein Onkel, der früher einmal bei Ihnen im Geschäft war, es nannte.«

»Nun, ich sage meistens Kunde«, entgegnet Mr. Snagsby.

»Sie haben recht!« Mr. Bucket schüttelt ihm freundschaftlich die Hand. »Ihnen und zu gleicher Zeit einem wirklich guten Kunden zuliebe werden Sie mit mir ganz im Vertrauen einen Besuch in ›Toms Einöd‹ machen und über die ganze Geschichte für alle Zeiten schweigen und sie niemandem gegenüber erwähnen. Das ist so etwa Ihre Absicht, wenn ich Sie recht verstehe.«

»Sie haben ganz recht, Sir, Sie haben ganz recht«, sagt Mr. Snagsby. »Also hier ist Ihr Hut; und wenn Sie fertig sind, ich bin bereit.«

Die beiden verlassen Mr. Tulkinghorn, der, ohne daß sich die Oberfläche seiner unergründlichen Tiefen auch nur im geringsten kräuselt, seinen alten Wein weitertrinkt, und treten auf die Straße.

»Sie kennen wohl nicht zufällig einen wackern Mann namens Gridley, oder ja?« fragt Bucket freundschaftlich so nebenbei, als sie die Treppe heruntergehen.

»Nein«, sagt Mr. Snagsby nachdenklich. »Ich kenne niemanden dieses Namens. Warum?«

»Es ist nichts Besonderes. Er hat ein bißchen seinem Temperament die Zügel schießen lassen, sich gegen einige re-

spektable Leute Drohungen erlaubt und hält sich jetzt vor einem Vorführungsbefehl versteckt, den ich gegen ihn habe – was ein vernünftiger Mann nicht tun sollte.«
Als sie durch die Straßen eilen, macht Mr. Snagsby die merkwürdige Beobachtung, daß, so schnellen Schrittes sie auch gehen, sein Begleiter stets in einer ganz undefinierbaren Art zu lauern und zu schleichen scheint und jedesmal, wenn er rechts oder links abbiegen will, vorher den festen Vorsatz heuchelt, geradeaus zu gehen, und erst im allerletzten Augenblick knapp abschwenkt. Dann, wenn sie an einem Polizeimann vorbeikommen, bemerkt Mr. Snagsby, daß sowohl der Konstabler wie auch Mr. Bucket auffallend zerstreut werden, einander ganz übersehen und ins Leere zu blicken scheinen.
Ein paarmal holt Mr. Bucket einen oder den andern klein gewachsenen jungen Mann mit einem glänzenden Hut und glattem, zu großen Locken an jedem Ohr gedrehtem Haar ein und berührt ihn, fast ohne ihn anzusehen, mit seinem Stock, worauf sich jedesmal der betreffende junge Mann umsieht und augenblicklich verduftet. Meistens nimmt Mr. Bucket derlei Vorgänge mit einem Gesicht zur Kenntnis, das sich so wenig verändert wie der große Trauerring an seinem kleinen Finger oder sein Chemisetteknopf, der nicht besonders viel Diamanten, aber dafür eine sehr dicke Fassung hat.
Als sie endlich ›Toms Einöd‹ erreichen, bleibt Mr. Bucket einen Augenblick an der Ecke stehen, läßt sich von dem dort patrouillierenden Schutzmann eine angezündete Blendlaterne geben, worauf ihn dieser, die eigne Blendlaterne am Gürtel, begleitet.
Zwischen seinen beiden Führern geht Mr. Snagsby eine greuliche Gasse ohne Abzugskanäle entlang durch tiefe Schichten von schwarzem Schlamm und fauligem Wasser – trotzdem um diese Zeit in allen andern Stadtteilen die Straßen trocken sind –, durch scheußliche Gerüche und Szenerien, daß er kaum seinen Sinnen traut, wo er doch sein ganzes Leben in London verbracht hat. Von dieser

Straße und ihren Trümmerhaufen zweigen andre Straßen und Höfe von so unflätigem Aussehen ab, daß Mr. Snagsby an Leib und Seele ganz krank wird und jeden Augenblick in den höllischen Abgrund zu versinken fürchtet.
»Treten Sie ein bißchen zur Seite, Mr. Snagsby«, sagt Bukket, als eine Art schäbiger Palankin, von einer lärmenden Menge umgeben, sich ihnen nähert. »Da kommt das Fieber die Gasse herauf.«
Als der unsichtbare Kranke vorübergetragen wird, verläßt die Menge diesen anziehenden Gegenstand und drängt sich wie ein Traumbild voll grauenhafter Gesichter um die drei Fremden und verschwindet in Gäßchen unter Trümmern oder hinter Mauern und behält sie von weitem im Auge, gelegentliche Warnungsrufe und gellende Pfiffe ausstoßend, bis sie die Gegend verlassen.
»Sind das die Fieberhäuser, Darby?« fragt Mr. Bucket kaltblütig, als er seine Blendlaterne einer Reihe stinkender Ruinen entlang leuchten läßt.
Darby bestätigt es und erwähnt, daß seit vielen Monaten die Leute zu Dutzenden drin »umgestanden« seien oder sterbend hinausgetragen wurden wie »rotzkranke Schafe«.
Als Bucket, als sie weitergehen, zu Mr. Snagsby bemerkt, er finde ihn etwas angegriffen aussehend, antwortet ihm Mr. Snagsby, er glaube, er könne die schreckliche Luft nicht mehr länger einatmen.
In verschiedenen Häusern fragen sie nach einem Jungen namens Jo. Da in ›Toms Einöd‹ nur wenige Leute nach Taufnamen bekannt sind, so wird Mr. Snagsby viel gefragt, ob er »Rotkopf« meine oder den »Oberst« oder »Galgennagel« oder »Spitzmeisl«, »Terrier Tip« oder »Lanky« oder »Baron«. Mr. Snagsby beginnt seine Beschreibung immer wieder von vorn. Die Meinungen, wer das Original des Bildes sei, sind geteilt. Die einen meinen, es müsse »Rotkopf« sein, die andern stimmen für den »Baron«. Der »Oberst« wird vorgeführt, entspricht aber der Schilderung nicht im mindesten. Wo Mr. Snagsby und

seine Begleiter stehenbleiben, umflutet sie das Gedränge, und aus seinen schmutzigen Tiefen schöpft Mr. Bucket diensteifrigen Rat. Wenn sie weitergehen und die Blendlaterne leuchten lassen, strömt es wieder zurück und behält sie die Gäßchen entlang, in Ruinen und hinter Mauern, im Auge wie vorhin.

Endlich finden sie eine Spelunke, wo der »Schmier-Ober« die Nacht zubringt, und man kommt auf den Gedanken, der »Schmier-Ober« könne Jo sein. Ein Frage-und-Antwort-Spiel zwischen Mr. Snagsby und der Eigentümerin des Hauses – einem versoffenen Gesicht, in ein schwarzes Bündel gehüllt, das aus einem Haufen Lumpen auf dem Fußboden einer Hundehütte, die ihr Privatwohnraum ist, hervorstiert – bringt sie auf diesen Gedanken. Der »Schmier-Ober« sei zum Arzt gegangen, um für eine Kranke eine Flasche Medizin zu holen, werde aber bald wieder dasein.

»Und wen haben wir heute nacht hier?« fragt Mr. Bucket, öffnet eine andre Tür und leuchtet mit der Blendlaterne hinein. »Zwei Betrunkene, he, und zwei Frauenzimmer? Die Männer sind vorläufig gut aufgehoben«, setzt er hinzu und zieht den Schlafenden die Arme vom Gesicht, um sie anzusehen. »Sind das eure Zuhälter, ihr Täubchen?«

»Ja, Sir«, gibt eins der Frauenzimmer zur Antwort. »Es sind unsre Männer.«

»Ziegelstreicher, was?«

»Ja, Sir.«

»Was macht ihr hier? Ihr gehört doch nicht nach London.«

»Nein, Sir. Wir gehören nach Hertfordshire.«

»Wohin in Hertfordshire?«

»Nach St. Albans.«

»Ihr seid auf der Walze, was?«

»Wir sind gestern herübergewandert. Wir haben jetzt unten bei uns keine Arbeit. Aber hier wird es nicht besser werden, fürchte ich.«

»Das ist nicht der Ort, um es zu was zu bringen«, sagt Mr.

Bucket und wirft einen Blick auf die bewußtlosen Gestalten auf dem Boden.

»No, na«, antwortet die Frau mit einem Seufzer. »Jenny und ich wissen dös recht gut.«

Das Zimmer ist, wenn auch zwei oder drei Fuß höher als die Tür, doch so niedrig, daß keiner der drei Besucher, ohne an die geschwärzte Decke zu stoßen, aufrecht stehen kann. Es verletzt jeden Sinn. Selbst die Talgkerze brennt blaß und kränklich in der vergifteten Luft. An der Wand stehen ein paar Bänke und eine höhere Bank als Tisch. Die Männer sind eingeschlafen, wo sie hingestolpert sind, und die Weiber sitzen bei der Kerze. In den Armen der Frau, die eben gesprochen hat, liegt ein winziger Säugling.

»Nun, wie alt soll denn das kleine Geschöpf sein?« fragt Mr. Bucket. »Es sieht ja aus, als wäre es erst gestern geboren.«

Er hat jetzt gar nichts Barsches an sich, und als er sein Licht vorsichtig auf das Kind fallen läßt, wird Mr. Snagsby ganz seltsam an ein andres gewisses Kind erinnert, das auf Bildern von Glanz umstrahlt ist.

»Es ist noch nicht drei Wochen alt, Sir.«

»Ist es Ihr Kind?«

»Ja, meins.«

Die andre Frau, die sich darübergebeugt hatte, als sie eingetreten waren, beugt sich jetzt wieder zu dem Kleinen herab und küßt es.

»Sie scheinen es so liebzuhaben, als ob Sie selbst seine Mutter wären«, sagt Mr. Bucket.

»Ich hatte grad so eins, Master, aber es ist gestorben.«

»Ach, Jenny«, sagt die andre Frau zu ihr, »besser so. Besser, s ist tot als lebendig, Jenny! Viel besser.«

»Was! Sie sind doch nicht so unnatürlich, hoffe ich«, sagt Mr. Bucket streng, »daß Sie Ihrem eignen Kind den Tod wünschen?«

»Gott weiß, daß Sie recht haben, Master. Gewiß bin ich nicht so. Ich würde mein eignes Leben dafür hergeben. So gut wie irgendeine vornehme Dame.«

»Dann sprechen Sie nicht so lästerlich«, sagt Mr. Bucket wieder besänftigt. »Warum tun Sie das?«
»Es kommt mir so in den Kopf, Master, wenn ich das Kind so liegen seh«, entgegnet die Frau, und ihre Augen füllen sich mit Tränen. »Wenn es nie wieder aufwachen sollte, würden Sie mich für wahnsinnig halten, so würde ich mich gebärden. Ich weiß das ganz genau. Ich war dabei, als Jenny das ihre verloren hat – nicht wahr, Jenny –, und ich weiß, wie es sie gepackt hat. Aber schaun Sie sich hier um. Schaun Sie die da«, sagt sie mit einem Blick auf die beiden Schlafenden auf dem Boden. »Schaun Sie sich den Jungen an, der ausgegangen ist, um mir einen Gefallen zu tun. Denken Sie an die Kinder, die Ihnen gewiß oft vorkommen und die Sie aufwachsen sehen.«
»Nun, nun. Sie werden den Kleinen anständig aufziehen, und er wird Ihnen ein Trost sein und im Alter für Sie sorgen«, tröstet Mr. Bucket.
»Ich werde gewiß mein Möglichstes tun«, antwortet sie und wischt sich die Augen. »Aber wie ich heut ganz matt und nicht wohl vom Fieber gewesen bin, hab ich an alles das gedacht, was ihm in den Weg kommen wird. Mein Mann wird ihn nicht leiden können, und er wird Prügel kriegen und wird mich geprügelt sehen, und es wird ihm zu Haus nicht gefallen, und er wird herumstreunen. Drum, wenn ich ihn da so liegen seh, denk ich mir, es wär am besten, er wär gestorben wie der Jenny ihr Kind.«
»Laß, laß!« sagt Jenny. »Liz, du bist müd und krank. Ich werd das Kind nehmen.«
Sie tut das und bringt dabei das Kleid der Mutter in Unordnung, deckt es aber rasch wieder über die wundgeschlagne Brust, an der der Säugling gelegen hat.
»Wenn ich an mein totes Kind denk«, sagt Jenny und geht, den Säugling auf dem Arm schaukelnd, auf und ab, »hab ich das Kleine hier so gern. Und ihr geht's geradso. Ich denk mir, was ich alles drum geben möcht, könnt ich mein Kind wiederhaben. Aber wir meinen innerlich ganz dasselbe.«
Während sich Mr. Snagsby schneuzt und ein Hüsteln der

Teilnahme hören läßt, vernimmt man draußen einen Schritt. Mr. Bucket leuchtet mit seiner Laterne in den Eingang und sagt zu Mr. Snagsby:
»Was sagen Sie jetzt? Ist es der Schmier-Ober?«
»Es ist Jo«, bestätigt Mr. Snagsby.
Jo steht ganz erstaunt in dem hellen Lichtkreis wie eine zerlumpte Gestalt in einer Laterna magica und zittert bei dem Gedanken, gegen das Gesetz verstoßen zu haben und nicht weit genug fortgegangen zu sein. Da ihm jedoch Mr. Snagsby die tröstliche Versicherung gibt: »Es geschieht dir nichts und du kriegst Geld, Jo«, erholt er sich wieder und erzählt draußen, wohin ihn Mr. Bucket zu einer kleinen Privatunterhaltung führt, seine Geschichte fließend, wenn auch atemlos.
»Ich habe den Burschen vernommen«, sagt Mr. Bucket, als er zurückkommt, »und es stimmt schon. Also, Mr. Snagsby, wir sind bereit.«
Zuerst vollendet Jo seinen Liebesdienst damit, daß er die Medizin, die er geholt hat, der Frau mit der lakonischen mündlichen Vorschrift übergibt, daß alles auf einmal einzunehmen sei.
Zweitens legt Mr. Snagsby eine halbe Krone auf den Tisch, sein gewöhnliches Allheilmittel für eine unermeßliche Zahl von Leiden.
Drittens faßt Mr. Bucket Jo ein wenig oberhalb des Ellbogens am Arm, um ihn vor sich herzuschieben, denn ohne dies Verfahren kann doch weder der »Schmier-Ober« noch irgend jemand anders in vorschriftsmäßiger Weise nach Lincoln's-Inn-Fields gebracht werden. Nachdem alle diese Anordnungen getroffen sind, wünschen sie den Frauenzimmern gute Nacht und treten wieder in die schwarze faulende »Toms Einöd«.
Auf denselben stinkenden Wegen, durch die sie in diesen Schlund hinabgestiegen sind, gelangen sie allmählich wieder hinaus. Die Menge umwogt sie und pfeift und belauert sie, bis sie den Rand erreichen, wo Darby seine Blendlaterne wieder zurückerhält. Hier flieht die Menge wie eine

Schar gefangengehaltener Dämonen mit gellendem Gekreisch zurück und wird nicht mehr gesehen.
Sie gehen und fahren jetzt durch die helleren und luftigeren Straßen, die Mr. Snagsby noch nie so hell und luftig vorgekommen sind, bis sie an Mr. Tulkinghorns Haustür kommen.
Mr. Tulkinghorns Bureau ist im ersten Stock, und als sie die halberleuchteten Treppen hinaufsteigen, erwähnt Mr. Bucket, daß er den Schlüssel in der Tasche habe und sie nicht zu klingeln brauchten.
Für einen in solchen Dingen so bewanderten Mann braucht Bucket merkwürdig lang zum Öffnen der Tür und verursacht auch einigen Lärm. Vielleicht macht er damit jemand aufmerksam.
Endlich treten sie in das Vorzimmer, wo eine Lampe brennt, und dann in Mr. Tulkinghorns gewöhnliches Zimmer, wo er heute abend seinen alten Wein trank. Er ist nicht da, wohl aber seine beiden altmodischen Leuchter, und der Raum ist leidlich hell.
Mr. Bucket, der Jo immer noch mit vorschriftsmäßigem Griff festhält und nach Mr. Snagsbys Ansicht eine unbegrenzte Zahl von Augen zu besitzen scheint, macht ein paar Schritte in das Zimmer, da fährt Jo plötzlich zurück und bleibt stehen:
»Was gibt's?« fragt Bucket flüsternd.
»Da ist sie«, ruft Jo.
»Wer?«
»Die Dame.«
Eine dichtverschleierte Frauengestalt steht mitten im Zimmer, und das Licht fällt auf sie. Sie regt sich nicht und ist ganz stumm. Das Gesicht der Gestalt ist ihnen zugekehrt, nimmt aber keine Notiz von ihrem Eintreten, und sie bleibt stehen wie eine Statue.
»Jetzt sag mir, woher weißt du, daß das die Dame ist?« fragt Bucket laut.
»I kenn den Schleier«, antwortet Jo mit weitaufgerissenen Augen. »Den Hut und a dös Kleid.«

»Bist du auch deiner Sache ganz gewiß, Schmier-Ober?« fragt Bucket und beobachtet Jo mit großer Aufmerksamkeit. »Schau noch einmal hin.«
»I schau schon so gut hin, wie i kann«, sagt Jo. »Und dös is der Schleier, der Hut und dös Kleid.«
»Wie war's mit den Ringen, von denen du mir erzählt hast?«
»Glänzt habens, rund um a dum«, sagt Jo und reibt die Finger seiner linken Hand an den Knöcheln der rechten, ohne einen Blick von der Gestalt abzuwenden.
Die Gestalt zieht den rechten Handschuh aus und zeigt die Hand.
»Nun, was sagst du jetzt?«
Jo schüttelt den Kopf. »Ganz andere Ring warens, und d Hand is scho gar net.«
»Wie meinst du das?« fragt Bucket sichtlich und zwar außerordentlich befriedigt.
»D Hand war vüll weißer, vüll zarter und vüll kleiner«, erklärt Jo.
»Na, du wirst am Ende gar noch behaupten, ich wär meine eigne Mutter«, sagt Mr. Bucket. »Erinnerst du dich noch an die Stimme der Dame?«
»I glaub schon«, sagt Jo.
Die Gestalt spricht. »Klang sie wie diese? Ich will so lang sprechen, wie du willst, wenn du deiner Sache nicht gewiß bist. War es diese Stimme, oder klang sie ähnlich?«
Jo sieht Mr. Bucket ganz entgeistert an. »Net ein bisl.«
»Weshalb sagtest du dann, es wäre die Dame?« forscht der würdige Mann und deutet auf die Gestalt.
»Weil«, sagt Jo mit betroffenem Gesicht, aber ohne sich im geringsten beirren zu lassen, »weil dös der Schleier und der Hut und dös Kleid is. Sie is s und is s wieder net. Es is net ihre Hand, auch nöt ihre Stimm, und s sin auch nicht ihre Ring. Aber das is der Schleier, der Hut und dös Kleid, und sie hat sich auch grad so tragn und war auch grad so groß und hat mir an Sovring gebn und weg wars.«
»Na«, sagt Mr. Bucket leichthin, »was Besonderes haben

wir von dir nicht erfahren, aber da hast du fünf Schillinge. Wende sie gut an und mach keine dummen Streiche.«

Bucket zählt verstohlen die Münzen aus einer Hand in die andre wie Spielmarken – es ist das so eine taschenspielerische Angewohnheit von ihm – und legt sie dann, zu einer kleinen Säule geschichtet, dem Knaben in die Hand und führt ihn zur Tür hinaus, wobei er Mr. Snagsby, dem bei all diesen mysteriösen Vorgängen durchaus nicht wohl zumute ist, mit der verschleierten Gestalt allein läßt. Aber als Mr. Tulkinghorn eintritt, hebt sich der Schleier, und eine recht hübsche, wenn auch sehr leidenschaftlich aussehende Französin kommt zum Vorschein.

»Ich danke Ihnen, Mademoiselle Hortense«, sagt Mr. Tulkinghorn mit seinem gewohnten Gleichmut. »Ich will Sie wegen dieser kleinen Wette nicht weiter bemühen.«

»Werden Sie nicht vergessen, Sir, daß ich gegenwärtig keine Stellung habe?« fragt Mademoiselle.

»Gewiß, gewiß.«

»Und mir die Ehre Ihrer einflußreichen Verwendung zusagen?«

»Unbedingt, Mademoiselle Hortense.«

»Ein Wort von Mr. Tulkinghorn ist fast allmächtig ...«

»Es soll daran nicht fehlen, Mademoiselle.«

»Empfangen Sie die Versicherung meines verbindlichsten Dankes, Sir. Gute Nacht.«

Mademoiselle geht mit einer Miene angeborner Vornehmheit hinaus, und Mr. Bucket, der, wenn es darauf ankommt, ebenso zeremoniell wie irgend etwas anderes sein kann, begleitet sie nicht ohne Galanterie die Treppe hinunter.

»Nun, Bucket?« fragt ihn Mr. Tulkinghorn, als er wieder heraufkommt.

»Sie sehen, es ist so, wie ich gleich sagte, Sir. Es ist gar kein Zweifel. Es war die andre in den Kleidern von dieser hier. Die Farben und alles übrige hat der Junge genau erkannt. Mr. Snagsby, ich versprach Ihnen als Mensch, daß ihm nichts geschehen solle. Nun, ist ihm etwas geschehen?«

»Sie haben Wort gehalten, Sir«, entgegnet der Papierhändler. »Und wenn ich jetzt nicht weiter mehr von Nutzen sein kann, Mr. Tulkinghorn, glaube ich, da meine kleine Frau etwas in Angst sein wird ...«

»Ich danke Ihnen, Snagsby, wir brauchen Sie weiter nicht«, sagt Mr. Tulkinghorn. »Ich bin Ihnen sehr verpflichtet für Ihre Mühewaltung.«

»Keine Ursache, Sir. Ich wünsche Ihnen gute Nacht.«

»Sehen Sie, Mr. Snagsby«, Mr. Bucket begleitet den Stationer an die Tür und schüttelt ihm unentwegt die Hand, »was mir so an Ihnen gefällt, ist, daß Sie ein Mann sind, der sich nicht ausholen läßt.«

»Wenigstens bemühe ich mich, so zu sein«, entgegnet Mr. Snagsby bescheiden.

»Nein. Da unterschätzen Sie sich. Sie bemühen sich nicht erst, so zu sein«, sagt Mr. Bucket, schüttelt ihm die Hand und segnet ihn in seiner zärtlichsten Weise. »Sie sind von Natur so. Das schätze ich eben an einem Mann von Ihrem Beruf so sehr.«

Mr. Snagsby gibt eine passende Antwort und geht heimwärts, so verwirrt von den Ereignissen des Abends, daß er nicht recht weiß, ob er wach ist oder an der Wirklichkeit der Straßen, durch die er geht, zweifeln soll, und sogar gewisse Bedenken hat, ob es wirklich der Mond ist, der da auf ihn herabscheint. Sehr bald verfliegen seine Zweifel angesichts der unleugbaren Wirklichkeit, denn Mrs. Snagsby ist auf dem Sofa, den Kopf in einem vollständigen Bienenkorb von Haarwickeln und die Nachtmütze darüber, wach geblieben, hat Guster mit der Nachricht, ihr Gatte sei plötzlich verschwunden, nach der nächsten Polizeistation geschickt und die letzten zwei Stunden jedes Stadium Ohnmacht mit bemerkenswertem Anstand durchgemacht.

Wie die kleine Frau gefühlvoll bemerkt, erntet sie einen »schönen Dank« dafür.

23. Kapitel

Esthers Erzählung

Nach sechs vergnüglich verlebten Wochen kehrten wir von Mr. Boythorn wieder nach Hause zurück. Wir waren oft im Park und im Walde gewesen und selten vor der Hütte des Parkhüters vorbeigegangen, ohne ein paar Worte mit seiner Frau zu sprechen; aber Lady Dedlock bekamen wir weiter nicht zu Gesicht, außer sonntags in der Kirche. Es waren Gäste in Chesney Wold, und obgleich viele schöne Gesichter sie umgaben, übte ihr Antlitz immer noch denselben Einfluß auf mich aus wie das erstemal. Selbst jetzt weiß ich nicht recht, war der Einfluß peinlich oder angenehm für mich. Zog er mich zu ihr hin oder stieß er mich von ihr ab! Ich glaube, meine Bewunderung war mit einer gewissen Furcht gemischt, und ich weiß, daß in ihrer Anwesenheit meine Gedanken stets wie das erstemal zu jener längst vergangnen Zeit meines Lebens zurückwanderten.
An mehr als einem Sonntag schien es mir, ich könnte vielleicht auf Lady Dedlock ebenso wirken wie sie auf mich – ich meine, daß ich ihren Gedankengang vielleicht ebenso störte, wie sie den meinen beeinflußte. Aber jedesmal, wenn ich einen verstohlenen Blick auf sie warf und sie so ruhig und kühl und unnahbar dasitzen sah, fühlte ich, daß das eine törichte Einbildung war. Überhaupt merkte ich, daß mein ganzes Denken und Fühlen in bezug auf sie unvernünftig und haltlos war, und machte mir innerlich darüber manchen Vorwurf.
Ein Vorfall, der sich ereignete, bevor wir Mr. Boythorn verließen, findet wohl am besten gleich hier Erwähnung.
Ich ging mit Ada im Garten spazieren, als man mir meldete, jemand wünsche mich zu sprechen. Ich trat in das Frühstückszimmer, in das man die Person geführt hatte, und fand dort die französische Zofe, die an dem Tag des

Gewitters die Schuhe ausgezogen hatte und durch das nasse Gras gegangen war.
»Mademoiselle«, fing sie an und fixierte mich mit ihren scharfen Augen ein wenig zu sehr, als daß es sich mit ihrer sonst angenehmen Erscheinung und ihrem weder frechen noch kriecherischen Benehmen gut vertragen hätte. »Ich nehme mir eine große Freiheit, indem ich hierherkomme, aber Sie werden es gewiß entschuldigen, da Sie so liebenswürdig sind, Mademoiselle.«
»Sie brauchen sich durchaus nicht zu entschuldigen, wenn Sie mit mir zu sprechen wünschen«, sagte ich.
»Ja, das wünsche ich. Tausend Dank für die freundliche Erlaubnis. Ich darf also sprechen. Nicht wahr?« sagte sie rasch und natürlich.
»Gewiß.«
»Mademoiselle, Sie sind so liebenswürdig! Hören Sie mich bitte an. Ich habe Myladys Dienst verlassen. Wir konnten nicht miteinander auskommen. Mylady trägt den Kopf hoch. Außerordentlich hoch. Pardon! Mademoiselle, Sie haben recht!« Ihre schnelle Auffassung erriet, was ich hatte sagen wollen. »Es ziemt sich nicht für mich, hierherzukommen und Klage über Mylady zu führen. Aber ich sage nur, sie trägt den Kopf hoch, außerordentlich hoch. Weiter sage ich kein Wort. Alle Welt weiß das.«
»Bitte, fahren Sie fort!«
»Sogleich, Mademoiselle. Ich bin Ihnen sehr verbunden für Ihre Höflichkeit. Mademoiselle, ich hätte den glühenden Wunsch, bei einer jungen Dame, die gebildet ist und schön ist, einen Dienst zu bekommen. Sie sind gut, gebildet und schön wie ein Engel. Ach, wenn ich die Ehre haben könnte, in Ihre Dienste treten zu dürfen!«
»Es tut mir wirklich leid ...« begann ich.
»Weisen Sie mich nicht so rasch zurück, Mademoiselle«, sagte sie und zog unwillkürlich ihre schönen schwarzen Augenbrauen zusammen. »Lassen Sie mich wenigstens hoffen – nur einen Moment! Mademoiselle, ich weiß, die Stelle bei Ihnen würde stiller sein als die, die ich verlassen

habe. Aber grade das hätte ich gerne. Ich weiß, diese Stelle würde weniger angesehen sein als meine vorige. Aber das wäre gerade mein Wunsch. Ich weiß, daß ich mich an Lohn schlechter stünde. Gut. Ich bin zufrieden.«

»Ich versichere Ihnen«, sagte ich, schon von dem bloßen Gedanken, eine solche Gesellschafterin um mich zu haben, ganz verwirrt, »daß ich überhaupt keine Kammerfrau halte und ...«

»Ach Mademoiselle, warum nicht? Warum nicht, wenn Sie jemand haben können, der Ihnen anhänglich ist, der Ihnen mit Freuden dienen würde, treu, eifrig und verläßlich! Mademoiselle, ich möchte bei Ihnen wirklich von Herzen gern dienen. Reden Sie jetzt nicht von Geld. Nehmen Sie mich, so, wie ich vor Ihnen stehe. Umsonst.«

Sie war so merkwürdig ernst, daß ich einen Schritt zurück tat, denn ich fürchtete mich fast vor ihr. Ohne es in ihrem Eifer zu merken, drängte sie sich mir immer noch auf und sprach mit rascher, unterdrückter Stimme, aber immer mit einer gewissen Anmut und voll Anstand.

»Mademoiselle, ich bin aus dem Süden, wo man schnell entschlossen ist und liebt oder haßt. Mylady trug den Kopf zu hoch für mich, und ich tat es auch. Es ist geschehen. Vorbei. Aus. Nehmen Sie mich als Ihre Zofe an, und ich will Ihnen gut dienen. Ich will mehr für Sie tun, als Sie sich jetzt vorstellen können. Gut! Mademoiselle, verlassen Sie sich darauf! Ich sage Ihnen, ich werde mein Allermöglichstes in allem und jedem tun! Wenn Sie meine Dienste annehmen, werden Sie es nicht bereuen. Mademoiselle, Sie werden es nicht bereuen, und ich werde Ihnen nützlich sein. Sie wissen nicht, wie nützlich.«

In Ihrem Gesicht drückte sich eine drohende Energie aus, während ich ihr auseinandersetzte, daß es mir rein unmöglich sei, sie in meine Dienste zu nehmen. Ihr Anblick erinnerte mich an das Bild eines Weibes in den Straßen von Paris während der Schreckenszeit. Sie hörte mich ohne Unterbrechung an und sagte dann mit ihrem hübschen Akzent und mit ihrer sanftesten Stimme: »Nun gut,

Mademoiselle, ich habe meine Antwort! Es tut mir leid. Ich muß also anderswo suchen, was ich hier nicht gefunden habe. Würden Sie mir gütigst erlauben, Ihnen die Hand zu küssen?«

Sie sah mich noch aufmerksamer an, als sie meine Hand nahm, und schien sich einen Augenblick jede Ader genau merken zu wollen. »Ich fürchte, Sie haben sich über mich gewundert an jenem Gewittertag, Mademoiselle?« sagte sie und verbeugte sich zum Abschied noch einmal.

Ich gab zu, daß wir uns alle gewundert hätten.

»Ich habe ein Gelübde getan, Mademoiselle«, sagte sie lächelnd, »und wollte es meinem Gedächtnis einprägen, damit ich es getreulich erfülle. Und das werde ich auch. Adieu, Mademoiselle!«

So endete unsere Unterredung, und wie ich gestehen muß, zu meiner großen Erleichterung. Sie reiste wahrscheinlich ab, denn ich bekam sie nicht mehr zu Gesicht. Und nichts störte weiter unsre stillen Sommervergnügungen, bis sechs Wochen verstrichen waren und wir nach Hause zurückkehrten.

Damals und viele Wochen nachher noch besuchte uns Richard sehr häufig. Außer, daß er jeden Samstag kam und bis Montag bei uns blieb, ritt er oft unerwartet herüber, brachte den Abend bei uns zu und ritt am nächsten Morgen früh wieder zurück. Er war so lebhaft wie immer und erzählte uns, daß er sehr fleißig sei. Aber trotzdem war ich innerlich nicht ohne Besorgnis. Es schien mir, als ob er in einer falschen Richtung tätig sei. Ich konnte nicht entdekken, daß sein Fleiß zu etwas anderm führte als zur Erwekkung trügerischer Hoffnungen hinsichtlich des Prozesses, der schon die verderbliche Ursache so vieler Schmerzen und Leiden geworden war. Er sei jetzt in den Kern des Geheimnisses eingedrungen, sagte er uns, und nichts könne klarer sein, als daß das Testament, nach dem er und Ada, ich weiß nicht, wie viele tausend Pfund, erben sollten, endlich anerkannt werden müßte, wenn der Kanzleigerichtshof nur einen Funken Verstand oder Gerechtigkeit besäße, und daß dieser glückliche Abschluß nicht mehr lange auf sich warten lassen könne. Das bewies er sich durch all die ermüdenden Argumente, die er gelesen hatte, und jedes derselben stürzte ihn nur noch tiefer in seine Verblendung. Er hatte sogar angefangen, die Gerichtssitzungen regelmäßig zu besuchen. Er erzählte uns, daß er täglich Miß Flite dort sähe, daß sie sich miteinander unterhielten und er ihr kleine Gefälligkeiten erweise und sie von ganzem Herzen bemitleide, wenn er auch innerlich über sie lächeln müsse.

Er dachte keinen Augenblick daran, der arme, liebe, sanguinische Richard, damals so vielen Glückes fähig und mit einer so viel bessern Zukunft vor sich, welch verhängnisvolle Kette sich zwischen seiner frischen Jugend und ihrem welken Alter schlang, zwischen seinen hohen Hoffnungen und ihren in Käfigen hintrauernden Vögeln und ihrem ärmlichen Dachstübchen und ihrem irren Geist.

Ada liebte ihn zu sehr, um ihm in irgend etwas, was er sagte oder tat, zu mißtrauen, und mein Vormund klagte zwar häufig über Ostwind und las mehr als gewöhnlich im Brummstübchen, bewahrte aber sonst strengstes Stillschweigen über dieses Thema. Als ich daher eines Tages Caddy Jellyby auf ihre Bitte einen Besuch in London machte, kam ich auf den Einfall, mich von Richard im Landkutschenbureau abholen zu lassen, um mit ihm ein wenig über seine Angelegenheiten zu plaudern. Ich fand ihn bei meiner Ankunft dort, und wir gingen Arm in Arm fort.

»Nun, Richard«, sagte ich, sobald ich anfangen konnte, mit ihm ernst zu sprechen, »arbeiten Sie sich jetzt ein?«

»O ja, liebe Esther«, entgegnete Richard. »So ziemlich.«

»Ich meine, haben Sie ordentlich Wurzel gefaßt?«

»Wie meinen Sie das, Wurzel gefaßt?« fragte er mit seinem heitern Lachen.

»In der Jurisprudenz Wurzel gefaßt.«

»O ja. Es macht sich.«

»Das haben Sie schon vorhin gesagt, lieber Richard.«

»Und Sie halten es für keine ausreichende Antwort, wie? Nun, da haben Sie vielleicht recht. Wurzel gefaßt? Sie meinen, ob ich mit ganzem Herzen bei der Sache bin?«
»Ja.«
»Nun, nein. Das kann ich nicht gerade behaupten, weil man nicht ordentlich anfangen kann, solange sich die Angelegenheit in einem so unklaren Stadium befindet. Wenn ich sage Angelegenheit, so meine ich natürlich damit – das verbotene Thema.«
»Glauben Sie wirklich, der Prozeß könne jemals aus dem unklaren Stadium herauskommen?«
»Daran ist doch kein Zweifel.«
Wir gingen eine Weile stumm nebeneinander her; dann redete mich Richard in seiner offenherzigsten Weise an:
»Meine liebe Esther, ich verstehe Sie ganz gut und wünschte bei Gott, ich wäre ein beständigerer Mensch. Ich meine nicht beständig in bezug auf Ada, denn ich liebe sie aufs innigste – mehr und mehr von Tag zu Tag –, aber beständiger in bezug auf mich selbst. Vielleicht drücke ich mich nicht richtig aus, aber Sie werden mich schon verstehen. Wenn ich ein beständigerer Mensch wäre, hätte ich entweder bei Badger oder bei Kenge & Carboy festgehalten wie der grimme Tod und wäre jetzt solid und gesetzt geworden und hätte keine Schulden und ...«
»Haben Sie Schulden, Richard?«
»Ja. Ein paar, liebe Esther. Auch habe ich mir etwas zu sehr das Billardspielen angewöhnt und ähnliches. Jetzt ist's draußen. Sie verabscheuen mich, Esther, nicht wahr?«
»Sie wissen, daß dies nicht der Fall ist«, sagte ich.
»Sie sind nachsichtiger gegen mich, als ich es oft selbst bin. Liebe Esther, ich bin ein armer Hund, daß ich nicht zur Ruhe kommen kann. Aber wie kann ich es denn? Wenn Sie in einem unvollendeten Hause wohnen müßten, würden Sie darin nicht zur Ruhe kommen können, und wenn Sie verurteilt wären, alles, was Sie anfingen, halbfertig liegen lassen zu müssen, wären Sie auch nicht imstande, sich

einer Sache ernstlich zu widmen. Ich bin in diesen endlosen Rechtsstreit mit all seinen wechselnden Chancen hineingeboren worden, und er hat mich aus dem Gleichgewicht zu bringen begonnen, ehe ich noch recht wußte, was ein Prozeß ist. Er hat mich seitdem nie mehr recht wieder ins Geleise kommen lassen. Hier stehe ich nun manchmal, von der Überzeugung durchdrungen, daß ich gar nicht wert bin, meine vertrauensvolle Kusine Ada zu lieben.«
Wir waren an einer menschenleeren Stelle angelangt, und er bedeckte die Augen mit seiner Hand und schluchzte.
»Richard, nehmen Sie es sich nicht so zu Herzen! Sie haben eine vornehme Denkungsweise, und der Gedanke an Ada kann Sie jeden Tag ihrer würdiger machen.«
»Ich weiß das, liebe Esther«, antwortete er und drückte mir den Arm. »Ich weiß das alles. Sie dürfen sich nicht wundern, daß ich jetzt ein bißchen weich bin, aber die Geschichte hat mir lange Zeit auf der Seele gelegen, und ich wollte oft mit Ihnen darüber sprechen, aber manchmal hat mir die Gelegenheit und oft der Mut dazu gefehlt. Ich weiß, daß der Gedanke an Ada mich ändern sollte, aber er tut es nicht. Ich bin zu unbeständig. Ich liebe sie auf das innigste, und dennoch handle ich jeden Tag und jede Stunde unrecht an ihr und an mir. Aber das kann nicht ewig dauern. Wir müssen endlich zu einem Schlußtermin kommen und zu einem Urteil zu unsern Gunsten. Und dann sollen Sie und Ada sehen, was ich in Wirklichkeit sein kann.«
Es hatte mir einen Stich ins Herz gegeben, als ich ihn schluchzen hörte und die Tränen zwischen seinen Fingern durchdringen sah, aber es war mir unendlich weniger schmerzlich als die Hoffnungsfreude, mit der er die letzten Worte sprach.
»Ich habe die Akten gründlich studiert, Esther, mich monatelang in sie vertieft«, fuhr er mit seiner alten Heiterkeit wieder fort, »und Sie können sich darauf verlassen, daß wir gewinnen müssen. Was langes Warten betrifft, hat es daran nicht gefehlt, Gott weiß. Um so wahrscheinlicher, daß die Sache rasch zu Ende geht. Sie steht sogar heute auf

der Tagesordnung. Es wird zuletzt alles gut werden, und dann sollen Sie sehen.«

Da ich ihn soeben Kenge & Carboy in dieselbe Kategorie mit Mr. Badger hatte stellen hören, fragte ich ihn, wann er beabsichtige, sich in Lincoln's Inn einschreiben zu lassen.

»Das ist's ja eben! Ich denke gar nicht daran, Esther«, erwiderte er gezwungen. »Ich glaube, ich habe die Sache dick. Ich habe im Falle ›Jarndyce kontra Jarndyce‹ wie ein Galeerensklave gearbeitet und vorläufig meinen Durst nach Jurisprudenz gelöscht und mich überzeugt, daß ich mich nicht dafür eigne. Außerdem finde ich, daß es mich nur noch unruhiger macht, immerwährend auf dem Schauplatz der Handlung zu sein. Worauf richten sich nun naturgemäß meine Gedanken?« fuhr Richard fort, im Laufe seiner Rede wieder zuversichtlich geworden.

»Ich kann es nicht erraten.«

»Machen Sie kein so ernstes Gesicht! Es ist jedenfalls das Beste«, entgegnete Richard, »was ich tun kann, liebe Esther, das ist sicher. Ich brauche doch keinen Beruf im Leben zu haben, um versorgt zu sein. Der Prozeß muß endlich zu Ende gehen, und dann bin ich geborgen. Nein! Ich betrachte die Jurisprudenz als einen Beruf, der für mich nur vorübergehend ist und zu meiner zeitweiligen Lage, ich möchte sagen, vortrefflich paßt. Worauf richten sich nun naturgemäß meine Gedanken?«

Ich sah ihn an und schüttelte den Kopf.

»Auf was sonst«, sagte Richard im Tone tiefster Überzeugung, »als auf die Armee.«

»Auf die Armee?«

»Auf die Armee, natürlich. Ich brauche mir nur ein Patent zu verschaffen, und fertig.«

Und dann bewies er mir durch ausführliche Berechnungen in seinem Notizbuch, daß – vorausgesetzt, er habe zweihundert Pfund Schulden in sechs Monaten gemacht, noch vor seinem Eintritt in die Armee, und als Offizier in einem entsprechenden Zeitraum gar keine weitern – denn dazu sei er fest entschlossen – daß diese veränderte Lebensweise eine Ersparnis von vierhundert Pfund jährlich oder zweitausend Pfund in fünf Jahren bewirken müsse, was schon eine recht beträchtliche Summe sei. Und dann sprach er so offen und aufrichtig von dem Opfer, das er bringen wolle, indem er sich eine Zeitlang von Ada fernhalte, und von dem Ernst, der ihn jetzt erfülle, ihre Liebe zu vergelten, sie glücklich zu machen und alle seine Fehler abzulegen und ein Mann von Energie und Festigkeit zu werden, daß mir wirklich das Herz weh tat. Ich dachte bei mir, wie würde und könnte das alles enden, wo alle seine hohen Eigenschaften so bald und so sicher von dem Gifthauch getroffen werden mußten, der alles, was er berührte, zugrunde richtete.

Ich sprach mit Richard mit dem ganzen Ernst, der mich erfüllte, und bat ihn um Adas willen, nicht seine Hoffnung auf den Kanzleigerichtsprozeß zu setzen. Allem, was ich sagte, stimmte Richard bereitwillig bei. Nur über den Gerichtshof und was damit zusammenhing ging er leicht hinweg und entwarf die glänzendsten Schilderungen von dem Beruf, dem er sich widmen wollte, wenn der böse Prozeß einmal aufgehört haben würde, seine Gedanken gefangenzuhalten. Wir hatten ein langes Gespräch, aber im Wesen drehte es sich immer wieder um denselben Punkt.

Endlich erreichten wir Soho Square, welchen Platz Caddy Jellyby als einen stillen Ort in der Nähe von Newman Street zum Stelldichein bestimmt hatte.

Caddy ging in dem Park in der Mitte des Platzes spazieren und eilte uns entgegen, sobald sie uns erblickte. Nach einigen fröhlichen Worten ließ uns Richard allein.

»Prince hat in der Nähe Unterricht zu geben, Esther«, sagte Caddy, »und hat sich den Gartenschlüssel für uns geben lassen. Wenn du daher mit mir hier spazierengehen willst, können wir uns einschließen, und ich kann dir in Ruhe erzählen, weshalb ich dein liebes gutes Gesicht so bald wieder zu sehen wünschte.«

»Sehr gut, liebe Caddy«, sagte ich. »Das ist ein prächtiger Einfall.«

Caddy verschloß, nachdem sie das »liebe gute Gesicht«, wie sie es nannte, liebreich geküßt hatte, das Gitter, nahm meinen Arm, und wir gingen gemütlich im Garten spazieren.

»Du mußt wissen, Esther«, begann Caddy, die immer eine Vorliebe für Vertraulichkeit hatte, »als du mir sagtest, es sei Unrecht, ohne Mas Wissen zu heiraten oder sie über unser Verlöbnis in Unwissenheit zu lassen – wenn ich auch nicht annehme, daß sie sich viel um mich kümmert –, glaubte ich deine Äußerung Prince mitteilen zu müssen. Erstens, weil ich aus allem, was du mir sagst, profitieren möchte, und zweitens, weil ich keine Geheimnisse vor Prince habe.«

»Ich hoffe, er hat mir beigestimmt, Caddy.«

»Und wie! Ich versichere dir, er würde dir in allem und jedem beistimmen. Du hast keine Idee, welch hohe Meinung er von dir hat.«

»Wirklich?«

»Esther, jede andere als mich würde es eifersüchtig machen«, lachte Caddy und schüttelte den Kopf. »Aber ich freue mich nur darüber, denn du bist meine erste Freundin und die beste, die ich jemals haben werde. Und niemand kann dich genug achten und lieben, wenn er mir gefallen will.«

»Mein Wort, Caddy«, sagte ich, »ihr habt euch wohl alle zusammen verschworen, mich eingebildet zu machen? Nun, was wolltest du sagen?«

»Wir sprachen also ausführlich darüber, und ich sagte zu Prince: ›Prince, da Miß Summerson ...‹«

»Ich hoffe doch nicht Miß Summerson?«

»Nein, allerdings nicht!« rief Caddy fröhlich. »Ich sagte: Esther. Ich sagte zu Prince: Da Esther entschieden dieser Meinung ist, Prince, und sie gegen mich ausgesprochen hat und stets darauf anspielt in den freundlichen Briefchen, die du dir so gern von mir vorlesen läßt, so bin ich bereit, Mama alles zu gestehen, sobald du die Zeit für geeignet hältst. Und ich glaube, Prince, daß Esther der Meinung ist, ich stünde besser und ehrenhafter da, wenn du es zugleich deinem Papa sagtest.«

»Ja, liebe Caddy«, rief ich. »Esther ist ganz gewiß dieser Ansicht.«

»So hatte ich also recht! Siehst du! Nun also! Das beunruhigte Prince sehr. Nicht, daß er im mindesten andrer Meinung gewesen wäre, sondern weil er soviel Rücksicht auf die Gefühle seines Vaters nimmt und befürchtet, dem alten Mr. Turveydrop würde das Herz brechen oder er könnte in Ohnmacht fallen oder die Sache könnte ihn in irgendeiner andern Art überwältigen. Er fürchtete, der alte Mr. Turveydrop würde es als Pflichtvergessenheit auffassen und eine große seelische Erschütterung davontragen. Du mußt nämlich wissen, Esther, Mr. Turveydrop ist bei seinem hervorragenden Anstand ungemein sensitiv.«

»Wirklich, liebe Caddy?«

»Oh, außerordentlich sensitiv. Prince sagt es immer. Nur das war die Ursache, daß mein liebes Kind ...« Caddy entschuldigte sich, über und über errötend, »... ich nenne gewöhnlich Prince mein liebes Kind.«

Ich lachte; und Caddy lachte und wurde rot und fuhr fort: »Dies hat ihn veranlaßt, Esther.«

»Wen veranlaßt, meine Liebe?«

»O du Boshafte!« Caddys hübsches Gesicht wurde feuerrot. »Mein liebes Kind, also, wenn du darauf bestehst ... Das hat ihm wochenlang Sorge gemacht und ihn veranlaßt, es von Tag zu Tag hinauszuschieben. Endlich sagte er zu mir: Caddy, wenn Miß Summerson, auf die mein Vater große Stücke hält, sich bewegen ließe, mit dabeizusein, wenn ich es ihm entdecke, glaube ich, könnte ich es tun. So versprach ich ihm denn, dich zu fragen. Ich möchte außerdem«, sagte Caddy und sah mich voll Hoffnung, aber furchtsam an, »wenn es dir recht wäre, später mit dir zu Mama gehen. Das meinte ich, als ich in meinem Brief schrieb, ich wollte dich um eine große Gunst und um deinen Beistand bitten. Und wenn du glaubst, du könntest mir meinen Wunsch erfüllen, Esther, würden wir beide dir von Herzen dankbar sein.«

»Wir werden sehen, Caddy«, sagte ich und tat, als ob ich überlegte. »Ich glaube wirklich, wenn es drauf ankäme, könnte ich Schwereres als das vollbringen. Ich stehe dir und dem lieben Kind natürlich gern zur Verfügung, liebe Caddy.«

Caddy war ganz entzückt, empfand sie doch jeden kleinen Freundschaftsdienst so tief wie wohl je ein zärtliches Herz, das auf dieser Erde geschlagen hat. Und nachdem wir noch ein paarmal im Garten auf und ab gewandelt waren, zog sie sich ein Paar funkelnagelneue Handschuhe an, wie sie sich denn überhaupt nach Möglichkeit herausgeputzt hatte, um dem Meister des Anstands keine Schande zu machen, und wir gingen geradenwegs nach Newman Street.

Prince gab natürlich Unterricht. Er beschäftigte sich gerade mit einer nicht sehr hoffnungsvollen Schülerin – einem bornierten kleinen Mädchen mit trotzigen Stirnfalten, einer tiefen Stimme und einer seelenlosen unzufriedenen Mama; und die Sache wurde durch die Verwirrung, in die wir Prince versetzten, keineswegs aussichtsvoller. Die Unterrichtsstunde nahm einen so unharmonischen Verlauf wie möglich, ging aber endlich zu Ende, und als das kleine Mädchen seine Schuhe gewechselt und den Feuerglanz ihres weißen Musselinkleides in vielen Shawls gelöscht hatte, nahm seine Mama es mit sich fort.

Nach ein paar vorbereitenden Worten suchten wir Mr. Turveydrop auf und fanden ihn, Hut und Handschuhe um sich gruppiert, als ein Musterbild des Anstandes auf dem Sofa in seinem Privatzimmer sitzen, dem einzigen wirklich behaglichen Raum im ganzen Hause. Er schien sich zwischen den Mahlzeiten in aller Muße angekleidet zu haben. Sein Toilettekasten, seine Bürsten und andere Utensilien, alles von elegantester Form, lagen herum.

»Vater: Miß Summerson – Miß Jellyby.«

»Entzückend! Bezaubernd!« rief Mr. Turveydrop und

erhob sich mit seiner hochschultrigen Verbeugung. »Darf ich bitten!...« Er schob uns Stühle hin. »Bitte, Platz zu nehmen!« Er küßte die Fingerspitzen seiner linken Hand. »Ich bin außer mir vor Entzücken!« Er verdrehte und schloß die Augen. »Meine kleine Einsiedelei wird zu einem Paradies!« Wieder gruppierte er sich auf dem Sofa wie der erste Gentleman nach dem König.

»Abermals finden Sie uns, Miß Summerson«, säuselte er, »beschäftigt mit unsern kleinen Künsten: Politur, Politur! Abermals spornt uns das schöne Geschlecht an und belohnt uns durch seine liebenswürdige Gegenwart. Es bedeutet schon sehr viel in diesen Zeiten – und wie sehr sind wir seit den Tagen Seiner Königlichen Hoheit des Prinzregenten, meines Gönners, wenn ich so sagen darf, entartet –, zu sehen, daß der Anstand nicht ganz von Handwerkern mit Füßen getreten wird und daß noch das Lächeln der Schönheit auf ihn herabglänzt, gnädiges Fräulein.«

Ich konnte keine passende Antwort finden, und er nahm noch eine Prise.

»Lieber Sohn«, wendete er sich zu Prince, »du hast heute nachmittag vier Stunden zu geben. Ich würde dir raten, schnell ein paar Sandwiches zu essen.«

»Ich danke dir, Vater«, antwortete Prince, »ich werde pünktlich sein. Lieber Vater, darf ich dich bitten, dich auf das gefaßt zu machen, was ich dir zu sagen habe?«

»Gütiger Himmel!« rief das Anstandsmusterbild aus, blaß und erschrocken, als Prince und Caddy Hand in Hand vor ihm niederknieten. »Was bedeutet das? Ist das Verrücktheit? Oder was sonst?«

»Vater«, begann Prince mit großer Unterwürfigkeit, »ich liebe diese junge Dame, und wir sind verlobt.«

»Verlobt!« rief Mr. Turveydrop, lehnte sich in das Sofa zurück und verhüllte sich das Gesicht mit der Hand. »Ein Pfeil in mein Hirn geschleudert von meinem eignen Kinde!«

»Wir sind schon seit einiger Zeit verlobt, Vater«, stammelte Prince. »Und Miß Summerson, die davon hörte, riet uns, dir die Sache mitzuteilen, und war so außerordentlich liebenswürdig, uns heute hierher zu begleiten. Miß Jellyby ist eine junge Dame, die dich im höchsten Grade schätzt, Vater!«

Mr. Turveydrop ließ ein Stöhnen hören.

»Nicht, Vater, nicht«, flehte der Sohn. »Miß Jellyby schätzt dich außerordentlich hoch, und unser heißester Wunsch ist, dir jede mögliche Bequemlichkeit zu schaffen.«

Mr. Turveydrop seufzte laut.

»Nicht, bitte nicht, Vater«, flehte Prince wieder.

»Mein Junge«, ächzte Mr. Turveydrop, »es ist gut, daß deiner seligen Mutter dieser Schlag erspart blieb. Stoß zu und schone mich nicht. Triff mich ins Herz, mein Sohn, triff mich ins Herz!«

»Ich bitte dich, Vater, sprich nicht so!« jammerte Prince unter Tränen. »Es zerreißt mir das Herz. Ich versichere dir, Vater, unser heißester Wunsch ist, dir jede Bequemlichkeit zu schaffen. Caroline und ich kennen unsre Pflicht. Was für mich Pflicht ist, ist es auch für Caroline, wie wir oft miteinander besprochen haben. Und mit deiner Bewilligung und Zustimmung, Vater, wollen wir alles tun, um dir das Leben so angenehm wie möglich zu machen.«

»Triff mich ins Herz«, murmelte Mr. Turveydrop. »Triff mich ins Herz!«

– Aber er schien auch zu horchen, wie mir vorkam. –

»Lieber Vater, wir wissen recht gut, daß du an mancherlei kleine Bequemlichkeiten gewöhnt bist und Anspruch darauf hast, und es wird unsre größte Sorge und unser Stolz sein, in erster Linie dafür zu sorgen. Wenn du uns mit deiner Einwilligung und Zustimmung glücklich machen willst, Vater, wollen wir gar nicht eher heiraten, als bis es dir paßt, und wenn wir einmal verheiratet sind, werden wir natürlich an dich in erster Reihe denken. Du mußt hier immer das Oberhaupt bleiben, Vater, und wir fühlen, wie widernatürlich es wäre, wenn wir anders dächten oder wenn es uns nicht gelingen sollte, dir in jeder Hinsicht das Leben angenehm zu gestalten.«

Mr. Turveydrop kämpfte einen schweren innerlichen Kampf durch und saß jetzt wieder im Sofa aufrecht, die dicken Backen über die steife Halsbinde hängend; ein vollendetes Muster väterlichen Anstandes.

»Mein Sohn«, sagte er, »meine Kinder! Ich kann euern Bitten nicht widerstehen. Seid glücklich!«

Sein gütiges Wohlwollen, mit dem er seine künftige Schwiegertochter emporhob, seinem Sohn die Hand reichte und Caddy küßte, wirkte geradezu verwirrend auf mich.

»Meine Kinder!« – Mr. Turveydrop schlang väterlich den linken Arm um Caddy, die neben ihm saß, und stemmte die rechte Hand graziös in die Hüfte. – »Mein Sohn und meine Tochter! Euer Glück wird mir beständig am Herzen liegen. Ich will über euch wachen. Ihr sollt immer bei mir wohnen« – damit meinte er natürlich, er wolle stets bei ihnen wohnen –, »dieses Haus ist von jetzt an das eure so gut wie das meine. Betrachtet es als euer eignes Heim. Möget ihr lange leben, es mit mir zu teilen.«

Die Macht seiner Allüren war so groß, daß Caddy und Prince ganz von Dankbarkeit überwältigt waren, als ob er ihnen ein unermeßliches Opfer gebracht hätte, während er sich doch in Wirklichkeit nur für den Rest seines Lebens bei ihnen einquartierte.

»Was mich betrifft, meine Kinder, so naht für mich des Lebens gelber Herbst, und unmöglich ist es, zu sagen, wie lange die letzten schwachen Spuren ritterlichen Anstandes diesem Zeitalter der Weberei und Spinnerei erhalten bleiben. Aber solange das noch der Fall ist, will ich meine Pflicht gegen die Gesellschaft erfüllen und mich wie gewöhnlich in der Stadt zeigen. Ich habe nur wenige und einfache Bedürfnisse. Mein kleines Appartement, meine paar Toilettebedürfnisse, ein frugales Frühstück und ein einfaches Diner genügen. Ich überlasse es eurer Kindes-

liebe, für diese Bedürfnisse zu sorgen, und komme für alle übrigen auf.«
Prince und Caddy waren abermals von seiner Hochherzigkeit überwältigt.
»Mein Sohn, was die kleinen Einzelheiten betrifft, die dir mangeln, Einzelheiten in Allüren, die den Menschen angeboren sind und sich wohl ausbilden, aber nie erschaffen lassen, kannst du stets auf mich bauen. Ich habe seit den Tagen seiner Königlichen Hoheit des Prinzregenten getreulich auf meinem Posten ausgeharrt und werde ihn auch jetzt nicht verlassen. Nein, mein Sohn! Wenn du jemals deines Vaters bescheidne Stellung mit einem Gefühl des Stolzes betrachtet hast, so kannst du dich auch jetzt darauf verlassen, daß er nie etwas tun wird, was sie beflekken könnte. Was dich selbst betrifft, Prince, so ist dein Charakter anders geartet. Wir können nicht alle gleich sein, noch wäre das auch wünschenswert, und du mußt arbeiten, fleißig sein, Geld verdienen und deinen Kundenkreis so sehr vergrößern wie nur möglich.«
»Darauf kannst du dich verlassen, lieber Vater. Ich will es mit ganzem Herzen tun«, beteuerte Prince.
»Ich zweifle nicht daran. Deine Eigenschaften sind nicht glänzend, lieber Sohn, aber solid und nützlich. Und euch beiden, liebe Kinder, möchte ich nur im Geiste meiner seligen Gattin, auf deren Lebenspfad ich das Glück hatte, glaube ich, wenigstens einige Lichtstrahlen zu werfen, euch möchte ich zurufen: Sorget für das Etablissement, sorgt für meine einfachen Bedürfnisse, und Gott sei mit euch!«
Mr. Turveydrop wurde aus Anlaß des feierlichen Augenblicks dann wieder so galant, daß ich Caddy sagte, wir müßten wirklich auf der Stelle nach Thavies Inn gehen, wenn wir überhaupt heute noch hinkommen wollten. So entfernten wir uns denn nach einem sehr zärtlichen Abschied Caddys von ihrem Bräutigam, und sie war auf dem Nachhauseweg so glücklich und so voll des Lobes über den alten Mr. Turveydrop, daß ich um keinen Preis ein

Wort des Tadels über ihn über die Lippen gebracht hätte.
In den Fenstern des Hauses in Thavies Inn hingen Vermietungsanzeigen, und es sah schmutziger, düsterer und unheimlicher aus als je. Der Name des armen Mr. Jellyby hatte erst vor ein paar Tagen in der Konkursliste gestanden, und er hatte sich im Speisezimmer mit zwei Herren und einem Haufen von blauen Dokumentenbeuteln, Rechnungsbüchern und Papieren eingeschlossen und machte die verzweifeltsten Anstrengungen, Einsicht in seine Angelegenheiten zu gewinnen. Sie schienen sich ganz und gar seinem Verständnis zu entziehen, denn als Caddy mich irrtümlich in das Speisezimmer führte und wir ihn dort, die Brille auf der Nase, hoffnungslos in einer Ecke neben dem großen Eßtisch von zwei Herrn blockiert fanden, schien er alles aufgegeben zu haben und sprach- und gefühllos geworden zu sein.
Als wir die Treppe hinauf zu Mrs. Jellybys Zimmer gingen – die Kinder kreischten unisono in der Küche, und kein Dienstbote ließ sich sehen –, trafen wir sie mit einer umfangreichen Korrespondenz beschäftigt. Sie öffnete, las und sortierte Briefe, und ganze Haufen zerrissener Kuverts bedeckten den Boden. Sie war so davon in Anspruch genommen, daß sie mich anfangs nicht gleich erkannte, obgleich sie mich mit ihrem sonderbaren in die Ferne gerichteten Blick ihrer hellen Augen lange ansah.
»Ah, Miß Summerson«, sagte sie endlich. »Ich dachte gerade an etwas anderes. Ich hoffe, Sie befinden sich wohl. Es freut mich, Sie zu sehen. Mr. Jarndyce und Miß Clare befinden sich doch ebenfalls wohl?«
Ich bejahte und erkundigte mich nach Mr. Jellybys Befinden.
»Nun, es geht ihm nicht allzu gut«, gab Mrs. Jellyby mit Seelenruhe zur Antwort. »Er hat Unglück im Geschäft gehabt und ist etwas niedergeschlagen. Glücklicherweise bin ich selbst so beschäftigt, daß ich keine Zeit habe, darüber nachzudenken. Wir haben gegenwärtig ungefähr hundertsiebzig Familien, Miß Summerson, jede ungefähr fünf

Köpfe stark, die entweder gerade im Begriffe sind, nach dem linken Nigerufer abzureisen, oder bereits abgereist sind.«

Ich mußte an die arme Familie in unsrer unmittelbarsten Nähe denken, die weder am linken Nigerufer war noch dorthin reisen konnte, und begriff nicht, wie Mrs. Jellyby so ruhig sein konnte.

»Sie haben Caddy mitgebracht, wie ich sehe«, bemerkte sie mit einem Blick auf ihre Tochter. »Sie ist eine wahre Seltenheit bei uns geworden. Sie hat mich wirklich gänzlich im Stich gelassen und tatsächlich genötigt, einen Jungen anzustellen.«

»Ich weiß, Ma ...« begann Caddy.

»Du weißt doch, Caddy«, unterbrach sie die Mutter mild, »daß ich einen Jungen angestellt habe und daß er jetzt nur zu Tisch gegangen ist. Was für einen Zweck hat es da, zu widersprechen!«

»Ich wollte doch gar nicht widersprechen, Ma. Ich wollte nur sagen, daß du doch nicht verlangen kannst, ich solle mein ganzes Leben lang der Packesel bleiben.«

»Ich sollte doch denken, meine Liebe«, sagte Mrs. Jellyby und fuhr dabei fort, ihre Briefe zu öffnen und sie mit lächelndem Gesicht zu überfliegen und zu sortieren, »du hättest in deiner Mutter ein Vorbild von Geschäftseifer vor dir. Übrigens: Ein bloßer Packesel? Wenn du die geringste Sympathie für die Bestimmung des Menschengeschlechts hättest, würdest du hoch über einem solchen Gedanken stehen. Aber die fehlt dir eben. Ich habe es dir oft gesagt, Caddy, du hast keine solche Sympathie.«

»Nein, für Afrika nicht, Ma, gewiß nicht.«

»Natürlich nicht. Sehen Sie, Miß Summerson, wenn ich nicht glücklicherweise so beschäftigt wäre«, Mrs. Jellyby sah mich einen Augenblick sanft an und überlegte dabei, wohin sie einen eben erbrochenen Brief legen solle, »würde mich das wieder sehr schmerzen und enttäuschen. Aber ich habe in der Angelegenheit mit Borriobula-Gha

so den Kopf voll und muß mich so darauf konzentrieren, daß ich nicht darunter leide.«
Da Caddy mir einen bittenden Blick zuwarf und Mrs. Jellyby gerade durch meinen Hut und meinen Kopf hindurch weit nach Afrika hineinblickte, hielt ich es für eine günstige Gelegenheit, auf den Zweck meines Besuchs zu sprechen zu kommen und Mrs. Jellybys Aufmerksamkeit darauf zu lenken.
»Vielleicht werden Sie sich fragen«, begann ich, »was mich hierhergeführt und veranlaßt hat, Sie zu stören.«
»Es freut mich stets, Sie zu sehen, Miß Summerson«, versicherte mir Mrs. Jellyby und nahm ihre Beschäftigung mit gewinnendem Lächeln wieder auf, »obgleich ich wünschte, Sie interessierten sich ein wenig mehr für das Borriobula-Projekt.« Sie schüttelte mißbilligend den Kopf.
»Ich bin also mit Caddy hergekommen«, fing ich wieder an, »weil sie der gewiß richtigen Meinung ist, sie dürfe kein Geheimnis vor ihrer Mutter haben, und sich einbildet, sie würde mehr Mut haben, wenn ich ihr behilflich wäre.«
»Caddy«, sagte Mrs. Jellyby, hielt einen Augenblick in ihrer Beschäftigung inne und setzte sie dann kopfschüttelnd, aber in heiterer Ruhe fort. »Du willst mir gewiß irgendeinen Unsinn mitteilen?«
Caddy knüpfte ihr Hutband auf, nahm den Hut ab, ließ ihn an dem Bande auf den Fußboden herunterbaumeln, schluchzte laut und sagte:
»Ma, ich bin verlobt!«
»O du törichtes Kind«, erwiderte Mrs. Jellyby mit zerstreuter Miene und überflog dabei ein Telegramm. »Was für eine Gans du doch bist!«
»Ich bin verlobt, Ma«, schluchzte Caddy, »mit dem jungen Mr. Turveydrop von der Tanzakademie, und der alte Mr. Turveydrop – er ist ein hervorragender Gentleman, ich versichere dir – hat seine Einwilligung gegeben, und ich bitte und flehe dich an, gib mir auch die deine, Ma.

Denn sonst könnte ich nie glücklich sein. Wirklich nie, nie«, schluchzte Caddy, die alle ihre früheren Leiden ganz und gar vergaß und sich nur ihrem guten Herzen überließ.
»Da sehen Sie wieder, Miß Summerson«, bemerkte Mrs. Jellyby voller Seelenruhe, »welches Glück, daß ich so beschäftigt bin und meine Gedanken auf eine einzige Sache konzentrieren muß. Da verlobt sich Caddy mit dem Sohn eines Tanzmeisters, verkehrt mit Leuten, die nicht mehr Sympathien für die Geschicke des Menschengeschlechts haben als sie selbst! Und noch dazu, wo Mr. Gusher, einer der ersten Philanthropen unsrer Zeit, mir angedeutet hat, daß er ernstlich geneigt sei, sich für sie zu interessieren.«
»Ma, ich habe Mr. Gusher von jeher gehaßt und verabscheut«, schluchzte Caddy.
»Caddy, Caddy!« Mrs. Jellyby öffnete mit der größten Gemütsruhe wieder einen Brief. »Ich zweifle daran nicht. Wie könnte es auch anders sein, da dir die Neigungen, von denen er überfließt, gänzlich abgehen. Ich wiederhole, Miß Summerson, diese kleinlichen Einzelheiten würden mich tief bekümmern, wenn meine öffentlichen Pflichten nicht mein Lieblingskind wären und mich in umfassendster Weise in Anspruch nähmen. Aber kann ich die Folgen eines törichten Streichs von seiten Caddys, von der ich übrigens nichts andres erwarten durfte, wie einen Nebel zwischen mich und den großen afrikanischen Kontinent treten lassen? Nein, nein!« wiederholte Mrs. Jellyby mit ruhiger klarer Stimme und lächelte liebenswürdig, Briefe aufbrechend und sortierend. »Nein, wahrhaftig nicht!«
Ich war so wenig gefaßt auf eine so außerordentlich kaltblütige Aufnahme der Angelegenheit, obgleich ich es mir hätte denken können, daß ich keine Worte fand. Caddy schien es ebenso zu gehen. Mrs. Jellyby fuhr fort, Briefe zu öffnen und zu sortieren, und wiederholte in freundlichem Ton und mit dem ruhigsten Lächeln von der Welt von Zeit zu Zeit: »Nein, wahrhaftig nicht!«
»Ich hoffe, Ma«, schluchzte endlich die arme Caddy, »du bist nicht böse auf mich?«

»Ach Caddy, du bist wirklich abgeschmackt, daß du noch so fragen kannst, wo du doch eben von mir gehört hast, wie sehr ich anderweitig beschäftigt bin.«
»Und ich hoffe, Ma, du gibst uns deine Zustimmung und deinen Segen.«
»Du hast sehr töricht gehandelt, Kind, daß du einen solchen Schritt tatest, und bist aus der Art geschlagen, sonst hättest du dich dem allgemein menschlichen Interesse gewidmet. Aber der Schritt ist einmal geschehen, und ich habe einen Knaben aufgenommen und will kein Wort weiter darüber verlieren. Ich bitte dich, Caddy«, sagte Mrs. Jellyby, denn Caddy küßte sie, »störe mich nicht bei meiner Arbeit und laß mich diesen Stoß Briefe erledigen, ehe die Nachmittagspost kommt.«
Ich konnte nichts Besseres tun als mich verabschieden, blieb aber noch einen Augenblick stehen, und Caddy sagte:
»Du wirst doch nichts dagegen haben, daß ich ihn dir vorstelle, Ma?«
»O Gott, o Gott, Caddy!« rief Mrs. Jellyby, die bereits wieder im Geiste in weiter Ferne weilte. »Fängst du schon wieder an? – Wen willst du vorstellen?«
»Ihn, Ma.«
»Caddy, Caddy!« sagte Mrs. Jellyby, solcher Nebensächlichkeiten sichtlich müde, »dann mußt du ihn an einem Abend mitbringen, an dem keine Sitzung des Haupt-, des Neben- oder des Abzweigungsvereins angesetzt ist. Du mußt den Besuch nach den Ansprüchen einrichten, die man an meine Zeit stellt. Meine liebe Miß Summerson, es war sehr freundlich von Ihnen, daß Sie mit hierhergekommen sind, diesem albernen Gänschen herauszuhelfen. Leben Sie wohl! Wenn ich Ihnen sage, daß ich heute morgen achtundfünfzig Briefe von Fabrikarbeiterfamilien empfangen habe, die alle wünschen, die Einzelheiten der Eingeborenen- und Kaffeekulturfrage kennenzulernen, so muß ich Sie gewiß nicht erst um Verzeihung bitten, daß ich so wenig Zeit habe.«
Caddy war sehr betrübt, als wir die Treppe hinabgingen,

und fing an meiner Brust wieder zu schluchzen an. Scheltworte wären ihr lieber gewesen als eine so gleichgültige Behandlung, sagte sie und vertraute mir an, sie sei so arm an Ausstattung, daß sie noch gar nicht wüßte, wie sie jemals würde anständig getraut werden können. Ich konnte mich über all das natürlich nicht wundern, und es gelang mir, sie nach und nach zu trösten, indem ich von den vielen Dingen sprach, die sie für ihren armen Vater und für Peepy tun könnte, wenn sie erst einmal eine eigne Wirtschaft haben würde. Dann gingen wir hinunter in die feuchte dunkle Küche, wo Peepy mit seinen kleinen Brüdern und Schwestern auf dem Steinboden herumkrabbelte. Wir spielten so lustig mit ihnen, daß ich, um nicht ganz in Stücke gerissen zu werden, wieder zum Märchenerzählen meine Zuflucht nehmen mußte.

Von Zeit zu Zeit hörte ich im Zimmer über uns laute Stimmen und heftiges Herumwerfen von Stühlen. Dies Geräusch ließ mich vermuten, daß der arme Mr. Jellyby jedesmal vom Speisetisch aufsprang und zum Fenster rannte, mit der Absicht, sich hinauszustürzen, sooft er einen neuen Versuch machte, Einsicht in seine Angelegenheiten zu gewinnen.

Als ich nach des Tages Geschäften abends ruhig nach Hause fuhr, mußte ich viel über Caddys Verlobung nachdenken und fühlte mich in der Hoffnung bestärkt, daß sie trotz des alten Mr. Turveydrop glücklich sein werde. Wenn auch nur geringe Aussicht war, daß sie und ihr Gatte jemals das Musterbild des Anstands durchschauen würden, so brachte ihnen das weiter keinen Schaden, und kein Mensch auf der Welt hätte ihnen wohl mehr Weisheit gewünscht. Ich jedenfalls nicht. Ich schämte mich fast, daß ich nicht selbst an ihn glauben konnte.

Und ich blickte zum Himmel empor und dachte an die Wanderer in fernen Ländern und an die Sterne, die *sie* sahen, und hoffte, immer so gesegnet und glücklich zu sein, mich in meiner bescheidenen Weise irgend jemandem nützlich machen zu können.

Als ich nach Hause kam, freuten sich alle so sehr, mich wiederzusehen, daß ich mich am liebsten hingesetzt und vor Freude geweint hätte. Nur wäre das wohl nicht die beste Art gewesen, mich angenehm zu machen. Jedermann im Hause, vom Geringsten bis zum Höchsten, zeigte mir ein so freundliches Bewillkommnungsgesicht und sprach so heiter zu mir und freute sich so sehr, etwas für mich tun zu können, daß ich wirklich glaube, es hat noch nie auf der Welt ein glücklicheres unbedeutendes Geschöpf gegeben, als ich war.

Wir kamen an diesem Abend so ins Plaudern hinein, als Ada und mein Vormund mich verleiteten, ihnen die ganze Geschichte von Caddy zu erzählen, daß ich lange Zeit allein erzählte und immer nur erzählte. Endlich ging ich in mein Zimmer hinauf, ganz rot bei dem Gedanken, wie ich gepredigt hatte. Und gleich darauf klopfte es leise an meine Türe. Ich sagte: »Herein!«, und auf der Schwelle erschien ein hübsches kleines Mädchen in saubern Trauerkleidern und knickste.

»Wenn Sie gestatten, Miß«, sagte die Kleine leise, »ich bin Charley.«

»Ja wirklich, Charley«, rief ich, beugte mich erstaunt zu ihr nieder und gab ihr einen Kuß. »Wie es mich freut, dich zu sehen, Charley!«

»Wenn Sie gestatten, Miß, ich bin Ihre Zofe.«

»Charley?«

»Wenn Sie gestatten, Miß, ich bin ein Geschenk für Sie. Mr. Jarndyce läßt Sie vielmals grüßen.«

Ich setzte mich, die Hand auf Charleys Schulter, und blickte sie an.

»Und, ach, Miß«, sagte Charley, während Tränen ihr über die Grübchen in den Wangen liefen, »Tom ist in der Schule, wenn Sie gestatten, und lernt so gut! Und die kleine Emma ist bei Mrs. Blinder, Miß, und in so guter Obhut! Und Tom wäre schon viel eher in die Schule gekommen und Emma zu Mrs. Blinder und ich schon viel eher hierher, Miß, aber Mr. Jarndyce dachte, Tom und

Emma und ich sollten uns erst ein wenig mit der Trennung vertraut machen, weil wir so klein wären. Aber bitte, weinen Sie nicht, Miß.«
»Ich kann nicht anders, Charley.«
»Ach, Miß, ich kann auch nicht anders. Und wenn Sie erlauben, Miß, Mr. Jarndyce läßt herzlich grüßen und glaubt, es würde Ihnen Freude machen, mir dann und wann etwas beizubringen. Und wenn Sie erlauben, Tom und Emma und ich sollen uns einmal im Monat sehen. Und ich bin so glücklich und dankbar, Miß«, rief Charley mit überströmendem Herzen, »und ich werde mich bemühen, eine gute Dienerin zu sein.«
»O liebe Charley, vergiß nie, wer das alles getan hat.«
»Nein, Miß, ich werde es nie vergessen. Und Tom auch nicht. Und Emma auch nicht. Ihnen haben wir alles zu verdanken, Miß.«
»Ich habe nicht einmal davon gewußt. Mr. Jarndyce war es, Charley.«
»Ja, Miß, aber es geschah alles Ihnen zuliebe und damit Sie meine Herrin werden sollten. Wenn Sie erlauben, Miß, Mr. Jarndyce schickt mich Ihnen mit seinen herzlichsten Grüßen, und es sei alles nur Ihnen zuliebe geschehen. Ich und Tom dürften das nie vergessen.«
Charley trocknete sich die Augen und trat ihr Amt an, wobei sie sich in ihrer matronenhaften zierlichen Weise im Zimmer umherbewegte und alles zusammenlegte, was ihr in die Hände fiel. Gleich darauf kam sie wieder zu mir geschlichen und sagte:
»Ach bitte, Miß, weinen Sie nicht.«
Und ich sagte wieder: »Ich kann nicht anders, Charley.«
Und Charley sagte wieder: »Ach, Miß, ich kann auch nicht anders.« Und so weinte ich doch, aber vor lauter Freude, und sie auch.

24. Kapitel

Eine Gerichtsverhandlung

Richard weihte Mr. Jarndyce in seinen Gemütszustand ein, kurz nachdem er mit mir das bereits erwähnte Gespräch gehabt hatte. Ich bezweifle, daß mein Vormund durch die Mitteilung besonders überrascht war, aber sie bereitete ihm viel Sorge und Enttäuschung. Er und Richard waren oft noch spätabends und bereits frühmorgens wieder miteinander eingeschlossen und verbrachten ganze Tage in London, hatten unzählige Zusammenkünfte mit Mr. Kenge und arbeiteten sich durch eine große Menge unangenehmer Geschäfte hindurch. Trotz alledem war mein Vormund, obgleich er sehr unter der Windrichtung litt und seinen Kopf so beständig rieb, daß kein einziges Haar auch nur einen Augenblick auf seiner rechten Stelle blieb, zu mir und Ada so freundlich wie immer, bewahrte aber über diese Angelegenheiten das strengste Stillschweigen, und da wir trotz angestrengtesten Bemühens aus Richard nur die allgemeine Versicherung herausbringen konnten, daß alles vortrefflich gehe und jetzt wirklich im richtigen Geleise sei, so wurden unsere Besorgnisse durch ihn nicht sehr vermindert.

Wir erfuhren im Verlauf der Zeit, daß man im Namen Richards, als Mündel oder als Unmündiger oder ich weiß nicht als was sonst, eine Eingabe an den Lordkanzler gemacht und lange hin und her geredet hatte und daß der Lordkanzler ihn in offener Gerichtssitzung ein beschwerliches und launisches Mündel genannt habe und daß man die Sache vertagte und wieder vertagte und weiter verwies und darüber Bericht erstattete und darum petitionieren ließ, bis Richard zu zweifeln anfing, wie er uns sagte, ob er, wenn er überhaupt je in die Armee eintreten könne, dann nicht ein Veteran von siebzig oder achtzig Jahren sein werde. Endlich lud ihn der Lordkanzler zu einer Besprechung in seinem Privatbureau ein und warf ihm dort ernstlich vor, daß er nicht wisse, was er wolle, und die Zeit vertrödle. »Ein wirklich guter Witz, wenn er aus solchem Munde kommt, sollte ich meinen«, sagte Richard.

Endlich wurde seine Eingabe bewilligt. Sein Name wurde im Armeekommando unter den Bewerbern um ein Fähnrichspatent bei der Garde eingeschrieben. Die Gebühr wurde deponiert, und Richard warf sich in seiner gewohnten charakteristischen Art mit Leidenschaft auf militärische Studien und stand jeden Morgen früh um fünf Uhr auf, um sich im Säbelfechten zu üben.

Ferienzeit folgte auf Gerichtssession und Gerichtssession auf Ferienzeit. Wir hörten manchmal vom Prozeß Jarndyce kontra Jarndyce, daß er auf der Liste stehe oder von der Liste gestrichen sei, daß er darankomme und auch darankam und dann wieder vorbei war. Richard, der jetzt bei einem ihm Unterricht erteilenden Lehrer in London wohnte, konnte uns weniger häufig besuchen als früher. Mein Vormund bewahrte immer noch dieselbe Zurückhaltung, und so verging die Zeit, bis das Patent kam und Richard Order erhielt, sich zu seinem Regiment nach Irland zu begeben.

Er traf eines Abends mit dieser Nachricht in der größten Eile ein und hatte eine lange Konferenz mit meinem Vormund.

Über eine Stunde verging; dann steckte mein Vormund den Kopf in das Zimmer, wo Ada und ich saßen, und sagte: »Kommt einmal herein, liebe Kinder.« Wir traten ein und fanden Richard, den wir noch vor kurzem in bester Laune gesehen, mit gekränktem und erzürntem Gesicht am Kamin lehnen.

»Rick und ich, Ada«, erklärte uns Mr. Jarndyce, »sind nicht ganz einer Meinung. Komm, komm, Rick, mach ein freundlicheres Gesicht dazu.«

»Du bist sehr hart gegen mich«, sagte Richard. »Um so härter, als du doch in jeder andern Hinsicht so nachsichtig gewesen bist und für mich getan hast, was ich nie gebührend anerkennen kann. Ich wäre ohne dich nie in Ordnung gekommen.«

»Schon gut, schon gut«, sagte Mr. Jarndyce. »Ich möchte dich aber noch mehr in Ordnung bringen. Ich möchte dich mit dir selbst in Ordnung bringen.«

»Ich hoffe, du wirst entschuldigen, wenn ich sage, daß ich mir selbst das beste Urteil über mich zutraue«, erwiderte Richard sehr lebhaft, aber mit aller Ehrerbietung.

»Ich hoffe, du wirst entschuldigen, lieber Rick, wenn ich sage«, bemerkte Mr. Jarndyce mit größter Freundlichkeit und in bester Laune, »daß ich es ganz natürlich finde, wenn du dieser Meinung bist, daß ich aber anders denke. Ich muß meine Pflicht tun, Rick, sonst würdest du bei kaltem Blut keine gute Meinung von mir haben, und ich hoffe, du wirst stets gut von mir denken. Bei kaltem oder bei heißem Blut.«

Ada war so blaß geworden, daß er sie in seinen Lehnstuhl drückte und sich neben sie setzte.

»Es ist nichts, liebes Kind«, beruhigte er sie. »Es ist nichts. Rick und ich hatten nur in aller Freundschaft einen kleinen Meinungsaustausch, den wir dir mitteilen müssen, denn um dich handelt es sich. Es ist dir gewiß bange vor dem, was jetzt kommen soll?«

»Gewiß nicht, Vetter John«, entgegnete Ada lächelnd, »da es doch von dir kommt.«

»Ich danke dir, liebes Kind. Schenke mir eine Minute Aufmerksamkeit, ohne Rick anzusehen, und du, Mütterchen, tust desgleichen.«

»Mein liebes Kind«, er legte seine Hand auf die Adas auf der Armlehne des Stuhls, »erinnerst du dich noch des Gesprächs unter uns vieren? Als das Mütterchen mir etwas von einer gewissen kleinen Liebesgeschichte erzählte?«

»Es ist nicht gut möglich, daß Richard oder ich jemals vergessen könnten, wie gut du an jenem Tage zu uns warst, Vetter John.«

»Ich kann es nie vergessen«, rief Richard.

»Und ich auch nicht«, sagte Ada.

»So ist das, was ich zu sagen habe, desto leichter, und desto leichter werden wir uns verständigen.« Das Gesicht meines Vormunds strahlte vor Herzensgüte. »Ada, mein liebes Kind, du mußt wissen, daß Rick jetzt zum letztenmal seinen Beruf gewählt hat. Das ganze Vermögen, das er zu bekommen hat, wird vollständig verbraucht sein, wenn er equipiert ist. Er hat damit alle seine Hilfsquellen erschöpft und ist von jetzt an an den Baum gebunden, den er gepflanzt hat.«

»Es ist ganz richtig, daß ich meine gegenwärtigen Hilfsquellen erschöpft habe, und ich bin ganz zufrieden, es zu wissen. Aber was ich zu bekommen habe«, sagte Richard, »ist nicht alles, was ich besitze.«

»Rick, Rick!« rief mein Vormund mit einer ganz veränderten Stimme und fuhr mit plötzlichem Entsetzen mit den Händen empor, als wollte er sich die Ohren zuhalten. »Um Gottes willen, erhoffe oder erwarte nichts von diesem Familienfluch! Was du immer auf dieser Seite des Grabes tun magst, niemals schenke diesem furchtbaren Phantom, das uns so viele Jahre verfolgt hat, auch nur einen einzigen sehnsüchtigen Blick. Viel besser, zu borgen, betteln zu gehen oder zu sterben.«

Der leidenschaftliche Ton in seiner Warnung erschreckte uns alle. Richard biß sich in die Lippen und hielt den Atem an und sah mich an, als ob er wüßte, daß auch ich fühlte, wie sehr er der Warnung bedürfte.

»Meine liebe Ada«, sagte Mr. Jarndyce und gewann seinen fröhlichen Gleichmut wieder, »das sind starke Worte, aber ich lebe in Bleakhaus und habe hier manches mitansehen müssen. Genug davon. Alles, was Richard zur Begründung einer Laufbahn im Leben besitzt, steht jetzt auf dem Spiel. Ich empfehle ihm und dir, seinet- und deinetwillen, von uns mit der Gewißheit zu scheiden, daß euch keinerlei Verpflichtung mehr aneinander bindet. Ich muß noch weiter gehen. Ich will offen gegen euch beide sein. Ihr sollt mir rückhaltlos vertrauen, und ich will auch in euch rückhaltloses Vertrauen setzen. Ich bitte euch für jetzt, jedes andre Band als das eurer Verwandtschaft zu vergessen.«

»Sag doch lieber gleich, daß du kein Vertrauen mehr zu mir hast und Ada rätst, deinem Beispiel zu folgen.«

»Ich kann das nicht sagen, weil ich es nicht meine.«

»Aber du denkst dir, ich hätte schlecht angefangen! Ich habe es, das weiß ich.«

»Wie ich hoffte, daß du anfangen und fortfahren mögest, sagte ich dir bereits damals, als wir zuletzt von diesen Dingen sprachen«, erwiderte Mr. Jarndyce in herzlichem und ermutigendem Tone. »Du hast diesen Anfang noch nicht gemacht; aber jedes Ding braucht seine Zeit, und deine ist noch nicht vorbei, oder vielmehr, sie ist noch gar nicht gekommen. Schlage eine neue Seite auf und beginne. Ihr beide seid noch sehr jung und seid Verwandte. Bis jetzt seid ihr euch weiter nichts. Was weiter kommen soll, muß eine Frucht deiner eignen Anstrengungen sein, Rick.«

»Du bist sehr hart gegen mich, Vetter, härter, als ich von dir erwartet hätte.«

»Mein lieber Junge, ich bin noch härter gegen mich selbst, wenn ich etwas tue, was dir Schmerz bereitet. Du hast das Heilmittel selbst in deiner Hand. Ada, es ist besser für ihn, daß er frei ist und daß du nicht mit ihm von Jugend auf verlobt bist. Rick, es ist besser für sie, viel besser. Du bist es ihr schuldig. Kommt! Ihr werdet doch beide tun, was das Beste für den andern ist!«

»Warum ist es so am besten?« wendete Richard hastig ein. »Als wir dir unser Herz ausschütteten, war es nicht so. Du sprachst damals anders.«

»Seitdem habe ich Erfahrungen gemacht. Ich tadle dich durchaus nicht, Rick, aber ich habe Erfahrungen gemacht.«

»Du meinst, in bezug auf mich?«

»Hm! Ja. In bezug auf euch beide«, sagte Mr. Jarndyce gütig.

»Die Zeit ist noch nicht gekommen, wo ihr euch einander versprechen sollt. Es ist nicht recht, und ich darf nicht

damit einverstanden sein. Folgt mir, meine lieben Kinder, und fangt von neuem an. Laßt geschehen sein und wendet eine neue Seite um in euerm Leben.«
Richard betrachtete Ada gespannt, sagte aber kein Wort.
»Ich habe bis jetzt vermieden, gegen euch beide oder gegen Esther eine Silbe darüber zu äußern, damit wir so offen wie der Tag sein und auf gleichem Fuß miteinander stehen können. Ich rate euch nun auf das innigste und bitte euch aufs eindringlichste, so voneinander zu scheiden, wie ihr hierhergekommen seid. Überlaßt alles übrige der Zeit, der Treue und der Standhaftigkeit. Wenn ihr anders handelt, tut ihr Unrecht und verflechtet mich mit in das Unrecht. Denn ich war es, der euch zusammengebracht hat.«
Eine lange Pause folgte.
»Richard«, sagte Ada und sah ihn mit ihren blauen Augen zärtlich an. »Nach dem, was unser Vetter vorhin gesagt hat, bleibt uns, glaube ich, keine Wahl. Meinetwegen kannst du ganz ruhig sein, denn du läßt mich hier unter seiner Obhut zurück und kannst überzeugt sein, daß mir nichts zu wünschen bleibt, wenn ich mich nach seinem Rate richte. Ich – ich bezweifle nicht, Vetter Richard«, sagte Ada ein wenig verwirrt, »daß du mich sehr liebhast, und ich – ich glaube nicht, daß du dich in eine andre verlieben wirst. Aber ich möchte doch, du überlegtest dir es ordentlich, da ich dich vor allem glücklich zu sehen wünsche. Auf mich kannst du vertrauen, Vetter Richard. Ich bin ganz und gar nicht flatterhafter Natur, aber auch nicht unverständig, und würde dich niemals tadeln. Selbst Verwandten kann es leid tun, voneinander scheiden zu müssen, und in Wahrheit tut es mir sehr, sehr leid, Richard, wenn ich auch weiß, daß es nur zu deinem Besten geschieht. Ich werde immer mit Liebe an dich denken und oft von dir mit Esther sprechen, und – und vielleicht wirst du auch manchmal ein klein wenig an mich denken, Vetter Richard. Also«, sagte Ada, trat zu ihm und reichte ihm ihre zitternde Hand, »jetzt sind wir wieder bloß Kusin und Kusine, Richard. Vielleicht bloß für jetzt – und ich

bete um Gottes Segen für meinen lieben Vetter Richard, wohin er auch gehen mag.«

Es kam mir seltsam vor, daß Richard nie imstande war, meinem Vormund zu verzeihen, daß dieser ganz dieselbe Meinung von ihm hegte, der er mir gegenüber doch selbst in viel stärkerem Maße Worte gegeben hatte. Mit großem Bedauern bemerkte ich, daß er von dieser Stunde an nie wieder so frei und offen Mr. Jarndyce entgegenkam wie früher. Er hätte jede Ursache gehabt, es zu sein, aber er war es nicht, und eine einseitige Entfremdung griff zwischen ihnen Platz.

Über den Reisevorbereitungen und was damit zusammenhing vergaß er bald sich selbst und sogar seinen Schmerz, von Ada zu scheiden, die in Hertfordshire zurückblieb, während er, Mr. Jarndyce und ich uns für eine Woche nach London begaben. Dann und wann gedachte er ihrer allerdings mit heißen Tränen, und zu solchen Zeiten schüttete er mir sein Herz aus und überhäufte sich mit schwersten Selbstanklagen. Aber schon ein paar Minuten später wieder baute er sich Luftschlösser, in denen sie beide immer reich und glücklich und so fröhlich wie möglich werden sollten. Es war eine geschäftige Zeit, und ich lief mit ihm den ganzen Tag herum, um eine Menge Sachen zu kaufen, die er notwendig brauchte. Von all den Dingen, die er angeschafft haben würde, wenn man ihn sich selbst überlassen hätte, will ich gar nicht sprechen. Er war voll Vertrauen zu mir und sprach oft so vernünftig und gefühlvoll von seinen Fehlern und seinem festen Entschluß und schöpfte so viel Mut aus diesen Gesprächen, daß ich ihrer nie müde geworden wäre, auch wenn ich es versucht hätte.

In jener Woche kam außerordentlich häufig ein Mann zu uns, der früher Kavallerist gewesen, und erteilte Richard Fechtunterricht. Er war ein hübscher, kräftig aussehender Mensch von offenem, freiem Wesen. Richard hatte schon seit einigen Monaten Lektionen bei ihm genommen. Ich hörte so viel von ihm, nicht bloß von Richard, sondern

auch von meinem Vormund, daß ich absichtlich eines Morgens nach dem Frühstück zu Hause blieb, als er kam.
»Guten Morgen, Mr. George«, begrüßte ihn mein Vormund, der gerade mit mir allein im Zimmer war. »Mr. Carstone kommt gleich. Unterdessen wird es Miß Summerson hier ein großes Vergnügen machen, Sie kennenzulernen, wie sie mir sagt. Bitte nehmen Sie Platz.«
Der Mann setzte sich, ein wenig verlegen wegen meiner Anwesenheit, wie mir schien, und fuhr sich mit seiner schweren sonnenverbrannten Hand wiederholt über seine Oberlippe, ohne mich anzusehen.
»Sie sind so pünktlich wie die Sonne, Mr. George.«
»Militärisch, Sir, Sache der Gewohnheit. Eine reine Angewohnheit bei mir, Sir, kein Geschäftseifer.«
»Aber Sie haben ein großes Etablissement, wie ich höre.«
»Es ist nicht so schlimm, Sir. Nur einen Scheibenstand. Es ist nicht viel dahinter.«
»Und wie macht sich Mr. Carstone als Schütze und als Fechter?«
»Recht gut, Sir«, antwortete Mr. George und kreuzte die Arme auf seiner breiten Brust, was ihm ein riesenhaftes Aussehen verlieh. »Wenn Mr. Carstone sich der Sache mit ganzer Seele widmen wollte, könnte er sehr Tüchtiges leisten.«
»Aber das ist wohl nicht der Fall?«
»Anfangs tat er es, Sir, aber dann ließ er nach. Er ist nicht mehr recht bei der Sache. Vielleicht hat er etwas anderes auf dem Herzen, eine junge Dame vielleicht.« Seine glänzenden dunkeln Augen blickten mich jetzt zum erstenmal an.
»Mich hat er nicht auf dem Herzen, das versichere ich Ihnen, Mr. George«, sagte ich lachend, »wenn Sie mich auch im Verdacht zu haben scheinen.«
Das sonnengebräunte Gesicht des Kavalleristen errötete ein wenig, und er machte mir eine militärische Verbeugung. »Nichts für ungut, Miß. Ich bin einer von den Ungehobelten.«

»Aber es ist doch nur ein Kompliment, Mr. George.«
Wenn er früher kaum aufgeblickt hatte, so sah er mich jetzt drei- oder viermal rasch hintereinander aufmerksam an.
»Ich bitte um Verzeihung, Sir«, sagte er mit einer gewissen männlichen Art von Schüchternheit zu meinem Vormund. »Aber Sie erwiesen mir die Ehre, mir den Namen der jungen Dame zu nennen ...«
»Miß Summerson.«
»Miß Summerson!« wiederholte er und sah mich wieder an.
»Kennen Sie den Namen?« fragte ich.
»Nein, Miß. Soviel ich weiß, habe ich ihn nie gehört. Ich glaube nur, Sie irgendwo gesehen zu haben.«
»Das kann nicht gut sein«, entgegnete ich, blickte von meiner Arbeit auf und sah ihn an. Es lag so viel Treuherzigkeit in seiner Rede und seinem Benehmen, daß mir die Gelegenheit ganz lieb war. »Ich habe ein gutes Gedächtnis für Gesichter.«
»Ich auch, Miß.«
Er wandte mir seine dunkeln Augen und seine breite Stirn zu. »Hm! Wie komme ich nur auf den Gedanken?«
Da sein braunes Gesicht wieder errötete und er sich vergeblich bemühte, in seiner Erinnerung zu suchen, entschloß sich mein Vormund, ihm herauszuhelfen.
»Haben Sie viele Schüler, Mr. George?«
»Manchmal ja, manchmal nicht, Sir. Meistens sind's recht wenige, um davon zu leben.«
»Und was für Leute besuchen Ihre Galerie, um sich zu üben?«
»Leute aller Art, Sir. Hiesige und Fremde. Vom Gentleman herab bis zum Kommis. Sogar Französinnen habe ich schon unterrichtet, und sie haben sich als geschickte Pistolenschützen gezeigt. Natürlich auch eine Menge Verrückte, aber die gehen ja überallhin, wo eine Tür offensteht.«
»Ich will doch nicht hoffen, daß Leute mit Racheplänen,

um Ihre Lektionen mit dem Schießen nach lebendigen Zielscheiben zu beendigen, zu Ihnen kommen?« fragte mein Vormund lächelnd.

»Das geschieht wohl selten, Sir, ist aber auch schon vorgekommen. Die meisten treiben's bloß der Übung wegen oder aus Langeweile. Sechs von der einen und ein halbes Dutzend von der andern Sorte. Ich bitte um Verzeihung, Sir.« Er setzte sich aufrecht und stützte seine Hände, die Ellbogen nach außen gedreht, auf seine Knie. »Ich glaube, Sie haben einen Kanzleigerichtsprozeß, wenn ich recht gehört habe?«

»Es tut mir leid, die Frage bejahen zu müssen.«

»Mich hat auch einer Ihrer Leidensgenossen besucht, Sir.«

»Partei in einem Prozeß? Wie ging das zu?«

»Nun. Der Mann war so verfolgt, gepeinigt und gemartert, weil sie ihn von Pontius zu Pilatus und von Pilatus zu Pontius schickten«, sagte Mr. George, »daß er ein wenig verrückt wurde. Ich glaube nicht, daß er auf jemand Bestimmten schießen wollte, aber er war so voll Zorn und Wut manchmal, wenn er kam, daß er für fünfzig Schüsse bezahlte und drauflosfeuerte, bis er förmlich glühte. Aber eines Tages, als ich mit ihm allein war und er mir ganz zornig von allem, was ihm Unrechtes geschehen, erzählt hatte, sagte ich zu ihm: ›Wenn dieses Schießen für Sie eine Erleichterung bedeutet, Kamerad, ist's ja gut, aber es will mir nicht besonders gefallen, daß Sie immer in Ihrem gegenwärtigen Gemütszustand so darauf versessen sind, Kamerad. Ich möchte Ihnen lieber raten, sich dann mit etwas anderm zu befassen!‹ Er wurde so leidenschaftlich, daß ich schon einen Schlag parieren wollte, aber er nahm es verhältnismäßig gut auf und ließ es gleich sein. Wir haben uns dann die Hände geschüttelt und sind so eine Art Freunde geworden.«

»Was war das für ein Mann?« fragte mein Vormund mit sichtlicher Teilnahme.

»Bevor sie einen wilden Stier aus ihm gemacht haben, war er ein kleiner Landwirt in Shropshire.«

»Hieß er Gridley?«

»Jawohl, Sir.«

Mr. George sah mich ein paarmal rasch hintereinander aufmerksam an, während mein Vormund und ich, überrascht über das Zusammentreffen, ein paar Worte zusammen sprachen, und ich erklärte ihm daher, woher wir den Namen des Mannes kannten. Zum Dank für meine Herablassung, wie er es nannte, machte er mir wieder eine seiner militärischen Verbeugungen.

»Ich weiß nicht«, sagte er und sah mich an, »was mich wieder auf diese Gedanken bringt, aber – bah, wo mein Kopf nur wieder hinaus will.«

Er fuhr sich mit seiner schweren Hand über sein kurzgelocktes schwarzes Haar, als wollte er seine Gedanken wegwischen, und saß, ein wenig vorwärts gebeugt, den einen Arm in die Seite gestemmt, den andern auf seinen Schenkel gelegt, da und starrte, in dieses Sinnen verloren, auf den Fußboden.

»Ich habe zu meinem Bedauern gehört, daß Gridley infolge seiner Gemütsverfassung wieder in neuerliche Ungelegenheiten geraten ist und sich versteckt hält«, sagte mein Vormund.

»Ich habe es auch gehört, Sir«, bestätigte Mr. George, immer noch nachdenklich auf den Boden starrend. »Ich habe es auch gehört.«

»Wissen Sie nicht, wo er ist?«

»Nein, Sir«, antwortete der Kavallerist, erwachte jetzt aus seinem Brüten und blickte wieder auf. »Ich habe nichts mehr von ihm gehört. Ich fürchte, es wird bald aus mit ihm sein. Man kann viele Jahre an dem Herzen eines starken Mannes herumfeilen, aber endlich bricht es doch.«

Die Ankunft Richards brach das Gespräch ab. Mr. George stand auf, machte mir wieder eine militärische Verbeugung, wünschte meinem Vormund guten Tag und schritt gewichtig zur Tür hinaus.

Das war an dem Morgen des Tages, wo Richard abreisen sollte. Wir hatten keine Einkäufe mehr zu besorgen. Mit dem Einpacken war ich schon zeitig vormittags fertig geworden, und wir waren frei bis zum Abend, wo er über Liverpool nach Holyhead abreisen sollte. Da »Jarndyce kontra Jarndyce« wieder verhandelt werden sollte, schlug mir Richard vor, mit ihm den Gerichtshof zu besuchen und der Sitzung beizuwohnen. Da es sein letzter Tag war, ihm viel an dem Gange zu liegen schien und ich überdies niemals dort gewesen war, gingen wir zusammen nach Westminster, wo damals der Gerichtshof seine Versammlungen abhielt. Unterwegs unterhielten wir uns mit Verabredungen, wie oft wir uns schreiben wollten, und mit vielen hoffnungsvollen Plänen. Mein Vormund wußte, wo wir hingingen, und begleitete uns daher nicht.

Als wir den Gerichtshof erreichten, sahen wir den Lordkanzler – denselben, den ich damals in seinem Privatzimmer in Lincoln's Inn gesprochen hatte – in großem Ornat feierlich in einem Thronsessel sitzen, das Zepter und die Siegel auf einem roten Tisch unter sich und einen ungeheuren flachen Blumenstrauß daneben, der wie ein kleiner Garten den ganzen Gerichtssaal durchduftete. Vor dem Tisch zog sich eine lange Reihe von Solicitoren mit Aktenstößen auf dem Strohteppich zu ihren Füßen hin, und dann kamen die Herren vom Barreau mit Perücke und Talar. Einige schliefen, andre wachten, und gelegentlich sprach einer, ohne daß jemand dem, was er sagte, die geringste Aufmerksamkeit schenkte. Der Lordkanzler saß in seinen bequemen Lehnstuhl zurückgelehnt, den Ellbogen auf die gepolsterte Armlehne und die Stirn auf die Hand gestützt. Einige der übrigen Anwesenden schlummerten, einige lasen Zeitungen, andre gingen auf und ab oder unterhielten sich flüsternd in Gruppen. Aber alle schienen sich sehr wohl zu fühlen und nicht die mindeste Eile zu haben, als ginge sie das Ganze überhaupt nichts an. Zu sehen, wie alles so glatt verlief, und daran zu denken, wie rauh das Leben und Sterben der Prozessierenden war, all den Pomp und die Feierlichkeit zu sehen und an die Verschwendung und andererseits den Mangel und das bettelhafte Elend, um das es sich handelte, zu denken, – zu

bedenken, daß, während bange Hoffnung in so vielen Herzen wühlte, dieses glänzende Schauspiel Tag für Tag und Jahr um Jahr wohlgeordnet und ruhevoll ungestört seinen Fortgang nahm, den Lordkanzler und die ganze Schar von Juristen um ihn herum zu sehen, die sich und die Zuschauer anblickten, als hätte keiner von ihnen je gehört, daß in ganz England das, in dessen Namen sie sich versammelten, bitterer Hohn sei, ein Gegenstand allgemeinen Abscheus, der Verachtung und Erbitterung, eine Institution, so offenkundig unwürdig, daß fast ein Wunder dazu gehörte, wenn es wirklich jemals irgend jemandem Nutzen brachte – das alles kam mir bei meiner Unerfahrenheit so merkwürdig und widerspruchsvoll vor, daß ich es anfangs gar nicht begreifen konnte und meinen Augen nicht traute.
Ich setzte mich auf den Platz, den Richard mir aussuchte, und versuchte zuzuhören und mich zurechtzufinden, aber es schien nichts Reales an dem ganzen Schauspiel zu sein als die kleine Miß Flite, die arme Verrückte, die auf einer Bank stand und immerwährend nickte.
Miß Flite erspähte uns bald und kam zu uns. Sie bewillkommnete mich huldvoll in ihrem Gebiet und machte mich mit vielem Behagen auf seine Hauptreize aufmerksam. Auch Mr. Kenge trat zu uns und machte uns die Honneurs fast in gleicher Weise und mit der freundlich bescheidenen Miene eines Hauseigentümers.
Die Gelegenheit sei für einen Besuch nicht sehr gut gewählt, sagte er, er würde den ersten Tag der Session vorgezogen haben, aber es sei ein imposantes, sehr imposantes Schauspiel.
Als wir ungefähr eine halbe Stunde dagewesen waren, schien die eben im Stadium der Verhandlung befindliche Rechtssache an ihrer eignen Nichtigkeit, ohne daß jemand übrigens ein Resultat zu erwarten schien, zu sterben.
Der Lordkanzler warf einen Stoß Papier von seinem Pult den Herren unter ihm zu, und irgend jemand rief: »Jarndyce kontra Jarndyce.« Dann hörte man ein Summen und

Lachen und bemerkte eine allgemeine Flucht der Zuhörer und sah große Haufen und Stöße und Beutel um Beutel voller Akten hereingetragen werden.
Ich glaube, die Sache kam »wegen weiterer Verweisung wegen Kostenfestsetzung« zur Sprache, soviel mir trotz meiner Verwirrung klar wurde. Ich zählte dreiundzwanzig Herrn in Perücken, die sagten, sie hätten darin »zu vertreten«, und keiner derselben schien in der Sache mehr zu wissen als ich. Sie plauderten darüber mit dem Lordkanzler und stritten sich und erklärten einander das und jenes, und einige von ihnen behaupteten, es sei so, und andere, es sei anders, und einige schlugen scherzweise vor, ungeheure Folianten Zeugenaussagen verlesen zu lassen, und das Summen und Lachen nahm immer mehr zu, und allen, die in der Sache zu tun hatten, schien der Prozeß ein Feld müßiger Unterhaltung zu sein, und niemand wußte etwas damit anzufangen. Nach ungefähr einer Stunde und sehr viel begonnenen und wieder unterbrochenen Reden wurde sie »vorläufig zurückgestellt«, wie Mr. Kenge sagte, und die Akten wurden wieder hinausgeschafft, ehe die Schreiber noch mit dem Hereinbringen fertig waren.
Ich sah nach Schluß dieser hoffnungslosen Verhandlung Richard an und erschrak über den müden angegriffenen Ausdruck seines hübschen jungen Gesichtes. »Es kann nicht ewig dauern, Mütterchen. Das nächstemal wird es besser gehen.« Das war alles, was er sagte.
Ich hatte Mr. Guppy Akten hereinbringen und von Mr. Kenge ordnen sehen. Er erkannte mich und machte mir eine melancholische Verbeugung, was in mir den Wunsch erweckte, den Gerichtssaal zu verlassen. Richard reichte mir den Arm und wollte mich hinausführen, da trat Mr. Guppy zu uns.
»Ich bitte um Verzeihung, Mr. Carstone«, sagte er flüsternd, »und auch Miß Summerson, aber es ist eine Dame hier, die ich kenne und die auch Miß Summerson kennt und das Vergnügen haben möchte, sie zu begrüßen.«
Noch während er sprach, sah ich Mrs. Rachael wie eine

körperlich gewordene Erinnerung aus dem Haus meiner Patin vor mir auftauchen.
»Wie geht es Ihnen, Esther?« fragte sie. »Erinnern Sie sich meiner noch?«
Ich reichte ihr die Hand und bejahte und sagte, sie habe sich sehr wenig verändert.
»Ich wundere mich, daß Sie sich noch an diese Zeiten erinnern, Esther«, sagte sie mit ihrer alten Schroffheit. »Sie haben sich sehr verändert. Nun, ich freue mich, Sie zu sehen, und freue mich, daß Sie nicht zu stolz geworden sind, um mich noch zu kennen.« – In Wirklichkeit schien sie sich zu ärgern, daß ich es nicht war. –
»Stolz, Mrs. Rachael?«
»Ich bin verheiratet, Esther«, verbesserte sie kalt, »und heiße Mrs. Chadband. Ich wünsche Ihnen guten Tag und hoffe, daß es Ihnen auch weiter gutgehen wird.«
Mr. Guppy, der diesem kurzen Zwiegespräch aufmerksam zugehört hatte, seufzte hörbar und bahnte sich und Mrs. Rachael durch das Gewühl der kommenden und gehenden Menschen, in dessen Mitte wir uns befanden und das der Wechsel der Verhandlungen verursacht hatte, mit dem Ellbogen einen Weg. Richard und ich drängten uns ebenfalls durch, und das Fröstelgefühl bei diesem unerwarteten Zusammentreffen hatte mich noch nicht verlassen, als ich niemand anders als Mr. George auf uns zukommen sah. Er schritt gewichtig einher, kümmerte sich nicht um die Umstehenden und spähte über ihre Köpfe hinweg in den Gerichtssaal.
»Heda, George«, rief Richard, den ich auf ihn aufmerksam gemacht hatte.
»Das ist gescheit, daß ich Sie hier treffe«, antwortete der Kavallerist, »und auch Sie, Miß. Könnten Sie mir nicht eine Person im Saal zeigen, die ich suche? Ich kenne mich hier nicht aus.«
Er drehte sich um, schaffte mühelos Platz für uns und blieb, als wir sicher vor dem Gedränge waren, in einer Ecke hinter einem großen roten Vorhang stehen.

»Es ist hier eine kleine verrückte Alte«, fing er an, »die ...« Ich hielt meinen Finger warnend empor, denn Miß Flite stand dicht neben uns. Sie hatte sich die ganze Zeit über in meiner unmittelbarsten Nähe gehalten und die Aufmerksamkeit verschiedener ihr bekannter Advokaten auf mich gelenkt und ihnen, wie ich in meiner Verwirrung bemerkte, in die Ohren geraunt: »Sst! Fitz-Jarndyce, hier links von mir.«

»Hm, Sie werden sich erinnern, Miß, daß wir diesen Morgen von einem gewissen – Gridley«, setzte er hinter der Hand flüsternd hinzu, »sprachen.«

»Ja.«

»Er hält sich bei mir versteckt. Ich durfte es heute früh nicht sagen. Hatte keine Erlaubnis. Er tritt seinen letzten Marsch an, Miß, und hat sich in den Kopf gesetzt, sie zu sehen. Er sagt, sie verstünden einander und sie wäre ihm hier fast wie eine Freundin gewesen. Ich kam her, um sie zu suchen, denn als ich heute nachmittag bei ihm saß, war mir's, als hörte ich bereits den Schall der gedämpften Trommeln.«

»Soll ich es ihr sagen?« fragte ich.

»Würden Sie so gut sein!« Er warf einen fast ängstlichen Blick auf Miß Flite. »Es ist eine Schickung der Vorsehung, daß ich Sie treffe, Miß. Ich bezweifle, daß ich mit dieser Dame umzugehen verstanden hätte.« Und er steckte eine Hand in die Brust und stand militärisch gerade aufgerichtet da, während ich Miß Flite den Zweck seines freundlichen Kommens ins Ohr flüsterte.

»Mein temperamentvoller Freund aus Shropshire! Fast so berühmt wie ich!« rief sie aus. »Nein, wirklich! Gewiß, mein Kind, werde ich ihn mit dem größten Vergnügen besuchen.«

»Er hält sich bei Mr. George versteckt. Still! Dies ist Mr. George.«

»Soooo«, sagte Miß Flite. »Sehr geehrt. Ein Militär, wie ich sehe. Ein vollkommener General, nicht wahr?« flüsterte sie mir zu.

Die arme Miß Flite hielt es für unumgänglich notwendig, als Zeichen ihrer Hochachtung vor der Armee so höflich zu sein und so viel Knickse zu machen, daß es keine leichte Sache war, sie aus dem Gerichtssaal zu bugsieren. Als dies endlich geglückt war und sie Mr. George, den sie General anredete, zum großen Spaß verschiedner Maulaffen den Arm gab, verlor er dermaßen seine Fassung und bat mich so ehrerbietig, »ihn nicht zu verlassen«, daß ich es nicht übers Herz bringen konnte, es zu tun, zumal sich Miß Flite von mir immer gern leiten ließ und noch dazu sagte: »Meine liebe Fitz-Jarndyce, Sie werden doch natürlich mit uns kommen?« Da Richard ganz damit einverstanden war, entschlossen wir uns, sie zu begleiten.

Mr. George erzählte uns, daß Gridley den ganzen Nachmittag von Mr. Jarndyce gesprochen habe, und so schrieb ich schnell ein paar Zeilen an meinen Vormund, um ihm mitzuteilen, wohin wir gegangen seien und weshalb. Richard versiegelte den Brief in einem Kaffeehaus, damit nicht zufällig etwas herauskäme, und wir ließen ihn durch einen Dienstmann besorgen.

Dann nahmen wir eine Droschke und fuhren bis in die Nähe von Leicester Square. Wir gingen durch einige enge Höfe und erreichten bald den Schießstand, dessen Eingang verschlossen war. Während Mr. George an einer an der Tür hängenden Klingel zog und auf das Öffnen wartete, redete ihn ein sehr respektabler alter Herr mit grauem Haar, Brille, schwarzem Spençer, Gamaschen und einem breitkrempigen Hut und einem dicken Stock mit goldnem Knopf in der Hand an:

»Ich bitte um Entschuldigung, guter Freund, ist das Georges Schießgalerie?«

»Jawohl, Sir«, antwortete Mr. George und sah hinauf zu den großen Buchstaben, mit denen die Firma auf die weiße Mauer gemalt war.

»Ah, ja«, sagte der alte Herr, der seinen Augen gefolgt war. »Danke Ihnen. Haben Sie geklingelt?«

»Mein Name ist George, Sir. Ich habe bereits geklingelt.«

»Oh, wirklich?« sagte der alte Herr, »Sie sind Mr. George? Dann bin ich, wie Sie sehen, ebenso rasch hier wie Sie. Sie haben nach mir geschickt.«
»Nein, Sir. Ich nicht.«
»So? Dann war es Ihr Diener. Ich bin Arzt und wurde vor fünf Minuten geholt, um zu einem Kranken in Georges Schießgalerie zu kommen.«
»Die gedämpften Trommeln«, sagte Mr. George zu Richard und mir und schüttelte ernst den Kopf. »Es ist schon richtig, Sir. Haben Sie die Güte, einzutreten.«
Die Türe wurde jetzt von einem sehr seltsam aussehenden kleinen Mann in einer grünwollenen Mütze und Schürze geöffnet, dessen Gesicht, Hände und Kleider über und über geschwärzt waren, und wir gingen durch einen öden Gang in ein großes Gebäude mit kahlen Ziegelwänden, wo Scheiben und Gewehre, Säbel und andere Dinge dieser Art herumhingen. Als wir dort angekommen waren, blieb der Arzt stehen, nahm seinen Hut ab und schien wie durch Zauberei verschwunden und durch einen andern von ihm ganz verschiednen Herrn ersetzt worden zu sein.
»Nun, sehen Sie mich mal an, George«, sagte er, drehte sich rasch gegen den Kavalleristen um und tippte ihm mit seinem langen Zeigefinger auf die Brust. »Sie kennen mich, und ich kenne Sie. Sie sind ein Mann von Welt, und ich bin ein Mann von Welt. Ich heiße Bucket, wie Sie wissen, und habe einen Vorführungsbefehl gegen Gridley. Sie haben ihn lange Zeit versteckt gehalten und es sehr schlau angefangen. Es macht Ihnen Ehre.«
Mr. George sah ihn bös an, biß sich in die Lippen und schüttelte den Kopf.
»Hören Sie, George, Sie sind ein verständiger Mann und unbescholten. Das sind Sie, darüber ist kein Zweifel. Und merken Sie wohl, ich spreche nicht zu Ihnen wie zu einem gewöhnlichen Menschen, denn Sie haben dem Vaterland gedient und wissen, daß man gehorchen muß, wenn die Pflicht ruft. Daher fällt es Ihnen auch gar nicht ein, Anstände zu machen. Wenn ich Beistand brauche, würden

Sie ihn mir sogar leisten. Ja, das würden Sie tun. Phil Squod, schleichen Sie mir nicht so in der Galerie herum.« Der pulvergeschwärzte kleine Mann schob sich nämlich mit der Schulter an der Wand entlang und heftete sein Auge in höchst drohender Weise auf den Eindringling. »Ich kenne Sie, und es paßt mir nicht.«
»Phil!« rief Mr. George.
»Ja, Govneur.«
»Ruhig sein.«
Mit einem tiefen Brummen blieb der kleine Mann stehen.
»Meine Damen und Herren«, fuhr Mr. Bucket fort. »Sie müssen entschuldigen, wenn Ihnen alles das etwas peinlich ist, aber ich bin der Inspektor Bucket von der Geheimpolizei und muß meine Pflicht tun. George, ich weiß, wo mein Mann ist. Ich war vorige Nacht auf dem Dach und habe ihn durchs Deckenfenster gesehen, und Sie bei ihm. Er ist dort drin. Sie wissen schon. Dort drin auf einem Sofa. Ich muß jetzt meinen Mann sehen und ihm sagen, daß er sich als verhaftet zu betrachten hat. Aber Sie kennen mich und wissen, daß ich keine peinlichen Maßregeln ergreifen werde. Sie geben mir Ihr Wort, wie es ein Mann dem andern gibt, und auch als alter Soldat, daß es eine Ehrensache zwischen uns ist, und ich will Ihnen, wie ich irgend kann, entgegenkommen.«
»Ich gebe es Ihnen«, war die Antwort. »Aber es war nicht schön von Ihnen, Mr. Bucket.«
»Dummes Zeug, George! Nicht schön?« sagte Mr. Bukket, tippte dem Kavalleristen wieder auf die breite Brust und schüttelte ihm die Hand. »Sage ich vielleicht, es sei nicht schön gewesen, daß Sie meinen Mann so versteckt gehalten haben? Machen Sie mir doch ein freundliches Gesicht, alter Junge, alter Wilhelm Tell! Alter Leibgardist! Wahrhaftig, er ist ganz für sich allein ein Muster der ganzen britischen Armee, meine Herrschaften. Ich gäbe eine Fünfzigpfundnote, wenn ich seine Finger hätte.«
Nachdem sich Mr. George die Sache ein wenig überlegt hatte, schlug er vor, er wolle zuerst zu seinem Kameraden,

wie er ihn nannte, hineingehen und Miß Flite mitnehmen. Mr. Bucket gab seine Zustimmung, und sie gingen nach dem andern Ende der Galerie, während wir um den mit Gewehren bedeckten Tisch herumsaßen und -standen. Mr. Bucket nahm die Gelegenheit wahr, um in leichtem Konversationston eine Unterhaltung zu beginnen, fragte mich, ob ich mich vor Gewehren fürchte wie die meisten jungen Damen, fragte Richard, ob er ein guter Schütze sei, und Phil Squod, welche wohl die beste unter den Büchsen sei und was sie neu kosten möge, und riet ihm im Laufe des Gesprächs, sich nie von seinem Temperament fortreißen zu lassen, zumal er doch von Natur so freundlich sei wie ein junges Mädchen.

Nach einer Weile folgte er uns an das andre Ende der Galerie, und Richard und ich wollten uns eben ruhig entfernen, als Mr. George uns nachkam. Er sagte, wenn wir nichts dagegen hätten, seinen Kameraden zu sehen, so würde sich dieser gewiß sehr darüber freuen. Kaum hatte er ausgesprochen, da läutete es, und mein Vormund erschien. Auf die Möglichkeit hin, bemerkte er, einem armen Mann, der unter demselben Mißgeschick wie er selbst leide, einen kleinen Dienst erweisen zu können. Wir kehrten alle vier um und traten in den Verschlag, wo Gridley lag.

Es war ein kahler Raum, von der Galerie durch einen rohen Bretterverschlag abgeteilt. Da die Scheidewand nicht höher als acht oder zehn Fuß war und nicht bis zur Decke reichte, nahm man hoch oben die Dachbalken wahr und die Luke, durch die Mr. Bucket hineingesehen hatte. Die Sonne stand bereits tief und ging eben unter, und ihr Licht schien rot oben durchs Fenster, ohne den Boden zu erreichen. Auf einem einfachen, mit Leinwand überzogenen Sofa lag der Mann aus Shropshire, ziemlich so gekleidet, wie wir ihn zuletzt gesehen, aber so verändert, daß ich sein farbloses Gesicht anfangs gar nicht wiedererkannte.

Er hatte in seinem Versteck immer noch geschrieben und Stunde für Stunde über dem Gegenstand seines Kummers gebrütet. Ein Tisch und einige Regale waren mit Manu-

skripten, mit alten Federn und einem bunten Haufen ähnlicher Dinge bedeckt. In rührender und zugleich grauenerregender Freundschaft saßen er und die kleine Verrückte nebeneinander, sozusagen allein in ihrer Welt. Sie saß auf einem Stuhle und hielt seine Hand in der ihren, und keiner von uns trat näher an sie heran. Mit dem Verschwinden seines alten Gesichtsausdrucks, seiner Kraft, seines Zornes, seines Widerstandes gegen das Unrecht, das ihn zuletzt doch zu Boden geworfen hatte, war auch seine Stimme schwach geworden. Er war nur mehr der Schatten des Mannes aus Shropshire, den wir früher gekannt.
Er nickte Richard und mir müde zu und sagte zu meinem Vormund:
»Mr. Jarndyce, es ist sehr freundlich von Ihnen, mich besuchen zu kommen. Man wird mich nicht mehr oft besuchen kommen, glaube ich. Es macht mir Freude, Ihnen die Hand drücken zu können, Sir. Sie sind ein braver Mann, über Ungerechtigkeit erhaben, und Gott weiß, wie hoch ich Sie schätze.«
Sie schüttelten sich ernst die Hand, und mein Vormund sagte ihm einige Worte des Trostes.
»Es mag Ihnen vielleicht seltsam erscheinen, Sir, aber ich würde mich in meinem jetzigen Zustand hier nicht gerne von Ihnen haben sehen lassen, wenn wir uns nicht schon früher kennengelernt hätten. Aber Sie wissen, daß ich gekämpft habe. Sie wissen, daß ich mich als einzelner gegen sie alle gestemmt habe. Sie wissen, daß ich ihnen bis zuletzt ins Gesicht gesagt habe, was sie sind und was sie mir angetan haben, drum mache ich mir nichts daraus, daß Sie mich jetzt als Wrack hier sehen.«
»Sie haben Ihren Mut oft genug bewiesen«, tröstete ihn mein Vormund.
»Ja, Sir, das habe ich«, Mr. Gridley lächelte schwach. »Ich sagte Ihnen, wie es kommen würde, wenn ich damit aufhörte, und schauen Sie her. Sehen Sie uns beide an.« Er zog Miß Flites Hand durch seinen Arm und brachte sie sich dadurch etwas näher.

»Das ist das Ende. Von allen meinen alten Bekannten, von allen meinen alten Hoffnungen und Bestrebungen, von der ganzen lebendigen und toten Welt ist diese arme Seele meine einzige natürliche Gefährtin, zu der ich passe. Zwischen uns besteht ein Band seit vielen leidensvollen Jahren, und es ist das einzige Band auf Erden, das das Kanzleigericht noch nicht zerrissen hat.«
»Nehmen Sie meinen Segen, Gridley!« sagte Miß Flite unter Tränen. »Nehmen Sie meinen Segen!«
»Ich brüstete mich damit, sie würden mir nie das Herz brechen können, Mr. Jarndyce. Ich war entschlossen, es sollte ihnen nicht gelingen. Ich glaubte, ich würde ihnen so lange vorwerfen können, welch dummes Gaukelspiel sie trieben, bis ich an einer Krankheit des Körpers stürbe. Aber ich bin abgenutzt. Wie lang die Zerbröcklung gedauert hat, weiß ich nicht. Es war mir, als ob ich in einer einzigen Stunde zusammenbräche. Ich hoffe, sie werden es nie erfahren. Ich hoffe, Sie werden sie, alle die Sie hier sind, glauben machen, daß ich ihnen noch auf dem Totenbette getrotzt habe wie die langen Jahre hindurch.«
Hier kam ihm Mr. Bucket, der in einem Winkel in der Tür saß, gutmütig tröstend zu Hilfe.
»Ach, lassen Sie doch«, sagte er aus seiner Ecke heraus. »Reden Sie doch nicht so, Mr. Gridley. Sie sind ein wenig niedergedrückt, Das sind wir alle manchmal. Ich bin's auch. Kopf hoch! Sie werden sich noch oft genug mit der ganzen Kohorte herumzanken, und ich werde noch ein paar Dutzend Vorführungsbefehle gegen Sie bekommen, wenn ich Glück habe.«
Gridley schüttelte den Kopf.
»Schütteln Sie nicht den Kopf. Nicken Sie. Das möchte ich von Ihnen sehen. O du mein Himmel, was haben wir alles zusammen erlebt! Habe ich Sie nicht immer und immer wieder in der Fleet gesehen wegen Beleidigung von Amtspersonen? Bin ich nicht zwanzig Nachmittage im Gerichtshof gewesen, bloß um zu sehen, wie Sie wie eine Bulldogge den Kanzler angingen? Wissen Sie nicht mehr,

wie Sie zuerst die Advokaten zu bedrohen anfingen und jede Woche ein paarmal ein Friedensbruch gegen Sie bezeugt wurde? Fragen Sie die kleine alte Dame da. Sie war immer dabei. Kopf hoch, Mr. Gridley! Kopf hoch, Mann!«

»Was wollen Sie mit ihm machen?« fragte George mit leiser Stimme.

»Ich weiß es noch nicht«, antwortete Bucket ebenfalls flüsternd. Dann fuhr er mit seinem Zureden wieder laut fort: »Abgenutzt, Mr. Gridley, nachdem Sie mich wochenlang an der Nase herumgeführt und gezwungen haben, wie eine Katze auf das Dach zu klettern und als Arzt verkleidet mich hereinzuschleichen? So sieht jemand, der fertig ist, nicht aus. Ich glaube das nicht. Ich will Ihnen sagen, was Sie brauchen. Sie brauchen Aufregung, verstehen Sie, um sich aufrecht zu erhalten. Das ist's, was Sie brauchen. Sie sind daran gewöhnt und können ohne das nicht leben. Mir würde es gerade so gehen. Sehen Sie, hier ist der Vorführungsbefehl, erwirkt von Mr. Tulkinghorn in Lincoln's-Inn-Fields und seitdem auf ein halb Dutzend Grafschaften ausgedehnt. Was meinen Sie dazu, wenn Sie mit mir kämen und sich mit dem Friedensrichter tüchtig herumzankten? Es würde Sie aufmuntern und Ihnen zu einem neuen Kampf mit dem Kanzler frische Kräfte geben. Fertig sein! Ich muß mich wirklich wundern, einen Mann von Ihrer Energie so etwas sagen zu hören. Das dürfen Sie doch gar nicht. Ohne Sie ist die Komödie im Kanzleigerichtshof nicht halb so fidel. George, reichen Sie Mr. Gridley die Hand und versuchen Sie, ob es ihm nicht besser täte, wenn er aufsteht.«

»Er ist zu schwach.«

»Wirklich?« fragte Bucket besorgt. »Ich möchte ihn irgendwie aufmuntern. Ich sehe nicht gern einen alten Bekannten so zusammenbrechen. Es würde ihn mehr als alles andere stärken, wenn ich ihn ein bißchen wütend auf mich machen könnte. Er soll nur über mich herfallen, soviel er mag. Ich werde es ihm wahrhaftig nicht nachtragen.«

Das Dach hallte von einem Schrei Miß Flites wider. Jetzt klingt er noch in meinen Ohren.
»Nein, nein, Gridley«, schrie sie, als der Kranke schwer und lautlos vor ihr zurücksank. »Nicht ohne meinen Segen nach so vielen Jahren!«
Die Sonne war untergegangen und das Licht allmählich von dem Dach verschwunden, und Schatten krochen die Wände empor. Für mich fiel der Schatten dieser zwei Personen, die eine lebendig, die andere tot, trüber auf Richards Abreise als die Finsternis der dunkelsten Nacht. Und durch Richards Abschiedsworte klangen mir die Worte in den Ohren:
»Von allen meinen alten Bekannten, von allen meinen alten Hoffnungen und Bestrebungen, von der ganzen lebendigen und toten Welt ist diese arme Seele meine einzige natürliche Gefährtin, zu der ich passe. Zwischen uns besteht ein Band seit vielen leidensvollen Jahren, und es ist das einzige Band auf Erden, das das Kanzleigericht noch nicht zerrissen hat.«

25. Kapitel

Mrs. Snagsby auf der Lauer

Mißstimmung herrscht in Cook's Court, Cursitor Street. Schwarzer Verdacht wohnt in diesen friedlichen Regionen. Die Cook's Courter sind wohl in ihrer gewöhnlichen Gemütsverfassung, aber Mr. Snagsby ist nicht mehr derselbe, und seine kleine Frau weiß es.
›Toms Einöd‹ und Lincoln's-Inn-Fields bleiben wie ein paar widerspenstige Durchgeher vor den Wagen von Mr. Snagsbys Phantasie gespannt. Mr. Bucket kutschiert, und drin sitzen Jo und Mr. Tulkinghorn, und das ganze Gefährt saust in wildem Jagen um das Zifferblatt herum. Selbst in der kleinen Küche auf die Gasse heraus, wo die

Familie zu speisen pflegt, rasselt sie in scharfem Trab vom Eßtisch weg, wenn Mr. Snagsby im Anschneiden der Hammelkeule innehält und an die Küchenwand starrt.

Mr. Snagsby findet sich in seinem Kopf nicht mehr zurecht. Irgend etwas ist nicht in Ordnung. Aber was daraus werden soll, wann und aus welchem Winkel es ungeahnt hervortreten wird, ist das verwirrende Rätsel seines Lebens. Seine dunklen Eindrücke von den Talaren und Krönchen, den Sternen und Ordensbändern, die durch die Stauboberfläche von Mr. Tulkinghorns Kanzlei schimmern, seine Ehrfurcht vor den Geheimnissen dieses besten und verschlossensten aller seiner Kunden, den sämtliche Inns, ganz Chancery Lane und die juristische Nachbarschaft mit Scheu betrachten, seine Erinnerung an den Detektiv Mr. Bucket mit seinem langen Zeigefinger und seinem vertraulichen Getue, dem man weder entgehen noch etwas abschlagen kann, festigen in ihm die Überzeugung, daß er an einem gefährlichen Geheimnis teilhat, ohne zu wissen, was es ist.

Und es ist die schreckliche Eigentümlichkeit dieser Lage, daß zu jeder Stunde, bei jedem Aufgehen der Ladentür, bei jedem Klingeln, bei jeder Ankunft eines Boten oder eines Briefes das Geheimnis Feuer fangen, explodieren und irgend jemanden in die Luft sprengen kann. Wen, weiß Mr. Bucket allein.

Wenn daher ein Unbekannter, wie es doch oft geschieht, in den Laden tritt und fragt: Ist Mr. Snagsby da? oder sonst etwas Unschuldiges, so klopft Mr. Snagsbys Herz laut in seiner schuldbeladenen Brust. So sehr irritieren ihn solche Fragen, daß, wenn Knaben sie stellen, er über den Ladentisch hinweg ihnen eins hinter die Ohren gibt und die Schlingel fragt, was sie damit sagen wollen und warum sie nicht gleich mit allem herausrücken. Weniger irdisch greifbare Männer und Jungen stören beständig Mr. Snagsbys Schlummer und jagen ihn mit rätselhaften Fragen in Furcht, so daß, wenn sich der Hahn in der kleinen Milchwirtschaft in Cursitor Street in seiner gewohnten zweck-

losen Weise über den Morgen ausläßt, Mr. Snagsby sich im Stadium des Alpdruckes befindet, bis seine kleine Frau ihn wachrüttelt und sagt: Was hat der Mann nur!
Die kleine Frau selbst trägt nicht wenig zu seiner Qual bei. Zu wissen, daß er immer ein Geheimnis vor ihr verbirgt, unter allen Umständen einen schmerzenden Zahn vor ihr zu verheimlichen hat, den sie ihm stets mit schlauer Begier herauszudrehen bereit ist, gibt Mr. Snagsby seiner Frau gegenüber ganz das Aussehen eines Hundes, der etwas angestellt hat und dem Auge seines Herrn ausweicht. Alle diese kleinen Anzeichen entgehen Mrs. Snagsbys scharfem Blick keineswegs. Snagsby hat etwas auf dem Herzen, sagt sie sich. Und so hält der Argwohn in Cook's Court, Cursitor Street, seinen Einzug. Vom Argwohn zur Eifersucht findet Mrs. Snagsby den Weg so leicht wie von Cook's Court nach Chancery Lane. Und so hält die Eifersucht in Cook's Court, Cursitor Street, ihren Einzug. Einmal dort – gelauert hat sie immer in der Gegend –, rumort sie rastlos in Mrs. Snagsbys Brust, treibt sie bei Nacht, Mr. Snagsbys Taschen zu untersuchen, Mr. Snagsbys Briefe heimlich zu lesen, im stillen das Hauptbuch und Journal, die kleine und die große Kasse und den Dokumentenschrank zu durchforschen, am Fenster zu lauern, hinter Türen zu horchen und beständig das und jenes mit den unrichtigen Enden zusammenzuknüpfen.
Mrs. Snagsby liegt so beständig auf der Lauer, daß das Haus vor lauter Dielenknistern und Kleiderrascheln einen ganz gespensterhaften Eindruck macht. Die »Stifte« glauben, es müsse jemand in alten Zeiten hier ermordet worden sein. In Gusters Kopf spuken Bruchstücke legendenhafter Ideen, daß unter dem Keller Geld vergraben sei und von einem weißbärtigen Alten bewacht werde, der vor siebentausend Jahren nicht erlöst werden könne, weil er das Vaterunser einmal rückwärts gebetet habe.
Wer war Nimrod? fragt sich Mrs. Snagsby immer wieder. Wer war die Dame – diese »Person«? Und wer ist der Junge? Da Nimrod so tot ist wie der gewaltige Jägers-

mann, dessen Namen Mrs. Snagsby für ihre Zwecke mit Beschlag belegt hat, und die »Dame« nicht herbeizuschaffen ist, lenkt sich der Blick ihres Geistes vorderhand mit verdoppelter Wachsamkeit auf den Jungen.
Wer ist dieser Junge? fragt sich Mrs. Snagsby tausendundeinmal. Wer ist dieser ...? Und da geht ihr plötzlich ein Licht auf.
Er hat keinen Respekt vor Mr. Chadband! Nein, den hat er nicht und kann ihn auch nicht haben! Natürlich kann er keinen haben unter solchen ansteckenden Verhältnissen! Mr. Chadband hat ihn eingeladen – Mrs. Snagsby hat es mit eignen Ohren gehört – wiederzukommen, um zu erfahren, wo Mr. Chadband predige. Und er ist nicht gekommen! Warum ist er nicht gekommen? Weil man es ihm verboten hat! Wer hat es ihm verboten? Wer? Haha! Mrs. Snagsby sieht plötzlich klar.
Aber zum Glück – und Mrs. Snagsby schüttelt grimmig den Kopf und lächelt grimmig – hat Mr. Chadband gestern den Knaben auf der Straße getroffen, und Mr. Chadband hat diesen Knaben, über den er zur Erbauung einer auserlesenen Gemeinde zu predigen wünscht, ergriffen und ihm gedroht, ihn der Polizei zu übergeben, wenn er nicht sage, wo er wohne, und sich nicht morgen seinem Versprechen gemäß in Cook's Court einfinde. Mor-gen a-bend! wiederholt Mrs. Snagsby des Nachdrucks wegen mit grimmigem Lächeln und Kopfschütteln, und morgen abend wird der Junge kommen, und morgen abend wird Mrs. Snagsby ein Auge auf ihn und noch eine andere gewisse Person haben. Oh, du magst schon eine hübsche Weile deine Schleichwege gehen, sagt Mrs. Snagsby mit Stolz und Verachtung, aber mich betrügst du nicht!
Mrs. Snagsby hängt es nicht an die große Glocke, was sie sich denkt, sondern schweigt über ihre Pläne und behält ihr Geheimnis für sich.
Morgen kommt. Die schmackhaften Vorbereitungen für die Ölmühle kommen, und der Abend kommt. Es kommt Mr. Snagsby in seinem schwarzen Rock. Es kommen die

Chadbands, wenn das »Gefäß« genügend leer ist. Es kommen die »Stifte« und Guster, um sich erbauen zu lassen. Es kommt endlich mit hängendem Kopf und schlottrigem Gang, in der schmutzigen Hand die Pelzmütze, die er rupft wie einen Vogel, den er roh verzehren will, Jo, der Schmier-Ober, den Mr. Chadband bessern will.
Mrs. Snagsby wirft einen wachsamen, aber verstohlenen Blick auf Jo, als ihn Guster jetzt in das kleine Staatszimmer führt. Er sieht Mr. Snagsby beim Eintreten an. Aha! Warum sieht er Mr. Snagsby an? – Mr. Snagsby sieht ihn an. Warum tut er das?
Mrs. Snagsby weiß sofort alles. Warum denn sonst wechseln diese beiden einen Blick miteinander, warum denn sonst ist Mr. Snagsby so verlegen und hustet einen Signalhusten hinter seiner Hand, als, weil es klar wie Kristall ist, daß Mr. Snagsby der – Vater dieses Knaben ist.
»Friede sei mit euch, meine Freunde!« salbadert Chadband, steht auf und wischt sich die Ölabsonderungen von seinem Reverendgesicht ab. »Friede sei mit uns! Meine Freunde, warum mit uns? Weil«, sagt er mit seinem fetten Lächeln, »weil er nicht gegen uns sein kann, weil er für uns ist; weil er nicht verhärtet, sondern weil er erweicht; weil er nicht Krieg führt wie der Habicht, sondern zu uns kommt wie die Taube. Deshalb, meine Freunde, sei Friede mit uns! Du, menschlicher Knabe, tritt vor!«
Mr. Chadband streckt die aufgedunsene Pfote aus, legt sie auf Jos Arm und überlegt sich, wo er ihn hinsetzen solle. Jo, sehr argwöhnisch in bezug auf die Absichten Seiner Ehrwürden und keineswegs sicher, ob man nicht etwa eine schmerzliche Operation an ihm vornehmen wolle, brummt: »Lassen S mi gehn. I hab Eahna nix tan. Lassen S mi gehn.«
»Nein, mein junger Freund«, sagt Chadband salbungsvoll. »Ich lasse dich nicht. Und warum? Weil ich einsammle die Ernte; weil ich mich mühe und plage; weil du mir überliefert bist und ein köstlich Werkzeug geworden in meiner Hand. Meine Freunde, möge ich mich dieses

Werkzeugs bedienen zu eurem Besten, zu eurem Nutzen, zu eurem Gewinn, zu eurer Wohlfahrt, zu eurer Bereicherung! Mein junger Freund, setze dich auf diesen Stuhl.«
Sichtlich von dem Gedanken beherrscht, daß Seine Ehrwürden ihm die Haare schneiden wolle, schützt sich Jo den Kopf mit beiden Armen und läßt sich nur mit großer Mühe und unter vielem Sträuben hinsetzen.
Als man ihn endlich wie eine Modellpuppe zurechtgerückt hat, zieht sich Mr. Chadband hinter den Tisch zurück, hält seine Bärentatze empor und spricht:
»Meine Froinde!«
Das ist das Signal für die ganze Zuhörerschaft, die Ohren aufzumachen. Die »Stifte« kichern in sich hinein und stoßen sich mit den Ellbogen. Guster verfällt in einen Zustand leeren Vorsichhinstierens, zusammengesetzt aus atemloser Bewunderung Mr. Chadbands und Mitleid mit dem armen freudlosen Ausgestoßnen, dessen Lage sie tief ergreift.
Mrs. Snagsby legt schweigend Pulverminen.
Mrs. Chadband setzt sich mit finsterer Miene an den Kamin und wärmt sich die Knie. Sie findet, daß dies das Zuhören erleichtert.
Mr. Chadband hat die übliche Kanzelpredigergewohnheit, ein Mitglied der Gemeinde zu fixieren und mit fettigem Wohlwollen seine Argumente insbesondere an diese Person zu richten. Von dem Angeredeten wird in solchen Fällen gewöhnlich erwartet, daß er sich zu gelegentlichem Stöhnen, Seufzen, Ächzen oder andern hörbaren Äußerungen des Innenlebens aufschwingt. Diese Äußerung der Seele pflegt dann von einer ältlichen Dame im nächsten Kirchenstuhl zumeist wiederholt zu werden, geht dann wie beim Pfänderspiel im Kreise der leichter gärbaren Sünder unter den Anwesenden herum, erfüllt den Zweck des parlamentarischen »Hört, hört!« und erhält den Prediger in Volldampf.
Aus bloßer Gewohnheit also hat Mr. Chadband bei den Worten »Meine Froinde!« sein Auge auf Mr. Snagsby ge-

heftet und richtet an den armen Schreibmaterialienhändler, dem die Sterne sichtlich übelwollen und der schon verlegen genug ist, unmittelbar seine Rede.
»Meine Freunde!« beginnt Chadband. »Wir haben hier unter uns einen Ungesalbten, einen Heiden, einen Bewohner der Zelte von ›Toms Einöd‹, einen, der da herumschweift auf Erden. Meine Freunde, wir haben hier unter uns« – Mr. Chadband nestelt das Argument mit seinem schmutzigen Daumennagel auf, wirft ein öliges Lächeln auf Mr. Snagsby, als wolle er sagen, er werde ihn sofort logisch zu Fall bringen, wenn er nicht sowieso am Boden liege – »haben hier unter uns einen Bruder und einen Knaben. – Ohne Eltern, ohne Verwandte, ohne Vieh und Herden, ohne Gold und Silber und Edelgestein. Aber, meine Freunde, warum sage ich, daß er dieser Besitztümer ermangelt? Warum? Warum ermangelt er ihrer?« Mr. Chadband wirft die Frage auf, als lege er Mr. Snagsby ein ganz neues, ungemein geistreiches Rätsel vor und bäte ihn, nur ja nicht an der Auflösung zu verzweifeln.
Mr. Snagsby, sehr verwirrt von dem Sphinxblick, den sein kleines Frauchen bei den Worten »ohne Eltern« auf ihn wirft, läßt sich zu der bescheidnen Bemerkung verleiten: »Ich weiß es wirklich nicht, Sir.«
Diese Unterbrechung macht Mrs. Chadband finster aufblicken, und Mrs. Snagsby ruft: »Es ist eine Schande.«
»Ich höre eine Stimmö«, sagt Chadband. »Ist es eine demütige Stimmö, meine Freunde? Ich fürchte nicht, wiewohl ich es hoffen möchte.«
Hörbares Räuspern Mr. Snagsbys.
»... Die da sagt, ich weiß es nicht. Und nun will ich euch sagen, warum. Ich sage, dieser Bruder, der da stehet vor uns, ermangelt der Eltern, ermangelt der Verwandten, ermangelt des Viehs und der Herden, ermangelt des Silbers, des Goldes und jeglichen Geschmeides, weil er des Lichtes entbehrt, das da niederscheinet auf einige von uns. Was ist das für ein Licht? Was ist es? Ich frage euch, was ist das für ein Licht?«

Mr. Chadband legt den Kopf zurück und hält inne, aber Mr. Snagsby geht nicht noch einmal auf den Leim.

Mr. Chadband lehnt sich über den Tisch hinüber und bohrt, was er noch zu sagen hat, mit dem bereits erwähnten Daumennagel in Mr. Snagsby hinein.

»Es ist«, erläutert Chadband, »der Strahl der Strahlen, die Sonne der Sonnen, der Mond der Monde, der Stern der Sterne. Es ist das Licht der Waharheit.«

Mr. Chadband richtet sich wieder auf und sieht Mr. Snagsby triumphierend an, als wolle er sich vergewissern, wie seinem Opfer jetzt zumute sei.

»Der Waharheit«, wiederholt Mr. Chadband mit einem neuen Lanzenstich. »Saget mir nicht, daß sie nicht sei die Leuchte der Leuchten. Ich sage euch, sie ist es. Ich sage euch millionenmal, sie ist es. Sie ist es. Ich sage euch, daß ich es euch verkündigen werde, ob ihr da wollet oder nicht. Ja, je weniger ihr wollet, desto lauter will ich es euch verkünden mit Drommetenzungen. Ich sage euch, löcket ihr dagegen, werdet ihr fallen, werdet ihr stürzen, werdet ihr zerschlagen, werdet ihr zerbrochen, werdet ihr zermalmet zu Stahub.«

Der kühne Redeflug, von Mr. Chadbands Anhängern wegen seiner Gewaltigkeit ungemein bewundert, macht Seiner Ehrwürden nicht nur unangenehm warm, sondern stellt auch den unschuldigen Mr. Snagsby als einen entschiedenen Feind der Tugend, erzgestirnt und hartherzig, dar, und deshalb gerät der unglückliche Schreibmaterialienhändler noch mehr außer Fassung, als er ohnehin schon ist.

Und da gibt ihm Mr. Chadband zufällig den Gnadenstoß.

»Meine Freunde«, beginnt er wieder, nachdem er seine fette Stirn eine Weile betupft hat – und sie dampft so sehr, daß sein Taschentuch, das nach jedesmaligem Tupfen ebenfalls dampft, daran anzubrennen scheint –, »um den Gegenstand, an dem wir nach unsern bescheidenen Gaben uns zu erbauen trachten, weiter zu verfolgen, wollen wir im Geiste der Liebe fragen: Was ist die Waharheit, von der ich gesprochen habe? Denn, meine jungen Freunde«, wendet er sich an die »Stifte« und Guster, zu deren großer Bestürzung, »wenn mir der Arzt sagt, daß Calomel oder Kastoröl gut für mich seien, so werde ich natürlich fragen, was ist Calomel und was ist Kastoröl? Ich werde mich darüber vergewissern, ehe ich eins der Mittel oder beide einnehme. Nun, meine jungen Freunde, was ist also diese Waharheit? Erstlich im Geiste der Liebe, was ist die gewöhnliche Art der Waharheit? ... Die Werktagswaharheit – sozusagen –, meine jungen Freunde? Ist sie Hintergehung?«

Hörbares Räuspern Mr. Snagsbys.

»Ist sie Verheimlichung?«

Mrs. Snagsby erschauert förmlich vor stummer Verneinung.

»Ist sie heimliches Vorenthalten?«

Ein langes entschiedenes Kopfschütteln Mrs. Snagsbys.

»Nein, meine Freunde, sie ist keins von alledem. Keiner dieser Namen ist ihr echter. Als dieser jetzt unter uns weilende junge Heide, der jetzt, mit dem Siegel der Gleichgültigkeit und Verworfenheit auf seinen Augenlidern, schläft, meine Freunde (wecket ihn nicht, auf daß ich seinetwegen kämpfe und ringe und den Sieg gewinne), als dieser verstockte junge Heide uns eine Geschichte von einem Hahn und einem Stier und einer Dame und einem Sovereign erzählte, war das die Waharheit? Nein. Oder, wenn sie es zum Teil war, war sie es ganz vollständig? Nein, meine Freunde, nein!«

Mr. Snagsby müßte ganz anders beschaffen sein, wenn er den Blick seiner kleinen Frau aushalten sollte, wie er sich jetzt durch die Fenster seiner Seele in sein tiefstes Inneres bohrt.

»Oder, meine jungen Freunde«, fährt Mr. Chadband fort, klettert bis zum tiefsten Niveau der Auffassungskraft der »Stifte« herab und lächelt fett und demütig mit der Miene eines Mannes, der eine hohe Treppe hinuntersteigt, »wenn der Herr dieses Hauses in die Stadt ginge, einen Aal sähe

und zurückkehrte, um die Herrin dieses Hauses zu sich zu berufen und ihr zu sagen: Sarah, freue dich mit mir, denn ich habe einen Elefanten gesehen! Wäre das die Waharheit?«
Mrs. Snagsby bricht in Tränen aus.
»Oder nehmen wir an, meine jungen Freunde, daß er einen Elefanten gesehen hätte und heimkehrte und sagte: Siehe, die Stadt ist öde, wahrlich, ich habe nur einen Aal gesehen! Wäre das die Waharheit?«
Mrs. Snagsby schluchzt laut.
»Oder nehmen wir an, meine jungen Freunde«, sagt Chadband, bei dem Tone angeregt, »daß die unnatürlichen Eltern dieses schlummernden Heiden – denn Eltern hat er ohne Zweifel gehabt –, nachdem sie ihn den Wölfen und den Geiern und den wilden Hunden und den jungen Gazellen und den Schlangen hingeworfen, in ihre Wohnung zurückkehrten und sich erfreuten an ihren Pfeifen und ihren Fleischtöpfen und ihrem Flötenspiel und ihren Tänzen und ihrem Gerstensaft und des Schlächters Fleisch und Geflügel – wäre das die Waharheit?«
Mrs. Snagsby antwortet damit, daß sie eine Beute von Krämpfen wird; nicht eine widerstandslose Beute, sondern eine weinende und schluchzende, so daß Cook's Court von ihrem Jammergeschrei widerhallt. Endlich wird sie kataleptisch und muß die schmale Treppe umständlich wie ein Piano hinaufgetragen werden. Nach unaussprechlichen Leiden, die die größte Bestürzung hervorbringen, melden Eilboten aus dem Schlafzimmer, daß sie frei von Schmerzen, aber noch sehr angegriffen sei. Mr. Snagsby, den man bei diesem Klaviertransport an die Wand gedrückt und auf die Füße getreten und dadurch sehr verschüchtert hat, wagt sich jetzt wieder hinter der Tür des Staatszimmers hervor.
Die ganze Zeit über ist Jo dort, wo er aufgewacht ist, stehengeblieben, hat beständig seine Mütze gerupft und Pelzstückchen in den Mund gesteckt. Er spuckt sie mit reuevoller Miene aus, denn er begreift, daß er von Natur

ein unverbesserliches verworfenes Geschöpf ist, dem jeder Versuch, wach zu bleiben, fehlschlägt.
Aber doch ist es möglich, Jo, daß es selbst für so vertierte Gemüter wie dich eine Geschichte gibt, die von Taten handelt, so ergreifend für das Menschenherz, daß sie selbst dich wach erhalten und belehren könnte, wenn sie dir die Chadbands nur ohne Schwulst und schlicht erzählen wollten.
Aber Jo hat nie von einer solchen Historie und solchen Büchern gehört. Seine Verfasser und Reverend Chadband gelten ihm gleich; nur, daß er Ehrwürden Chadband kennt und lieber eine Stunde weit weglaufen möchte, als ihn noch fünf Minuten länger reden zu hören.
»Es hat kan Zweck, no länger zwarten«, sagt Jo. »Mr. Snagsby redet eh nix heit abend.« Und er schlottert die Treppe hinunter.
Aber unten steht die mildtätige Guster, hält sich am Geländer der Küchentreppe fest, um gegen einen herannahenden Krampfanfall, den Mrs. Snagsbys Gekreisch geweckt hat, anzukämpfen. Sie reicht ihr eigenes Abendbrot – Butterschnitten und Käse – Jo hin und wagt ein paar Worte an ihn zu richten.
»Hier hast du was zum Essen, armer Bub.«
»Dank schön, Mum«, sagt Jo.
»Hast an Hunger?«
»Damisch«, sagt Jo.
»Was ist aus deinem Vater und deiner Mutter geworden?«
Jo hält mitten im Abbeißen inne und sieht ganz versteinert aus, denn der Waisenschützling des christlichen Heiligen, dessen Schrein in Tooting steht, hat ihm auf die Schulter geklopft. Das erstemal in seinem Leben, daß eine anständige Hand ihn so berührt hat.
»I hab nie nix von ihnen ghört«, sagt Jo.
»Und ich von meinen auch nicht«, ruft Guster. Sie unterdrückt einige Krampfsymptome, da verscheucht sie plötzlich etwas, und sie entschwindet auf der Kellertreppe.

»Jo«, flüstert der Schreibmaterialienhändler leise, während der Junge noch zögernd auf der Treppe steht.
»Da bin i, Mr. Snagsby.«
»Ich wußte nicht, daß du schon fort bist ... Hier hast du wieder eine halbe Krone, Jo. Du hast es gut gemacht, daß du nichts von der Dame von neulich abends sagtest. Es könnte Unannehmlichkeiten verursachen. Du kannst nicht verschwiegen genug sein, Jo.«
»I bin a Ghauter, Master.«
»Also gute Nacht.«
Ein geisterhafter Schatten in Unterrock und Nachtmütze folgt dem Papierhändler in das Zimmer, aus dem er gekommen ist, und gleitet höher hinauf. Und von nun an, mag Mr. Snagsby gehen, wohin er will, begleitet ihn noch ein andrer Schatten als sein eigner, kaum weniger fest an seine Fersen geheftet, kaum weniger ruhig, kaum weniger geräuschlos als sein eigner. Und in welche Geheimnisatmosphäre sein eigner Schatten auch treten mag, von nun an mögen sich alle an dem Geheimnis Beteiligten in acht nehmen. Die wachsame Mrs. Snagsby liegt auf der Lauer. Bein von seinem Bein, Fleisch von seinem Fleisch, Schatten von seinem Schatten.

26. Kapitel

Scharfschützen

Der Wintermorgen, der mit trüben Augen und fahlem Gesicht auf die Umgebung von Leicester Square herabsieht, findet die Schläfer noch alle in ihren Betten. Viele von ihnen sind auch in der hellsten Jahreszeit keine Frühaufsteher, sind Nachtvögel, die schlafen, wenn hoch am Himmel die Sonne steht, sind wach und beutegierig, wenn die Sterne scheinen. Hinter schmutzig grauen Vorhängen im Obergeschoß und im Dachstübchen, mehr oder weniger unter falschem Namen, falschem Haar, falschen Titeln, falschem Schmuck und falschen Vorgeschichten, liegt eine Kolonie Briganten in ihrem ersten Schlaf. Herren, die aus persönlicher Erfahrung von fremden Galeeren und heimischen Tretmühlen erzählen könnten, Spione starker Regierungen, die ewig vor Schwäche und elender Furcht zittern, Bankrottiers, Feiglinge, Renommisten, Spieler, Schwindler und falsche Zeugen, einige unter der schmutzigen Hülle mit der Brandmarke gezeichnet, alle mit mehr Grausamkeit im Herzen als Nero und mit mehr Verbrechen beladen, als im Kerker von Newgate zu finden sind. So schlecht der Teufel in Barchent und Fuhrmannskittel auch sein kann, schlauer, gefühlloser und unerträglicher ist er, wenn er eine Busennadel trägt, sich einen Gentleman nennt, auf eine Karte oder eine Farbe setzt, ein paar Partien Billard spielt oder etwas von Wechseln oder Schuldverschreibungen versteht. Und in dieser Gestalt findet ihn Mr. Bucket, wenn er will, überall in den Nebengassen von Leicester Square.

Aber der Wintermorgen bedarf seiner nicht und weckt ihn nicht. Er weckt Mr. George in der Schießgalerie und seinen Gehilfen. Sie stehen auf, rollen ihre Matratzen zusammen und verstauen sie. Nachdem Mr. George sich vor einem winzig kleinen Spiegel rasiert hat, marschiert er barhäuptig und mit bloßer Brust hinaus an die Pumpe im kleinen Hof und kehrt bald zurück, glänzend vom Reiben, vom Regen, von gelber Seife und schneidend kaltem Wasser. Wie er sich mit einem großen Frottiertuch abreibt und dabei wie eine Art eben an die Oberfläche gekommener militärischer Tauchervogel prustet, lockt sich sein krauses Haar immer dichter an seinen sonnenverbrannten Schläfen, je mehr er es reibt, so daß es aussieht, als könne man es bestenfalls nur mehr mit einem eisernen Rechen oder einem Striegel in Ordnung bringen. Und wie er reibt und pustet und poliert und schnaubt und den Kopf von einer Seite auf die andre wendet, um sich besser die Kehle zu reinigen, und mit vorgebeugtem Körper dasteht, um keine Tropfen auf seine martialischen Beine kommen zu lassen, sieht sich Phil, der vor dem Kamin kniet, um Feuer zu machen, um, als wäre es für ihn Wäsche genug, wenn er dem allen bloß zusähe, und hinreichend Stärkung für einen Tag, die von seinem Herrn weggeworfene überflüssige Gesundheit magnetisch anzuziehen.

Als Mr. George trocken ist, beginnt er seinen Kopf mit zwei harten Bürsten zugleich so unbarmherzig zu bearbeiten, daß Phil, der, die Galerie auskehrend, mit der Schulter an der Wand entlangrutscht, vor Mitgefühl mit den Augen zwinkert.

Auf diese Abbürstung folgt der verschönernde Teil der Toilette, der bald zu Ende ist. Dann stopft sich Mr. George die Pfeife, zündet sie an und marschiert, wie er es gewohnt ist, rauchend auf und ab, während Phil in einem gewaltigen Dunstkreis von heißen Semmeln und Kaffee das Frühstück zurechtmacht. Er raucht ernst und marschiert langsam auf und ab. Vielleicht ist diese Morgenpfeife dem Andenken Gridleys in seinem Grabe gewidmet.

»Also du hast diese Nacht vom Lande geträumt, Phil«, sagt der Inhaber der Schießgalerie, nachdem er einigemal stumm auf und nieder geschritten ist. Phil hatte es nämlich im Tone der Überraschung, als er aus dem Bette stieg, erwähnt.

»Ja, Govner.«

»Wie hat's ausgesehen?«

»Ich weiß nicht recht, wie's ausgesehen hat, Govner«, sagt Phil nachdenklich.

»Woher wußtest du, daß es auf dem Lande war?«

»Von wegen dem Gras, glaub ich, und den Schwänen drauf«, sagt Phil nach weiterer Überlegung.

»Was haben die Schwäne auf dem Grase gemacht?«

»Haben's gefressen vermutlich.«

Mr. George setzt seinen Marsch und der Diener die Bereitung des Frühstücks fort. Es bedürfte eigentlich keiner sehr langen Vorbereitung, denn es besteht bloß aus dem Auftragen sehr einfacher Frühstücksrequisiten für zwei

Personen, dem Rösten einer Scheibe Schinken an dem Feuer des rostigen Herdes. Aber da Phil sich bei jedem Gegenstand, den er braucht, einen beträchtlichen Teil an der Galerie entlangschieben muß und nie zwei Sachen auf einmal bringt, dauert es ziemlich lange.

Endlich ist das Frühstück fertig, wie Phil meldet. Mr. George klopft die Pfeife an der Herdwand aus, stellt sie in eine Ecke und setzt sich zum Essen hin. Als er zugelangt hat, folgt Phil seinem Beispiel. Er sitzt am äußersten Ende des kleinen länglichen Tisches und hält den Teller auf den Knien. Entweder aus Bescheidenheit oder um seine pulvergeschwärzten Hände zu verstecken oder weil es seine natürliche Art ist, so zu essen.

»Auf dem Lande!« sagt Mr. George wieder und hantiert mit Messer und Gabel. »Ich glaube, du hast überhaupt noch nie das Land gesehen.«

»Ich hab die Sümpf einmal gsehn«, sagt Phil und verzehrt zufrieden sein Frühstück.

»Was für Sümpfe?«

»Die Sümpf, Kommandeur.«

»Wo sind sie?«

»Ich weiß nicht, wo sie sind, aber gsehn hab ich's, Govner, flach sinds gwesn und neblig.«

Gouverneur und Kommandeur sind für Phil Worte von gleichem Wert, drücken beide dieselbe Achtung und Ehrerbietung aus und dürfen nur auf Mr. George angewendet werden.

»Ich bin auf dem Lande geboren, Phil.«

»Was S net sagen, Kommandeur!«

»Ja, und dort aufgewachsen.«

Phil zieht seine einzige Augenbraue in die Höhe und schlingt, nachdem er seinen Herrn ehrerbietig angestarrt hat, um sein Interesse auszudrücken, einen großen Schluck Kaffee hinunter.

»Es gibt keinen Vogel, den ich nicht an der Stimme kenne«, sagt Mr. George. »Es gibt wenig Blätter oder Beeren in England, deren Namen ich nicht wüßte. Nicht viele

Bäume, auf die ich nicht heute noch klettern könnte, wenn es darauf ankäme. Ich war zu meiner Zeit ein echter Bursch vom Lande. Meine gute Mutter wohnte auf dem Lande.«
»Sie muß eine schöne alte Dame gewesen sein, Govner.«
»Jawohl. Und doch noch nicht besonders alt vor fünfunddreißig Jahren. Aber ich möchte wetten, daß sie mit neunzig Jahren sich fast noch so gerade halten und so breit über die Schultern sein würde wie ich.«
»Starb sie mit neunzig Jahren, Govner?«
»Nein! ... Bah! Mag sie in Frieden leben, und Gott segne sie! Möcht wissen, was mich Bauernburschen und fortgelaufne Taugenichtse heut angehen! Du natürlich hast mich drauf gebracht. Also du hast nie das Land gesehen, Sümpfe und Träume ausgenommen. Was?«
Phil schüttelt den Kopf.
»Möchtest du's sehen?«
»N-nein. Ich glaub eigentlich nicht.«
»Die Stadt genügt dir, was?«
»Ja, sehen Sie, Kommandeur«, sagt Phil, »ich kenn weiter nichts und weiß nicht, ob ich nicht für Neuheiten zu alt bin.«
»Wie alt bist du eigentlich, Phil?« fragt der Kavallerist und hebt die rauchende Untertasse zum Munde.
»Es ist etwas mit einem Achter drin. Achtzig kann's nicht sein, achtzehn auch nicht. Es muß so zwischen beiden sein.«
Mr. George setzt langsam die Tasse hin, ohne einen Schluck getan zu haben, und will gerade zu lachen anfangen, da sieht er, daß Phil an seinen schmutzigen Fingern zählt.
»Was, zum Donnerwetter, Phil ...«
»Ich war gerade acht Jahre«, erklärt Phil, »nach der Gemeindehausrechnung, als ich mit dem Kesselflicker fortlief. Ich sollte was holen und sah ihn vor einem alten Haus ganz behaglich allein an seinem Feuer sitzen, und er sagte: ›Du gingst wohl gern mit mir, Bürschchen?‹ Ich sag ja,

und er und ich und das Feuer sind zusammen nach Clerkenwell gegangen. Das war am ersten April. Ich konnte bis zehn zählen, und als der erste April wiederkam, sagte ich zu mir: Na, alter Bursche, jetzt bist du eins und eine Acht darin. Als wieder der erste April kam, sagte ich: Jetzt, alter Junge, bist du zwei und eine Acht darin. Mit der Zeit kam ich zu zehn und eine Acht darin und dann zu zwei Zehnern und eine Acht darin. Höher hinauf konnte ich's nicht mehr bewältigen, aber ich weiß immer, daß eine Acht darin war.«

»So!« sagt Mr. George und macht sich wieder über sein Frühstück her. »Und wo ist der Kesselflicker?«

»S Trinken hat ihn ins Spital gebracht, Govner, und das Spital in – einen Glaskasten, hab ich mir sagen lassen«, gibt Phil geheimnisvoll zur Antwort.

»Auf diese Weise bist du avanciert – hast das Geschäft übernommen, Phil?«

»Ja, Kommandeur, das Geschäft übernommen. So, wie's eben war. Es war nicht viel daran. Um Saffronhill, Hatton Garden, Clerkenwell, Smiffield und daherum gibt's nur arme Leut, die die Kessel abnützen, bis nichts mehr dran zu flicken ist. Die meisten der herumziehenden Kesselflicker kamen zu uns und wohnten bei uns. Das war der Hauptverdienst von meinem Meister. Aber zu mir kamen sie nicht. Ich war nicht wie er. Er hat ihnen so schön vorgsungen. Ich konnte das nicht. Er konnte ihnen etwas vorspielen auf jedem Topf, ob er jetzt aus Eisen oder Zinn war. Ich konnte nie etwas andres mit einem Topf anfangen, als ihn flicken oder drin kochen – ich hab nie einen Ton Musik in mir gehabt. Und dann war ich zu häßlich, und ihre Weiber beschwerten sich über mich.«

»Die haben's nötig gehabt! In der Herde wärst du schon auch noch mit durchgerutscht, Phil«, sagt der Kavallerist mit einem freundlichen Lächeln.

»Nein, Govner«, entgegnet Phil mit Kopfschütteln. »O nein, bestimmt nicht. Ich war noch so ziemlich passabel, als ich zum Kesselflicker kam, wenn ich mich damit auch nicht brüsten konnte, aber ich mußte immer schon als Junge das Feuer anblasen und verdarb mir die Haut und versengte mir das Haar und mußte den Rauch schlucken. Und dann hatte ich von Natur aus Pech, hab mich immer an heißem Eisen verbrannt und mich auf die Art gezeichnet, und dann hab ich immer, als ich älter wurde, mit dem Kesselflicker Streit gehabt, sooft er betrunken war, und mich herumprügeln müssen. Und besoffen war er immer. Daher hat es mit meiner Schönheit schon damals sehr windig ausgesehen. Und seitdem bin ich ein Dutzend Jahre in einer dunkeln Schmiede beschäftigt gewesen, wo die Leute Schindluder mit mir getrieben haben, und bei einem Unglücksfall in einer Gasanstalt verbrannt worden und bei einem Feuerwerksgeschäft beim Böllerfüllen zum Fenster hinausgeflogen. Jetzt bin ich so häßlich, daß man mich auf dem Jahrmarkt zeigen könnte.«

Phil sieht trotz dieses Zustandes ganz zufrieden aus und fragt um Erlaubnis, ob er noch eine Tasse Kaffee trinken dürfe. Während er sie schlürft, sagt er: »Nach der Explosion bei dem Feuerwerker hab ich Sie das erstemal gesehen, Kommandeur. Erinnern Sie sich noch?«

»Gewiß, Phil, du gingst im Sonnenschein spazieren.«

»Schob mich an der Wand hin, Govner.«

»Jawohl, Phil, mit der Schulter ...«

»In einer Nachtmütze!« ruft Phil ganz aufgeregt aus.

»In einer Nachtmütze ...«

»Und humpelte an ein paar Krücken!« ruft Phil noch aufgeregter.

»Mit ein paar Krücken – da ...«

»Da blieben Sie stehen, erinnern Sie sich!« ruft Phil aus, setzt seine Tasse hin und nimmt hastig den Teller vom Knie. »Und sagten zu mir: ›Was, Kamerad, du bist im Krieg gewesen!‹ Ich sagte nicht viel zu Ihnen, Kommandeur, denn ich war ganz überrascht, daß ein so starker und gesunder Mann wie Sie stehenblieb und einen hinkenden Knochenhaufen wie mich ansprach. Aber Sie fragten mich und sagten es so herzlich heraus, daß es grad war wie ein

Glas von was Heißem: ›Was ist dir zugestoßen? Du bist bös dabei weggekommen. Was fehlt dir, alter Knabe? Kopf hoch und alles frisch erzählt!‹

Kopf hoch! Mich frischte es ordentlich auf, und dann haben Sie etwas gesagt, und ich hab etwas gesagt, und dann haben wir lang miteinander gesprochen, und so bin ich jetzt hier, Kommandeur. Hier bin ich, Kommandeur!« ruft Phil, der von seinem Stuhl aufgesprungen ist und jetzt anfängt, sich auf ganz unerklärliche Weise seitwärts fortzubewegen. »Wenn man ein Ziel braucht oder es dem Geschäft von Nutzen ist, sollen die Kunden mich nur ruhig als Scheibe verwenden. Meiner Schönheit können sie weiter nicht mehr schaden. Mir ist alles gleich. Nur heran! Wenn sie einen brauchen, um auf ihn loszuboxen, sollen sie losboxen. Sie können mir ruhig auf den Kopf hauen. Mir ist's gleich. Wenn sie einen Leichtgewichtler brauchen, um ihn nach Cornwall-, Devonshire- oder Lancashire-Weise zu werfen, sollen sie mich werfen. Macht nichts. Ich bin mein ganzes Leben lang auf jede Weise geworfen worden.«

Mit dieser unerwarteten Rede, die er sehr energisch vorbringt und mit den verschiednen Leibesübungen angepaßten Gebärden begleitet, schiebt sich Phil Squod mit der Schulter an drei Seiten der Galerie herum und wendet sich dann plötzlich gegen seinen Kommandeur und vollführt mit dem Kopf einen Stoß nach ihm, um damit seine volle Hingebung im Dienst anzudeuten. Dann fängt er an, das Frühstück wegzuräumen.

Mr. George hat heiter gelacht und ihm auf die Schulter geklopft. Jetzt hilft er ihm beim Wegräumen und bringt dann mit ihm die Galerie für das Geschäft in Ordnung. Er macht ein paar Übungen mit Hanteln durch. Dann wiegt er sich, schließt daraus, daß er zuviel Fleisch ansetze, und schreitet mit großem Ernst an eine Übung im Säbelschwingen. Unterdessen hat sich Phil an seinen Arbeitstisch gesetzt, schraubt Gewehre auseinander und zusammen, putzt und feilt und bläst in kleine Löcher und wird

immer schwärzer dabei und hantiert aufs emsigste mit allen möglichen Waffenbestandteilen.
Herr und Diener hören endlich im Gange, wo es so stark hallt, Tritte, die die Ankunft seltener Gäste verraten. Die Schritte kommen der Galerie immer näher, und endlich tritt eine Gruppe auf die Schwelle, die auf den ersten Anblick zu keinem andern Tag im Jahr als dem fünften November, dem Datum der großen Verschwörung, zu passen scheint.
Sie besteht aus einer hinfälligen und häßlichen Gestalt auf einem von zwei Trägern getragnen Stuhl und einem daneben hergehenden hagern Frauenzimmer mit einem Gesicht wie eine halbverhungerte Maske. Sie sieht aus, daß man jeden Augenblick von ihr die Verse zur Erinnerung an die Zeit, wo sie ganz England in die Luft sprengen wollten, zu hören erwarten würde, wenn sie die Lippen nicht so fest und trotzig zusammenbisse. Der Stuhl wird hingesetzt, und die darin liegende Gestalt, die bis jetzt nur gekeucht hat: »O Gott, o Gott!« fügt hinzu: »Wie geht's, mein lieber Freund, wie geht's?« und Mr. George erkennt in der Prozession den auf einer Spazierfahrt begriffenen würdigen Mr. Smallweed, begleitet von seiner Enkelin Judy als Leibwache.
»Mr. George, mein lieber Freund«, ruft Großvater Smallweed und nimmt seinen rechten Arm von dem Halse eines seiner Träger, den er auf dem Herweg fast erwürgt hat. »Wie geht's? Sie sind wohl sehr überrascht, mich zu sehen, mein lieber Freund?«
»Ich würde über Ihren Freund in der City kaum weniger überrascht sein.«
»Ich gehe sehr selten aus«, keucht Mr. Smallweed. »Ich bin seit vielen Monaten nicht herausgekommen. Es ist unbequem und teuer. Aber ich sehnte mich so sehr, Sie zu sehen, lieber Mr. George. Wie geht es Ihnen?«
»Recht gut«, sagt Mr. George. »Ich hoffe, Ihnen auch?«
»Es kann Ihnen nie zu gut gehen, mein lieber Freund.« Mr. Smallweed ergreift seine beiden Hände. »Ich habe

meine Enkelin Judy mitgebracht. Sie ließ sich's nicht nehmen. Sie sehnte sich auch so sehr, Sie zu sehen.«
»Hm! Anmerken tut man ihr nichts«, brummt Mr. George.
»So nahmen wir also eine Droschke und setzten einen Stuhl hinein, und unten an der Straßenecke hoben sie mich aus dem Wagen und in den Stuhl und trugen mich hierher, damit ich meinen lieben Freund in seinem eignen Geschäft besuchen könnte! Das ist der Kutscher«, sagt Großvater Smallweed und deutet auf den Mann, der der Gefahr des Erwürgens ausgesetzt war und sich, seine Luftröhre befühlend, jetzt entfernt.
»Er bekommt nichts extra. Es ist im Fahrgeld mit einbegriffen. Den andern Mann da nahmen wir auf der Straße für eine Pinte Bier. Das kostet zwei Pence. Judy, gib dem Mann zwei Pence. Ich wußte nicht, daß Sie selbst einen Gehilfen hier haben, lieber Freund, sonst hätten wir den Mann gespart.«
– Großvater Smallweed richtet dabei einen ziemlich erschrockenen Blick auf Phil und läßt ein halbunterdrücktes »O Gott, o Gott!« hören. Seine Besorgnis ist anscheinend nicht grundlos, denn Phil, der die Erscheinung in dem schwarzen Samtkäppchen noch nie gesehen hat, steht mit einer Flinte in der Hand starr da wie ein Jäger, der Mr. Smallweed wie einen häßlichen alten Vogel vom Krähengeschlecht soeben herunterzuschießen im Begriff steht. – »Judy, mein Kind, gib dem Mann seine zwei Pence. Es ist schrecklich viel für die kleine Arbeit.«
Der Mann, eines jener merkwürdigen Exemplare menschlicher Pilze, die in den westlichen Straßen Londons ganz plötzlich aus dem Boden schießen können, in alte rote Jacken gekleidet sind und sich mit der Mission, Pferde zu halten und Kutscher zu holen, mit Vorliebe betrauen lassen, nimmt seine zwei Pence ohne besonderes Entzücken in Empfang, wirft das Geld in die Luft, fängt es wieder auf und entfernt sich.
»Mein lieber Mr. George«, sagt Großvater Smallweed,

»möchten Sie nicht so gut sein und mich ans Feuer tragen helfen? Ich bin an Wärme gewöhnt und bin ein alter Mann und fröstle leicht. – O Gott!«

Der Ausruf entfährt dem würdigen Herrn infolge der Plötzlichkeit, mit der Mr. Squod wie ein diensteifriger Gnom ihn samt dem Stuhl in die Höhe hebt und dicht am Herd niedersetzt.

»O Gott«, sagt Mr. Smallweed keuchend. »O mein Gott! O Gott im Himmel! Mein lieber Freund, Ihr Gehilfe ist furchtbar stark und – so rasch. O Gott, ist der rasch! Judy, zieh mich ein bißchen zurück. Es verbrennt mir die Beine.«

Das stimmt, wie alle Anwesenden an dem Geruch der versengten Wollstrümpfe des alten Herrn merken.

Nachdem ihn die sanfte Judy ein wenig vom Feuer weggezogen, wie gewöhnlich zurechtgeschüttelt und sein Auge von dem schwarzsamtenen Lichtauslöscher befreit hat, sagt er abermals: »O Gott, o Gott!«, sieht sich um, begegnet Mr. Georges Blick und streckt ihm wieder seine beiden Hände hin.

»Mein lieber Freund, wie froh bin ich, Sie zu sehen! Und das ist Ihr Geschäftslokal? Ein entzückender Ort! Ein wahres Bild! – Es kommt doch nicht vor, daß hier manchmal etwas zufällig losgeht, mein lieber Freund?« setzt Großvater Smallweed plötzlich sehr besorgt hinzu.

»Nein, nein, haben Sie keine Angst.«

»Und Ihr Gehilfe? Er – o Gott – läßt doch nichts losgehen, auch nicht unabsichtlich. Wie, mein lieber Freund?«

»Er hat noch niemanden verletzt als sich selbst«, sagt Mr. George lächelnd.

»Aber es könnte doch geschehen, wissen Sie. Er scheint sich sehr oft verletzt zu haben und könnte doch auch andre verletzen«, wendet der alte Herr ein. »Er braucht es ja nicht mit Absicht zu tun. Oder vielleicht gelegentlich doch mit Absicht. Was kann man wissen. Mr. George, möchten Sie ihm nicht befehlen, diese höllischen Feuerwaffen liegenzulassen und wegzugehen?«

Einem Wink des Kavalleristen gehorsam, begibt sich Phil mit leeren Händen an das andre Ende der Galerie. Mr. Smallweed ist jetzt beruhigt und fängt an, sich die Schenkel zu reiben.
»Und Sie befinden sich also wohl, Mr. George?« fragt er den Kavalleristen, der mit dem Säbel in der Hand Front vor ihm macht. »Das Geschäft geht gut, so Gott will?«
Mr. George antwortet mit einem kühlen Nicken und setzt hinzu: »Also los endlich! Um das zu sagen, sind Sie doch nicht hergekommen.«
»Sie sind so spaßig, Mr. George«, entgegnet der ehrwürdige Greis. »Sie sind so ein guter Gesellschafter.«
»Haha! Aber los endlich.«
»Mein lieber Freund! ... Aber das Schwert funkelt schrecklich und sieht so scharf aus. Es könnte jemanden zufällig schneiden. Es macht mich schaudern, Mr. George. Verflucht soll er sein«, sagt der vortreffliche alte Herr heimlich zu Judy, als der Kavallerist ein paar Schritte weggeht, um den Säbel aufzuhängen. »Er ist mir Geld schuldig und könnte auf den Einfall kommen, seine Rechnung in diesem Mörderloch zu begleichen. Ich wollte, deine Höllengroßmutter wäre hier und er rasierte ihr den Kopf ab.«
Mr. George kommt zurück, verschränkt die Arme, sieht auf den Alten herab, der mit jedem Augenblick tiefer in seinen Stuhl versinkt, und sagt ruhig: »Nun also?«
»Ha!« ruft Mr. Smallweed und reibt sich die Hände mit schlauem Kichern. »Ja. Nun also. Nun also, was jetzt, mein lieber Freund?«
»Eine Pfeife«, sagt Mr. George, setzt sich höchst gelassen in seinen Stuhl in der Kaminecke, nimmt seine Pfeife vom Rost, stopft sie und zündet sie an und beginnt friedlich zu rauchen.
Das bringt Mr. Smallweed aus der Fassung. Er findet es so schwer, auf sein Thema zu kommen, und gerät darüber so in Aufregung, daß er mit seinen klauenartigen Fingern mit ohnmächtiger Rachgier, als wolle er Mr. Georges Gesicht

zerfleischen, in der Luft herumfährt. Die Nägel des vortrefflichen alten Herrn sind lang und bleifarben, seine Hände mager und dickaderig und seine Augen grün und wäßrig. Und da er außerdem, während er so in der Luft herumfuchtelt, immer tiefer in seinem Stuhl zu einem gestaltlosen Bündel zusammensinkt, bietet er selbst den abgehärteten Augen Judys ein so scheußliches Schauspiel dar, daß diese Jungfrau, wenn auch nicht mit der Glut kindlicher Liebe, auf ihn zustürzt und ihn so aufrüttelt und ihm am Körper herumklopft und ihn pufft, daß er in seinem Jammer Töne wie die Ramme eines Pflasterers hören läßt.

Als Judy ihn durch diese Mittel wieder in seinem Stuhl, in dem er jetzt mit weißem Gesicht und blauer Nase, aber immer noch in die Luft krallend, dasitzt, aufgerichtet hat, streckt sie ihren dünnen Zeigefinger aus und sticht damit Mr. George in den Rücken. Als der Kavallerist aufblickt, sticht sie auf dieselbe Weise nach ihrem geschätzten Großvater und starrt, nachdem sie so die Unterhaltung eingeleitet hat, streng ins Feuer.

»Ui, ui! Oh, oh! U-u-uff«, schnattert Großvater Smallweed, seine Wut in sich hineinschlingend. »Mein lieber Freund.«

»Ich will Ihnen was sagen, wenn Sie mit mir reden wollen, müssen Sie geradeheraus sprechen. Ich bin einer von den Ungehobelten und nicht gewohnt, wie die Katze um den Brei herumzugehen. Ich bin das nicht gewohnt. Ich bin nicht gescheit genug dazu. Es paßt mir nicht. Wenn Sie mich so umschlängeln«, sagt der Kavallerist und steckt die Pfeife wieder zwischen die Zähne, »verdammt, ob es mir nicht vorkommt, als ob ich ersticken müßte.«

Und er dehnt seine breite Brust aus, so weit er kann, als wolle er sich versichern, daß er noch nicht erwürgt ist.

»Wenn Sie gekommen sind, um mir einen freundschaftlichen Besuch zu machen, bin ich Ihnen dafür verbunden. Wie befinden Sie sich? Wenn Sie gekommen sind, um nachzusehen, wie's mit meinem Besitz steht, dann sehen

Sie sich um: Sie sind willkommen. Wenn Sie was zu sagen haben, dann reden Sie.«
Die rosige Judy versetzt, ohne ihren Blick vom Feuer abzuwenden, ihrem Großvater einen gespensterhaften Stoß.
»Sie sehen, es ist auch ihre Meinung. Aber warum zum Teufel setzt sich das Mädchen nicht wie jeder andre Christenmensch?« fragt Mr. George, die Augen nachdenklich auf Judy geheftet. »Ich kann's nicht begreifen.«
»Sie bleibt neben mir, um auf mich achtzugeben«, erklärt Großvater Smallweed. »Ich bin ein alter Mann, mein lieber Mr. George, und brauche Beistand. Ich kann meine Jahre noch tragen. Ich bin kein Höllenteufelplapperpapagei.« Er knurrt und sieht sich unwillkürlich nach dem Kissen um. »Aber ich brauche Beistand, mein lieber Freund.«
»Gut«, entgegnet der Kavallerist und dreht seinen Stuhl so, daß er dem Alten ins Gesicht sieht. »Nun, also?«
»Mein Freund in der City, Mr. George, hat ein kleines Geschäftchen mit einem Schüler von Ihnen gemacht.«
»Hat er das? Tut mir leid zu hören.«
»Ja, Sir.« Großvater Smallweed reibt sich die Schenkel. »Er ist ein hübscher junger Soldat jetzt, Mr. George, und heißt Carstone. Freunde sind für ihn eingesprungen und haben alles ehrlich bezahlt.«
»So, taten sie das! – Meinen Sie, Ihr Freund in der City würde einen guten Rat annehmen?«
»Ich glaube wohl, mein lieber Freund. Von Ihnen?«
»Dann rate ich ihm, keine weiteren Geschäfte mehr in dieser Richtung zu machen. Es schaut nichts mehr dabei heraus. Der junge Herr ist, soviel ich weiß, mit der Nase an der Wand angekommen.«
»Nein, nein, mein lieber Freund, o nein, Mr. George. Nein, nein, nein, Sir«, wendet Großvater Smallweed ein und reibt sich listig seine dürren Schenkel. »Noch nicht ganz, glaube ich. Er hat gute Freunde und ist gut für seine Gage und ist gut für den Verkaufspreis seines Patents und ist gut für seine Aussichten in einem Prozeß und ist gut für seine Chancen auf eine Heirat und ... Oh, wissen Sie, Mr.

George, ich glaube, mein Freund würde den jungen Herrn noch immerhin für ganz gut halten«, sagt Großvater Smallweed, schiebt das Sammetkäppchen in die Höhe und kratzt sich hinter dem Ohr wie ein Affe.
Mr. George, der die Pfeife weggelegt hat und einen Arm auf der Stuhllehne ruhen läßt, trommelt mit dem rechten Fuß auf den Fußboden, als fände er keinen besondern Gefallen an der Wendung, die das Gespräch genommen hat.
»Aber, um von einem Thema auf das andre überzugehen, um die Unterhaltung avancieren zu lassen, wie ein Spaßvogel wie Sie sagen würde, um von dem Fähnrich auf den Kapitän zu kommen, Mr. George ...«
»Was meinen Sie damit?« fragt Mr. George und hält mit gerunzelter Stirn inne, sich in der Erinnerung seinen Schnurrbart zu streichen. »Auf was für einen Kapitän?«
»Auf unsern Kapitän. Auf den Kapitän, den wir kennen. Kapitän Hawdon.«
»So, so. Um den handelt sich's!« Mr. George läßt ein leises Pfeifen hören, während Großvater und Enkelin ihn scharf ansehen. »Das ist's also. Nun, was ist's damit? Los. Ich habe nicht Lust, mich länger ersticken zu lassen. Reden Sie!«
»Mein lieber Freund«, entgegnet der Alte, »man wendete sich gestern an mich – Judy, schüttle mich ein bißchen auf –, man hat sich gestern an mich wegen des Kapitäns gewendet, und ich bin immer noch der Ansicht, daß der Kapitän nicht tot ist.«
»Blech!« bemerkt Mr. George.
»Was sagten Sie, lieber Freund?« forscht der Alte, die Hand am Ohr.
»Blech!«
»Ho!« sagt Großvater Smallweed. »Mr. George, Sie können selbst meine Meinung nach den mir gestellten Fragen und den dafür angegebnen Gründen beurteilen. Also was, meinen Sie, will der Advokat denn dann, der immer bei mir nachforscht?«
»Ein Geschäft machen.«

»Nichts derart.«
»Dann kann er kein Advokat sein«, sagt Mr. George und verschränkt die Arme mit einer Miene größter Entschlossenheit.
»Mein lieber Freund, er ist Advokat, und zwar ein sehr berühmter. Er wünscht Kapitän Hawdons Handschrift zu sehen. Er will sie nicht behalten. Er wünscht sie bloß zu sehen und mit einer in seinem Besitz befindlichen Handschrift zu vergleichen.
»Nun, und?«
»Nun, Mr. George, da er sich zufällig an die Zeitungsnotiz, die Kapitän Hawdon betraf, erinnerte, forschte er nach und kam zu mir – gerade wie Sie, mein lieber Freund. Geben Sie mir die Hand. Ich freute mich so sehr an jenem Tag, daß Sie kamen. Wir hätten nie Freundschaft geschlossen, wenn Sie mich nicht damals besucht hätten.«
»Nun, und, Mr. Smallweed?« fragt Mr. George wiederum und tut die Zeremonie des Händeschüttelns mit einer gewissen Steifheit ab.
»Ich besaß kein Schreiben von ihm. Ich hatte nichts als eine Unterschrift. Hölle, Pest und Hungersnot, Schlacht, Mord und Schlagfluß sollen über ihn kommen«, sagt der Alte und macht einen Fluch aus seinen bruchstückweisen Erinnerungen an ein Gebet und zaust sein Samtkäppchen wütend zwischen den Händen. »Ich glaube, ich habe eine halbe Million von seinen Unterschriften. Aber Sie«, fährt er fort und gewinnt atemlos seinen milderen Ton wieder, als ihm Judy das Käppchen wieder auf seinen kahlen Kopf setzt, »aber Sie, mein lieber Mr. George, besitzen wahrscheinlich einen Brief oder ein Papier, das unsern Zweck erfüllt. Alles wäre geeignet. Nur muß es von seiner Hand geschrieben sein.«
»Etwas von seiner Hand Geschriebenes?« überlegt der Kavallerist. »Möglich, daß ich etwas habe.«
»Mein lieber, lieber Freund!«
»Vielleicht auch nicht.«
»Ho!« sagt Großvater Smallweed entmutigt.

»Aber wenn ich auch ganze Scheffel davon hätte, würde ich nicht so viel zeigen, wie zu einer Patrone reicht, ohne zu wissen, wozu?«

»Sir, ich habe Ihnen doch gesagt, wozu! Mein lieber Mr. George, ich habe Ihnen doch gesagt, wozu!«

»Das ist nicht genug.« Der Kavallerist schüttelt den Kopf. »Ich muß mehr wissen und damit einverstanden sein.«

»Wollen Sie dann mit zu dem Advokaten kommen? Mein lieber Freund, kommen Sie mit, und besuchen wir den Herrn«, drängt Großvater Smallweed und zieht eine verhungerte alte Uhr heraus mit Zeigern wie die Beine eines Skeletts. »Ich sagte ihm, ich würde ihn zwischen zehn und elf heute vormittag besuchen, und es ist jetzt halb elf. Wollen Sie mich zu dem Herrn begleiten, Mr. George?«

»Hm«, überlegt der Kavallerist ernst. »Mir ist's gleich. Ich möchte nur wissen, warum Ihnen gar soviel daran liegt.«

»Mir liegt an allem, was mir die Möglichkeit gibt, etwas über den Kapitän zu erfahren. Hat er uns nicht alle eingetunkt? Ist er uns nicht allen ohne Ausnahme ungeheure Summen schuldig? Mich angehen? Wen kann es mehr angehen als mich? Nicht etwa, mein lieber Freund«, sagt Großvater Smallweed mit ruhigerem Ton, »daß ich Ihnen zumute, etwas zu verraten. Weit entfernt davon. Sind Sie bereit, mitzukommen, mein lieber Freund?«

»Na ja! Ich komme. Aber ich verspreche nichts, verstanden!«

»Nein, mein lieber Mr. George, nein.«

»Und Sie wollen mich doch nicht glauben machen, daß Sie mich in Ihrem Wagen mitfahren lassen, ohne etwas dafür zu berechnen?« höhnt Mr. George und holt seinen Hut und seine dicken waschledernen Handschuhe.

Dieser Spaß gefällt Mr. Smallweed so sehr, daß er lange und leise vor dem Feuer lacht. Aber selbst während er lacht, blickt er über seine gelähmte Schulter nach Mr. George und belauert mit gierigen Augen, wie er das Vorhängschloß vor einem einfachen Schrank am hintern Ende der Galerie öffnet, in den obern Fächern herumsucht und

schließlich etwas herausnimmt, das wie Papier raschelt, es zusammenfaltet und in die Brusttasche steckt. Dabei stößt Judy Mr. Smallweed an, und Mr. Smallweed stößt Judy an.
»Ich bin bereit«, sagt der Kavallerist und kommt zurück. »Phil, du kannst diesen alten Herrn an seinen Wagen tragen. Gib aber acht!«
»O Gott, o Gott! Warten Sie einen Augenblick«, sagt Mr. Smallweed. »Sie sind schrecklich schnell. Wissen Sie auch sicher, daß nichts geschieht, mein Bester?«
Phil gibt keine Antwort, packt den Stuhl und stürzt seitwärts, von dem jetzt sprachlosen Mr. Smallweed krampfhaft umklammert, durch den Gang, als hätte er den freundlichen Auftrag, den alten Ehrenmann nach dem nächsten Vulkan zu tragen. Da sein Ziel jedoch schon der Wagen ist, setzt er ihn dort hinein, die schöne Judy nimmt daneben Platz, und der Stuhl verziert das Dach.
Mr. George setzt sich auf den Bock.
Mr. George ist ganz verblüfft von dem Schauspiel, das sich ihm bietet, wenn er von Zeit zu Zeit durch das Fenster zurück in den Wagen blickt, wo die grimme Judy regungslos sitzt, während der alte Herr, das Käppchen über einem Auge, von dem Sitz in das Stroh hinuntergerutscht ist und mit dem freien Auge in hilfloser Klage, daß ihn das Rütteln so in den Rücken stoße, zu ihm hinaufschaut.

27. Kapitel

Schachzüge

Nicht lange braucht Mr. George, die Arme verschränkt, auf dem Bock zu sitzen, denn das Ziel ist Lincoln's-Inn-Fields. Als der Kutscher hält, steigt er herunter, sieht zum Fenster hinein und fragt:
»Was, Mr. Tulkinghorn ist Ihr Gewährsmann?«

»Ja, lieber Freund. Kennen Sie ihn denn, Mr. George?«

»Ich habe von ihm gehört – ihn auch schon gesehen, glaube ich. Aber ich kenne ihn nicht und er mich auch nicht.«

Zuerst muß Mr. Smallweed die Treppe hinaufgetragen werden, was mit des Kavalleristen Hilfe leicht vonstatten geht. Man bringt ihn in Mr. Tulkinghorns großes Zimmer und setzt ihn auf den türkischen Teppich neben den Kamin. Mr. Tulkinghorn ist momentan nicht anwesend, wird aber gleich wieder zurück sein. Der Inhaber des Pultes im Vorzimmer meldet dies, schürt das Feuer und überläßt es dem Kleeblatt, sich zu wärmen.

Mr. George sieht neugierig im Zimmer umher, zu der gemalten Decke hinauf, betrachtet die alten juristischen Bücher, die Porträts der vornehmen Klienten und liest laut die Namen auf den Kästen.

»Sir Leicester Dedlock, Baronet«, buchstabiert er gedankenvoll. »Ha! Rittergut Chesney Wold. Hm!« Er steht eine Weile vor diesen Kästen wie vor Gemälden und tritt wieder an den Kamin und wiederholt dabei die Worte: »Sir Leicester Dedlock, Baronet« und »Rittergut Chesney Wold. Hm!«

»Hat schrecklich viel Geld, Mr. George«, flüstert Großvater Smallweed und reibt sich die Schenkel. »Fürchterlich reich.«

»Wen meinen Sie? Diesen alten Herrn oder den Baronet?«

»Diesen Herrn, diesen Herrn.«

»Hab es auch schon gehört. Hat auch so manchen im Sack, möchte wetten. Kein schlechtes Quartier übrigens«, sagt Mr. George und sieht sich wieder um. »Schauen Sie mal die eiserne Kasse dort.«

Mr. Tulkinghorns Ankunft schneidet die Antwort ab. Er sieht natürlich aus wie immer. Sein Anzug ist stumpf schwarz. Die Brille trägt er in der Hand, und sogar ihr Futteral ist abgeschabt. Sein Benehmen ist verschlossen und abweisend, die Stimme tonlos und gedämpft. Sein Gesicht ist wach, aber wie hinter einem Vorhang. Wer weiß, vielleicht ist er ein Misanthrop oder ein Weltverächter. Der hohe Adel könnte nach allem vielleicht wärmere Verehrer haben und treuere Anhänger als Mr. Tulkinghorn.

»Guten Morgen, Mr. Smallweed, guten Morgen«, sagt er beim Hereintreten. »Sie haben den Sergeanten mitgebracht, wie ich sehe. Setzen Sie sich, Sergeant.«

Während Mr. Tulkinghorn die Handschuhe auszieht und sie in seinen Hut legt, wirft er unter den Lidern hinweg einen Blick auf die andre Seite des Zimmers, wo der Kavallerist steht, und sagt leise, wahrscheinlich zu sich selbst: »Du könntest mir so passen, mein Freund.«

»Setzen Sie sich, Sergeant«, wiederholt er laut, tritt an den Tisch neben dem Kamin und nimmt in seinem Lehnstuhl Platz. »Kalt und rauh heute morgen, kalt und rauh ...« Mr. Tulkinghorn wärmt sich vor dem Kamingitter abwechselnd Innen- und Außenseite seiner Hände und betrachtet hinter seinem Gesichtsvorhang, der immer heruntergelassen ist, hervor das im Halbkreis herumsitzende Kleeblatt.

»Nun, ich möchte jetzt wissen, woran ich bin, Mr. Smallweed.«

Der alte Herr wird von Judy zurechtgeschüttelt, um an der Unterhaltung teilnehmen zu können.

»Sie haben den Sergeanten mitgebracht, wie ich sehe.«

»Ja, Sir«, antwortet Mr. Smallweed und liegt auf dem Bauch vor dem Reichtum und Einfluß des Advokaten.

»Und was meint der Sergeant zu der Sache?«

»Mr. George«, sagt Großvater Smallweed und streckt seine runzelige Hand zitterig aus. »Dies ist der Herr, Mr. George.«

Mr. George begrüßt den Herrn, sitzt aber dabei steif aufrecht und in tiefstem Schweigen auf der Vorderkante seines Stuhls, als ob er seine ganze feldmäßige Adjustierung anhätte.

Mr. Tulkinghorn fährt fort: »Nun, George, ich glaube, Ihr Name ist doch George?«

»So ist's, Sir.«

»Was sagen Sie dazu, George?«

»Entschuldigen Sie, Sir«, entgegnet der Kavallerist, »aber ich möchte wissen, was Sie dazu sagen.«

»Meinen Sie hinsichtlich Bezahlung?«

»Ich meine in jeder Hinsicht.«

Das stellt Mr. Smallweeds Geduld derartig auf die Probe, daß er plötzlich herausfährt: »Du Höllenhundsbestie!« Ebenso schnell bittet er Mr. Tulkinghorn um Entschuldigung, indem er sich damit herausredet, daß er zu Judy sagt: »Mir ist deine Großmutter eingefallen, mein Kind.«

»Ich glaubte, Mr. Smallweed hätte Ihnen bereits die Sache genügend auseinandergesetzt, Sergeant«, beginnt Mr. Tulkinghorn von neuem, lehnt sich in den Stuhl zurück und schlägt die Beine übereinander. »Sie ist übrigens bald erklärt. Sie haben unter Kapitän Hawdon gedient, ihn in seiner Krankheit gepflegt, ihm manchen kleinen Dienst geleistet und waren sein Vertrauter, wie ich hörte. Verhält es sich so?«

»Ja, Sir, so verhält es sich«, bestätigt Mr. George mit militärischer Kürze.

»Sie besitzen daher vielleicht etwas – gleichgültig was –, Rechnungen, Instruktionen, Befehle, einen Brief oder sonst etwas von Kapitän Hawdons Hand? Ich wünsche seine Handschrift mit einem in meinem Besitz befindlichen Schriftstück zu vergleichen. Wenn Sie mir das ermöglichen, werde ich Sie für Ihre Mühe entschädigen. Drei, vier, fünf Guineen würden wohl anständig bezahlt sein, schätze ich.«

»Nobel, mein lieber Freund!« ruft Großvater Smallweed und drückt die Augen halb zu.

»Wenn es Ihnen nicht genug ist, so sagen Sie auf Ihr Gewissen als Soldat, wieviel mehr es sein soll. Sie brauchen die Schrift nicht aus der Hand zu geben, wenn es Ihnen widerstrebt, obgleich es mir lieber wäre, wenn sie in meinen Besitz überginge.«

Mr. George sitzt unbeweglich stramm, blickt auf den Boden, auf die gemalte Decke hinauf und spricht kein

Wort. Mr. Smallweed kratzt wütend in der Luft herum.
»Die Frage ist«, sagt Mr. Tulkinghorn in seiner methodischen, gedämpften, teilnahmslosen Weise, »erstens, ist etwas von Kapitän Hawdons Handschrift in Ihrem Besitz?«
»Erstens, ist etwas von Kapitän Hawdons Handschrift in meinem Besitz, Sir?« wiederholt Mr. George.
»Zweitens, was wollen Sie für Ihre Mühe haben?«
»Zweitens, was will ich für meine Mühe haben, Sir?« wiederholt Mr. George.
»Drittens können Sie selbst urteilen, ob dies der Handschrift irgendwie ähnlich sieht«, sagt Mr. Tulkinghorn und gibt dem Kavalleristen plötzlich einige zusammengebundene Bogen beschriebenen Papiers in die Hand.
»Ob sie dieser irgendwie ähnlich sieht, Sir. Ich verstehe«, wiederholt Mr. George.
Alle drei Sätze spricht Mr. George ganz mechanisch nach und sieht Mr. Tulkinghorn unverwandt an und wirft auch nicht den flüchtigsten Blick auf das Affidavit in Sachen Jarndyce kontra Jarndyce, das ihm der Advokat, um ihn zu überrumpeln, gegeben hat, sondern sieht Mr. Tulkinghorn mit einer Miene unruhigen Grübelns an.
»Nun?« fragt Mr. Tulkinghorn. »Was meinen Sie dazu?«
»Nun, Sir«, antwortet Mr. George, richtet sich straff auf und sieht wie ein Riese aus. »Sie entschuldigen schon, aber ich möchte lieber nichts mit der Sache zu tun haben.«
Äußerlich nicht im mindesten erregt, fragt Mr. Tulkinghorn: »Warum nicht?«
»Warum nicht, Sir? Ich habe wohl militärische Disziplin, bin aber sonst kein Geschäftsmann. Unter Zivilisten bin ich, was man so sagt, das fünfte Rad am Wagen. Ich habe schriftliche Sachen nicht gern, Sir. Ich kann jedes Feuer besser aushalten als ein Feuer von Kreuzfragen. Ich erwähnte erst vor einer Stunde zu Mr. Smallweed, daß, wenn man mir von derlei Dingen zu reden anfängt, mir ist, als müßte ich ersticken. Und so ist mir jetzt wieder

zumut«, sagt Mr. George und sieht die Anwesenden der Reihe nach an.
Dann macht er drei Schritte vorwärts, um die Papiere wieder auf den Tisch zu legen, und drei Schritte rückwärts zu seinem frühern Platz. Und dort bleibt er aufrecht stehen, blickt auf den Boden und dann wieder auf die gemalte Decke und versteckt die Hände auf dem Rücken, wie um kein Dokument mehr annehmen zu müssen.
Das reizt Mr. Smallweed dermaßen, daß er sein Lieblingsschimpfwort wieder mit »Höllenschwefel ...« beginnt, aber noch rechtzeitig verschluckt, »mein lieber Freund«, sagt und eine Pause macht.
Dann aber fängt er an, seinen lieben Freund aufs zärtlichste zu ermahnen, nicht starrköpfig zu sein, sondern zu tun, was so ein hervorragender Gentleman wünsche, und zwar bereitwillig und unbedenklich, da es ebenso tadellos sei wie gewinnbringend. Nur gelegentlich flicht Mr. Tulkinghorn einen Satz ein wie: »Sie müssen am besten wissen, wie hoch Sie es veranschlagen, Sergeant. – Denken Sie selbst nach, ob es Ihnen Schaden bringt. – Ganz, wie es Ihnen beliebt, ganz wie es Ihnen beliebt. – Wenn Sie wissen, was Sie wollen, so genügt das vollkommen.« Er spricht die Sätze anscheinend mit vollkommener Gleichgültigkeit, kramt dabei unter den Papieren auf seinem Tisch herum und trifft Vorbereitungen, einen Brief zu schreiben.
Mr. George blickt mißtrauisch von der gemalten Decke auf den Boden, von dem Boden auf Mr. Smallweed, von Mr. Smallweed auf Mr. Tulkinghorn und von Mr. Tulkinghorn wieder auf die gemalte Decke und läßt in seiner Verlegenheit seinen Körper bald auf dem einen, bald auf dem andern Bein ruhen.
»Ich versichere Ihnen, Sir«, sagt er, »ohne Sie beleidigen zu wollen, daß ich mich zwischen zwei solchen Leuten wie Ihnen und Mr. Smallweed wahrhaftig fünfzigmal hintereinander ersticken fühle. Tatsächlich, Sir! Ich kann es mit zwei solchen Gentlemen nicht aufnehmen. Darf ich

fragen, warum Sie des Kapitäns Handschrift zu sehen wünschen, falls ich eine Probe davon finden sollte?«

Mr. Tulkinghorn schüttelt ruhig den Kopf. »Nein! Wenn Sie Geschäftsmann wären, Sergeant, so würde ich Ihnen nicht erst zu sagen brauchen, daß es in meinem Beruf Vertrauenssache ist, auch Gründe, die an und für sich ganz harmlos sind, geheimzuhalten. Aber wenn Sie fürchten, Kapitän Hawdon vielleicht irgendwie zu schaden, so können Sie in dieser Hinsicht beruhigt sein.«

»Das glaube ich ohne weiteres. Er ist ja tot, Sir.«

»So?« Mr. Tulkinghorn setzt sich ruhig zum Schreiben hin.

»Es tut mir leid, Sir«, sagt der Kavallerist und sieht nach einer neuerlichen Verlegenheitspause in seinen Hut, »daß ich Ihrem Wunsch nicht mehr habe entsprechen können. Wenn es gewünscht wird, daß ich in meiner Ansicht, lieber nichts mit der Sache zu tun zu haben, noch von einem Freund bestärkt werde, der einen bessern Kopf für Geschäftssachen hat als ich und auch ein alter Soldat ist, so will ich ihn gern zu Rate ziehen. Die – die Kehle ist mir gegenwärtig so vollkommen zugeschnürt«, sagt Mr. George und fährt sich mit der Hand hoffnungslos über die Stirn, »daß ich nicht weiß, ob es nicht eine Befriedigung für mich wäre.«

Als Mr. Smallweed vernimmt, daß die Autorität ein alter Soldat ist, rät er, so lebhaft er kann, ihn zuzuziehen und ihm vor allem zu sagen, daß es sich um fünf Guineen oder mehr handelt. Mr. George verspricht schließlich, hinzugehen und seinen Freund um Rat zu fragen. Mr. Tulkinghorn sagt nichts dafür und nichts dagegen.

»Wenn Sie wünschen, Sir, werde ich also meinen Freund zu Rate ziehen«, sagt der Kavallerist, »und mir die Freiheit nehmen, im Lauf des Tages mit einer endgültigen Antwort wieder vorzusprechen. Mr. Smallweed, wenn Sie jetzt die Treppe hinuntergetragen zu werden wünschen ...«

»Einen Augenblick, mein lieber Freund, einen Augenblick. Möchten Sie mich noch ein Wort mit diesem Herrn unter vier Augen sprechen lassen?«

»Gewiß, Sir. Übereilen Sie sich meinetwegen nicht.«
Der Kavallerist zieht sich in einen entfernten Winkel des Zimmers zurück und besichtigt wieder neugierig den Geldschrank und die Kästen.
»Wenn ich nicht so schwach wie ein kleines Höllenschwefelkind wäre, Sir«, flüstert Großvater Smallweed, während er den Advokaten an der Rockklappe zu sich herunterzieht und in seinen zornigen Augen ein halberloschnes grünes Feuer glimmt, »so würde ich ihm das Schreiben entreißen. Er hat es in seine Brusttasche eingeknöpft. Ich habe gesehen, wie er es einsteckte. Judy hat's auch gesehen. Sprich doch, du ausgetrocknetes Bild für das Schild eines Spazierstockladens, und sag, daß du es ihn hast einstecken sehen!«
Diese vehemente Beschwörung begleitet der alte Ehrenmann mit einem solchen Stoß nach seiner Enkelin, daß es seine Kräfte übersteigt und er aus seinem Stuhl herausrutscht, Mr. Tulkinghorn nachziehend, bis Judy ihn aufhält und zurechtschüttelt.
»Mit Gewaltmaßregeln will ich nichts zu tun haben, mein Freund«, lehnt Mr. Tulkinghorn kühl ab.
»Nein, nein, ich weiß, ich weiß, Sir, aber ärgerlich und verdrießlich ist's ... s ist noch viel schlimmer als deine schnatternde plappernde Elster von einer Großmutter«, sagt Großvater Smallweed zu der undurchdringlichen Judy, die immer nur ins Feuer sieht. »Zu wissen, daß er hat, was wir brauchen, und es nur nicht herausgeben will. Er es nicht herausgeben! Er! Ein Vagabund! Aber tut nichts, Sir. Tut nichts. Schlimmstenfalls hat er nur eine kleine Weile seinen Willen. Ich habe ihn von Zeit zu Zeit im Schraubstock. Ich werd ihn schon mürb machen, Sir. Ich werde die Schraube schon anziehen, Sir. Wenn er nicht freiwillig tut, was ich will, werde ich ihn schon zwingen, Sir. – Nun, mein lieber Mr. George«, sagt Großvater Smallweed, läßt den Advokaten los und zwinkert ihm häßlich zu. »Wenn ich jetzt Ihre Hilfe in Anspruch nehmen darf, mein vortrefflicher Freund ...«

Mr. Tulkinghorn, durch dessen Selbstbeherrschung ein leichtes Licht dringt, das verrät, daß ihn der Auftritt sehr amüsiert, steht mit dem Rücken gegen das Feuer auf dem Kaminteppich, sieht dem Entschwinden Mr. Smallweeds zu und erwidert den Gruß des Kavalleristen mit einem leichten Nicken.

Mr. George findet, daß es schwerer ist, den alten Herrn loszuwerden, als ihn die Treppen hinuntertragen zu helfen, denn als dieser wieder im Wagen sitzt, zeigt er sich so geschwätzig über die Guineen und hält »seinen lieben Freund« so zärtlich am Knopf fest – von dem heimlichen Verlangen beseelt, ihm den Rock aufzureißen und das Papier zu entwenden –, daß Mr. George beinahe Gewalt anwenden muß, um von ihm loszukommen. Endlich gelingt es, und er macht sich allein auf den Weg zu seinem Ratgeber.

Er schreitet am klösterlichen »Tempel« und bei Whitefriars vorbei – nicht ohne einen Blick auf Hanging Sword Alley, die ihm einigermaßen am Weg zu sein scheint – und über die Blackfriars Brücke und durch die Blackfriars Road gelassen nach einer Straße voll kleiner Läden in jenem Gewirr von Wegen aus Kent und Surrey und Straßen von den Londoner Brücken her, die in dem allbekannten Elefanten zusammenlaufen, der sein Kastell, aus tausend vierspännigen Kutschen geformt, an ein noch stärkeres eisernes Ungeheuer, das ihn an jedem beliebigen Tag zu Wurstfleisch zu zerhacken bereit ist, abgetreten hat. Nach einem der kleinen Läden in dieser Straße, einem Instrumentenladen mit einigen Violinen, ein paar Panpfeifen, einem Tambourin, einem Triangel und ein paar Noten in der Auslage, lenkt Mr. George seine wuchtigen Schritte. Kurz davor bleibt er stehen, als er eine soldatenmäßig aussehende Frau mit aufgeschürztem Kleid und einem kleinen Holzzuber heraustreten und auf dem Trottoirrand zu waschen anfangen sieht, und murmelt: »Sie wäscht Grünzeug, wie gewöhnlich. Ich habe sie noch nie gesehen, außer auf einem Bagagewagen, ohne daß sie nicht Grünzeug wusch.«

Der Gegenstand seiner Reflexionen ist jedenfalls mit dem Grünzeugwaschen so eifrig beschäftigt, daß er von seiner Annäherung nichts ahnt, bis er das Wasser in den Rinnstein geschüttet hat, mit dem Zuber aufsteht und ihn vor sich sieht. Der Empfang ist nicht besonders schmeichelhaft.

»George, ich sehe Sie nie, ohne daß ich Sie nicht hundert Meilen weit weg wünschte.«

Ohne ein Wort auf diese Begrüßung zu erwidern, folgt der Kavallerist der Dame in den Instrumentenladen, wo sie ihr Gemüsefäßchen auf den Ladentisch setzt und ihm die Hand schüttelt.

»Ich halte Matthew Bagnet keine Minute für sicher, wenn Sie in der Nähe sind, George. Sie sind ein ruheloser, landstreicherischer ...«

»Ja, ja! Ich weiß schon, Mrs. Bagnet. Ich weiß schon.«

»Wenn Sie's auch wissen, was hilft das? Warum sind Sie so?«

»Wahrscheinlich ein animalischer Zug«, entschuldigt sich der Kavallerist gutmütig.

»Ach!« ruft Mrs. Bagnet mit ein wenig schriller Stimme. »Was hab ich von dem animalischen Zug, wenn das Tier meinen Mann vom Musikgeschäft weg nach Neuseeland oder Australien gelockt haben wird.«

Mrs. Bagnet ist keineswegs häßlich. Etwas derbknochig zwar und von grobem Wuchs und gebräunt von Sonne und Wind, die ihr das Haar auf der Stirne gebleicht haben, aber gesund und frisch und mit muntern Augen. Eine kräftige rührige tätige Frau mit ehrlichem Gesicht, von fünfundvierzig oder fünfzig Jahren. Reinlich, einfach und so ökonomisch, obgleich nicht ärmlich gekleidet, daß ihr einziger Schmuck ihr Trauring zu sein scheint, der ihr nicht mehr vom Finger geht, bis er sich dereinst mit ihrem Staub vermischt.

»Mrs. Bagnet«, sagt der Kavallerist, »Sie haben mein Wort. Mat soll meinethalben keinen Schaden nehmen. Insofern können Sie sich auf mich verlassen.«

»Nun, dann will ich's glauben. Aber schon Ihr Aussehen macht einen unruhig. Ach, George, George! Wären Sie nur gesetzter geworden und hätten Joe Pouchs Witwe geheiratet, als er in Nordamerika starb! Sie hätte sich die Hände abgearbeitet für Sie.«
»Diese Gelegenheit habe ich allerdings versäumt«, entgegnet der Kavallerist halb lachend, halb im Ernst. »Aber jetzt werde ich kein solider Ehemann mehr werden. Joe Pouchs Witwe hätte mir helfen können – es war etwas an ihr –, aber ich konnte mich nicht dazu entschließen. Ja, wenn ich das Glück gehabt hätte, so eine Frau, wie Mat eine hat, zu finden.«
Mrs. Bagnet, die in ehrbarer Weise einem guten Kerl gegenüber wenig Zurückhaltung zu kennen scheint, sondern in dieser Hinsicht selbst eine Art guter Kerl ist, bedankt sich für dieses Kompliment, indem sie Mr. George mit einem Bund Grünzeug ins Gesicht spritzt. Dann trägt sie ihren Zuber in das kleine Zimmer hinter dem Laden.
»Nun, Quebec, mein Püppchen«, sagt George, der ihr auf ihre Einladung in die Stube folgt. »Was, und die kleine Malta auch? Kommt und küßt euern Wauwau.«
Die angeredeten jungen Damen, die nicht wirklich so getauft sind, aber in ihrer Familie stets so nach ihren Geburtsorten in den Militärstationen genannt werden, sind beide auf dreibeinigen Stühlchen beschäftigt. Die jüngere, fünf oder sechs Jahre alt, mit Buchstabierenlernen aus einer Pennyfibel, die ältere, acht oder neun Jahre alt, als ihre Lehrerin und dabei fleißig nähend.
Beide jubeln Mr. George als altem Freund zu und setzen nach einigem Küssen und Balgen ihre Stühle neben ihn.
»Was macht der kleine Woolwich?« fragt Mr. George.
»Ach ja! Hören Sie nur!« ruft Mrs. Bagnet aus und sieht mit lebhaft gerötetem Gesicht – denn sie kocht eben das Mittagessen – von ihrer Pfanne auf. »Man sollte es nicht glauben. Hat eine Anstellung im Theater neben dem Vater, um in einem Militärstück die Querpfeife zu blasen.«

»Bravo, mein Patenkind«, ruft Mr. George und schlägt sich auf die Schenkel.

»Glaub's Ihnen«, sagt Mrs. Bagnet. »Er ist ein Brite. Ja, das ist Woolwich. Ein echter Brite.«

»Und Mat bläst sein Fagott, und ihr seid alle samt und sonders ehrbare Zivilisten«, nickt Mr. George. »Familienvolk, den Stall voll Kinder, und Mats alte Mutter in Schottland und Ihr alter Vater irgendwo daherum bekommen Briefe und ein bißchen Unterstützung und ... Gut, gut! Freilich weiß ich nicht, warum man mich nicht hundert Meilen weit weg wünschen sollte, denn was gehen mich solche Sachen an.«

Mr. George wird nachdenklich, als er am Kamin in der weißgetünchten Stube sitzt, deren Fußboden mit Sand bestreut ist. Kasernengeruch herrscht, und nichts Überflüssiges ist zu sehen, von den Anzügen Quebecs und Maltas bis zu den glänzenden weißblechernen Töpfen und Pfannen auf den Simsen. Nirgends liegt Staub und Schmutz. – Mr. George grübelt, während Mrs. Bagnet kocht, und dann kommen Mr. Bagnet und der junge Woolwich pünktlich nach Hause.

Mr. Bagnet ist ein ehemaliger Artillerist, hochgewachsen und kerzengerade, mit zottigen Augenbrauen und einem Backenbart wie aus Kokosfasern, kein einziges Haar auf dem kahlen Kopf und von rotglühender Gesichtsfarbe. Seine kurze, tiefe und hallende Stimme klingt dem Instrument, das er spielt, nicht unähnlich. Überhaupt ist alles an ihm von straffem, unnachgiebigem, messingbeschlagnem Wesen, als ob er selbst das Fagott des ganzen großen Menschenorchesters wäre. Der kleine Woolwich ist der Typus eines kleinen Trommlerknaben.

Vater und Sohn begrüßen den Kavalleristen gleich herzlich. Später, als er erklärt, er sei gekommen, um Mr. Bagnet um Rat zu fragen, erklärt dieser gastfreundschaftlich, nicht eher etwas von Geschäften hören zu wollen, ehe nicht sein Freund an dem Schweinefleisch mit Gemüse teilgenommen habe. Da der Kavallerist die Einladung annimmt, gehen beide, um die häuslichen Vorbereitungen nicht zu stören, hinaus, machen einen kleinen Spaziergang auf der Straße und marschieren mit gemessenem Schritt, die Arme verschränkt, auf und ab, als befänden sie sich auf einer Schanze.

»George«, sagt Mr. Bagnet, »du kennst mich. Meine Alte erteilt die Ratschläge. Sie ist der Kopf. Aber ich gestehe es vor ihr nicht ein. Disziplin muß sein. Warte, bis sie ihre Sorge um das Gemüse los ist. Dann wollen wir beraten. Was die Alte sagt, das tue. Tue das ja!«

»Das ist auch meine Absicht, Mat. Ich frage lieber sie um Rat als ein ganzes Kollegium.«

»Kollegium!« entgegnet Mr. Bagnet in kurzen Sätzen, ganz fagottartig. »Was für ein Kollegium würde ganz allein aus einem andern Weltteil, mit nichts als einem grauen Mantel und einem Regenschirm, nach Europa heimreisen! Die Alte würde es morgen tun. Hat es schon einmal getan.«

»Da hast du recht«, sagt Mr. George.

»Welches Kollegium könnte sich mit zwei Pence Kalk – für einen Penny Walkererde – einen halben Penny Sand – und dem Rest, der noch von einem Sixpence an Bargeld bleibt, etablieren? Und damit hat die Alte angefangen. In diesem Geschäft hier.«

»Es freut mich, zu hören, daß es gedeiht, Mat.«

»Die Alte spart«, sagt Mr. Bagnet zustimmend. »Hat irgendwo einen Strumpf. Mit Geld drin. Habe ihn nie gesehen. Aber ich weiß, daß sie einen hat. Warte nur, bis sie die Sorge mit dem Gemüse los ist. Dann wird sie dir gut raten.«

»Sie ist ein wahrer Schatz!« ruft Mr. George aus.

»Mehr noch! Aber ich sage das nie, wenn sie's hören könnte. Disziplin muß sein. Meine Alte war's, die meine musikalischen Fähigkeiten entdeckt hat. Ich stünde noch heute bei der Artillerie ohne die Alte. Sechs Jahre lang habe ich die Violine mißhandelt. Die Alte sagte, das ginge nicht! – Wille gut, aber Mangel an Biegsamkeit. Sollte Fagott versuchen. Die Alte borgte sich ein Fagott vom Kapellmeister beim Schützenregiment. Ich übte mich in den Laufgräben. Machte Fortschritte, bekam selbst ein Fagott. Lebe jetzt davon.«

George sagt, sie sähe so frisch aus wie eine Rose und so gesund wie ein Apfel.

»Die Alte ist durch und durch eine schöne Frau«, gibt Mr. Bagnet zu. »Daher gleicht sie einem durch und durch schönen Tage. Wird schöner, je älter sie wird. Habe nie ihresgleichen gesehen. Sage es aber nie, wenn sie's hören könnte. Disziplin muß sein.«

Sie fangen jetzt an, von gleichgültigen Dingen zu sprechen, und gehen in Schritt und Takt die kleine Straße auf und ab, bis Quebec und Malta sie zum Schweinefleisch mit Gemüse hereinrufen, über das Mrs. Bagnet dann wie ein Regimentskaplan ein kurzes Tischgebet spricht.

Bei der Verteilung dieser Speisen hält sich Mrs. Bagnet wie bei jeder andern Wirtschaftspflicht an ein strenges System, setzt jedes Gericht vor sich hin, mißt jeder Portion Fleisch ihr Maß Brühe, Grünzeug, Kartoffeln und Senf zu und teilt sie dann aus. Nachdem sie auf die Art auch das Bier aus einer Kanne eingeschenkt und verteilt hat, befriedigt sie ihren eignen Hunger, der recht zufriedenstellend ist. Das Tischgerät besteht hauptsächlich aus Horn und Zinn und hat schon in verschiednen Weltteilen Dienste geleistet. Namentlich des kleinen Woolwichs Messer, von Austernart und mit einer starken Neigung behaftet, zuzuklappen, wodurch es häufig dem Appetit des jungen Musikers den Dienst verweigert, hat, wie man bei Tisch erfährt, bereits in verschiednen Händen den Dienst in allen Kolonien mitgemacht.

Nach beendeter Mahlzeit macht Mrs. Bagnet mit Hilfe der jüngern Familienmitglieder, die ihre Becher und Teller, Messer und Gabeln selbst reinigen, das ganze Tischgerät so glänzend wie zuvor und räumt alles weg, kehrt aber zuerst den Herd, damit Mr. Bagnet und der Gast nicht behindert sind, ihre Pfeifen zu rauchen. Diese Wirtschaftssorgen sind mit vielem Hin- und Zurückklappern von Holzschuhen im rückwärtigen Hof verbunden und mit reichlicher Inanspruchnahme eines Wassereimers, der schließlich das Glück hat, zur Abwaschung von Mrs. Bagnet selbst zu dienen.

Bald erscheint die Alte ganz frisch wieder und setzt sich mit ihrer Näharbeit hin, und erst jetzt, wo ihre Sorgen um das Gemüse als ganz und gar beendet zu betrachten sind, fordert Mr. Bagnet den Kavalleristen auf, seine Sache vorzutragen.

Mr. George tut das mit größter Diskretion, indem er zu Mr. Bagnet zu sprechen scheint, aber während der ganzen Zeit wie dieser selbst sein Auge auf die Alte gerichtet hat. Sie, ebenso diskret, beschäftigt sich mit ihrer Näherei. Als die Sache vollständig auseinandergesetzt ist, nimmt Mr. Bagnet, um die Disziplin aufrechtzuerhalten, zu seiner altgewohnten List seine Zuflucht.

»Das ist die ganze Geschichte, was, George?« fragt er.

»Die ganze Geschichte.«

»Und du willst meinem Rat folgen?«

»Ich werde mich ganz nach ihm richten.«

»Alte«, sagt Mr. Bagnet, »sag ihm meine Meinung. Du kennst sie. Teile sie ihm mit.«

Der Rat lautet, daß man nicht wenig genug mit Leuten, die zu schlau für einen sind, zu tun haben und sich nicht genug hüten kann, sich in Dinge zu mischen, die man nicht versteht. Die einfache Regel lautet, nichts heimlich zu tun, an nichts Verstecktem oder Geheimnisvollem teilzunehmen und den Fuß nirgendshin zu setzen, wo man den Weg nicht sieht. Das ist dem Wesen nach Mrs. Bagnets Meinung. Und sie erleichtert Mr. George, der darin seine eigne Meinung bestätigt und seine Zweifel schwinden sieht, so sehr, daß er die seltne Gelegenheit benutzt, noch eine Pfeife raucht und mit der ganzen Familie Bagnet Lebenserfahrungen austauscht und von alten Zeiten plaudert.

So kommt es, daß Mr. George sich in dieser Stube nicht

eher zu seiner vollen Höhe erhebt, als bis die Zeit naht, wo das englische Publikum im Theater das Fagott und die Querpfeife nicht länger mehr missen kann. Und selbst dann braucht Mr. George noch geraume Zeit, um in seiner Stellung als Wauwau Abschied von Quebec und Malta zu nehmen und einen Patenschilling in die Tasche des jungen Woolwich gleiten zu lassen, mit Glückwünschen über seine Erfolge im Leben. Erst als es finster wird, wendet Mr. George wieder sein Gesicht Lincoln's-Inn-Fields zu.

Eine Häuslichkeit, spricht er zu sich selbst auf dem Heimweg, macht, so klein sie auch sein mag, daß ein Mann wie ich sich einsam fühlt. Aber es ist gut, daß ich das Manöver des Heiratens nie ausgeführt habe. Ich hätte nicht dafür gepaßt. Ich bin heute noch ein solcher Vagabund, daß ich sogar meine Schießgalerie nicht einen Monat lang führen könnte, wenn es ein regelmäßiges Geschäft wäre oder ich nicht nach Zigeunerart kampieren könnte. Und was ist schließlich daran! Ich mache niemandem Schande und falle niemandem zur Last. Das ist immerhin etwas. Das habe ich seit vielen Jahren nicht getan.

Dann pfeift er sich's aus dem Sinn und marschiert weiter. In Lincoln's-Inn-Fields und an Mr. Tulkinghorns Treppe angekommen, findet er die Saaltür abgesperrt und die Kanzlei geschlossen. Aber da er als Kavallerist wenig von Saaltüren versteht, tastet er, in der Hoffnung, einen Klingelzug zu finden oder die Tür öffnen zu können, noch herum, da kommt Mr. Tulkinghorn – selbstverständlich leise – die Treppe herauf und fragt unwirsch:

»Wer ist da? Was machen Sie da?«

»Entschuldigen Sie, Sir. Ich bin George. Der Sergeant.«

»Und George, der Sergeant, konnte nicht sehen, daß meine Tür verschlossen ist?«

»Nun, nein, Sir. Konnte ich nicht. Jedenfalls hab ich es nicht gesehen«, antwortet der Kavallerist ein wenig gereizt.

»Haben Sie sich anders besonnen oder sind Sie noch derselben Ansicht?« Mr. Tulkinghorn fragt, aber er sieht auf den ersten Blick, woran er ist.

»Ich bin noch derselben Ansicht, Sir.«

»Ich habe mir's gedacht. Das genügt. Sie können gehen. – Sie sind doch der Mann«, sagt Mr. Tulkinghorn und sperrt seine Tür auf, »in dessen Versteck Mr. Gridley gefunden wurde?«

»Ja, ich bin der Mann«, bestätigt der Kavallerist und bleibt zwei oder drei Stufen tiefer unten stehen. »Warum, Sir?«

»Warum? Ihr Umgang gefällt mir nicht. Ich hätte Sie heute morgen nicht vorgelassen, wenn ich gewußt hätte, daß Sie der Betreffende sind. Gridley!! Ein gefährlicher mörderischer Kerl!«

Mr. Tulkinghorn geht mit diesen für ihn ungewöhnlich laut gesprochnen Worten in seine Wohnung und wirft die Tür hinter sich zu. Mr. George ärgert sich sehr über diese Manier, sich zu verabschieden. Und um so mehr, als ein die Treppe heraufkommender Schreiber die letzten Worte gehört hat und sie offenbar auf ihn bezieht.

»Hübsche Sachen muß man sich da gefallen lassen«, brummt er und steigt mit einem Fluch die Treppe hinunter. Und als er hinaufblickt, sieht er den Schreiber herunterschauen und ihn, als er an einer Lampe vorbeigeht, beobachten. Das steigert seinen Ärger so sehr, daß er fünf Minuten lang schlechter Laune ist.

Aber er pfeift sich auch das aus dem Sinn und marschiert durch die Straßen in seine Schießgalerie.

28. Kapitel

Der Hüttenbesitzer

Sir Leicester Dedlock hat für diesmal die Familiengicht überstanden und ist abermals in wörtlichem wie figürlichem Sinn auf den Beinen. Er weilt auf seinem Edelsitz in

Lincolnshire, aber das Wasser steht wieder in den Niederungen, und die Kälte und Feuchtigkeit dringen trotz der besten Schutzmaßregeln in Chesney Wold ein und in Sir Leicesters Knochen.

Die hellen Feuer von Holz und Steinkohlen – Dedlock-Holz und vorsintflutlicher Wald –, die in den breiten geräumigen Kaminen lodern und im Zwielicht den finster blickenden Wäldern zuzwinkern, die grollend zusehen, wie ihre Bäume geopfert werden, können den Feind nicht vertreiben. Die Röhren mit heißem Wasser, die sich durch das ganze Haus schlängeln, die Polsterung der Türen und Fenster und die Vorhänge und Jalousien ersetzen nicht die Unzulänglichkeit der Feuer und genügen Sir Leicesters Bedürfnissen nicht. Daher verkünden die fashionablen Nachrichten eines Morgens dem lauschenden Erdenrund, daß Lady Dedlock binnen kurzem auf einige Wochen in die Stadt zurückkehren wird.

Es ist eine traurige, aber wahre Tatsache, daß selbst große Männer arme Verwandte haben. Ja, große Männer haben oft mehr als den ihnen gebührenden Anteil an armen Verwandten. Und blaues Blut der feinsten Qualität ebenso wie geringes, unrechtmäßig vergossenes schreien zum Himmel und wollen gehört sein. Sir Leicesters Vettern bis in den fernsten Grad sind in ihrer Art Mordtaten, die um jeden Preis ans Tageslicht wollen. Unter ihnen sind Vettern von so großer Armut, daß man fast denken könnte, es wäre für sie ein größeres Glück gewesen, sie wären niemals plattierte Glieder an der Dedlock-Goldkette geworden, sondern gleich von Anfang an von gemeinem Eisen und gewöhnlichen Diensten gewidmet gewesen.

Dienen dürfen sie, mit einigen sehr beschränkten, aber auch da keinen Nutzen bringenden Ausnahmen, wegen ihrer hohen Dedlock-Abstammung keinesfalls. Daher besuchen sie ihre reichen Vettern und machen Schulden, wenn sie können, und leben ziemlich schäbig, wenn es ihnen nicht gelingt. Als Frauen finden sie keine Männer und als Männer keine Frauen. Sie fahren in geborgten

Wagen und sitzen bei Gastmählern, die sie selbst nie geben, und schlagen sich so durchs Leben. In die große Familiensumme haben sich allzu viele Zahlen geteilt, und sie sind der kleine Rest, mit dem niemand weiß, was anfangen.

Jeder von Sir Leicester Dedlocks Überzeugung und Denkungsart scheint mehr oder weniger sein Vetter zu sein. Von Lord Boodle und Herzog von Woodle bis herab zu Noodle spinnt Sir Leicester wie eine glorreiche Spinne seine Verwandtschaftsfäden. Aber während er großartig jedermanns von seinesgleichen Vetter ist, ist er in seiner würdevollen Weise gütig und großmütig gegen die kleinen Vettern, und gegenwärtig erträgt er trotz der Feuchtigkeit den Besuch mehrerer solcher Verwandten in Chesney Wold mit dem Opfermut eines Märtyrers.

Zu diesen gehört in erster Linie Volumnia Dedlock, eine junge Dame von sechzig Jahren, die in zwiefacher Hinsicht eine vornehme Verwandte ist. Hat sie doch die Ehre, mütterlicherseits mit einer andern großen Familie verschwägert zu sein. Da Miß Volumnia in ihrer Jugend ein hübsches Talent besaß, allerlei nette Ornamente aus buntem Papier auszuschneiden, zur Gitarre spanische Lieder zu singen und auf Herrschaftssitzen französische Wortspiele zum besten zu geben, so verbrachte sie die zwei Dezennien ihres Lebens zwischen dem zwanzigsten und vierzigsten auf eine hinreichend angenehme Art. Als sie dann aus der Mode kam und ihre spanischen Lieder der Menschheit langweilig wurden, zog sie sich nach Bath zurück, wo sie bescheiden von einem jährlichen Geschenk Sir Leicesters lebt und gelegentlich in den Herrschaftssitzen ihrer Vettern aufersteht. In Bath erfreut sie sich einer ausgedehnten Bekanntschaft unter entsetzlich alten Herrn mit dürren Beinen und Nankinghosen und nimmt in dieser öden Stadt eine hohe Stellung ein. Aber anderwärts fürchtet man sie ein wenig wegen einer gewissen indiskreten Verschwendung von roter Schminke und eines ewigen altmodischen Perlenhalsbandes, das ihr wie ein Rosenkranz aus kleinen Vogeleiern um den Hals hängt.

In jedem Lande mit gesunden Zuständen hätte Volumnia berechtigte Ansprüche auf eine Pension. Man hat Versuche gemacht, sie in die Liste zu bringen, und als William Buffy das Ministerium übernahm, rechnete man sicher darauf, daß ihr Name mit ein paar hundert Pfund jährlich bedacht werden würde. Aber wider alles Erwarten entdeckte William Buffy irgendwie, daß das in solchen Zeitläuften nicht anginge, und das war für Sir Leicester Dedlock das erste deutliche Zeichen von dem bevorstehenden Untergang Englands.

Ferner ist da Bob Stables, Hochwohlgeboren, der mit der Geschicklichkeit eines Veterinärarztes warme Umschläge machen kann und ein besserer Schütze ist als die meisten Hegereiter. Er hat seit einiger Zeit eifrigst gewünscht, seinem Vaterland in einem bezahlten Amt ohne weitere Mühe und Verantwortlichkeit zu dienen. In einem gut geordneten Staatswesen wäre dieser natürliche Wunsch eines strebsamen jungen Mannes von so hohen Beziehungen rasch befriedigt worden. Aber William Buffy entdeckte, als er Minister wurde, daß er in solchen Zeitläuften auch diese kleine Sache nicht deichseln könnte. Und das war für Sir Leicester Dedlock das zweite Zeichen von Englands bevorstehendem Untergang.

Die übrigen Verwandten sind Damen und Herren von verschiedenen Fähigkeiten und Altersstufen. Der größere Teil ist liebenswürdig und verständig und besteht aus Leuten, die aller Wahrscheinlichkeit nach ganz gut im Leben vorwärtsgekommen wären, wenn sie sich nur ihre Vetterschaft hätten aus dem Kopf schlagen können. So aber sind sie fast alle deswegen schlechter daran und schlendern auf zweck- und ziellosen Pfaden dahin und stehen sich und andern im Wege.

In dieser Gesellschaft, wie überall, herrscht Lady Dedlock unumschränkt. Schön, elegant, gebildet und tonangebend in ihrer kleinen Welt, trägt sie durch ihren Einfluß in Sir Leicesters Haus, so hochmütig und gleichgültig auch ihre Art ist, nicht wenig dazu bei, den Ton zu heben und zu

verfeinern. Die Vettern und Basen, selbst die ältern, die ganz erstarrt waren, als Sir Leicester Mylady heiratete, sind ihre Vasallen geworden, und Bob Stables, Hochwohlgeboren, wiederholt täglich zwischen Frühstück und Lunch gelegentlich seine Lieblingsbemerkung, daß sie die bestgestriegelte Frau im ganzen Gestüt sei.
Das sind die Gäste in dem großen Salon in Chesney Wold an diesem unfreundlichen Abend, wo der Schritt auf dem Geisterweg, der nicht bis hierher hörbar ist, geradesogut der Schritt eines in die Kälte hinausgestoßenen verstorbenen Vetters sein könnte.
Es ist fast Schlafenszeit. Die Schlafzimmer schimmern hell durch das ganze Haus und beschwören Gespenster grotesker Möbel an Wand und Decke. Schlafzimmerleuchter stehen auf dem Tisch in der Ecke drüben an der Tür, und Vettern und Basen gähnen auf Ottomanen. Vettern und Basen am Piano, Vettern und Basen am Sodawasser-Tablett. Vettern und Basen stehen vom Spieltisch auf, Vettern und Basen sind am Kamin versammelt. Auf der einen Seite seines eigenen Feuers, denn es sind deren zwei im Salon, steht Sir Leicester, und an der andern Kaminseite sitzt Mylady an ihrem Tisch. Volumnia, als eine der begünstigteren Verwandten, ruht in einem üppigen Lehnstuhl zwischen ihnen. Sir Leicester blickt mit vornehmem Mißvergnügen auf die rote Schminke und das Perlenhalsband.
»Zuweilen treffe ich hier auf der Treppe eines der hübschesten Mädchen, das mir jemals vorgekommen ist«, sagt Volumnia gedehnt, deren Gedanken nach dem langen Abend höchst zerfahrner Unterhaltung schon zu Bett hüpfen wollen.
»Ein Protegé von Mylady«, bemerkt Sir Leicester.
»Das dachte ich mir. Ich war überzeugt, daß ein ungewöhnlicher Blick das Mädchen ausgewählt haben müßte. Die Kleine ist wirklich ein Wunder. Vielleicht von etwas puppenhafter Schönheit«, sagt Volumnia, sich ihre Eigenart vorbehaltend. »Aber in ihrer Weise vollkommen. Eine

solche blühende Frische ist mir noch nie vorgekommen.«
Sir Leicester mit seinem mißvergnügten Blick auf die Schminke scheint ebenfalls dieser Meinung zu sein.
»Oh«, bemerkt Mylady gelangweilt, »wenn jemand eine ungewöhnliche Hand in der Sache bewiesen hat, so ist es Mrs. Rouncewell gewesen und nicht ich. Sie hat Rosa entdeckt.«
»Rosa ist Ihre Zofe, nicht wahr?«
»Nein, sie ist alles für mich. Liebling – Sekretär – Bote ... Ich weiß nicht, was alles.«
»Sie haben sie um sich, wie Sie gern eine Blume oder einen Vogel, ein Bild oder einen Pudel – aber nein, einen Pudel nicht – oder sonst etwas Hübsches um sich sehen würden«, sagt Volumnia verständnisinnig. »Ach, wie reizend das ist, und wie gesund diese liebe alte Mrs. Rouncewell aussieht. Sie muß außerordentlich alt sein, und doch ist sie so rührig und hübsch. Ich bin ihr wirklich von Herzen gut.«
Sir Leicester findet es recht und schicklich, daß die Haushälterin von Chesney Wold eine bemerkenswerte Person ist. Abgesehen davon hat er wirklich Achtung vor Mrs. Rouncewell und hört sie gern loben. Deshalb sagt er: »Sie haben recht, Volumnia« – was zu vernehmen Volumnia außerordentlich freut.
»Sie selbst hat keine Tochter?«
»Mrs. Rouncewell? Nein, Volumnia. Sie hat einen Sohn. Eigentlich zwei.«
Mylady, deren chronische Langweile diesen Abend durch Volumnia sehr verstärkt wurde, blickt müde nach den Leuchtern und seufzt innerlich.
»Und es ist ein merkwürdiges Beispiel des Verfalles, dem das gegenwärtige Zeitalter entgegengeht, des Verwischens aller Grenzen, des Öffnens der Schleusen und der Mißachtung aller Distinktionen«, sagt Sir Leicester mit vornehmer Melancholie, »daß ich von Mr. Tulkinghorn höre, man habe Mrs. Rouncewells Sohn zur Kandidatur ins Parlament aufgefordert.«

Miß Volumnia läßt ein halblautes Aufkreischen hören.
»Ja, wirklich«, wiederholt Sir Leicester. »Ins Parlament!«
»Da hört sich denn doch alles auf! Gütiger Himmel, was ist denn der Mann?«
»Er ist ... Man nennt es, glaube ich, einen Hüttenmeister.«
Sir Leicester sagt das langsam und mit ernstem Zweifel, als könne der Mann geradesogut ein Bleigießer sein oder irgend etwas anderes Rätselhaftes.
Volumnia läßt wieder ein Kreischen vernehmen.
»Er hat den Vorschlag abgelehnt, wenn die mir von Mr. Tulkinghorn mitgeteilte Nachricht richtig ist, was ich nicht im mindesten bezweifle, denn Mr. Tulkinghorn ist stets richtig informiert, aber das vermindert das Ungehörige der Sache durchaus nicht«, sagt Sir Leicester. »Man könnte die sonderbarsten und, wie mir scheint, erschrekkendsten Betrachtungen darüber anstellen.«
Da Miß Volumnia mit einem leuchterwärts gerichteten Blick aufsteht, macht Sir Leicester höflich die »große Tour«, das heißt, er geht im Bogen im Salon herum, holt eine Kerze und zündet das Licht an Myladys Lampe an.
»Ich möchte Mylady bitten, noch ein paar Augenblicke zu bleiben«, sagt er dabei. »Denn der Mann, von dem ich sprach, ist heute abend kurz vor dem Essen angekommen und hat – in einem sehr schicklichen Briefe« – schaltet Sir Leicester mit seiner gewohnten Wahrheitsliebe ein – »in einem sehr schicklichen und gut verfaßten Briefe, muß ich sagen – um die Gunst einer kurzen Unterredung mit Mylady und mir wegen dieses jungen Mädchens gebeten. Da es schien, als ob er diesen Abend noch abzureisen wünschte, antwortete ich ihm, daß wir ihm noch vor dem Schlafengehen Audienz geben wollten.«
Miß Volumnia entflieht mit einem dritten leisen Schrei, indem sie ihren Wirten, o Gott, glückliche Befreiung von dem – was ist er? – Hüttenmeister wünscht.
Die andern Vettern und Basen verlieren sich ebenfalls bald. Sir Leicester klingelt.
»Empfehlen Sie mich Mr. Rouncewell unten bei der

Haushälterin und sagen Sie ihm, daß ich ihn jetzt empfangen kann.«
Mylady, die all dem äußerlich nur mit geringer Aufmerksamkeit zugehört hat, wirft einen Blick auf Mr. Rouncewell, als er ins Zimmer tritt. Er ist dem Anschein nach ein wenig über fünfzig, gut gewachsen wie seine Mutter, hat eine sonore Stimme, eine breite Stirn, von der das dunkle Haar schon ein wenig zurückgewichen ist, und ein gescheites und offenes Gesicht. Er sieht in seinem schwarzen Rock behäbig aus, aber kräftig und beweglich, wie jemand, der eine gewisse verantwortliche Tätigkeit gewohnt ist. Er benimmt sich vollkommen natürlich und unbefangen und ist nicht im mindesten verlegen.
»Sir Leicester und Lady Dedlock, da ich wegen der Belästigung bereits um Verzeihung gebeten habe, so kann ich nichts Besseres tun, als mich sehr kurz zu fassen. – Ich danke Ihnen, Sir Leicester.«
– Das Familienoberhaupt der Dedlocks hat nämlich mit der Hand auf ein Sofa zwischen sich und Mylady gewiesen. –
Mr. Rouncewell nimmt ruhig Platz.
»In diesen geschäftigen Zeiten, wo so große Unternehmungen im Gange sind, haben Leute wie ich eine solche Menge Arbeiter an so vielen Orten, daß wir beständig unterwegs sind.«
Sir Leicester paßt es, daß der Hüttenbesitzer fühlt, daß hier nichts eilt, hier, in diesem uralten Hause, festgewurzelt in dem stillen Park, wo der Efeu und das Moos Zeit gefunden haben, sich auszubreiten, und die zackigen warzigen Ulmen und die schattigen Eichen tief in hundertjährigem Farnkraut und Laub stehen, wo die Sonnenuhr auf der Terrasse seit Generationen stumm die Zeit gezeigt hat, die ebensosehr das Eigentum jedes Dedlocks war – für Lebenszeit – wie das Haus und die Ländereien. Sir Leicester nimmt in einem Lehnstuhl Platz und setzt seine Ruhe und die ganz Chesney Wolds dem Ungestüm des Eisenwerkbesitzers entgegen.

»Lady Dedlock ist so gütig gewesen«, fährt Mr. Rouncewell mit einem Blick und einer Verbeugung voll Ehrerbietung vor der Dame des Hauses fort, »eine junge Schönheit namens Rosa in ihre Dienste zu nehmen. Nun hat sich mein Sohn in Rosa verliebt und meine Einwilligung verlangt, ihr seine Hand antragen und sich mit ihr verloben zu dürfen, wenn sie ihn haben will, was ich nämlich voraussetze.

Ich habe Rosa heute das erstemal gesehen, aber ich vertraue auf meines Sohnes richtigen Blick, selbst in der Liebe.

Nach meinem Dafürhalten ist sie wirklich so, wie er sie schildert, und auch meine Mutter ist voll des Lobes über sie.«

»Sie verdient es in jeder Hinsicht«, bestätigt Mylady.

»Es freut mich, daß Sie das auch sagen, Lady Dedlock, und ich brauche wohl nicht erst auseinanderzusetzen, welchen Wert für mich Ihre Meinung über Rosa hat.«

»Das wäre wohl auch ganz unnötig«, bemerkt Sir Leicester unsäglich würdevoll, denn der Eisenwerkbesitzer kommt ihm ein wenig zu zungenfertig vor.

»Ganz unnötig, Sir Leicester. Gewiß. – Nun ist mein Sohn ein sehr junger Mann und Rosa ein sehr junges Mädchen. Wie auch ich mich emporarbeiten mußte, so muß auch mein Sohn es tun, und jetzt zu heiraten, ist für ihn ausgeschlossen. Aber vorausgesetzt, ich gäbe meine Einwilligung zu seiner Verlobung, wenn sich die kleine Schönheit überhaupt mit ihm verloben will, so halte ich es für meine Pflicht, von vornherein aufrichtig zu sagen – und ich bin überzeugt, Sir Leicester und Lady Dedlock, Sie werden mich verstehen und entschuldigen –, daß ich es zur Bedingung machen müßte, daß Rosa nicht in Chesney Wold bleibt. Deshalb, ehe ich die Sache weiter mit meinem Sohn bespreche, nehme ich mir die Freiheit, zu versichern, daß, wenn Ihnen Rosas Entfernung nicht passen sollte oder irgendwie unangenehm wäre, ich die Sache auf einen beliebigen vernünftigen Termin hinausschieben und sie so lassen würde, wie sie gegenwärtig steht.«

Nicht in Chesney Wold bleiben? Es zur Bedingung machen?

Alle alten bösen Ahnungen Sir Leicesters in bezug auf Wat Tyler und die Leute in den Eisendistrikten, die immerwährend bei Fackelschein ausziehen, erwachen wieder in seinem Kopf, so daß sich sein schönes graues Haar samt dem Backenbart vor Entrüstung sträubt.

»Soll ich darunter verstehen, Sir, und soll Mylady darunter verstehen ...« – Sir Leicester erwähnt sie erstens aus Galanterie und zweitens aus Klugheit, da er sehr viel von ihrem Verstand hält – »soll ich darunter verstehen, Mr. Rouncewell, und soll Mylady darunter verstehen, Sir, daß Sie das junge Mädchen für zu gut für Chesney Wold halten, oder meinen Sie, ihr Hierbleiben könne ihr vielleicht schaden?«

»Durchaus nicht, Sir Leicester.«

»Es freut mich, das zu hören.« Sir Leicester sieht sehr erhaben drein.

»Bitte, Mr. Rouncewell«, sagt Mylady und scheucht Sir Leicester mit einem leisen Wink ihrer hübschen Hand weg wie eine Fliege. »Erklären Sie mir, was Sie wollen.«

»Mit größter Bereitwilligkeit, Lady Dedlock. Nichts könnte mir erwünschter sein.«

Mylady kehrt ihr unbewegliches Gesicht, dessen Geist jedoch zu rasch und lebendig ist, um sich durch eine einstudierte, wenn auch noch so sehr zur Gewohnheit gewordene Teilnahmslosigkeit verbergen zu lassen, den kräftigen angelsächsischen Zügen des Gastes, der ein Bild von Entschlossenheit und Ausdauer ist, zu, lauscht aufmerksam seinen Worten und neigt gelegentlich ein wenig ihr Haupt.

»Ich bin der Sohn Ihrer Haushälterin, Lady Dedlock, und habe meine Kindheit in diesem Hause verbracht. Meine Mutter hat hier ein halbes Jahrhundert gelebt und wird hier wohl auch sterben. Sie ist eins von den Beispielen –

vielleicht eines der besten – von Liebe, Anhänglichkeit und Treue, auf die England wohl stolz sein kann, aber deren Ehre oder Verdienst sich kein Stand allein anmaßen darf, weil ein solches Beispiel hohen Wert auf beiden Seiten voraussetzt. Auf der Seite der Herrschaft gewiß, aber auf der des Untergebenen nicht minder.«

Sir Leicester rümpft ein wenig die Nase, die Tatsachen so ausgelegt zu hören, aber in seiner Ehrenhaftigkeit und Wahrheitsliebe gibt er, wenn auch stumm, die Richtigkeit der Behauptung des Eisenwerkbesitzers zu.

»Verzeihen Sie, daß ich erwähne, was so selbstverständlich ist, aber ich wollte nicht Anlaß zu einer Vermutung geben, als ob ich mich etwa der Stellung meiner Mutter hier schäme oder es sonstwie an gerechter Ehrerbietung vor Chesney Wold und seiner Familie irgendwie fehlen ließe. Gewiß hätte ich wünschen dürfen und habe es auch gewünscht, Lady Dedlock, daß sich meine Mutter nach so vielen Jahren zurückziehe und ihr Leben bei mir beschließen möge. Aber da ich fand, daß die Trennung von hier ihr das Herz brechen würde, habe ich den Gedanken längst aufgegeben.«

Sir Leicester sieht wieder sehr großartig drein bei dem Gedanken, man könne Mrs. Rouncewell ihrer natürlichen Heimat entführen, damit sie ihre Tage bei einem Eisenwerkbesitzer beschließe.

»Ich bin Lehrling und Arbeiter gewesen«, fährt der Besuch in schlichter, klarer Weise fort, »habe viele Jahre lang von meinem Arbeitslohn gelebt und mich bis zu einem gewissen Punkte selbst erziehen müssen. Meine Frau war als die Tochter eines einfachen Werkführers aufgewachsen. Wir haben drei Töchter außer diesem Sohn, den ich bereits erwähnte, und da wir glücklicherweise imstande waren, ihnen günstigere Lebensbedingungen zu schaffen, als wir sie selbst gehabt, so haben sie eine gute, sogar sehr gute Erziehung genossen. Es ist eine unsrer Hauptsorgen und Hauptfreuden gewesen, sie jeder Lebensstellung würdig zu machen.«

Ein wenig Stolz klingt durch seinen väterlichen Ton, als ob er innerlich hinzusetzte: »Würdig selbst für die Chesney-Wold-Stellung.« Deshalb mildert Sir Leicester die Großartigkeit seiner Miene nicht ein bißchen.

»Alles dieses kommt in meiner Gegend und in der Gesellschaftsklasse, zu der ich gehöre, so häufig vor, Lady Dedlock, daß das, was man so landläufig ungleiche Heiraten nennt, nicht so selten ist wie anderswo. Ein junger Mann sagt manchmal seinem Vater, daß er sich in ein Mädchen in der Fabrik verliebt habe. Der Vater, der früher selbst Arbeiter gewesen, wird anfangs ein wenig unzufrieden sein. Sehr möglich. Vielleicht hat er mit seinem Sohn andre Absichten. Wahrscheinlicher aber ist, daß er zu seinem Sohn sagt, nachdem er sich vergewissert hat, daß das Mädchen einen tadellosen Ruf besitzt: Ich muß erst sicher sein, daß es dir ernst ist. Es ist eine wichtige Angelegenheit für euch beide. Deshalb werde ich dieses Mädchen zwei Jahre lang unterrichten lassen oder soundso lange mit deinen Schwestern in ein und dieselbe Schule schicken, und du gibst mir dein Ehrenwort, daß du sie während dieser Zeit nur soundso oft siehst. Wenn das Mädchen nach Verlauf dieser Zeit die Gelegenheit entsprechend wahrgenommen hat, so daß ihr hinsichtlich Bildung auf dem richtigen Fuß miteinander steht, und wenn ihr dann immer noch desselben Sinnes seid, so will ich das Meine tun, um euch glücklich zu machen. Ich kenne mehrere Fälle dieser Art, Mylady, und ich glaube, sie zeigen mir, welchen Weg ich einzuschlagen habe.«

Sir Leicesters Großartigkeit kommt jetzt zum Ausbruch. Ruhig, aber schrecklich.

»Mr. Rouncewell«, sagt er, die rechte Hand in der Brust seines blauen Fracks – die Staatsstellung, in der sein Bild in der Galerie hängt. »Ziehen Sie einen Vergleich zwischen Chesney Wold und einer« – er unterdrückt einen Erstickungsanfall – »einer Fabrik?«

»Ich brauche wohl nicht zu versichern, Sir Leicester, daß die zwei Orte sehr verschieden voneinander sind, aber

zum Zweck der Beurteilung des vorliegenden Falles glaube ich einen gewissen Vergleich zwischen ihnen immerhin ziehen zu dürfen.«
Sir Leicester läßt seinen majestätischen Blick die eine Seite des langen Salons hinab- und die andre heraufschweifen, ehe er glauben kann, daß er wach ist.
»Ist es Ihnen bekannt, Sir, daß dieses junge Mädchen, das Mylady – Mylady! – in ihre Dienste genommen hat, in der Dorfschule draußen erzogen worden ist?«
»Sir Leicester, das ist mir wohl bekannt. Es ist eine sehr gute Schule, und sie wird von Ihrer Familie in nicht genug anzuerkennender Weise unterstützt.«
»Dann muß ich gestehen, Mr. Rouncewell, daß mir Ihre Äußerungen vollkommen unverständlich sind.«
»Werden sie Ihnen begreiflicher sein, Sir Leicester, wenn ich Ihnen sage«, entgegnet der Eisenwerkbesitzer, und das Blut steigt ihm ein wenig ins Gesicht, »daß ich nicht der Meinung bin, die Dorfschule könne alles lehren, was der Gattin meines Sohnes zu wissen wünschenswert ist?«
»Von dem Unterfangen, die bis zu dieser Minute sakrosankt gewesene Dorfschule von Chesney Wold herabzusetzen, bis zu dem ganzen sozialistischen Lattenbau mit seinen Übergriffen, Menschen über ihren Stand zu erziehen und dadurch die Grenzen zu verwischen, die Schleusen zu öffnen und alles andre Übel anzurichten, ist nur ein Schritt.« Das ist der rasche Ideengang im Geiste des Dedlock-Hauptes.
»Mylady, bitte um Verzeihung! Gestatten Sie mir nur noch einen Augenblick!« – Sie hatte ein leises Zeichen gegeben, daß sie sprechen wollte. – »Mr. Rouncewell, unsere Ansichten von Pflicht und unsere Ansichten von gesellschaftlicher Stellung, unsere Ansichten von Erziehung und unsere Ansichten von ... Kurz, alle unsere Ansichten stehen in so entschiednem Gegensatz zueinander, daß eine Verlängerung dieser Unterhaltung Ihre Gefühle ebenso verletzen müßte wie die meinen. Dieses junge Mädchen wird mit Myladys Beachtung und Gunst beehrt. Wenn sie

sich dieser Beachtung und Gunst zu entziehen wünscht oder es vorzieht, sich unter den Einfluß jemandes zu begeben, der infolge seiner eigentümlichen Ansichten – Sie werden mir den Ausdruck eigentümliche Ansichten gestatten, wenn ich auch gern zugestehe, daß ich keinerlei Rechtfertigung derselben zu fordern habe –, der sie infolge seiner eigentümlichen Ansichten dieser Beachtung und Gunst zu entziehen wünscht, so steht das dem Mädchen jederzeit frei. Wir sind Ihnen verbunden für die Offenheit, mit der Sie sich ausgesprochen haben. Sie wird an sich in keiner Weise die Stellung des jungen Mädchens hier beeinflussen. Zu etwas weiterem können wir uns nicht verstehen und bitten Sie – wenn Sie so gut sein wollen –, das Thema fallenzulassen.«

Der Besuch schweigt einen Augenblick, um Mylady Gelegenheit zu geben, das Wort zu ergreifen, aber sie sagt nichts. Dann steht er auf und entgegnet:

»Sir Leicester und Lady Dedlock, erlauben Sie mir, Ihnen für das Gehör, das Sie mir geschenkt haben, zu danken und nur zu bemerken, daß ich meinem Sohn angelegentlich raten werde, seiner Herzensneigung Herr zu werden. Gute Nacht!«

»Mr. Rouncewell«, sagt Sir Leicester mit dem ganzen Glanz eines vollendeten Gentlemans, »es ist spät, und die Wege sind finster. Ich hoffe, Ihre Zeit ist nicht so kostbar, daß Sie nicht Mylady und mir erlauben würden, Ihnen wenigstens für heute nacht ein gastliches Obdach in Chesney Wold anzubieten.«

»Ich hoffe es ebenfalls«, setzt Mylady hinzu.

»Ich bin Ihnen sehr verbunden, aber ich muß die ganze Nacht durchreisen, um pünktlich morgen früh einen ziemlich weit entlegnen Ort zur festgesetzten Stunde zu erreichen.«

Damit verabschiedet sich der Hüttenbesitzer. Sir Leicester klingelt, und Mylady erhebt sich, als er den Saal verlassen hat.

Als Mylady in ihr Boudoir kommt, setzt sie sich gedankenvoll an den Kamin und beobachtet, ohne auf die Schritte auf dem Geisterweg zu achten, Rosa, die in einem Nebenzimmer schreibt. Nach einer Weile ruft sie das Mädchen:

»Komm herein, Kind! Sag mir offen, bist du verliebt?«

»O Mylady!«

Mylady betrachtet das errötende Gesicht und die niedergeschlagnen Augen und sagt lächelnd:

»Wer ist es? Ist es Mrs. Rouncewells Enkel?«

»Ja, wenn Sie erlauben, Mylady. Aber ich weiß nicht, ob ich ihn – schon liebe.«

»Schon? Du närrisches kleines Ding! Weißt du, daß er dich – schon liebt?«

»Ich glaube, er hat mich ein wenig gern, Mylady.« Rosa bricht in Tränen aus.

Ist das Lady Dedlock, die jetzt neben der ländlichen Schönheit steht, ihr mit mütterlicher Hand das dunkle Haar zurückstreicht und sie mit Augen so voll nachdenklichen Interesses betrachtet? Ja, wahrhaftig, sie ist es.

»Hör mich an, mein Kind. Du bist jung und treu und hängst, wie ich glaube, an mir.«

»Unendlich, Mylady. Es gibt gewiß nichts in der Welt, was ich nicht tun würde, um zu beweisen, wie sehr.«

»Und ich glaube nicht, daß du mich jetzt schon zu verlassen wünschtest, Rosa, selbst nicht um eines Liebhabers willen.«

»Nein, Mylady, o nein!« Rosa blickt zum erstenmal auf, ganz erschrocken bei diesem Gedanken.

»Vertraue auf mich, mein Kind! Hab keine Scheu vor mir. Ich wünsche dich glücklich zu sehen und will dich glücklich machen, wenn ich noch jemanden auf dieser Erde glücklich machen kann.«

Mit Tränen in den Augen kniet Rosa vor ihr nieder und küßt ihr die Hand. Mylady nimmt die Hand, mit der das Mädchen die ihre gefaßt hat, und legt sie, ins Feuer starrend, in nachdenklichem Spiel abwechselnd in die linke und rechte und läßt sie dann sinken. Da Rosa sie so vertieft

sieht, entfernt sie sich leise. Myladys Augen blicken immer noch ins Feuer.
Was sieht sie dort? Eine Hand, die nicht mehr ist oder nie war, oder eine, deren Berührung wie mit Zauberkraft ihr Leben hätte anders machen können? Oder lauscht sie auf den Schall auf dem Geisterweg und grübelt, was für einem Schritt er am meisten gleicht. Dem eines Mannes? Einer Frau? Dem Trippeln eines kleinen Kindes, das immer näher kommt, näher und näher? Eine melancholische Stimmung beherrscht sie. Oder warum sonst brauchte eine so stolze Dame selbst die Türen zuzumachen und einsam am Kamin zu sitzen?
Volumnia ist am nächsten Morgen abgereist, und alle Vettern und Basen haben sich vor dem Essen verflüchtigt. Alle, ohne Ausnahme, sind erstaunt, bereits beim Frühstück Sir Leicester davon sprechen zu hören, wie sich die Grenzen verwischen, die Schleusen öffnen und die Grundfesten der Gesellschaft ins Wanken kommen, wie das Beispiel des Sohnes von Mrs. Rouncewell zeige. Alle, ohne Ausnahme, sind wirklich entrüstet und schreiben es der Schwäche William Buffys als Minister zu und fühlen sich ihres Rechtes auf das Vaterland – oder einer Pension oder sonst eines Privilegiums – durch Trug und Unrecht beraubt.
Was Volumnia betrifft, geleitet Sir Leicester sie die große Treppe hinab und spricht dabei so beredt über das Thema, als wäre im Norden Englands ein allgemeiner Aufstand ausgebrochen, um ihr den Schminktopf und das Perlenhalsband zu entreißen. Und dann zerstreuen sich die Vettern und Basen unter einem großen Hinundherrennen von Zofen und Kammerdienern – denn es ist eine charakteristische Eigenschaft ihrer Vetter- und Basenschaft, stets Zofen und Kammerdiener halten zu müssen, so schwer ihnen auch der eigne Unterhalt werden mag – nach allen vier Himmelsrichtungen, und der Winterwind fegt einen Blätterschauer von den Bäumen an dem verlassnen Hause vorbei, als ob sich sämtliche Vettern und Basen in dürres Laub verwandelt hätten.

29. Kapitel

Der junge Mann

Chesney Wold ist zugeschlossen. Teppiche stehen zusammengerollt in den Ecken der ungemütlich aussehenden Zimmer, und der Damast tut Buße in Leinwandüberzügen. Holzschnitzerei und Vergoldung ergeben sich der Abtötung des Fleisches, und die Ahnen der Dedlocks ziehen sich wieder aus dem Tageslicht zurück. Dicht fallen die Blätter rings ums Haus. Dicht und langsam schweben sie mit einer toten melancholischen Leichtigkeit in Kreisen nieder. Der Gärtner mag die Rasenplätze noch so rein fegen und die Blätter in volle Schiebkarren drücken und wegfahren, immer noch liegt das Laub knöcheltief. Der schrille Wind heult um Chesney Wold. Der Regen schlägt scharf ans Haus, die Fenster rasseln, und es saust in den Schornsteinen. Nebel verstecken die Alleen, verschleiern die Aussicht und bewegen sich wie Leichenzüge über die Anhöhen im Park. Im ganzen Hause herrscht ein kalter nichtssagender Geruch, wie der Geruch in der kleinen Kirche, nur etwas trockener. Er erweckt die Vermutung, daß die toten und begrabenen Dedlocks in den langen Nächten hier umherwandern und den Hauch ihrer Gräber zurücklassen.

Aber das Haus in der Stadt, das meist andern Sinnes ist als Chesney Wold und sich freut, wenn jenes trauert – außer wenn ein Dedlock stirbt –, und trauert, wenn jenes sich freut, das Haus in der Stadt ist wieder zum Leben erwacht. So warm und hell, wie Prunk es sein kann, so süß durchzogen von angenehmen Gerüchen, die so wenig an den Winter erinnern, wie Treibhausblumen es nur vermögen. Still und ruhig, daß nur das Ticken der Uhren und das Prasseln des Feuers das allgemeine Schweigen stören, scheint es die fröstelnden Beine Sir Leicesters in regenbogenfarbene Watte zu wickeln.

Und Sir Leicester ist froh, in würdevoller Befriedigung vor dem großen Kamin in der Bibliothek zu ruhen, herablassend die Rücken seiner Bücher zu lesen oder den Kindern der schönen Künste einen billigenden Blick zuzuwerfen. Er besitzt Gemälde, alte und neue. Einige von der Kostümballschule, in der sich die Kunst gelegentlich herabläßt, ein Meister zu werden, und die sich am besten in Kataloge, wie Auktionsartikel, einteilen lassen. Etwa so: drei Stühle mit hohen Lehnen, ein Tisch mit Decke, langhalsige Flaschen mit Wein, ein Krug, ein spanisches Frauenkleid, Dreiviertelporträt von Miß Jogg, eine Rüstung, Don Quichotte enthaltend. Oder: eine steinerne Terrasse (zersprungen), eine Gondel in der Ferne, ein vollständiger Ornat eines venezianischen Senators, ein reichgestickter weißer Atlasanzug mit dem Profil Miß Joggs, ein Scimetar, reich mit Gold und Juwelen ausgelegt, ein kompletter maurischer Anzug (sehr selten) und Othello.
Mr. Tulkinghorn kommt und geht ziemlich häufig, denn es sind Gutsgeschäfte abzuschließen, Pachtverträge zu erneuern und anderes mehr. Er sieht auch Mylady ziemlich oft. Und er und sie sind so ruhig und gleichgültig und geben so wenig acht aufeinander wie je. Aber es könnte doch sein, daß Mylady diesen Mr. Tulkinghorn fürchtet und daß er es weiß. Es könnte möglich sein, daß er sie mit zäher Beharrlichkeit verfolgt, ohne einen Funken von Mitleid, Gewissensbissen oder Erbarmen. Es könnte sein, daß ihm ihre Schönheit und all die Pracht und der Staat ihrer Umgebung nur noch ein größerer Ansporn sind zu dem, was er vorhat, und ihn nur noch unbeugsamer und beharrlicher machen. Mag er nun kalt oder grausam sein oder unerschütterlich in dem, was er zu seiner Pflicht gemacht hat, oder verzehrt von Liebe zur Macht, oder entschlossen, nichts in den Gebieten verborgen sein zu lassen, in denen er sein ganzes Leben lang unter Geheimnissen gewühlt hat, oder mag er in seinem Herzen den Glanz verachten, von dem er selbst einen Strahl im Hintergrunde bildet; oder mag er beständig Vernachlässigung und Krän-

kung aus der Leutseligkeit seiner prunkvollen Klienten herauslesen und sie heimlich sammeln; mag er eins von diesen oder alles sein, jedenfalls wäre es für Mylady besser, wenn fünftausend Paar fashionable Augen mit argwöhnischer Wachsamkeit sie belauerten, als die beiden Augen dieses rostigen Advokaten mit dem dürftigen Halstuch und den mit Bändern zugebundenen glanzlosen schwarzen Kniehosen.

Sir Leicester sitzt in Myladys Zimmer, in demselben Zimmer, wo Mr. Tulkinghorn das Affidavit in Sachen Jarndyce kontra Jarndyce gelesen hat, in ganz besonders selbstzufriedner Stimmung. Wie damals sitzt Mylady wieder vor dem Kamin mit ihrem Handschirm. Sir Leicester ist ganz besonders gut aufgelegt, weil er in seiner Zeitung einige Bemerkungen eines Gleichgesinnten über Dämmeeinreißen und sozialistisches Lattenwerk gelesen hat. Sie passen so vortrefflich auf den kürzlich erlebten Fall, daß Sir Leicester aus der Bibliothek eigens zu dem Zweck in Myladys Zimmer gekommen ist, um sie ihr vorzulesen.

»Der Mann, der diese Artikel schrieb«, bemerkt er als Vorrede und nickt das Feuer an, als nicke er dem Autor von Bergeshöhen herab zu, »hat einen sehr gesunden Menschenverstand.«

Der Menschenverstand des Verfassers ist aber nicht so gesund, um nicht Mylady zu langweilen, die nach einem matten Versuch zuzuhören oder vielmehr nach einem matten Sichfügen mit dem Anschein, als höre sie zu, sich ganz zerstreut in die Betrachtung des Feuers versenkt, als wäre es ihr Feuer in Chesney Wold und sie sei noch dort.

Ohne das zu merken, liest ihr Sir Leicester weiter durch sein zusammengelegtes Augenglas vor und hält gelegentlich inne, um es wegzunehmen und seine Beistimmung auszudrücken: »Wahrhaftig wahr, sehr gut gesagt, ich habe selbst oft diese Bemerkung gemacht.« Und jedesmal verliert er die Stelle und muß die Spalten auf und ab suchen, um sie wieder zu finden.

Sir Leicester liest gerade wieder, unendlich ernst und wür-

devoll, als die Tür aufgeht und der gepuderte Merkur die seltsame Meldung macht:
»Der junge Mann, Mylady, namens Guppy.«
Sir Leicester hält inne, reißt die Augen auf und wiederholt mit verweisender Stimme:
»Der junge Mann namens Guppy?«
Sich umsehend, erblickt er den jungen Mann namens Guppy, der, ganz außer Fassung, durch sein Benehmen sowohl wie durch seine Erscheinung einen keineswegs empfehlenswerten Eindruck macht.
»Bitte, was soll das heißen«, sagt Sir Leicester zu dem Merkur, »daß Sie ohne alle Umstände einen jungen Mann namens Guppy anmelden?«
»Ich bitte um Verzeihung, Sir Leicester, aber Mylady sagte, sie wolle den jungen Mann sprechen, sowie er käme. Ich wußte nicht, daß Sie im Zimmer sind, Sir Leicester.«
Mit dieser Entschuldigung wirft der Merkur einen zornigen und ärgerlichen Blick auf den jungen Mann namens Guppy, der offenbar besagt: Was kommst du hierher und bringst mich in Ungelegenheiten.
»Es ist schon richtig, ich habe es ihm befohlen«, bestätigt Mylady. »Der junge Mann soll warten.«
»Durchaus nicht, Mylady. Da Sie ihn bestellt haben, will ich nicht stören.«
Sir Leicester entfernt sich galant und möchte am liebsten beim Hinausgehen eine Verbeugung des jungen Mannes übersehen, den er in seiner Großartigkeit für irgendeinen zudringlichen Schuster hält.
Lady Dedlock blickt gebieterisch ihren Besuch an, als der Bediente das Zimmer verlassen hat, und mustert ihn von Kopf bis Fuß. Sie läßt ihn an der Tür stehen und fragt, was er wünsche.
»Daß Euer Gnaden die Gewogenheit haben mögen, mir eine kurze Unterredung zu gewähren«, antwortet Mr. Guppy verlegen.
»Sie sind natürlich die Person, die mir so viele Briefe geschrieben hat?«

»Verschiedne, Euer Gnaden. Verschiedne, ehe Euer Gnaden mich mit einer Antwort zu beehren geruhten.«
»Und können Sie jetzt nicht wieder dasselbe Mittel wählen, um eine Unterredung unnötig zu machen? Können Sie sich nicht darauf beschränken?«
Mr. Guppy verzieht seine Lippen zu einem stummen Nein und schüttelt den Kopf.
»Sie sind merkwürdig zudringlich gewesen. Wenn es sich nach allem zeigen sollte, daß das, was Sie mir zu sagen haben, mich gar nichts angeht – und ich wüßte auch nicht, wie es mich etwas angehen sollte –, so werden Sie schon gestatten, daß ich die Unterredung ohne weitere Umstände abbreche. Sagen Sie also, was Sie zu sagen haben.«
Mylady bewegt gleichgültig ihren Handschirm, kehrt sich wieder dem Feuer zu und dreht dem jungen Mann namens Guppy beinahe den Rücken.
»So will ich denn mit Euer Gnaden Erlaubnis gleich mit dem Geschäft beginnen«, sagt der junge Mann. »Ehem! Ich bin, wie ich Euer Gnaden in meinem ersten Brief mitteilte, von der Rechtsbranche. In dieser Eigenschaft habe ich die Gewohnheit angenommen, mich schriftlich nicht bloßzustellen, und erwähnte daher nicht gegen Euer Gnaden den Namen der Firma, bei der ich angestellt bin und bei der meine Position, und ich möchte auch hinzufügen, mein Einkommen, ziemlich gut ist. Ich kann jetzt Euer Gnaden im Vertrauen mitteilen, daß die Firma Kenge & Carboy, Lincoln's Inn, lautet. Ein Name, der Euer Gnaden vielleicht in Verbindung mit dem Kanzleigerichtsprozeß Jarndyce kontra Jarndyce nicht ganz unbekannt ist.«
In Myladys Haltung verraten sich Spuren von Aufmerksamkeit. Sie bewegt nicht mehr den Handschirm und scheint sogar zuzuhören.
»Nun kann ich Euer Gnaden wohl auch offen heraus sagen«, fährt Mr. Guppy, ein wenig kühner werdend, fort, »daß es keine mit ›Jarndyce kontra Jarndyce‹ in Verbindung stehende Angelegenheit ist, die mich so sehr wünschen ließ, mit Euer Gnaden zu sprechen, und mich im

Lichte der Zudringlichkeit, fast der Flegelhaftigkeit, erscheinen ließ und teilweise noch erscheinen läßt.«
Nachdem Mr. Guppy einen Augenblick vergeblich gewartet hat, um eine Versicherung des Gegenteils zu vernehmen, fährt er fort:
»Hätte es sich um ›Jarndyce kontra Jarndyce‹ gehandelt, so wäre ich gleich zu Euer Gnaden Solicitor, Mr. Tulkinghorn in Lincoln's-Inn-Fields, gegangen. Ich habe das Vergnügen, mit Mr. Tulkinghorn bekannt zu sein – wenigstens grüßen wir uns, wenn wir einander begegnen –, und hätte es sich um etwas Derartiges gehandelt, wäre ich gleich zu ihm gegangen.«
Mylady wendet sich ein bißchen vom Kamin weg und sagt: »Setzen Sie sich doch nieder!«
»Danke, Euer Gnaden!« Mr. Guppy nimmt einen Stuhl.
»Also, Euer Gnaden« – Mr. Guppy wirft einen Blick auf einen kleinen Zettel, auf den er sich offenbar vorher Notizen gemacht hat und der ihn in die tiefste Finsternis zu stürzen scheint, sooft er ihn anblickt ... »Also – ich – richtig, ja – gebe mich ganz in die Hand Euer Gnaden. Wenn Euer Gnaden sich bei Kenge & Carboy oder bei Mr. Tulkinghorn wegen meines heutigen Besuches beschweren sollten, käme ich in eine sehr unangenehme Lage. Ich sag's, wie es ist. Ich verlasse mich also ganz auf die Ehrenhaftigkeit der Allergnädigsten.«
Mylady versichert ihm mit einer geringschätzigen Handbewegung, daß sie ihn einer Beschwerde nicht für wert halte.
»Ich danke Euer Gnaden«, sagt Mr. Guppy.
»Nun – also ... Ich – verdammter Zettel – ich habe mir nämlich die einzelnen Punkte, die ich berühren wollte, hier in Abkürzungen aufgeschrieben und kann jetzt nicht recht herausbringen, was sie bedeuten. Wenn Euer Gnaden mir erlauben wollen, einen Augenblick ans Fenster zu treten, so ...«
Mr. Guppy geht ans Fenster und stört dabei ein paar Inséparables in einem Käfig, zu denen er in seiner Verlegenheit

stammelt: »Ich bitte vielmals um Entschuldigung«, was die Lesbarkeit seiner Notizen nicht gerade vergrößert. Er murmelt vor sich hin. Es wird ihm heiß. Er errötet, hält den Zettel manchmal dicht an die Augen und dann wieder weit weg von sich. »C. S. Was bedeutet C. S.? Ach ja, so: E. S. Weiß schon! Ja, natürlich!« Und er geht erleuchtet wieder zu seinem Sessel zurück.
»Ich weiß nicht«, sagt er und bleibt zwischen Mylady und seinem Stuhl stehen, »ob Euer Gnaden vielleicht jemals von einer jungen Dame namens Miß Summerson gehört oder sie vielleicht schon gesehen haben.«
Myladys Augen blicken ihn plötzlich fest an:
»Ich sah eine junge Dame dieses Namens vor nicht langer Zeit. Vergangnen Herbst.«
»Nun, und fiel es Euer Gnaden nicht auf, daß sie jemandem ähnlich sieht?« fragt Mr. Guppy, verschränkt die Arme, neigt den Kopf auf die Seite und kratzt sich mit seinem Notizzettel am Mundwinkel.
Mylady wendet keinen Blick mehr von ihm.
»Nein.«
»Nicht Euer Gnaden Familie ähnlich?«
»Nein.«
»Ich glaube, Euer Gnaden werden sich schwerlich an Miß Summersons Gesicht erinnern können.«
»Ich erinnere mich der jungen Dame sehr gut. Aber was hat das mit mir zu tun?«
»Euer Gnaden, ich versichere, daß ich – ich erwähne im tiefsten Vertrauen, daß Miß Summersons Bild in meinem Herzen eingeprägt ist –, als ich während eines kurzen Ausflugs nach Lincolnshire mit einem Freunde nach Chesney Wold kam und die Ehre hatte, Euer Gnaden Landsitz zu besichtigen, eine solche Ähnlichkeit zwischen Miß Esther Summerson und dem Porträt Euer Gnaden fand, daß es mich ordentlich umwarf. Ich habe mir seit jener Zeit oft die Freiheit genommen, Euer Gnaden bei der Ausfahrt in den Park anzusehen, ohne daß es Euer Gnaden wahrscheinlich bemerkt haben, aber jetzt, wo ich

die Ehre habe, die Allergnädigste in der Nähe zu sehen, ist die Ähnlichkeit noch überraschender als damals.«
Junger Mann namens Guppy! Es hat Zeiten gegeben, wo Damen in festen Burgen lebten und erbarmungslosen Dienern gebieten konnten, wo dein armseliges Leben, wenn dich schöne Augen so angesehen hätten, wie dich jetzt diese ansehen, keine Minute mehr sicher gewesen wäre!
Mylady, die ihren kleinen Handschirm langsam wie einen Fächer gebraucht, fragt abermals, was das denn sie anginge.
»Euer Gnaden«, entgegnet Mr. Guppy und wirft wieder einen Blick auf seinen Zettel, »ich komme sogleich darauf – verdammt, diese Notizen –, richtig, ja, Mrs. Chadband! Ja, richtig!« Mr. Guppy zieht seinen Stuhl ein wenig weiter vor und setzt sich. Mylady lehnt sich ruhig zurück, wenn auch vielleicht mit ein bißchen weniger graziöser Unbefangenheit als gewöhnlich, aber ihr fester Blick wird niemals unsicher. »Ah, wart ein bissel.« Mr. Guppy zieht wieder den Zettel zu Rate. »E. S. Zweimal? Ja, richtig! Jetzt weiß ich schon.«
Er rollt den Zettel zusammen, um ihn als Instrument, seiner Rede Nachdruck zu verleihen, zu benützen, und fährt fort:
»Euer Gnaden, Miß Esther Summersons Geburt und Erziehung sind in Dunkel gehüllt. Ich kenne diese Tatsache, weil – ich erwähne es im Vertrauen – weil sie mir auf geschäftlichem Wege bei Kenge & Carboy zur Kenntnis kam. Es ist nun, wie ich Euer Gnaden bereits bemerkt habe, Miß Summersons Bild tief in meinem Herzen eingegraben. Wenn ich dieses Geheimnis für sie aufklären oder nachweisen könnte, daß sie von guter Familie ist, oder fände, daß sie als Verwandte von Euer Gnaden Familie einen Anspruch auf den Prozeß Jarndyce kontra Jarndyce hätte, so könnte ich sie in gewisser Hinsicht vielleicht bewegen, meine Anträge günstiger, als sie es bisher eigentlich getan hat, aufzunehmen. Genaugenommen hat sie sie eigentlich bisher überhaupt nicht begünstigt.«

Eine Art zürnenden Lächelns dämmert über Myladys Gesicht.
»Nun ist es ein seltsames Zusammentreffen, Euer Gnaden, obgleich solche Sachen bei uns von der Rechtsbranche zuweilen vorkommen, zu der ich mich rechnen darf – denn, wenn ich auch noch nicht inskribiert bin, so wollen mir doch Kenge & Carboy meinen Lehrbrief schenken, da meine Mutter von ihrem kleinen Kapital die beträchtlichen Stempelkosten erlegt hat –, nun ist es ein seltsamer Zufall, daß ich mit der Person zusammenkam, die bei der Dame diente, die Miß Summerson erzog, ehe Mr. Jarndyce sie unter seine Obhut nahm. Diese Dame war eine gewisse Miß Barbary, Euer Gnaden.«
Hat die Totenfarbe in Myladys Gesicht ihren Grund in dem Widerschein des grünseidnen Handschirms, oder überzieht wirklich eine schreckliche Blässe ihr Gesicht?
»Haben Euer Gnaden jemals von einer gewissen Miß Barbary gehört?«
»Ich weiß nicht. Ich glaube, ja.«
»War Miß Barbary irgendwie mit der Familie Euer Gnaden verwandt?«
Myladys Lippen bewegen sich, sprechen aber nicht. Sie schüttelt den Kopf.
»*Nicht* verwandt?« fragt Mr. Guppy. »Oh! Vielleicht wissen es Euer Gnaden nur nicht? So! Aber es könnte doch der Fall sein? Ja.«
Bei jeder dieser Fragen hat Mylady das Haupt geneigt.
»Sehr gut. Nun war diese Miß Barbary merkwürdig verschlossen – sie scheint für eine Frauensperson außergewöhnlich verschwiegen gewesen zu sein, denn Frauen im allgemeinen, wenigstens im bürgerlichen Leben, sprechen gern –, und meine Zeugin hatte nie eine Ahnung, ob sie auch nur eine einzige Verwandte besitze. Bei einer gewissen Gelegenheit und nur einmal scheint sie sich zu meiner Zeugin über einen einzigen Punkt vertraulich geäußert zu haben. Sie sagte damals: Des kleinen Mädchens wahrer

Name ist nicht Esther Summerson, sondern Esther Hawdon.«

»Mein Gott!«

Mr. Guppy reißt die Augen auf. Lady Dedlock sitzt vor ihm, sieht ihn mit durchbohrendem Blick an, mit demselben grünen Schatten auf ihrem Gesicht, erstarrt selbst die Hand, die den Schirm hält, die Lippen ein wenig geöffnet, die Stirn ein wenig gerunzelt, sieht sie aus wie scheintot. Er sieht ihr Bewußtsein zurückkehren, ein Zittern über ihre Gestalt laufen, wie ein Kräuseln über eine Wasserfläche, sieht ihre Lippen zucken und sich gewaltsam wieder zusammenpressen und sieht, wie sie sich zum Bewußtsein seiner Gegenwart und alles dessen, was er gesagt hat, zurückzwingt. Alles dieses geschieht so rasch, daß ihr Ausruf und ihr scheintoter Zustand verflogen zu sein scheinen, wie die Züge gewisser in Gräbern gefundener Leichen an der Luft, wie von einem Blitz getroffen, sich im Nu verändern.

»Euer Gnaden kennen den Namen Hawdon?«

»Ich habe ihn früher gehört.«

»Ist es der Name eines entfernten Zweigs der Familie Euer Gnaden?«

»Nein.«

»Nun, Euer Gnaden«, fährt Mr. Guppy fort, »komme ich zu dem letzten Punkt dieser Angelegenheit, soweit ich sie bis jetzt kenne. Sie ist noch in ihrer Entwicklung begriffen, und ich werde mehr und mehr von ihr erfahren, je weiter sie sich entwickelt. Gnädigste müssen wissen – wenn es nicht Euer Gnaden vielleicht schon durch Zufall erfahren haben –, daß man vor einiger Zeit in dem Hause eines gewissen Krook in der Nähe von Chancery Lane einen Schreiber in den ärmlichsten Umständen tot auffand. Wegen dieses Schreibers tagte eine Totenschau, und dieser Mann war eine anonyme Person, deren Namen niemand wußte. Ich habe nun, Euer Gnaden, vor ganz kurzer Zeit entdeckt, daß der Name des Verstorbenen Hawdon war.«

»Aber was geht das mich an?«
»Ja, Euer Gnaden, das ist es eben! Gnädigste müssen wissen, daß sich nach dem Tod dieses Mannes etwas sehr Sonderbares ereignete. Eine Dame tauchte auf, eine verkleidete Dame, Euer Gnaden, die sich die Orte ansah, wo Hawdon gelebt und wo er begraben liegt. Sie mietete als Führer einen Jungen, der einen Straßenübergang kehrt. Wenn ihn Euer Gnaden zum Beweis der Richtigkeit meiner Angaben zu sehen wünschen, so kann ich ihn jederzeit stellig machen.«
Der arme Junge ist Mylady ganz gleichgültig, und sie wünscht nicht, ihn zu sehen.
»Oh, ich versichere Euer Gnaden, es ist das eine sehr seltsame Geschichte. Wenn Sie ihn erzählen hören könnten von den Ringen, die an den Fingern der Dame funkelten, als sie den Handschuh auszog, würde es Ihnen ganz romantisch vorkommen.«
Es funkeln Diamanten an der Hand, die den Schirm hält. Mylady spielt mit dem Schirm und läßt sie noch mehr funkeln, wieder mit dem Ausdruck im Gesicht, der in alten Zeiten für den jungen Mann namens Guppy hätte den Tod bedeuten können.
»Man glaubt, Euer Gnaden, er habe keinen Fetzen Papier und keinen einzigen Zettel hinterlassen, auf Grund dessen man ihn hätte möglicherweise identifizieren können. Ich meine Hawdon. Aber es war doch der Fall. Er hinterließ ein Bündel alter Briefe.«
Der Handschirm bewegt sich immer noch wie vorhin. Die ganze Zeit über wendet Mylady keinen Blick von Mr. Guppy.
»Es hat sie jemand an sich genommen und sie versteckt. Aber morgen abend werden sie in meinem Besitz sein.«
»Ich frage Sie abermals, was geht das alles mich an?«
»Euer Gnaden, ich habe weiter nichts zu sagen.« Mr. Guppy steht auf. »Wenn Sie glauben, daß in dieser geschlossenen Kette von Umständen, in der unzweifelhaft großen Ähnlichkeit der jungen Dame mit Euer Gnaden,

was eine Tatsache in Augen von Geschworenen sein müßte, in dem Umstand, daß Miß Barbary sie erzogen hat – daß Miß Barbary angab, Miß Summersons wirklicher Name sei Hawdon –, daß Euer Gnaden die beiden Namen *sehr gut* kennen und daß Hawdon so gestorben ist, wie er starb, noch nicht genug Veranlassung für Euer Gnaden liegt, aus Familieninteresse die Angelegenheit genauer zu prüfen, so will ich die Papiere hierherbringen. Ich weiß weiter nichts von ihnen, als daß es alte Briefe sind. Ich habe sie noch nie in Händen gehabt. Ich will diese Papiere herbringen, sowie sie in meinen Besitz kommen, und sie mit Euer Gnaden zum erstenmal durchgehen. Ich habe Euer Gnaden den Zweck meines Hierseins mitgeteilt. Ich habe Euer Gnaden gesagt, daß ich in eine sehr unangenehme Lage kommen würde, wenn man sich über mich beschwerte, und alles in tiefstem Vertrauen berichtet.«

Ist das der ganze Zweck des jungen Mannes namens Guppy, oder hat er noch einen andern?

Enthüllen seine Worte den ganzen Umfang des Zweckes oder Verdachtes, die ihn hierhergeführt haben, oder verbergen sie noch etwas? Das zu erraten, ist Sache Myladys. Sie kann ihn ansehen, aber er kann den Tisch anblicken, ohne in seinem Gesicht etwas zu verraten.

»Sie können die Briefe bringen«, sagt Mylady, »wenn Sie wollen.«

»Euer Gnaden drücken sich nicht sehr ermutigend aus, mein Ehrenwort!« sagt Mr. Guppy ein wenig verletzt. »Aber es soll geschehen. Ich wünsche Euer Gnaden guten Tag.«

Auf einem Tisch in der Nähe steht ein reichverziertes Kästchen, beschlagen und verriegelt wie eine alte Geldkassette. Ohne den Blick von Mr. Guppy zu wenden, nimmt es Lady Dedlock und schließt es auf.

»Oh, ich versichere Euer Gnaden, Motive dieser Art haben mich durchaus nicht bestimmt«, wehrt Mr. Guppy ab. »Und ich könnte nicht das mindeste dieser Art anneh-

men. Ich empfehle mich Euer Gnaden und bin Ihnen auch trotzdem sehr verpflichtet.«
Der junge Mann verbeugt sich und geht die Treppe hinab, wo sich der Merkur mit dem geringschätzigen Blick nicht im geringsten berufen fühlt, seinen Olymp am Kaminfeuer in der Vorhalle zu verlassen, um dem Besuch die Tür zu öffnen.
Geht nicht etwas, während Sir Leicester sich in seiner Bibliothek dehnt und über seiner Zeitung dröselt, durch das Haus, das ihn aufschreckt? Etwas, das selbst die Bäume in Chesney Wold veranlassen könnte, ihre knorrigen Arme gen Himmel zu strecken, ja, selbst die Ahnenbilder zürnen und die Rüstungen rasseln machen könnte?
Nein. Worte, Seufzer und Wehgeschrei sind nur Luft. Und Luft ist im ganzen Stadthaus so ein- und ausgeschlossen, daß Mylady in ihrem Zimmer mit Posaunenzungen rufen müßte, ehe ein schwacher Widerhall davon zu Sir Leicesters Ohren dränge. Und dennoch vibriert ein Jammerruf im Hause, den eine verzweifelte Gestalt auf ihren Knien zum Himmel sendet.
»O mein Kind, mein Kind! Also nicht gestorben in der ersten Stunde seines Lebens, wie meine grausame Schwester mir sagte, sondern in finsterer Strenge von ihr auferzogen, nachdem sie mich und meinen Namen von sich gestoßen! O mein Kind, o mein Kind!«

30. Kapitel

Esthers Erzählung

Richard war bereits einige Zeit fort, da bekamen wir für ein paar Tage Besuch. Von einer ältlichen Dame. Es war Mrs. Woodcourt aus Wales, die während eines Besuches bei Mrs. Bayham Badger, »auf Wunsch ihres Allan«, an meinen Vormund geschrieben hatte, sie habe Nachricht von ihrem Sohn erhalten und er befände sich wohl »und lasse uns allen seine freundlichsten Grüße senden«. Mein Vormund hatte sie daraufhin nach Bleakhaus eingeladen, und sie blieb fast drei Wochen bei uns. Sie schloß sich sehr an mich an, und so ausnehmend vertraulich, daß es mich manchmal in eine recht unbehagliche Stimmung versetzte. Ich wußte ganz gut, ich hatte kein Recht, mich darüber unbehaglich zu fühlen, und es war unverständig von mir, aber trotz aller Bemühungen konnte ich mir nicht helfen. Sie war eine so lebhafte kleine Dame, pflegte, die Hände gefaltet, mich oft so aufmerksam zu beobachten beim Sprechen, daß mir vielleicht das etwas lästig wurde. Vielleicht war es auch ihre Gewohnheit, immer so aufrecht dazusitzen, aber ich glaube, das konnte nicht gut die Ursache sein, denn es kam mir manchmal recht drollig und nett vor. Auch kann es nicht an ihrem Gesichtsausdruck gelegen haben, der für eine alte Dame sehr lebendig und hübsch war. Ich weiß nicht, woran es lag. Oder wenigstens wußte ich es damals nicht. Oder wenigstens ... Aber darauf kommt es nicht an.

Manchmal, wenn ich hinauf zu Bett gehen wollte, lud sie mich in ihr Zimmer ein, setzte sich in einen großen Lehnstuhl an den Kamin und erzählte mir – o Gott, o Gott – von Morgan ap Kerrig, bis ich ganz tiefsinnig wurde. Manchmal sagte sie eine Anzahl Verse aus Crumlinwallinwer und Mewlinwillinwodd, wenn das wirklich die

Namen waren, her und wurde ordentlich leidenschaftlich dabei. Ich verstand ihre Bedeutung nicht, denn sie waren in welscher Sprache, und wußte nur, daß sie das Geschlecht Morgan ap Kerrig in den Himmel hoben.

»Sie sehen, Miß Summerson, wie groß das Erbe meines Sohnes ist«, pflegte sie triumphierend zu mir zu sagen. »Überall, wohin er auch kommt, kann er sich auf seine Abstammung von Morgan ap Kerrig berufen. Er wird vielleicht nie ein Vermögen haben, aber stets wird er besitzen, was so unendlich viel mehr wert ist, nämlich Familie, mein Kind.«

Ich hatte so meine Zweifel, ob sie sich in Indien und China drüben besonders um Morgan ap Kerrig kümmern würden, aber natürlich sprach ich es nicht aus. Ich sagte gewöhnlich nur, es sei eine große Sache, von so hoher Abkunft zu sein.

»Es ist auch wirklich eine große Sache, liebes Kind«, pflegte in solchen Fällen Mrs. Woodcourt zur Antwort zu geben. »Sie hat allerdings ihre Nachteile. So ist zum Beispiel mein Sohn in der Wahl einer Gattin sehr dadurch beschränkt. Aber auch die ehelichen Verbindungen der königlichen Familie sind schließlich in ähnlicher Weise beeinträchtigt.«

Dann klopfte sie mir wohl auf den Arm und strich mir das Kleid glatt, als wolle sie mir versichern, daß sie trotz des Abstandes zwischen uns beiden eine gute Meinung von mir habe.

»Mein armer seliger Mann, Mr. Woodcourt, liebes Kind«, sagte sie auch oft nicht ohne Rührung, denn neben ihrem vornehmen Stammbaum besaß sie ein sehr gefühlvolles Herz, »stammte von einer großen hochländischen Familie ab, den Mac Courts von Mac Court. Er diente seinem Könige und seinem Vaterlande als Offizier bei den königlichen Highlanders und fiel auf dem Schlachtfeld. Mein Sohn ist einer der letzten Repräsentanten zweier alter Familien. So Gott will, wird er sie wieder zur Geltung in der

Welt bringen und sie mit einer andern alten Familie vereinigen.«

Vergebens in solchen Fällen versuchte ich dem Gespräch eine andre Richtung zu geben – nur der Abwechslung wegen – oder vielleicht, weil ... Aber ich brauche mich nicht so in Einzelheiten zu verlieren. Kurz, Mrs. Woodcourt wollte nie von etwas anderm sprechen.

»Liebes Kind«, sagte sie eines Abends. »Sie sind so verständig und sehen die Welt mit so ruhigen und für Ihre Jahre so überlegnen Augen an, daß es für mich eine wahre Erleichterung ist, mit Ihnen diese Familienverhältnisse zu besprechen. Sie wissen nicht viel von meinem Sohn, mein Kind, aber Sie kennen ihn, möchte ich sagen, doch genug, um sich seiner erinnern zu können?«

»Gewiß, Maam, erinnere ich mich seiner.«

»Gut, liebes Kind. Und nun, mein Kind, muß ich Ihnen sagen, daß ich Ihnen viel Menschenkenntnis zutraue und gerne wissen möchte, was Sie von ihm halten.«

»Oh, Mrs. Woodcourt, das ist so schwer.«

»Warum sollte es schwer sein, liebes Kind? Ich sehe darin keine Schwierigkeit.«

»Ein Urteil abzugeben ...«

»Nach so oberflächlicher Bekanntschaft, liebes Kind? Das ist allerdings wahr.«

Das meinte ich nicht, denn Mr. Woodcourt war im großen ganzen ziemlich viel in unserm Haus gewesen und mit meinem Vormund sehr vertraut geworden. Ich äußerte das und setzte hinzu, daß er sehr talentvoll in seinem Beruf zu sein scheine und beispielsweise seine Güte und Freundlichkeit gegen Miß Flite über allem Lobe stünden.

»Sie lassen ihm Gerechtigkeit widerfahren«, sagte Mrs. Woodcourt und drückte mir die Hand. »Sie schildern ihn wirklich treffend. Allan ist ein lieber Junge und in seinem Beruf ohne Tadel. Ich gebe es zu, wenn ich auch seine Mutter bin. Dennoch muß ich gestehen, daß er nicht frei von Fehlern ist, meine Liebe.«

»Das ist keiner von uns«, sagte ich.
»Ja! Aber seine Fehler sind von der Art, daß er sie ablegen könnte und sollte«, erwiderte die muntere alte Dame und schüttelte lebhaft den Kopf. »Ich habe Sie so gern, daß ich Ihnen, liebes Kind, als einer dritten unbeteiligten Person in allem Vertrauen sagen kann, daß er die Unbeständigkeit selbst ist.«
Ich bemerkte, ich könnte es bei dem Ruf, den er sich erworben, kaum für möglich halten, daß er in seinem Beruf nicht beständig und nicht von jeher eifrig auf seine Ausbildung bedacht gewesen sei.
»Da haben Sie wieder recht, liebes Kind; aber ich spreche nicht von seinem Beruf, müssen Sie wissen.«
»Oh!«
»Nein. Ich meine sein Benehmen in gesellschaftlicher Beziehung, mein Kind. Er macht stets jungen Damen harmlos den Hof und hat es seit seinem achtzehnten Jahr getan. Aber, liebes Kind, er hat sich dabei niemals etwas Ernstes gedacht und auch nichts Böses damit gemeint. Er hat nie etwas andres als Höflichkeit und Freundlichkeit damit ausdrücken wollen, aber dennoch ist es nicht recht, nicht wahr?«
»Nein«, sagte ich, da sie diese Antwort zu erwarten schien.
»Und es könnte leicht zu Irrtümern führen, sehen Sie.«
Ich gab das zu.
»Deshalb habe ich ihm oft gesagt, er solle sich sowohl aus Rücksicht gegen sich selbst wie gegen andre wirklich mehr in acht nehmen. Und stets hat er versprochen: ›Mutter, das will ich. Aber du kennst mich am besten von allen Menschen und weißt, daß meine Absichten ganz harmlos sind, wenn ich mir überhaupt etwas dabei denke.‹ Alles das ist ja recht hübsch, mein Kind, kann sein Benehmen jedoch nicht rechtfertigen. Da er aber jetzt so weit von uns und auf unbestimmte Zeit weggegangen ist und es ihm drüben an guten Gelegenheiten und Bekanntschaften

nicht fehlen wird, können wir das ja als vorbei und abgemacht betrachten. Und nun, liebes Kind«, sagte die alte Dame und wurde plötzlich ganz Nicken und Lächeln, »was nun Sie selbst betrifft, liebes Kind ...«

»Mich, Mrs. Woodcourt?«

»Um nicht immer selbstsüchtigerweise von meinem Sohn zu sprechen, der uns verlassen hat, um sein Glück zu versuchen und eine Gattin zu finden, wann gedenken Sie Ihr Glück zu versuchen und einen Gatten zu finden, Miß Summerson? Ah, sehen Sie! Jetzt werden Sie rot.«

Ich glaube nicht, daß ich rot wurde – jedenfalls hatte es nichts zu bedeuten, wenn es geschah –, und ich sagte, daß ich mit meinem gegenwärtigen Los vollkommen zufrieden sei und mir kein besseres wünsche.

»Soll ich Ihnen sagen, was ich immer von Ihnen und Ihrem zukünftigen Schicksal denke, meine Liebe?«

»Wenn Sie glauben, eine gute Prophetin zu sein.«

»Nun, ich glaube, daß Sie einen sehr reichen und sehr würdigen Mann heiraten werden, der viel älter als Sie – vielleicht fünfundzwanzig Jahre älter ist. Und Sie werden eine vortreffliche Gattin sein, auf den Händen getragen werden und sich sehr glücklich fühlen.«

»Das ist ein sehr beneidenswertes Los«, sagte ich. »Aber warum soll es mir zufallen?«

»Liebes Kind, weil es eben ganz für Sie paßt. Sie sind so häuslich und sauber und im übrigen in so einer ganz besondern Lage, daß es bestimmt so kommen wird. Und niemand, liebes Kind, wird Ihnen aufrichtiger zu einer solchen Heirat Glück wünschen als ich.«

Es war merkwürdig, daß mich diese Rede in eine unbehagliche Stimmung versetzte, aber ich glaube, es war tatsächlich der Fall. Ich weiß es sogar. Es verstimmte mich einen Teil der Nacht lang außerordentlich. Ich schämte mich meiner Torheit so sehr, daß ich sie selbst Ada nicht bekennen mochte, und das vermehrte meine Mißstimmung noch. Ich hätte etwas darum gegeben, wenn mich die lebhafte alte Dame nicht so sehr ins Vertrauen gezogen hätte. Es verleitete mich zu den widersprechendsten Urteilen über sie. Manchmal erschien sie mir als geschwätzig und aufschneiderisch, manchmal wieder als ein Muster von Wahrheitsliebe. Kaum hatte ich sie im Verdacht, listig und verschlagen zu sein, erschien mir im nächsten Augenblick wieder ihr ehrliches welsches Herz vollkommen unschuldig und schlicht. Und was im Grunde kümmerte es mich, und warum kümmerte es mich etwas! Warum sollte ich, wenn ich mit meinem Schlüsselkorb abends hinauf in mein Zimmer ging, nicht ein bißchen bei ihr vorsprechen, mich mit ihr ans Feuer setzen und mich eine kurze Zeit lang in ihre kleinen Eigenheiten fügen, wie ich es bei jedem andern machte, und warum sollte ich mich wegen der harmlosen Dinge, die sie mir erzählte, verstimmen lassen? Da es mich nun einmal, wie es der Fall war, zu ihr hinzog, denn es lag mir außerordentlich viel daran, ihre Neigung zu gewinnen, und es machte mir große Freude, daß ich ihr gefiel, warum sollte ich mich nachher mit wirklichem Schmerz und Leid über jedes ihrer Worte zergrübeln und es aber- und abermals auf der Goldwaage abwägen? Warum war es mir so peinlich, sie als Gast bei uns zu haben und jeden Abend mit ihrem Vertrauen beschenkt zu werden? Das waren Verwicklungen und Widersprüche, die ich mir nicht erklären konnte. Wenigstens, wenn ich's gekonnt hätte ... Aber ich werde nach und nach alles erzählen, und es ist ganz überflüssig, jetzt sich damit abzugeben.

Es tat mir wirklich ehrlich leid, als Mrs. Woodcourt uns verließ, aber ich fühlte mich zugleich wie befreit. Und dann besuchte uns Caddy Jellyby und brachte einen solchen Stoß häuslicher Neuigkeiten mit, daß wir reichlich beschäftigt waren.

Erstens erklärte Caddy, und wollte anfangs überhaupt nichts anderes erzählen, daß ich die beste Ratgeberin von der Welt sei. Mein Liebling meinte, das sei durchaus nichts

Neues, und ich sagte natürlich, es sei Unsinn. Dann teilte uns Caddy mit, daß sie sich nächsten Monat verheiraten werde und sich für das glücklichste Mädchen unter der Sonne halte, wenn Ada und ich ihre Brautjungfern sein wollten. Das war allerdings eine große Neuigkeit, und ich glaube, wir hätten am liebsten nie aufgehört, darüber zu reden, so viel hatte Caddy uns und wir ihr zu erzählen.
Wie es schien, war Caddys unglücklicher Vater dank der Nachsicht und der mitleidigen Teilnahme aller seiner Gläubiger durch den Bankrott »hindurchgerutscht«, wie Caddy sich ausdrückte – als ob es ein Tunnel wäre –, und war auf irgendeine segensreiche Weise seine Angelegenheiten losgeworden, ohne jemals Einsicht in sie erlangt zu haben. Er hatte alles, was er besaß – nach dem Zustand der Möbel zu urteilen, konnte das nicht sehr viel gewesen sein –, hergegeben und jedem Gläubiger nachgewiesen, daß er nicht mehr tun könne. Der Arme. So hatte man ihm in Ehren seine Schulden erlassen und ihn seinem Bureau zurückgegeben, damit er das Leben von neuem beginne. Was er in seinem Bureau eigentlich tat, habe ich nie erfahren. Caddy sagte, er sei Zollhaus- und Generalagent, und das einzige, was ich jemals von diesem Geschäft erfuhr, war, daß er immer in die Docks ging, wenn er Geld noch notwendiger als gewöhnlich brauchte, um welches aufzutreiben, daß es ihm aber kaum jemals gelang.
Sobald er ein solch geschorenes Lamm geworden und damit seine Seelenruhe verhältnismäßig wiedergewonnen hatte und die Familie in eine möblierte Wohnung in Hatton Garden übersiedelt war, wo ich bei einem spätern Besuch die Kinder beschäftigt fand, das Roßhaar aus den Stuhlsitzen zu schneiden, um sich gegenseitig damit den Mund zu verstopfen, brachte Caddy zwischen ihm und dem alten Mr. Turveydrop eine Zusammenkunft zustande, und der arme Mr. Jellyby hatte sich in seiner Demut und Bescheidenheit vor Mr. Turveydrops Allüren so unterwürfig gebeugt, daß sie vortreffliche Freunde ge-

worden waren. Der alte Mr. Turveydrop, auf diese Weise mit dem Gedanken an seines Sohnes Verheiratung vertraut gemacht, hatte allmählich seine väterlichen Gefühle bis zu der Höhe gesteigert, daß er sich das Ereignis als nahe bevorstehend denken konnte und dem jungen Paare seine gnädige Erlaubnis erteilte, in der Akademie der Newman Street zu wirtschaften anzufangen, sobald sie wollten.

»Und dein Papa, Caddy? Was sagt er dazu?«

»Ach, der arme Papa weinte nur und sagte, er hoffe, wir würden glücklicher miteinander sein als er und Ma. Er sagte das nicht vor Prince, sondern bloß zu mir und setzte hinzu: ›Mein armes Kind, man hat dich zu Hause nicht besonders gut unterwiesen, wie du deinem Gatten eine Häuslichkeit bereiten sollst, aber wenn du nicht mit ganzem Herzen bestrebt bist, es zu tun, so ermorde ihn lieber, als daß du ihn heiratest, wenn du ihn wirklich gern hast.‹«

»Und hast du ihn beruhigt, Caddy?«

»Ach, es war natürlich sehr schmerzlich, den armen Papa so niedergeschlagen zu sehen und ihn so schreckliche Dinge sagen zu hören, und ich mußte selbst mitweinen. Ich sagte ihm, daß es mein aufrichtigster Herzenswunsch sei und daß ich hoffte, unser Haus werde für ihn ein Ort werden, wo er des Abends eine gemütliche Umgebung finden könnte, und daß ich hoffte und glaubte, ich werde ihm dort eine bessere Tochter sein können als daheim. Dann erwähnte ich, daß Peepy zu mir kommen würde, und da fing Papa wieder an zu weinen und sagte, die Kinder wären Indianer.«

»Indianer, Caddy?«

»Ja, wilde Indianer. Und Papa sagte, er sehe ein, das Beste, was ihnen geschehen könnte, wäre, wenn man sie allesamt mit dem Tomahawk erschlüge.«

Ada meinte, es sei ein Trost, zu wissen, daß es Mr. Jellyby mit seinen Zerstörungsgelüsten nicht ernst sei.

»Natürlich weiß ich, daß Papa nicht wünscht, seine Familie sich in ihrem Blut wälzen zu sehen«, sagte Caddy. »Aber er meint, daß es ein Unglück für die Kinder ist, eine solche Mutter zu haben, und ein Unglück für ihn, Mas Gatte zu sein. Und das ist gewiß wahr, wenn es auch unnatürlich klingt, daß ich es bestätige.«

Ich fragte Caddy, ob Mrs. Jellyby wisse, daß der Hochzeitstag bereits festgesetzt sei.

»Ach, du weißt, wie Ma ist, Esther«, antwortete sie. »Es ist rein unmöglich, zu sagen, ob sie es weiß oder nicht. Man hat es ihr oft genug erzählt, aber sooft man darauf zu sprechen kommt, wirft sie nur einen friedlichen Blick auf mich, als wäre ich – ich weiß nicht was – ein Kirchturm in der Ferne. Und dann schüttelt sie den Kopf und sagt: ›O Caddy, o Caddy, wie du mich quälst!‹ und arbeitet an ihren Borriobula-Briefen weiter.«

»Und wie steht's mit deiner Garderobe, Caddy?« – Sie brauchte sich uns gegenüber ja nicht zu genieren. –

»Ach, liebe Esther«, entgegnete sie und trocknete sich die Augen, »ich muß es machen, so gut ich kann, und meinem lieben Prince vertrauen, er werde nie unfreundlich daran zurückdenken, daß ich so schäbig zu ihm gekommen bin. Wenn es sich um eine Ausstattung für Borriobula-Gha handelte, so würde Ma alles ganz genau wissen und im höchsten Grad aufgeregt darüber sein. Aber so weiß sie nichts und kümmert sich um nichts.«

Es fehlte Caddy durchaus nicht an natürlicher Liebe zu ihrer Mutter, und sie erwähnte nur die nackte Tatsache mit Tränen in den Augen. Uns tat das arme gute Mädchen so leid, und wir mußten ihre gute natürliche Veranlagung, die trotz so entmutigender Verhältnisse nicht zugrunde gegangen war, so bewundern, daß wir beide zugleich, nämlich Ada und ich, einen kleinen Plan in Vorschlag brachten, der Caddy in größte Freude versetzte. Er bestand darin, daß sie uns auf drei Wochen und ich sie auf eine Woche besuchen sollte und daß wir uns alle drei bemühen wollten, durch Schneidern, Ausbessern, Nähen

und dergleichen unser möglichstes für ihre Garderobe zu tun.
Da mein Vormund sich über den Plan ebenso freute wie Caddy, begleiteten wir sie der nötigen Vorbereitungen wegen am nächsten Tag schon nach London und brachten sie im Triumph mit ihren Schachteln und all den Einkäufen für eine Zehnpfundnote, die Mr. Jellyby vermutlich in den Docks gefunden hatte, ihr aber jedenfalls schenkte, zurück.
Was mein Vormund ihr erst alles geschenkt hätte, wenn wir ihn dazu aufgemuntert hätten, wäre schwer zu sagen, aber wir hielten es für recht, ihm nicht mehr als ein Hochzeitskleid und einen Hut zu gestatten. Er ging auf den Vergleich ein, und Caddy war überglücklich, als wir uns zur Arbeit hinsetzten.
Sie war anfangs ungeschickt genug mit der Nadel, das arme Kind, und stach sich jetzt so oft in die Finger, wie sie sich früher mit Tinte beschmiert hatte. Sie wurde dann meistens ein wenig rot, teils vor Schmerz, teils aus Verdruß über ihre Ungeschicklichkeit, gewöhnte sich das aber bald ab und machte rasche Fortschritte. So saßen sie und mein Liebling, meine kleine Zofe Charley und eine Putzmacherin aus der Stadt und ich Tag für Tag in eifriger Arbeit und so gemütlich wie möglich beisammen.
Außerdem war Caddy sehr besorgt, »wirtschaften zu lernen«, wie sie es nannte. Nun war aber, gütiger Himmel, der Gedanke, sie könnte von einer Person von meiner unermeßlichen Erfahrung wirtschaften lernen, ein solcher Spaß, daß ich lachte und rot wurde und über ihren Vorschlag in Verlegenheit geriet. Ich sagte: »Caddy, gewiß will ich dich alles lehren, was du von mir lernen kannst, liebes Kind«, und ich zeigte ihr alle meine Bücher und Methoden und alle meine kleinen Einrichtungen. Wie sie zuhörte und zusah, hätte man meinen können, ich offenbarte ihr die wundervollsten Erfindungen, und wer sie hätte jedesmal aufstehen und mit mir kommen sehen, sooft ich

mit meinen Wirtschaftsschlüsseln klingelte, hätte gewiß gedacht, daß es nie einen größeren Scharlatan gegeben als mich und einen blindern Anhänger als Caddy Jellyby.

So vergingen mit Arbeiten und Wirtschaften, Unterrichtsstunden für Charley und dem Backgammonspielen abends mit meinem Vormund und Duetten mit Ada die drei Wochen schnell genug. Dann begleitete ich Caddy nach Hause, um zu sehen, was sich dort tun lasse, und Ada und Charley blieben zurück, um für meinen Vormund zu sorgen.

Wenn ich sage, ich begleitete Caddy nach Hause, so meine ich damit die möblierte Wohnung in Hatton Garden. Wir gingen zwei- oder dreimal nach Newman Street, wo ebenfalls allerlei Vorbereitungen im Gange waren. Ziemlich viel, wie ich bemerkte, um die Behaglichkeit des alten Mr. Turveydrop zu vermehren, und einige wenige, um das junge Paar billig im obersten Stock des Hauses unterzubringen. Unser Hauptziel jedoch war, die möblierte Wohnung für das Hochzeitsfrühstück anständig herzurichten und Mrs. Jellyby vorher ein schwaches Bewußtsein von der kommenden Feier einzuimpfen.

Letzteres war das schwerste von beiden, weil Mrs. Jellyby und ein kränklicher, blasser Knabe das vordere Wohnzimmer innehatten – das rückwärtige war bloß eine Kammer. Der Fußboden war mit einer dicken Schicht von Papierfetzen und Borriobula-Dokumenten bedeckt wie ein liederlich gehaltner Stall mit Streu. Mrs. Jellyby saß hier den ganzen Tag, trank starken Kaffee, diktierte und hielt Borriobula-Konferenzen ab. Der kränkliche blasse Knabe, der im ersten Stadium der Schwindsucht zu stehen schien, aß außer Hause.

Wenn Mr. Jellyby heimkam, stöhnte er gewöhnlich und ging hinab in die Küche. Dort bekam er etwas zu essen, wenn die Köchin ihm etwas gab, und dann fühlte er, daß er im Wege war, und ging draußen in der Nässe in Hatton Garden spazieren. Die armen Kinder kletterten und purzelten im Hause herum, wie sie es von jeher gewohnt gewesen.

Die armen kleinen Opfer in der kurzen Frist einer Woche in einen nur irgend präsentablen Zustand zu versetzen, war einfach unmöglich, und ich schlug Caddy daher vor, sie an ihrem Hochzeitsmorgen in der Dachkammer – wo sie alle schliefen – so glücklich wie möglich zu machen und unser Hauptaugenmerk auf ihre Mama und deren Zimmer und die Vorbereitungen für ein reinliches Hochzeitsfrühstück zu beschränken. Wirklich erforderte Mrs. Jellyby ziemlich viel Aufmerksamkeit, denn das Gitterwerk auf ihrem Rücken hatte sich seit dem Tag unsrer ersten Bekanntschaft erheblich vergrößert, und ihr Haar sah aus wie die Mähne eines Kehrichtwagenpferdes. Da mir eine allgemeine Besichtigung von Caddys Garderobe das beste Mittel zu sein schien, mich dem Thema auf Schleichwegen zu nähern, lud ich Mrs. Jellyby eines Abends, als der kränkliche Knabe fortgegangen war, ein, sich die Sachen, die auf Caddys Bett ausgebreitet waren, anzusehen.
»Meine liebe Miß Summerson«, sagte sie und stand mit ihrer gewohnten freundlichen Gelassenheit vom Schreibtisch auf, »das sind wahrhaft lächerliche Vorbereitungen, wenn es auch ein Beweis Ihrer Güte ist, daß Sie sich so sehr darum bemühen. Es liegt für mich etwas unaussprechlich Absurdes in dem Gedanken, daß Caddy heiratet. O Caddy, du törichtes, törichtes, törichtes Gänschen!«
Nichtsdestoweniger begleitete sie mich hinauf und besah sich die Kleider in ihrer gewohnten geistesabwesenden Art. Sie gaben ihr sogar einen bestimmten Gedanken ein, denn sie sagte mit ihrem friedlichen Lächeln kopfschüttelnd: »Meine gute Miß Summerson, mit dem halben Gelde hätte man ein Kind für Afrika ausstatten können.«
Wir gingen dann wieder hinunter, und Mrs. Jellyby fragte mich, ob das störende Geschäft des Heiratens wirklich nächsten Mittwoch stattfinden sollte. Als ich bejahte, sagte sie: »Wird man mein Zimmer brauchen, liebe Miß

Summerson? Es ist mir ganz unmöglich, meine Papiere wegzuschaffen.«
Ich nahm mir die Freiheit, zu bemerken, daß wir das Zimmer jedenfalls brauchen würden und die Papiere irgendwohin schaffen müßten.
»Nun, Sie müssen es am besten wissen, liebe Miß Summerson«, sagte Mrs. Jellyby. »Aber dadurch, daß mich Caddy genötigt hat, einen Knaben aufzunehmen, hat sie mich bei meiner Überbürdung mit Geschäften für das öffentliche Wohl so in Verlegenheit gebracht, daß ich nicht weiß, wohin ich mich wenden soll. Wir haben überdies Mittwoch nachmittag Zweigvereinsversammlung, und die Störung durch die Hochzeit kommt daher recht ungelegen.«
»Es wird so leicht nicht wieder vorkommen«, tröstete ich sie lächelnd. »Caddy wird sich wahrscheinlich nur einmal verheiraten.«
»Das ist richtig«, gab Mrs. Jellyby zu. »Das ist richtig, liebes Kind. Wir müssen uns also wohl, so gut es eben geht, hinein schicken.«
Die nächste Frage war, was Mrs. Jellyby zu der Feierlichkeit anziehen sollte. Es war so seltsam, wie sie von ihrem Schreibtisch herüber uns so heiter und ruhig anblickte, während Caddy und ich darüber zu Rate gingen, und gelegentlich mit einem vorwurfsvollen Lächeln den Kopf schüttelte wie ein überlegner Geist, der langmütig solche Tändeleien duldet.
Der Zustand, in dem sich ihre Kleider befanden, und das außerordentliche Durcheinander, in dem sie sie aufbewahrte, vermehrten nicht wenig die Schwierigkeit unsres Unternehmens. Aber schließlich brachten wir doch etwas zustande, was dem, was eine Durchschnittsmutter bei einer solchen Veranlassung getragen haben würde, nicht direkt unähnlich sah.
Die Geistesabwesenheit, mit der Mrs. Jellyby sich ihr Kleid von der Putzmacherin anprobieren ließ, und die Freundlichkeit, mit der sie sodann zu mir äußerte, wie leid

es ihr tue, daß ich meine Gedanken nicht lieber Afrika gewidmet habe, paßten so recht zu ihrem ganzen übrigen Benehmen.

Die Wohnung war hinsichtlich Raum ziemlich beschränkt; aber ich glaube, die St.-Pauls- oder St.-Peters-Kirche in ihrer ganzen gewaltigen Größe hätte für Mrs. Jellybys Haushalt höchstens auch nur dazu ausgereicht, um darin mehr Schmutz entfalten zu können. Ich glaube nicht, daß irgend etwas überhaupt Zerbrechliches aus dem Familienbesitz zur Zeit dieser Hochzeitsvorbereitungen noch nicht zerbrochen war. Nichts, was irgendwie verderben konnte, war unverdorben. Kein häuslicher Gegenstand, vom Knie eines lieben Kindes an bis zu einem Türschild, der überhaupt schmutzig werden konnte, war ohne so viel Schmutz, wie sich nach physikalischen Gesetzen darauf ansammeln konnte.

Der arme Mr. Jellyby, der sehr selten sprach und zu Hause fast stets mit dem Kopf an die Wand gelehnt dasaß, faßte ein lebhaftes Interesse, als er Caddy und mich bemüht sah, einigermaßen Ordnung inmitten dieser Verwirrung und Zerrüttung herzustellen, und zog seinen Rock aus, um mitzuhelfen. Aber so wunderbare Dinge kamen in den Schränken zum Vorschein – verschimmelte Stückchen von Pasteten, versäuerte Flaschen, Mrs. Jellybys Mützen, Briefe, Tee, Gabeln, einzelne Kinderstiefel und Schuhe, Unterzünder, Oblaten, Topfdeckel, naß gewordner Zukker in einer Anzahl Papiertüten, Fußschemelbestandteile, Stiefelbürsten, Brot, Damenhüte, Bücher, auf deren Einband Butter klebte – Lichtstümpfe, die man verkehrt in zerbrochne Leuchter gesteckt hatte, um sie auszulöschen – Nußschalen, Köpfe und Schwänze von Krebsen, Tischdecken, Handschuhe, Kaffeesatz, Regenschirme –, daß er ein erschrockenes Gesicht machte und es aufgab. Aber regelmäßig kam er jeden Abend herein und setzte sich in Hemdsärmeln, den Kopf an die Wand gelehnt, hin, als hätte er uns gern geholfen und wüßte nur nicht, wie.

»Armer Papa«, sagte Caddy am Abend vor dem großen Tag zu mir, als wirklich ein wenig Ordnung hergestellt war. »Es ist eigentlich grausam, ihn zu verlassen, Esther. Aber was könnte ich tun, wenn ich bliebe? Seit ich dich kennengelernt habe, habe ich immer und immer wieder aufgeräumt und geputzt, aber es half nichts. Ma, vereint mit Afrika, stellt das ganze Haus auf den Kopf. Wir haben nie einen Dienstboten, der nicht tränke. Ma verdirbt alles.«

Mr. Jellyby konnte nicht gehört haben, was sie sagte, aber er war sehr niedergeschlagen und weinte, wie mir schien.

»Mir tut das Herz weh, wenn ich an ihn denke, wahrhaftig!« schluchzte Caddy. »Ich kann mich heute abend des Gedankens nicht erwehren, wo ich doch von ganzer Seele hoffe, mit Prince glücklich zu werden, daß gewiß auch Papa einst wähnte, mit Ma glücklich zu sein. Was für ein Leben voller Enttäuschungen!«

»Meine liebe Caddy«, sagte Mr. Jellyby und kehrte uns langsam sein Gesicht von der Wand her zu. Ich glaube, es war das erstemal, daß ich drei zusammenhängende Worte von ihm hörte.

»Ja, Papa?« rief Caddy, ging zu ihm hin und umarmte ihn liebreich.

»Meine liebe Caddy, nimm niemals ...«

»Niemals Prince, Pa?« stotterte Caddy. »Niemals ...«

»Doch, liebes Kind«, sagte Mr. Jellyby. »Nimm ihn jedenfalls. Aber nimm niemals ...«

Ich erinnerte mich, daß schon bei unserm ersten Besuch in Thavies Inn Richard von Mr. Jellyby behauptet hatte, er pflege häufig den Mund aufzumachen, ohne etwas zu sagen. Es war wirklich seine Gewohnheit. Er machte jetzt viele Male den Mund auf und schüttelte trübsinnig den Kopf.

»Was soll ich niemals nehmen, was denn, lieber Papa?« fragte Caddy und hing liebkosend an seinem Hals.

»Nimm nie eine Mission auf dich, mein liebes Kind.«

Er stöhnte und lehnte den Kopf wieder an die Wand. Es war das erstemal, daß ich von ihm eine Meinungsäußerung über die Borriobula-Frage hörte. Ich glaube, er muß in früheren Zeiten gesprächig und lebhaft gewesen sein, aber er schien es lange, bevor ich ihn kennenlernte, ganz und gar aufgegeben zu haben.

Ich glaubte, Mrs. Jellyby wollte diese Nacht überhaupt nicht aufhören, mit heiter ruhigem Blick ihre Papiere durchzusehen und dabei Kaffee zu trinken. Es schlug zwölf Uhr, ehe wir von dem Zimmer Besitz ergreifen konnten, und das Aufräumen war so entmutigend, daß Caddy, sowieso schon ganz erschöpft, sich mitten in den Staub hinsetzte und weinte. Aber sie wurde bald wieder fröhlich, und wir verrichteten wahre Wunder in der Stube, ehe wir zu Bett gingen.

Des Morgens früh sah es mit Hilfe einiger Blumen, eines großen Aufwandes von Seife und Wasser und ein bißchen Aufräumens ganz freundlich aus. Der einfache Frühstückstisch nahm sich recht hübsch aus, und Caddy war wirklich entzückend. Aber als mein Liebling kam, glaubte ich und glaube es noch jetzt, noch nie etwas Schöneres als Ada gesehen zu haben.

Für die Kinder machten wir ein kleines Festmahl zurecht, übergaben Peepy den Vorsitz an der Tafel und zeigten ihnen Caddy in ihrem Brautkleid. Und sie klatschten in die Hände und riefen: »Hurra!« Nur Caddy weinte bei dem Gedanken, sie jetzt verlassen zu müssen, und drückte sie immer und immer wieder ans Herz, bis wir Prince heraufkommen ließen, um sie abzuholen. Leider, wie ich gestehen muß, biß ihn Peepy bei dieser Gelegenheit.

Unten fanden wir den alten Mr. Turveydrop in unbeschreiblich vornehmer Haltung. Er segnete Caddy huldreich und gab meinem Vormund zu verstehen, daß seines Sohnes Glück sein väterliches Werk sei und er persönliche Rücksichten ganz aus dem Spiel lasse, um es zu sichern.

»Wertgeschätzter Herr«, sagte er, »die jungen Leute werden bei mir wohnen. Mein Haus ist groß genug für sie. Und es soll ihnen nicht an Schutz und Obdach unter meinem Dache fehlen. Ich hätte es gerne gesehen – Sie werden die Andeutung verstehen, Mr. Jarndyce, denn Sie erinnern sich noch meines hohen Gönners, des Prinzregenten –, ich hätte es gerne gesehen, daß mein Sohn in eine Familie mit vornehmeren Allüren geheiratet hätte, aber der Wille des Himmels geschehe!«

Mr. und Mrs. Pardiggle waren ebenfalls eingeladen. – Mr. Pardiggle, ein eigensinnig aussehender Mann mit einer langen Weste und struppigem Haar, sprach beständig mit tiefer Baßstimme von seinem Scherflein, Mrs. Pardiggles Scherflein und seiner fünf Knaben Scherflein. Mr. Quale, das Haar wie gewöhnlich zurückgebürstet und die Beulen an den Schläfen glänzend wie immer, war gleichfalls gekommen, nicht als enttäuschter Liebhaber, sondern als Erklärter einer jungen – besser gesagt, unverheirateten – Dame, einer gewissen Miß Wisk. Miß Wisks Mission war, der Welt zu zeigen, daß die Mission des Weibes die Mission des Mannes sei und daß die einzig echte Mission von Mann und Weib sei, in öffentlichen Versammlungen über allgemeine Grundsätze rastlos erklärende Behauptungen aufzustellen.

Es waren nur wenig Gäste, aber sie widmeten sich sämtlich, wie man nicht anders erwarten konnte, der öffentlichen Wohlfahrt. Außer den bereits erwähnten war eine außerordentlich schmutzige Dame anwesend mit ganz schiefem Hut, den Preiszettel noch am Kleid, deren Haus, wie mir Caddy erzählte, die reinste Wildnis sei. Ein sehr streitsüchtiger Herr, dessen Mission, wie er sagte, war, jedermanns Bruder zu sein, was ihn aber nicht hinderte, mit seiner ganzen großen Weltfamilie auf gespanntem Fuß zu stehen, vervollständigte die Gesellschaft. Eine weniger zu einer solchen Festlichkeit passende Gästeschar hätte selbst das größte Genie nicht zusammenstellen können. Eine so gewöhnliche Mission wie die Mission der Häuslichkeit war das allerletzte, was sie hätten ertragen können, und Miß Wisk äußerte mit größter Empörung vor dem Frühstück, daß die Zumutung, die Mission des Weibes läge hauptsächlich in der engen Sphäre der Häuslichkeit, eine niederträchtige Herabwürdigung von seiten der Tyrannen, nämlich der Männer, bedeute. Eine andre Eigentümlichkeit war, daß kein mit einer Mission Behafteter – außer Mr. Quale, dessen Mission, wie bereits früher erwähnt, war, von der anderer begeistert zu sein – sich auch nur im mindesten um die Mission seines Nebenmenschen bekümmerte.

Mrs. Pardiggle war genauso davon durchdrungen, daß der einzig unfehlbare Beruf der ihre sei, über Arme herzufallen und ihnen Wohltaten zu applizieren wie eine Zwangsjacke, wie Miß Wisk überzeugt war, daß das einzig Richtige für die Welt die Emanzipation der Frau von dem Joche ihres Tyrannen, des Mannes, sei. Mrs. Jellyby lächelte die ganze Zeit über die Beschränktheit eines Blikkes, der etwas anderes als Borriobula-Gha sehen konnte. Aber ich spreche schon von unsrer Unterhaltung auf der Heimfahrt.

Vorher gingen wir alle in die Kirche, und Mr. Jellyby gab Caddy das Geleit. Von der Grazie, mit der der alte Mr. Turveydrop seinen Zylinder unter dem linken Arm trug, das Innere dem Geistlichen wie eine Kanonenmündung zugekehrt, und mit Augen, die fast unter seiner Perücke verschwanden, steif und hochschultrig während der Feierlichkeit hinter uns Brautjungfern stand und uns nachher küßte, werde ich nie entsprechend schildern können. Miß Wisk, von der ich nicht behaupten kann, daß ihr Äußeres besonders anziehend gewesen wäre, hörte der Zeremonie als einem neuen Beweis der Sklaverei des Weibes mit verachtungsvoller Miene zu. Mrs. Jellyby mit ihrem ruhigen Lächeln und ihren heitern Augen war sichtlich die Unbeteiligtste von der ganzen Gesellschaft.

Wir fuhren zum Frühstück wieder in die Wohnung zurück, und Mr. und Mrs. Jellyby setzten sich an die beiden Schmalenden der Tafel. Caddy hatte sich vorher hinaufgeschlichen, um die Kinder nochmals zu umarmen und ihnen zu sagen, sie heiße jetzt Turveydrop. Aber diese Nachricht verursachte Peepy, anstatt auf ihn wohltätig zu wirken, einen derartigen Schmerz, daß er sich auf den Rücken warf und mit den Beinen strampelte. Als man mich zu Hilfe holte, konnte ich auch nichts weiter tun, als dem Vorschlag, ihn mit zur Frühstückstafel zu nehmen, beizustimmen. So kam er denn herunter und setzte sich auf meinen Schoß, und Mrs. Jellyby war, nachdem sie in bezug auf den Zustand seines Lätzchens gesagt hatte: »Du nichtsnutziger Peepy, was für ein abscheuliches kleines Schwein du bist!«, nicht im mindesten aus der Fassung gebracht. Er benahm sich im allgemeinen sehr gut, nur bestand er darauf, daß er den Noah – aus seiner Arche, die ich ihm vor dem Kirchgang gekauft – in die Weingläser tunken und dann in den Mund stecken durfte.

Mein Vormund verstand es mit seiner guten Laune, seinem feinen Takt und seinem liebenswürdigen Benehmen, selbst aus der ungemütlichsten Gesellschaft etwas Angenehmes zu machen. Keiner der Gäste schien von etwas anderm als von seiner eignen Mission sprechen zu können, aber mein Vormund wußte alles in heiterer Weise zu Ehren der Feier und zur Aufmunterung Caddys zu drehen und steuerte uns sicher durch die Gefahren des Frühstücks. Was wir ohne ihn gemacht hätten, fürchte ich mich fast auszudenken, denn da jeder auf Braut und Bräutigam von oben herabsah und sich der alte Mr. Turveydrop infolge seines vornehmen Anstandes und seiner Allüren der ganzen Gesellschaft unendlich überlegen hielt, war es ein geradezu verzweifelter Fall.

Endlich kam die Zeit, wo die arme Caddy Abschied nehmen mußte und ihr ganzes Hab und Gut auf den gemieteten Zweispänner, der sie und ihren Gatten nach Grave's End bringen sollte, gepackt wurde.

Es war rührend, wie sie sich jetzt gar nicht von dem Vaterhaus, das ihr so jämmerlich wenig geboten, trennen konnte und mit der größten Zärtlichkeit am Halse der Mutter hing.

»Es tut mir so leid, daß ich nicht länger diktando schreiben konnte, Ma«, schluchzte sie. »Ich hoffe, du verzeihst mir jetzt.«

»Ach Caddy, Caddy«, seufzte Mrs. Jellyby. »Ich habe dir doch oft genug gesagt, daß ich einen Knaben aufgenommen habe, und damit ist's abgemacht.«

»Bist du auch ganz gewiß nicht ein bißchen böse mehr auf mich, Ma? Sage, daß du's nicht bist, ehe ich weggehe, Ma!«

»Du närrische Caddy«, entgegnete Mrs. Jellyby. »Sehe ich böse aus oder neige ich überhaupt zum Bösesein? Oder habe ich Zeit dazu?«

»Gib ein bißchen auf Papa acht, wenn ich fort bin, Ma!«

Mrs. Jellyby lachte geradezu über diesen Einfall. »Du romantisches Kind!« sagte sie und klopfte Caddy auf den Rücken. »Geh nur. Es liegt nicht der geringste Schatten zwischen uns. Jetzt leb wohl, Caddy, und sei recht glücklich.«

Dann umarmte Caddy ihren Vater und legte seine Wange an ihre, als wäre er ein krankes Kind, und konnte sich gar nicht von ihm losreißen.

Alles dies spielte sich in der Vorhalle ab. Der Vater ließ sie los, zog sein Taschentuch heraus, setzte sich auf die Treppe und lehnte den Kopf an die Wand. Ich hoffe, daß ihn das einigermaßen getröstet hat. Ich glaube es sogar.

Und dann nahm Prince ihren Arm und wandte sich in großer Ergriffenheit und Verehrung zu seinem Vater, dessen Anstand und Allüren in diesem Augenblick sich in geradezu überwältigender Weise entfalteten.

»Ich danke dir aber- und abermals, Vater«, sagte Prince und küßte ihm die Hand. »Ich bin dir unendlich dankbar für all deine Güte und deine Rücksicht betreffs unsrer

Heirat. Und dasselbe, kann ich dir versichern, fühlt auch Caddy.«
»Sehr«, schluchzte Caddy, »seh-e-r.«
»Mein lieber Sohn«, antwortete Mr. Turveydrop, »und du, meine liebe Tochter, ich habe meine Pflicht getan. Wenn der Geist der Verewigten über uns schwebt und jetzt herabblickt, so ist das und eure beständige Liebe mein Dank, mein Sohn. Ihr werdet *euere* Pflicht, mein Sohn und meine Tochter, doch niemals vergessen?«
»Teurer Vater, nie!« rief Prince.
»Nie, nie, lieber Mr. Turveydrop!« beteuerte auch Caddy.
»So sei es! Meine Kinder, mein Haus gehört euch, mein Herz ist euer. Und alles, was mein ist. Ich will euch nie verlassen, und nur der Tod soll uns scheiden. Mein lieber Sohn, gedenkst du wirklich, eine ganze Woche wegzubleiben?«
»Eine Woche, lieber Vater. Wir kommen heute über acht Tage wieder nach Hause.«
»Mein liebes Kind, ich muß dir selbst unter den gegenwärtigen Ausnahmeverhältnissen strengste Pünktlichkeit empfehlen. Es ist von höchster Wichtigkeit, mit der Kundschaft in Fühlung zu bleiben. Wenn man Schulen auch nur im mindesten vernachlässigt, so rächt sich das leicht.«
»Heute über acht Tage, Vater, sind wir gewiß zum Mittagessen wieder zu Hause.«
»Gut«, sagte Mr. Turveydrop. »Euer Zimmer wird geheizt sein, liebe Caroline, und das Essen in meinem eignen Appartement bereitstehen. Ja, ja, Prince«, kam er einem bescheidnen Einwand von seiten seines Sohns mit einer großartigen Geste zuvor. »Du und unsre Caroline werden sich im obern Teil des Hauses noch nicht heimisch fühlen, und ich will deshalb, daß ihr für diesen Tag in meinem Appartement diniert. Und nun behüt euch Gott!«
Sie fuhren fort. Ob ich mich mehr über Mrs. Jellyby oder über Mr. Turveydrop wundern sollte, wußte ich nicht.

Mein Vormund und Ada sprachen darüber, und es ging ihnen ebenso.
Ehe wir uns empfahlen, machte mir Mr. Jellyby ein höchst unerwartetes und beredtes Kompliment. Er kam im Vorzimmer auf mich zu, ergriff meine beiden Hände, drückte sie und machte zweimal den Mund auf und zu.
Ich wußte so genau, was er meinte, daß ich ganz verlegen abwehrte: »Bitte, sprechen Sie nicht davon, Sir.«
»Ich hoffe, diese Heirat fällt gut aus, Vormund«, sagte ich, als wir drei nach Hause fuhren.
»Ich hoffe, Mütterchen! Geduld. Wir werden sehen!«
»Ist heute Ostwind?« wagte ich zu fragen.
Er lachte herzlich und verneinte.
»Aber diesen Morgen muß Ostwind gewesen sein, glaube ich?«
Er verneinte wieder, und dieses Mal sagte auch mein Liebling ganz zuversichtlich nein und schüttelte das hübsche Köpfchen, das mit den Blumen in dem blonden Haar wie der Lenz selbst aussah.
»Was weißt du denn von Ostwind, mein häßlicher Liebling«, sagte ich und mußte sie in meiner Bewunderung küssen – ich konnte mir nicht helfen.
Ach, ich weiß gar wohl, daß nur die Liebe der beiden zu mir die Ursache war, daß sie mir das sagten. Ich muß es hinschreiben, selbst wenn ich es wieder ausstreichen sollte, weil es mir so viel Freude macht: Sie sagten mir, es könne kein Ostwind sein, wo ein gewisser Jemand sei. Wo Mütterchen Hubbard sei, da sei Sonnenschein und Sommerluft.

31. Kapitel

Wärterin und Kranke

Ich war noch nicht viele Tage wieder zu Hause, als ich eines Abends hinauf in mein Zimmer ging, um Charley über die Schulter zu gucken und zu sehen, wie sie mit ihren Schreibübungen vorankäme. Schreiben war eine harte Arbeit für Charley. Sie schien keine Macht über die Feder zu haben, die in ihrer Hand ein widerspenstiges Leben zu bekommen schien, ausglitschte, krumm ging, stehenblieb, spritzte und sich in die Ecken drängte wie ein Reitesel. Es war seltsam, was für alte Buchstaben Charleys junge Hand machte. Buchstaben, so runzlig und verschrumpft und schlottrig, und die Hand so voll und rund! Und wie ungewöhnlich geschickt Charley in andern Dingen war! Sie hatte so gewandte kleine Finger wie nur irgend jemand.

»Nun, Charley, wir machen Fortschritte«, ermutigte ich sie, als ich eine ganze Seite voll Os betrachtete, auf der alle möglichen drei- und viereckigen, birnenförmigen und schief stehenden Formen zu sehen waren. »Wenn es uns erst einmal gelingt, sie rund zu kriegen, sind wir Meister, Charley.«

Dann machte ich ein O, und Charley machte eins. Charleys Feder wollte es aber nicht zusammenschließen, sondern geruhte, es zu einem Knoten zu wirbeln.

»Tut nichts, Charley. Wir werden es mit der Zeit schon lernen.«

Charley war mit ihrem Pensum fertig, legte die Feder hin, machte das steif gewordne Händchen auf und zu, besah mit ernstem Gesicht, halb stolz, halb zweifelhaft, die Seite, stand auf und knickste.

»Ich danke Ihnen, Miß. Wenn Sie erlauben, Miß, haben Sie nicht eine arme Frau namens Jenny gekannt?«

»Die Frau eines Ziegelstreichers, Charley.«

»Ja. Sie redete mich vor kurzem an, als ich ausging, und sagte, sie kenne Sie, Miß. Sie fragte mich, ob ich nicht die kleine Zofe der jungen Dame sei – sie meinte Sie, Miß –, und ich sagte ja, Miß.«

»Ich dachte, sie wäre weggezogen, Charley.«

»Sie war auch weg, Miß, aber ist wieder in ihre alte Wohnung zurückgekommen – sie und Liz. Haben Sie die andre arme Frau namens Liz gekannt, Miß?«

»Ich glaube wohl, wenn auch nicht dem Namen nach.«

»Sie hat das auch gesagt«, entgegnete Charley. »Sie sind beide zurückgekehrt, Miß, und haben sich weit und breit herumgetrieben.«

»Weit und breit herumgetrieben haben sie sich, Charley?«

»Ja, Miß.«

Wenn Charley die Buchstaben in ihrem Schreibheft nur so rund hätte machen können wie ihre Augen, als sie mich dabei ansah, wären sie vortrefflich gewesen.

»Und diese arme Frau kam vor drei oder vier Tagen hierher ins Haus in der Hoffnung, Sie zu sehen, Miß. Weiter wollte sie nichts, sagte sie. Aber Sie waren nicht da. Sie sah mich herumgehen, Miß«, sagte Charley und lachte voll Freude und Stolz, »und meinte, ich sähe ganz wie Ihre Zofe aus.«

»Meinte sie das wahrhaftig, Charley?«

»Ja, Miß, wirklich und wahrhaftig.«

Charley machte wieder kreisrunde Augen, lachte fröhlich auf und sah dann so ernsthaft drein, wie es sich für meine Zofe schickte. Ich konnte mich nie satt an Charley im Vollgenuß ihrer großen Würde sehen, wenn sie mit ihrem jungen Gesicht, ihrer kindlichen Gestalt und doch so gesetztem Ausdruck vor mir stand und ihre kindliche Freude dann und wann auf das reizendste die Hülle durchbrach.

»Und wo hast du sie gesehen, Charley?«

Das Gesicht meiner kleinen Zofe trübte sich, als sie zur Antwort gab: »Vor der Apotheke, Miß«, denn sie trug noch ihren schwarzen Trauerrock.
Ich fragte, ob die Frau des Ziegelstreichers krank sei, aber Charley sagte: »Nein. Jemand anders. Ein armer Junge in ihrer Hütte, der sich bis St. Albans geschleppt hat und ohne Ziel herumgewandert ist. Ein armer Junge! Ohne Vater, ohne Mutter und ohne sonst jemanden auf Erden. So, wie Tom gewesen wäre, Miß, wenn Emma und ich nach dem Vater gestorben wären«, sagte Charley, und ihre runden Augen füllten sich mit Tränen.
»Und sie holte Arznei für ihn, Charley?«
»Sie sagte, Miß, daß er das einmal auch für sie getan hätte.«
Das Gesicht meiner kleinen Zofe glühte so vor Eifer, und ihre sonst so ruhigen Hände verkrampften sich so fest, als sie vor mir stand und mich ansah, daß ich unschwer ihre Gedanken erriet.
»Ich glaube, Charley, wir könnten beide nichts Besseres tun, als hinüberzugehen und nachzusehen, was es gibt.«
Die Schnelligkeit, mit der Charley mir Hut und Schleier brachte, mir beim Ankleiden half, sich in ihr Umschlagtuch hüllte und sich wie eine kleine alte Frau zurechtputzte, verrieten genügend ihre Bereitwilligkeit. Und so gingen Charley und ich, ohne weiter ein Wort darüber zu verlieren, aus.
Es war ein kalter unwirtlicher Abend, und die Bäume schauerten im Wind. Es hatte seit vielen Tagen unaufhörlich stark geregnet. Soeben erst hatte es nachgelassen. Der Himmel, zum Teil aufgehellt, war noch sehr dunkel, selbst über uns, wo ein paar Sterne schimmerten. Im Norden und Nordwesten, wo die Sonne vor drei Stunden untergegangen war, lag ein bleiches totes Licht, schön und grauenhaft zugleich. Und in dasselbe hinein ragten lange schwere Wolkenreihen wie ein Meer, das im Wogen erstarrt ist. In der Richtung von London breitete sich ein fahlroter Schimmer über die ganze dunkle Himmelswü-

ste, und der Gegensatz zwischen diesen beiden Lichtern und der Gedanke, daß der rote Schein von einem unirdischen Feuer herrühren könne und auf alle die unsichtbaren Gebäude der Stadt und die Gesichter der vielen tausend staunenden Bewohner herabscheinen, war im höchsten Grade feierlich.

Ich hatte an diesem Abend keine Ahnung – keine, ich weiß es gewiß – von dem, was mir bald zustoßen sollte. Aber ich habe mich seitdem oft erinnert, daß mich, als wir an der Gartentür stehenblieben, um den Himmel anzusehen, und dann unsern Weg einschlugen, für einen Augenblick ein unbeschreibliches Gefühl beschlich, ich sei etwas anderes, als ich damals war. Ich weiß, daß damals und an jenem Ort, den wir besuchten, dieser Gedanke über mich kam. Seitdem ist dieses Gefühl mit diesem Ort und dieser Zeit in mir verknüpft und mit allem, was damit in Verbindung steht, bis hinab zu den Stimmen im Dorf, dem Bellen eines Hundes und dem Rollen von Rädern, die die aufgeweichte Straße bergab kamen.

Es war ein Samstagabend, und die meisten Leute aus der Gegend, in die wir gingen, saßen in den Schenken. Der Ort war ruhiger, als ich ihn von früher her kannte, aber immer noch so ärmlich und elend. Die Ziegelöfen brannten, und ein erstickender Rauch wälzte sich blau und grau auf uns zu.

Wir erreichten die Hütte, in deren Fenster ein schwacher Lichtschein glänzte, klopften an die Tür und traten ein. Die Mutter, der das kleine Kind gestorben war, saß auf einem Stuhl an der Seite des kärglichen Feuers neben dem Bett, und ihr gegenüber hockte ein zerlumpter Knabe auf dem Fußboden, an den Herd gelehnt. Unter dem Arm hielt er die letzten zerfetzten Reste einer Pelzmütze, und wie er sich zu wärmen versuchte, klapperte er mit den Zähnen wie die Türe und das Fenster. Die Stube war dumpfiger noch als früher, und es herrschte in ihr ein ungesunder eigentümlicher Geruch.

Ich hatte den Schleier nicht zurückgeschlagen, als ich die Frau beim Eintreten anredete. Sogleich fuhr der Junge mit wankenden Beinen in die Höhe und starrte mich mit einem merkwürdigen Ausdruck von Überraschung und Entsetzen an.

Seine Bewegung war so rasch und ich so offenkundig die Ursache, daß ich nicht näher trat, sondern stehenblieb.

»I mag net noch amal aufn Friedhof gehn«, murmelte der Junge vor sich hin. »I mag net, hören S.«

Ich schlug den Schleier zurück und sprach mit der Frau. Sie sagte zu mir halblaut: »Achten Sie nicht auf ihn, Maam. Er wird bald wieder zu sich kommen«, und zu dem Jungen: »Jo, Jo, was ist denn?«

»I weiß schon, warum s kommen is.«

»Wer?«

»Die Dame dorten. I soll mit ihr aufn Friedhof gehn. 's gfallt mir net dorten. Sie könnten mich dorten begrabn.«

Sein Schüttelfrost kam wieder, und als er sich an die Wand lehnte, teilte sich sein Zittern der ganzen Hütte mit.

»Das und ähnliches hat er den ganzen Tag über gesprochen, Maam«, flüsterte mir Jenny zu. »Was machst du denn für Augen! Das ist doch *meine* Dame, Jo.«

»Das is sie?« antwortete der Junge zweifelnd und betrachtete mich, wobei er den Arm schützend über seine fiebrigen Augen hielt. »Schaut grad aus wie die andre. S is net der Hut und a net des Kleid, aber anschaun tut s mich wie die andre.«

Meine kleine Charley, erfahren in Krankheit und Sorge, hatte Hut und Schal abgelegt, ging jetzt still mit einem Stuhl zu ihm hin und hieß ihn sich niedersetzen, wie eine alte Krankenwärterin. Nur hätte eine solche ihm vielleicht nicht so viel Vertrauen eingeflößt wie Charley mit ihrem jugendlichen Gesicht.

»Hören S«, sagte der Junge. »Is die Dame wirklich net die andre Dame?«

Charley schüttelte den Kopf und wickelte methodisch seine Lumpen um ihn und hüllte ihn so warm ein wie nur möglich.
»So. Dann kann sie's wohl net sein.«
»Ich komme, um zu sehen, ob ich etwas für dich tun kann«, sagte ich. »Was fehlt dir?«
»Mir is kalt«, antwortete der Knabe heiser, und sein hohler Blick musterte mich ruhelos. »Und dann is mir wieder heiß, und das wechselt so miteinander. Im Kopf is mir so dumm, und i glaub, i werd verrückt. Und dann is mir so trocken, und alle Knochen im Leib tun mir weh.«
»Seit wann ist er hier?« fragte ich die Frau.
»Seit heut morgen, Maam. Ich hab ihn in einem Winkel im Dorf gefunden. Ich kenn ihn von London her. Nicht wahr, Jo?«
»Toms Einöd«, bestätigte er.
Sooft sich seine Aufmerksamkeit oder seine Augen auf etwas richteten, geschah es nur für kurze Zeit. Bald ließ er wieder den Kopf sinken, wiegte ihn schwer hin und her und redete halb wie im Schlaf.
»Wann ist er von London gekommen?«
»Gestern«, antwortete der Junge selbst, jetzt ganz rot und fieberheiß. »I geh irgendwohin.«
»Wohin denn?«
»Irgendwohin«, wiederholte er lauter. »Marsch vorwärts! ham s mir öfter als je zuvor gsagt, seitdem mir die, was die andre is, den Sovring geben hat. Mrs. Sangsby hetzts gegen mi auf – und ich hab doch nix angestellt, und sie beobachtens und hetzens mi alle. Alle ohne Ausnahm. Von der Stund an, wo ich net aufsteh, bis zu Stund, wo i net schlafn geh. I geh irgendwohin. Dahin geh i. Unten in Toms Einöd hat s zu mir gsagt, daß s von St. Albans kommen is, und so bin i auf d St.-Albans-Straßn gangen. S is so gut wie alles andre.«
Bei den letzten Worten wendete er sich an Charley.
»Was soll man mit ihm anfangen?« fragte ich und nahm

die Frau beiseite. »In diesem Zustand kann er seine Reise unmöglich fortsetzen, selbst wenn er ein Ziel hätte.«

»Ich weiß nicht mehr als die Toten, Maam«, entgegnete sie und sah ihn mitleidig an. »Vielleicht wissen es die Toten besser, wenn sie's uns nur sagen könnten. Ich hab ihn aus Barmherzigkeit den Tag über hierbehalten und ihm eine Suppe und Arznei gegeben, und Liz ist fort, um zu versuchen, ob ihn nicht jemand zu sich nehmen will. Hier liegt mein kleiner Liebling im Bett, es ist ihr Kind, aber ich nenne es das meine. Aber ich kann den Jungen nicht lang hierbehalten, denn wenn mein Mann nach Hause kommt und findet ihn hier, wird er ihn hinauswerfen und könnte ihm was antun. Horch! Da kommt Liz zurück.«

Die andre Frau hastete bei diesen Worten herein, und der Junge stand mit dem dunkeln Bewußtsein, gehen zu müssen, auf. Wann das kleine Kind aufwachte, wann und wieso Charley es aus dem Bette nahm, um, es beruhigend, auf und ab zu gehen, weiß ich nicht, aber sie tat das alles in einer ruhigen mütterlichen Weise, als ob sie wieder mit Tom und Emma in Mrs. Blinders Dachstübchen sei.

Liz war da und dort gewesen, von einem zum andern gewiesen worden und kam unverrichteter Dinge wieder. Anfangs war es zu zeitig für die Aufnahme des Knaben in das Armenspital gewesen und dann wieder zu spät. Ein Beamter schickte sie zu einem andern, und der wieder zum ersten zurück, und so war es reihum gegangen, als wären beide nur wegen ihrer Geschicklichkeit, mit der sie ihren Obliegenheiten auszuweichen verstanden, anstatt ihnen nachzukommen, angestellt.

»Jenny«, sagte Liz keuchend, denn sie war gelaufen und hatte große Angst. »Jenny, dein Mann ist auf dem Heimweg, und meiner kommt auch gleich, und Gott helfe dem Jungen. Wir können nicht mehr für ihn tun.«

Sie brachten ein paar Halfpence zusammen und drückten sie ihm eilig in die Hand, und dann wankte er halb bewußtlos, halb dankbar aus dem Hause.

»Gib mir das Kleine, liebes Kind«, sagte die Mutter zu Charley. »Und ich dank dir auch schön. Und gute Nacht, liebe Jenny. – Fräulein, wenn mein Mann mich läßt, will ich nachher unten am Ziegelofen nachschauen, wo der Junge wahrscheinlich sein wird, und auch wieder morgen früh.«

Sie eilte fort, und gleich darauf sahen wir sie, das Kind in ihren Armen einsingend, an ihrer Tür stehen und voll Spannung die Straße hinunterschauen, die ihr betrunkner Mann kommen mußte.

Ich wagte nicht, mich aufzuhalten oder mit einer der beiden Frauen zu sprechen, um sie nicht in Ungelegenheiten zu bringen, aber ich sagte Charley, wir dürften den Knaben hier nicht ohne Hilfe sterben lassen. Charley, die viel besser als ich wußte, was not tat, und ebenso rasch wie geistesgegenwärtig war, eilte vor mir her, und gleich darauf holten wir Jo unmittelbar am Ziegelofen ein.

Ich glaube, er mußte seine Wanderung mit einem kleinen Bündel unter dem Arm begonnen haben, das man ihm vermutlich gestohlen hatte, denn er trug immer noch die zerlumpten Reste einer Pelzmütze wie ein Bündel unter dem Arm und wankte barhäuptig in dem jetzt wieder heftig gießenden Regen einher. Als wir ihn riefen, blieb er stehen, und wieder erwachte seine Furcht vor mir. Er starrte mich mit seinen fieberglänzenden Augen an, und sogar sein Frösteln hörte auf.

Ich forderte ihn auf, mit uns zu kommen, und sagte, wir würden Sorge tragen, daß er für die Nacht ein Obdach fände.

»I brauch ka Obdach«, antwortete er. »I kann mi auf die warmen Ziegel legn.«

»Aber weißt du denn nicht, daß die Leute dort sterben?« wendete Charley ein.

»Sterben tuns überall. Sie sterben in ihnere Stuben – sie weiß schon wo, ich habs ihr zeigt –, und sterben tuns in Toms Einöd haufenweis. Sterben tuns mehr, als s leben, was i weiß.« Dann flüsterte er Charley heiser zu: »Wanns nicht die andre is, is a net die Ausländerin. Gibt's denn drei?«

Charley sah mich erschrocken an. Ich fürchtete mich förmlich vor mir selbst, als mich der Knabe so anstarrte. Aber er wendete sich um und folgte mir, als ich ihm winkte, und da ich sah, daß mein Einfluß auf ihn so weit reichte, führte ich ihn graden Wegs nach Hause. Es war nicht weit. Nur den Hügel hinauf. Wir trafen bloß einen Mann unterwegs. Ich bezweifle, ob wir ohne Beistand nach Hause gekommen wären, so unsicher und schwankend war der Gang des Jungen. Aber er ließ keinen Laut der Klage hören und war seltsam unbekümmert um sich, wenn ich mich so ausdrücken darf.

Ich ließ ihn einen Augenblick in der Vorhalle stehen, wo er sich in eine Ecke des Fenstersitzes drückte und mit mehr Teilnahmslosigkeit als Verwunderung den Komfort der Umgebung anstarrte. Dann ging ich in das Besuchszimmer, um mit meinem Vormund zu sprechen. Dort fand ich Mr. Skimpole, der mit der Landkutsche angekommen war, ohne vorher jemanden verständigt zu haben, wie das so seine Gewohnheit war. Nie pflegte er sich in solchen Fällen Kleider mitzubringen, sondern stets alles, was er brauchte, zu borgen.

Sie kamen gleich mit mir heraus, um den Jungen zu besichtigen. Auch die Dienerschaft hatte sich in der Vorhalle versammelt. Jo kauerte, von Fieber geschüttelt, in der Fensternische wie ein verwundetes Tier, das man in einem Graben gefunden hat, und Charley stand bei ihm.

»Das ist ein trauriger Fall«, sagte mein Vormund, nachdem er ihm einige Fragen gestellt, ihm den Puls gefühlt und seine Augen untersucht hatte. »Was meinen Sie, Harold?«

»Das Beste ist, Sie schicken ihn fort«, riet Mr. Skimpole.

»Was meinen Sie?« fragte mein Vormund fast zornig.

»Mein lieber Jarndyce«, entschuldigte sich Mr. Skimpole, »Sie wissen doch, was ich bin. Ich bin ein Kind. Schelten

Sie mich nicht aus, wenn ich es vielleicht verdiene. Aber ich habe eine angeborne Abneigung gegen dergleichen. Ich hatte sie stets, als ich noch Arzt war. Er ist krank, müssen Sie wissen. Er hat ein sehr bösartiges Fieber.«

Mr. Skimpole hatte sich wieder aus der Vorhalle in das Besuchszimmer zurückgezogen, sich auf den Musikstuhl gesetzt und sagte dies, während wir um ihn herumstanden, in seiner gewohnten leichtherzigen Weise.

»Sie werden sagen, das sei kindisch. Gut, ich gebe das zu. Aber ich *bin* eben ein Kind und beanspruche auch nicht, etwas andres zu sein. Wenn Sie ihn auf die Straße hinausschicken, schicken Sie ihn nur dorthin, wo er schon früher war. Er wird sich da nicht schlimmer befinden als früher. Sogar besser, wenn Sie wollen. Geben Sie ihm sechs Pence oder fünf Schilling oder fünf Pfund zehn Schilling – Sie sind ja Rechenkünstler und ich nicht – und schicken Sie ihn fort.«

»Und was soll er dann anfangen?« fragte mein Vormund.

»Meiner Seel.« Mr. Skimpole zuckte mit seinem gewinnendsten Lächeln die Achseln. »Ich habe nicht die geringste Ahnung, was er dann anfangen soll. Aber ich zweifle nicht, daß er irgend etwas anfangen wird.«

»Ist es nicht ein entsetzlicher Gedanke«, sagte mein Vormund, als ich ihm in kurzen Worten von den vergeblichen Bemühungen der zwei Frauen erzählte, »ist es nicht ein entsetzlicher Gedanke« – er schritt dabei auf und nieder und fuhr sich in den Haaren herum –, »daß, wenn dieses unglückliche Kind ein Verbrecher wäre, ihm das Gefängnisspital weit offenstünde und er so gut wie jeder andre Junge im ganzen Königreich gepflegt werden würde?«

»Mein lieber Jarndyce«, entgegnete Mr. Skimpole, »Sie werden mir die Albernheit der Frage verzeihen, da sie von einem Menschen kommt, der von den Dingen dieser Welt gar nichts versteht – aber warum ist er denn also kein Verbrecher?«

Mein Vormund blieb stehen und sah Mr. Skimpole mit einer Mischung von Ergötzen und Entrüstung an.

»Ich sollte meinen, man brauchte unsern jungen Freund nicht wegen allzu großen Zartgefühls im Verdacht zu haben«, sagte Mr. Skimpole aufrichtig und ohne im geringsten zu erröten. »Ich glaube, wenn er mehr falsch angewendete Energie, die ihn ins Gefängnis gebracht hätte, gezeigt haben würde, so wäre er weiser und vielleicht auch anständiger gewesen. Das hätte mehr Unternehmungsgeist und daher eine gewisse Art Poesie verraten.«

»Ich glaube wirklich«, entgegnete mein Vormund und ging jetzt wieder unruhig auf und ab, »daß es auf der Welt kein zweites Kind wie Sie gibt.«

»Meinen Sie im Ernst? Wohl möglich. Aber ich kann wirklich nicht einsehen, warum unser junger Freund in seiner Weise nicht versuchen sollte, sich mit so viel Poesie, wie ihm zu Gebote steht, zu umgeben. Sicherlich ist er mit Appetit begabt. Wahrscheinlich ist, wenn er sich in einem bessern Gesundheitszustand befindet als jetzt, sein Appetit vortrefflich. Also gut. Wenn die Eßstunde unsres jungen Freundes kommt – wahrscheinlich gegen Mittag –, soll unser junger Freund zur menschlichen Gesellschaft sagen: ›Ich habe Hunger, möchten Sie nicht die Gewogenheit haben, mir Ihren Löffel zu geben und mich zu füttern.‹ Die menschliche Gesellschaft, die doch das ganze Löffelsystem eingeführt hat und keinen Löffel für unsern Freund zu haben behauptet, gibt diesen Löffel nicht heraus, daher soll unser junger Freund sagen: ›Sie werden schon entschuldigen, wenn ich mir einen nehme.‹ Dies erscheint mir als ein Fall falsch angewendeter Energie, aber es liegt eine gewisse Vernunft und eine gewisse Romantik drin. Und ich weiß nicht, ob mich nicht unser junger Freund als Illustration eines solchen Falles mehr interessieren würde als als armer Vagabund. Das kann schließlich jeder sein.«

»Unterdessen verschlimmert sich sein Zustand«, erlaubte ich mir einzuwenden.

»Unterdessen«, sagte Mr. Skimpole heiter, »verschlimmert sich sein Zustand, wie Miß Summerson mit ihrem praktischen gesunden Sinn sehr richtig bemerkt. Um so mehr empfehle ich Ihnen, ihn fortzuschicken, ehe sich sein Zustand verschlimmert.«

– Das liebenswürdige Gesicht, mit dem er das sagte, werde ich wohl nie vergessen. –

»Natürlich, Mütterchen«, wendete sich mein Vormund zu mir, »kann ich seine Aufnahme an den Ort, wo er hingehört, schon dadurch erzwingen, daß ich hingehe und darauf dringe. Aber schlimm genug ist es, wenn so etwas überhaupt nötig ist. Es ist schon spät und das Wetter sehr schlecht, und der Junge scheint ganz erschöpft zu sein. In der Dachkammer über dem Schuppen steht ein Bett. Es ist wohl das beste, wir lassen ihn dort bis morgen früh liegen, und dann kann man ihn einwickeln und fortschaffen. Das wollen wir tun.«

»Oh«, sagte Mr. Skimpole, dessen Hände auf den Tasten des Klaviers ruhten, während wir uns von ihm wieder zu dem Knaben wendeten. »Wollen Sie wieder zu unserm jungen Freund gehen?«

»Ja.«

»Nein, wie ich Sie um Ihre Konstitution beneide! Sie machen sich nichts aus solchen Dingen, und Miß Summerson auch nicht. Sie sind immer bereit, irgendwohin zu gehen oder irgend etwas zu tun. Das ist das Wollen! – Ich habe überhaupt kein Wollen – und kein Nichtwollen –, nur ein Nichtkönnen.«

»Sie können dem Jungen nichts verschreiben, vermute ich?« fragte mein Vormund und sah sich über die Schulter halb ärgerlich nach Mr. Skimpole um. Nur halb ärgerlich, denn er schien ihn niemals als ein zurechnungsfähiges Wesen zu betrachten.

»Lieber Jarndyce, ich bemerkte eine Flasche kühlender Medizin in seiner Tasche, und er kann nichts Besseres tun, als sie einnehmen. Sie können auch in seiner Schlafstube

ein wenig Essig sprengen lassen und das Zimmer mäßig kühl und ihn mäßig warm halten. Aber es wäre eine Anmaßung von mir, einen Rat geben zu wollen, wo Miß Summerson eine solche Detailkenntnis besitzt und eine solche Fähigkeit, sich um jede Kleinigkeit zu kümmern.«
Wir kehrten wieder in die Vorhalle zurück und setzten Jo auseinander, was wir vorzunehmen gedächten, und Charley machte es ihm dann noch einmal klar. Er hörte uns mit schlaffer Teilnahmslosigkeit an und sah müde allen Vorbereitungen zu, als geschähen sie für einen ganz Fremden. Da die Dienerschaft großes Mitleid für seinen jammervollen Zustand an den Tag legte und voll Eifer half, war die Stube über dem Schuppen bald fertig, und ein paar Leute trugen ihn, gut eingehüllt, über den nassen Hof. Sie waren sehr freundlich gegen ihn, munterten ihn auf und nannten ihn »alter Knabe«. Charley leitete das Ganze und war immer unterwegs zwischen Krankenstube und dem Haus mit Stärkungsmitteln und was wir ihm sonst einzugeben wagten. Mein Vormund sah selbst nach ihm, ehe man ihn für die Nacht allein ließ, und berichtete mir, als er in sein Brummstübchen ging, um an das Krankenhaus einen Brief zu schreiben, den ein Bote am nächsten Morgen mit Tagesanbruch besorgen sollte, daß der Patient ruhiger sei und schlafen zu wollen scheine. Sie hätten die Tür von außen verschlossen, im Falle er delirieren sollte, aber alles wäre so eingerichtet, daß er sofort gehört werden würde, wenn er riefe oder sonst Lärm machen sollte.
Da Ada wegen einer Erkältung das Zimmer hütete, war Mr. Skimpole die ganze Zeit über allein und vertrieb sich die Zeit mit Klavierspielen, mit Bruchstücken von rührenden Liedern, zu denen er, wie wir aus der Ferne hörten, mit großem Ausdruck und Gefühl sang.
Als wir wieder in den Salon zurückkehrten, sagte er, er wolle uns eine kleine Ballade vorsingen, zu der ihn unser junger Freund »angeregt« habe. Und er sang ein paar Strophen von einem Betteljungen, der

»Vereinsamt, verwaist, verstoßen, verlassen
durch die Welt sich schleppt, ziellos, durch
die Gassen.«

Ein Lied, das ihn stets zum Weinen brächte, sagte er.
Er war den ganzen übrigen Abend außerordentlich fröhlich. – Er »zirpe« geradezu, wie er sich lustig ausdrückte, wenn er bedächte, von welch geschäftigen Geistern er umgeben sei. Er trank ein Glas Glühwein auf die »Genesung unsres jungen Freundes« und malte in heitern Farben die Möglichkeit aus, daß es Jo wie Whittington vielleicht bestimmt sein könnte, Lordmayor von London zu werden. Er würde dann gewiß eine Jarndyce-Stiftung und ein Summerson-Armenhaus und eine kleine jährliche Prozession des ganzen Gemeinderats nach St. Albans ins Leben rufen. Er bezweifle nicht, sagte er, daß unser junger Freund in seiner Art ein vortrefflicher Junge sei. Aber seine Art sei nicht Harold Skimpoles Art, und was Harold Skimpole sei, habe Harold Skimpole zu seiner größten Überraschung selbst erst entdeckt, als er zuerst seine eigne Bekanntschaft gemacht habe. Er habe sich mit allen seinen Fehlern ohne Widerspruch hingenommen und es für die gesündeste Philosophie gehalten, sich in die Umstände zu fügen, und er hoffe, wir würden dasselbe tun.
Charleys letzter Bericht lautete, daß der Knabe sich ruhig verhalte. Ich konnte aus meinem Fenster die Laterne, die sie bei ihm gelassen hatte, brennen sehen und legte mich zu Bett, ganz glücklich bei dem Gedanken, daß der Arme wenigstens ein Obdach habe.
Noch vor Tagesanbruch war mehr Unruhe und Gerede im Haus als gewöhnlich und weckte mich. Ich zog mich an, blickte zum Fenster hinaus und fragte einen unsrer Leute, ob ein Unglück geschehen sei. Die Laterne brannte immer noch in dem Fenster über dem Schuppen.
»Der Junge, Miß!«

»Geht es ihm schlechter?«
»Fort, Miß.«
»Tot!«
»Tot, Miß? Nein. Fort. – Verschwunden.«
Jemals zu erraten, um welche Stunde der Nacht Jo sich davongemacht hatte oder wie und warum, schien eine hoffnungslose Sache zu sein. Die Tür war noch ganz so, wie wir sie verlassen hatten, die Laterne stand immer noch im Fenster, und man konnte nur vermuten, er sei durch eine Falltür im Fußboden, die in den leeren Schuppen hinunterführte, entflohen. Aber wenn das der Fall war, hatte er sie wieder sorgfältig zugemacht, und sie sah aus, als habe man sie nie berührt. Vermißt wurde nicht das mindeste. Wir mußten uns also zu der Ansicht entschließen, er habe in der Nacht das Delirium bekommen und sei, von irgendeiner Einbildung verlockt oder aus gegenstandsloser Furcht, in seinem mehr als hilflosen Zustand entflohen. So dachten wir alle, mit Ausnahme Mr. Skimpoles, der wiederholt sorglos äußerte, es sei unserm jungen Freund wahrscheinlich durch den Kopf gegangen, er wäre mit seinem bösartigen Fieber ein gefährlicher Hausgenosse, weshalb er sich mit großem natürlichem Takt empfohlen habe.
Man stellte jede mögliche Nachforschung an und fragte an allen möglichen Orten nach. Man untersuchte die Ziegelöfen, ging nach den Hütten und verhörte die beiden Frauen aufs gründlichste, aber sie wußten nichts von ihm, und niemand konnte an der Echtheit ihres Erstaunens zweifeln. Die Witterung war schon seit einiger Zeit sehr naß gewesen, und es hatte auch während der Nacht selbst zu sehr geregnet, als daß sich seine Fußstapfen hätten verfolgen lassen. Hecken, Gräben, Mauern, Heustadel und Schober wurden von unsern Leuten in weitem Umkreis untersucht, ob sich der Junge nicht vielleicht an einem solchen Orte bewußtlos oder tot auffände, aber auch nicht die geringste Spur war von ihm zu entdecken. Von der

Stunde an, wo man ihn in der Kammer allein gelassen hatte, blieb er verschwunden.
Fünf Tage lang dauerten die Nachforschungen fort. Ich meine nicht, daß sie dann aufhörten, aber meine Aufmerksamkeit wurde damals in einer für mich sehr einschneidenden Weise abgelenkt.
Als Charley nämlich wieder des Abends in meinem Zimmer ihre Schreibaufgaben machte und ich ihr gegenüber arbeitete, fühlte ich, daß plötzlich der Tisch zitterte. Ich blickte auf und sah, daß meine kleine Zofe ein Schüttelfrost vom Kopf bis zur Zehe durchlief.
»Charley«, fragte ich, »frierst du so?«
»Ich glaube ja, Miß. Ich weiß nicht, was es ist. Ich kann mich nicht ruhig verhalten. Es war mir schon gestern so zumute. Ziemlich um dieselbe Stunde, Miß. Erschrecken Sie nicht, aber ich fürchte, ich bin krank.«
Ich hörte Adas Stimme draußen und eilte sogleich an die Verbindungstür zwischen dem gemeinschaftlichen Salon und meinem Zimmer. Ich verschloß sie gerade noch rechtzeitig, denn während meine Hand noch den Schlüssel umdrehte, hörte ich klopfen.
Ada rief mir zu, ich solle sie hereinlassen, aber ich sagte: »Jetzt nicht, Liebste. Geh lieber. Es ist nichts. Ich werde gleich hinüberkommen.«
Ach, es dauerte lange, lange Zeit, ehe mein Liebling und ich wieder zusammenkamen.
Charley wurde krank. Im Verlauf von zwölf Stunden war sie schwer krank. Ich ließ sie in mein Zimmer tragen, legte sie in mein Bett und setzte mich ruhig daneben, um sie zu pflegen. Ich unterrichtete meinen Vormund von allem, und warum ich es für notwendig halte, mich abzuschließen, und weshalb ich meinen Liebling durchaus nicht sehen wollte. Anfangs kam sie sehr oft an die Tür und rief mich und machte mir schluchzend und weinend Vorwürfe, aber ich schrieb ihr einen langen Brief, sagte ihr, daß sie mir damit Sorge und Schmerz bereite, und bat sie,

wenn sie mich liebe und mir keinen Kummer zu machen wünsche, mir nicht näher als bis zum Garten zu kommen. Daraufhin trat sie oft unter das Fenster, und wenn ich schon vorher, wo wir kaum je getrennt gewesen, ihre liebe süße Stimme so sehr und von Herzen lieben gelernt hatte, wie teuer wurde sie mir jetzt, wo ich, ohne hinauszublikken, hinter dem Vorhang stand und ihr lauschte. Wie sehr lernte ich sie erst später lieben, als die schwere Zeit kam.
Man schlug in unserm gemeinsamen Salon ein Bett für mich auf, und durch Offenstehenlassen der Tür machte ich aus den beiden Zimmern eins, nachdem Ada diesen Flügel des Hauses ganz geräumt hatte. So war die Krankenstube stets frisch und luftig. Nicht ein Dienstbote war im Hause, der nicht mit größter Bereitwilligkeit und ohne die mindeste Furcht zu jeder Stunde des Tages oder der Nacht mir geholfen hätte, aber ich hielt es für das Beste, eine einzige sehr gewissenhafte Frau auszuwählen, die Ada nie sehen durfte, wie ich anordnete, und von der ich wußte, daß sie keine Vorsichtsmaßregel außer acht lassen werde. Das ermöglichte mir, daß ich zuweilen in den Garten gehen konnte, um in Gesellschaft meines Vormunds frische Luft zu schöpfen, wenn wir nicht Gefahr liefen, Ada zu begegnen.
Die arme Charley wurde schwer krank und schwebte in Lebensgefahr. Eine lange Reihe von Tagen und Nächten lag sie danieder. So geduldig war sie, klagte so wenig und war so sanft und ergeben, daß ich oft, wenn ich bei ihr saß und ihren Kopf auf meinem Arm ruhen ließ, denn das war manchmal das einzige Mittel, sie einschlummern zu machen, unsern Vater im Himmel im stillen bat, mich die Lehre, die mir diese kleine Schwester gab, nicht vergessen zu lassen.
Viel Sorgen machte mir der Gedanke, daß Charleys hübsches Gesicht entstellt sein würde, wenn sie wieder genesen sollte, aber meistens verdrängte ich die Angst, daß sie in weit größerer Gefahr schwebe. Als es am schlimmsten

mit ihr stand und sie von ihren Sorgen um ihre kleinen Geschwister und von dem Krankenbett ihres Vaters phantasierte, kannte sie mich doch immer noch so weit, daß sie ruhiger wurde, wenn ich sie in die Arme nahm, weil nichts andres mehr half. In solchen Stunden pflegte ich mir mit Qual vorzustellen, wie ich jemals den zwei verwaisten Kleinen mitteilen sollte, daß das Kind, das von seinem eignen treuen Herzen gelernt hatte, ihnen in ihrer Not Mutter zu sein, gestorben sei.

In Stunden, wo das Fieber nachließ, kannte Charley mich recht gut und sprach mit mir, ließ Tom und Emma vielmals grüßen und sagte, sie sei überzeugt, Tom werde zu einem tüchtigen Mann heranwachsen. In solchen Augenblicken erzählte sie mir von dem, was sie ihrem Vater vorgelesen hatte, um ihn zu trösten: Von dem Jüngling, den sie hinaus zum Begräbnis trugen und der der einzige Sohn seiner verwitweten Mutter gewesen. Und von der Tochter des Hauptmanns, die die Hand der Barmherzigkeit auf dem Totenbett wieder zum Leben erweckte. – Sie sagte mir, sie sei niedergekniet, als ihr Vater gestorben war, und habe in ihrem ersten Schmerz gebetet, auch er möge auferweckt und seinen armen Kindern zurückgegeben werden, und daß sie glaube, auch Tom werde dasselbe Gebet für sie zum Himmel schicken, falls sie nie wieder genesen und sterben sollte. Und dann müßte ich Tom auslegen, wie diese Menschen in den alten Zeiten wieder zum irdischen Leben erweckt worden wären, auf daß wir ein Pfand der ewigen Fortdauer im Himmel hätten.

In keinem ihrer Krankheitsstadien verlor sie auch nur ein einziges Mal ihre sanften liebenswürdigen Eigenschaften.

Charley starb nicht. Langsam, langsam überwand sie die Krisis, und dann fing es an, besser mit ihr zu werden. Die Furcht, ihr Gesicht könne entstellt sein, wich bald von mir, und auch hierin ging es immer besser, und ich sah sie wieder zu ihrem früheren kindlichen Ebenbilde werden.

Es war ein großer Morgen, als ich Ada, die unten im Garten stand, alles das berichten konnte. Und ein großer Abend, als Charley und ich endlich zusammen im anstoßenden Zimmer Tee tranken. Aber an demselben Abend fühlte ich, daß ein Fieber über mich kam. Zum Glück für uns beide fiel es mir erst, nachdem Charley wieder ruhig im Bett lag, ein, ich könnte mich von ihr angesteckt haben. Während des Tees hatte ich meinen Zustand noch unterdrücken können, aber damit war es jetzt bereits vorbei, und ich begriff, daß ich in Charleys Fußstapfen trat.

Ich war jedoch noch kräftig genug, zeitig früh aufzustehen und den fröhlichen Gruß meines Herzenslieblings aus dem Garten erwidern und mit ihr so lange wie gewöhnlich sprechen zu können. Aber ich war nicht ganz frei von dem Eindruck, während der Nacht fiebernd und außer mir in den beiden Zimmern herumgegangen zu sein. Und manchmal wurde es mir wirr im Kopf, und ich hatte ein seltsames Gefühl der Vollheit, so, als ob ich viel größer sei als sonst.

Des Abends wurde es mir so viel schlimmer, daß ich beschloß, Charley vorzubereiten, und ihr sagte:

»Du fühlst dich jetzt wieder viel kräftiger, Charley, nicht wahr?«

»Oh, gewiß.«

»Kräftig genug, um ein Geheimnis zu hören, Charley?«

»Oh, kräftig genug, Miß!« rief sie. Aber mitten in ihrer Freude trübte sich ihre Miene, denn sie las das Geheimnis auf meinem Gesicht. Sie stand aus dem Lehnstuhl auf, fiel mir um den Hals und sagte:

»O Miß, daran bin ich schuld. Ich schuld!« Und noch vieles mehr aus der Fülle ihres dankbaren Herzens heraus.

»Nun höre, Charley«, sagte ich, nachdem ich sie eine Weile hatte gewähren lassen, »wenn ich krank werde, setze ich mein größtes Vertrauen von allen Menschen auf dich. Und wenn du nicht so ruhig und gefaßt für mich bist,

wie du es immer für dich selbst warst, kannst du mir nicht beistehen, Charley!«
»Lassen Sie mich nur noch ein wenig mich ausweinen, Miß«, jammerte Charley. »Oh, mein Gott, o Gott, o Gott! Ich werde mich gleich wieder beruhigt haben, o Gott!« An den innigen Ton, wie sie das sagte, während sie an meinem Halse hing, kann ich nie ohne Tränen zurückdenken.
So ließ ich sie sich denn ein wenig ausweinen, und es tat uns beiden wohl.
»Verlassen Sie sich auf mich, Miß!« sagte Charley dann ruhig. »Ich höre jetzt genau zu.«
»Vorderhand ist es sehr wenig, Charley. Ich werde dem Doktor heute abend sagen, daß ich mich nicht recht wohl fühle und daß du meine Wärterin sein sollst.«
Dafür dankte mir das arme Kind mit ganzem Herzen.
»Und morgen in der Frühe, wenn du Miß Ada im Garten hörst und ich nicht mehr imstande sein sollte, wie gewöhnlich an den Fenstervorhang zu kommen, so gehe du hin, Charley, und sag, ich schliefe noch und wäre etwas erschöpft. Die ganze Zeit über bleibst du im Zimmer, wie ich darin geblieben bin, Charley, und läßt niemanden herein.«
Charley versprach es mir, und ich legte mich nieder, denn der Kopf war mir sehr schwer. Ich sprach an diesem Abend den Arzt und bat ihn darum, nichts im Hause von meiner Erkrankung verlauten zu lassen. Ich habe eine sehr undeutliche Erinnerung von dem Hinüberschwimmen dieser Nacht in den Tag und dem des Tags wieder in die Nacht. Am ersten Morgen war ich gerade noch knapp imstande, an das Fenster zu gehen und mit meinem Liebling zu sprechen.
Am zweiten Morgen hörte ich ihre Stimme draußen und bat Charley mit Anstrengung, denn das Reden wurde mir schwer, ihr zu sagen, ich schliefe. Ich hörte sie leise antworten: »Störe sie nicht, Charley, um alles in der Welt nicht!«

»Und wie sieht mein Herzenskind aus, Charley?«
»Enttäuscht, Miß«, berichtete Charley, durch den Vorhang lugend.
»Aber ich weiß, sie ist heute morgen wieder sehr schön.«
»Ja, das ist sie, Miß. Sie sieht immer noch zum Fenster herauf.«
Mit ihren klaren blauen Augen, Gott segne sie!
Ich rief Charley zu mir und gab ihr einen letzten Auftrag:
»Jetzt höre, Charley! Wenn sie erfährt, daß ich krank bin, wird sie versuchen, in das Zimmer zu dringen. Laß sie nicht herein, Charley, wenn du mich wirklich liebhast, Charley. Wenn sie auch nur ein einziges Mal hereinkommt, um mich anzusehen, während ich hier liege, ist es mein Tod.«
»Ich werde es nie tun! Niemals!«
»Ich vertraue dir, meine gute Charley. Und jetzt komm her und setz dich eine Weile neben mich und gib mir die Hand, denn ich kann dich nicht sehen, Charley. Ich bin blind!«

32. Kapitel

Um die bestimmte Stunde

Es ist Nacht in Lincoln's Inn – diesem Tale der Verworrenheit und Ruhelosigkeit. Fette Kerzen werden in den Kanzleien ausgeblasen, Schreiber sind die wackelnden hölzernen Treppen hinuntergepoltert und haben sich zerstreut. Die Glocke, die um neun Uhr geläutet wird, hat ihr zweckloses klägliches Gewimmer eingestellt. Die Pforten sind verschlossen, und der nächtliche Türhüter, ein würdevoller Pförtner mit übermenschlicher Schlafkraft, hält in seiner Loge Wacht. Aus Reihen von Treppenfenstern schimmern trübe Lampen gleich den Augen der Gerechtigkeit, diesem schielenden, kurzsichtigen Argus mit einer unergründlichen Tasche und Augen außen drauf, zu den

Sternen empor. In schmutzigen Fenstern der obern Stockwerke verraten neblige kleine Strahlenflecken von Kerzenlicht hie und da, daß ein listiger Paragraphenfuchs und Lehensrechtskundiger an Maschen aus Pergament arbeitet, um in dem Netz arglose Grundbesitzer einzufangen. Bienen gleich hocken diese Wohltäter der Menschheit über ihrer Beschäftigung, trotzdem die Geschäftsstunden längst vorüber sind, auf daß sie sich Rechenschaft geben über den gut angewendeten verflossnen Tag.
In dem benachbarten Cook's Court, wo der Lordkanzler des Hadern-und-Flaschenladens wohnt, ist ein gewisser Hang nach Bier und Abendbrot unverkennbar. Mrs. Piper und Mrs. Perkins, deren beiden Söhne im Freundeskreis, mit Versteckenspielen beschäftigt, einige Stunden lang in den Nebenstraßen von Chancery Lane im Hinterhalt gelegen und zur Verwirrung der Vorübergehenden die Örtlichkeit unsicher gemacht haben – Mrs. Piper und Mrs. Perkins haben sich soeben erst beglückwünscht, daß die Kinder, Gott sei Dank, zu Bett gebracht sind, und wechseln noch auf einer Türstufe ein paar Worte zum Abschied. Mr. Krook und sein Mieter, die Tatsache, daß Mr. Krook »immer einen weg hat«, und die Erbchancen des jungen Mannes bilden wie gewöhnlich das Hauptthema ihrer Unterhaltung. Aber sie haben auch etwas über die »Harmonische Gesellschaft« in der »Sonne« zu sagen. Das Klimpern des Pianos klingt auf den Hof hinaus durch die halb geöffneten Fenster, hinter denen der kleine Swills, nachdem er die Harmonischen – ein zweiter Yorick – in beständigem Brüllen erhalten hat, jetzt seine Freunde und Gönner sentimental beschwört: »Lahauschet, lahauschet, lahauschet döm Wahahasserfall.«
Mrs. Perkins und Mrs. Piper tauschen ihre Ansichten aus über die junge Dame von Weltruf, die der »Harmonischen Gesellschaft« ihre Talente angedeihen läßt und auf dem geschriebnen Programm im Fenster eine Extrazeile für sich hat. Mrs. Perkins weiß, daß sie schon gute anderthalb

Jahre verheiratet ist, obgleich sie als »Miß M. Mellwilleson, die berühmte Sirene« angekündigt ist, und daß ihr Baby jeden Abend heimlich in die »Sonne« gebracht wird, um während der Vorstellungspausen seine natürliche Nahrung zu empfangen. »Jetzt, was i bin«, sagt Mrs. Perkins, »i möcht lieber mein Brot mit Zündhölzhausieren verdiena.«
Mrs. Piper hält es für ihre Pflicht, derselben Meinung zu sein, und glaubt, daß der bescheidne Glanz des Privatlebens weit besser ist als öffentlicher Beifall, und sie dankt dem Himmel für ihre eigne und – selbstverständlich Mrs. Perkins' Achtbarkeit.
Da jetzt der junge Kellner aus der »Sonne« mit dem bestellten überschäumenden Bierkrug erscheint, nimmt Mrs. Piper die Kanne entgegen und zieht sich in ihre Wohnung zurück, nachdem sie Mrs. Perkins, die ihren Krug in der Hand hält, seit ihn der junge Perkins vor dem Schlafengehen aus dem gleichen Gasthaus geholt, eine recht geruhsame Nacht gewünscht hat. Dann hört man im Hof Fensterläden schließen, riecht Pfeifenrauch, und in den obern Fenstern machen sich Sternschnuppen bemerkbar, als Zeichen, daß die Leute zu Bett gehen. Jetzt fängt auch der Polizeimann an, an den Türen zu klingeln, Riegel zu prüfen, Bündel argwöhnisch zu betrachten und die Runde zu machen, immer von der Voraussetzung ausgehend, daß entweder jemand stiehlt oder aber bestohlen wird.
Die Luft ist schwer heute nacht, feuchte Kälte dringt in alle Winkel, und ein träger Nebel schwebt über dem Boden. Es ist so ganz die Nacht dazu, um den Einfluß der Schlachthäuser, der ungesunden Keller, der Kloaken, des schlechten Wassers und der Begräbnisplätze so recht zur Geltung zu bringen und der Totenliste einen Extrabeitrag zu liefern.
Liegt etwas in der Luft oder in Mr. Weevle – alias Jobling – selbst, was nicht ganz in Ordnung ist? Kurz, er befindet sich durchaus nicht in behaglicher Stimmung. Er pendelt

wohl zwanzigmal in der Stunde zwischen seinem Zimmer und dem offnen Haustor hin und her, seitdem es dunkel geworden ist. Seit der Kanzler seinen Laden zugemacht hat, was heute abend sehr zeitig geschehen ist, hat Mr. Weevle, auf dem Kopf ein billiges knappes Samtkäppchen, das seinen Backenbart unverhältnismäßig groß erscheinen läßt, öfter noch als vorher den Weg zwischen Treppe und Haustor auf und ab gemacht.

Es ist nichts Abnormes, daß sich Mr. Snagsby ebenfalls in unbehaglicher Stimmung befindet, denn er leidet immer noch mehr oder weniger unter dem Druck des Geheimnisses, das auf ihm lastet. Mr. Krooks Laden übt eine unwiderstehliche Anziehungskraft auf ihn aus und scheint ihm die Hauptquelle alles Mysteriösen zu sein. Eben jetzt kommt Mr. Snagsby in der Absicht Cook's Court hinab, zu dem Ausgang nach Chancery Lane zu gehen, um damit seinen zehn Minuten lang dauernden Abendspaziergang von seiner Haustür und wieder zurück zu beschließen, um die Ecke des Gasthauses zur »Sonne« herum.

»Was? Mr. Weevle«, sagt er und bleibt stehen. »Sie sind auch da?«

»Ja, ich bin auch da, Mr. Snagsby.«

»Wollen Luft schöpfen, wie ich, vor dem Schlafengehen?« fragt der Schreibmaterialienhändler.

»Na, es ist hier nicht viel Luft zu schöpfen, und das bißchen ist nicht sehr erquickend«, meint Mr. Weevle und läßt seinen Blick Cook's Court auf und ab schweifen.

»Sehr richtig, Sir. Merken Sie nicht auch ...« Mr. Snagsby hält wieder inne, um in die Luft zu schnuppern. »Finden Sie nicht auch, Mr. Weevle, daß es hier – um nicht durch die Blume zu sprechen – merkwürdig brenzlig riecht, Sir?«

»Hm. Mir ist es auch schon so vorgekommen, als ob heute abend ein eigentümlicher Geruch im Hofe läge. Ich vermute, es gibt Hammelkoteletts in der ›Sonne‹.«

»Hammelkoteletts, meinen Sie? Hm! – Hammelkoteletts?« Mr. Snagsby schnuppert wieder. »Schon möglich, Sir, aber ich an Stelle des Wirtes möchte der Köchin in der ›Sonne‹ ein wenig auf die Finger sehen. Sie hat sie verbrennen lassen, Sir, und ich glaube nicht ...« Mr. Snagsby schnuppert wieder, spuckt dann aus und wischt sich den Mund. »Ich glaube nicht – um nicht durch die Blume zu sprechen –, daß sie ganz frisch waren, als sie auf den Rost kamen.«

»Schon möglich. Bei solchem Wetter verderben die Sachen schnell.«

»Das Wetter verdirbt überhaupt alles«, bestätigt Mr. Snagsby. »Ich finde, sogar die gute Laune.«

»Donnerwetter, ja! Ich finde, es verursacht mir ordentlich Beklemmungen.«

»Ja, sehen Sie, Mr. Weevle, Sie leben hier so einsam und in einer Stube, über der ein dunkles Verhängnis liegt«, sagt Mr. Snagsby, blickt über des andern Schulter hinweg in den dunkeln Gang hinein und tritt dann einen Schritt zurück, um außen an dem Haus hinaufzuschauen. »Ich möchte in dieser Stube nicht allein wohnen wie Sie, Sir. Mir würde manchmal des Abends ganz bange und unruhig zumute werden. Ich möchte lieber am Haustor stehenbleiben als oben im Zimmer sitzen. Aber allerdings haben Sie dort nicht gesehen, was ich gesehen habe. Das ist ein großer Unterschied.«

»Ich weiß grade genug davon«, bemerkt Tony.

»Nicht besonders angenehm, wie?« fährt Mr. Snagsby fort und hüstelt seinen Überzeugungshusten hinter der Hand. »Mr. Krook sollte bei dem Zins darauf Rücksicht nehmen. Er wird es sicher tun.«

»Ich hoffe, er wird es tun«, sagt Tony, »aber ich bezweifle es.«

»Sie finden den Zins teuer, nicht wahr, Sir? Aber die Zinse sind in dieser Gegend überhaupt hoch. Ich weiß nicht, wie das kommt. Die Justiz scheint sie in die Höhe zu treiben. Nicht etwa«, setzt Mr. Snagsby mit seinem »Pardonhusten« hinzu, »daß ich auch nur ein Wort gegen den Beruf, der mich mein Brot verdienen läßt, zu sagen beabsichtigte.«

Wieder läßt Mr. Weevle einen Blick den Court auf und ab schweifen und sieht dann den Papierhändler an. Mr. Snagsby begegnet seinem Auge, schaut zum Himmel auf nach einem Stern oder sonst etwas und läßt einen Husten hören, der verrät, daß er nicht weiß, wie er der Unterhaltung ein Ende machen soll.

»Es ist ein merkwürdiger Zufall, Sir«, bemerkt er und reibt sich langsam die Hände, »daß er ...«

»Wer, er?«

»Der Verstorbne, meine ich«, sagt Mr. Snagsby, indem er mit dem Kopf und seiner rechten Augenbraue nach der Treppe weist und seinem Gegenüber auf einen Knopf tippt.

»Ja, so«, entgegnet dieser in einem Ton, als spräche er von der Sache nicht allzu gern. »Ich dachte, wir hätten das Thema schon fallenlassen.«

»Ich wollte nur sagen, es ist ein merkwürdiger Zufall, Sir, daß er hier gewohnt und gelebt hat und einer meiner Schreiber war und daß Sie jetzt hier wohnen und auch einer meiner Schreiber sind. Es ist durchaus nichts Entwürdigendes in der Beschäftigung«, unterbricht sich Mr. Snagsby in der Befürchtung, er könne unhöflicherweise eine Art Eigentümerrecht auf Mr. Weevle geltend gemacht haben, »Gott sei vor. Ich habe Schreiber gekannt, die später ins Brauereigeschäft gekommen sind und sehr angesehen waren. Außerordentlich angesehen, Sir«, wiederholt Mr. Snagsby mit der unangenehmen Empfindung, daß er die Sache nicht verbessert hat.

»Es ist ein seltsames Zusammentreffen, wie Sie richtig sagen«, gibt Mr. Weevle zu und blickt wieder den Hof auf und ab.

»Eine Art Schicksalsbestimmung.«

»So scheint es.«

»Ja, ja«, hüstelt der Papierhändler bestätigend. »Die reinste Schicksalsbestimmung. Ich fürchte, Mr. Weevle, ich muß Ihnen jetzt gute Nacht sagen.« Mr. Snagsby spricht, als sei er untröstlich, gehen zu müssen, obgleich er von Anfang des Gespräches an schon nach Mitteln gesucht hat, loszukommen. »Meine kleine Frau würde mich sonst vermissen. Gute Nacht, Sir.«

Wenn Mr. Snagsby nach Hause eilen zu müssen glaubt, um seiner kleinen Frau die Mühe, nach ihm zu sehen, zu ersparen, so könnte er darüber vollkommen beruhigt sein. Seine kleine Frau hat ihn die ganze Zeit über hinter der Ecke der »Sonne« hervor belauert und schlüpft ihm jetzt nach, ein Taschentuch über den Kopf gebunden, und beehrt Mr. Weevle und seinen Hausflur im Vorbeigehen mit einem sehr argwöhnischen Blick.

»Nun, jedenfalls werden Sie mich wiedererkennen, Maam«, brummt Mr. Weevle vor sich hin. »Und über Ihr Aussehen mit Ihrem eingebundenen Kopf kann man Ihnen auch kein Kompliment machen, wer Sie auch sein mögen. – Will denn der Kerl gar nicht kommen?«

Der Kerl kommt näher, während er noch brummt. Mr. Weevle hält warnend die Hand empor, zieht ihn am Ärmel in den Gang und macht die Haustür zu. Dann gehen sie die Treppe hinauf. Mr. Weevle schwerfällig, Mr. Guppy mit sehr leichtem Schritt. Als sie die Tür des Zimmers hinter sich zugemacht haben, sprechen sie in leisem Ton miteinander.

»Ich dachte schon, du wärst mindestens nach Jericho gegangen, anstatt zu mir zu kommen«, brummt Tony.

»Ich sagte doch, gegen zehn.«

»Gegen zehn«, wiederholt Tony. »Gegen zehn! Nach meiner Rechnung ist es schon zehnmal zehn. Ist es schon hundert Uhr! In meinem ganzen Leben habe ich noch keinen solchen Abend gehabt.«

»Was war denn los?«

»Das ist's ja eben«, sagt Tony. »Nichts war los. Ich habe hier in dieser lieblichen alten Krippe geraucht und gesessen, bis mir die Schauer fingerdick über den Rücken gelaufen sind. Da, sieh nur einmal diese liebenswürdige Kerze.« Tony deutet auf das trüb brennende Licht auf dem Tisch, das am Docht große Räuber und ein Leichenhemd um hat aus abgetropftem Talg.

»Dem läßt sich leicht abhelfen«, bemerkt Mr. Guppy und nimmt die Lichtschere zur Hand.

»Ja, ja! Aber nicht so leicht, wie du meinst. Sie hat so schlecht gebrannt, seitdem sie angezündet ist.«

»Was ist eigentlich mit dir los, Tony?« fragt Mr. Guppy, sieht ihn, mit der Lichtschere in der Hand, an, setzt sich hin und stützt die Ellbogen auf den Tisch.

»William Guppy«, entgegnet der andre. »ich bin schon ganz trübsinnig. Es kommt von dieser unerträglichen langweiligen selbstmörderischen Stube – und dem alten Popanz unten, glaube ich.« Mr. Weevle schiebt mürrisch mit dem Ellbogen den Lichtscherenkasten weg, stützt den Kopf in die Hand, stemmt die Füße auf das Kamingitter und starrt ins Feuer. Mr. Guppy sieht ihn an, zuckt leise die Achseln und setzt sich an die andre Seite des Tisches in ungezwungner Haltung hin.

»War das nicht Snagsby, der vorhin mit dir sprach, Tony?«

»Ja, und hol dich ... Ja, es war Snagsby«, sagt Mr. Weevle und ändert rasch die Worte, die er sich zuerst gedacht hat.

»In Geschäften?«

»Nein. Nicht in Geschäften. Er kam gerade vorbei und blieb stehen, um zu tratschen.«

»Ich habe mir gleich gedacht, es müsse Snagsby sein«, sagt Mr. Guppy, »und glaubte, es wäre gut, wenn er mich nicht sähe. Deshalb wartete ich, bis er fortging.«

»Da haben wir's wieder, William Guppy!« ruft Tony und wirft einen verzweifelten Blick auf die Decke. »So geheimnisvoll und versteckt! Zum Donnerwetter, wenn wir

einen Mord beabsichtigten, könnten wir nicht geheimnisvoller tun.«
Mr. Guppy heuchelt ein Lächeln und besieht sich, um dem Gespräch eine andre Wendung zu geben, mit echter oder vorgeblicher Bewunderung die Schönheitsgalerie an den Zimmerwänden und beschließt sie beim Porträt der Lady Dedlock, das sie darstellt auf einer Terrasse, einer Vase auf dem Piedestal, ihrem Schal auf der Vase, einem Pelzkragen auf dem Schal, ihrem Arm auf dem Pelzkragen und einem Armband an ihrem Handgelenk.
»Es sieht Lady Dedlock wirklich sprechend ähnlich. Sie ist es selbst.«
»Ich wollte, es wäre so«, brummt Tony, ohne seine Stellung zu ändern, »dann hätte man wenigstens eine fashionable Unterhaltung hier.«
Mr. Guppy hat sich jetzt überzeugt, daß sich sein Freund nicht in eine heiterere Stimmung hineinscherzen läßt, gibt den Versuch als nutzlos auf und macht ihm Vorstellungen.
»Tony«, sagt er, »ich kann Trübsinn entschuldigen. Niemand weiß besser als ich, wie es ist, wenn er über einen kommt. Und vielleicht weiß das ein Mensch, in dessen Herzen unerwiderte Liebe wohnt, am besten, aber Trübsinn muß seine Grenzen haben, und ich muß dir gestehen, Tony, daß mir dein Benehmen weder gastfreundschaftlich noch besonders anständig erscheint.«
»Das sind starke Worte, William Guppy«, entgegnet Mr. Weevle.
»Kann sein, Sir. Aber ich fühle stark, wenn ich so spreche.«
Mr. Weevle gibt zu, unrecht gehabt zu haben, und bittet Mr. William Guppy, nicht mehr daran zu denken. Da jedoch Mr. William Guppy momentan im Vorteil ist, so kann er doch unmöglich aufhören.
»Nein, wahrhaftig, Tony«, sagt er, »du solltest dich wirklich in acht nehmen, die Gefühle eines Menschen zu verletzen, dessen Herz so überempfindlich sein muß. Du,

Tony, besitzest in dir selbst alles, was das Auge erquickt und den Geschmack erfreut. Es ist – vielleicht zum Glück für dich, und ich wünschte, ich könnte dasselbe von mir sagen – nicht in deinem Charakter gelegen, eine einzige Blume zu umschweben. Dir steht der ganze Garten offen, und deine luftigen Schwingen tragen dich von Blüte zu Blüte. Dennoch, Tony, liegt mir nichts ferner, als ohne Ursache selbst deine Gefühle zu verletzen.«
Tony bittet abermals, die Sache fallenzulassen, und sagt mit Emphase: »Aber laß doch, William Guppy, hör schon auf!«
Mr. Guppy fährt versöhnlich fort: »Ich hätte nie von selbst davon angefangen, Tony.«
»Aber jetzt zu den Briefen«, unterbricht ihn Tony und schürt das Feuer. »Ist es nicht merkwürdig, daß Krook gerade zwölf Uhr Mitternacht zur Übergabe bestimmen muß?«
»Allerdings. Warum wohl?«
»Hat er je einen Grund, wenn er etwas tut? Er sagte, heute sei sein Geburtstag und er wolle sie mir nachts um zwölf Uhr übergeben. Er wird um diese Zeit total betrunken sein. Er war es schon den ganzen Tag über.«
»Hoffentlich hat er die Verabredung nicht vergessen?«
»Vergessen? Da kennst du ihn schlecht. Er vergißt nie etwas. Ich sah ihn heute abend gegen acht und half ihm den Laden zusperren, und da hatte er die Briefe unter seiner Pelzmütze. Er nahm sie ab und zeigte mir das Paket. Als der Laden zu war, nahm er es heraus, hängte die Mütze auf die Stuhllehne und sah es durch vor dem Kamin. Kurze Zeit darauf hörte ich ihn durch die Dielen hier, wie der Wind heult, das einzige Lied summen, das er kann, von Bibo und dem alten Charon, und daß Bibo betrunken war, als er starb, oder so etwas Ähnliches. Er ist seitdem so ruhig gewesen wie eine alte Ratte, die in ihrem Loch schläft.«
»Und du sollst um zwölf Uhr hinunterkommen?«

»Um zwölf. Und wie ich dir schon sagte, als du kamst, scheint es mir bereits hundert Uhr zu sein.«
»Tony«, sagt Mr. Guppy, nachdem er eine Weile mit überschlagnen Beinen nachdenklich dagesessen hat. »Er kann noch immer nicht lesen, wie?«
»Lesen! Er wird überhaupt nie lesen können. Er kann die Buchstaben einzeln hinschreiben und kennt sie, wenn er sie sieht, das habe ich ihm nach und nach beigebracht, aber verbinden kann er sie nicht. Er ist zu alt, um solche Nüsse zu knacken, und säuft zuviel.«
»Tony.« Mr. Guppy schlägt jetzt das rechte Bein über das linke. »Wie mag er wohl den Namen Hawdon herausbuchstabiert haben?«
»Er hat ihn doch gar nicht herausbuchstabiert. Du weißt, wie merkwürdig sein Auge geschult ist, sich mit dem Kopieren von Worten bloß der äußern Form nach zu beschäftigen. Er machte den Namen nach – allem Anschein nach war es eine Briefadresse – und fragte mich, was sie bedeute.«
»Tony, was meinst du? Ist das Original eine Frauen- oder eine Männerhand?«
»Eine Frauenhand! Fünfzig gegen eins sind die Briefe von einer Dame. Die Buchstaben stehen schräg, und die Schwänze der ›n‹ sind lang und hastig.«
Mr. Guppy hat während dieses Zwiegesprächs abwechselnd an den Nägeln seiner Daumen gekaut und die Beine nervös übereinandergeschlagen. Wieder ändert er seine Stellung, und dabei fällt sein Blick zufällig auf seinen Rockärmel. Seine Aufmerksamkeit wird rege. Er starrt erschrocken hin.
»Aber Tony, was geht nur heute nacht in diesem Hause vor? Brennt ein Schornstein?«
»Ein Schornstein brennen?«
»Hm«, entgegnet Mr. Guppy. »Schau nur, wieviel Ruß fällt. Schau hier meinen Arm. Und hier auf dem Tisch! Verdammtes Zeug! Es läßt sich nicht wegblasen. Es schmiert sich wie schwarzes Fett.«

Sie sehen einander an, Tony geht horchend an die Tür und ein paar Stufen die Treppe hinauf, kommt dann mit der Nachricht zurück, es sei alles still, und äußert wieder, wie schon vorhin zu Mr. Snagsby, daß sie wahrscheinlich in der »Sonne« Hammelkoteletts brieten.
»Und bei dieser Gelegenheit«, nimmt Mr. Guppy seine Rede wieder auf, besieht sich dabei immer noch mit sichtlichem Ekel seinen Rockärmel, während sie vor dem Feuer ihr Gespräch fortsetzen und die Köpfe zusammenstecken, »bei dieser Gelegenheit sagte er dir also, daß er die Briefe aus dem Mantelsack des Verstorbnen genommen habe?«
»Ja, bei dieser Gelegenheit«, antwortet Tony und kämmt sich seinen Backenbart mit den Fingern. »Worauf ich meinem lieben Freunde, Seiner Hochwohlgeboren William Guppy, ein paar Zeilen schrieb, mit der Nachricht, sich heute hier einzufinden, und zwar vorsichtig, denn der alte Popanz sei ein Schlaufuchs.«
Der leichte fashionable Konversationston, den Mr. Weevle gern anzunehmen pflegt, liegt ihm diese Nacht so wenig, daß er ihn und die Pflege seines Backenbarts ganz und gar aufgibt, scheu über die Achsel blickt und wieder eine Beute banger Schrecken zu sein scheint.
»Und du sollst die Briefe auf deine Stube nehmen, um sie zu lesen und zu vergleichen? Du willst mir dann alles mitteilen, was drinsteht? Das haben wir doch vereinbart, nicht wahr, Tony?« fragt Mr. Guppy und zerkaut aufgeregt seine Daumennägel.
»Du kannst nicht leise genug sprechen! Ja, das haben wir vereinbart.«
»Ich will dir was sagen, Tony.«
»Du kannst nicht leise genug sprechen«, mahnt Tony noch einmal.
Mr. Guppy nickt weise. Sie stecken die Köpfe wieder zusammen und flüstern.
»Ich will dir was sagen, Tony. Das erste, was wir zu tun

haben, ist, die Briefe genau nachzumachen, so daß du ihm, wenn er es etwa verlangen sollte, die falschen zeigen kannst, solange die echten in meinem Besitz sind.«
»Und angenommen, er erkennt die nachgemachten, was bei seinem verwünschten Scharfblick fünfhundert gegen eins wahrscheinlich ist?« wirft Tony ein.
»Dann müssen wir es eben darauf ankommen lassen. Sie gehören ihm nicht und haben ihm nie gehört. Du hast das entdeckt, verstanden, und sie der Sicherheit wegen in meine Hände als die einer juristischen Vertrauensperson gelegt. Wenn er uns dazu zwingt, können wir sie ja bei Gericht deponieren, nicht wahr?«
»Hm, ja«, gibt Mr. Weevle widerwillig zu.
»Aber Tony, was du für ein Gesicht machst! Du zweifelst doch nicht am Ende an William Guppy? Es ist doch nichts Schlimmes dabei«, hält ihm sein Freund vor.
»Ich argwöhne nicht mehr, als ich weiß, William«, entgegnet Jobling ernst.
»Und was weißt du?«, dringt Mr. Guppy mit etwas lauterer Stimme in ihn. Aber da sein Freund ihn abermals warnt: »Ich sage dir doch, du kannst nicht leise genug sprechen«, wiederholt er seine Frage ganz tonlos: »Was weißt du?«
»Ich weiß dreierlei. Erstens weiß ich, daß wir hier geheimnisvoll miteinander flüstern wie ein paar Verschwörer.«
»Gut«, gibt Mr. Guppy zu. »Besser, wir sind ein paar Verschwörer als ein paar Dummköpfe. Und das wären wir, wenn wir etwas andres täten. Es ist der einzige Weg, das zu erreichen, was wir wollen. Und zweitens?«
»Zweitens ist es mir nicht klar, welchen Nutzen die Sache abwerfen soll.«
Mr. Guppy läßt seine Augen über das Porträt der Lady Dedlock über dem Kaminsims gleiten und gibt zur Antwort: »Das, Tony, muß ich dich bitten, der Ehrenhaftigkeit deines Freundes zu überlassen. Abgesehen davon, daß du nicht an gewisse Saiten zu rühren brauchst, quäle-

rischerweise, so ist dein Freund doch kein Dummkopf ... Ha, was ist das?«
»Elf Uhr schlägt es von der St.-Pauls-Kirche. Horch, gleich werden alle Glocken in der City läuten.«
Beide sitzen schweigend da und lauschen den metallenen Stimmen, die in der Nähe und aus der Ferne und von den Türmen herab erklingen. Als sie endlich verstummen, scheint alles nur noch geheimnisvoller als vorher. Eine unangenehme Folge des Flüsterns im allgemeinen ist, daß es eine eigenartige Atmosphäre des Schweigens zu erzeugen scheint, belebt von den Gespenstern des Schalles, von seltsamem Knarren und Klopfen, dem Rauschen wesenloser Kleider und dem Tritt grauenvoller Füße, die auf Ufersand oder Winterschnee keine Spur zurücklassen könnten. Für solche Eindrücke sind die beiden Freunde heute empfänglich. Die Luft ist voll von Phantomen, und die beiden sehen sich wie auf Verabredung um, ob die Tür auch wirklich geschlossen ist.
»Ja, Tony«, sagt Mr. Guppy, rückt dem Feuer näher und kaut ruhelos an seinem Daumennagel. »Du wolltest sagen: Drittens!«
»Drittens ist es nichts weniger als angenehm, gegen einen Toten in dem Zimmer, wo er gestorben ist, zu konspirieren, zumal, wenn man zufällig darin wohnt.«
»Aber wir konspirieren doch nicht gegen ihn, Tony.«
»Vielleicht nicht. Aber trotzdem gefällt es mir nicht. Wohne nur selbst einmal hier. Dir würde es auch nicht gefallen.«
»Was Tote betrifft, Tony«, belehrt Mr. Guppy, dem Vorschlag ausweichend, »so haben in den meisten Zimmern schon Tote gelegen.«
»Das weiß ich. Aber in den meisten Zimmern läßt man sie in Ruhe, und – sie lassen einen in Ruhe.«
Wieder blicken sich die beiden an. Mr. Guppy wirft eine Bemerkung hin, daß sie dem Verstorbnen vielleicht einen Dienst erweisen und daß er das hoffe. Dann entsteht eine bedrückende Pause. Plötzlich schürt Mr. Weevle das

Feuer, und das macht Mr. Guppy auffahren, als hätte man statt in den Kohlen in seinem Herzen herumgerührt.
»Pfui! Da hängt noch mehr von diesem abscheulichen Ruß«, ruft er. »Wir wollen das Fenster ein bißchen aufmachen und einen Mund voll Luft schnappen. Es ist so dumpf hier.«
Er schiebt das Fenster in die Höhe, und beide setzen sich auf das Fensterbrett. Die Nachbarhäuser sind zu nahe, als daß man den Himmel sehen könnte, wenn man nicht den Hals verdrehen und die Wand des Hauses hinaufsehen will. Aber da und dort Lichtschimmer in trüben Fenstern, das Rollen ferner Wagen und das Bewußtsein, daß sich auf der Straße Menschen regen, machen ihnen das Herz etwas leichter. Mr. Guppy klopft geräuschlos auf das Fensterbrett und beginnt sein Flüstern in einem freieren, fast scherzhaften Ton von neuem.
»Übrigens, Tony, vergiß dich nicht dem alten Smallweed gegenüber.« Er meint damit den jungen Smallweed. »Du weißt, ich habe ihn in die Angelegenheit nicht eingeweiht. Sein Großvater ist mir schon gar zu schlau. Es liegt in der Familie.«
»Ich werde schon achtgeben«, brummt Tony. »Ich kenn mich schon aus.«
»Und was Krook betrifft, glaubst du wirklich, daß er noch andre Papiere von Wichtigkeit besitzt, wie er sich gegen dich gerühmt hat?«
Tony schüttelt den Kopf.
»Weiß ich nicht. Habe keine Ahnung. Wenn uns diese Sache gelingt, ohne seinen Verdacht zu erregen, werde ich es schon herausbringen. Wie kann ich's wissen, ohne sie gesehen zu haben! Er weiß es doch selbst nicht einmal. Er buchstabiert beständig Worte aus ihnen und malt sie auf den Tisch und die Wand und fragt, was das oder jenes heiße. Sein ganzer Vorrat kann von A bis Z recht gut die Makulatur sein, für die er ihn gekauft hat. Es ist eine seiner fixen Ideen, zu glauben, er besitze Dokumente. Nach

dem, was er mir gesagt hat, scheint er sie das ganze letzte Vierteljahrhundert zu lesen versucht zu haben.«

»Wie mag er nur auf solche Gedanken gekommen sein?« fragt Mr. Guppy und schließt grübelnd ein Auge. »Vielleicht hat er unter Dingen, die er zusammengekauft hat, versteckte Papiere gefunden und daraus in seiner Schlauheit geschlossen, sie besäßen einen Wert.«

»Oder man hat ihn bei diesen anscheinend guten Geschäften hintergangen. Oder er ist bei dem langen Grübeln darüber oder vom Trinken und dem ewigen Herumlungern im Gerichtshof und dem beständigen Redenhören von Dokumenten verrückt geworden«, wendet Mr. Weevle ein.

Guppy sitzt auf dem Fensterbrett, nickt mit dem Kopf und wägt alle diese Wahrscheinlichkeiten im Geiste ab. Dann fährt er fort, gedankenvoll auf das Fensterbrett zu klopfen, und mißt es nach allen Richtungen zerstreut mit den Fingern ab. Plötzlich zieht er hastig die Hand zurück:

»Zum Teufel, was ist das? Schau nur!«

Ein zäher gelber Saft befleckt seine Finger, widerlich fett, widerlich anzusehen und noch widerlicher riechend. Ein klebriges ekelhaftes Öl, das beide schaudern macht.

»Was hast du hier ausgegossen? Was hast du denn aus dem Fenster geschüttet?«

»Ich, aus dem Fenster geschüttet? Nichts. Ich schwöre dir. Nichts, seit ich hier bin.«

»Und schau nur, hier ... Und da.« Weevle bringt das Licht.

Langsam träufelt und kriecht die Flüssigkeit an der Ecke des Fensterbrettes die Ziegel hinunter und bildet im Zimmer eine kleine dicke ekelhafte Pfütze.

»Das ist ein gräßliches Haus«, ächzt Mr. Guppy und schließt das Fenster. »Gib mir Wasser, oder ich schneide mir die Hand ab.«

Er wäscht und reibt und schabt, riecht an den Fingern, versucht, sich mit einem Glas Branntwein zu stärken, und wäscht sich immer noch schweigend am Kamin, als die St.-Pauls-Kirche zwölf schlägt und all die andern Glocken in ihren Türmen in der dunkeln Luft mit ihren vielfach verschiednen Klängen einfallen. Als alles wieder ruhig ist, sagt Jobling:

»Es ist die bestimmte Stunde. Soll ich gehen?«

Mr. Guppy nickt und wünscht ihm Glück mit einem Schlag auf die Schulter, aber nicht mit der gewaschenen Hand, obgleich es seine rechte ist.

Mr. Weevle geht die Treppe hinab, und Mr. Guppy versucht, sich am Kamin auf ein längeres Warten gefaßt zu machen. Aber kaum ein oder zwei Minuten sind verstrichen, da hört er die Treppenstufen knarren, und sein Freund kehrt rasch zurück.

»Hast du sie?«

»Ob ich sie habe? Nein. Der Alte ist nicht zu finden.«

Er sieht so fürchterlich erschrocken aus, daß sein Entsetzen den andern ansteckt. Guppy stürzt auf ihn los und fragt laut:

»Was ist geschehen?«

»Ich bekam keine Antwort, als ich nach ihm rief. Ich öffnete leise die Tür und sah hinein. Der brandige Geruch kommt von dort – und der Ruß und das Öl. Er selbst ist nicht da.« Tony stöhnt laut auf.

Mr. Guppy nimmt das Licht. Sie gehen hinunter, mehr tot als lebendig, halten sich aneinander fest und stoßen die Türe auf. Die Katze hat sich in einen Winkel zurückgezogen und faucht etwas an. Nicht sie. Etwas auf dem Boden vor dem Kamin. Im Rost glimmt noch ein kleines Feuer, und das ganze Zimmer ist erfüllt von einem schweren erstickenden Rauch. Ein dunkler schmieriger Überzug bedeckt Wände und Decke. Die Stühle und der Tisch mit der darauf liegenden Flasche stehen da wie gewöhnlich. Auf einer Stuhllehne hängen die Pelzmütze und der Rock des Alten.

»Siehst du?« flüstert Weevle und deutet mit zitterndem

Finger auf die Sachen. »Ganz so, wie ich es dir gesagt habe. Als ich ihn zuletzt sprach, nahm er seine Mütze ab, holte das Paket Briefe heraus und hängte die Mütze auf die Stuhllehne – sein Rock hing schon dort, denn er hat ihn ausgezogen, als er die Läden zumachte. Ich verließ ihn, als er die Briefe durchsah und gerade dort stand, wo dieses verkohlte schwarze Ding auf dem Boden liegt.«

Hat er sich erhängt? Hängt er irgendwo?

Sie sehen sich um ... Nein.

»Dort«, flüstert Tony, »vor dem Stuhl, dort liegt ein Stück dünner roter Bindfaden. Damit waren die Briefe zusammengebunden. Er wickelte es langsam ab und grinste mich zähnefletschend an und lachte, ehe er sie durchblätterte, und warf es dorthin. Ich sah es noch fallen.«

»Was hat nur die Katze?« sagt Mr. Guppy. »Schau nur!«

»Verrückt wahrscheinlich. Kein Wunder an diesem entsetzlichen Ort.«

Sie machen einen Schritt vorwärts und besichtigen alle Gegenstände.

Die Katze rührt sich nicht von der Stelle und faucht immer noch etwas auf dem Boden vor dem Kamin zwischen den zwei Stühlen an. »Was ist das? Halt die Kerze in die Höhe!«

Ein schmaler verbrannter Fleck auf der Diele.

Daneben liegt der Zunder von einem kleinen Paket verbrannten Papiers. Er ist nicht so leicht, wie er sein müßte, denn er scheint von etwas befeuchtet zu sein.

Und hier – ist es der Rest von einem verkohlten Holzklotz, mit weißer Asche überstreut? Oder ist es Steinkohle?

Entsetzlich: *Er* ist hier! Und das, vor dem sie zurückprallen, dabei das Licht auslöschen und dann übereinander weg auf die Straße stürzen, ist alles, was von ihm übriggeblieben ist.

»Hilfe, Hilfe, Hilfe! Um Gottes willen kommt in das Haus hier!«

Eine Menge Leute eilen herbei. Aber niemand kann helfen. Der Lordkanzler dieses Gerichtshofs hier, bis zu seiner letzten Tat seinem Titel getreu, ist den Tod aller Lordkanzler, aller Gerichtshöfe gestorben und aller Behörden an allen Orten, wo falsche Ansprüche unter allen möglichen Namen erhoben werden und die Ungerechtigkeit herrscht. Nennt den Tod, wie Euer Hoheit Lust haben, schreibt ihn zu, wem ihr wollt, oder sagt, er hätte verhindert werden können. Es bleibt immer und ewig derselbe Tod, eingeboren, eingepflanzt, erzeugt von den verdorbnen Säften des verkommenen Körpers selbst: Selbstverbrennung! Spontane, von selbst entstandne Verbrennung und keine andre von all den vielen Todesarten, die der Mensch sterben kann.